U0894870

马晓霖战地三部曲

穿越生死线

CHUAN YUE SHENG SI XIAN

马晓霖——著

金城出版社
GOLD WALL PRESS
北京·2019

图书在版编目（CIP）数据

穿越生死线 / 马晓霖著 . — 北京：金城出版社有限公司，2019. 10
ISBN 978-7-5155-1871-8

Ⅰ . ①穿… Ⅱ . ①马… Ⅲ . ①纪实文学—中国—当代 Ⅳ . ① I25

中国版本图书馆 CIP 数据核字（2019）第 116233 号

穿越生死线

作　　者	马晓霖
责任编辑	李　涛
文字编辑	岳　伟
责任印制	李仕杰
开　　本	710 毫米 × 1000 毫米　1/16
印　　张	36
字　　数	570 千字
版　　次	2019 年 10 月第 1 版
印　　次	2019 年 10 月第 1 次
印　　刷	天津旭丰源印刷有限公司
书　　号	ISBN 978-7-5155-1871-8
定　　价	99.00 元

出版发行	**金城出版社**　北京市朝阳区利泽东二路 3 号（100102）
发 行 部	（010）84254364
编 辑 部	（010）84250838
投稿邮箱	balimist0213@163.com
总 编 室	（010）64228516
网　　址	http://www.jccb.com.cn
电子邮箱	jinchengchuban@163.com
法律顾问	北京市安理律师事务所　18911105819

"马晓霖战地三部曲"再版总序

从巴勒斯坦到两河流域

著名已故美国历史学家和中东问题专家伯纳德·刘易斯说过，"参与了当时重大事件的历史学家是更好的历史学家"，因为他们会对人的行为和动机有更深刻的理解。我不是历史学家，只是个资深中东问题报道者和研究者，尽管敬仰刘易斯，但也没有机缘面聆指教，只是2013年7月3日傍晚在耶路撒冷与他通过一次跨洋电话表达敬意，当时，他已97岁。但是，我深切认同刘易斯的上述判断，即参与重大事件进程的历史学家更有发言权，而且记者即史家的判断也是公认的。

1999年3月至2002年2月，我作为新华社特派记者开辟巴勒斯坦被占领土报道点加沙分社，并在那里持续工作长达三年时间，应该说至今保留着非阿拉伯记者常驻加沙地带时间最长的记录。在此期间，我有幸或曰不幸地见证、记录和评论了巴勒斯坦与以色列从过渡阶段自治蜜月到最终地位谈判破裂，乃至后续的"阿克萨大起义"流血冲突，成为来自被占领土唯一的中国媒体报道信息源。那三年，是我"一战成名"的时段，我后来所有作为职业记者的荣誉都来自那个时期的出色表现；那三年，也是我三观重塑的时段，我与巴勒斯坦人一起笑，一起哭，同生死，共患难，对那片苦难的土地产生了复杂的感情，至今难以割舍；那三年，也改变了我人生后来的轨迹，让我学会了豁达并倍加珍惜自由，把每一天当第一天去活——不畏艰难，满怀希望，也把每一天当最后一天活——善待自己，珍惜亲友。

2003年，也即我结束加沙战地报道一年后，我又亲历了改变中东历史进程的第二场大事件——伊拉克危机和战争，我不仅作为新华社"伊拉克危机报道（战争）领导小组”唯一的青年专家参与形势研判，并且负责策划、组织和协调一线的报道，甚至“伊拉克战争”这个中文名称都是源自我的定义并被中文媒体迅速而广泛地接受，沿用至今。在美军占领巴格达后，我又主动请战，与其他三位同仁前往巴格达，并在那里采访和生活了两个月，经历了很多惊心动魄的事件，也采集了大量新闻文字和图片信息，而我在巴勒斯坦的战地经验体现了独特的价值和作用。

从巴勒斯坦到巴格达，身处战乱之地，一切都是非常态。我一半是打发闲暇时间或转移艰苦、危险环境压力；一半是有意识地记录每天发生的新闻事件及其背后的各种繁琐小事，从而得以在我结束两段驻外经历后，前后形成了我的“战地三部曲”纪实作品——《巴以生死日记》《穿越生死线》《两河生死劫》纪实作品，并分别由新华出版社和汉语大词典出版社出版。至今，这三部著作从第一部出版算起已长达18年，我已由当时的新华社资深记者、央视电视评论员转身为国际关系特别是中东问题学者、大学教授，但是，无论是巴勒斯坦还是伊拉克，我当时亲历的悲剧似乎没有发生根本性改变，不仅依旧是战乱、动荡之地，甚至还经历了更为惨烈的冲突和战争。在此期间，我也未曾中断过对中东局势特别是巴勒斯坦和伊拉克局势的跟踪与述评，而且日益感到无奈与悲哀：我当年采访过的很多人已不在人间，当年我同情过的孩童如果幸存则已成年或为人父母，而他们的苦难土地依然没有摆脱历史悲剧。

由此，我决心再版我的“战地三部曲”，为了更好地统一名称，此次将《巴以生死日记》更名为《巴以生死场》，另外两部书名保持不变。尽管读者会发现，这三部曲的前两部体例为日记体，而第三部则有不同，但是，三部曲均为关于生与死的现场记录与思考。这三部曲带有明确的中国视角、个人情怀以及时代价值观、世界观和是非观，尽管在今天看来也许不能被所有读者苟同，但是，它是历史的产物，必然带有历史的思想与观念烙印。也许这恰恰是它的可贵之处，因为它不仅凝固了那个时段的巴勒斯坦和伊拉克的历史，而且封存了那个时段的个人价值判断，从某种角度说，它又代表了中国媒体和学界的主流判断。

关于再版我的“战地三部曲”，其实，我不想说太多的话，因为无论巴勒斯坦和伊拉克，都在重复一二十年前的旧脚本，无非是故事的主人公出现了变化，或者外界的看法有所差异。但是，我要强调的是，随着时间变迁和流失，这三部曲的意义和价值日益显得珍贵而独特，至少在我本人和出版者看来，它们有其他作品无可替代的亲历性、独家性和实录性价值。从哲学角度看，这三部曲也是内容完全不能重复或类同的历史片段白描与评价的一手文本。我强调再版的意图，倒不是自恋自吹，而是这些年的大量阅读和历史回顾告诉我，当代乃至未来相关读者依然需要这样的阶段史记录流传，因为它具有两方面的意义和价值。

首先，这是一部值得所有新闻工作者认真阅读与参考的新闻专业教科书，因为这三部著作不同于一般学院派枯燥和教条的说教，而是通过我大量亲身实践甚至创建的独特新闻教材，展示了特定时期中国媒体人的媒体价值观、伦理观，中国权威媒体机构的报道政策和操作规程，更有战地记者的种种生死体验、生存技巧、报道策略和个人精神状态阐述，以及作为国际通讯社与其他各大媒体同行的同台竞技和业态差异。我很自豪地发现，部分北京或外地青年男女学子，因为一直喜欢和跟踪我的战地报道，羡慕我的战地经历而选择了新闻职业，并已陆续成长为新一代的杰出中国战地记者。由于中国缺乏系统的战地报道课堂教育及技能培训，这套书完全可以成为危险环境记者必读书，因为里面涉及的大量场景和状况，都是我亲身经历并自我摸索和总结出来的，并因为时间跨度大、案例极其丰富、样态十分多元而具有独特的实用指南意义。

其次，这是三部不同于学院派学术著作的田野调查式专业作品，因为全部内容首先出自一个专家型记者的手笔，不仅有大量独家事实、过程客观记录与叙述，更有很多独到的而书斋型学者完全无法做到的即时分析、评论、判断和预测，而且很多结论往往都经得起时间检验。当然，最可贵且让我最为自豪的是，作为学术著作，这三部书的报道和分析，不是自己亲自采集的现场图文，就是援引当时当地媒体的即时信息，而且成为非现场深度学术资料记录和研究分析的一手权威资讯，因而具有任何就材料而材料、从书本到书本的学术研究所无法比拟和取代的价值。尽管我不能说，这三部曲的价值堪比希罗多德的《历史》、司马迁的《史记》、伊本·赫勒敦的《历史绪论》、《伊本·白图泰游记》和《马可波罗游记》那样独一和珍贵，但是，至少它记录的大量新闻细节和人文背景是唯一和不可复制的，而且这些新闻事件或曰历史片段，又是可以通过其他国际权威媒体多少得到旁证的，因而它们都是真实可信的，具有史料价值，而且它们多了很多国际媒体报道所不具备的视角、细节、心理活动和价值、趋势判断。

这三部书采用大量由我拍摄的照片，其中的多数景物已毁于战火，部分人物已不知所终，甚至有的已确认死亡。“一图胜千言”，这些画面非常具象、真实地定格了当时的历史场景和大小人物，既有佐证文字记录的价值，又有文字无法替代的意义。基于上述共识，出版社尽量采用更多的照片来辅助文字，还原或活化历史。

当然，本次再版与初版有所不同的是，为了强化这三部书的系统性、学理性和完整性，每部著作最后都收录了当时或随后由我撰写并发表的长篇深度内部参考或学术文章，供读者从更深层次、更大视域来观察我在图文中体现的中东局部冲突和战争，无论交战双方是巴勒斯坦和以色列，还是美国和伊拉克。唯一遗憾的是，关于巴勒斯坦冲突的系列文章，因为当时仅供新华社内部《参考资料》连载，尽管写得非常扎实，但是没有按照学术文章的规范和要求进行注释，敬请今天的读者体察，勿以今天的标准苛求近20年前的文章，也勿以纯学术的标准苛求当时供资政参考的长文。

马晓霖

2019年4月21日于京沪高铁

初版序

战地记者的背后

马胜荣（时任新华社副社长兼常务副总编辑）

加沙，吸引着世人的目光。

一个炎热的季节，我从埃及首都开罗出发，跨越边界进入加沙地带。那是1998年，我从边界乘中国驻巴勒斯坦代表处的车到达加沙城，一路上得到的印象是，加沙地带虽然也有犹太人定居点，但总的局势还比较平静。当时，新华社在加沙没有派常驻记者，报道工作由驻耶路撒冷分社的记者兼管。后来，我们考虑到报道的需要，在加沙设立了分社。

我们经过反复挑选，决定派马晓霖任加沙分社的记者，后来又任分社的首席记者。晓霖是全球媒体中唯一常驻巴勒斯坦的非阿拉伯国家籍的战地记者，肩负着繁重的报道任务。从1999年到2002年初，他经历了多次枪弹和炮火的危险。在一份推荐他为“范长江新闻奖”候选人的材料里，我看到了如下记载：

——1999年6月初，他在冲突现场采访时差点被以色列军队的催泪瓦斯窒息。

——2000年5月，他在冲突现场遭到以色列士兵橡皮子弹的袭击。

——2001年9月初，他在加沙空袭现场拍摄照片，以色列军队发射的一枚导弹在离他仅30米的地方爆炸。

——10月8日，他冒着子弹、石头和催泪瓦斯，在加沙街头拍骚乱照片，险遭巴勒斯坦警察的拘捕。

——12月3日晚，以色列军队轰炸巴勒斯坦领导人阿拉法特的官邸，他在空袭没有完全结束前冒着极大危险到现场核实情况和采访。

——12月6日凌晨，他在采访一次骚乱时被一群巴勒斯坦激进分子围攻，汽车被砸，生命安全受到威胁。

——12月7日，以色列军队对加沙城进行了六个小时的轰炸，发射导弹70余枚，他始终坚持在离最近弹着点仅200米的分社窗口密切跟踪轰炸情况。

……

正是晓霖的这些经历，使我有机会看到他写的这部充满战争硝烟的书稿。

我被这部以日记写成的书稿——《穿越生死线》所震撼。晓霖在书中记述的许多细节让人难忘：

“今天成为让巴勒斯坦人无比难忘的一天，人们在巨大的悲痛中为希伯伦三名巴勒斯坦死难者送葬。”“最小的死者齐亚·马尔万才三个月零25天，家人正准备在他满四个月时摆宴请客。”“齐亚30岁的母亲已经痛不欲生，精神恍惚。”

“当我跑进办公室拿起移动电话时，外面已经传来一声巨响……我估计是直升机发射了导弹。”“耳边接着又响起两声巨响，两架褐黄色的阿帕奇直升机摆脱阳光的笼罩出现在分社西侧的地中海上空。我只能通过刚刚拨通的电话向编辑部口述‘两架以军直升机向加沙市中心一个政府机关发射四枚导弹’的快讯。”

“加沙的夜晚宁静得让我感到害怕，举目四望，灯光稀疏的城区万籁寂静，只有楼下偶尔驶过的汽车和轻拂沙滩的海浪发出不太明显的响动。平时几乎每晚都能听到以军无人侦查机在夜空‘嗡嗡’徘徊，而此刻它们却反常地不见踪影。”

“从加沙到伯利恒本来不算太远，如果顺利的话开车个把小时就可以到达。但是，今天我来伯利恒却花了四个小时，换了四辆出租车，费尽周折。”

“阿拉法特和佩雷斯各踞沙发一角，面无表情地左右张望，供记者们拍照。”“这是我见过的最尴尬的会谈场面……我斗胆提了个要求：‘请你们握握手好吗？’我以为阿拉法特不会理我的茬，但他在看了我一眼后还是坐直了身子不情愿地向佩雷斯伸过手去，佩雷斯木然地握住了阿拉法特的手，两人谁也不看谁。”

“在一包香烟的支撑下我苦干了一夜，又一次体会到什么叫燃烧激情，燃烧健康和生命。躺下时已是4日上午8点。”

晓霖是一名有激情的记者。他的激情来自对生命的热爱，对战争的仇恨，来自对肩负责任的热情，对所从事职业的执着。

记得他临行前到我办公室辞行时对我说：“加沙是一个出消息的地方，我一定尽全力及时发回消息。”他虽然是去一个具有危险的地区工作，但谈吐间充满热情，充满自信，充满对担负工作的高度责任感。我深受感动。

在70多年的历程中，新华社许多记者到过战场采访，有的记者甚至献出了自己宝贵的生命。新中国成立后，我们的记者曾出现在朝鲜战场、越南战场、柬埔寨战场等战场上，在两伊战争、海湾战争、科索沃战争、中东战争和阿富汗战争中都有新华社记者的身影。晓霖是他们当中的一员，而且是出色的一员。

晓霖是个很有心的人，除了发新闻之外，他还把自己的所见所闻记录下来，写成书稿出版。他已经出了一本集子，受到读者的欢迎。愿这本新作更受读者的欢迎。

2002年7月18日于北京

目　录

书中涉及主要组织、机构和人物简介

组织、机构

巴勒斯坦

哈马斯——巴勒斯坦伊斯兰抵抗运动的简称。创立于第一次巴勒斯坦起义期间，始终不承认并号召通过武装手段“消灭”以色列，收复所有巴勒斯坦失地，先后发起过数十起针对以色列目标的袭击和自杀式爆炸。

杰哈德——巴勒斯坦伊斯兰圣战组织的简称。创立于第一次巴勒斯坦起义期间，其行动纲领、对以斗争方式同哈马斯相近。

法塔赫——巴勒斯坦民族解放运动的简称。创立于60年代，是巴勒斯坦解放组织的主流派。

人阵——解放巴勒斯坦人民阵线的简称。创立于60年代，是巴解组织内的第二大派别。

民阵——解放巴勒斯坦民主阵线的简称。创立于60年代，是巴解组织内的第三大派别。

巴勒斯坦民族权力机构——根据巴以“奥斯陆协议”成立的巴临时自治政府，主要负责加沙地带和约旦河西岸巴自治区的日常管理。

巴勒斯坦立法委员会——巴勒斯坦自治区的立法机构（巴勒斯坦自治区议会）。

卡桑旅——哈马斯军事派别。
阿克萨烈士旅——法塔赫民兵派别。
坦齐姆——法塔赫民兵派别。
“17部队”——阿拉法特的卫戍部队。

以色列

工党——曾长期以色列最大的政党，中间偏左，后来实力逐渐衰落。
利库德——以色列第二大党，中间偏右，近年实力逐渐超过工党。

人物

巴勒斯坦

亚西尔·阿拉法特——巴勒斯坦国总统，巴解组织执委会主席，巴民族权力机构主席。
马哈茂德·阿巴斯（阿布·马赞）——巴解组织总书记，“奥斯陆协议”巴方设计师。
艾哈迈德·库赖（阿布·阿拉）——巴立法委员会主席。
阿卜杜·拉布——巴解中央委员会委员，巴自治政府文化和新闻部部长。
阿布·拉迪纳——阿拉法特的政治和新闻顾问。
穆罕默德·达赫兰——加沙地带预防警察部队司令。
贾布利勒·拉朱布——约旦河西岸地区预防警察部队司令。
马尔万·巴尔古提——法塔赫约旦河西岸地区书记，坦齐姆领导人。
穆斯塔法·阿布·阿里——人阵总书记。
艾哈迈德·亚辛——哈马斯创始人和精神领袖。

以色列

艾里尔·沙龙——利库德主席，以色列议员、总理。
西蒙·佩雷斯——工党元老，以色列副总理兼外交部部长。
本-埃利泽——工党主席，以色列国防部部长。
沙乌勒·莫法兹——以色列国防军总参谋长。
埃胡德·巴拉克——工党主席，以色列总理。
雷哈瓦姆·泽维——以色列旅游部部长，“以色列-我们的家园”党领导人。

道高一尺，魔高一丈。

——吴承恩《西游记》

第一章 “芝加哥规则”漫谈

2001年1月1日，星期一，加沙

今天晚上，以色列北部城市内坦亚发生了汽车炸弹爆炸，虽然只造成35人受伤，但是它带来的心理冲击却是巨大的。仅仅过了三天，人肉炸弹，这柄昼夜高悬着的“达摩克利斯剑”再次落在以色列人的头上。

其实，留心两天来巴以间发生的故事就不难推断，这高悬头顶的剑是难免要落下来的。因为这是被人称为“芝加哥规则”的必然反弹。芝加哥规则的核心原则是“加倍惩罚、过度报复，直至对手屈服为止”。

昨天凌晨，一对犹太定居者夫妇在约旦河西岸中部的拉姆安拉附近被巴勒斯坦枪手打死，三个多小时后，以军就在西岸西部的图尔凯勒姆设伏打死该地区法塔赫书记萨比特。据巴方称，萨比特是个政治干部，同法塔赫的军事行动没有任何关系。以色列后来默认了对萨比特的“清除”，但没有说明任何理由。其实不需要理由，因为以色列奉行的是“芝加哥规则”。

回首三个月来的巴以冲突，能够形成规律并显现清晰轮廓的也只有这个“芝加哥规则”：巴勒斯坦人示威，以军发射催泪瓦斯；巴勒斯坦人投石头，以军就开枪；巴勒斯坦人开枪，以军就开炮发射火箭；巴勒斯坦人打死一个以色列人，以军转天一次干掉他们好几个；巴勒斯坦人炸死几个以色列人，以军就轰炸一大片，让巴勒斯坦人不死也得伤百八十个。这是“芝加哥规则”的军事版。

一个巴勒斯坦人躲在树后打枪，以军就推倒周围一大片果园；一伙巴勒斯坦人开枪或者安放炸弹，以军就索性把方圆几公里内的房屋和树木铲平；一部分巴勒斯坦人参与游行示威或武装对抗，以军把整个加沙地带和约旦河西岸围成铁桶进行集体惩罚。这是“芝加哥规则”的环境版。

当巴勒斯坦官方制止大批群众到冲突前线，转而发起零星枪战后，以军也针锋相对地修改游戏规则，翻新了最拿手的“绝活”暗杀，目标直指有分量的巴勒斯坦人物。不妨看一看昨天之前的几个典型案例：10月9日，三架以军战斗机在伯利恒用导弹炸死一名法塔赫民兵组织负责人，理由是他组织了这一地区的枪击以军活动；11月22日，以军在纳布卢斯买通一名当地人设置汽车炸弹，除掉巴激进组织哈马斯一个重要成员；11月23日，以军坦克在加沙南部根据线人提供的情报准确地拦截一名法塔赫干部的座驾，用坦克机枪把该干部和另外三个人打死；12月某日，又一名法塔赫干部在西岸陈尸荒野……这应该称作“芝加哥规则”的经典版。

以色列奉行“芝加哥规则”据说是有传统的。犹太移民早年在芝加哥不太得势，常常受黑白两道的欺负。不知从什么时候起，他们悟出诀窍，只要一个犹太人受到欺负，不管他的地位和家境如何，犹太社团都会不惜代价托人找路子讨回公道，久而久之，黑白两道的人都领教了犹太人的抱团意识和复仇心理，很少去招惹他们。伤其十指，不如断其一指，犹太人的确懂得集中优势兵力对于弱小社团安全的重要性。

以色列建国后，由于三面临敌，一面临海，置身绝境，这种安全态势自然又使以色列选择“芝加哥规则”作为维护自身安全的主要手段。表现在军事上就是建立强大的战略和常规威慑力量，在社会安全方面则采取以牙还牙、以眼还眼的极端报复措施，以便从心理上征服对手。在这方面，以色列甚至置国际舆论于不顾，采取国家恐怖主义手段来达到目的。

1968年12月底，解放巴勒斯坦民主阵线（民阵）两名枪手袭击了停在雅典机场的一架以色列客机。为了报复，以军随后炸毁了停在贝鲁特机场的13架阿拉伯民航客机。下手之狠引发美国政府的不满，抨击这是“一项傲慢的、不相称的行动”。

1972年9月，巴勒斯坦“黑九月”行动小组在慕尼黑劫持了九名参加夏季奥运会的以色列运动员，要挟以色列当局释放其关押的两百名巴解组织成员。以色列拒绝屈服于这一威胁而采取了武力解决方式，导致九名人质和八名劫持分子中的五人死亡。在随后的近十年间，以色列情报机关花费巨大人力物力，相继找到了其他参与这起活动的巴勒斯坦人并把他们一一处死，以儆效尤。

1988年4月16日，以色列情报机关为了平息巴勒斯坦起义，在突尼斯暗杀了巴解组织军事首脑阿布·杰哈德，并刻意在他全身留下令人恐怖的70多个枪眼……

以看守内阁总理巴拉克在这次冲突中曾经为以军过度使用武力进行了公开辩护，他说以色列是个小国家，它没有第二次机会，并强调弱者是不能讲仁慈的。巴拉克的话从某种程度上反映了以色列人对安全的深刻忧虑，也解释了“芝加哥规则”继续存在的现实基础。但是，面对手无寸铁的普通巴勒斯坦人，面对装备简单得不能再简单的巴警察部队，以军动用重武器乃至国际禁用弹药，进行集体惩罚，摧房毁地拔树，甚至继续搞暗杀，做得的确太过了。

内坦亚爆炸发生后，巴官方进行了谴责，法塔赫、哈马斯等组织也表示与之无关。但巴拉克在没有任何证据的情况下继续反应过度，下令关闭加沙国际机场、禁止巴货运车辆进入埃及和约旦，吊销部分官员的通行证。事实上，冲突爆发以来不断发生的爆炸事件恰恰说明以军的过度报复只能起到反作用。“芝加哥规则”对巴勒斯坦人不管用，该废止了。

以色列境内自杀式爆炸袭击现场。（以色列政府新闻办供图）

其身正，不令而行；其身不正，虽令不从。

——孔子《论语·子路》

第二章　一条断腿的背后

2001年1月2日，星期二，加沙

今天，巴勒斯坦阿拉伯文《日子报》刊登了两张照片，讲述的是一个巴勒斯坦平民在希伯伦的新年遭遇：元旦早晨，50岁的阿陶拉·贾尔伯里走在希伯伦老城著名的哈达拉市场里，他并不知道这将是自己一生中用健康的双腿所丈量的最后一段路。几分钟后，他被以军士兵开枪打断了腿，注定要依靠拐杖走完今后的人生路。

第一张照片：略微谢顶、双手空空的贾尔伯里出现在两个用作路障的水泥墩前，他平视前方，左侧几米后的一个台阶上站着一名以军士兵。士兵把枪斜挎在胸前，眼睛看着对面的贾尔伯里。周围别无他人。照片文字说明是“贾尔伯里走在希伯伦老城回家的路上”。

第二张照片：贾尔伯里的特写。他半躺在地上，左手撑着整个身子，右手吃力地举起了右小腿，原本一条线的腿和脚在脚踝上方出现了变形，构成了不正常的直角，筋骨裸露，血染红了伤口，也染红了周围的地面。显然，贾尔伯里的右腿断了，他痛苦地面对着照相机镜头叫唤着，眼神里充满了求助的焦渴。照片的文字说明是“贾尔伯里被占领军士兵故意打断了腿”。

以色列媒体当天证实贾尔伯里的遭遇，只是为这个事实补了一段故事。英文《耶路撒冷邮报》和《国土报》报道，以军发言人说，贾尔伯里试图强行闯过以军设置的路障并无视以军士兵要求其站住的命令，以军士兵在对天开枪警告无效后向他腿部射击。

但是，当将整个过程拍摄下来的美联社电视记者向军方展示事件的完整信息后，确认以军是无故开枪，以军发言人被迫改口称之为“误击”。以军方面不但没有道歉，以中部军区司令埃坦还煞有介事地辩解了一番，称到处是恐怖分子，以军随时可能遭到袭击，以军士兵新来乍到，总之，有理得很。但是，无论如何，照片上的贾尔伯里是个手无寸铁的小老头，看不出他能对以军士兵构成什么威胁。怎么辩解都无法推翻以军滥用武力的事实。

这起悲剧发生在希伯伦，让我联想起另一则有关以军形象的报道。2000年8月18日和21日，以色列希伯来文《晚报》以及《国土报》相继图文并茂地披露：守卫希伯伦的“国防军戈兰旅士兵的防弹背心上书写的口号表达了好战的信息，总参谋长穆法兹对此予以谴责”。这些用英文和希伯来文写下的口号包括“戈兰旅专行杀戮”（Golani Kills）、“天生杀人狂”（Born to Kill）、“阿拉伯人，狗，杂种”（Arabs, Dogs, Sons of Bitchs）等。戈兰旅是以军功勋卓著的一支劲旅，堪称军中第一旅。但是，用这样的思想武装起来的军人无论如何不能指望他们善待巴勒斯坦人。

其实这两件事发生在希伯伦也不奇怪。希伯伦是约旦河西岸南部的一个古老城镇，这里有座著名的伊卜拉欣清真寺，里面安葬着阿拉伯人和犹太人的共同祖先亚伯拉罕及其数位子嗣，因此希伯伦成为巴以争夺的另一个宗教圣地。1967年以色列占领希伯伦后，这里建立了第一个犹太定居点。

希伯伦市仅有400名犹太定居者，而且主要都是极端的犹太复国主义分子，是非法组织“卡赫”集团的核心力量。他们不但公开在住所的外墙上涂刷污蔑巴勒斯坦人的标语，而且仗着2000多名以军士兵的保卫和撑腰，常常在12万巴勒斯坦人中间恣意横行，寻衅闹事，使这里成为冲突不断的是非之地。这些定居者的一贯口号是“阿拉伯人是小偷”“杀死阿拉伯人”“赶走阿拉伯人”，甚至“犹太人的一根头发值阿拉伯人一颗脑袋”，几乎和以军士兵背心上的“豪言壮语”没有什么区别。

近墨者黑。在希伯伦执行任务的以军士兵自然在冲突中保卫定居者的利益，自然要被他们那种好斗的情绪所感染，也自然要染上一些痞子气和匪气，乃至军国主义和种族主义的倾向。因此，远有那些公开展示的好战口号，近有随便打断贾尔伯里小腿的丑闻。

以军普通士兵如此，高级将领又如何？前不久，一名以军准将离开军队的事曾经在以色列热闹过一阵子。这位准将名叫艾菲·埃塔姆，是唯一头戴犹太教便帽的将军，其极端民族主义的倾向明显地摆在头顶。1988年巴勒斯坦起义期间，人们听到埃塔姆通过电台命令他的四名士兵“打断”两名加沙巴勒斯坦示威者的骨头。结果，两名示威者不但被打断骨头，其中一人还被打断了气。为此，埃塔姆受到了以左翼力量的强烈抨击，影响了他的升迁。

埃塔姆12月下旬退出军队准备参加右翼的全国宗教党进而从政，其仍然在宣称约旦河西岸和加沙是上帝赐予犹太人的，巴勒斯坦人没有资格获得它，并把巴领导人阿拉法特称为“可怜的刽子手”。在这种将军的指挥下，以军士兵又如何手下留情？

其实，也不能单纯地怪埃塔姆下令士兵“打断”巴勒斯坦人的骨头，因为这个命令的制定者是时任国防部部长的拉宾。在拉宾这种镇压政策的指导下，数百名巴勒斯坦人在七年的起义中被打死，数千人被打伤打残。但巴勒斯坦人就是没有被打服，反倒是拉宾自己最后下定了放弃加沙、放弃约旦河西岸的决心，促成了“奥斯陆协议”的出台。

这张摄于东耶路撒冷的照片，很形象地呈现了巴以冲突的历史与现实。

如今，拉宾已经作古，而且是为允许巴勒斯坦自治而失去生命的。功劳归功劳，历史归历史。只是不知，如果拉宾仍然健在，这场巴以流血冲突会不会避免，贾尔伯里还会不会失去他那条腿？

阿拉法特从不放过任何可以错过机会的机会。

——某以色列专栏作家

第三章　解读阿拉法特

2001年1月3日，星期三，加沙

一夜的暴风雨把门窗拍打得山响，阵阵雷鸣如排炮一样滚涌在漆黑的地中海和加沙地带上空。骚动的夜让人无法入眠，直到天亮时分我才勉强合眼。听惯了每天早晨楼下海滨大道的马嘶车鸣，今天屋外反常的寂静让我睡不踏实，它间接证实了昨晚的消息：以军已经把加沙地带横切为三个互不往来的小地带，几十公里长的海滨大道自然不可能有车辆通行了。

BBC早间电视节目说阿拉法特同美国总统克林顿的华盛顿会谈结束了，阿拉法特只承诺尝试制止更多的反以暴力活动。回笼觉中的我梦见自己开车沿海滨大道南下核实情况，在尼茨萨利姆定居点临海路口处被坐骑在坦克炮塔上的一名以军士兵叫停，仔细一看他竟是以“军中第一兵”、看守内阁总理兼国防部部长巴拉克将军。我十分荣幸地像以往通过哨卡那样递上记者证，不料巴拉克说“我要的是和平协议”。一看给的不是巴拉克想要检查的东西，我一下子急醒了，心里久久不能平静……

发完几条稿子，我于中午前往现实中的尼茨萨利姆定居点临海路口探察究竟，但远远的就被迫掉头，因为确有一辆以军坦克横堵路中，炮口对着我来的方向。绕到尼茨萨利姆的东路口，迎接我的还是一辆坦克。加沙城南下的路真的断了。

加沙“破碎”，兵临城下，巴拉克又命令以军做好应战准备，和平进程怎么到了这步田地？好在两天前急赴华盛顿会见克林顿的阿拉法特没有让东道主失望，他在当晚返回中东前同意有保留地接受美国提出的新建议。一个小时后，在克林顿的敦促下，巴拉克也同意在未来几天内与巴方恢复和谈。一天之内形势又发生了戏剧性的变化，再次证明中东局势气象万千，观测甚难。

不过，冷静地想一想，阿拉法特只是愿意以美国建议为基础继续谈判，实质性的立场并没有发生变化，巴以间的主要分歧似乎仍然没有减弱。媒体报道说，阿拉法特对美国建议保留颇多，其中最主要的就是圣殿山西墙主权和难民回归权，这与戴维营会谈的情形没有太多不同（土地问题除外）。

美国新建议出台后，阿拉伯世界外的许多头面人物纷纷向阿拉法特施压，认为这是天上掉下的大馅饼，巴拉克有心让步，克林顿真心撮合，过了此村别无他店。以色列部分舆论甚至断言阿拉法特从来就没有抓住过机会。一时间似乎人人都比阿拉法特本人更了解他自己的处境。其实，有些事是当局者迷，旁观者清，但更多的时候是当事人最知个中究竟，别人隔靴搔痒而已。如果历史地看问题，没有人不承认阿拉法特是位现实主义的领导人，他在许多重大关头所采取的决定都有自己成熟的考虑，而非某些舆论指指戳戳的那样“不识时务”，否则就他不会成为公认的个人和政治生存大师。

美国方案的确是世人所能看到和想象到的最好方案，阿拉法特尽管表面上表现出犹豫，甚至说它比戴维营会谈方案还糟糕，但是他内心也未必不承认这是个好东西。按照美国方案，阿拉法特无权做主的耶路撒冷圣殿山基本上由巴方控制，被占领土也能归还95%以上。但是，即便真的获得圣殿山主权，让阿拉法特放弃近400万巴勒斯坦难民的回归权确实太为难他了，因为这也是个他不能完全做主的问题。据巴方统计，目前，巴勒斯坦在约旦有难民200多万，在黎巴嫩有35万，在叙利亚有40多万，在埃及、伊拉克和利比亚三国共有十多万。在这个人口爆炸的时代，哪个国家愿意出来慷慨地替巴以当冤大头，主动提出永久安置大量难民并给他们完全的国民待遇。至少现在没有谁正式表态，反倒是黎巴嫩已明确重申决不收留，伊拉克威胁巴以签署协议难民就得走人。

从某种意义上说，阿拉法特和巴解代表了占巴勒斯坦人口大多数的难民的利益，在难民问题没有妥善安置好前，阿拉法特如何主动而公开地放弃他们的权利？巴文化及新闻部部长拉布最近的两句话或许能代表阿拉法特及其他巴领导人的心理压力：“我们不能牺牲巴勒斯坦子孙后代的利益，我们承担不起这个历史责任。”所以，有保留地接受成为阿拉法特的必然之举，一来不授人以拒绝和平之把柄，二则的确需要继续同有关国家磋商。就算阿拉伯国家免去阿拉法特在难民问题上的后顾之忧，使之变成一个容易解决的技术问题，同样需要时间。

阿拉法特“保留”的地方可能还不止这些。他同样关心怎么才能达成一个不留陷阱、可操作性强的协议。退一步说，就算巴以按照美国方案达成了协议，谁又能保证新协议将得到原原本本的落实？过渡自治协议的条款是以色列签字画押而美国担保的，不也至今没有完全得到落实吗？正如以色列不把自身的安全利益寄托在以美战略盟友关系上一样，久经风浪的阿拉法特又怎么会轻易地再同意一个漏洞百出而且得不到兑现保证的和平协议？

当然，阿拉法特的正式表态将在明天同埃及总统穆巴拉克以及部分阿拉伯国家外长磋商后才能公布。如果一切顺利，双方或许能够在克林顿1月20日离任前搞定一个新的框架或原则协议，回报这位操劳八年的和平月老，也让巴拉克带着不错的成绩单在总理选举中接受选民的评判。如果

加沙街头的政治宣示：“不，耶路撒冷，没有你，我的梦想就不完满。”

有麻烦，那也正常，因为阿拉法特不可能为了克林顿或巴拉克的个人得失与荣辱拿民族大业当儿戏，更何况，巴拉克也不是美国说什么就完全听什么。

即使是最温和的战争，都意味着对人性和正义的永恒侵犯。

——吉本《罗马帝国衰亡史》

第四章　再造“隔都”？

2001年1月4日，星期四，加沙

今天晌午，巴勒斯坦的总统车队沿海滨大道南下，前往加沙机场迎接从开罗归来的阿拉法特。我想到城外看看阿拉法特通过以军哨卡的情形，因为这是以军第一次把坦克部署到他的眼皮底下——最近的一辆坦克离总统府只有三四公里。

但是，还没到能够看见坦克的地方，巴勒斯坦警察就一本正经地把我劝了回来。他们说，阿拉法特车队使用机场和这条道路是双方安全部门高层协调安排好的，别人攀比不得。普通车辆只要敢靠近坦克驻守的路段，肯定要挨枪。据介绍，上午一辆奔驰车就在海滨大道上被以军拦路的枪弹打漏了油箱而掉头返回。一名警察还特意从路面上蹭起一点汽油泥让我闻一闻——那是中弹奔驰车沿途洒漏下的。

加沙本来只有365平方公里，其中只有以色列人才能去的犹太定居点和安全区占去100多平方公里，容得我走动的地面已经小得不能再小了，现在，以军又切断了加沙城南下的道路，我活动的空间只剩加沙城至埃雷兹检查站的十几平方公里了。新闻记者，最为重要的是能到现场掌握第一手材料，但是，现在别说采访，连行动的自由都没有了。以军方曾经说绝对保证新闻记者到冲突一线采访的便利和安全，但事实告诉我这多半是瞎吹。每次发生爆炸等突发事件，以军立即封锁现场附近的道路，绝对无视“无冕之王”们的采访要求和抗议。只要以军封锁道路，谁也别妄动，更别试着去和他们较劲儿，这已经成为加沙当地和外国记者不成文的“行规”。

隔离中的巴勒斯坦人日子更难过了，不妨看看路透社3日播发的一篇特写：“巴勒斯坦农民哈里里·马沙阿勒冒着被以军坦克兵发现的危险，不顾‘禁止进入’的警告牌，偷偷钻过加沙海边新扎起的一道篱笆，返回黛尔拜莱赫（加沙城南十公里）的家中……有七个孩子的马沙阿勒昨天（2日）到加沙城卖菜，归途中才发现去路已绝，只得在加沙城里过夜。他回忆说，作为养活一大家人的父亲，用生命做代价穿过封锁线回家，着实让他踌躇了好几个小时。”

在自己的土地上却不能享有任意走动的自由，反而要随时准备为此付出生命的代价，这就是巴勒斯坦人目前的处境。用马沙阿勒的话说，这是1967年以来巴勒斯坦人没有经历过的“灾难”。三天前，为了惩罚以色列境内发生的恐怖爆炸袭击，以军奉命强化对加沙地带和约旦河西岸实施的“全面封锁”。两天前，以军又对加沙和西岸进行了更为细致的切割：加沙原本就被围成铁桶一个，当地人戏称“大监狱”或“死亡地带”，如今更被腰斩三段，变成互不相连的四个小“监狱”，百万巴勒斯坦人被捆住腿脚。据以色列媒体报道，不足6000平方公里的西岸也被以军瓜分为40多个孤岛，近200万巴勒斯坦人出行受阻。

一位加沙记者今天对我说，以色列人的先辈中世纪起曾在欧洲的“隔都”（Ghetto，歧视、限制犹太人而设置的固定居民区）里生活了几百年，二战时期也尝过纳粹集中营的苦头，当今的以色列人对这些历史应该永世铭记。如今已是21世纪了，以军不但强占巴勒斯坦的土地，而且由于个别人的极端行为而惩罚所有巴勒斯坦人民，天下还有没有公理和正义可言？他说，曾经成为“隔都”受害者的以色列人应该有一种“己所不欲，勿施于人”的公正心态，不要把巴勒斯坦变成新的“隔都”。

一直持右倾立场的以色列《耶路撒冷邮报》也在为巴勒斯坦人鸣不平。专栏作家达伍德·库塔布当天在他的“东耶视点”专栏里写道：“本周的封锁是1967年以来最为残酷的，没有谁能回忆起30多年来曾有过如此严密的封锁。以前，（每次封锁巴勒斯坦人）好歹还可以走小路（到达各个城镇）；不能开自己的车还可以从东耶路撒冷叫出租；本·古里安机场去不了还可以选择走侯赛因桥（从约旦出境）；不能从加沙直接来西岸还可以从加沙机场（出境绕道再进来）；加沙机场关闭了还可以通过拉法海关从陆路进入埃及。本周这些路都被堵死了……这种封锁导致人们重复着

加沙南部，被以军封锁了外出道路的巴勒斯坦人，只能在邻舍间破墙穿行。

同一句话：巴勒斯坦地区已经变成了一座大监狱。”

达伍德认为，以色列实施封锁和隔离势必让巴勒斯坦人怀疑：这种把整个巴勒斯坦民众禁闭在大监狱中的行为意在迫使其领导人接受以色列“慷慨”的和平方案。他指出：“慷慨的正常定义是一个人放弃属于自己的东西，而不是指占有者将部分用武力夺取来的东西归还原主。”

达伍德提醒以色列政府，其刚刚签署国际刑事法庭条约，是要接受国际法约束的，而国际法是禁止集体惩罚的。他最后援引一个巴勒斯坦朋友的话说：“以色列人正在我们的生活中扮演着上帝的角色！”

我想我能和动物在一起生活，它们是这样的平静，这样的自足。

——惠特曼《自己之歌》

第五章　“假如这里是爱尔兰”

2001年1月5日，星期五，加沙

“他们够幸运的了，这要是放在爱尔兰，早把他们一个一个干掉了！”今天下午2点多，路透社摄影记者德斯蒙德·波伊杜在加沙城南的尼茨萨利姆定居点路口用非常粗鲁的话对我这样说。

来自爱尔兰的波伊杜替以色列军人感到庆幸，因为他们占领的是巴勒斯坦，遇到的是天底下最善良、最厚道的人民，如果换了爱尔兰人在这儿，不可能由着几辆坦克和几个大兵横冲直撞。

听说以军今天放松了对加沙南北交通的限制，我赶到尼茨萨利姆定居点路口采访，遇上了第二次见面的波伊杜。这个40岁出头、中等个、红皮肤、白头发的家伙第一次见到我就抓住我的手说，整个南斯拉夫战争期间他一直在贝尔格莱德，那里的中国记者无论是遇难的还是幸存的他都认识。他的话我无从证实，但是他对中国人的好感那是不掺假的。我想，可能是中国外交人员、记者以其大无畏的敬业和献身精神打动了这个傲慢的爱尔兰人。

路口下午3点至5点间开放，上午已经开放过两个小时了，但是海滨大道仍然封锁着。利用等待“通关”的半个小时，我们东拉西扯地聊了一会儿。波伊杜是临时增援加沙的路透社记者，已经在旅馆里住了好几个星期，目击了许多冲突场面。昨天，他在加沙北部一个定居点附近采访，眼看着以军装甲车摧毁了一些巴勒斯坦民房、树木和庄稼，甚至将家禽笼子里的兔子碾死，他大受刺激，直到今天还张口一个“法西斯”、闭口一个“纳粹”的骂着，是我见到的最情绪化的外国记者。我此前没有见过爱尔兰人，今后可能也难忘这个爱尔兰人。

波伊杜说，昨天他曾到这个路口来拍照片，但是坦克上的以军士兵挥舞着枪支粗暴地阻止他靠近，今天还是一样。他说这是心虚，心虚到连外国人、外国记者都不放心的地步。他认定以色列肯定要输，不但要抛下定居点，还得放弃圣殿山。我问为什么，他说因为他们怯懦，而怯懦是因为他们理亏。

在波伊杜看来，巴勒斯坦被占领土的暴力水平和爱尔兰没办法比，巴勒斯坦人还是老实，已经习惯了服从，就算有枪击、爆炸那也是伤不了以军毫毛。要是以军占领了爱尔兰早被打回老家去了。他认为，激进的哈马斯也好，伊斯兰圣战组织也罢，它们的好斗没法和爱尔兰共和军比，也赶不上新芬党的军事派别。

下午3点钟一到，把在十字路口中间的坦克后退约20米，恢复了加沙城南下的大路，两边的汽车一辆接一辆地根据以军士兵的手势慢慢通过。由于路口的路面被三个巨大的水泥墩子挡着，所有汽车必须从路边的人行道上绕行一段，通过的速度又多了道障碍。没过几辆车，坦克又驶进路口，重新切断了南北向的车流，等了一会儿才发现，有一辆被军车护送的

加沙城南，一辆以军装甲车，足以让几百辆巴勒斯坦人的汽车“抛锚”。

大轿车从定居点出来要横穿这个路口。波伊杜又看不惯了，说为了一辆该死的定居点汽车要让上千辆汽车统统停下等着，这种事也只有在巴勒斯坦发生。

恢复交通后又没几分钟，坦克上的士兵不知为什么朝正在通过路口的一辆出租车方向开火，一口气打了七八枪。那辆车没有中弹，相反却一溜烟地跑了，我向前紧走几步问波伊杜怎么了，看到了什么。他很有经验地对我说：“你别动，更别跑，他们已经够紧张的了。什么都没发生，他们只是想搞点动静出来给自己壮胆。”波伊杜似是而非地回答了我的问题，我始终不知道以军士兵为什么放枪。以色列电台说，昨晚一名约旦河西岸的巴勒斯坦人因藐视以军禁令试图穿越封锁线而被打死。

我和波伊杜约好一起南下看看那边的情况，但是我们的汽车在通过路口时走散了，只好各自为战。加沙“中部”和“南部”交界处的古什·卡提夫路口当天也分两个时段开放了。但是，我遇到了点经常遇到的小麻烦。一名当值的士兵对我讲：“我已经两次发现你单人驾车路过这里了，这是最后一次，别再让我看见。”我解释加沙就一个中国记者，我变不出两个人来。但是，我还得口是心非地答应下不为例。

转了一圈匆匆赶回尼茨萨利姆路口，生怕错过过关时间。上次在古什·卡提夫定居点附近的戈拉拉路口因错过时间被挡驾，幸亏以军方发言人说情才没有被卡在加沙“南部”，今天要是迟到了，可是南下无路，北上无门，只能在加沙“中部”找地方过夜了。波伊杜应付战地采访十分老到，他雇的车上不但放着发稿用的便携电脑，还带着卧具等全套生活用品，完全是哪儿有事就去哪儿，到了哪儿哪儿就是家，显示了不同一般的职业素质。

下午4点40分，我赶到尼茨萨利姆路口并顺利地获准单人驾车通过“关口”。五分钟后，波伊杜也赶回封锁线这边。下午4点50分左右，路口两侧已经看不到什么车辆了，足见加沙人是多么自觉自律。下午4点57分，最后两辆汽车急急赶过路口，以军坦克就重新开进十字路口。加沙从这一刻起，又变成了北、中、南三段四个部分。

时间之剑只雕刻统治者的皱纹，却剥夺老百姓的生命。

——自题

第六章　时间这把剑！

2001年1月6日，星期六，加沙

西方人说“时间就是金钱”，中国人说“时间就是生命”，阿拉伯人说“时间就是一把剑，你不截住它，它就砍断你”。对于巴以和平进程来说，时间的确成为一个非常关键的因素：再过整两个星期，照看巴以和平进程长达两个任期的克林顿将告别白宫，失去左右和影响双方的权柄；再过整四个星期，以色列就要进行总理大选，看守总理巴拉克将知晓自己还有没有机会执和谈之牛耳。阿拉法特虽然感觉不到时间的逼迫，但是，失去了巴拉克这个不错的伙伴殊为可惜，因为毕竟是巴拉克让他前所未有地看到了成功的希望。

时间或许又不太关键。没有巴以永久和平协议作奖章，克林顿依旧不失他杰出美国总统的形象，舆论已经为他的政绩下了定论。不能继续同阿拉法特共创和平新时代，巴拉克也不会心存莫大的遗憾，因为他还年轻，还有机会卷土重来再次冲刺。不能亲自把巴勒斯坦旗帜插上东耶路撒冷城头，阿拉法特也不会因梦想不完满而心有愧疚，他作为巴勒斯坦事业的象征，其奋斗的一生已经积淀了足够彪炳青史的辉煌业绩。

时间这把剑，它锋利，它无情，它也公正。它送走一代又一代领导人，也埋葬了一个又一个理想，但它却无法斩断巴以冲突这团乱麻。其实这不是时间的错，而是因为巴以和平还没有瓜熟蒂落，或许只欠几个月，或许还差半年，注定有人只能播撒种子，有人只能锄草施肥，有人可以收获，有人得以品尝。翻开整部中东和平进程史就可以看到，时间这把剑在各国各代领导人履历上留下的不同刻痕。

1994年10月26日，美国总统克林顿为约旦国王与以色列总理拉宾握手而鼓掌。在克林顿的推动下，两国于当年7月签署结束长达46年的战争状态并实现关系正常化的《华盛顿宣言》。中东地区谁抓住历史的机遇，谁就能征服时间这把剑。（时任新华社华盛顿分社摄影记者宋晓刚/摄）

但是，对于巴以普通百姓来说，时间才是真正致命的因素，是每天都在杀人夺命的剑。巴以冲突百余年，损失生命千千万。和平进程启动几年来无辜的生命时遭戕害，因最终地位谈判受挫而出现的百日冲突更创下日丧四人的记录，而且仍在继续。从这个意义上说，巴以和平必须早日实现，不能眼看着时间之剑肆意放血而无动于衷。

时间在流失，困难仍重重。巴以和平的确到了决定命运的关头。好在巴以美领导人都知道时间的指针不可抗拒，都在修改自己的日程表。巴拉克已经放风说不再谋求永久性的和平协议。克林顿也在考虑敲定一个主席宣言式的框架协议。阿拉法特仍然没有松口，他不想为了和克林顿、巴拉克一起赶时间而乱了自己的脚步，但他也在四处游说为一了百了解决问题做准备。

时间，两到四个星期的时间！人们很难想象巴以美领导人能签订永久和平条约，把纠缠了一百年的巴以多元多次方程式转眼间拆解出来，并明明白白地写在白纸上。或许，达成新的框架协议更为现实，它能让克林顿的功劳簿锦上添花，能让巴拉克的竞选多一份筹码，也能让阿拉法特的梦想更清晰地落在地上。至少，巴以双方应该结束目前的僵局，因为双方已经打够了，该使的手段都使了，该摸的底牌都摸了，该能得到的都得到了，不该流的血也都流过了，无法想象还能怎么样？

用时间的尺度来衡量，最能避免付出更多生命代价的是永久和平协议，根治巴以冲突，然而它却来得最慢，最为耗时；最能立竿见影地避免伤亡的便是停止冲突，维持现状，然而它却难以长久，最经不起时间的考验。因此，最现实和稳妥的可能是兼顾两头的过渡性和平协议，它介于理想和现实之间，既可以结束眼前的冲突，又可以触摸到未来的和平，让双方都有所得，又都有所期待。

时间这把剑，曾经改变了一切，正在改变一切，即将改变一切，也将见证一切。

世界上没有任何东西比人的生命本身更有不受攻击的权力。

——叔本华《自杀》

第七章　巴勒斯坦人的数字化

2001年1月8日，星期一，加沙

我曾在2000年12月3日的日记中写道："巴勒斯坦人毕竟不是简单的数字，他们的生命同样宝贵，他们身后同样有着一长串的故事。"

这句话是从一位以色列女记者的仗义执言中引申而来的。这位记者曾抱怨，巴以冲突中死去的巴勒斯坦人往往被视为简单的数字，而非死去的以色列人那样各个都有说不完的故事。那篇日记主要讲述的是一名巴勒斯坦电工仅仅因为被以军觉得可疑就成为枪口下的屈死鬼。如今，巴以冲突又延续了一个月，但是，我发现自己和那位以色列女记者都太天真了，都错了，因为残酷的现实告诉我，在某些以军士兵的眼里，巴勒斯坦人仍然只是一个个的数字，他们的生命在继续贬值。

今天凌晨，以军士兵在加沙城南尼茨萨利姆定居点附近开枪打死一名巴勒斯坦男护士。以军方承认了这一事实，理由只有一条：他身上背着一个包裹，有在路边安放炸弹的嫌疑，因为最近这个定居点附近发生过好几起炸弹爆炸。

7日傍晚，20岁的巴勒斯坦姑娘法蒂玛在约旦河西岸纳布卢斯市附近被以军子弹击中心脏而亡。以军方也承认了这一事实，理由也只有一条：法蒂玛和她姐姐、姐夫驾驶的汽车进入了巴以交火区。

5日下午，19岁的巴勒斯坦姑娘阿丽婕在希伯伦家中同妹妹晾晒衣服时被附近的以军开枪打死，以军方还是承认了这一事实并表示遗憾，理由仍然只有一条：有人在那个院子附近放枪，而事后调查证明所谓开枪不过是有人在那里燃放鞭炮……

这连续发生的三起无辜命案都是因为以军士兵凭着怀疑而“草率”开枪造成的。退一步说，就算他们的确可疑也不至于构成丧失生命的理由。以色列号称中东头号民主和人权国家，凡事都讲个章法和规矩，怎么到了被占领土就毫无拘束了呢？如果仅凭怀疑就轻易地杀人夺命，还奢谈什么民主和人权？这不但是挂羊头卖狗肉，简直连最基本的遮羞布都不要了。不知当今世界还能不能找出第二个如此公然涂炭生灵的地方？

以色列议会外交与国防委员会主席梅里多最近抨击政府对巴勒斯坦人员实施“清除”政策时说，以色列法律不允许未经审判就夺取一个人的生命，除非是为了制止正在进行的武装袭击或爆炸活动。但是，某些以军士兵在被占领土的所作所为证明他们缺乏法律与道德的约束，缺乏对人生而平等原则的起码尊重。他们并不把普通的巴勒斯坦人看作是和他们具有同等价值、享有同等生活权利的人，更多的时候宁可把他们当作潜在的和死有余辜的恐怖分子。

以安全为幌子动辄开枪、草菅人命的事在过去的三个月里不胜枚举。如果说因在特殊环境神经紧张而误杀巴勒斯坦人尚可勉强搪塞的话，阻止病人就医而直接导致其死亡则是无论如何不能饶恕的。

巴勒斯坦人也是活生生的人，不是数字。

所有途经以色列定居点或进出以军控制区的巴勒斯坦车辆，都要接受安全检查。

7日以色列《国土报》刊登了犹太记者吉迪昂·利维的报道，讲述的是一名巴勒斯坦女孩由生而死的悲剧，导演这出悲剧的正是对巴勒斯坦地区严格封锁的以军士兵。

“几周前的一个星期五，以军刚刚对约旦河西岸和加沙地带（重新）实行封锁。尽管那时的情况还算不错，但是，纳布卢斯地区十岁的巴勒斯坦女孩埃拉还是成为这一封锁的牺牲品。晚上9点，埃拉突然腹部剧痛，父亲艾哈迈德想找辆出租车，没人敢在晚上出车。他拨通以色列一个急救站的电话，对方却让他找巴勒斯坦救护车。埃拉的情况越来越糟，而且开始呕吐。在一位邻居协助下，艾哈迈德决定步行通过以军封锁线，把女儿送到纳布卢斯市内的大医院。

“当时封锁还不算严，路障完全由以军士兵控制。但是，任凭艾哈迈德百般哀求，以军士兵就是不让他和病重的女儿通过封锁线，况且他们只是去纳布卢斯而非以色列。他们试了一个又一个关卡，始终没有获得以军士兵的同意。艾哈迈德被迫带女儿回家。邻村一位大夫说，埃拉患的是急性阑尾炎，必须马上送医院。天亮了，艾哈迈德又去请求以军士兵高抬贵手，还是遭到了拒绝。几个小时后，埃拉死了。”

见死不救，已经是让人齿寒的冷血和不义之举，阻止别人挽救本可以挽救的生命简直形同杀人。作为文明时代的军人，即使是对待停止抵抗的战俘都应该讲人道，更何况面对的是无辜平民，是在父亲怀里垂死挣扎的女童。这或许只是一起特例，但是，把埃拉同冲突中不少冤死的巴勒斯坦成年人和儿童排列在一起，就会发现它并非偶然，因为巴勒斯坦人的确已经被“数字化”了，毫无生存价值。

这种异化或曰“数字化”巴勒斯坦人的行为能够淡化和结束巴以间的仇恨吗？利维并不认为如此，他说这种播撒灾难种子的做法，只能收获仇恨与报复：“如果外国士兵阻止你或你邻居的女儿就医进而导致她的死亡，你将怎么办？你会表现出克制？和解？或同造成这一后果的人讲和吗？”

然而，更大的悲剧或许还在后面。以电台当天报道，以军方已经放宽对士兵在危险地带开枪的限制，允许他们可在某些危险地区未经上司批准开枪射杀巴武装人员。以军滥用武力已是不争的事实，如果这条更有弹性的“军规”被貌似合理地滥用，还不知又有多少无辜的巴勒斯坦人为所谓的恐怖分子充当替罪羔羊。

三十年河东，三十年河西。

——中国俗语

第八章　罗杰斯的冷菜

2001年1月9日，星期二，加沙

谁是罗杰斯？翻开《新英汉大词典》，可以找到7个姓罗杰斯的人，雅虎网站里以罗杰斯命名的站点分45大类计1102个。但是，能在中东政治词典中留下一席之地的罗杰斯只有一人，即在1969年至1973年间担任美国国务卿的威廉·罗杰斯。

一周前，就在世界舆论聚焦美国巴以和平新建议的最后命运时，没有多少人注意到87岁的罗杰斯离开了人世，告别了原本属于他的那份热闹，因为这个所谓的和平新建议几乎就是罗杰斯的创意，是他早在31年前就端到中东的一盘大菜。

1969年12月9日，执掌国务院大权时间不长的罗杰斯在华盛顿发表一篇有关中东问题的讲话，提出了解决中东冲突的“罗杰斯计划”。这个计划的核心内容是，以色列撤出1967年战争中占领的阿拉伯土地，并根据安全需要对最后的边界进行适当的调整；通过就地安置和赔偿解决巴勒斯坦难民问题；耶路撒冷成为一个开放的、约旦和以色列共同拥有的国际城市，约以都可以在该市的社会、经济和宗教生活方面发挥作用等。

对照美国新建议可以看出，除了把约旦换成巴勒斯坦，把约旦河西岸和加沙地带换成阿拉伯被占领土外，它和“罗杰斯计划”没有任何实质性的区别。“罗杰斯计划”生不逢时，据说，还没等阿拉伯国家表态，被六五战争胜利冲昏头脑的以色列将军们就先拒绝接受这一非常有远见的折中方案。大菜被束之高阁，变成一道冷菜。

今天，在中东和平进程经历了罗杰斯、基辛格、舒尔茨、贝克、克里

1995年9月25日，美国总统克林顿与以色列总理拉宾、巴勒斯坦领导人阿拉法特、约旦国王侯赛因和埃及总统穆巴拉克共商中东和平进程，中东和平带给人们未曾有过的乐观情绪。然而，一个多月后，拉宾被以色列右翼极端分子刺杀，右翼势力抬头，和平进程严重受挫并转入低潮。克林顿被认为是最亲犹同时也是最善待巴勒斯坦人的美国领导人。（宋晓刚/摄）

斯托弗和奥尔布赖特六任美国国务卿后，美国总统克林顿又炒起罗杰斯的这盘冷菜，而且被舆论认为是解决巴勒斯坦问题的“可以看到和想象到的最好方案”。巴勒斯坦问题就像一个“飞去来器”，被远远抛出并盘旋了一圈后又落回原处。

曾经给以色列前总理拉宾当过办公室主任的埃坦·哈博尔日前在以《新消息报》上撰文大发慨叹地说，31年前拒绝“罗杰斯计划”的人今天全盘接受了它，或许还带着更多的渴望和急切。“罗杰斯计划”和克林顿建议本无区别，若有也只是以色列又经历了（同埃及之间的）消耗战、赎罪日战争、黎巴嫩战争和打击恐怖行动等事件。哈博尔还十分形象地揶揄说：“‘罗杰斯计划’爬出了自己的坟墓并搏动着新的生命，而6000名（以色列）士兵却钻进了自己的坟墓。”的确，既知今日，何必当初？

克林顿把“罗杰斯计划”这盘菜请出冷窖，稍微回了一下锅，浇了点鲜汁，然后呈现给巴以双方，同时半是谦虚半是骄傲地说，这盘菜未必全部对你们的胃口，但已是用最理想的配料和最佳的火候加工出来的，不吃我可撤了，将来再有什么名厨大腕献艺也不过如此。

以色列看守内阁总理巴拉克虽然略有嫌弃和矜持，但心里是看好这盘菜的。他说巴以两家就是打个你死我活最终还得坐到和平的餐桌前，而且能够分享的也还是这盘菜，意思是巴勒斯坦伙伴得赶紧抄筷子，说不定过了这村就没这店了。

巴勒斯坦领导人阿拉法特把这盘菜端详了几天，稍稍迟疑后终究没有表现出特别强烈的兴趣。仔细琢磨不妨做出这样的推测：阿拉法特其实胃口不太大，也并不过于挑肥拣瘦，而是克林顿端的这盘菜让他感觉不对劲，没有把安理会194、242和338号决议几种必不可少的材料加进去，菜味道好坏且不说，看着就不踏实；让几百万难民不要回来，几周时间里全民族集体脑筋急转弯，这菜简直是麻辣烫，更是难以下咽；没有切实可靠的国际担保，谁能说这道菜不是摆出来的样子货，从“奥斯陆协议”，到《怀伊协议》，到《沙姆沙伊赫备忘录》，这三盘菜哪个不是克林顿帮厨炒出来的，但是没有一盘让阿拉法特吃饱吃好了，没有一盘不是让他感到画饼充饥，望梅止渴。如此说来，“罗杰斯计划”这道冷菜回锅后还是遭冷遇也就不奇怪了。

其实，公平地说，“罗杰斯计划”这盘冷菜还不赖，价格还算公道，口味比较适中。问题在于好东西也要等待好时机才能卖个好价钱。如果没有31年的磨难，没有哈博尔所说的6000人垫背，巴拉克能接受吗？未必。

对于巴拉克来说，这盘冷菜的确可以接受，反正怎么吃都是干赚不赔。但是对阿拉法特来说就不一样了，就算无奈接受可能也得等一等，看一看，因为这是最后的晚餐，一旦认可了这盘菜，不管香不香都得吃下去，而且没有任何退换或者另起炉灶重新再来的机会了。

永久的和平，虽然它是一切民族权利的最终目的，

事实上却又是一个无法实现的理想。

——康德《法科学》

第九章　守望中东，等待戈多

2001年1月10日，星期三，加沙

今天傍晚，美国国务院宣布，中东和平进程特别协调员罗斯改变原定11日抵达加沙的日程，将巴以之行推迟几天。这是罗斯在美国总统克林顿任内对巴以的最后一次访问，也被视为克林顿推动巴以和平进程的最后一次努力。

罗斯让我们这些记者白等了三天：8日说他9日来，9日又说他11日来，还没等到11日又说他过几天再来，他简直就是无法等来的戈多。

美国国务院说，罗斯推迟巴以之行也是为了等待，等待巴以今晚在加沙举行的安全磋商结果。巴以安全磋商自冲突爆发以来已经举行多次，但是流血冲突一直在继续。三天前，美国和埃及撮合双方在开罗重新磋商，还是没有结果。昨天午夜，巴领导人阿拉法特在加沙同以旅游部部长沙哈克进行了高层磋商，依然没有结果。但愿今晚双方不再空谈，真正结束持续了三个多月的流血冲突，别让罗斯也“等待戈多”。

《等待戈多》是现代西方戏剧巨匠法国作家塞缪尔·贝克特于50年代初创作的两幕剧，被认为是现代荒诞派戏剧的经典之作。主要剧情是四个人物在苦苦等待一个并不相识的人物——戈多。替戈多送信的男孩在第一幕登场时说，“戈多今晚不来，明晚准来”。第二天那个男孩又来了，还是那句话，“戈多今晚不来，明晚准来”。结果是等待戈多的人物两个死了，另外两个嘴上嚷嚷着要走，腿脚却停留原地，仍在等待……

巴以争端持续一个世纪，成为国际政治的一大奇观，更像一部上演

加沙的孩子往往把参加示威当作游戏，这不，非得拦住我的汽车要求合影。

百年、迟迟难以落幕的经典荒诞剧。在这部贯穿战与和两条主线的荒诞剧里，几代风流人物做念唱打，纵横捭阖，“你方唱罢我登场”，渴望主演巴以争端的压台戏，推出皆大欢喜的和平结局，向天下看客奉献成功与辉煌。但是，这部剧正如《等待戈多》的剧情那样充满枯燥、重复和失败，许多帝王将相和张仪苏秦之流到头来才发现白做了道场，和平仍然难觅其踪，一如天天等、天天说要来、天天也没有来的神秘人物“戈多”。

其实，罗斯不是记者们无法等来的戈多，毕竟他曾被等来过多次。巴以恢复原有的相对平静也非等不来的戈多，因为这个局面一定会出现。让人感到无奈的是，原指望最后推动巴以达成永久或阶段性和约的罗斯却改变了行程，而其驻足观望也仅仅是等待双方实现停火这样一个低级目标。人们似乎看到一个明显的信号：即将离任的克林顿不再等待他苦苦守望的真正戈多——巴以和约。

《等待戈多》里面的弗拉基米尔曾经那样怀着巨大的希望：“咱们不再孤独啦，等待着夜，等待着戈多，等着……等着。”然而对克林顿来说，那个充满希望的“夜”已经过去了。守望八年没有等来戈多，没有机会继续等待的克林顿只能放弃了，但他多少想得到一点安慰，这就是罗斯正在等待的结果。

《等待戈多》的作者传递的是虚无和缥缈，是无奈和徒劳，是品味鸡肋般的枯燥无味而又难以割舍。用这部荒诞剧来诠释人生或许过于沉重和消极，用来比喻巴以和平进程也有失乐观和公允，毕竟巴以双方从长期敌对走向了初步和解，从各自的谈判红线逐步退让，和平终究要到来，和平肯定不是等不来的戈多。但是，这部戏剧所凸显的主题“等待”却是巴以和平进程宿命般的发展轨迹。

等待戈多的波卓瞎了，他的奴隶幸运儿哑了，两人最终在等待戈多中无望地死去。幸存的流浪汉爱斯特拉冈和弗拉基米尔虽然失望，但没有绝望，他们仍在等待，因为他们仍怀有莫大的信念“戈多今晚不来，明晚准来”。

回顾中东和平进程的历史，不少类似波卓和幸运儿的和平缔造者为了等待和平的到来呕心沥血乃至献出生命，但是，更多爱斯特拉冈和弗拉基米尔式的和平缔造者没有因为波卓们和幸运儿们的挫折而泯灭希望，放弃等待。过去如此，将来还是如此。

守望中东，等待戈多，和平一定会来！

和平是一种伟大的善，在世俗的人间生活中，除了和平任何话语都不能令我们这样快乐，任何事物都不能令我们这样快乐，任何事物都不能令我们这样热烈地去追求；我们发现再也没有比和平更令人欢欣鼓舞了。

——奥古斯丁《上帝之城》

第十章　松绑的感觉真好

2001年1月11日，星期四，加沙

由于巴勒斯坦和以色列10日午夜达成了降低暴力冲突的共识，以军方和安全部门决定从今天早晨开始采取一系列措施放松对巴勒斯坦地区的内部封锁。被捆绑和禁闭了近两周的巴勒斯坦人有望轻松一下了。

上午11点左右，我前往住所以南三公里处的尼茨萨利姆定居点西路口，想证实以军坦克是否还据守在那里。自从本月1日起，以军在切断贯穿加沙南北的主干线4号公路的同时，也从这里切断了海滨大道，把加沙地带切割成互不联系的四大块。

与前几天不同的是，我还没到尼茨萨利姆定居点西路口，一个巴勒斯坦哨卡的警察就远远向我做了继续前进的手势。因为不敢贸然闯入禁区，我放慢了车速。那个好心的警察笑着说："别怕，坦克走了，没人会朝你开枪。"

通过这道哨卡，以军坦克果然从尼茨萨利姆定居点西路口消失了，那里只有部分巴勒斯坦警察维持秩序，一辆推土机正在清理以军堆在路面上的一道土岗子。从海滨大道两头汇聚来的汽车越来越多，车里的人们透过车窗彼此用眼神或手势打着招呼，高兴的情绪洋溢在一张张笑脸上。

一刻钟后，道路疏通了，尽管原来平整的柏油路面已经被坦克履带压出道道白痕，周围小部分菜地也遭到了破坏，但是这点小小的疮痍没有让我感到难过，因为我重新看到了加沙中南部沿海地带的广阔土地，眼前豁然开朗，心情格外的好。

驶过路口，我沿着蜿蜒起伏的海滨大道急速南下，清爽的海风呼呼灌入车内，使我感到呼吸顿时舒畅，要知道，过去十天里，由于加沙被以军切割为北、中、南三段，我的活动基本被局限在加沙城及其以北的有限空间里，那种走投无路的感觉可能比巴勒斯坦人更强烈。因为他们习惯了被拘束和受限制的日子，而我却是来自面积相当于大半个巴以地区的北京。

途经加沙中部的黛尔拜莱赫市时，我沿路捎带了两名巴勒斯坦男子，我一个人开车可能无法通过前面古什·卡提夫定居点路口的以军哨卡。坐在副驾驶座的中年男子和我一样高兴，他说："犹太人有时挺好，有时又挺坏。"我猜他说的"犹太人"是专指以色列军人吧。我说这是占领和扩建定居点政策的过错，不是哪个具体执行军令的犹太人好坏。政策宽松，巴勒斯坦人就感觉好一些，政策严厉，巴勒斯坦人就过得糟糕。这个男子说冲突爆发前他在特拉维夫打工。据我平时了解，在以色列境内工作的巴勒斯坦人对他们的当地主雇印象都不错，如果不是争夺土地，如果抛开了耶路撒冷、难民等实际问题，我相信巴勒斯坦人和犹太人是完全可以和睦相处的。

每当以军切断加沙地带的交通要道，所有出远门的人都得下车步行。

只要以军在被占领土临时断路，公路就会变成停车场，乘客只能走到目的地。

古什·卡提夫定居点前面的4号公路上车辆稀稀拉拉，足见这条加沙交通大动脉今天开放得更早。过去几天里，这条道路每天早晨和下午各开放两个小时，交通十分拥挤。昨天下午，我好不容易通过了加沙城南的关卡，到达这里时发现等待通过以军哨卡的车辆达到数百辆，而且半天没有移动的迹象，由于担心无法在限定的时间内赶回加沙城，我只好中途折返。

我一口气开到加沙最南头的拉法海关，十多辆出租车正在关口空地上忙着转运上百名等待出境的巴勒斯坦人。一名我认识的警察说，海关上午就完全开放了。被关闭了两周的拉法海关重新畅通了，人们快乐的心情通过叽叽喳喳和嘻嘻哈哈的喧闹声传递了出来。据报道，当天以军还开放了连接约旦河西岸和约旦的阿伦比海关，并允许部分物资重新进入巴勒斯坦地区。

拉法海关东侧的加沙国际机场相比之下车少人稀。机场主任阿提夫·纳斯尔告诉我，以方两周前宣布的禁飞令今天已经解除，在完成相关的技术准备工作后，机场将于14日恢复运营。但是巴民航局局长齐丹随后却说机场12日部分恢复运营。反正加沙的天空又重新开放了，被稍稍松绑的巴勒斯坦人可以从这里飞往广阔的外部世界了。

回家的路上，“以色列之声”电台说，当天以军还解除了对西岸三个城市的内部封锁，而对其他城市、村镇和难民营的分割何时结束要看未来几天巴方做出的善意回应。另外，被以军吊销了贵宾卡的500多名巴勒斯坦官员已经有50人重新获准进入以色列，或者通过那里往来于加沙和西岸。电台还援引巴勒斯坦人士的话说，巴领导人阿拉法特已经明确指示警方和安全部门采取切实措施降低同以军之间的暴力冲突，并制止开枪事件的发生。昨天，巴安全官员也是根据阿拉法特的命令出席巴以安全会谈的。看来，阿拉法特要下决心继续收缩持续了三个多月的“阿克萨起义”了。

重新驶上海滨大道，迎面来的风更加轻柔，湛蓝的天空下，左边是微波涟涟的辽阔大海，右边是黄土、绿树和房舍构成的乡村风光，虽然谈不上旖旎迷人，但也让我赏心悦目。我加快车速，尽情地飞驰在蜿蜒起伏的大道上，也尽情地享受着加沙初步松绑后久违了的自由和宽松，和平真好，自由真好！

在真正的战争中，在敌人的国土上，虽然一个公正的君主可以占有全部的公共财产，但却须尊重个人的生命和财产。他尊重他自己权利建立其上的那些权利。……战争绝不能产生不是战争目的所必需的任何权利。

——卢梭《社会契约论》

第十一章　再访戈拉拉村

2001年1月13日，星期六，加沙

有好几个星期没有去戈拉拉村了。今天中午，我陪着耶路撒冷分社记者钟翠花、中国国际广播电台记者关娟娟以及另外一个朋友再次参观了这个巴勒斯坦村庄。小钟和小关是来这“体验生活”的，因为她们主要在相对平静的耶路撒冷报道巴以冲突，特别想增加点感性认识，也想把平时报道中常见的几个冲突地点的位置搞清楚。

戈拉拉村位于加沙中部黛尔拜莱赫省，离最大的古什·卡提夫定居点不远，南靠纵贯加沙地带的4号公路，西临一条定居者专用路。这样的特殊位置使它在巴以冲突中饱受祸乱。去年10月下旬，4号路和定居者专用路交叉处发生两次爆炸事件后，公路两侧的许多古木、果树被以军用推土机推倒。去年11月，以军借口有人在该村枪击其岗楼和定居者车队，肆无忌惮地进行报复，把公路两侧各一百米内的数千棵树木、十多座楼房和平房统统推倒碾平，致使几十户村民无家可归。

在戈拉拉村的一块空地上，十多顶低矮窄小的帐篷横七竖八地立在那里。帐篷里的男人大都不知去向，只有几十名妇女、孩子守在“家”中。这些单薄而简陋的帐篷已经在阴冷的雨季里支撑了两个月了，没有人能告诉帐篷的主人们何时才能重建家园，过上正常的生活。

两位老太太看见小钟和小关后钻出帐篷，你一言我一语地控诉着以军毁树拆房的暴行。崭新的地毯被坦克履带撕咬成一米见方的碎块，大口径

失去家园的老人，当了二次难民。

的铝制洗衣盆被挤压得变了形，就连煤气罐都留下了明显的履带齿痕。

听着两位老人带着泪水的诉说，环顾周围无助的妇女、儿童，清点着简陋的帐篷和家什，再看看大片狼藉的碎砖和树桩，小钟和小关几次流下同情的眼泪，也一度泣不成声。小关已是第二次来这儿了。她第一次来的时候把随身带的一板巧克力拿了出来，但却无法满足涌在身边每一个孩子。面对一双双天真而又渴望的眼睛，小关当时扭头走了，她不忍再看他们一眼。或许是这种场面见得多了，或许这个地方来得多了，我已经习惯了，也麻木了，但是，我每次穿过废墟与泥泞来到这里仍然感觉一块沉重的石头压在心里。他们的愿望简单得不能再简单了，那就是重新盖起房子，过上正常的日子。

戈拉拉村外的旷野白天满目疮痍，夜晚更是充满死寂般的黑暗和恐惧。由于村前的4号公路一段被以军彻底封锁，一段被以军两头控制，晚上几乎没有什么车辆从这里通过。昨晚我们四人开车前往加沙南部的国际机场，途中经过这里，四周一片漆黑，看不到其他车辆和行人，也听不到任何动静。天空虽然挂着半个月亮和不少星星，但是它们遥远的光亮太弱了，无法冲淡戈拉拉村周围凝重压抑的气氛和化不开的黑暗。

这是自以军管制这条道路以来，我首次晚上经过这里。白天尚且提心吊胆，晚上更是忐忑不安，几乎每一秒都在担心以军会不会开枪。小钟她们没有任何先入为主的印象和概念，谈笑自若，根本不知道我这个被她们看作勇敢者的人心里正敲着小鼓。这两天，巴以双方已采取了一系列措施控制暴力冲突，局势明显好转，以军士兵的神经也不那么紧张了，否则我不会拉着她们三个人到这里冒险。

接近戈拉拉村时，一束灯光刺破黑暗照射过来。我知道那是在装甲车上值勤的以军士兵，于是停车，远远接受盘问，然后获准通过。前行一公里左右，又是一束灯光投了过来，这是戈拉拉村另一头的以军哨卡，停车交涉后顺利通过。戈拉拉村前的 4 号公路本来是条南北向的单行线，但是，目前已经被以军用水泥墩从中间隔离，西边的一侧供巴勒斯坦车辆行驶，东边的一侧供以军和定居者专用。

从戈拉拉村到加沙机场有15公里的路程，沿途几乎看不到灯光，行车主要靠钉在路边大树上的反光板指示方向。途中穿过的罕尤尼斯省城虽然能见到不多的车辆和行人，但灯光稀疏、暗淡，犹如乡下。小钟沿途问我哪里有民居，其实哪里都有民居，只是黑暗中我无法确定它们的方位。

加沙机场属于限时开放，下午4点后就已停止营业。机场灯光烁烁，

少年不知愁滋味。

被以军摧毁的枣椰树有上百年历史，也是巴勒斯坦人的经济来源之一。

只有几个工作人员守候着里面的办公室和候机厅。一位保安人员听说我们是记者，客气地把我们请到平时不能去的行李间参观，口中却抱怨我们为什么不报道巴勒斯坦人的苦难？他还特意提醒我们注意几家电视台当天傍晚播出的一个实录镜头：几名以军士兵在约旦河西岸希伯伦开枪打死了一个巴勒斯坦人，然后像对待一个死亡的猎物一样拖着他往前走了几十米，而其中一个戴眼镜的士兵笑着挥舞着手中的战利品——一把手枪。

那个巴勒斯坦人的追问使我在回家的路上陷入沉思，脑际里也总是无法清除希伯伦那个恐怖的画面和那张“胜利者”的笑脸。回到戈拉拉村口时，我早早开启车里的灯，以便让装甲车上的以军士兵看清我们。或许他们看到车里有两位女士和车外的“TV CHINA”识别标志，非得隔着老远和我们打听李小龙和成龙的“近况”。虽然看不见他们的容貌，但是他们掺杂着英语和阿拉伯语（可能是来自戈兰高地的德鲁兹人）的问话声显得单纯而快乐，好像他们同这场冲突，同周围的环境，同戈拉拉村的遭遇没有任何关系。

一个巴勒斯坦村庄的遭遇

新华社加沙（2000年）12月8日电（记者马晓霖）

伊卜拉欣·阿布·沙班不好意思招呼别人进他的帐篷，因为那里除了睡觉用的几个破垫子和渗入的几摊雨水，别无他物。

这是8日下午记者在加沙中部戈拉拉村看到的情景。近20顶白帆布帐篷零星坐落着该村的几片空地上，同四周的灰色砖房颇不协调。由于以色列军队最近摧毁了该村28户人家的住房，400多名村民只能寄居在这些国际红十字会提供的“寒舍”里度过阴冷的雨季。

“我早晨回到这里，却怎么也找不到生活了15年的家。”42岁的阿布·沙班是名治安警察，11月21日下夜班回到村里时他几乎不相信自己的眼睛，一夜之间家没了：总共两百平方米的六间平房及院墙被以军坦克和推土机推倒碾平，圈里饲养的两头牛和六只羊无一存活，万幸的是妻子和四个孩子都被平安地转移到伯父家中。伯父家也住不开，他只好带着两个大孩子住在这单薄的帐篷里。

戈拉拉村位于加沙中部古什·卡提夫定居点入口处，并与犹太定居者专用的242号公路毗邻。巴以冲突爆发后，这一带曾多次发生过针对以色列军队的爆炸和枪击事件。以军为了进行报复并使巴武装人员无藏身之处，先后在戈拉拉村的外围清理出丁字状的两条“安全地带”，每条宽数百米，长约三公里。无辜的戈拉拉村民因此遭受了空前的浩劫。据阿布·沙班介绍，数千棵蜜枣树、橘子树和橄榄树被连根拔除，数百亩土地遭到封锁，十多处民居被推倒、碾平，靠果园和农田吃饭的几百号人顿时生活没了着落。

阿布·沙班气愤地说，村民们都是本分的农民，以军如此怯懦而殃及无辜只能让巴勒斯坦人对他们更加痛恨。他表示，他将来一定讨回公道，要求以军原模原样地把房子给他重新盖好。

村民阿布·伊代是个养蜂专业户。以军21日夜里推倒他的房屋前，他只来得及把100岁的老母和妻小搬出家，十多万美元置办的房产和生活用品全完了，500箱正在酿蜜的蜜蜂大部分被以军推土机碾做泥尘。阿布·伊代从泥土里翻出一片片破碎的蜂箱板条说，由于周围院子700多棵柑橘树被铲除，幸存的部分蜜蜂最近也都饿死了，光这一项损失就达五万美元。

阿布·伊代的老母拒绝搬到亲戚家或帐篷里去住，而是一个人守在离废墟不远的一座未完工的房子里。她目光浑浊却坚定，两手冰凉却有力，声音颤抖却清晰。指着百米开外的以军坦克和树拔房摧后遗留的大片荒地，老太太说："我在这儿住了70年，我不走！房子没了，树也没了，但是我的土地还在，我要看着它！"

据不完全统计，近两个多月来巴勒斯坦地区被以军拔除的各类树木达数万株，被摧毁和征用的民房有数百处。巴以舆论普遍指出，通过高压和报复手段并不能根除巴以冲突，以色列只有结束对巴勒斯坦的非法占领并撤走定居者，才能为自己赢得真正的安全。

示之以形，禁之以势，使之望而不敢犯，犯而无所得。

——苏辙《殿试武举策问一首》

第十二章　有灯无形的神秘船队

2001年1月14日，星期日，加沙

晚上9点30分，我吃完最后一口面条，正准备盘坐在沙发上看看CCTV-4播出的《中国文艺》节目，突然外面一声巨响。我跑上阳台一看，对面大约一公里外的海面上空出现一颗特别大的照明弹。再仔细一看，从我正对的方向开始向北去，出现了一溜闪烁的船灯，每组大约四盏，每组之间又相隔着相同的距离。我数了数，一共有16组，也就是说有16条船，而刚才的照明弹正是从第二条船上发射的。

楼下的海滨公路上已经涌现了不少扎堆的巴勒斯坦人，都在观察着海面上这支少见的有灯无形的船队。几分钟后，一辆救护车开到了海滨公路旁的一座平房后停下，完全是随时救护伤员的架势。北去几百米外的阿拉法特总统府已经一片漆黑，实行了灯火管制。

就在我感觉越来越不对时，有人从楼下南侧朝海上照明弹升起的方向打了两梭子弹，子弹像一只只红色的萤火虫拖着长长的尾巴飞向夜空，并迅疾消失。这一切迹象使我做出一个判断，这支神秘的船队是以色列海军的炮艇部队。虽然两梭子弹没有引起对方反应，但我还是赶紧转身进屋关掉临海房间的所有电灯，生怕成为海上船队回击的活靶子。

我打电话给耶分的小楼请他与以国防部联系，问问以海军是否正在加沙海面举行军事演习或准备采取什么军事行动。小楼最终联系上了，对方只记下他的问题，但始终没有给予他任何答复。其他国际媒体均没有关注悄悄出现在加沙城西海面上的这支神秘船队，但是巴勒斯坦通讯社的一位朋友经过官方渠道证实后告诉我，它们的确是对加沙进行威胁的以色列海军。前两次以军空袭加沙时，以军舰艇也同时出现在加沙海面上进行策应。其中一次以军舰艇还发射了火炮。

我出门下楼，为几名部长和司长看大门的两名警察已经不敢坐在平时坐的暴露位置，他们也是怕刚才那两串子弹招来回击子弹和炮弹。两名警察不能肯定海上的这溜灯光就是以军舰队，但他们肯定地说巴海警部队只有几条巡逻艇，绝对不会突然鸟枪换炮变成一支“大部队”。说是打鱼的船队就更不像了，他们在海边长大，没见过有这么多的大渔船，如此等距离地排成一条线，而且还发射照明弹。其中一个警察说，虽然看不见船的影子，但是他的确听到过船上传来的一声希伯来语问话。

就在我们谈论海上的神秘船队时，住在同一楼的巴勒斯坦电视台公关部主任希沙姆也下来看热闹了。据他介绍，当天傍晚，一名犹太定居者在加沙南部的罕尤尼斯失踪，以色列方面认为是被巴勒斯坦人劫持了，因此威胁巴安全部门必须在晚上10点前把人找到并安全地交给以方，否则将袭击罕尤尼斯城。再看看表，已经过了10点，神秘船队还没有动手的意思。

直到午夜时分，失踪的定居者还没找到，但是他的汽车被找到了，而且已经被烧毁了，这证实了以方先前做出的他遭绑架的判断。尽管搜查工

加沙巴勒斯坦人的船队不成规模，这算是最大的港口了。

作还在进行，但是来自罕尤尼斯的消息说，以军直升机已经袭击了该城一个巴警察部门，至少造成一人受伤。此前，以军已经重新封锁了罕尤尼斯一带的大小道路，并关闭了连接加沙地带和埃及的拉法海关。

时间到达15日凌晨1点半，海上的神秘船队仍然停泊在那里并保持静默。或许一觉醒来它们已经悄悄地拔锚离开，或许我睡梦中就能听见它们的枪炮声，或许它们不打也不走明天还待在那里，继续虎视加沙……这一切都将取决于那个失踪定居者的命运。

当天空放亮，黑夜隐退时，神秘的船队将露出庐山真面目。

从人类历史来判断，我们将被迫得出结论，即战争的愤怒和破坏性情感在人们心目中所占的支配地位远远超过和平的温和善良的情感……

——汉密尔顿《联邦党人文集》

第十三章　巴以都得看紧后院

2001年1月15日，星期一，加沙

今天上午，以色列军队把坦克和装甲车开到加沙地带的各主要路口，重新把这个巴掌大的地方腰斩三截，分为互不相通的四块。非但如此，以军还关闭了加沙国际机场、加沙连接埃及和以色列的各个通道，卡断了对加沙的物资运输。这一切都是由一个以色列人的死亡引起的。

昨天傍晚，34岁的犹太定居者察拉赫在加沙地带中南部古什·卡提夫定居点附近遭到绑架。以军方和警察通过一整夜的拉网式搜查终于在今天上午找到了他的尸体。哈马斯事后宣称对这一事件负责，一个自称是“法塔赫小组”的组织也出来“表功”。

察拉赫之死在以色列上上下下引起震动，也引发以军重新全面封锁和切割加沙地带，把刚刚放松几天的紧箍咒再次收紧。然而，这种株连九族式的做法仍然不能平息以方极端分子的不满和愤怒。今天中午，几十名古什·卡提夫定居点的定居者持枪闯入附近巴勒斯坦人村庄，毁菜地，砸门窗，烧汽车，甚至殴打手无寸铁的村民……以军出面制止并逮捕了其中两人后才算平息了事态。下午，几十名定居者又在西岸某条公路上闹事，抗议军方允许巴勒斯坦人通行。

其实，这些激进和极端分子并不代表巴以社会的主流，而是两股永远无法相融但又具有某些相同动机的逆流。无论巴方还是以方的极端势力都想彻底把对方所属的民族从巴以这个地方永远赶出去，这是他们永远不能相融的根本原因。但是，双方又有个心照不宣的共同目标，那就是反对各自政府做出妥协，时刻准备毁掉和平进程，使双方重新陷入你死我活的战争，然后建立一个单纯的巴勒斯坦国或者以色列国。

因此，巴以领导人不但要两眼盯着对方的谈判方案，而且要后脑勺上长眼睛，小心自家的后院不要失控。从某种意义上说，和平进程也是在同双方的极端民族情绪做斗争，是主流与逆流的较劲，是进步与倒退的拉锯。如果巴以双方，特别是有能力和实力采取大规模军事行动的以色列政府被某些极端分子的极端行为所左右，进而采取过分的报复措施，必将真正挫伤和平进程。

显然，这两天不安定也不是无根由的。首先，巴以双方不但恢复了安全磋商，采取了协议恢复信任的措施，而且也举行最高级别的谈判，显示了积极推进和谈并在未来几天实现突破的迹象。巴以双方的极端分子谁也不愿意看到这样的结果，因此寻衅闹事自然难免。另外，以色列总理大选仅有三周时间，巴以双方的极端分子都不希望主和的巴拉克继续执政，而是盼望好斗的沙龙上台，无限期地搁置和平进程。因此，闹事是个好办法，而且越大越好。闹得越大，以军收拾得越狠，双方立即取得和谈成果的机会就越小，而打着安全旗号的沙龙出任以色列总理的机会反而越大。

加沙海滨的新广告：“和平之苦好于战争折磨。”

因此，巴以双方领导人必须提高警惕，在未来关键而有限的时间内加强控制，也尽量保持克制，否则就会掉进双方极端分子设置的陷阱里，使和平进程蒙受新的挫折。

莫道无人能报国，红旗行去取凉州。

——王珪《闻种谔米脂川大捷》

第十四章 “世界肚脐”里的中国人

2001年1月16日，星期二，加沙

生活在世界最低点，
按时上班不看钟点，
吃饭时间没个准点，
身上长满红豆点……

一首《点点歌》形象而具体地描述了一群中国人在巴勒斯坦的生活和工作状态，字里行间洋溢着乐观与豪迈。

苦战杰里科

今天上午，我随中国驻巴勒斯坦办事处主任吴久洪大使前往约旦河西岸的杰里科，看望被困在这个“孤岛”上的42名中国工程人员。置身巴以冲突的第一线，环顾他们艰难而危险的处境，我觉得这些中国人的确了不起，他们自编的《点点歌》每句都有着不寻常的故事。

杰里科位于约旦河西岸、死海北岸，是世界上最古老的城市，有5000年的历史，又称“万年”之城，曾被《圣经》提及71次。杰里科低于海平面260米，因而也是世界海拔最低的城市，有“世界肚脐”之称。

2000年9月初，世界粮农组织为援助建设杰里科灌溉恢复工程招标，

战乱不彻底结束，援建巴勒斯坦大型基础设施的中国团队将无功而返。在我结束任期时，大量公用建筑已毁于战火。

以色列牌照的车主，如果进入被占领土将接受以军安全免责警告：是生是死，自己承担全部后果。

中国水利电力对外公司（简称中水电公司）凭着优良的资格信誉和合理的标价，击败了参与公开竞标的其他16家竞争对手，承包了这个设计工期为十个月的项目。虽然合同金额只有190万美元，但这是中国公司首次通过国际招投标进入巴勒斯坦工程承包市场。这个项目的主要内容是设计和建设一座泵站以及总长30公里的供水网络，利用杰里科唯一的一眼淡水泉为4.3万当地人建立经济实用的灌溉系统。

2000年9月底工程正式开工。项目工作人员绝大部分属于中国水利电力第五工程局，来自天府之国——四川盆地。仲夏的杰里科白日平均气温超过摄氏40度，最高时达到60度，是整个巴勒斯坦地区气温最高、湿度最大的地方。这里三面环山，一面濒临死海，是个密不透风、潮热难耐的小盆地，自然条件要比四川盆地差远了。

初来乍到没有现成的工棚，他们只能六人一组在简易的帐篷里睡地铺。为了散热，他们把帐篷四周撩了起来，谁料每天却受到大批苍蝇的围剿，只要天一亮，苍蝇准来轰炸，这就是《点点歌》里“按时上班不看钟点”的来历。为了早日完成泵站的土建工程，管理、技术和施工人员除避开中午酷热的几个小时外，把全天的时间都投入到测量管线设置控制点、挖土方、支模板、绑钢筋和浇注混凝土等基础建设上，因此“吃饭时间没个准点”。由于水土不服，天气潮热，项目组的每个人都曾长出一身的红斑点，难受得无法入睡，好久才消失……

战乱似等闲

艰苦倒是其次，巴勒斯坦人和以色列军队间爆发的大规模流血冲突蔓延到杰里科，不但影响了工程建设的顺利进行，也使管理和施工人员承受了未曾经历的战火洗礼。

巴勒斯坦没有自己的基础工业，项目建设用的钢管、UPVC管、闸门、水泵等材料和设备等必须到以色列市场采购。为了采购到工程监理认可的材料，项目经理周海防、副经理李峰一家一家地去看货砍价，一去就是一天，一个半月间居然行车两万公里，可以说跑遍了以色列的每个角落。

在以色列兵困杰里科后，项目采购的材料无法运进杰里科城，周海防等认为工期有限，不能坐等时局好转，必须设法走出去突破封锁。他们多次穿越小道，绕开以军哨卡进入以色列进行采购，并设法“偷运”进来，为此和以军打了几个月的“游击战”，甚至还当过以军的“俘虏”。2000年11月27日，项目采购的钢管已经被卡在杰里科城外，晚上，项目经理们带着几名工人开着卡车和吊车悄悄出城装货，但是回程中被以军发现，被迫卸下钢管空手而归。但是，他们并不气馁，改天再次出击并成功地把钢管运了进来。还有一次，他们出动四辆卡车走小道去30公里外“偷运”材料，结果再次遭到以军警的围追堵截。不打不成交，如今几位项目负责人已经同看守关卡的以军士兵成了熟人，有时也能走走后门。周海防说，这些经历事后想来非常危险、可怕，但是为了公司和中国的声誉，他们只有冒尽风险全力完成项目建设。

杰里科曾经是巴以冲突最为激烈的一个地点，而项目组的这些中国人也在这里经历了想都没有想过的可怕场面。据李峰回忆，2000年10月中旬的一天，距营地500米处的巴勒斯坦警察哨所与一公里外的以军哨所发生对射。随后，巴勒斯坦警察后撤到营地附近继续和以军交火。还有一天，在双方交火过程中，一架以军战斗直升机一度飞临营地上空，并盘旋好几圈，所幸的是，直升机没有朝营地开枪和发射火箭。李峰推测，可能是营房顶上他们预先铺设的两面巨大的五星红旗充当了几十号人的保护伞。李峰说，几个月来，巴以在杰里科的武装较量时断时续，昨天午夜两点双方又发生激战，一直打到早晨，营地单薄简易的墙壁被枪声震得直颤悠，好在大家已经习以为常。

据了解，即使在这种情况下，项目正式开工以来没有停工一天。当然，由于材料供应不畅，这期间也出现过工作量不饱和的现象，但整个项目的工作局面已经打开。目前，占工程总量30%的泵站工程土建部分已经完成三分之二，工程主体管线部分已完成三分之一的施工设计。虽然由于局势影响出现了拖期，但是只要材料得到保证他们将争取在未来六个月内优质保期地交工。项目组还有个想法，就是设法把价廉质优的中国机电产品推荐给工程监理，让泵站安装中国的设备，改变当地人对中国制造的生活日用品质量不佳的负面印象。

援外苦也甜

以军第一次封锁杰里科时，由于当地市场没有任何准备，一度米面告罄。项目组也出现了断粮一天的危机，大家非常紧张，后来便囤积了足够的粮食以备不测。杰里科是巴勒斯坦的菜蔬之乡，古有“上帝的花园”之美誉。平时蔬菜品种丰富，价格便宜，生活比较方便，封锁使这里出口受阻，蔬菜几乎跟白捡一样。我在项目组营地周围看到，好几亩花椰菜晾在地里无人问津，成为一大群绵羊的鲜草料。

身在异乡，语言不通，民俗迥异，杰里科的中国人收工之后只能集中在大食堂里看看电视，好在这里通过卫星天线能够收看CCTV-4的内容，他们可以每天关注祖国的发展变化。负责施工的副经理老花今天还特别正经地追问我，今年除夕之夜CCTV-4转不转播春节联欢晚会？

花经理的夫人王声婉是整个项目组仅有的一位女性，身兼出纳和厨师。她认为杰里科如果不打仗，条件不比她想象得差。47岁的王声婉感觉到这四个月来一切还好，她最大的心事是惦记在重庆工作的22岁的女儿，最不习惯的是晚上没地方跳舞。她在成都时每晚都要参加中老年集体交谊舞会，而现在只能在院子里散散步。

由于路途遥远，当天必须赶回，所以我们只是走马观花地了解了一下项目组的生活和工作情况。回家前主人热情地招待我们吃了顿地道的川菜，那个麻、辣、香让我感觉进了国内的川菜馆。花经理知道我这个北方人也爱吃四川的麻辣烫，热情地邀请我春节再到杰里科做客，和他们一起吃火锅，地道的四川火锅！

远水难解近渴，远亲不如近邻。

——中国民谣

第十五章　被刺杀的部长邻居

2001年1月17日，星期三，加沙

今天，我吃完午饭后开车在重新开放的海滨大道上跑了一圈，心情比万里无云的天空还晴朗。

下午3点左右，我回到公寓楼门口刚停好车，正在门口站岗的警察哈桑迎了过来，他直直地盯着我看，神情呆滞，欲言又止。我以为他有什么为难的事要我帮忙，追问之下他才轻轻地说了两句让我感到非常震惊而难以相信的话："麦吉死了。被人暗杀了。"

麦吉的全名叫希沙夏姆·麦吉，巴勒斯坦广播电视局局长兼卫星电视台台长，是掌管巴主要宣传机关的部长级干部，也是位经常在电视上露面并常常迎送阿拉法特的头面人物。当然，对我来说，这些都不是麦吉的主要身份，他首先是我的一位邻居，一位好邻居。

我不太相信麦吉这样的高干会被人谋杀，哈桑等八名警察24小时轮流值班就是为了保卫麦吉，谁敢拿他的生命开玩笑？我在半信半疑间走进电梯，同乘电梯的一对邻居夫妇也告诉我，麦吉被打死了，地点就在总统府北边两百米处的海滩饭店。麦吉居然在人口密集警察出没的地段遭到暗杀？我反倒更不相信了，于是扭头就朝那里赶去。

仅四分钟的时间，我的车已冲到两公里外海滩饭店所在的海滨大道，围观的人群和闪着红蓝灯的警车已阻塞饭店前的街道，我见状心里又是一沉。现场已被封锁，几名先赶到的记者告诉我麦吉的确死了。几分钟后，麦吉的一位部下走出饭店，这位平时跟我嘻嘻哈哈的老头失去了我熟悉的笑容，他对我说：“真主至仁至慈！”这是穆斯林提到亡灵时咏诵的一句经文，它确认了麦吉之死。老头援引目击者的话说，中午麦吉正在饭店餐厅里喝茶抽水烟，三个蒙面人闯了进来开枪将他打死，然后驾车逃走，不过有人记下了车牌号码，他们跑不了。

谁杀了麦吉，说法和推测非常多，将来也许会真相大白，也许会成为不解之谜。对我来说，重要的不是谁杀了麦吉，而是失去了一位邻居，失去了一位和善的长者。我和麦吉交往并不多，但的确有些缘分。

刚到加沙创建分社时，我考虑到局势动荡，选择社址必须首先确保安全。找来找去选择了目前的滨海公寓楼，因为看到楼门口昼夜都有两名武装警察在看守。经了解得知有一位部长和几名司长住在这个楼上，而这位部长就是麦吉。两年来，警察们为了麦吉的安全禁止任何陌生人进入公寓楼，客观上也让我这个平头百姓睡觉或出远门时格外放心，朋友们也因此恭维我住的是“部长楼”。

分社买车后，我总想把它停在楼前正对大门的位置，以便让警察们顺便看着它。一段时间后，一位警察很为难地和我商量，能否把这个车位让

这两位巴勒斯坦警察及其伙伴，24小时看守着我所住的居民楼，却没料到他们的保卫目标死于非命。

麦吉的儿子与豪车。

出来留给麦吉部长。我最初并不买账，我也是掏钱租房为什么要把最安全的位置让给他，仅仅因为他是部长？警察说，你可以不考虑他的官衔，但是楼前这几百平方米的方砖是麦吉自己出钱铺的，而受益的是你和大家。原来如此。从此，我不但自觉地靠边停车，而且还对这位慷慨的部长产生了几分好感，下雨天四处泥泞而门前干净的时候尤其觉得受惠不浅。

我住第13层，麦吉住第七层。每次在电梯口相遇，他总是客气地请我先进，然后主动和我聊几句，什么中国的变化啦，在加沙的感觉啦，有困难直说啦，等等，临出电梯时还会说一句“请到家里喝杯茶”的话。我知道这是出于阿拉伯人特有的礼节，没敢造次打搅，但心存感激。

54岁的麦吉高大魁梧，大腹便便，为此还闹出一点笑话。他在公寓楼以北200米处的总统府上班，平时往返乘坐配发给他的奥迪V6专车。一天，我开车出门刚走了几十米却发现麦吉大步流星往总统府方向赶，我也没多想，隔着车窗热情地邀请他上车，麦吉笑眯眯推辞不下就拉门入座。我问：“部长阁下去哪？我送您。”他却拍着肚子说：“我太胖了，打算走着去上班减减肥，没想到第一次减肥就被你的热心给搞黄了。”说完哈哈大笑。几句话的工夫，车已经到了总统府，麦吉下车道谢而去，我却觉得自己好没头脑！以后再也没有见到他步行上班。

我同麦吉的交往也就这么多，但平时总是少不了念叨他。加沙常年电力不足，电力局经常分片断电，分社所在的小区也就频繁处于黑灯瞎火的状态，让我大受其苦。有一次，我实在忍受不了便去找门房解决问题，门房给麦吉打了个电话，麦吉又给电力局打招呼，电很快就来了。以后，每次停电时间过长我总是下楼去催门房找麦吉，请他过问。但是，麦吉在外面的时间比在家的时间还长，找他也不容易。尽管如此，每次停电我都在想，要是麦吉在加沙就好了。

现在，麦吉走了，再也回不来了。以后在公寓门口停车，乘电梯，回家看电视，遇到停电，乃至走进总统府的新闻发布厅，我肯定还会想起这位没有部长架子的好邻居。

是谁杀的麦吉？巴勒斯坦领导机构今晚发表声明，不点名地指责以色列应对此负责，在一份声明中说，麦吉“被叛徒和特务怯懦的子弹所杀害”，并称有关安全部门正在追捕“对烈士进行怯懦暗杀的叛徒和特务分子”。

以色列电台随后援引军方人士的话说，以军方及其他安全部门同麦吉的死没有任何关系，巴方的指责是没有根据的。

巴官方暗示以色列是幕后黑手也是有原因的，因为以色列多次抨击巴勒斯坦电视和广播在冲突中歪曲真相，煽动民众的反以暴力情绪。麦吉正好是这些喉舌的总管。自冲突爆发以来，以方的确“清除”了几十名巴勒斯坦官员和积极分子。

真相总有一天会大白的，麦吉之死不会是个解不开的谜。

（补记：这是一出类似隆美尔之死的狗血剧。事后笔者陆续获悉，麦吉根本不是被外敌所杀，而是死于巴勒斯坦官方安排的内部清除。麦吉在任期间以吃空饷方式大肆贪污公款并任意潜规则女部下，系统内名声极坏。然而，导致他死亡的是卖国投敌罪：巴官方发现他被以色列收买成为卧底，高调活跃于巴勒斯坦政坛收集情报。一位知情者曾告诉我，麦吉察觉东窗事发后曾拎着一手提箱的美元现金准备从加沙机场出逃，阿拉法特亲自带领卫队前往截留，并当众对其掌嘴发泄愤怒。几天后，就发生了他被民间武装处决的事。一名部长被杀却没有下文，原本就是很奇怪的现象，但是，有了这些后续消息，一切顺理成章。从逻辑上分析，从事民族独立事业的部长投敌潜伏，这是巴解组织的奇耻大辱，如果曝光必将进一步折损巴勒斯坦事业的声誉和信心，甚至有可能拔出萝卜带出泥，牵连出更多丑闻。因此，变相处决，就此结案，也许是一个不得已的选择。）

我把这世界不过看作一个世界，每一个人必须在舞台上扮演一个角色，

我扮演的是一个悲哀的角色。

——莎士比亚《威尼斯商人》

第十六章　克林顿不该有憾

2001年1月20日，星期六，加沙

今天上午，当人们打开报纸的时候，美国总统的名字已经由克林顿换成了布什。美国历史的克林顿时代宣告结束，巴以和平进程的克林顿时代也画上了句号。

与此同时，巴以宣布将于明天在埃及塔巴开始新一轮谈判。应该说，巴以和平进程仍在继续，但克林顿作为美国总统参与这一进程已彻底成为历史。克林顿个人肯定十分失落，舆论也难免为他感到遗憾，因为他的确曾为此呕心沥血，到头来才发现山不转水转，巴以和平进程没有按照他的时间表而圆满终结，自己却被迫出局，放弃这个让他梦绕魂牵的世纪难题。

评估克林顿的和平进程遗产并非易事，但简单梳理也未尝不可。回首巴以过去八年的和平进程，几乎每一个里程碑的前后都留下过克林顿忙碌的脚印，每一份收获中都包含着克林顿的心血和汗水。

1993年9月，上任不足一年的克林顿在华盛顿主持巴以签署有关巴勒斯坦自治的原则宣言（俗称“奥斯陆协议”）；1995年克林顿促成扩大自治的华盛顿“临时协议”；1997年促成继续扩大自治的《希伯伦协议》；1998年促成执行奥斯陆协议的《怀伊协议》；1999年促成执行先前各项协议并启动最终地位谈判的《沙姆沙伊赫备忘录》；2000年亲自主持两个星期的戴维营谈判……

分析家们认为，克林顿深度卷入巴以和平进程既服从于美国国家利

1996年10月2日，美国总统克林顿在白宫主持中东问题四方首脑紧急会谈，旨在结束巴以间的保留冲突，谈到他呕心沥血的中东和平进程如此艰难，竟然潸然泪下，而他身后的巴勒斯坦领导人阿拉法特、以色列总理内塔尼亚胡和约旦国王侯赛因神情各异，想必思绪也很复杂。（宋晓刚/摄）

益，也缘于远大的个人抱负。就前者而言，美国在中东有三大战略目标：维护自身在中东的战略利益特别是石油安全，确保以色列的安全，扶持中东温和政权遏制激进势力。无论从哪个角度和层面分析，实现上述目标的根本保证是结束巴以冲突和整个中东争端。从个人业绩来说，能够攻克巴以冲突这个顽症足以让任何美国总统彪炳青史，克林顿自然不甘于无所作为而使殊荣落入后人之手。

克林顿能够如此投入巴以和平进程也趁天时、地利与人和。自20世纪90年代初冷战体系崩溃后，两霸插手中东成为美国一家独揽，两霸角逐阴影下中东基本脱离了热战加冷战的原有轨道而被并纳于美国监护下的和解进程。这是克林顿能够深入和有效介入巴以谈判的重要前提。美国是唯一有实力影响巴以双方的外来力量，俄罗斯和欧盟纵然有心同美国一搏而无插手的余地。过去八年间，美国不需要分出过多精力应付地区性挑战，国内经济形势一直良好，内忧外困较少的克林顿得以花力气在巴以间进行斡旋，几乎每周都要同巴以领导人进行电话联系。克林顿个人的外交和政治才学以及斡旋技巧也不容忽视，他和巴以领导人密切的私人关系也发挥了重要作用。

但是，巴以在克林顿时代取得相当突破和进展，关键还在于双方本身都真心地想推动和平进程。过去，巴以是在进行了长时间秘密谈判并草签奥斯陆协议后才通知克林顿政府的，如今，巴以又在克林顿离任的次日于塔巴恢复和谈，再次证明解铃要靠系铃人，外人并不决定和平进程的实际走向。

在奥斯陆协议签字仪式上，克林顿曾轻轻从背后推了阿拉法特和拉宾一把，使他们略一犹豫后实现了历史性的握手。这是非常传神、非常有象征意义的一个瞬间，它体现了巴以勉为其难的初步和解，也显示了克林顿在巴以和平中的有限角色。因为和谈涉及巴以双方的根本利益，所以克林顿只能是起到推动和调解的作用，在关键的时刻，他仍然无法压任何一方做出重大让步。这一方面说明了美国监护作用的局限性，另一方面也折射了巴以冲突的复杂性和长期性。

克林顿时代结束了。布什时代开始了。人们担心布什不会像克林顿那样深度介入巴以和谈，布什政府也初步显示不会对巴以和谈过分热情的政策走向。但是，除非美国放弃对中东石油的依赖，放弃世界警察的角色，放弃以色列这个战略盟友，否则它最终还得花大力气来推动巴以和谈，争取早日完满解决中东争端。这是美国的利益驱使使然。

随着美国和以色列政府的更替，巴以和谈前景进入少见的不确定阶段。舆论在经历了一阵乐观后重新陷入悲观，认为巴以没有在克林顿时代实现彻底和解丧失了非常难得的历史性机遇。其实“天行有常，不为尧存，不为桀亡”。多少年来围绕巴以和平进程而出现的高调和悲鸣循环往复，投入巴以和平进程的斡旋者不计其数，和平进程本身也确实取得了不小的进展，但它无论是盘桓、前进或者暂停，都始终在遵循着自身内在规律和发展轨道，旬日解决不算快，经年拖沓不为晚。

如此说来，克林顿不必遗憾，世人也不必为克林顿遗憾，只能满怀希望与耐心地继续等待。

失败可能有许多道路，成功只能有一条道路。

——亚里士多德《伦理学》

第十七章　塔巴谈判无字碑

2001年1月27日，星期六，加沙

今天晚上，持续六天的巴以塔巴和谈结束了，双方宣布将在2月6日以色列大选后以这次的谈判成果为起点，继续朝着达成永久性和平协议的目标迈进。

塔巴谈判成为一座碑，一座小小的里程碑。巴以最终地位谈判于1991年9月13日在埃雷兹检查站揭幕后，就像一场旷日持久的马拉松，经过了一个又一个驿站：双方在巴以城市加沙、拉姆安拉、耶路撒冷、特拉维夫和埃拉特谈过；在美国华盛顿的博林空军基地、戴维营和纽约谈过；在瑞典的斯德哥尔摩也谈过。但是，无论哪一站双方最终都是两手空空，没有总结和概括，既不承前，也不启后，不了了之，唯独塔巴会谈有了明确的说法，可谓善始善终，怎能不说它是个里程碑？

巴勒斯坦首席谈判代表库赖用两句话概括了塔巴会谈的意义：双方彻底弄清了以前模糊不清的立场，充分而详尽地讨论了所有的问题。以色列首席谈判代表本·阿米则用了三个顶级限制词来描述塔巴会谈的里程碑意义：它是双方举行和谈以来“最富有成果、最具有建设性和最广泛的”一次谈判。双方在会谈结束后发表的联合声明说，“会谈的积极气氛是前所未有的”，“双方从来没有如此接近达成一项协议”。

虽然我们无法得知双方究竟取得了什么具体成果，但不能否认塔巴会谈的里程碑意义，因为双方的表态显示了此次会谈的确比以前的各个驿站都更能使双方接近旅途的终点，尽管这个终点仍然还很遥远。从这个意义上说，塔巴也是座无字的里程碑。

塔巴谈判是在巴以流血冲突中进行的，它本身就说明巴以局势没有失控，巴以双方仍然是和平伙伴，和平仍然是双方的战略选择。仅从政治环境和安全形势对比的角度看，塔巴谈判就不同寻常，具有里程碑的意义。

塔巴谈判举行期间，先后有三名以色列人和两名巴勒斯坦人被打死，导致谈判一度暂停，一度将停而未停。巴方对以色列平民的被杀进行了谴责，同时逮捕数名嫌疑人员，采取了冲突爆发近四个月来最为积极的和解姿态。双方的这些举动显示彼此的确有达成和平的诚意而非把和谈当作逃避舆论压力的挡箭牌，也显示双方理智大于情感，没有掉进激进分子为瓦解和平努力而设置的陷阱，也没有因为个别人的牺牲而不负责任地放弃和平进程进而导致更多更持久的流血。因此，塔巴谈判也是见证双方意愿的一座里程碑。

塔巴谈判始于美国总统克林顿离任的第二天，表明双方完全可以不依靠别人的扶持来自觉自愿地解决问题，因为实践表明，在涉及重大民族利益的问题上外来因素难以发挥决定性的作用，真正的出路还得靠自己。或许巴以今后将更多地脱离美国这个依靠了多年的拐棍和月老，自个儿决定终身大事。尽管完全做到这一点不太现实，但是直接谈总比间接谈要好。巴以能自己谈出个奥斯陆协议，也应该能谈出个永久和平条约。从这一点来看，塔巴谈判也是一座“自家事自己办”的里程碑。

塔巴谈判的人员组成也是少见的。巴方除阿拉法特和阿巴斯等一、二把手没有出席外，立法委员会主席库赖、计划与国际合作部部长沙阿斯、文化与新闻部部长阿布杜·拉布、高级谈判代表埃雷卡特、预警司令达赫兰和国务部长阿斯福尔等主要干将一一前往。以方更是鸽群出动：看守内阁总理巴拉克和“老鸽子”佩雷斯坐镇二线指挥，外长本·阿米、旅游部部长沙哈克、司法部部长贝林、左翼梅雷兹党主席萨里德以及巴拉克的办公室主任谢尔等一起到会。按照双方预先的设想，如果谈判取得重大进展，阿拉法特和巴拉克也将聚首塔巴。虽然没有看到这一场面，但是如此强大齐整的阵容除显示双方的真诚和决心，还能说明什么？当塔巴谈判的电视画面出现铁杆鸽派贝林和萨里德时，我这个局外人心中一阵激动，这种感觉就连阿拉法特和巴拉克在戴维营会谈时互相谦让请对方先走时都没有出现过。塔巴谈判对于跟踪巴以谈判一年多的我来说，也是认识上的一座里程碑。

我曾在塔巴希尔顿饭店采访巴以最终地位谈判，几年后，这个饭店被恐怖分子炸毁。

塔巴是个小地方，我去年采访埃拉特巴以谈判时曾用一个小时转了个遍。但是巴以谈判的空间似乎更小，通过电视画面和新闻照片可以看出，双方代表会谈时分列条桌两边，彼此近得几乎可以碰到对方的鼻子。桌上没有厚厚的文件和地图，而是摆满咖啡壶、咖啡杯、矿泉水瓶、烟灰缸等，俨然是场早餐会。双方代表不像以往谈判那样各出一位主谈手居中对谈，而是结成两人一组的对子同时在谈，这场面更像是促膝交心的恳谈会，亲切自然。休息期间，双方围坐在沙发上嘻嘻哈哈，谈笑风生，真诚而轻松，仿佛又是老朋友间的聚会……

此情此景，如何让人想象纽约谈判时双方几乎动手，如何想象巴以仍处在流血冲突之中。有人说，塔巴谈判的融洽场面没有出现在以色列同叙利亚的谈判桌上，我想也未曾出现在以色列同埃及和约旦的谈判桌上。原因很简单，以色列人可以不同地域上相对独立的叙利亚、埃及和约旦邻居来往，但是他们必须要和巴勒斯坦邻居共存，因为难以分割的共同圣地和相互穿插的土地迫使他们必须相互依存，因而必须放弃交手和流血冲突，必须学会宽容和接受对方。因此，塔巴谈判也是一块情感的里程碑，这些巴以治国精英们的友好私人关系将是一笔非常宝贵的政治财富，只要他们执掌巴以的权柄，并代表巴以社会的主流，巴以和解就不会是没有尽头的苦路。

战争所带来的令人恐惧的伦理观念的堕落，在任何时代都是一样的。

——池田大作《展望二十一世纪——汤因比与池田大作对话录》

第十八章　“天使”的愤怒

2001年1月28日，星期日，加沙

自从瑞士人于1863年首创带有基督教色彩的战地医疗救护组织红十字会之后，阿拉伯国家和以色列也分别仿建了类似的组织，只是因为信仰的差别分别称为红新月会和红大卫盾会。这三大国际性组织的一个共同使命是超越冲突各方的意识形态和是非之争，中立地为战地伤病员提供人道主义救护。

巴勒斯坦和以色列是犹太教、基督教和伊斯兰教三大教的共同圣地，因此成为犹太人、基督徒和穆斯林的共同生活空间，自然也出现了红大卫盾会、红十字会和红新月会汇聚一方的独特景观。在过去四个月里，这三大组织的人员频繁出现在巴以冲突最前线，及时救治或转运伤员，挽救不少宝贵的生命，履行着天使般的神圣使命。他们的人道主义善举不但赢得舆论的赞誉，也从总体上受到冲突双方的尊重和配合。但是，巴勒斯坦的白衣天使们往往不那么走运，如果遇到个别“恶魔”，他们还难免受辱，甚至遭遇不幸，使他们怒而抗争。

据今天的巴《日子报》报道，两名巴红新月工作人员25日晚在约旦河西岸遭到部分以军士兵长达两个小时的拘禁、羞辱和刁难，其中一人还因脚腕被手铐损伤而住进医院。该报援引巴红新月会的声明讲述了事件的整个过程，并配发了受伤工作人员躺在病床上的一张照片（路透社27日也对此进行了报道）。

25日晚11点30分左右，西岸城市拉姆安拉的巴红新月会接到求救报告，称毗邻的比拉市发生冲突并出现伤员。于是，该组织派救护员塔拉勒·伊代和纳吉·巴尔古提前往现场接送伤员。当救护车抵达比拉市西北门附近时遭到大约50名以军士兵的拦截。他们不但阻止救护车通过前往冲突现场，而且命令伊代和巴尔古提下车并脱下衣服蹲在阴冷的车外。当时天上正下着雨，气温接近零度。

在扣留伊代和巴尔古提的两个小时里，以军士兵还铐住他们的手脚，用枪逼迫他们在一个土坡上来回走动。个别士兵还不时把伊代的脑袋按进地上的泥水里，甚至殴打他。当时在场的其他以军士兵非但没有站出来制止这场闹剧，相反还有人大笑引为乐事，直到巴红新月会获悉情况并派另一辆车前来救援时，伊代和巴尔古提的遭遇才告结束。伊代的脚腕已经被拉伤，两腿因缺乏保暖而痉挛，并且出现胸部剧痛等症状，被送进拉姆安拉一家医院进行治疗。

巴红新月会的声明说，这不是该组织人员第一次因执行人道主义任务而遭受以军的侵犯，已经有数十辆救护车在不同地点遭到以军枪击。该组织对以军这种无视国际公约和践踏人道主义原则的行为予以谴责。它同时指出，该组织在过去几个月里也曾救治过不少以军士兵和以色列平民。以军士兵如此以怨报德实在情理难容，纵然下凡天使也会愤怒。

在加沙冲突现场救治伤员的医护人员。

持续不断的冲突已让战地救护人员疲惫不堪。

国际红十字会发言人对这一事件表示“震惊”，认为冲突现场的医护人员有权得到更多的保护。以色列安全部门则拒绝巴红新月会的指责，只承认25日晚以军在比拉城外阻拦了一辆巴救护车，断然否认殴打和羞辱车内人员。

自冲突爆发以来，巴卫生部部长扎农几乎每周都要举行一次新闻发布会，揭露以军切断道路阻止救护车辆收治和运送伤员，或者封闭检查站，禁止医院进口医疗设备和药品，进而导致部分人员伤势加重甚至死亡。在这种情况下，白衣天使们想行使自己的天职也是爱莫能助，徒有叹息。如果仅仅是这样，白衣天使们也算十分幸运了，问题在于他们自身的安全也经常无法得到保障。

我难以立刻搞清楚巴救护人员在过去四个月冲突中的整体工作状态，但是手头却有一条去年（2000年）11月1日自己编发的消息，它包含的事实和数据或许不完全准确，但多少能展示巴白衣天使们的危险处境：

“巴红新月会当天公布的一项统计显示，在过去一个月里（冲突最激烈的去年10月），先后发生72起救护车辆遭到以军士兵和定居者袭击事件，被子弹和石头击中的救护车为35辆。80次救援行动被迫放弃。救护人员遭受侵犯57人次，受伤者达47人次。

“更为严重的是，以军不但向救护车辆开枪，而且直接射击救护人员。最有代表性的悲剧是，9月30日，曾抢救过少年杜拉的救护员巴赛姆·比尔比西被以军开枪打死在加沙尼茨萨利姆定居点路口……”

两国交兵尚且不斩来使，更何况这些救护人员的职业规范要求他们只认伤员不问政治，是真心挽救交战双方人员生命的人间天使。战争和冲突固然是破坏性的和难以约束的暴力行为，战争与冲突的具体行为者也会受特定的环境和心理影响而出现行为失控。但是，作为文明时代的冲突不管如何剧烈和无序，都不应该背弃最基本的人道主义精神，不应该践踏人的尊严和生命，否则将有愧于文明的熏陶和教化。尤其是面对纯粹为救死扶伤而现身火线的白衣天使们的时候。

仁者不以盛衰改节，义者不以存亡易心。

——陈寿《三国志》裴松之注

第十九章　不因善小而不为

2001年1月29日，星期一，加沙

自本月13日以来，世界上不太平静，先是萨尔瓦多地震，死了好几千人，接着又是印度地震，估计死亡人数已逾两万。人命关天，举世关注。同以往一样，世界各国纷纷伸出援助之手，救萨尔瓦多和印度震区灾民于危难，俨然世界大同，“环球同此凉热”。

在这支救助地震灾民的国际力量中，中东地区的以色列表现出色，半个月里举国投入，出钱、出物、出力，先救萨尔瓦多灾民于苦难，缓解印度灾民于倒悬，显示了弹丸小国的大觉悟和高姿态，弥足珍贵，爱心可嘉。

据报道，以色列在几天里曾向萨尔瓦多灾区发送数十吨的紧急救援物资，一些捐助站每天持续工作12个小时。此外，官方医疗小组和军方救援队也前往萨尔瓦多履行人道主义的高尚使命。

今天，以色列电台报道说，为了帮助印度古吉拉特邦抗震救灾，以政府派出了六架满载各种救援物资的飞机前往印度。随机同行的还有一个大约150人组成的救援队，他们将帮助灾区建立一个野战医院，并提供X光透视仪、重症监护仪等精密仪器设备，估计可同时收治100名伤员……几天内，以政府在全国大罢工的困境下如此急印度灾民之所急，爱心之诚，效率之高，天地可鉴。

但是，回头再看看眼皮底下的巴勒斯坦人，我就觉得以色列奉行的人道主义可能还要看对象，需要分出三六九等和轻重缓急，而且是举手之劳的事往往却比登山还难。

今天出版的巴勒斯坦《日子报》报道，由于以军禁止通行，一名66岁的巴勒斯坦妇女被耽误治疗而死于前往医院的途中。

据约旦河西岸纳布卢斯市所辖农村的村民马尔万·朵拉厄迈讲，昨天凌晨，他母亲突然感到胸部剧痛，他和一位邻居开一辆大轿车拉着母亲离开居住的东莱本村赶往纳布卢斯市的医院。但是，车在途中一个以军检查站遭到阻拦而无法前行。由于以军方对西岸的巴勒斯坦村镇实行了分割、包围，任凭马尔万说了一刻钟的好话，以军士兵就是不通融。马尔万只好掉头通过崎岖山路，穿过另外两个村庄绕过检查站到达一个叫作拉菲迪亚的医院，但是大夫告诉他，他的母亲已经告别了人世。

法新社28日发自突尼斯的一篇报道说，以色列最近拒绝为四名突尼斯医生发放入境签证，不同意他们进入巴勒斯坦地区救治巴勒斯坦伤病员。报道还说，四名医生的巴勒斯坦之行是由突尼斯总统本·阿里倡议的，而且得到了巴民族权力机构的协助，但由于以色列的阻拦而无法成行。

再看巴《日子报》本月24日的一篇报道，一名29岁的拉姆安拉妇女因以军封锁耽误治疗而失去生命。报道称，23日，拉姆安拉市贾尼亚村的阿伊莎突然昏迷不醒，家人送她前往拉姆安拉市内的医院救治，但是他们在杜莱卜定居点附近的一个以军检查站遭到拦截，最终延误了治疗的时机，使阿伊莎死在前往医院的路上。

以色列《国土报》本月7日报道，九岁的巴勒斯坦女孩埃拉去年年底因为患急性阑尾炎而又无法突破以军封锁线最后夭折于纳布卢斯的家中……

这几个例子已经足够了，因为它们无不直接关系到巴勒斯坦人的生命，所涉及生命的迫切性都不亚于万里之外的任何萨尔瓦多或者印度灾民，而且每个案例对以色列人来说都是举手之劳的事，根本不必劳师动众，更遑论举国投入。

今天是巴以流血冲突进入第五个月的第一天，双方死伤的事仍然在发生，以色列对巴勒斯坦大部分城市、乡村和难民营的封锁和包围仍然在持续，近300万巴勒斯坦人仍然生活在十分艰难困苦的“牢笼”中，他们的境遇从某种程度上讲不比萨尔瓦多和印度震区的灾民更好，至少没有哪个灾区的伤病员会因人为的阻隔而失去完全可以挽救的宝贵生命。

种瓜得瓜，种豆得豆。从去年至现在，土耳其、萨尔瓦多和印度发生

在加沙，只要以军放松交通管制，都算是意外之喜。

大地震后，以色列无不反应迅速，措施得力，贡献颇多，赢得好的口碑。尽管这些努力不乏加强外交关系的功利色彩，但是其中折射的人道主义光华是无人置疑的。但是，上文提到的见死不救的几个案例却使以色列人在其他地方表现的慷慨、善良和仁慈大打折扣。

很显然，土耳其、萨尔瓦多和印度的灾民如果知道以色列曾对他们雪中送炭，必将对以色列人感激终生，永世不忘。相反，本文提到的巴勒斯坦人每每回忆起自己的母亲、妻子或姐妹因为以军阻拦而丧失生命，他们也将对这些落井下石的冷血举动刻骨铭心，这种刻骨铭心的记忆只能增加他们对以色列的反感和仇恨。

远亲固然好，近邻更重要。以色列若想平息巴勒斯坦人的不满和仇恨，还得从眼前做起，从每一件小事做起。

不因善小而不为，不因恶小而为之。巴以和平进程尤其需要如此。

人生就像弈棋，一步失误，全盘皆输，这真是令人悲哀的事；
而且人生还不如弈棋，不可能再来一局，也不能悔棋。
——弗洛伊德《目前对战争与死亡的看法》

第二十章　巴以不眠夜

2001年2月6日，星期二，加沙

今天，许多以色列人和巴勒斯坦人注定要经历一个不眠之夜。许多阿拉伯国家的领导人也要经历一个不眠之夜。

吵吵了几个月的以色列总理选举今天在悲观笼罩的气氛中开始，在悲剧般的结果中落幕。当以色列电视一台和二台于午夜前几个小时公布模拟选举结果后，“最最不该”出现在以色列总理宝座上的右翼领导人沙龙居然如愿以偿，而且以19个百分点远远领先于看守总理工党主席巴拉克。

这是一个让所有右翼以色列人欣喜若狂的夜晚，是一个让所有左翼以色列人悲伤欲绝的夜晚，是一个让以色列阿拉伯人和巴勒斯坦人难以言状的夜晚，更是一个让所有无法参透以色列政治迷雾的观察家们唉声叹气的夜晚。同样是不眠之夜，其意味却各不相同。

首先难以入眠的将是巴拉克。他在午夜时分的讲话中已承认失败，表示将为此承担责任，辞去工党领袖和议员职务，只保留工党党员身份。作为一名将军和善打比方的政治家，巴拉克依旧不失风度地保持着他特有的微笑，安慰支持者们说只输掉了一场战役，而不是输掉了整个战争。尽管如此，他面对默默流泪的夫人和众多伤心的支持者坦陈：他的内心也在哭泣。

同样难以入眠的是沙龙。出将入相，这个多少人的最大梦想今晚终于也被他圆了一回。除了他的右翼支持者，几乎整个世界都不愿意看到他执掌以色列的权柄，他却神化般地创造了一个奇迹，就像他在赎罪日战争中

沙龙当选以色列总理后在特拉维夫参加庆祝活动。（新华社记者王建华/摄）

迂回奔袭苏伊士运河西岸一样让世人震惊。沙龙走向奋斗目标的制高点时却没有妻子莉莉陪伴在身边，幸福和成功的夜晚对他来说不无缺憾。

以色列的阿拉伯人今夜将难以入眠，他们在某种程度上抛弃了巴拉克，但是今后却不得不在一个他们更不喜欢的新总理权威下生活。据以色列电台报道，100万阿拉伯人仅有20%的合法选民参加了选举。而在1999年的大选中，巴拉克正是依靠90%以上阿拉伯选民的拥戴才战胜了内塔尼亚胡当上总理。巴以冲突导致13名阿拉伯人的死亡，也造成了五分之一国民的背离，这就是巴拉克的悲剧之一。尽管巴勒斯坦领导人公开呼吁阿拉伯人去投巴拉克的票，但他们已拿定主意要教训巴拉克一回。但是，这个教训或许过于严厉了。

以色列的左翼犹太人今夜将难以入眠。他们首先将同巴拉克分享失败的痛苦，痛定思痛后或许要和巴拉克算总账，因为他没有兑现上次大选时承诺给他们的全面和平，相反却使以巴陷入前所未有的暴力冲突；因为他拒绝临阵让贤让呼声高于沙龙的佩雷斯去为和平阵营打擂；因为原本今生无望充当以色列最高领导人的沙龙居然在同他的较量中扭转乾坤，大长了右翼强硬势力的志气，摧折了温和力量对和平的追求和自信。

以色列的右翼犹太人今夜难以入眠。他们早已摆好了阵势准备为沙龙的胜出而大事庆贺，他们将彻夜等待沙龙的胜利演说。在巴拉克玩弄招数做掉了内塔尼亚胡后利库德仍然赢得了多数选票，在世界曾经充满了沙龙永无出头之日的鼓噪之后，在舆论主流评说右翼力量逆潮流而动的时候，沙龙演绎了天方夜谭，内心因得意而膨胀的右翼犹太人又如何能不狂欢一把，尽情体会夜郎自大的快感？

巴勒斯坦的不少普通人或许今夜也难以入眠。他们恼恨巴拉克，过去的四个月里巴勒斯坦人失去了400多条人命，近两万人伤残，至今仍然被巴拉克的坦克和士兵围困在一个个看不见围墙的监狱里苦苦度日。他们也恼恨沙龙，永远无法抹去其在他们心中的“屠夫”和“魔鬼”形象。他们搞不懂，沙龙这样一辈子都在喊打喊杀的人物居然被以色列人推为政府首脑，以色列人是否真的要和巴勒斯坦人实现公正和平？他们或许还要琢磨，号称“小拉宾”的巴拉克都对巴勒斯坦人如此无情，沙龙上台后巴勒斯坦人的日子还不知是什么情状。

巴勒斯坦的领导人可能最难以入眠。尽管阿拉法特当晚很快表示尊重

沙龙激化矛盾，挑起大规模流血冲突，冲突加剧了巴勒斯坦人的苦难，也加剧了以色列人的不安，产生了对巴拉克政府的不满。

以色列人民对自己领导人的选择，但是许多官员在选举进行前的表态已经充分显示了对沙龙上台的不情愿。巴勒斯坦领导人1996年没有利用自己的影响说服以色列阿拉伯人投票支持佩雷斯，导致内塔尼亚胡的上台。1999年他们成功策应巴拉克赢得了大选。这一次，尽管他们试图通过舆论继续影响阿拉伯选民，试图通过达成某种和平协议挽救巴拉克，但是这些努力均告失败。尽管巴拉克自己输掉了选举，但是巴以冲突导致巴拉克的惨败并非是巴勒斯坦领导人的初衷。他们今后不得不面对更加强硬的对手，不得不忧虑他们同巴拉克取得的共识还算不算数？

其他阿拉伯国家领导人今夜恐怕也难以安寝，和平进程发展的结果居然把沙龙推上了中东政治舞台的核心位置。特别是叙利亚还有黎巴嫩领导人今后都不得不面对一个他们最不买账的以色列领导人，因为以沙龙的性格和处世哲学，今后以叙和以黎间的战争风云可能要比以往几年更加浓重。以色列发生了难以想象的政治地震，再有心理准备的阿拉伯领导人都将在沙龙霸气十足的和平宣言声中辗转反侧。

自然，许多从事中东报道的记者今夜将难以成眠。巴拉克的败落和沙龙的胜出已经使部分盼望和平早日降临的记者潸然泪下，而更多的记者将考虑如何迎接沙龙时代的到来，如何在新的一天里不再把以色列总理的名字习惯性地写成“埃胡达·巴拉克”，如何面对一个暂时不谈和平协议的新生活，如何去破解以色列是否组成民族团结政府、沙龙内阁又能走多远等一连串新谜团。

士别三日，即更刮目相待。

——陈寿《三国志》裴松之注

第二十一章　加沙街头议沙龙

2001年2月7日，星期三，加沙

许多巴勒斯坦人今天一觉醒来发现政治生活出现了戏剧性变化，因为他们最反感的以色列利库德领导人沙龙在昨晚结束的总理选举中战胜了工党领袖巴拉克，并将成为巴勒斯坦人今后无法回避的和平进程伙伴。

沙龙曾对1982年黎巴嫩萨卜拉和夏蒂拉巴勒斯坦难民营大屠杀事件负有责任，因此一直被巴勒斯坦人视为杀人不眨眼的“屠夫”。他也因一贯坚持强硬立场并于2000年9月引发巴以大规模流血冲突而持续遭到巴勒斯坦人的口诛笔伐。

有句俗话叫作不是冤家不聚头。按理说，口碑如此糟糕的沙龙出任以色列总理，巴勒斯坦人应该众口一词地高喊“晦气”“倒霉”才是，但是，我今天到加沙街头了解一圈后发现，沙龙在这里并非声名狼藉得一塌糊涂，还是有一点人缘的。普通巴勒斯坦人对沙龙当选以总理后和平进程前景的预测也不一而足，既悲观也乐观，有怀疑又不乏期待。

在市中心巴勒斯坦广场开铺子的巴德利说，沙龙上台是他意料中的事，因为巴拉克执政一年多来没有给以色列带来真正的和平，以色列人对巴拉克指望不上，又没有第三个满意的总理人选，只能给沙龙机会让他去试一试。

36岁的巴德利似乎在用商人的眼光衡量沙龙这个政治人物。他认为沙龙时代和平进程或许会有所突破，因为沙龙虽然嘴硬、心狠、毛病多，但是他比巴拉克更透明、更直率，似乎说到就能做到，而不像巴拉克那样光说不练，白费口舌。

巴德利并不回避巴勒斯坦人因大屠杀事件对沙龙的反感，但是他说，“屠杀和战争的时代已经结束，沙龙不可能继续穿新鞋走老路制造更多的麻烦，否则，就连美国大老板也会烦他的”。

巴德利的哥哥穆罕默德同意他的观点，他认为，沙龙手上的确沾染过巴勒斯坦人的血，他在和谈方面也一直显得僵硬而顽固。但是，他现在是政治家而不是当年指挥黎巴嫩战争的国防部部长，是在国际社会中代表以色列的政府首脑而不再是处处拆台的反对党领袖，由武将变文官，由在野到执政，他地位变了立场也会变化。为了以色列的长远利益他必须软化立场，至少他不会继续公然宣传极端思想。

65岁的哈立德是加沙城西沙堤难民营的理发师，也是黎巴嫩大屠杀事件的直接受害者，他的第一个妻子和三个孩子就死于那次悲剧。岁月的沧桑和生活的磨难已经使这位原籍以色列海法的难民淡漠了情仇和恩怨，居然对沙龙表现出难得的豁达和宽容，大出我的意料。他说战争时期的沙龙作为国防部部长其使命就是不惜一切地为以色列的胜利开辟道路，相信和平时代的沙龙作为政治领导人也会为以色列的和平寻找出路。他也认为沙龙虽然是武夫出身，但是说话算数，令行禁止，应该能让以巴人民结束两败俱伤的长期争端。

早已重新娶妻生子并当上爷爷的哈立德说，他的看法可以代表周围同龄人的普遍观点。在他看来，巴以必须结束冲突，无论哪边死人都是悲剧。他说自己活到老才变得比较现实，不像年轻时那样总惦记着有朝一日找沙龙算账，给死难的妻小报仇，甚至打回老家去。他说，不可能所有失去的东西都完全找得回来，亲人也罢，老家也罢，只能留在梦中想一想了。他个人已经原谅了沙龙，并说只要沙龙能解决巴以争端，能让巴勒斯坦难民有个好归宿，他情愿不回海法。

对沙龙持冷漠和疑虑的人也不少，加沙爱资哈尔大学建筑系应届毕业生萨米尔就是其中的一个。这位书生气十足的小伙子用一个巴勒斯坦人平时最爱打的比喻来回答我的问题：“沙龙和巴拉克是一枚硬币的正反面，只能说谁比谁更糟糕，并不存在谁比谁更好。沙龙在黎巴嫩沾染了巴勒斯坦人的血，巴拉克在过去四个月里要了四百多巴勒斯坦人的命……”

萨米尔认为沙龙天性好斗，思想僵化，视野狭窄，而且没有放弃战争思维，因此不能指望他会带来和平，特别是在耶路撒冷和难民问题上做出比巴拉克更多的让步。他甚至认为，以色列人推选沙龙当总理只能说明以色列社会不是个“和平社会”，而是个“战争社会”，至少以色列人还没有成熟到渴望和平的程度。

萨米尔的一位同学虽然也对巴以和谈前景感到悲观，但是不同意以色列社会不要和平的看法。他扳着手指头说，以色列总理选举只有半数选民投票，是历史上最低的一次，同时80%的阿拉伯选民弃权，也创了纪录。这本身说明多数以色列人既不满意巴拉克的和谈政策也不赞成沙龙的强硬态度，这是最大的民意。这名大学生还预料，沙龙今后的日子不比巴拉克好过；说不定当不了几个月的总理。

以色列只用过一次死刑，那就是处决杀人如麻的纳粹凶手阿道夫·艾希曼。根据已确立的法律原则，他受到了公开审判。

——劳伦斯·迈耶《今日以色列》

第二十二章　为暗杀辩白

2001年2月13日，星期二，开罗

今天下午，我人在开罗，鼻子却嗅到了几百公里外加沙地带的战争硝烟，直觉让我觉得这场冲突愈演愈烈，以色列的报复也越来越狠，暗杀活动也越来越接近巴勒斯坦自治区的腹地。

据报道，以色列空军出动阿帕奇武装直升机在加沙城内进行一起“定点清除”攻击，炸死阿拉法特的一名高级助手——“17部队”中校马苏德·阿亚德。马苏德当时正驾驶着一辆马自达轿车，离开加沙城市中心，沿着通往埃雷兹的公路向北行驶。当他的汽车接近城北侧的贾巴利亚难民营时，两架阿帕奇突然出现在他的上空，或许马苏德已经发现，或许他根本就毫无察觉死神已经张开巨大的黑翼将他覆盖。阿帕奇在空中稍微盘旋后，各发两枚导弹并击中马自达，转瞬间，马苏德连同他的汽车被炸得粉身碎骨。

这是巴以冲突爆发以来以军第二次杀鸡使用宰牛刀，动用空中堡垒阿帕奇武装直升机消灭黑名单上的巴勒斯坦人物。2000年11月9日，以军也曾派出四架阿帕齐并发射“地狱火”导弹，在约旦河西岸炸死了法塔赫民兵组织重要成员阿巴亚特。

有关资料表明：挂载在阿帕奇直升机上的“长弓地狱火”是世界上第一种直升机载、发射后自动追踪目标的重型反坦克导弹。该导弹最大射程十公里，命中率近乎100%。作战时，由机载火控雷达搜索，确定目标后发射导弹，弹上的毫米波导引头能在夜间和恶劣气象条件下自动进行目标探测、识别和锁定。以军常用的另一种导弹——地狱火Ⅱ型导弹，采用了新型数字式自动驾驶仪和抗干扰激光引导头，可在烟、尘、雨、雪、雾等背景的环境中轻易发现并锁定目标。该导弹最大射程为九公里，战斗威力极强，最大破甲厚度可达1.5米。这种原本用来对付坦克、装甲车、坚固工事的武器，以军却用来攻击巴方的民用办公设施和普通车辆。

1月4日，以色列副国防部部长斯内曾发表谈话，对以军采取的所谓“定点清除”政策进行辩护，说“我们没有暗杀巴勒斯坦政治领导人的政策，也没有这种方式。我们正在对策划恐怖活动的头目进行精确打击”。

但是，随着冲突的持续和升级，斯内最近不再为“清除”政策进行遮掩，而是公开为这种行为进行辩护。斯内本月在接受采访时称：“我可以明确地告诉你们我们的政策是什么。任何参加或正在策划袭击行动的人都将被击毙。暗杀行动是有效、准确和公正的。”一直对巴勒斯坦人不客气的以军参谋长穆法兹中将则非常形象地宣称：“杀鸡就要用宰牛刀”！

一段时间来，不少巴勒斯坦组织重要人物被以军通过“精确打击”手段予以清除，巴勒斯坦甚至以色列舆论都认为这是公然的暗杀行动。以政界也曾为此出现争执。

1月4日，在开罗举行的阿拉伯外长紧急会议的一个次主题就是讨论以色列最近对巴勒斯坦干部采取的暗杀行动以及这方面的威胁。宣读公报的埃及外长穆萨说，如果巴勒斯坦人民对这类的“恐怖威胁”进行反击，以色列只能怪罪自己。

许多以色列人士反对看守政府采取暗杀手段对付巴勒斯坦人。1月4日出版的《国土报》援引前司法部部长、现议会外交与安全委员会主席丹·梅里多的话说，他强烈反对在巴勒斯坦土地上暗杀巴政治组织领导人。报道说，梅里多的这一表态是在31日萨比特被杀后外交和安全委员会举行的一次会议上做出的，看守内阁总理兼国防部部长巴拉克当时也在场。梅里多说，“一个自称民主的国家是不能把暗杀当作惩罚和威慑政策的。法律不允许未经审判就夺取一个人的性命，除非是为了制止正在进行的武装袭击或爆炸活动。”

来自左翼梅雷兹党的两名议员指出，在以色列境外搞暗杀是违背最近签署的国际刑事法庭公约的。而以外交部对暗杀将引起的国际反映表示担忧，因为总部设在日内瓦的联合国人权委员会正在起草有关以色列暗杀活

把守定居点重要路口的以军哨卡，往往也是实施“定点清除”行动的伏击点。

动的报告。

以司法部部长贝林对暗杀手段采取了保留态度。虽然他曾在内阁会议上要求巴拉克下令安全部门不得伤害巴勒斯坦领导人性命，但是这个以温和而著称的部长拒绝公开谴责暗杀行为，因为他担心这样一来等于公开承认以色列军队不经司法机关审判而杀掉某些人。

作为政府和军队最高首脑的巴拉克本人却心安理得，并不打算为政府的暗杀政策寻找托词。他说以色列正在对巴勒斯坦人发动战争，有责任采取一切手段来对付他们。巴拉克在以军除掉萨比特的当晚表示，以军为了打击针对以色列军人和国民的恐怖和枪击活动，将采取一切手段，不受任何约束。由此可见，只要以巴冲突持续下去，将有更多的巴勒斯坦重要人物遭到以军或情报部门的“定点清除”。

和你一同笑过的人，你可能把他忘掉；
但是和你一同哭过的人，你却永远不忘。
——纪·哈·纪伯伦《沙与沫》

第二十三章　糟糕的日子

2001年2月21日，星期三，加沙

我在加沙生活了两年，从没有感到日子像今天这样糟糕。

自16日从开罗参加中东地区分社会议回来，我几乎每天都要遭受断电的折磨。之所以说是“折磨”，不仅在于这里每天断电少则五六个小时，多则十几个小时，而且还赶上大风降温，室内室外冷得让人受不了，的确是“船破偏遭迎头雨”！

从前天起，来自地中海的强劲西风猖狂地蹂躏着整个巴勒斯坦和以色列，许多人家的叠型天线被吹得改变了方向以致无法收看电视节目。先是大风，既而是沙暴，接着便是一阵阵的大雨，于是，漆黑的夜晚响彻耳畔的是疾风钻透门窗缝隙的尖声呼啸，以及楼下汽车防盗器的交替奏鸣。

用驻以色列一位中国记者的夫人的玩笑话说，加沙是“第五世界”，比不得已经跻身世界最发达国家行列的以色列。以色列的城市乡村有供暖系统保证人人高枕无忧（至少他们不会面临断电而造成的寒冷），而加沙和约旦河西岸的巴勒斯坦人只能靠烧电暖气、煤气炉或者柴火来驱赶寒冷。如果每天断电时间过长，我等住公寓楼的外国人也只能同巴勒斯坦民众一样靠就地跑步来自我发热了。

据以色列电台说，昨天戈兰高地已经出现降雪，今晚耶路撒冷气温会降至摄氏零度。今天中午，加沙沿海平原地带落下的大雨中夹带着一阵阵的冰雹。显然，这一地区最寒冷的季节到了。去年的这个时候，天虽然同样寒冷，但是供电并没有中断，所以，室外的寒风、暴雨乃至冰雹和薄霜在我看来都成了美丽的异景和奇观，心中只有欣赏的愉悦，绝对没有糟糕的感觉。而今，风、雨、冰、霜似曾相识，但是仔细品来却大异其趣！

加沙平时就电力短缺，全靠以色列输送，往往是拆了东墙补西墙，今天这一片没电，明天那一片黑灯，很少有全城四亮的时候。自巴以冲突爆发后，这种现象更严重了。巴勒斯坦人抱怨以色列人拉闸断电，以色列人说巴勒斯坦人拖欠电费，巴勒斯坦人又说没钱交电费是以色列人封锁的过错，公说公有理，婆说婆有理，不知是鸡生蛋还是蛋生鸡……

天冷饿得快。平时晚上10点吃晚饭的我到了8点就觉得抗不住了，于是下楼“借电”。平时每次断电后，门房阿萨德就启动柴油发电机供电梯和提水马达运转，保证全体住户上下方便和用水畅通。但是，最近以色列切断对加沙的油料供应后，阿萨德也采取了节油新招：有人上下楼时他才开机发电，我这住13层的嗓门再大也无法让住在地下室的他听得见，于是常常摸黑步行下楼，回来时才有电梯可乘。

靠着阿萨德帮忙，我从楼层的提水马达间接上了电，用微波炉热了两张大饼，就着昨晚的剩菜汤填饱了肚子。饭足汤饱，无所事事（非不为，

多么怀念冲突爆发前的和平时光，那个时候周末还有机会到以色列境内走走，浏览美丽的自然风光，甚至还可以到以色列占领下的戈兰高地滑雪消遣。

而不能），我坐在漆黑的办公室，隔窗望着楼外同样漆黑的加沙城，目光不由地被十公里外以色列阿什克隆市辉煌的灯光所牵引。那辉煌的灯光并不仅仅意味着光明、温暖、繁荣与活力，而是折射着一墙之隔的两个世界的巨大反差。我有时在想，也许巴以间的生活水平悬殊太大了，这才让巴勒斯坦人愈加觉得占领的可恶和翻身得解放的必要，因为巴勒斯坦地区如此落后、凋敝说到底是以色列长期占领和隔离政策造成的。巴勒斯坦人和以色列人同出一祖，同样勤劳而智慧，如果让他们成为自己土地和资源的主人，让他们拥有和以色列人完全一样的平等和自由，他们的生活水准是无论如何不会像现在这样同以色列人悬殊到相差十倍以上。

避开阿什克隆“刺眼”的灯光，我的心也回到了现实中的加沙。我突然想起了加沙中部戈拉拉村那位巴勒斯坦老妇，她和十多户邻居的房屋被以军推倒、碾平，直到昨天仍住在风雨飘摇的塑料帐篷里，更别提享受什么光明和温暖。我还想到了其他数以千计在冲突中被推倒房屋的巴勒斯坦无辜平民，这种天气他们又如何熬得过？

“安得广厦千万间，大庇天下寒士俱欢颜”，杜甫的《茅屋为秋风所破歌》此时唱给苦难的巴勒斯坦人听是再恰当不过了。他们在糟糕的天气中过着比任何人都糟糕的日子。

有田有地吾为主，无法无天是为民。

——毛泽东《七律·有田有地吾为主》

第二十四章　加沙地带又成两段

2001年2月23日，星期五，加沙

加沙地带今天又被以色列军队截成两段。以军方发言人说，以军采取这一措施是为了惩罚巴勒斯坦人不断升级的“恐怖活动”。

据以色列电台报道，23日凌晨，巴勒斯坦武装人员向加沙地带北部的杜吉特犹太定居点发射了数枚迫击炮弹，虽然没有造成人员伤亡，但以看守内阁总理兼国防部部长巴拉克认为这是一起“非常严重”的事件，发誓将把发射迫击炮弹的巴勒斯坦人缉拿归案。随后，以军向该定居点附近的两个巴勒斯坦警察哨所开火，直至将其摧毁。

此前，以军方说加沙城南的尼茨萨利姆定居点已数次遭到迫击炮弹的袭击，并称这一迹象意味着巴勒斯坦人针对以军的武装袭击出现了升级，因为迫击炮属于重武器。

早上，加沙城东南连接卡尔尼检查站和尼茨萨利姆定居点的公路上又发生两起针对以军的爆炸，但没有造成伤亡。没过几个小时，加沙中部的古什·卡提夫定居点附近又发生爆炸，以色列电台先是说一名定居者受伤，后来又纠正说受伤者为以军士兵。

为了报复这几起炸弹袭击，守卫古什·卡提夫定居点的以军向附近的黛尔拜莱赫难民营开火，并引燃了一所民房。随后又采取了分割加沙地带的进一步行动。

下午2点多，我沿海滨大道南下，没走出三公里便发现前路已断。以前以军也曾多次分割加沙地带，但每次只是在路口用推土机堆起一道路坎，并用坦克、装甲车挡道。今天的尼茨萨利姆定居点临海的西路口却是

加沙滨海大道被以军截断，加沙地带就此陷入瘫痪。

另一番情形。以军把平整的柏油马路挖出了一道深沟，而且用掘起的柏油块和石子垒起近两米高的一道黑墙。几十辆巴勒斯坦车辆被堵在黑墙的这一头，司机和乘客们心尤不甘地等待回到加沙中部或南部的家，而黑墙那头是什么情形不得而知，因为谁也不敢接近那里。

海滨大道是巴勒斯坦领导人阿拉法特平时出访的必经之路，不知正在欧洲访问的阿拉法特几天后返回加沙后又该如何进入加沙城，看来他得乘直升机越过这条封锁线了。

掉头来到城南尼茨萨利姆定居点的东路口，我发现情况大抵相同，只是几十辆汽车被巴勒斯坦警察挡在离路口近200米的地方，没有人敢越过雷池接近以军坦克、装甲车和吉普车横亘的路口。

一名司机就地用简易煤气炉烧煮起咖啡，那意思是要死等路口重新开放。几名老太太坐在马路边，边聊天边吃着新摘的蚕豆，身边积起一堆豆荚，显然，她们用蚕豆权当午饭了。一个老头半真半假地问我以军为什么把加沙分割成两半，当我把以军方解释的理由转告他时，他忿忿不平地问我：“别人打炮扔炸弹，关我们老百姓什么事？”他真把我给问住了。

尽管平时加沙地带几乎每天都在发生针对以军和定居点的爆炸事件，但今天的爆炸好像格外多了点，使这里的局势又紧张了起来。

约旦河西岸同样不得安宁。当天下午，阿巴斯设在拉姆安拉的办公室遭到以军枪击，窗户被三颗子弹打中，所幸的是这位巴勒斯坦二号人物当时已经离开办公室。与此同时，巴以在伯利恒和拉姆安拉发生了激烈的枪战，导致一名巴勒斯坦人死亡，40多人受伤。直到午夜，双方的零星交火仍在持续。

明天晚上，美国新任国务卿鲍威尔将首次访问巴以，磋商控制暴力冲突和放松对巴勒斯坦地区的封锁。但是今天升级的流血冲突让我隐隐觉得，巴以双方好像要给开始和平斡旋的美国新政府来个下马威。

造物主圣明，为无路可走的巴勒斯坦人预备了宽阔的海滩。

——自题

第二十五章　断路变通途

2001年2月25日，星期日，加沙

自从以色列军队23日切断加沙城南下的两条公路后，加沙地带身首分离，成为两个互不相通的世界。但是，这种人为的分隔无法切断加沙人的社会联系，更难以遏制他们要生存、要生活的本能和自然需求。

经过一天的等待与服从，从昨天起，加沙人不再指望以军发善心向他们重新敞开两条交通大动脉，而是另辟蹊径，把海滩作为他们南来北往的新通道。不知是海滩低于路面近十米以致封锁道路的以军蒙在鼓里，还是以军明知加沙人在“暗度陈仓”却网开一面，“海滩大道”成了加沙两天来一道独特的风景线，人来人往，车鸣马嘶，煞是热闹。

由于以军在尼茨萨利姆定居点路西口处截断了海滨大道，所有行人、车辆被迫在距路口数百米的地方顺缓坡离开主路，取道海滩，待绕过以军坦克和士兵后再回到主路，继续他们曲折的旅程。

今天中午，我抽空来到尼茨萨利姆定居点路西口附近的海滩，见识了加沙人如何通过“海滩大道”往返于住所、工作单位和学校，如何在艰难的困境中顽强求生。

雨季的海滩本来是平整和坚实的，但是，被加沙人当作大路来走的这段海滩承受了从未有过的高频率高密度踩压，已经松软不堪。人过要没脚脖子，车行则埋小半个轮胎，远远看去一如刚刚翻犁过的沙地，散布着一道道的车辙和一串串的脚印。

多数行人是步行经过这里的，他们或拖儿带女，或互相搀扶，绵延数

阳光下的苦难与无奈。

百米，有如逃荒的大队难民。这人流中有戴眼镜的白领，有抱着书本的学生，也有头顶菜筐的农村老汉和妇女。煞白的阳光，金黄的细纱，碧蓝的海水以及五颜六色的服装在这里构成了斑斓的色彩，但是，这绝不是美丽宜人的风光，在烂沙中跋涉的人们多半神情焦虑，让我明显感觉到他们内心的苦闷、无奈和恼怒。

平时箭一般飞驰在大路上的出租车、电力客运车今天虎落平阳，威风扫地，不得不在沙滩上贴着海水艰难地蛇行，小心翼翼地躲闪着松软的沙土。除了司机，所有乘客都被迫当一阵步兵走过这几百米的海滩，甚至不得不帮着司机推动汽车徐徐前行。

马拉板车由于自重轻，轮子大成为海滩的主要运输工具。不愿趟沙子的人们三五个一拨挤上马车，前合后仰地往来穿梭。我记住的一辆马车在半个小时内已经走了三个来回，车把式粗糙的脸上笑容依稀，想必赚了些车马费，但是辕下的老马已经累得气喘吁吁，一个劲地打着响鼻儿。

海滩上移动的庞然大物要数一辆辆满载粮食、蔬菜以及其他物资的

被截断主路的加沙，海滩成为新的交通要道，马车成为主要运输工具。

货运卡车了。它们显然不可能像在公路上那样轻松自在，几乎没有一辆可以“自食其力”地摆脱软沙的羁绊而一口气走到底。好在有数辆大马力的掘进车专门在海滩上帮着拖拉车辆，不断趴窝的卡车最终都能重新驶上被截断的大路。一名卡车司机告诉我，他们在这里耗费的不仅仅是大把的力气，而且还有无法计算的时间，因为每辆货车驶下沙滩和再上大道前都必须把货物卸下来再重新装上。中午吃饭的时候，我突然感觉到这盘中餐岂止“粒粒皆辛苦”，更是凝聚着巴勒斯坦人在重重封锁下付出的巨大悲哀。

也许是对艰难的生存环境习以为常，也许是天性乐观，行走在海滩上的加沙人虽然都有一肚子的苦水要向人倾泻，但是一旦看见摄像机和照相机镜头对准了自己，他们紧缩的眉头多半都能立刻舒展改换成欢颜，并且不忘腾出手来打出象征胜利的“V”字手势。一名青年指着一截伸到海边的排污管对我喊道“在这里拍张照吧，你看加沙的土地冒出原油啦”。

晚上10点多，听说以军正在清除路障，准备恢复加沙南下的交通。我前往尼茨萨利姆路西口处去证实真伪，但是被巴勒斯坦警察拦在半路。他们说根本不存在恢复交通的事，而且守在路口的以军坦克刚刚还向附近一座房屋发射了三枚炮弹。就在这时，海滩上由远而近驶来三辆拖拉机，一问才知是从南部运送货物的。“海滩大道”夜晚也不得安宁。

普通加沙人如此通过以色列封锁线，上层人物又当如何？巴勒斯坦领导人阿拉法特当天中午在拉姆安拉会见美国国务卿鲍威尔后对新闻界抱怨

载重卡车被迫行驶在海滩上，也算是奇观。

说，以色列禁止他乘坐自己的直升机从加沙飞往拉姆安拉，要不是约旦国王阿卜杜拉向他提供专机，他根本无法从加沙到拉姆安拉会见这位美国贵宾。阿拉法特同时还说，由于以色列的封锁和包围，他无法乘坐自己的汽车在巴勒斯坦各城市间自由往来。

巴拉克的办公室否认阿拉法特曾提出使用直升机并遭到拒绝的说法，并说即使在加沙机场关闭期间阿拉法特的专机也都可以随时起降。不过，自巴以冲突爆发后，阿拉法特好几次前往拉姆安拉和伯利恒不是直接从加沙走的，而是先从第三国飞到约旦然后换乘阿卜杜拉国王的专用直升机抵达那里的，个中原委只能让人去猜想。

有一点可以肯定的是，自本月中旬八名以色列军人和平民在特拉维夫被一名巴勒斯坦司机开车撞死后，所有巴勒斯坦高级官员往来加沙和约旦河西岸间的贵宾通行证都被以方吊销，他们只能跟着阿拉法特从空中甚至从第三国在加沙和西岸间走动。

苦日难熬，欢时易过。

——冯梦龙《古今小说》

第二十六章　“良宵”苦短

2001年2月27日，星期二，加沙

俗话说，良宵苦短。对于多数巴勒斯坦人和以色列人来说，眼下的所谓“良宵”恐怕不能奢望花前月下，或者对酒当歌，能有个听不见枪炮声的寂静夜晚就要谢天谢地了。

昨天晚上，巴勒斯坦地区几乎没有发生什么枪击和爆炸事件，今天一大早就有媒体报喜说，巴以间度过冲突以来最平静的一个夜晚。谁说不是呢，就连今天上午也是平安无事。

吃完早饭后，我披着明媚的阳光，驱车南下，到加沙中部和南部兜了一大圈，沿途的确没有感觉到任何紧张气氛。当然，和一周前相比，我还是发现了两件“新生事物”。

第一件是从加沙城南的尼茨萨利姆定居点东路口到加沙中部的古什·卡提夫定居点路口，凡有以军把守的地方路面上都被安装了好几道金属减速坎，以至任何车辆都不得不慢行通过。这些减速坎无一例外地只存在于巴勒斯坦车辆行驶的路段，我当时想，这也许是为了避免巴勒斯坦车辆开得太快撞上进出定居点的以色列汽车吧，如果是这样，以军何不在这些路口安装起红绿灯，只要有定居者或以军车辆通过，只消对巴勒斯坦车辆驶来的方向亮起红灯，省得像现在这样每个司机都要瞪大眼睛看清以军士兵的手势后才敢通过路口。

第二件是古什·卡提夫定居点的以色列车辆驶入专用公路时必经一段麻烦的“S”形弯路，今天，以军似乎要省去这个麻烦。一辆以军推土机正在道路西侧的农田里反复碾压一条长长的地基，从其延伸的方向看，显然是要开辟一条捷径，直通专用公路，以便让以色列车辆绕开“S”路，以最快的速度通过这个和巴勒斯坦人发生接触的地点。

几个月前，以军就曾在加沙城东为自己和定居者新修一条近路，绕开了卡尔尼检查站这个危险区域。为了打通那条道路，两边的数百棵树木被拔除，几所巴勒斯坦人的房屋也被推倒，上百亩土地被强行征用。我当时曾想去看个究竟，半路被以军坦克对天发射的两梭子子弹给撵了回来，从此再也不敢，也没有其他人敢驶进那个路口半步。现在，以军又要在另一片巴勒斯坦人的土地上为自己行方便，只是不知道哪些巴勒斯坦人又要倒霉地失去土地了。

一上午的平安无事让我感到心情不错。但是，中午以后脆弱的宁静就如镜花水月般不复存在了。先是巴以双方在约旦河西岸的拉姆安拉发生交火，接着便有五名巴勒斯坦人扔石头时被以军打伤。临近傍晚，加沙城南听见五声巨响，不知是以军打炮还是巴勒斯坦人引爆炸弹，始终没有得到证实。随后，一辆以色列汽车在拉姆安拉南部遭到枪击，包括两名妇女在内的三个平民受伤。紧接着，加沙卡尔尼检查站附近一个13岁的巴勒斯坦小孩在放学回家的路上被以军子弹打成重伤。

晚上，巴勒斯坦安全人士证实加沙同埃及之间的拉法海关获准部分开放，沙特捐赠给巴勒斯坦的15辆救护车和几车药品等人道主义物资得以从埃及一侧开进加沙。但是，这点好消息很快又被另一个坏消息给冲淡了：约旦河西岸拉姆安拉附近有三名以军士兵被巴勒斯坦人开枪打伤，这意味着以军肯定要加倍报复。果然，同拉姆安拉毗邻的比拉市一座民宅遭到以军坦克炮击，50岁的巴勒斯坦房主直接被炮弹击中，当即死亡。

临近午夜，加沙城南巴以双方又发生枪战，伤亡不详。加沙中部发生的另一场冲突却引发一个小插曲：一辆以军坦克为了寻找打击目标，发射了一颗照明弹，不料大水冲了龙王庙，使古什·卡提夫的定居者们成了受害者，因为照明弹恰好落在通往该定居点的高压线上，导致其起火短路，使定居点陷入漆黑一片。

贫贱不能移，威武不能屈。

——《孟子·滕文公下》

第二十七章　要糊口，更要尊严！

2001年2月28日，星期三，加沙

截至今天，巴以流血冲突已持续整整五个月。冲突没有任何停止的迹象，巴勒斯坦遭受的创伤却愈加明显了，而受到伤害最深的便是300多万普通的老百姓：400多人死亡、两万多人伤残、十万多株树木被毁，上千所房屋遭受不同程度的破坏，难以统计的农田、菜地或被碾成烂泥或被迫荒废。

但是，这些损失都是表面的“硬伤”，巴勒斯坦人面临的是更严重的“软伤”：经济几近瘫痪，市场萎缩大半，失业率明显爬升，贫困人口激增，生活质量继续恶化。这些困难对一般巴勒斯坦人来说归结为一个最基本的问题：如何糊口。

据巴勒斯坦官方称，五个月来巴勒斯坦蒙受的直接经济损失超过30亿美元。联合国世界粮食计划署说直接损失只有11亿美元，但是占巴勒斯坦国内产值的一半。这两个数字虽然差别很大，但无论哪一个都足以说明经济原本脆弱和落后的巴勒斯坦正面临着巨大危机。据世界粮食计划署昨天公布的统计，巴勒斯坦的失业率由冲突前的11%上升到38%，贫困人口比例由原来的21%上升到32%，这表明100万人每天的生活费用不足两美元，无法达到联合国规定的最低生活标准（贫穷人口基准线）。失业与贫困状况历来在加沙地带尤为严重。

冲突爆发前，巴勒斯坦共有12万人在以色列从事运输、建筑、环卫和种植等重体力工作，他们不但每年承担了上百万人口的日常开销，而且为巴勒斯坦官方创造了大笔的税收，同时带动了境内各行各业的发展。近五个月来，由于以军封锁巴勒斯坦地区，12万工人就地下岗，使已经高度饱和的内部劳务市场更加无力。与此同时，冲突破坏了原有的生产环境，物资短缺和出口受阻进一步引发生产停顿，导致新的失业人口出现。因此，此间媒体分析说，巴勒斯坦失业人口绝非只有38%，而是在60%以上。从我平时的采访和了解的各种情况看，这种分析是符合实际的。失业意味着失去收入，没有收入意味着无力消费，没有消费意味着商业萧条和经济凋敝，这反过来同样加重失业危机。

今天中午我在加沙城西的沙堤难民营采访时遇见了几个因失业而举家陷入生活困境的人，他们的遭遇真切地代表了巴勒斯坦人的基本生活状态。

35岁的伊海卜曾经在以色列做助理建筑工程师，每月收入1200美元，不但可以养活父母、妻子和五个孩子，还可以周济亲戚朋友。冲突爆发后他失去了这份美差，也失去了供养全家的经济来源。仅有的一点储蓄花光后，他和家人只能依靠救济维持基本需求。

伊海卜五个月来只找到一个半月的工作，每天仅挣七美元，其中三分之一用于乘车，三分之一买烟，剩下的仅够自己填饱肚子，全家人还得靠联合国机构和巴勒斯坦自治政府接济。昨天联合国世界粮食计划署首次在加沙向贫困家庭大规模发放食品，伊海卜已经领到了属于他的那一份：五十公斤面粉，五公斤大米，五公斤白糖和一公斤奶粉。虽然加沙沙堤难民营的联合国救济中心已经紧闭大门，但伊海卜等几十名巴勒斯坦人仍然等在那里不肯离去，因为他们听说这里今天或许会继续开仓济贫。伊海卜说："我得再等等，因为家里实在太困难了，过不了几天又要揭不开锅了。"今天，他又来看看能不能再得到一些，因为领到的那点食品对他们全家来说只是杯水车薪，无济于事。

另一位是40岁的制衣厂工人苏阿德，冲突爆发前每月也有730美元的进项。以军封锁加沙后，工厂因为没有原材料而被迫关张，他也就失业了。家里没钱，三顿饭减成两顿，两顿饭有时又减成一顿，当然只能吃最便宜的大饼，早已不知鱼、肉、蛋的滋味了。苏阿德兄弟七个，他自己又有七个孩子，如果不是一个当大学老师的弟弟每月挣回几百美元，全家人还不知怎样过活呢。制衣厂在加沙有几十个，可以说是加沙轻工业的顶梁柱，像苏阿德这样的衣工不在少数。

联合国巴勒斯坦难民工程处是救济巴勒斯坦难民的主要机构，其在加

巴勒斯坦人长期依靠国际援助与救济，而联合国巴勒斯坦难民工程处是最重要的常设机构与渠道。

沙的总部平时就没有清净过，这些天更是被申请贫困补助的巴勒斯坦人踏破门槛。今天我一到这儿采访，立刻被几十名男男女女围困起来，他们人人都有一肚子的困难要诉说，当然中心话题还是一个：要工作，要糊口。可见巴勒斯坦人是个体面的民族，他们并不愿意靠别人的施舍过活，更不希望长时间地指望别人救济，他们只盼着能有份工作而自食其力。尽管如此艰难，我也很少见到巴勒斯坦人沿街乞讨。

一位中年妇女对我说，每年穆斯林最大的节日“宰牲节”前夕，她都要给四个孩子添置新衣新鞋，并置办待客访亲用的食物和礼品。今年她可犯难了，还有四天就到“宰牲节”了，别说给孩子买新衣服，就连吃饭的钱都很紧巴。孩子哪知柴米油盐的花费，几乎天天哭闹着要上下三新地过节，她这个做母亲的又难过又着急，为此已哭了好几次。

但是，我采访过的大部分人都拒绝把今天的困境和巴以冲突联系起来，他们认为独立是要付出代价的，巴勒斯坦被以色列占领和统治了几十年，也贫穷落后了几十年，如果以色列归还了他们的领土、领空和领海，他们可以拥有更加无限广阔的发展空间，完全会是另一种生活状态，又怎会为糊口而发愁。

一位正在膝盖上填写申请表的大学讲师插话说，今天的窘况不是巴勒斯坦人造成的，“我们热爱和平，我们反对暴力，我们不是恐怖分子，我们不愿忍饥挨饿，但是我们更要有尊严的生活。如果为了收复合法民族权利而被迫面对饥饿和牺牲，我们甘愿再承受一百年的苦难”。

他认为，以色列对巴勒斯坦地区的经济封锁从1967年占领巴勒斯坦之后就一直存在，自巴勒斯坦实现自治后变本加厉，而此次以方引发的冲突发生后，这种封锁比以往更加严重和极端，而这场冲突产生的责任只能由以色列领导人承担。

显然，困境中的巴勒斯坦人不仅仅在期待着更多的工作机会和人道主义援助，同时更期待收复他们的合法民族权利，期待着巴勒斯坦问题得到公正和持久的解决。

伐木不自其本，必复生；塞水不自其源，必复流；灭祸不自其基，必复乱。

——《国语·晋语一》

第二十八章　恐怖根源何在?

2001年3月1日，星期四，加沙

今天的天气突然热了起来，上午10点出门居然发现汽车温度表显示的室外温度达到摄氏30度，而一周前还是接近零度的低温，这让我难以相信，仿佛感觉到了北京仲春的味道：脱了棉衣换衬衣——直接从冬天跳到夏天，没有任何过渡和缓冲。

然而这里不是北京，这里是政治和安全形势十分敏感的是非之地。自然界的气候变化倒没有什么大碍，顶多是让体质单薄的人感到头痛脑热，略有不爽。但是，政治气候的变化就可能麻烦大了，说不定要引发后果难以预料的风暴。

巴以冲突今天进入第六个月，一大早我就感觉到除了天气热以外，巴以对抗形势更热。在出门采访的大半天里，收音机里相继传出的几则新闻让我感到一股可怕的风暴正在酝酿，它预示着巴以冲突有如一辆翻过山坡转而下山的重型车辆，如果不全力控制，它将滑向车毁人亡的深渊。

第一条新闻其实是重播昨天的旧闻：以军总参谋长莫法兹指责巴民族权力机构正“蜕化”为“恐怖实体”，它在过去的五个月里不但纵容法塔赫、哈马斯和伊斯兰圣战组织的恐怖分子向以军人和平民发动“恐怖袭击”，而且走私武器，等等。

巴官方人士批驳莫法兹的指责属于无稽之谈，是其一贯敌视和反对巴勒斯坦的恶意宣传的一部分，意在使冲突继续升级，并提出成立国际机构进行调查还巴方以清白。以司法部部长贝林称莫法兹作为军人发表这样的政治言论有失妥当。以地区合作部部长佩雷斯质问莫法兹：就算你说的对，你的意思是让我们把300万巴勒斯坦人一网打尽不成？而以部分和平组织抨击莫法兹纯粹是在“制造战争气氛”。

尽管莫法兹的指责遭到了双方部分政治领导人的当头棒喝，但是，这位执掌实际军权的将军说出如此出格的话不能不让人竖起耳朵仔细分辨其弦外之音。据报道，莫法兹一直难以同以总理兼国防部部长巴拉克合拍，而且反对从黎巴嫩南部撤军。巴以冲突爆发后，莫法兹又是以军镇压、围困和制裁巴勒斯坦人的“刺田计划”的主要设计师和执行者，而且屡次发表刺激巴方的言论。有人分析，过去五个月中，以军中下层屡有对抗政治领导人决定的事件发生，其中莫法兹的影响不能忽视。

第二条新闻是，美国《华盛顿邮报》援引以军方人士的话说，以军有可能重新夺取已经实现自治的巴部分地区，并称在几个小时内拿下加沙、约旦河西岸的杰宁和纳布卢斯等城市而不会对以军构成任何安全威胁。尽管以当选总理沙龙的高级顾问立刻出来辟谣说不会重新占领巴区城市，但是，以军方的威胁不能不让人感到忧虑。

黩武、好战，逞匹夫之勇是军人的职业病，这并不奇怪。但是，部分以政界人士似乎也沾染了这种毛病，并且相继在用莫法兹式的口吻进行表

加沙南部的巴勒斯坦妇女向我们展示打进民宅的子弹与爆炸物碎片。

态。中午以境内再次发生恐怖爆炸袭击后，以副国防部部长斯内立刻指责阿拉法特应该对这起袭击负责，因为是他允许哈马斯和圣战组织的好战分子在加沙和约旦河西岸自由活动。一般认为，至少有20%的巴勒斯坦人追随哈马斯和圣战组织。就连以色列情报机关也承认，阿拉法特无力控制所有巴勒斯坦人的行动自由，每个村庄都有十来个武装人员在自行其是，许多针对以目标的袭击活动完全是个人行为。基于此，斯内之言有点强人所难。

利库德有位要员叫梅厄·谢特里特，据说马上要担任内阁部长。他今天的讲话非但好战，而且有点种族歧视的味道。他在呼吁对巴勒斯坦人采取强硬手段的同时耐人寻味地说："这里是中东，我们不能说英语，而要说阿拉伯语。"那意思是对巴勒斯坦人讲西方式的温情与文明无异于对牛弹琴，白费口舌和力气。难怪巴勒斯坦人常常说以色列人不理解谈判的语言，只理解武力的语言。

如果军界、政界都立足于靠枪杆子说话、靠占绝对优势的实力来征服一个民族，那么历史告诉人们这只是异想天开，而且暴力活动不可能根除。以警方调查的结果显示，今天引发自杀炸弹伤害以色列无辜平民的那个巴勒斯坦人的确是哈马斯成员。但是，半个月前在特拉维夫开车撞死八个以色列军人和平民的那个巴勒斯坦人却没有任何政治背景，而且完全符合以色列准许入境的"良民"标准：年龄在35岁以上，有儿有女，没有任何犯罪前科。他的极端行为引起了舆论不同寻常的关注和反思，而我当时的直觉是，如果这样的"良民"都要铤而走险，那么巴勒斯坦人真是防不胜防了，病根只能从以方寻找。

其实，五个月来，以军对巴勒斯坦地区实行的安全封锁和经济制裁已经把许多无辜的巴勒斯坦人逼到了生存堪忧的墙角。此外，以军动用飞机、坦克、导弹和机枪等重武器同巴方进行不对等的军事较量，对平民过分使用武力而造成大量无谓的伤亡，并不经司法审判地清除了几十名巴勒斯坦官员和活跃分子，可以说，许多游戏规则已经被打破，无序和混乱的状态要想控制都有心无力。

虽然当天有消息说阿拉法特同意恢复巴以安全磋商，但是，如果不改变目前全体巴勒斯坦人集体受罚的局面，巴以安全磋商恐怕难有结果，以色列人还是难免受到炸弹袭击的威胁。恐怖活动的根源在哪里？国际舆论早有定论：以色列对巴勒斯坦的长期非法占领。

石可破也，而不可夺坚；丹可磨也，而不可夺赤。

——《吕氏春秋·季冬纪·诚廉》

第二十九章　库鲁塔尔班！

2001年3月3日，星期六，加沙

后天将是世界穆斯林最大的节日“宰牲节”，自然也是几乎清一色穆斯林的加沙巴勒斯坦人的最大节日。节日前夜，我来到加沙市中心的巴勒斯坦广场一带，想看看加沙人如何迎接这个盛大节日。但是，所到之处，我听到使用频率最高的一句话是“库鲁塔尔班”。

在阿拉伯语里，“库鲁”意为“一切”，“塔尔班”意为“疲软、没劲儿、不行”等，组合在一切自然是“一切都不行”。话为心声，心随境迁。“库鲁塔尔班”一言以蔽之地概括了加沙人目前的困难处境和低落心态。

巴勒斯坦广场尽头有两条狭窄的街道，往北的一条是食品街，往东的一条是服装街。同去年“宰牲节”前夜一样，当局禁止任何车辆从这里通行，以便市民们安全地采办过节用的吃用之物。节日还是原来的节日，人还是原来的人，但是气氛则不能同日而语。

食品街上的几十家店铺、摊位摆满了林林总总的食品：花生米、腰果、瓜子、水果，各种泡菜以及五光十色的甜点和糖果，就连道路中间也临时支起了许多货架子。货郎们扯开嗓子吆喝叫卖，店铺门口的喇叭竞相报出诱人的价格。但是，游人如织，却多半只是看客，驻足一处片刻，转而抽身离去，两手空空。

我步入街内最大的一个甜点铺，顿觉眼前敞亮、宽绰了许多。近百平方米的柜台堆满各种码成不同造型的点心，在明亮灯光照射下闪烁着诱人的色泽，散发着浓郁的香味。但是，店里的五六个伙计干坐在椅子上无所事事，可以说卖点心的比买点心的人还多，虽然只是一窗之隔，几步之遥，门外的喧嚣和拥挤全然与此无涉，形同两个天地。

问起生意如何，店主哈马德摆弄着手里的锅铲直撇嘴：“塔尔班，库鲁塔尔班！”他说去年的今天甜点供不应求，今天这里几乎无人问津，几天来卖出的甜点只是去年同期销量的两三成。他说加沙人现在兜里没钱，别看街上很热闹，但是看的人多，买的人少，多半人到这里只图个喜庆，过把眼瘾而已。

巴勒斯坦人酷爱甜食，同时也把甜点当作待客用的上品和探亲访友的首选礼物。去年的这个晚上，我为了给到加沙探亲的女儿买块甜点尝尝新鲜，曾在哈马德的店门口排了一刻钟的队。忆昔抚今，的确感到此一时彼一时，情势大变。

服装街约有200米长，是加沙服装店铺最集中的地方，被我起名“王府井”，因为这里不但店铺鳞次栉比，而且出售的多为价格低廉的中国产品。加沙商人有个好习惯，商品紧俏不涨价，货物滞销不甩卖，大概是为了避免落个投机倒把的坏名声而砸了自己的牌子。但是，面对钱囊空空的

“大甩卖！大甩卖！”

节日甜点备得很足，但鲜有顾客上门，温饱已成问题，甜点自成奢侈品。

顾客们，一些店主知道无利可图，居然关门歇业，回家落个耳根清净。一些商店虽然开张营业，但也是冷冷清清。相比之下，街面上临时摆的地摊倒是喧闹无比，但摊主也多半是赔了力气赚吆喝，各种三元、五元的小物件都无人理睬。

一个叫法耶兹的小伙子在一家中档服装店里左挑右选，最后花250谢克尔（约合60美元）买了一件衬衣、一条长裤和一双皮鞋。他告诉我这是他早起晚睡苦干一星期攒下的钱，有了这上下三新的行头，他明天可以去拜见未来的岳父岳母。母亲告诉他，这点钱虽然可以够全家一个月的吃喝，但是穷家富路，不能一身穷酸相地去相亲，误了婚姻大事。一般的巴勒斯坦小伙子没有一两万美元难以筹办体面的婚礼，不知道法耶兹什么时候才能凑够这个数迎娶他未来的新娘？

法耶兹走后，老店主对我说，现在生意难做，加沙人没活可干，没钱可挣，有点钱只能维持每天的简单吃用，谁还有多余的钱添置新衣，能将就得过去也就行了。他只是奢望节日期间能多几个订婚和结婚的，好歹有些进项。

隔壁50米长的首饰街今晚也正常营业，只是灯光昏暗，安静得出奇。

我走过一个来回也只发现两对夫妇同一个店老板在讨价还价。一个正拆门板准备打烊的店主对我说，这些天生意全黄了，什么项链、手镯、钻戒几乎就是摆设，偶尔能卖出个把便宜的银戒指就不错了，合计起来赚头还不够交电费的，就算是过节也没什么奢望，还不如早点回家歇着呢。

回到热闹的服装街，没走出多少步，街道突然断电变成一片漆黑，几乎所有的行人都喊叫了起来，随后喊叫声又变成了年轻人的口哨和妇女们的诅咒，中间夹杂着父母寻找儿女的焦急呼唤，待两边店铺相继打开应急灯，躁动的人群才逐步平息。

本来灯火还算通明的巴勒斯坦广场此时也只有稀疏的路灯泛出团团昏黄的光亮，路上的汽车纷纷鸣响喇叭，生怕撞着在黑暗中穿梭的行人。摸黑找到汽车，穿过漆黑的市中心，我感觉加沙人的确活得太累，太不容易，的确是“库鲁塔尔班”！

战争的结局要靠双手，辩论的成败要靠会堂；
现在不是我们空谈的时光，而应决战在沙场！
——荷马《伊利亚特》

第三十章　坐在火药桶上

2001年3月4日，星期日，加沙

在以色列工作的同事和朋友经常邀请我离开加沙，到以色列去换换环境放松一下。而我越来越深的体会是，局势的复杂往往超过我们想象的那样简单，事态的紧张有时也容不得我们物我两忘地放松一把。

巴以流血冲突爆发以来更是计划赶不上变化，每个记者的日程安排可能只在三五个小时内有效，因为没有谁敢肯定几个小时后会发生什么。这个判断虽然不是一条铁律，但它足以让我借以挡驾同事和朋友的关心和善意。可怕的是，今天发生的事再次印证了巴以间“天无三日晴，人无三日宁”的特点。

早上9点半，我相继收听了巴勒斯坦电台和以色列电台的最新新闻，没有任何值得一提的内容。没有消息就是好消息。我想，在巴以工作的记者如今无不把这句新闻界的行话奉为金科玉律，不仅因为这里有消息大家就得要受累，更重要的是，这里的消息多半是和流血、死人联系在一起。作为记者，我们或许要靠不断发生的事件来扬名立万，但是，作为有血有肉的人，我们宁可巴以间事件少一些，再少一些。说实话，我们这些人都不愿意继续分担巴勒斯坦人或以色列人的痛苦遭遇了，这些苦痛给我们的心灵造成了巨大的冲击。

因为要给《环球》杂志撰写一篇文章，我关掉播完新闻的收音机，也关掉电视，以便在宁静中梳理自己的思路。一个多小时后，当我草成稿件并打电话给耶路撒冷分社的钟翠花想聊会儿天时，才知她正在抢发消息：

一个小时前以色列北部海滨城市内坦亚再次发生爆炸，已经造成两人死亡，20多人受伤。

我赶紧打开收音机，“以色列之声”的阿拉伯语频道正在爆炸现场进行直播，而且称有三人死亡，35人受伤。虽然以色列的消息不归我管，虽然这是突发事件，但我还是感到遗憾，如果我一直开着收音机，或许会在第一时间得到消息并通报给小钟她们，这样她们的消息可能更早一些出手，更何况巴以间存在着十分密切的互动关系。哪壶不开提哪壶，偶尔不听广播就出事！

这是16个月来内坦亚第三次发生针对以色列平民的恐怖爆炸事件，也是去年9月底巴以冲突爆发以来以色列境内爆发的第七次爆炸袭击。尽管加沙发生的爆炸可能要以百次计，但是造成人员伤亡的并不多。生活在以色列的人已经是闻“弹”色变，就连我都为他们捏把汗，和同事朋友打电话时，我总是习惯性地提醒他们不要前往犹太人聚居区，不要在露天市场多停留，不要在公共汽车站等人，总之，除非为了必要的采访和采购，少出门为好。

以色列的安全环境我在出国前就已有所了解，尽管它有中东超一流的正规部队和世界水准的安全情报机构，但是面对层出不穷的炸弹袭击往往一筹莫展，以至于时时提防，处处小心，几乎成为一种生存本能和日常生活的重要部分。

第一次搭乘以色列航空公司的班机，我尽管怀揣公务护照和以政府新闻办的照会副本，仍被安全人员彬彬有礼地反复盘问三次，初次领教了安检的严密，也理解了为什么所有以色列航班都在午夜起飞，而且在各机场安检处的角落进行安检，这样做无非是有充裕的时间和空间反复盘查，避免有人把炸弹带上飞机。

第一次乘坐以色列汽车又被拦在本·古里安机场的停车场里，因为警方说几十米外发现可疑物品。第一次进以色列商场又被门口的安全员开包检查，我领教了隐私权被“剥夺”的尴尬。第一次从加沙进以色列被大兵翻包、被命令启动电脑、按下相机快门，我领教了被“怀疑”的难堪。第一次从埃及进入拉法海关，被命令解下裤带，我领教了被“搜身”的屈辱。第一次在机场送人就餐时，我目睹有人把行李丢在一边而给保安人员和其他旅客造成的不安与恐慌……

虽然我对自己遭受的某些“不敬”曾或多或少地表示过不满，甚至提出抗议，但是，有关人员总是真诚表示歉意后希望给予理解。现在，经历多了，我习惯了这些例行措施，也非常理解和配合这些措施，因为这也保证了我自己的安全。只是觉得生活在以色列的人并不比加沙的我轻松多少，虽然生活条件很优越，自然环境和基础设施无可挑剔，但是人身安全却未必有保障，随时可能发生的爆炸对任何人来说都可能是致命的威胁。

昨天，哈马斯的军事派别“卡桑旅”宣称，它将改变过去的“防守态势”转而采取“进攻态势”，在以色列纵深发动袭击，报复以色列军队对巴勒斯坦土地的持续占领和对巴勒斯坦人的持续侵犯。它还声称，目前十多名该组织“潜在的烈士”已经做好“牺牲自己生命的准备”，一旦沙龙完成组阁就采取行动。

今天的内坦亚自杀式爆炸最终造成四人死亡，近70人受伤。以色列警方怀疑是“卡桑旅”所为。过去几年里，该组织已经在巴以地区实施了多起针对以色列目标的爆炸活动，造成大量人员伤亡。一旦该组织如其宣称的那样放出十多人在以色列境内发动自杀式袭击，将不知有多少无辜的以

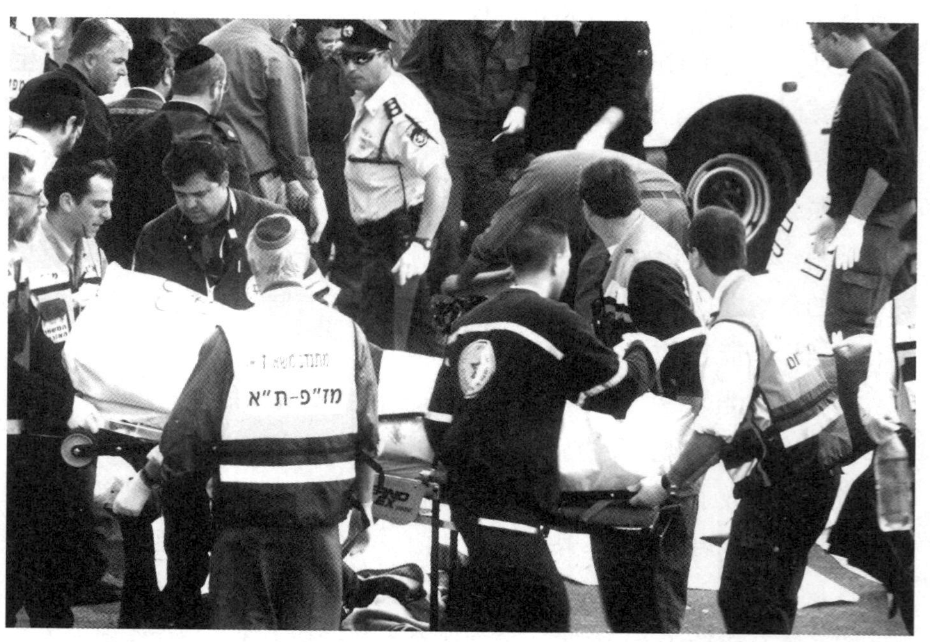

以色列境内的爆炸袭击时而发生，双方仇恨加剧，欲罢不能。（以色列政府新闻办供图）

色列人和外国人成为恐怖行为的受害者。

哈马斯的创始人和精神领袖艾哈迈德·亚辛过去一直公开反对伤害以色列平民，只赞成袭击以色列占领军和犹太定居者，直到把他们赶出被占领土。今天他重申冲突爆发后的新立场，即以色列人将和巴勒斯坦人一样付出代价。另一个激进派别伊斯兰圣战组织的负责人宣称，内坦亚爆炸是对日前以军参谋长莫法兹威胁采取更强硬军事手段对付巴勒斯坦人的直接反应。巴勒斯坦官方对内坦亚爆炸表示谴责，但同时指出以色列政府应该对类似的流血事件负责，因为它指使以军对全体巴勒斯坦人使用武力。

这些信号表明，只要以色列还在维持它对巴勒斯坦土地的占领，巴以冲突就难以结束；只要巴以冲突状态不完结，针对以色列目标的暴力活动就难以禁绝，生活在以色列的人们就要一直坐在火药桶上，不得安宁。

豺狼必须与绵羊羔同居，豹子与山羊同卧，

少壮狮子与牛犊并肥畜同群，小孩子牵引它们。

——《旧约·以赛亚书11：6》

第三十一章　难民营里的“儿童节”

2001年3月5日，星期一，加沙

今天是穆斯林的“宰牲节”，尽管巴勒斯坦官方宣布取消一切庆祝活动，但是加沙街头和与之毗邻两个难民营里还是展现了欢乐的节日气氛。酝酿这节日气氛的不是想象中花花绿绿的庆典装饰和载歌载舞的吉庆场面，而是那些无忧无虑、欢天喜地的孩子们。

我曾向朋友概括说，加沙有两多：孩子和沙子。巴勒斯坦领导人为了斗争需要鼓励巴勒斯坦人多生孩子，平均每个家庭都有六七个孩子。据官方统计，加沙105万人口中大约45%为14岁以下的儿童，105万人口中难民又占80%，显然，儿童不仅是加沙人口的“主力部队”，而且是十二大难民营的骨干居民。

由于贫困和落后，加沙居民区的环境可谓脏乱差，树木花草稀少，到处都是裸露的沙子。孩子多了不金贵，刚走会爬的孩子到处都是，有如平凡的沙子。孩子多了养不起，破衣烂衫，蓬头垢面，又如朴素无华的沙子。但是，今天的“沙子”们突然绽露金子般的光泽，为节日的加沙增添了另一种喜色。

上午，我进入熟识的沙堤难民营，眼前陡然一亮：这里的女孩们换上了各种款式的衣裙，脚下蹬着新皮鞋，肩上挎着小女包，头上戴着各式各样的发卡、丝带甚至白色的凉帽，个个像五彩缤纷的蝴蝶在街巷中翩跹飞舞，到处撒下银铃般清脆的笑声。男孩们一改平时灰头土面的模样，多半新衣新裤新鞋子，三五成群地追逐嬉戏，闹腾得像冲破栅栏的群鹿。

往日里，沙堤难民营让人看了直皱眉，住房粗糙简陋拥挤，街道坑坑洼洼肮脏泥泞，垃圾遍地堆放，苍蝇蚊子肆虐，斑驳脱落的墙壁上涂满战斗标语和漫画，满目都是破败、压抑和积重难返的景象。今天这一切虽然没有任何变化，但花枝招展的孩子们用鲜艳的服装、灿烂的笑脸和欢快的喧闹吸引了我的视线，也改变了我以往的感觉，整个难民营顿时蓬荜生辉，换了一番气象。

沙堤难民营的街道上今天也冒出不少儿童玩具货摊，摆出的玩具很丰富：洋娃娃、彩色积木、玩具手枪、气球、汽车模型甚至电子游戏机等，尽管这些玩具并不贵，但买得起的孩子还是少数，多半只能用羡慕的眼光看着别的小朋友在那里挑来挑去。甚至还有几个孩子凑钱买件玩具轮换着玩的。这一情景又把我从欢乐的表象投入生活的现实，这里的孩子除了一身新衣服和与生俱来的笑容，依然是一无所有，纵然是节日也不过如此。

市中心的街心花园是整个加沙地带唯一的公园，今天这里自然也成为儿童们的乐园。一些家长领着孩子来到这里，铺开一块塑料布，拿出在家做好的大饼、泡菜甚至豆子浆，就着可乐或橘子汁，品尝野炊的乐趣。有条件的家长自备相机甚至是摄像机，在这里为孩子摄影摄像，将孩子一年中最漂亮的一天记录下来。没有条件的家长或许会给每个孩子几块钱，让

她们的生活本该如此，但生不逢时。

今天的小天使们好开心。

花朵般绽放的笑容令人久久难忘。

他们到公园隔壁的照相馆照张全身像，也算没有白过这个盛大的节日。

加沙市当局像变戏法似的在公园周围集中了四个大的组合儿童秋千，免费让数以百计的孩子排队体验那上下忽悠的简单乐趣。个别市民想出了生财之道，从乡下亲戚处搞来马匹或毛驴，背上搭条毛毯，再简单装饰一下，居然也引得孩子们花一块钱骑驴催马兜上百八十米，尝尝当骑士的味道。

可怜天下父母心。尽管加沙的孩子像沙子一样多，像沙子一样平凡，但是，在父母的眼里他们个个都是心肝宝贝，都有着享受快乐生活的自然权力。只是巴勒斯坦的父母们目前正处于经济拮据的特殊时期，他们没有财力也没有激情像往年那样举家欢庆“宰牲节”，只能竭尽自己的绵薄之力让孩子们过个简单而快乐的节日，因为他们的年岁原本就应该是快乐无忧的。

狭巷短兵相接处，杀人如草不闻声。

——沈明臣《凯歌》

第三十二章　“沉默杀手”新登场

2001年3月12日，星期一，加沙

在五个多月的巴以流血冲突中，以色列军队动用的武器和弹药品种不少。大到F-16战斗机低空恐吓，“先锋”“猎人”无人电子侦察机高空巡视，“阿帕奇”武装直升机精确打击，坦克炮、火箭弹轰击，机关枪扫射，汽车炸弹伏击，小到狙击步枪和消音枪暗中伤人，更别说频繁使用的橡皮子弹、催泪瓦斯和眩晕弹，可谓蔚为大观。如今，以军又向世人展示了一种新式弹药——钉子弹。

加沙地带公安局局长穆贾伊德今天对此向新闻界说，巴方经过慎重调查得出一个结论：以军正在使用一种“十分危险的新式”弹头——钉子弹。

据穆贾伊德介绍，这种弹头由一定数量的钢钉组成，每枚钉子长38mm，直径为2mm，顶端非常尖锐、锋利，穿透力极强，末端有四个长度为10.4mm的尾翼，估计是为了保持飞行和穿透物体时的平衡。

他说，这种钉子弹是同高爆炸药混装入弹壳的，人体一旦被其击中，身体组织极易被撕裂，就连骨头也会被钻透，因此是非常致命的新式武器。据他介绍，10日，在加沙城东卡尔尼检查站附近被以军打死的巴勒斯坦人扎耶德·阿亚德就是这种子弹的牺牲者。2日，在加沙城东南的卡尔尼—尼茨萨利姆路被以军打死的巴勒斯坦人穆斯塔法·拉姆拉维也是这种子弹的牺牲者。

无独有偶，巴卫生部部长扎农当天在加沙举行了一个新闻发布会，中心议题还是向媒体展示以军使用的这种新家伙，使用的例证还是阿亚德和拉姆拉维之死。拉姆拉维的家人说他是在凌晨到自家田里干活时被以军打死的；也有消息说他是个神经有点缺陷的流浪汉，因进入以军在巴控区非法设置的“军事禁地”而遭以军射杀。以军起先说他们盯上了一个正在路边安放炸弹的“恐怖分子”并开火击毙了他。事后，以军自己又承认没有在拉姆拉维被打死的地方发现所谓炸弹。

显然，拉姆拉维是个屈死的鬼，并且，他还死得非常惨。医院出示的X光胶片显示，拉姆拉维的头部、脊椎、膝盖和脚部被撳入十多枚小飞镖式的钉子弹。以军迄今仅承认他们打死了拉姆拉维，但是始终不说他们使用的是什么子弹。

前天，巴立法委员会开会前，路透社摄影记者艾哈迈德在会场门口用手机发送储存在笔记本电脑里的一张新闻照片，他嘟嘟囔囔地对我说，以军当天上午使用钉子状的子弹打死了一个巴勒斯坦青年。那张血肉模糊的半身特写照片就是第二个钉子弹的受害者阿亚德。艾哈迈德编写的英文说明，中心意思就是一名巴勒斯坦人死于以军“奇怪的”钉子弹。

其实，钉子弹又似乎不是新鲜玩意儿。路透社在编发今天扎农新闻发布会消息稿时引用了简氏信息集团发言人的话做背景。这位人士说，以军使用的钉子弹是“箭弹”的一种，一般通过枪支发射，并依靠小尾翼进行平衡。这位人士说，这种子弹作为“沉默杀手”一般是特种部队展开近战时使用，它虽然不属于国际禁用武器，但是“绝对未曾”被用来对付手无寸铁的平民。

这位发言人还意味深长地说，以军已经开发了自己的箭弹系列，但在拉姆拉维被杀之前尚没有以军对巴勒斯坦平民使用这种武器的报告。

以军发言人当天在回答路透社记者提出的以军是否使用箭弹对付巴勒斯坦人的问题时，他只重复了昨天发过的一个简短而让人不太费解的声明：以军“使用最适合于安全环境和具体威胁的各种手段”。

简氏集团发言人的解释暗示着以军在用巴勒斯坦平民为其近战暗器做实验，而以军发言人的答复则更像是在公然宣称，以军将在安全的借口下不择手段，无所不用其极。

此前，巴勒斯坦曾指责以军在加沙南部的罕尤尼斯对巴勒斯坦人使用了神经毒气，以军对此加以否认。前天，阿拉法特第二次公开指责以军对巴勒斯坦人使用贫铀弹，以官方又强烈反驳。

这次，以军不但开创了用箭弹（钉子弹）对付平民的先例，已造成两名巴勒斯坦人死亡，人证物证俱在，这又该做何解释?

使用“沉默杀手”对付巴勒斯坦平民，冒天下之大不韪，只能在巴勒斯坦人心中激起无声的仇恨，也只能使以军的形象在无声的不对称杀戮中愈加暗淡。

吏呼一何怒，妇啼一何苦。

——杜甫《石壕吏》

第三十三章　如此反客为主

2001年3月13日，星期二，加沙

你听说过主人出门需要客人首肯吗？你听说过主人进门非得客人同意吗？你听说过主人的一举一动都要处在客人的监视之下吗？你听说过客人强占了主人的房子还要主人对他心存感谢吗？

这并非天方夜谭式的荒诞故事，也非主人理亏而客人气壮的黑色幽默，而是发生在加沙地带的一个真实故事，是以色列《国土报》著名女记者阿米拉·哈斯11日发表的长篇特写的主要“剧情”。这个反客为主的故事从某种程度上真实而深刻地反映巴勒斯坦人的生活现状，也揭示了巴以冲突的根源所在。

侯赛因·阿伊迪是个生活在加沙城东郊的普通巴勒斯坦人，全家35口居住在两栋不太高的楼房里。一个半月前，一群以军官兵闯进侯赛因的家，不出示任何书面军事命令，也不顾侯赛因的反对，他们直接爬上他家的楼顶，架起各种枪械，储备弹药和饮水，并用伪装网把整个楼顶罩了起来。这些不请自到的“客人”不但禁止主人上房查看，反而派人守在楼梯口监视着主人们的一举一动，并决定他们可否进出家门。

侯赛因出门得先请示监视他们的大兵，大兵再上楼顶请示长官，碰上长官打电话或没工夫，他只得耐心地等待。侯赛因从外面回来不能自己掏钥匙开门，而是要喊“喂，喂，我想进去”，等着楼里的大兵从里面开门并审视片刻后放他进门。如果是女眷归来，她必须先让大兵检查手里的口袋后才能进门。

大兵要求侯赛因必须在楼里留下四个家庭成员，侯赛因辩解说他不能把本该出门玩耍的孩子锁在家里，以军却说这是他的问题。自从以军征用楼房后，没有一个亲戚朋友获准来串门，侯赛因住在邻楼的亲妈、亲兄弟或亲侄子都被“谢绝”造访，就连红十字会人员都被挡驾。

侯赛因也不得动用汽车去购买食物。以军倒是有办法，给侯赛因提供部分“军粮”，但那点粮食不够35个人塞牙缝，更何况一家人生活所需要的不仅仅是粮食。其实，允许让侯赛因开车采购也没用，因为家门口的路早被以军切断了。再说，如果沿途以军没有得到有人出门的通知，他们可能会随时成为以军射击的对象。

白天的打搅已经受够了，晚上遭的罪更别提了。大兵们为了不暴露人数和行踪，昼伏夜出，每次进出不但汽车马达轰轰直响，上下楼的动静也不小，折腾得侯赛因一家无法入睡。每当遇到大兵从楼上射击，孩子们吓得直掉泪，浑身哆嗦，每个人都担心楼顶的弹药会不会意外爆炸把全家人送上天……

侯赛因实在忍受不了便找大兵们理论，说他们无权把平民和儿童居住的民房当作军事据点。大兵们却说没有推倒他的房子就是他的福气了，他“应该高兴并感谢上帝”才是。以军理由很简单：“要么大家一起使用这楼房，要么谁都别想用！”

在巴以美安全官员举行的一次现场会议上，侯赛因连珠炮似的提出了控诉：“两边打仗为什么把我们夹在中间，为什么要拉我们给以军当盾牌，为什么把我们当作犯人囚禁在家？为什么房子高就成了我的罪过？如果我因房子高而有罪，你们为什么不审判我？……”

侯赛因至今不知道具体有多少以军官兵反客为主地占据着他的楼顶。他曾经对一名军官说：“看看你们做的事，再想想未来，你们正在激发这些孩子去反对你们。我们之间或许会签署和约，但是孩子们永远不会信任你们。”

侯赛因的故事没有就此完全结束，因为那些武装到牙齿的不速之客还据守在他家里。侯赛因之所以遇到这些麻烦，只因为他家靠着通往尼茨萨利姆定居点的公路。如今，为了保护该定居点200多名赖着不走的定居者，这条道路两侧的17家小工厂和数栋居民楼被推倒，50多口淡水井被填平，上千棵果树被拔除，数百亩良田被破坏，数名无辜者被打死。

把侯赛因的故事稍稍放大，它就是整个巴勒斯坦人的生活图景：为了占据加沙地带的6000多名非法定居者的所谓安全，以军动辄把105万巴勒斯坦居民分割、封锁和围困；为了让约旦河西岸十多万非法定居者安全有保障，以军把250万巴勒斯坦原主人分割、压缩在40多个没有围墙的大监狱里，并且理直气壮地宣称，加强围困是理所当然，放松围困是显示善意。

侯赛因曾抱怨说，他的老家在今天以色列的贝尔谢巴，以色列在1948年反客为主地把他们轰了出来，他认了，如果在加沙能安稳地生活也行，但事实上他流落加沙仍然摆脱不了反主为客的命运。纵向看待侯赛因的个人遭遇，它又是整个巴勒斯坦民族反主为客的历史缩影。

以色列人为了建国把自己说成是“没有土地的人民”，把巴勒斯坦说成是“没有人民的土地”。可是多数历史学家、社会学家认为巴勒斯坦人祖祖辈辈生活在这里，就是在以色列人被罗马帝国驱赶到异地的1000多年间，巴勒斯坦人仍血脉不断地在这里繁衍，是巴勒斯坦土地上一以贯之的主人，否则，以色列建国前这里为什么叫巴勒斯坦而不是以色列？

退一步说，就算以色列人也曾是巴勒斯坦地区的原主人，但历史和遗传学家认为巴勒斯坦人和以色列人出自一个祖先亚伯拉罕，因此拥有同样

以军组织新闻记者采访约旦河西岸的以色列定居点。

的土地继承权。有学者认为巴勒斯坦人是古非利士人的后代而不是以色列人的同宗兄弟。如果是这样，那巴勒斯坦人更是这片土地的最早主人，因为以色列中部米吉多发掘的遗迹无可争辩地表明，在以色列先人从两河流域迁徙到巴勒斯坦时，非利士人已经在这里生活了一千多年。

老皇历不能多翻，因为它解决不了现实问题。如今，历史上的巴勒斯坦大部分已经被以色列掌握，巴勒斯坦人只想在残存的土地上当家做主，如果这点基本权利还要被剥夺，巴以之间又怎么言和?

本文主人公侯赛因曾对以军官员说过一句非常富有哲理的话，它无疑是全体巴勒斯坦人心声的体现："个人的尊严会变成民族的骄傲。当你们剥夺一个人的尊严时，他除了起来和你们作对别无选择！"

全世界是一个舞台，所有的男男女女不过是一些演员；

他们都有下场的时候，也都有上场的时候。

——莎士比亚《皆大欢喜》

第三十四章　沙龙出招

2001年3月14日，星期三，加沙

临近午夜时分，宣誓就任已一个星期的以色列总理沙龙终于出招了，令人意外的是，他向巴勒斯坦人伸出了实实在在的橄榄枝。沙龙在结束四个小时的安全内阁会议后宣布，以色列将大幅度放松对巴勒斯坦人的制裁与封锁，让与冲突没有直接关系的巴勒斯坦人享受到便利。

据以色列电台报道，这些“便利”措施主要有：允许巴勒斯坦地区进口原材料；允许巴勒斯坦人在加沙地带和约旦河西岸内部自由往来；允许加沙渔民下海捕鱼；允许加沙地带继续建设发电站。

沙龙说，不许巴勒斯坦人在加沙地带和约旦河西岸之间往返以及进入以色列就业的禁令仍然有效，但是，他表示其他的便利措施正在研究之中。

沙龙执政后首次召开安全内阁会议就做出了一个积极而务实的和解姿态，这自然是非常可喜的迹象。尽管巴勒斯坦人还在举行“愤怒日”示威，巴以仍在发生冲突，仍在出现死伤，但是，沙龙这第一招还是体现了向前看的眼光，显示缓解巴勒斯坦人困境、减少敌对情绪的诚意，值得叫好。

民以食为天。以色列几个月的物资封锁、交通限制导致巴勒斯坦地区原材料严重匮乏，生产几乎全部停顿，市场空前萎靡，失业人口激增，家庭收入锐减，生活质量愈加恶化，生存环境也蒙受浩劫。如此下去，只能沉积仇恨的土壤，滋生敌视的种子，酝酿对立的情绪，使巴以冲突陷入难以自拔的恶性循环。

因此，沙龙政府的决定是明智的，也是别无选择的。问题是，要看以色列什么时候开始切实兑现今天许诺的“善意”，还要看这善意能否让巴以冲突的车轮子逐步停下来，以便重新回到谈判的正常轨道上去。

新人总是有些新气象、新招数。前年巴拉克刚上台时，他那句“探戈还需两人跳”的传神比喻一时天下皆知，尽显这位儒将的浪漫与幽默。但是，巴以和谈最终摊牌所不可避免的残酷性不但没有使巴拉克和阿拉法特把探戈跳完，反而让他们卷入一场血淋淋的武装角斗。

沙龙不怎么浪漫，年轻时生猛，年迈时倔强，性格中透着股直爽，就连许多恨沙龙的巴勒斯坦人都说他比巴拉克更实在，更能兑现诺言。据说沙龙不以“战神”自矜，反以“农民”自居，以务农自豪，这些都说明沙龙是个务实的人，是个现实主义者，就如今天晚上做出的这个决定。

沙龙的务实在竞选总理前就显现了。比方说，他的确不喜欢阿拉法特，但是盘算着要和他打交道而不得不主动修好。他不愿意做出巴拉克那么大的“让步”，于是免开类似“多少个月实现和平”的空头支票。甚至

被占领土的巴勒斯坦人总是为生计发愁。

他自知口才不好，索性在选举前一段时间里三缄其口，免得祸从口出，坏了大事。

沙龙当选后，作风还是朴素而务实的，突出的例子是给手下25个部长订立整顿组织纪律的“沙龙十戒”：开会不得迟到，讨论不得喊叫，发言不得放空炮，对同事不得指手画脚……尽管这些将军令使散漫惯了的部长们不以为然，但它们的确让人们感到沙龙在按自己的方式驾驭这挂多驾马车，更是感觉到他要从身边开始，从眼前开始解决些实际问题。

沙龙决定给巴勒斯坦人带来些实惠，同时强调这些善意并非针对巴勒斯坦领导人的，因为他们的安全机构卷入了“恐怖活动”。曾有报道说，沙龙已批准一项缩小打击面、“赏罚分明”的行动计划，以便瓦解巴勒斯坦人的暴力对抗。显然，今晚做出的这些措施和上述计划有着内在的一致性，表明沙龙的确开始采取实际步骤，开始了带有自己特色的努力尝试。

土地啊！自古以来，这就是我的土地，是我用汗水和欢乐浇灌它，
是我用悲惨的回忆和英雄的歌唱灌溉它；自古以来，它就是我的土地。
地主啊！我要赎回它！我可以付出鲜血和身体作为代价。
——萨阿达拉《胜利属于阿尔及利亚·土地的革命》

第三十五章　封锁下的鱼羊鲜

2001年3月16日，星期五，加沙

中国人好吃，也会吃，且普遍认为吃的最高境界是尝鲜。何谓鲜？南以鱼为鲜，北以羊为鲜。

巴勒斯坦虽然总共没有半个北京大，但也是地分南北，各有一鲜：濒临地中海的加沙地带常常被称为南方，约旦河西岸地区则有北方之说。加沙靠海自然要吃海，鱼肯定是第一鲜；西岸多为山地丘陵自然要吃山，羊为鲜当仁不让。但是在以色列封锁下的巴勒斯坦谈论鱼羊之鲜却是个沉重的话题。

话分两头，先说加沙的鱼虾之鲜。加沙本来有45公里长的海岸线，1998年在册渔民2500人，大小渔船700多条。正常状态下，这些渔民和船只撒入浩瀚的地中海，应该能让加沙的105万人一日三餐食有鱼，不以海鲜为稀罕之物。

但是，加沙空守着望不到头的地中海，因为这里是被占领土，领海控制在以色列手中，因此，巴勒斯坦人有海而又无海，靠海难吃海。根据巴以双方签署的有关经济合作协议，巴勒斯坦人有权在加沙对面长宽各21海里的范围内从事渔业生产，但实际上加沙渔民能够自由活动的空间要比海图上圈画出的框框小好多。

据统计，1998年，加沙全年的海产品总量只有3628吨，平均每天十吨，只够满足巴勒斯坦10%的市场需求。所以，海味在加沙仍然贵如山珍，不但在普通人家的餐桌上觅之无踪，在饭店和餐厅也属上等佳肴，价格比普通菜要贵上一倍。

上个月，以色列为了卡紧巴勒斯坦人的脖子而下达了封海令，加沙渔民因此一个月没有下海，加沙海面也一个月看不到帆影和渔火。好在如今巴勒斯坦人囊中羞涩，吃了上顿没下顿，不奢望什么海鲜，因此一月乃至数月不知鱼味也处之泰然。

前天，以色列总理沙龙宣布解除封海令，加沙的渔民终于可以出海了。但是，我昨晚到加沙渔港却听到渔民们的怨言：什么解除封锁，纯粹是在糊弄世界舆论，还不如彻底封了呢，省得让以色列拿来说事。据他们讲，虽然可以下海，但仍不得驶入深海作业，只能在三五海里远的浅水区捞点鱼虾充数。

为了证实沙龙的“善意”有没有打折扣，今晨6点我就赶到渔港察看折腾一夜的渔民们究竟产出几何？由于安全原因，我被警察拦在渔港外，只能到旁边的鱼市了解行情。当所有的海货集中在鱼市拍卖时，我才发现渔民们没有冤枉沙龙，一夜的劳作不但收获有限，而且大鱼数量少到可以“枚举”的地步：一米长的小鲨鱼只有一条，一尺长的黄花鱼超不过十条，墨斗鱼、小章鱼合起来有20来条，大小公母螃蟹统共不足20只，大对虾两小筐，蝴蝶虾两中筐，剩下的几十个浅木盒装得尽是巴掌长的小鱼。所有这些总共估计不足一吨，这就是供给百万加沙人的海鲜！

鱼在巴勒斯坦是稀罕之物，另一鲜——羊也是珍贵得很。平时新鲜羊肉就合十美元一公斤，所以一只活羊卖个300美元并非天价。前不久的宰牲节，许多巴勒斯坦人是靠借债买羊才得以“宰牲”过关的。

平时巴勒斯坦人多食用进口的冻羊肉，虽然味道谈不上鲜嫩肥美，但总是要少破费些。以色列封锁巴勒斯坦地区后仍网开一面允许进口食品，因此冻羊肉还是有的卖。但是，自从闹出口蹄疫后，进口的羊肉让人吃起来觉得不怎么香了，好在巴勒斯坦的羊肉是从非疫区的澳大利亚、中国进口的，而非来自发现病例的欧洲、拉美和个别亚洲国家。

今天中午，当我正吃着萝卜清炖羊肉时，当地媒体报出了个不好的消息：约旦河西岸的杰宁和希伯伦发现三只羊感染了口蹄疫病毒。这是今年口蹄疫流行后，巴勒斯坦和以色列首次宣布发现这种被称为“一级恐怖”的疫情。

宣布这一消息的巴农业部部长扎伊德特意指出，口蹄疫过去在巴勒斯坦地区一直存在，只是防治得力而使其处在隐蔽状态。他说，以色列实施封锁并扣留为巴方代收的税款后，巴农业部同其他机构一样入不敷出，无钱采买足够的疫苗对口蹄疫进行防治。另外，以军又切断了巴城镇和乡村之间的道路，卫生和检疫人员无法安全下乡去及时和有效对付这一传播速度非常快的病毒。

真是哪壶不开提哪壶，好在我吃的是进口羊肉。但是，巴勒斯坦人怎么办？不尝羊肉这口鲜倒也罢了，可是要像欧洲那样为避免病毒扩散而大批烧杀羊只，靠农牧为生的西岸巴勒斯坦农民如何过活？上周，我在伯利恒东郊著名的“牧羊人田野”遗址处拍照时，还特意对一位赶着30来只羊的当地人大加恭维：按市价这可是近一万美元的家产！若是一把火烧了，别说可怜的羊倌五雷轰顶，我都觉得心疼。想到这，碗里的羊肉吃在嘴里味同嚼蜡。

据报道，以色列农业部部长今天表示，愿意和扎伊德当面磋商口蹄疫在西岸出现的严重事态，并表示以色列将全力协助巴方制止这一病毒继续扩散。滑稽的是，以色列安全部门因实施封锁而吊销了扎伊德的入境“贵

加沙地带的羊只价格很贵，而且我也见过以垃圾为食的“垃圾羊”。

宾通行证”，两名部长就是想面谈也难得一见。

退一步说，如果以色列不对巴勒斯坦地区实施分割和封锁，如果以色列不限制巴勒斯坦人在自己的土地上行动自由，如果巴勒斯坦财政不陷入困境，口蹄疫或许不会出现在巴勒斯坦地区，与之水土相连的以色列也就省去了一份担心。

有鱼有羊，对于美食家来说是锦上添花，可以让奢侈的口腔肠胃过把瘾。但是，对巴勒斯坦人来说，鱼羊岂止一个“鲜”字了得，分明是他们养家糊口、赖以为生的命根子，万万断不得！

精神没有国界，巨星永不坠落。

——自题

第三十六章　加沙来了格瓦拉

2001年3月19日，星期一，加沙

有个人死了，但他好像还活着。他虽然从来没有涉足中东，但人们却在巴勒斯坦觅见他的踪影。这个人便是举世闻名的阿根廷籍前古巴革命运动领导人切·格瓦拉。

自从巴以冲突爆发以后，加沙地带多数建筑物的墙面被喷满各种战斗口号和宣传画。这些宣传画的主角自然不外乎巴勒斯坦民族象征阿拉法特、哈马斯创始人亚辛和无辜死难的巴勒斯坦少年穆罕默德·杜拉。

但是，令我意想不到的是格瓦拉也成了巴勒斯坦人的一面旗帜而在这里受到尊敬和推崇，他的巨大画像不但和上述巴勒斯坦当代巨星交相辉映，而且独占不少大中学校的院墙，光芒强劲得似乎要盖过阿拉法特和亚辛。

格瓦拉在同卡斯特罗取得古巴革命胜利后舍弃权力，重新啸聚南美丛林继续他的武装革命，直到为理想抛却头颅。格瓦拉从此创造了一个现代神话与传奇，也被许多民族解放组织视为指路明灯和黑夜航标。

阿拉法特领导的巴解组织和亚辛为代表的伊斯兰抵抗运动可以说是主导巴勒斯坦社会的两大政治力量，它们的影响和势力已经覆盖了整个巴勒斯坦被占领土。格瓦拉非但是个远离巴以冲突的拉美人物，而且在意识形态和宗教信仰上同巴勒斯坦人没有共同语言，他的到来并不是说巴勒斯坦出现了介于世俗和宗教力量之间的第三道路，而是反映了巴勒斯坦人不甘外来压迫、誓将独立斗争进行到底的一种“彻底革命”的心态。

我曾多次和巴勒斯坦人讨论结束以色列占领的最佳途径，质疑他们和以色列进行武力较量是否属于以卵击石？他们却非常内行地给我上起了近现代历史课：印度难道比英国更强大吗？阿尔及利亚难道比法国更强大吗？越南难道比美国更强大吗？最终不都是弱小民族战胜了强大的外来占领者和统治者吗？的确，在巴勒斯坦人的眼里，毛泽东、胡志明和格瓦拉这些第三世界革命运动的领袖是永不坠落的北斗星，而巴勒斯坦人也正处在民族解放运动的历史进程中。

特殊的政治环境、历史阶段以及多年的斗争经验使巴勒斯坦人容易进行两极性的选择，要么和谈，要么对抗。作为追求合法民族权利的一个现代群体，他们仍然对可能过时的第三世界革命理论乃至武装斗争怀存相当坚实的信念，他们仍然非常执着地守护着一个真理：得道多助，失道寡助，正义一定能最终战胜强权。这或许就是格瓦拉能够从遥远的拉美来到中东，能从几十年历史的尘封下重新浮现，并在巴勒斯坦地区找到不少知音的缘故吧。

格瓦拉不但被保存在巴勒斯坦人的记忆中，不但出现在他们积淀下几代人誓言的墙壁上，也出现在他们针对以色列的具体武装行动中。今天早晨，一名59岁的犹太定居者在约旦河西岸伯利恒附近遭到枪击后身亡。随后，一个自称“格瓦拉·加沙”的巴勒斯坦组织宣称对这起事件负责。

革命者格瓦拉是巴勒斯坦人的精神领袖之一。

几周前，这个组织就曾宣布对加沙一个犹太定居点发射过迫击炮。昨天午夜，三枚迫击炮弹居然破天荒地从加沙地带打进了以色列境内的一个基布兹，不知是否还是这个格瓦拉·加沙斗胆干的？

格瓦拉·加沙原本是解放巴勒斯坦民族阵线（民阵）一名领导人的化名，他于1970年在加沙被以军打死，而当时担任以军南部地区（包含加沙地带）司令的就是今天的以总理沙龙。可见格瓦拉并非初来乍到，而是早已在巴勒斯坦人的精神世界里被树为一根标杆。

当年，格瓦拉·加沙为了结束以色列的占领而间接死在沙龙手下。30年后，格瓦拉·加沙尸骨不知埋没何处风化几许，甚至不知尚有多少人记着他曾经的存在。但是，当时的沙龙将军如今不但已经登上了以色列权坛的制高点，并且风光无限地走访美国，成为世界级新闻人物，踌躇满志。面对以色列占领的继续延伸，面对引发巴以流血冲突而态度没有发生根本变化的宿敌，格瓦拉·加沙的后人如何咽得下这口气，在沙龙出访之际采取行动进行武装示威自然难免。只是这种示威又要以普通人的流血和苦难为代价。在该组织枪杀那名定居者后，以军重新对伯利恒实行围困和封锁，伯利恒人刚畅通了一个星期的呼吸又被无情地卡住了。

以前，每次走过涂有格瓦拉画像的建筑物，我会在疑惑之余本能地觉得他和巴勒斯坦人之间存在某种默契和一致。今后，不用再端详格瓦拉那冷峻的形象，我都能感觉到他穿透墙壁的感召力，感觉到一股正在巴勒斯坦弥漫或许还要不断扩散的血气。

可以宽恕，但不可以忘却

——约翰·拉贝

第三十七章　永别了，以航！

2001年6月29日，星期四，加沙

今天，我乘坐以色列航空公司的班机回到了战乱中的加沙。一下飞机我就断然发誓：今后宁可步行万里往返中东，也决不再登上以航的班机。真的，决不！

并非我做事说话太绝对，太极端，亦非以航前两次待我不周，而是这第三次的遭遇实在让我接受不了。

我本来应该在26日离开北京。当天下午，我携带着总社配给分社的便携电脑、照相机、底片扫描仪、防弹背心和头盔等器材，准备在首都机场搭乘以航LY096次班机返回分社。同前两次乘坐以航一样，我毕恭毕敬地接受了以航安检人员的反复盘问，因为我非常理解以色列人的安全环境，检查得细致些可以降低飞机被劫持或遭爆炸的概率，这也维系着我的生命安全，我没有理由不好好配合。

一般而言，以航人员对持公务护照的乘客比较客气，安检基本上限于礼貌而仔细的问讯，并不开箱检查。因此，当我在首都机场接受完盘问并被要求稍等后，我以为愉快的旅行就要开始。岂料，检查我的女保安在向一位人高马大的光头上司汇报后，“光头”一边翻看我的护照和以色列记者证，一边打着移动电话。直觉告诉我，今天有点不妙。

几分钟后，“光头”过来直截了当地告诉我，不能携带电脑上飞机，而且是绝对不行。我争辩说机票上并没有把电脑列为不能携带的易燃、易爆和危险品，更不属于武器和弹药。我甚至主动提出可以开箱并启动电脑进行检查。“光头”对我的辩解和建议并不感兴趣，而是给我指出两条返

特拉维夫国际机场的本-古里安塑像。本-古里安是开国总理，堪称以色列国父。

回加沙的路：要么留下电脑继续乘坐以航班机，要么改乘其他航空公司的班机。我不禁愤然。前两次乘坐以航也携带电脑，没人找我的麻烦；以航出售的机票合同并没有特别注明也没有事先通知我不得携带电脑。我是记者，没有电脑靠什么发稿？这不是装糊涂或找碴儿又是什么？不管我如何磨嘴皮子，“光头”就是不肯，而且明确告诉行李处的中方雇员不得给我办理登机手续。

迫不得已，我只好和陪我到机场的夫人、女儿坐着新华社外事局的车子回家。司机小韩说，他送走的记者不计其数，但是像我这样不能带便携电脑上飞机的事还头一次遭遇。由于机票已经更改过一次返程日期，按规定当天走不了机票将作废。以航北京办事处的一位女同胞在电话中了解了我不能成行的原委后，破例免费将机票给我改签到28日，并叮嘱我这是最后一次改签。与此同时，外事局也找到了以色列驻华使馆的新闻官进行交涉。

28日上午，交涉有了结果。以色列新闻官称已获悉我的情况，并对外事局抱怨我“没有很好地同以航安全官进行合作”。不过他答应帮着疏通一下。我真是搞不懂，明明是以航安检人员违反机票合同刁难我，怎么反倒是我的错？难道我按照其要求扔下便携电脑或改乘别的航班才是正常的合作态度？

我也的确考虑过“光头”安全官改乘其他航空公司班机的所谓建议，但心有不甘。我是堂堂正正的新华社记者，是持公务护照的国家工作人员，是在以色列政府正式照会同意下从事正当职业的外国人，并不是对以色列目标构成威胁的恐怖分子，也没有做过愧对以色列人的事，凭什么节外生枝地让我放弃？再说，就是绕道乘坐别的航班前往以色列，安全检查还是以色列人负责。在自己的家门口都这么为难，到了外国中转出现麻烦谁又能帮我？退一步讲，如果屈从于这一无理要求，今后新华社的记者还如何携带工作器材进出以色列？这种先例开不得。

当天中午，我重返首都机场。盘问我的是一名会说汉语的以色列男保安，他刨根问底地打听我的一切情况，有的已经超出安检盘问的正常范围，如我和哪些人生活在一起？甚至要我出示和夫人、女儿的合影照片。足足半个小时后，他和“光头”上司等一干人马把我的四件行李搬到了以航的安检处——一个安放着X光透视仪并吊挂着几十种工具的房间。据说只有以航在首都机场另开这样的炉灶。

一名以航女保安当着我的面在屋外过道上打开我的衣箱，一件一件翻出里面的东西仔细检点，她甚至连里面的几件内裤都用电子扫描仪一一扫过，我当时觉得做男人的尊严受到严重伤害，隐私权被赤裸裸地剥夺。但是，为了“好好合作”，我默不作声地承受着。记得一名美国乘客曾经因为安全人员的过度盘问而在美国对以航进行了起诉，要求其进行高达数百万美元的精神损失赔偿。我如果是那个美国人该不该要求以航进行天文数字的赔付？那位金发碧眼的女保安熟练而坦然，没有半点真诚的为难，似乎已经习惯了中国人的忍耐，习惯了在他国首都剥夺他国公民的隐私权。不过，也许是为了平息我写在脸上的恼怒，另一位小姐客气地给我端了一杯纯净水，请我少安毋躁。

我是中国人，接受的是公而忘私、先公后私乃至大公无私的教育，不在乎个人的这点隐私和尊严，却十分在乎国家的财产不受损害。所以，当女安检把我的衣箱翻个底朝天时，当她把我的衣服胡乱扔进脚下的一个塑料筐时，我忍受了，没有因为一个男人的面子受损而抱怨；当“光头”粗暴地扯出我留在相机里的胶卷并轻描淡写地塞给我一个新胶卷算作赔偿时，我也忍受了，没有因为他毁掉我特意拍的几张女儿和夫人的纪念照片而动怒。但是，当他们背着我检查两包电脑、照相机和扫描仪等器材时，我急了，这些精密设备怎么能在我不到场的情况下进行检查，又怎么能把它们随意拆卸呢？但是，我急也没用，抗议也没用，人家就是横，哪怕在我们伟大祖国的首都！

最终，两个小时的检查结束了。摄影部给分社添置的数码相机马达明显受到损坏，两个螺丝钉不能复位，导致马达与相机机身接触不良而无法启动，另一个螺丝钉已经被拧豁了，显然，以后想打开这个马达盒盖已不可能。此外，马达上多处留下工具硬撬而造成的划痕。我经历过的以色列安检何止一次，但是这样粗暴无理的经历还是头一次。当我对马达无法正常工作提出质疑时，“光头”轻松地告诉我可以到以色列进行投诉索赔，以航会赔我的。但是，他并没有主动给我出具相关的证明。

还有十分钟飞机就要起飞了，机场的高音喇叭一遍又一遍地呼喊着我的名字催促我立即登机。送我的另一位外事局人员小林在此期间几次跑来表示不满，但是都被以航安全人员给请了出去。检查结束时，小林说，这要是和他们赌气，今天咱不走了，让以航班机等着，让他们都走不了。就连边防办手续的一位中国公安都为我鸣不平，认为以航太欺负人。为了工作，我不能不回加沙，一切的委屈只能吞噬在肚子里，能带着电脑和摄影器材返回加沙就是最大的胜利。

但是，让我真正气恼的是，自己被人当猴耍了。当我登上飞机才发现，至少有四个乘客在座位上摆弄着他们的便携电脑。不知他们是不是清一色的以色列公民，但我可以肯定的是，他们中没有一个人在登机前因携带电脑而遇到麻烦，更不会有人经历我那样的所谓“安检”。如果我是那个因隐私权受伤害而动怒的美国人，仅凭这一点也会告以航个种族歧视罪！

这口气真让我难以下咽。被损害的照相机马达可以修好，但是，被损害的内心和情感却无法痊愈。由于我的职业关系，我不能作为一个普通的消费者去讨回公道，但是，我有权选择未来离开加沙和以色列的交通工具。无论如何，我永远不再乘坐以航的班机。我不能再花钱买罪受，把大把的美元给一个不知道尊重记者，不知道尊重中国记者，也不知道尊重中国公民高贵人格和正当权益的外国航空公司。

永别了，以航！

（补记：回到加沙后，我把首都机场的经历详细地向新华社进行了汇报，新华社为此向以色列驻华使馆进行了交涉。据说，以色列使馆对此表示遗憾和抱歉，并强调我所经历的一切完全是以航安全人员的个人行为，并建议我去以航总部索赔被损坏的照相机马达。为了中以人民的友谊，我放弃了作为一个普通乘客所拥有的投诉权，甚至主动放弃了索赔。

几个星期后，我在耶路撒冷工作的两名同事相继携电脑乘坐以航，他们没有一个遇到我所遇到的麻烦。这次经历给我造成的心理创伤却一直隐隐作痛，我多次后悔自己当初如此轻易地放弃了自己的自尊和权力，至少应该争取到等同于其他乘客的待遇，哪怕为此放弃返回加沙。但是，我一直相信，以航本身是无辜的，因为以航的安全检查是以色列国内情报总局负责的。其实，谁都看得出，这是我长期在被占领土从事报道所付出的另一种代价。

我毕竟对以色列人民还是有好感的，因此，冷静之后也一直在说服自己忘了这次不愉快的经历，再给以航一次机会。正是这个念头使我收回承诺，在2002年1月下旬返回北京时再次乘坐了以航班机。这一次，我没有受到任何刁难，而且超重的行李也得以过关，使我多少得到了一点心理补偿和慰藉。在北京机场，我两次遇到了半年前刁难我的“光头”安全官，不知是刻意，还是无心，或是愧疚，他冷峻的职业目光一直在回避着我的眼睛。或许，他早就把我连那桩并不遥远的往事给忘了。但是，正如一位以色列领导人说过的那样，对于这次遭遇，我“可以原谅，但绝不会忘却”！）

战争是一种暴力行为，而暴力行为的使用是没有限度的。因此，交战的每一方都使对方不得不像自己那样使用暴力，这就产生一种相互作用，从概念上讲，这种相互作用必然会导致极端。

——克劳塞维茨《战争论》

第三十八章　脆弱停火面临考验

2001年7月3日，星期二，晴，加沙

今天，以色列安全内阁开会后宣布，将继续对巴勒斯坦实行“定点清除”政策，采取积极的防范措施。这一表态显示，以政府将继续采取暗杀手段对付袭击以目标的巴勒斯坦人，不管这一政策是否会引发暴力冲突的反弹。几天来，巴以对抗因以军的暗杀行动而重新加剧，国际舆论盼望的“平静”顿时化为虚有，执行了半个月的脆弱的停火方案蒙受重挫。

1日凌晨，两名巴勒斯坦人在约旦河西岸北部的杰宁地区被以军打死。关于这两个人的死亡，巴以推出各自的解释版本。巴方说，这两个人是在以军用坦克轰击巴居民区时被炸死的。以方说，这两个人连同另外三名武装人员当时正在以军某哨所附近安放炸弹，被以军发现后他们又朝以军开枪，结果被以军还击的子弹打死，另外三人逃逸。中午，一辆以军装甲运兵车在杰宁萨努尔军事基地附近的一条公路上行驶时，巴勒斯坦人引爆了一枚炸弹，但是没有造成人员伤亡。

午夜11点左右，三名巴勒斯坦人驾驶着一辆马自达轿车驶上杰宁卡巴提亚镇附近的公路，同时，一架以军“阿帕齐”战斗直升机悄悄出现在他们的头顶。很快，锁定了目标的直升机连发六枚导弹，直接击中马自达轿车并使之发生爆炸起火，车上三人当即丧生。

巴安全官员说，这三名死者属于激进的杰哈德和哈马斯，分别来自杰宁和纳布卢斯，其中一人曾于上周侥幸逃脱以军的炸弹暗杀行动。以电台援引以安全人士的话说，这三人当时带着大量炸药正准备对以目标发动新

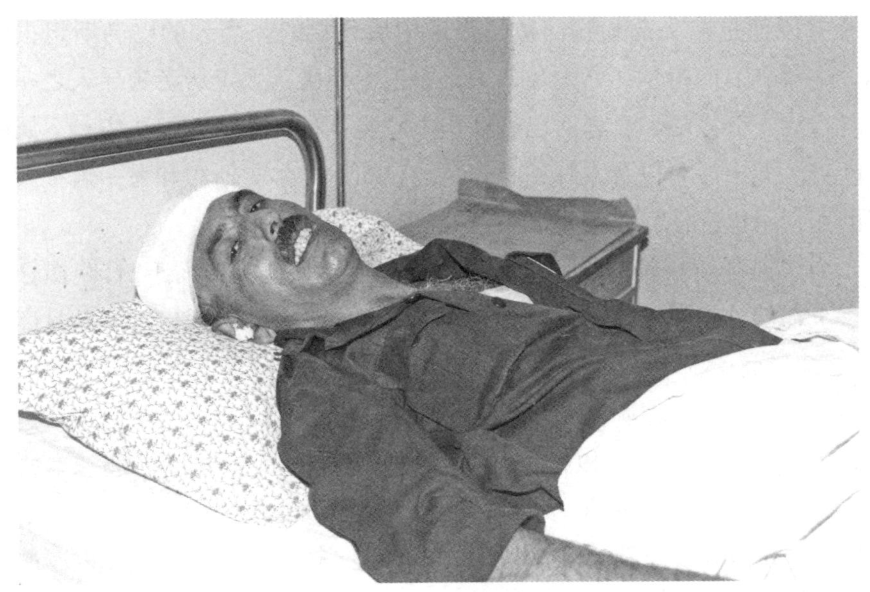

在以色列空袭中受伤的巴勒斯坦警察。

的恐怖袭击。自巴以冲突爆发以来，这两个组织已经在以境内策划了多起爆炸，造成严重的生命损失，因此，其成员成为以军情部门追杀的对象。

阿拉法特等巴领导人对以军的暗杀行动进行了谴责，怒称其为“丑恶罪行”，是对停火协议的“公然违背”。法国外交部在以总理沙龙到访前夕也谴责了这次暗杀行动，抨击以方一贯不经审判“暴虐地处决”巴勒斯坦人。杰哈德则宣称将对以色列人以血还血。

2日上午，特拉维夫附近的耶胡达市发生两起汽车爆炸，幸好没有造成人员伤亡。解放巴勒斯坦人民阵线（总部）事后宣称对此负责。该组织自巴以签署“奥斯陆协议”后已基本放弃针对以平民的暴力活动，但是，近几个月来它已经策划了几起类似的不造成人员伤亡的爆炸，显然是在对以色列进行威胁。

中午，一名41岁的犹太男子在以色列北部临近西岸的一个市场被人夺去枪支，并遭到近距离射击，几个小时后不治身亡。以警方当即逮捕20名巴勒斯坦人进行调查。以国防部部长本-埃利泽对此做出强烈反应，称以方将重新考虑目前采取的“克制政策”。

下午，希伯伦南部苏西亚定居点的犹太人亚伊尔·哈尔·斯内外出牧羊时失踪。3日凌晨，哈尔·斯内的尸体在苏西亚附近一条山谷被发现，巴警方说他是在头部和胸部被子弹击中后死亡的。当天的巴勒斯坦报纸称，今年45岁的哈尔·斯内被认为是希伯伦地区犹太定居者领导人之一，平时行为十分极端，已经对巴勒斯坦人“犯下种种罪行”。法塔赫下属的“阿克萨烈士旅”以及人阵（总部）均宣布对哈尔·斯内和另一名犹太男子的死亡承担责任，以报复以军1日午夜的暗杀行为。

为了遏制新一轮的流血报复导致局势逆转，美国方面于2日晚撮合巴以安全部门首脑在特拉维夫举行会谈，但双方没有取得任何进展，只商定6日继续磋商。

6月13日，在美国中央情报局局长特尼特的斡旋下，巴以宣布开始停火，为执行有关结束巴以冲突的《米切尔报告》所提建议做最基本的铺垫。此后，冲突趋于平静。28日，巴以又表示同意接受鲍威尔在访问期间提出的一份旨在恢复双方政治谈判的时间表。按照这份时间表，以巴冲突“平静期”将持续七天，接着将是为期六周的“冷却期”，然后双方再采取重建信任的步骤。

但是，各方对“平静期”的定位各执一词。巴方自己就比较矛盾，巴勒斯坦领导人阿拉法特30日在加沙对记者说，为期七天的冲突“平静期”（或完全停火考验期）已从本月27日开始；巴文化和新闻部部长阿卜杜·拉布则说“平静期”从28日算起。据报道，鲍威尔曾暗示，“平静期”何时开始将由沙龙说了算。沙龙本人的态度则很明确，只要巴方出现暴力举动，“平静期”就要重新计算。

以总理办公室发言人吉辛曾就阿拉法特的讲话评论说，以方认为“平静期”尚未开始，因为目前没有任何迹象可以证明巴方完全停止了袭击以方的行动。该发言人指出，以方坚持只有当巴方实现完全停火后，“平静期”才可以开始，在这个问题上以方绝不可能做出任何让步。舆论认为，以方要求的停火是绝对的和不打折扣的，这对无法全部控制巴勒斯坦地区局面的阿拉法特及民族权力机构来讲是个苛刻的条件。

据统计，自巴以实施停火以来，已有15名巴勒斯坦人和九名以色列人死于各种形式的暴力袭击。几天来骤然升温的暗杀、爆炸和绑架足以说明，打红了眼的巴以双方休兵罢战是多么的艰难，和平进程摆脱铁血连环套重回正常轨道又是何等的不易。

如果那块石头是炸药包，我一定抱着它去和以色列人拼命！

——加沙南部某巴勒斯坦妇女

第三十九章　失“乐园”

2001年7月10日，星期二，晴，加沙

“凌晨1点左右，屋外的枪声不绝于耳，并夹杂着爆炸声，不知是巴勒斯坦人扔的手榴弹，还是以军的坦克在打炮，反正我睡不着，躺在床上数着击中我家外墙的子弹。

“很快，枪声越来越近了，且伴随着隆隆的机械轰鸣。我爬起来摸到窗口一看，坏了，以军坦克和推土机正从拉法边界围墙里的军营开了出来，驶向我们的房屋。去年以来，以军已经四次大面积碾倒拉法难民营的民居，显然他们又要推倒我们这片居民区了。

“我赶紧把家里人都叫了起来，随便顺手带点什么就往外跑，出门后才发现，邻居们也都乱哄哄地东逃西窜，到处是呼儿唤女的呼喊声和对以军的咒骂声。以军根本不事先通知，就这么在我们睡觉的时候来碾我们的房子，也不怕把我们压成肉饼？

“我们好歹都跑了出来，远远地看着坦克和推土机像踩火柴盒似的一栋一栋地推倒了我们的房子，完了，全完了，我半生积蓄盖起的房子，我添置不久的冰箱和电视，我和家人要吃要用的一切都转眼化为乌有。这叫我们怎么活呀？”

这是今天上午一位巴勒斯坦中年人哈桑对我的哭诉。当天凌晨，11辆以军坦克和数辆推土机闯进拉法的难民营，一口气推倒了19幢小型居民楼（多为两层）和五家商店，以报复巴勒斯坦人对其哨所进行的袭击。32个家庭的近200名难民一夜间成为新的难民。以电台援引军方发言人的话说，以军采取这一行动是为了确保附近一个以军哨所的安全，因为巴勒斯

几十户人家的民宅被一夜推平。

远处的岗楼是以色列、埃及和巴勒斯坦“三旗同框”的“加沙十景”之一，也曾是我在和平时期常带客人参观留影的地方。

一夜失去乐园
的孩子们。

从碎砖瓦砾中翻捡柴火，日子还得继续过。

坦武装人员多次从这些民房向以军开枪甚至发射迫击炮。该电台称，在冲突中，有三名以军士兵被巴勒斯坦人投掷的手榴弹炸伤。

我站在白花花的乱砖碎石上，满目狼藉，感觉这里好像刚刚经历了一场毁灭性的地震：被碾死的家禽，被压扁的冰箱，变了形的煤气罐，还有被毁坏的床垫、衣服，乃至装着面粉和白糖的塑料桶都已构成废墟的组成部分。这一切让我明白了什么叫浩劫，什么叫人祸。

在前四次的类似浩劫中，仅16万人口的拉法省就有120座民房被彻底摧毁，而遭到枪炮袭击的房屋超过了2000多处。哈桑说，他的邻居如果不是冒着子弹把四个孩子一一抱了出来，他们可能就真的被埋在里面了。

这场浩劫仅仅是巴勒斯坦人遭受苦难的一个缩影。据巴住房部统计，巴以冲突爆发以来，仅约旦河西岸就有4995座民宅被以军摧毁或严重毁坏，直接经济损失超过九亿美元。加沙地带被损坏的房屋以及造成的损失情况不详，但从拉法的几次遭遇就可以知其一二。

以军摧毁巴勒斯坦民宅有时是为了拔除所谓的安全威胁，有时是为了

冰箱未及搬走，这是巴勒斯坦人的主要家电之一。

惩罚无辜的老百姓，进而对巴官方和武装人员施加压力。显而易见的是，巴平民成为以军的出气筒和报复对象，而这种焦土式的报复往往就毁了一个家庭的全部财产，毁了他们多年的血汗，也毁了他们的生活希望。

今年1月，我在加沙中部的戈拉拉村采访时，一位被以军摧毁房屋并失去所有家当的老妇泪流满面，质问我以军为何要拿老百姓撒气？她当时指着地上的一个大石头说，如果那是炸药包，她一定抱着它去找以军算账。我曾问一位失去崭新楼房的记者朋友将来是否会要求以军赔偿？这位曾在叙利亚和突尼斯流浪半生的文化人非常干脆地说，索赔等于承认以军占领的合法性，他宁愿把家园的丧失看作是对民族独立事业的一种贡献。

（补记：8月中旬，以军在拉法第六次成片推倒巴勒斯坦民宅后，一位年近七旬的老汉告诉我，他从1948年流浪到拉法后一直住在这里，他不想再流浪了，也不想活了，因为他再也不愿意看见以色列人了。这位老人在废墟上盘桓许久，因为他有限的积蓄还埋在下面。我当时想，这位老人或许正在进行着生死抉择：是刨出有限的积蓄重新开始生活，还是告别被毁灭的家园去找以军拼命？他说话时发颤的声音、抖动的胡子和绝望的眼神让我久久难忘。

盛放米面的储罐也被埋于废墟之下。

绝望与愤怒闪烁在这位老人的双眼中。

2002年1月10日，拉法边境地区一天之内有70多所巴勒斯坦住房被以军摧毁，上百户人家、数千名巴勒斯坦人再次失去他们简陋如鸡窝的“乐园”。当时正值雨季来临，这些无家可归的男男女女被迫在寒风和阴雨中承受煎熬。由于废墟面积太大，影响人口太多，导致巴勒斯坦官方宣布这一地区为“灾区”，呼吁国际社会给予紧急人道主义援助。

以色列军方宣称，这些民宅已经成为巴勒斯坦“恐怖分子”用来走私武器并向以色列目标发动袭击的藏身之地。）

今天所能提及的新闻事件，除了打，还是打。

——自题

第四十章 零敲碎打又一天

2001年7月12日，星期四，晴，加沙

6月13日，巴勒斯坦和以色列同时宣布停火，双方的这一举措曾为冷却局势、结束流血冲突带来了一线希望。之所以说它是“一线”希望，在于熟悉巴以冲突脾性的人们本能地对立即收住这匹烈马不抱奢望。

过去一个月的打打杀杀、你死我伤也的确印证不抱奢望是对的。巴以互相指责，把停火行动名存实亡的责任完全推给对方，而事实上两边均有把柄被对方抓住。于是，人们不禁怀疑，双方领导人到底打的是什么算盘？到底有没有在近期实施停火的诚意？或者说，双方领导人是否有能力控制破坏停火的事件不再发生？

今天，一个月的停火期将告结束，但是，现实却让人感觉停火根本无法落到实处。今天并不是巴以冲突非常剧烈的一天，但是全天发生的冲突又不胜枚举，足以证明停火是何等的艰难。我们不妨耐心地浏览一下以色列《耶路撒冷邮报》英文网站的滚动报道，巴以冲突的现状便可一目了然。

07：45，耶路撒冷购物中心被恐惧和厌恶所笼罩（录音报道，讲的是因严防恐怖分子在商场安放炸弹进行严格检查而给购物者造成的心理冲击）。

08：25，以巴安全会谈不欢而散。

08：45，埃及情报首脑抵达耶路撒冷举行（促和）会谈。

09：40，五名巴勒斯坦人在伯利恒被（以军）逮捕。

09：55，被占领土彻夜暴力泛滥。

10：20，纳布卢斯枪击造成三人（定居者）受伤（录音报道）。

10：25，约旦河西岸数名巴勒斯坦人因安放炸弹被捕。

10：35，一枚迫击炮弹落入（加沙）卡夫尔·达卢姆定居点。

11：20，以色列人和巴勒斯坦人在希伯伦发生冲突。

12：10，以国防军夺取（纳布卢斯）恐怖袭击地点附近巴方地段。

13：50，以国防军坦克轰击巴方目标（录音报道）。

15：50，希伯伦（定居者）发言人称沙龙（克制）政策已经破产。

17：00，犹太人在希伯伦用石头袭击巴勒斯坦车辆。

17：35，以国防军将在天黑前撤出（夺取的）巴方地带。

17：50，被捕巴勒斯坦人承认从事恐怖袭击。

18：05，希伯伦犹太妇女用铁棍击打巴勒斯坦青年。

19：05，（以色列外长）佩雷斯说当天交火推迟冷却期的到来。

19：20，（美国驻以大使）英迪克称必须同阿拉法特合作。

21：15，以色列正研究重新进入约旦河西岸和加沙地带。

这个网站全天的28条新闻竟然有19条是报道当天冲突及相关表态的，密度之高毋庸赘言。尽管如此，作为著名的右翼报纸，《耶路撒冷邮报》还是漏了近十条冲突新闻，如一以色列人和两名巴勒斯坦人在希伯伦遭到枪击（中午）；纳布卢斯定居者打砸巴勒斯坦汽车焚烧巴勒斯坦橄榄林（中午）；以军切断加沙南下道路造成严重交通堵塞（下午）；定居者和巴勒斯坦人在希伯伦互投石块，以军拘捕两定居者（晚上）；200多名定居者在西岸游行示威抗议安全形势恶化（晚上）；两名定居者在希伯伦被子弹击中，一人垂危（午夜）；加沙南部拉法地区以军遭手榴弹袭击（午夜）；巴以在加沙中西南部古什·卡提夫定居点附近交火，巴渔民被禁止夜间出海（午夜）……

这种高频率的冲突意味着过去一个月停火努力的失败，也预示着在停火进入第二月时双方还要靠武力对话。不少巴勒斯坦人士预测，哈马斯和杰哈德成员以及部分法塔赫激进分子不希望停火，以总理沙龙为了避免出现政府危机也不打算停火，因此，双方更危险的冲突可能还要发生。局势到底是要好起来还是坏下去，未来几天或许会见分晓。

历史悠久的圣城希伯伦冲突十分频繁。

“以色列之声”电台午夜最后一次广播援引以军总参谋长莫法兹的话说，短时间内以巴双方达成停火协议的可能性并不存在。不管这是以方的主观愿望还是莫法兹本人及其他以领导人对形势的客观判断，它多少可以说明未来的安全形势将非常微妙。

独在异乡为异客，每逢佳节倍思亲。

——王维《九月九日忆山东兄弟》

第四十一章　与祖国同喜！

2001年7月13日，星期五，晴，加沙

“13”和“星期五”是西方人比较忌讳的数字和日期。随着对外开放和中外交流的加深，“13”不祥的概念也西风东渐地被部分同胞所接受。

但是，我相信，从今天起，“13”乃至“星期五”至少会在华人的心目中“翻身得解放”，抖去被人为涂抹的迷信色彩。因为从今天起，它们将是全体中国人和海外侨胞最最吉祥的两个符号！13亿中国人在13日或曰星期五如愿以偿地赢得2008年奥运会主办权，难道还有比“13”和“星期五”更让中国人激动的数字和日期吗？

话分两头，于北京的对手多伦多、巴黎等西方申办城市而言，败给北京可能更加印证了“13”和“星期五”的可怕，他们不会忘记今天，一如我们不能忘记1993年9月23日一样。但是，高出第二名多伦多34票的绝对优势又无法让这些对手责怪运气不好而迁怒于巧合的日期，因为和1993年曾以两票之差而惜败的北京相比，它们今天应该没有太多的遗憾。因为同1993年相比，北京的确拥有了太大的胜算和太强的实力，可谓众望所归。

记得1993年9月决定2000年奥运会主办城市的那段时间，我正好在新华社-汤姆森国际新闻英文写作班学习。在申办结果出来前后的两天里，英国专家皮特·伍兹曾给我们布置过两篇有关北京申奥的特写作业。上街采访过程中，我发现不少北京市民反对办奥运，也感觉到许多支持办奥运的人激情大于理智，其实底气不足。申办失败固然让国人失望、痛苦，但说到底还是中国当时在综合国力、政治影响以及国际认知等方面缺乏绝对的竞争优势。今天的胜利的确不一样，它使我感觉到北京堂堂之阵、王者之师的必胜气派，感受到祖国的繁荣强大和令人不可小视的深厚底蕴。1993年期盼奥运到北京的我的确没有这种感觉。

今天中午，我和一位当地记者去加沙南部的难民营采访，回到城里时已接近5点，我打破惯例中途抱歉地让这位朋友下车自己回家，而我必须赶回分社在第一时间了解北京申奥的结果，与全国人民一起面对那爆炸性的一刻。“位卑未敢忘忧国”，那位朋友非常理解地和我告别，并预祝我“好运北京，好运中国”。

连同前几天一样，加沙的白天几乎就是无电的世界，分社所在的大楼电梯停运，尽管我已两腿灌铅，但是那让我欢喜也可能让我忧的时刻磁石般地吸引着我，我背着沉重的摄影包大汗淋漓地爬上分社所在的第13层（也是13!）。当我启动发电机并打开电视时，那一刻似乎刚刚到来。CNN突发新闻打出的两行字幕是：北京举办2008年奥运会；中国在第二轮胜出。其播出的画面正好是北京中华世纪坛欢呼的海洋和正在升空怒放的礼花。然而，那一刻我却又激动不起来。也许是关注得太久，也许是期盼得太甚，当这个天大的喜讯降临时，我竟平静了下来。

很快，一位当地朋友看到这一报道后打电话向我和中国人民表示热烈的祝贺。加沙中国办事处的工作人员当天几乎倾巢外出，我只能通过电视画面把自己同祖国人民融在一起，静静地分享这份快乐，孤单却不孤独。但是，朋友的道贺以及电视里祖国各地的欢庆场面感染了我，我平静的内心又泛起了波澜。

随后，我又走下楼，到海滩上散散步，想让心中的激动平静下来。今天是星期五，是当地的休息日，是个传统的好日子。几十米宽、40公里长的加沙海滩人满为患，几乎没有让我甩步大走的余地。可以说，一望无际的各种帐篷，摩肩接踵的男女老少塞满我的视野，似乎百万加沙人都集结于这条金色的海滩。

我艰难地穿行在人流中，不少熟人都在和我打招呼，但是没有一个人向我表示我期待的祝贺。其实并不奇怪，因为海滩上的加沙人并不知道中国的许多城市都在经历不眠之夜，成为欢乐的海洋。因为他们无法留在闷热的家中，也没有电可以让他们在空调或电扇的吹拂下度过摄氏37度的高温，更谈不上收看电视。我甚至相信，持续一个礼拜的长时间全城断电已经让加沙人错过了许多重要的世界新闻，根本不知道世界五个国家的十多亿人口在等待着今天的某个特定时刻。

走在沙滩上，我的思绪却不由地把中国和巴勒斯坦乃至以色列连缀起来。当我们正在和平、发展与繁荣的环境下为举办一届世界体育盛会而担心和高兴时，巴以地区的人民却被战争的硝烟笼罩着，被封锁、失业和贫穷的苦恼折磨着，被炸弹、枪炮和恐怖的阴影重压着，甚至被每天都要光临的死神追踪和纠缠着。

无论是落后凋敝的巴勒斯坦，或者是先进发达的以色列，现在都谈不上正常的物质和精神文明的建设和再发展，谈不上真正的安居乐业，更谈不上像今天的中国这样有安定的环境和厚实的基础去争办国际体育赛事。

国际奥委会主席萨马兰奇曾经说过，他要在任期结束之前走遍国际奥委会的199个成员国和地区。巴勒斯坦是他未曾涉足的仅有的四个地方之一。今年6月初，萨翁得以访问加沙地带。随后，他在以色列特拉维夫举行的新闻发布会上强调，如果巴以达不成和平协议，特拉维夫就不可能被国际奥委会当作候选城市，参加2012年奥运会主办城市的角逐。巴以冲突

位卑未敢忘忧国，人离祖国越远，心离祖国越近。

爆发前，特拉维夫市曾表示有意竞争2012年奥运会的主办权。但是，这场大规模的冲突使以色列人未来十几年的奥运梦提前破灭，巴勒斯坦人的奥运梦更是遥不可期。

中国人常说，精神变物质，物质变精神。恶劣的生存环境会加深人们的敌意，不断加深的敌意又会继续恶化生存环境，如此循环往复，将使巴以无法摆脱越陷越深的冲突泥沼。这是巴以人民的共同悲哀，也正是这一点让我深深为祖国的安定和发展感到自豪，为自己的亲人无生存之虞感到庆幸，为自己几年后能在北京目睹奥运盛会而高兴。

只有在战乱的地方才能真正体会和平的可贵，只有在无序的状态才能真正感受有序的价值，只有在落后的环境才能真正回味发达的含义。一些巴勒斯坦人和以色列大兵曾问我北京什么样，我无暇详尽描述北京的美丽、繁荣和安定，只能一言以蔽之地告诉他们：北京应有尽有，唯独没有枪声、爆炸和丧失亲人的哭号，北京简直就是天堂。或许有人因此说我是井底之蛙，或者夜郎自大，但是，面对生活在“死亡地带”的巴勒斯坦人，面对生活在炸弹恐惧中的以色列人，北京难道不是天堂吗?

我相信，明天的巴勒斯坦人和以色列人将不再对北京陌生。我也相信将会有越来越多的朋友向我表示祝贺。但是，我此时最强烈的心声是：北京，祝你永远安定、美丽！祖国，祝你不断繁荣、进步！

边庭流血成海水，武皇开边意未已。

——杜甫《兵车行》

第四十二章　聆听战争的鼓噪

2001年7月15日，星期日，晴，加沙

时下无论是中东地区还是国内，基本上进入了炎热难耐的仲夏季节。国人可能每天都能听到树上此起彼伏、密致不断的蝉鸣，这噪音中又多半掺杂着天边沉闷的雷声，预报着可能到来的暴风雨。

但是，在中东地区，特别是巴勒斯坦和以色列，人们听不到那中国人熟悉的蝉鸣。此时这里正是干热的旱季，绝对不会有送爽的凉风和消暑的暴雨。但是，这里的人们却习惯了另一种动静，那就是局部地方的枪炮声。

这几天，枪炮声已经触动不了人们的听觉，倒是另一种鼓噪开始刺激人们的神经。这鼓噪就是以色列将对巴勒斯坦大打出手的各种音讯，以及由它引起的不同回声。这鼓噪中最刺耳、最让人相信中东将有暴风雨的便是英国简氏防务公司泄露的以军最新作战计划。

该公司在日前出版的《简氏外交报道》杂志中说，本月8日以军总参谋长莫法兹曾向以安全内阁提交一项经过修改的全面进攻巴勒斯坦地区的作战计划，名为“摧毁巴勒斯坦权力机构并解除巴勒斯坦力量之武装”。整个行动将持续一个月，以军参战兵力将达到三万人，行动目标是摧毁巴自治政府的各个机构，夺取巴警察和安全部队四万人的枪械，并将其中的部分人打死或拘禁。

报道说，只要再发生一起造成多名以色列人死亡的自杀式爆炸，以军即刻启动这一军事行动，因为在这种背景下可以调动以军官兵的士气，可以让以色列外交代表为其“正当报复”在各国间进行辩护。

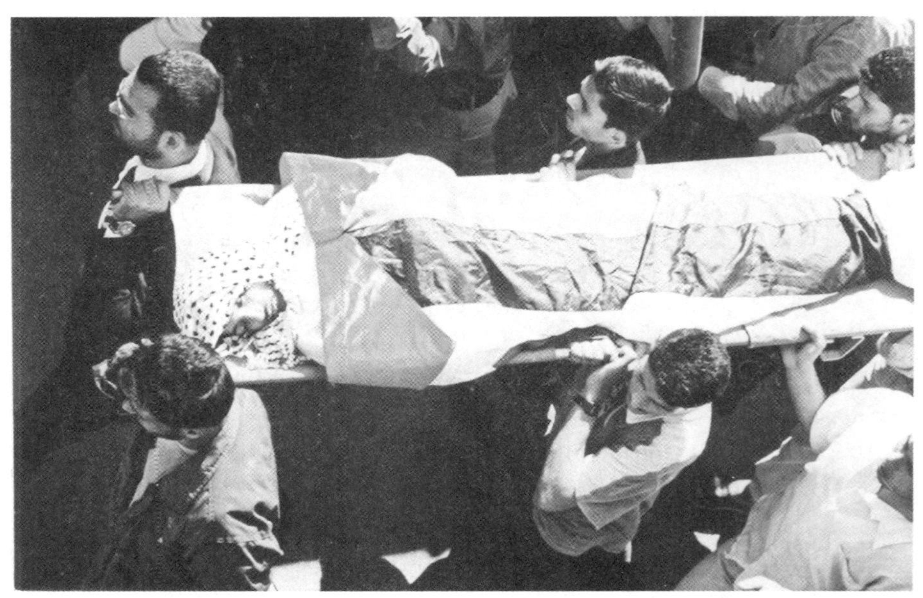

巴勒斯坦几乎天天举行葬礼。

这项计划估计，以军首先将动用大炮对加沙和拉姆安拉的巴自治政府机关和设施进行轰击，然后再出动F-15和F-16战斗机对既定目标进行轰炸，最后由坦克和炮火掩护的地面部队投入行动，整个袭击将是“密集而有力的”。

莫法兹的报告甚至对双方的伤亡进行了初步估算，即这一行动的实施将造成数百乃至数千名巴勒斯坦人死亡，其中主要是巴勒斯坦武装人员。计划说，如果巴勒斯坦人不加以抵抗，战事将顺利结束，反之，以军也将承受1%的阵亡率，即约有300名官兵丧生。

这项计划对战事带来的其他后果也做出了初步预测：巴自治机构彻底瓦解；在国际压力下，以色列被迫接受维和部队进驻被占领土保护巴勒斯坦人，而此时以军已经造成新的占领事实。计划根据以军事情报部门的分析判断说，国际社会将对以军的行动进行谴责，但是，约旦、叙利亚、埃及不会为保护巴勒斯坦人而同以色列开战。埃及或许会向已经非军事化并同以色列接壤的西奈半岛调派一些兵力，以色列被迫召集预备役军人并进入防御状态。伊拉克或许会派兵进入约旦以便对巴勒斯坦人实施增援，但是以空军有能力在伊军抵达约旦边界前将其击溃。

这次行动的最终目的是，迫使巴勒斯坦领导人阿拉法特离开加沙和约旦河西岸重新流亡，并将1994年自治时返回被占领土的数百名巴勒斯坦官员重新撵走。据该杂志报道，以军将领中要求摧毁巴自治政权的呼声很高，尤其是副总参谋长尤基・亚龙。

如果这份报道是真实的，它将是迄今为止以色列最严厉甚至最后的对付巴勒斯坦人第二次“因提法达”的手段。在巴拉克执政期间，莫法兹等人曾推出并实施过“刺田计划”，重点是封锁、切割和围困巴勒斯坦自治区。沙龙上台后，以军又推出并实施了强化“刺田计划”并加强重点打击的“百日行动计划”。但是，上述两个有限军事行动并没有起到太明显的作用。

以外交部部长佩雷斯12日曾出面否认《简氏外交报道》的上述消息。今天，他在开罗访问时再次否认以军有摧毁巴自治机构的计划。佩雷斯称，他已明确告诉埃及总统穆巴拉克，以色列没有“兴趣”和“意图”从地面对巴民族权力机构乃至阿拉法特本人发动攻击。以色列仍然把阿拉法特视为“巴勒斯坦人的代表”。

但是，美联社几天前曾分析说，在暴力活动迟迟无法禁绝的情况下，以色列已经公开考虑摧毁巴自治机构并驱逐阿拉法特的可能选择了。报道援引以高层军方和政界人士的话说，以政府的确进行了采取大规模军事行动的计划，只是顾及可能造成的巨大人员损失而犹豫不决。

美联社援引一位军方人士的话说，6月1日特拉维夫爆发严重自杀式爆炸并造成21名以色列人死亡后，以政府就曾打算于次日发动大规模的军事打击，只是阿拉法特很快公开下令停火才使这一行动被搁置起来。据悉，和《简氏外交报道》所披露内容不同的另一个行动版本是以军将大规模、大纵深地进入巴自治地区，在捕获数百名涉嫌进行暴力和恐怖袭击的巴勒斯坦人后立即撤离，仍然保留阿拉法特领导下的自治政府。

以通信部部长里夫林声称，如果对以色列目标的袭击继续下去，以色列将别无选择。他说自己不怀疑沙龙想尽可能地避免战争，但是，如果巴方把以色列逼向战争，以色列只好奉陪。

沙龙的重要支持者——定居者联合会最近发表声明呼吁沙龙不要再等待，应该命令以军把阿拉法特赶下台，并将“世界上最大的恐怖主义组织”巴自治政府解除武装。希伯伦定居者也呼吁沙龙赶紧放弃目前的“克制政策”采取行动制止定居者遭到枪击事件的持续发生。

巴计划和国际合作部部长沙阿斯最近表示，沙龙日前几次美欧之行的目的之一就是通报以军将要采取的更严厉的报复计划，只是美国总统布什、法国总统希拉克等严厉警告他不得胡来。

来自工党的以工贸部部长达丽娅·伊扎克日前说，“空气中正弥漫着战争的气味”，呼吁沙龙以史为鉴，不要被右翼集团的压力所左右。

今天下午，沙龙主持的以安全内阁会议决定加大对巴方武装打击的力度。据报道，沙龙乃至所有与会者对过去一个月巴方没有有效控制暴力袭击感到失望，因此认定“克制政策”不能再继续下去了，今后无论以军或平民在冲突时有无伤亡，以军都将对巴方进行严厉打击。

以军过去对巴方的报复几乎都是在蒙受伤亡之后进行的。以政府这一最新决定等于将军事行动进行升级。阿拉法特和巴民族权力机构将面临新的更严峻的考验，因为要避免以军的重拳出击，巴方必须确保一枪不放。

以政府的决定是立竿见影的。今天晚上，以军战斗机十分频繁地在加沙地带上空盘旋，而且明显降低了飞行高度和速度。午夜时分，加沙城东的几个巴安全部队营地上空先后出现了至少四枚以军发射的照明弹，分社以北200米处阿拉法特的总统府几乎关掉了所有灯火。我的确又嗅到了正在弥漫的战争气味。我不知道鼓噪了一些日子的战争升级是否出现，将以何种形式出现？

凭君莫话封侯事，一将功成万骨枯。

——曹松《乙亥岁》

第四十三章　再听战争的鼓噪

2001年7月16日，星期一，晴，加沙

昨天，以色列安全内阁放出“狠话”，要报复巴勒斯坦方面的任何军事或者暴力行动，不管其是否给以方造成了人员伤亡。但是，双方的冲突并没有因为以方“不再克制”而改变方向，而是继续带着九个多月的惯性向前滑行。

昨天午夜，巴以武装又在约旦河西岸希伯伦市交火，几个小时后，以军出动坦克从三个方向突入希伯伦市老城巴方控制区，并摧毁五个巴安全部队哨所。据巴方人士说，约20名巴勒斯坦人被以军打伤。今天凌晨一点半左右，两名巴勒斯坦人携带炸弹潜入西耶路撒冷准备进行爆炸，反而把自己给报销了。中午，巴以武装在西岸巴城市图勒凯尔姆附近再次交火，以军坦克又开进巴控区，摧毁巴方一个哨所，打伤数人。下午，一辆定居者汽车遭炸弹袭击，所幸无人伤亡。晚上，以色列中北部小城本亚明纳火车站附近发生自杀式爆炸，连同自杀者在内有三人死亡，十人受伤，其中三人伤势严重……

这一连串的事件迫使我今晚频频登上楼顶观望繁星满天的夜空，并竖起耳朵辨别有无以军飞机盘旋的声音。我担心以色列真的出手。临近午夜获悉，杰哈德宣布对本亚明纳爆炸袭击负责，巴官方表态予以谴责。作为初步报复，以军将加沙南下的两条主要道路重新切断，部分外出的巴勒斯坦人有家难回。与此同时，以军坦克对约旦河西岸杰宁城一巴方哨所进行了炮击，因为当晚的爆炸实施者就来自杰宁。据以色列电台报道，以国防部部长本-埃利泽正同军情部门首脑研究进一步的报复措施。

6月1日特拉维夫自杀式爆炸发生后，由于阿拉法特迅速公开、明确地下令停火，以政府才放弃计划中的报复。但舆论认为，按以色列人的习惯，暂时作罢并非彻底翻过这一页，而是权且记下一笔，待有机会时算总账。根据英国《简氏外交报道》披露的计划，只要再发生一起严重的自杀式爆炸，以军将全面出击荡平巴自治区，摧毁巴民族权力机构。从今天这种趋势看，新一轮的爆炸袭击似乎开始了，是否将出现比今晚更严重的爆炸袭击，实在不敢断言。

以色列是个枕戈待旦的国家，至今仍然处于战争状态，其军事和情报部门长期未雨绸缪，很少打无准备之仗。在维护自身安全的借口下，以色列曾先发制人，如发动六五战争；也曾不惜进袭别国首都，如围攻贝鲁特；甚至对潜在的远方敌对目标进行偷袭，如出动空军炸毁伊拉克核反应堆……

从这些传统来看，《简氏外交报道》披露的以军作战计划并非石破天惊的大事。可以肯定的是，它不像以外长佩雷斯否认的那样属于空穴来

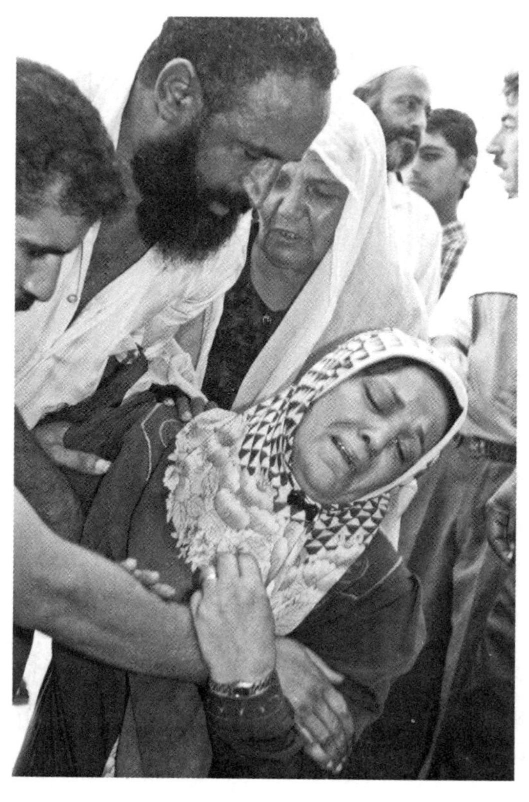

中年丧夫，何其悲痛。

一名下地干农活的加沙老人死于以军枪弹，而他的葬礼又成为激发仇恨的仪式。

风，而是以方为尽快结束流血冲突而准备的腹案之一。但是，种种迹象又表明，沙龙还不必走出这一步，因为，它是对付巴勒斯坦人的最后一步，也是毁掉和平进程的最后一步。

一位记者朋友曾细致地注意到沙龙面部表情的一个细节：他在国内发表讲话时总是目光直射，闪烁着自信的光芒。每当他走出国门会见西方政要时目光却躲闪飘移，不敢直视东道主和记者。或许是他心理负担太重，因为在西方人眼里，沙龙的名字总是和19年前贝鲁特巴勒斯坦难民营大屠杀事件联系在一起。沙龙恰恰是背着“屠夫”的骂名在世界舆论的嘘声中上台的。这两块“心病”可能是导致沙龙不能轻易对巴勒斯坦人全面出击的最大原因。

据《华盛顿邮报》报道，面临内部不断膨胀的全面开战呼声，沙龙显示了与其岁数相当的冷静和理智，坚持继续恪守克制政策。他曾对要求发动全面军事进攻的部长们说：“按照你们的建议你们全是英雄，但是今天说到底是我必须承担责任，这个地区决不能走向战争。”

尽管沙龙的内部压力很大，但是，他的日子实际上要好过得多。特拉维夫大爆炸发生后，沙龙没有下狠招进行报复，实际上为以色列赢得不少同情，也多少改善了自己好战的旧面孔，客观上又使巴方处于被动局面。因此，他完全可以靠这笔账让美国和欧盟等对巴方施加巨大的压力，而没有必要出兵去摧毁巴民族权力机构。

沙龙不能轻易出兵的另一个考虑，自然是要维持联合政府的稳定，以及争取左翼和阿拉伯党团在议会的支持。摧毁巴民族权力机构等于摧毁了工党的传统和平伙伴，也摧毁了作为工党标杆的“奥斯陆协议”，这是外长佩雷斯为首的工党部长们所不能容忍的，也是左翼反对党梅雷兹和其他阿拉伯党团所不能接受的。同这些主要党派闹翻了脸等于自掘政治坟墓。

靠以军的实力解决只有轻武器保卫的巴自治政府易如反掌，但是谁来收拾被占领土上的坛坛罐罐？几百万贫困人口的口粮、就业和治安谁来负责？以色列有几届政府曾急于放弃加沙地带和约旦河西岸巴勒斯坦人口密集区，以便卸掉沉重的社会和经济负担，也洗刷占领者的污名，沙龙不会不考虑这些比伤亡几百名官兵更严重的后果而自讨苦吃。

半年前，埃及和约旦已经为抗议以色列滥用武力召回了驻以大使，其他和以色列有官方关系的阿拉伯国家也纷纷退避三舍，如果以色列摧毁巴民族权力机构，阿以和平进程难免彻底崩溃，以色列又将陷入三面受敌的危险境地。在以方作战方案被披露后，埃及情报局局长两次造访特拉维夫，据说他带来了埃及的底线：摧毁巴民族权力机构就是摧毁阿以和平进程。

随着对最初右倾政策的修正，美国政府也开始避免一味偏袒以色列。最近，包括国务卿鲍威尔在内的布什班子高级官员对沙龙批评的声音不断增多，尤其不满以军枪杀无辜巴勒斯坦儿童并摧毁大批巴勒斯坦房屋。尽管美国政府对沙龙的暗杀政策态度暧昧，但是它坚决反对以军对巴民族权力机构采取的任何形式的全面军事打击。

从具体操作上来说，以军方内部也颇多争议。部分将领认为仅靠严厉的军事打击足以消灭阿拉法特麾下的四万武装力量从而结束巴勒斯坦起义，但是以军没有能力对付失控后的巴小股力量的恐怖袭击。部分将领认为，巴方目前控制着三分之二的加沙地带和五分之一的约旦河西岸，若对其进行地面进攻并实现预期目标，可能需要几周甚至几个月的零星交战，并导致双方平民的死亡。一位高级官员说，如果这个计划易于操作，以军早就付诸实施了。

因此，不妨贸然下一个结论：以军有关全面开战重新占领巴控区的鼓噪宣传意义大于实际意义。沙龙既不出此下策又要缓解内部压力的折中办法，可能还是那几种老手段：暗杀或绑架巴方活跃分子，甚至把手伸向阿拉法特的高级助手；同时频繁进入巴控区，速战速决地摧毁巴军事机构和设施；动用空军对特定目标进行“外科手术”式的打击；强化封锁并通过外交渠道向巴方施加压力。

在家千般好，出门一时难。

——中国民谚

第四十四章　真正艰难的日子

2001年7月17日，星期二，晴，加沙

在加沙工作两年多了，今天真正感到日子好艰难，体会到“在家千般好，出门一时难”是什么滋味了。

上午一起床就听见楼下比平时热闹不少，救护车不断地赶来，各种汽车喇叭鸣响个不停，人声鼎沸。探头从卧室窗户向外瞭望，只见楼下散布了不少的汽车和行人，还出现了两辆消防车和几辆警车。正纳闷间，一股黑烟从楼口的过道飘入我的视野，我跑到另一个阳台一看才发现大事不好，大楼地下停车库的窗户正往外冒着浓浓的烟尘。显然那里着火了！

我到办公室一看，烟正从窗口向屋里蔓延，刺鼻的味道已经明显可闻。我赶快把各屋的窗户关紧，只敞开朝南靠海的门窗透气。

我不甘心守在家里，背着摄影包出了门。电梯还在运转，里面只有轻微的烟味。当我进电梯下到第一层时深深为自己的冲动而后悔：电梯门一开，眼前便是黑乎乎的浓烟，根本看不清出路。尽管我立刻关上电梯门，但是，电梯里还是灌进大量烟雾。我半蹲着用衣襟捂着鼻子启动电梯往回返，心中祈祷着电梯千万别停下来。

谢天谢地终于平安回到第13层并离开电梯摆脱了烟雾的包围。正在楼道了解情况的邻居哈立德惊讶地说我怎么没有一点防火常识，哪能在大楼着火时使用电梯？正说话间，两部电梯的显示灯全灭了，显然这是消防人员切断了电源。我要是晚出来几分钟肯定会被困在电梯里活活闷死。真悬！

我转而又想从楼道走下去，但是只下到九层就再也下不去了，大量的

新华社加沙分社就设在这座高楼的顶层，这个位置给我瞭望动态带来极大便利，然而，一旦停电停水，又造成极大不便。

烟尘正从下面往上涌来，我赶紧往回跑，老老实实待在家里。一个多小时后火被扑灭，消防人员逐层检查各家有无被烟尘窒息的人员，我这才放心地下楼。

为了让楼道烟雾尽快散去，消防人员把每层楼梯间的窗玻璃全部敲碎。从13层到一层，楼道里上上下下被烟尘熏染成灰黑色，楼层越低颜色越重。楼道的每一层台阶上都摊撒着大小不等的玻璃碎片，窗户变成了黑窟窿，一片狼藉。

我进入地下车库后发现，巨大的发电机被全部烧毁，停在里面的六辆汽车有四辆彻底报销。四辆消防车喷射出的水已经把车库灌成小水塘。我真庆幸因为分社的车个头大进出麻烦而没有把它停在车库，否则今天的损失可就大了。据初步调查，似乎有人为纵火的痕迹。加沙本来治安挺好，但是巴以冲突爆发后就难以保证了，经常有人莫名其妙地死亡。

发电机烧毁了，全楼的配电设备也被损坏。物业办公室的人告诉我至少需要三天才能更新发电机修好配电设备，在这三天里整个大楼将没电没水。他们建议我到饭店去避难几日。

我并没有把问题看得太严重，还是照常去办自己的事。中午回来的时候，我发现楼里的住户携带着简单的生活用具陆续离家，到亲戚朋友处借住。耶路撒冷分社的老戚听说这事后邀请我去待几天；中国驻巴勒斯坦办事处领导也问我是否在办事处将就一下，我都一一谢绝了。金窝银窝不如自己的狗窝，我也习惯了没电的日子。再说，现在是巴以冲突的微妙时刻，我怎敢轻易出走当逃兵？一天下来，13层的高楼我爬了个四上四下，两腿都软了。

没有电还好办，分社已经添置了一台微型发电机，足够冰箱和电脑使用了。但是，让我觉得十分别扭的是，一点水都没有，别说是冲冲流不完的汗水了，就是想吃点东西都没法洗手，马桶也没办法冲。手实在太脏了，只能在马桶水箱里用那点特意留下的水将就一下了。楼太高，我只能从办事处打点喝的水拎回家。一身的泥汗无从冲洗，今夜只能和衣在沙发上将就了。明天再从长计议。

这是我到加沙后遇到的最困难的日子。晚上到办事处参加活动回来时，全楼没有一点灯光，门口没有一辆汽车，也没有一个人影，就连24小时看守大楼的警察也撤走了。这意味着楼里的几十户邻居都走光了，只剩下我这孤家寡人。这样也好，否则我无法启动放在阳台上的噪音极大的发电机，也就没有电力支持午夜发出的一条重要消息，自然也无法完成今天的这篇日记。我同时也意识到坚守岗位的明智：在这兵荒马乱的时期，如果我也走了，空无一人的大楼岂不成为盗贼光顾的对象，分社价值几十万人民币的财产说不定就会被破门而入的蒙面人席卷一空。想到这，一股恐惧突然袭上心头：如果有人刻意趁火打劫，我这手无寸铁的一介书生哪里是人家的对手。但愿这种倒霉的事千万别让我遇上。

同样糟糕也同样让我不安的是，时局正在迅速恶化。当天下午，以军直升机在约旦河西岸伯利恒市发射五枚导弹，炸死四名巴勒斯坦人。随后，巴武装人员首次用迫击炮袭击了位于耶路撒冷南郊的吉鲁定居点。这下捅了大马蜂窝，以军不但用直升机袭击了发射炮弹的伯利恒比特·杰拉镇，而且于午夜时分开始向约旦河西岸增派大量部队。这可是巴以达成和平协议八年来的第一次。以电视台说，以军将把新增兵力部署在巴勒斯坦控制区的边界地带，以便必要时重新夺取巴控区。

此前已有报道说以军计划重新开进巴控区，摧毁巴自治政府及其武装。没想到“狼”真的来了，而且是如此的快！这显然和两天来暴力冲突的再度加剧有关。如果以军真的开进约旦河西岸和加沙地带，那就等于天下大变了，我面临的困难可能就不只是断电缺水，而是能否立足的问题了。

人类在本性上，也正是一个政治动物。

亚里士多德《政治学》

第四十五章　巴勒斯坦“小议会”

2001年7月19日，星期四，晴，加沙

巴勒斯坦是个非常政治化的社会，这是巴勒斯坦没有独立、政治斗争高于一切的现实所决定的。单说立法机构议会就非常特殊地存在着两个：一个是代表境内外所有巴勒斯坦人的“巴勒斯坦全国委员会”，另一个则是只代表境内（指加沙地带和不包括东耶路撒冷的约旦河西岸）巴勒斯坦人的“巴勒斯坦立法委员会”。

萨利姆·扎农为主席的“巴勒斯坦全国委员会”和艾哈迈德·库赖为主席的“巴勒斯坦立法委员会”，已经伴随着巴勒斯坦解放运动及巴勒斯坦自治而为世人所熟悉。但鲜为人知的是，巴勒斯坦还有一个并非议会的议会，即中小学生参政议政的模拟立法机构“小巴勒斯坦议会”。

几天前，法塔赫拉法地区青年团书记阿卜杜·拉乌夫打来电话，邀请我出席当天下午3点半在拉法市政厅召开的“小议会”会议。我是在拉法采访以色列军队摧毁巴民房时和阿卜杜·拉乌夫相识的。这个法塔赫青年骨干分子是“小议会”的总指导，他对麾下的这些娃娃兵非常自豪，执意要拉我这个外国记者去看一看。

这是桩新鲜事。我已经熟悉了在街头卖零食、在海滩玩沙子和在火线扔石头的巴勒斯坦少年儿童，但与有组织地讨论国家大事的巴勒斯坦孩子接触并不多。遗憾的是，我当天起大早赶晚集，没有赶上为等我而特意推迟一个小时召开的“小议会”会议。不知是当天阿拉法特出访归来道路管制，还是以色列军队卡得太严，南下的道路在加沙中部的戈拉拉村地段出现严重阻塞，平时半个小时可以通过的以军哨卡，我却用了两个小时。

今天中午，我顺利赶到了加沙南部的拉法市，采访并旁听了“小议会”的发言和辩论，完成了一个未曾完成的约会，也多少开了开眼。

“小议会”的会场设在拉法市政厅礼堂。这里既简陋又闷热，顶篷上的四个大吊扇无法驱散从窗口涌进来的阵阵热浪。小“议员”们穿着齐整，言行举止十分得体，表现出很强的自我约束力和组织纪律性，这是我事先没有想到的。其实也不奇怪，这些孩子有点像中国的少先队员，是孩子中的精英，自然和我平时接触的不一样。

据阿卜杜·拉乌夫介绍，“小议会”成立于1997年年初，“舆论、革命和讨论”是其建立的三个基础。这个机构通过自由竞选、民主评议的途径产生，并在法塔赫青年团指导下实行自我民主管理。“小议会”现有“议员”71名，主要是加沙地带的小学高年级和初级中学的学生代表。成员资格每两年通过选举调整一次，并设有主席、第一副主席、第二副主席和秘书四个职位，形成了“小议会”的领导机构。

据悉，“小议会”一般利用每年的两个假期进行活动，讨论的议题非常广泛，包括政治、社会、教育、文化和环保等各个方面，与正式的立法机构没有任何区别。如果说有，那就是这个“立法”机构通过的决议不

巴勒斯坦社会已完全政治化了，孩子们都变成了演讲家。

能说会道是巴勒斯坦人的天赋，斗争环境给了他们更多的话题。

具备任何法律效力，但却表达了少年儿童的心声和诉求，因此，它的存在受到有关方面的关注和重视，不但许多巴勒斯坦省部级领导经常应邀出席“小议会”的讨论，像库赖这样的顶级人物也常常是他们的座上嘉宾。

今天，“小议会”邀请的嘉宾是拉法市市长兼拉法社会事务局局长。当“议长”、14岁的初二学生海赛姆率领三名助手鱼贯走上主席台后，全体“议员”起立高唱《法塔赫之歌》。全体落座后，正式的辩论开始了。当天的中心议题是，以军在被占领土从事的枪击、轰炸、封锁和摧毁民宅行动给巴勒斯坦儿童造成的负面影响。

会议期间，台下的“议员”们纷纷举手要求发言，以亲身体会控诉以军过度使用武力给巴勒斯坦平民特别是少年儿童造成的巨大伤害，以及给他们心灵上留下的难以挥去的阴影。给我印象最深的是，一位十二三岁的“女议员”在座位上慷慨陈词一番后，又走上主席台，放连珠炮似的一口气演讲了三分钟。她嗓音清晰洪亮，铿锵有力，而且非常协调优美地伴随着各种手势，特别富有感染力，当时就赢得热烈的掌声，而她自己却非常坦然地回到自己的座位上，没有一点扭捏和羞涩。我由衷地觉得这个女孩真了不起，长大之后其魄力和魅力肯定不次于著名巴勒斯坦女活动家哈南·阿什拉维。

经过一个小时的讨论，“小议会”通过了一个有七点内容的“决议案”，对以军摧毁大批巴民宅导致部分儿童流浪以及扩建定居点进行谴责，呼吁国际社会立即介入巴以冲突保护巴平民特别是少年儿童，敦促国际社会致力于实现巴以间的公正和平……据悉，“小议会”将通过新闻界和有关渠道把这个决议案照知有关国家和国际组织。

据阿卜杜·拉乌夫说，目前，“小议会”已经派团访问了德国、波兰和美国，并接待了一些国际组织的代表团。他希望能早日和中国的少年儿童组织建立友好关系，以便加深巴中未来一代间的相互了解和交往，使传统的巴中友好关系得到延续和扩展。

当你周围的人处于危险之中时，你不能袖手旁观。

——《圣经·旧约》

第四十六章　婚礼之后是葬礼

2001年7月20日，星期五，加沙

今天成为让巴勒斯坦人无比难过的一天，人们在巨大的悲痛中为希伯伦三名巴勒斯坦死难者送葬。今天也是国际舆论愤怒的一天，各国都以少见的措辞谴责犹太定居者的暴行。这一切并不是因为巴勒斯坦一家三口人同时遇难，另外四人受伤，而是十个月的流血冲突造成最年幼的死难者，使又一只替罪羔羊成为可怜的牺牲品。

19日晚，约旦河西岸希伯伦伊兹纳村塔米兹家族的六个青少年带着两个婴儿到附近的亲戚家参加婚礼。9点一刻左右，当他们乘着自家的“标致”汽车回到图尔古米亚—希伯伦公路时，一辆等在伊兹纳村路口的以色列牌照汽车从后面追了上来。车里的两个蒙面人先后从几个侧面向“标致”开枪扫射，发射了70颗子弹。遭枪击的“标致”失控后撞向路边的岩石。这场突然袭来的枪击使全车人非死即伤：23岁的死者穆罕默德·塔米兹一周前刚刚跟16岁的梅伊结婚，他是村里的小学老师，也是父亲七个孩子中的唯一男儿。17岁的死者穆罕默德·塔米兹一周前刚刚考上大学，正计划着办个聚会庆贺一番。最小的死者齐亚·马尔万才三个月零25天大，家人正准备在他满四个月时摆宴请客。

梅伊腿部伤势严重不得不转院到耶路撒冷接受治疗。23岁的萨阿德·塔米兹背部中弹，伤势严重。17岁的希勒米·塔米兹是第一个跳出汽车的，背部划伤。最小的伤员是萨莫拉的妹妹，年仅两岁的阿米拉。萨莫拉另一个四个月大的妹妹拉万幸免。

对塔米兹家族来说，这简直是天塌地陷。一夜之间死伤这么多亲人几

祈祷，既为生者，也为死者。

乎使老掉牙的希勒米·塔米兹精神崩溃。他对一家媒体哭诉说："你们让我说什么好，小孩和年轻妇女出门上路，他们没带武器，没带燃烧瓶，也没带着石头，怎么就被人开枪打死在家门口呢？难道三个多月的孩子也会去特拉维夫搞自杀式爆炸？这不是人干的事，什么样的脑子都理解不了。我的一家全完了……"

伊兹纳本来是个相对平静的巴勒斯坦村庄，位于连接西岸和加沙地带的"安全通道"边上，直到最近，村里的人才因封锁失去在以色列的工作。

失去兄弟的拉扎克·塔米兹说："这个事件不会让我们变成哈马斯，但是将成为我们内心反对定居者的一个黑点。"他说，人分真人、半人半鬼和魔鬼，而下此毒手的人完全就是没有人性的恶魔。

齐亚的一位叔叔哭着质问道："以色列说巴勒斯坦人是杀人犯，但是这幼小的孩子招谁惹谁了？"

齐亚30岁的母亲已经痛不欲生，精神恍惚。虽然她还有一个四岁半的儿子可以做伴，但是，要知道她从今以后永远也只有这一个孩子了，由于身患疾病，她已失去了生育能力。出事之前，齐亚一直在哭闹，为了让嫂子稍微休息一会，两个穆罕默德把侄子抱上汽车去参加婚礼，结果三个人没有一个活着回来。

齐亚的父亲和爷爷已经心灰意懒，他们说什么都无济于事了，就算找到凶手，他们也不会把凶手怎么样。齐亚的另一个叔叔则说：“以色列媒体向其民众宣传说我们是恐怖分子，这完全是撒谎！我们是人，我们有权为我们自己的权利而斗争。”

死难和痛苦只是这场悲剧的一部分，而悲剧的更深层意义在于部分以军士兵不但没有及时采取措施缉捕凶手，而且冷漠地眼看着这些遭到枪击的无辜巴勒斯坦人在死亡线上挣扎。

塔巴特·塔米兹是穆罕默德的侄子，枪击正好发生在他家附近，因此他成为第一个赶到现场的人。他说，凶手逃跑的方向很快就开来一辆以色列军车，两辆车擦肩而过但以军无动于衷。塔巴特回忆说，他跑上前拉开以军车门用希伯来语告诉里面的士兵：刚才跑掉的那辆汽车就是肇事车辆，并要求他们赶紧叫人设置路障逮住凶手。塔巴特以为以军士兵会按他的要求拿起电话通报前方的哨卡，谁料以军车一听遭到袭击的是巴勒斯坦人便掉头慢慢往回开。

塔巴特不甘心，又追上去拉开驾驶员一侧的车门，继续用希伯来语央求以军：你们能不能给我们叫辆救护车，受伤的人太多了。开车的以军士兵答应后，塔巴特又跑回来抢救伤员。他把叔叔放在邻居家汽车的后座上往希伯伦医院赶，但是没到医院穆罕默德就死了。

等他再赶回现场问以军的救护车是否来时，他失望了。根本没有。现场的以军士兵说军用救护车太重，赶过来需要时间。后到场的以军军官和警察又告诉他，肇事车辆速度太快跑掉了。塔巴特并不相信这样的解释，他说肇事车辆不可能冲过以军的哨卡和路障，只有没在以色列生活过的人才会相信这样的解释。以军官又说，当兵的才18岁，都还是孩子，对这种情况不知该如何应付。塔巴特更愤怒了，他说，如果肇事汽车里坐的是一伙巴勒斯坦人，这些“孩子兵”早就把他打飞了，而且事后还会被当作以色列的英雄。

塔巴特坚持认为，当时走过这条路的汽车非常少，因此在路上巡逻的以军不可能没看见那是辆什么样的车。他还说，当时有一个保护他的士兵曾对前来进行调查的以军官说自己看见了那辆车，但是那个军官立刻命令多嘴的士兵出去。

以军方后来说，的确有一辆以色列汽车冲过了军方设置的路卡。当以军赶到现场并准备叫救护车时发现伤员已经被当地的红新月会运进了伊兹纳村。其实，在枪击发生后不久，一个自称“护路委员会”的极端犹太地下组织就宣称对当晚的屠杀负责。他们所护的道路就是建立在被占领土上的连接犹太定居点的道路。

据以方一个民间组织初步调查分析，凶手守在路旁并不断用强光等照射过往车辆，也曾放过一两辆巴勒斯坦汽车而没有开枪，一直等到坐满八个人的“标致”出现时他们才追上去进行扫射，原因只有一个，那就是这样可以多杀几个巴勒斯坦人。

不要迟疑地杀掉阿拉法特。

——以色列报刊广告

第四十七章　阿拉法特危在旦夕?

2001年7月24日，星期二，晴，加沙

巴以冲突持续近十个月了，阿拉法特的行动也越来越不自由。最初，其专机还可以获准在被关闭的加沙机场起降，甚至其车队也可以穿过以色列本土往来于加沙地带和约旦河西岸。但是，一段时间以来，阿拉法特已经无法乘专机四处活动，只能乘约旦国王的专机进入西岸，或者从埃及的阿里什坐汽车进入加沙。眼下，比行动自由受限更为严峻的是，阿拉法特的人身安全和政治生命正受到十几年来少有的挑战，人们甚至担心阿拉法特已经危在旦夕。

昨天，一家不太有名的以色列周报《第一来源》为极右翼组织“我们的土地”（Zo Artzeinu）刊登整版广告，公然煽动所有以色列人在任何地方利用任何机会和手段从肉体上消灭阿拉法特。广告说，“斩蛇要斩首”，“不要迟疑地杀掉阿拉法特”，声称这是“保卫我们人民的最道德、最正确和最有效的途径”。

请看下面的部分广告词：“现在，我们决定号召所有正直而有思想的犹太勇敢者，抓紧机会赶快杀掉巴勒斯坦恐怖分子头子阿拉法特……”“如果你是一名士兵，当你看到阿拉法特及其随从坐在直升机上时，拿起你的来复枪或重机枪（向其开火）；当你坐在坦克上时，请用坦克炮瞄准他，然后射击……你若是一名保安，当你见到阿拉法特等人时，请毫不犹疑地拿起枪干掉他……”

这个组织的领导人摩西·费格林当天在接受《耶路撒冷邮报》采访时继续辩解说：“不管是谁只要有能力就应该杀掉阿拉法特，因为以色列国正在出卖其保护公民的首要义务。”他认为，刺杀阿拉法特应被视为正义之举，而非谋杀，因为这意味着拯救犹太人的生命。

这是近来最为露骨的叫嚣和煽动，但它也只是对阿拉法特实行肉体消灭的大合唱声中的一个高音，因为，不止一个以色列组织和人物在进行这样的宣传和鼓动，干掉阿拉法特似乎已经成为以色列舆论的主旋律。部分极右翼定居者团体公开呼吁除掉阿拉法特，让他们直接面对比阿拉法特更“好战”的哈马斯和杰哈德。部分右翼部长、议员批评沙龙政府只“清除”从事恐怖活动的巴勒斯坦人而不搞掉“对他们发号施令的”阿拉法特。至于以总统卡察夫、前总理内塔尼亚胡乃至工党国防部部长本-埃利泽都公开把阿拉法特形容为“恐怖活动的支持者和操纵者”，把一顶顶“罪大恶极”的帽子扣给阿拉法特。以色列媒体甚至报道说，阿拉法特曾告诉部下：“你们别管我公开对新闻界怎么说，每天去杀掉一个定居者。”巴方对此断然否认。

除了对阿拉法特进行肉体消灭，以色列有没有别的选择呢？答案是肯定的。最近，号称世界军事与战略智囊库的英国简氏公司披露说，以色列准备在“恐怖袭击”继续蔓延的情况下重新占领巴勒斯坦自治区，把阿拉法特和他手下的众多官员彻底赶走。以色列官方对这一报道的评论是相互矛盾的，有人说这是简氏公司的杜撰，绝对不可能发生；有人说这是选择之一，只是时机未到。简氏公司则援引以高层官员的话说，这个方案不但肯定存在，而且已经在7月9日被提交给以安全内阁进行了讨论。

对于做梦都要推翻奥斯陆和平模式的沙龙来说，对于把安全视为上帝的以色列社会来说，这个方案的确不是天方夜谭。“小拉宾”、前总理巴拉克14日毫不讳言地说，如果别无选择，铲除阿拉法特和他的自治政府将不得不成为以色列的“最后选择”。沙龙的亲信、通信部部长里夫林最近表示：“如果事情到了每个以色列人都认为除掉阿拉法特是结束暴力的唯一选择，我们只好这么去做。”

6月，以色列媒体就发出威胁信号说，沙龙准备搞掉阿拉法特，让巴勒斯坦人成为一盘散沙，以便分而治之。据以色列的如意算盘，加沙地带、西岸南部和北部将在阿拉法特之后从权力上分裂为三个板块，分别由加沙预警司令穆罕默德·达赫兰、西岸预警司令贾布利勒·拉朱布和国民部队司令伊斯梅尔·贾比尔控制。这步棋的关键考虑是把群龙无首的巴勒斯坦推向权力争夺和指挥混乱的泥潭，使其不战自乱，针对以色列的阿克萨起义自然瓦解。

但是，问题显然没有这么简单。据巴《圣城报》日前报道，以军事、情报和安全部门最近联合推出一项分析报告，全面论证了失去阿拉法特的巴以冲突前景，结论则让仇视阿拉法特的好战分子非常失望：阿拉法特完全有能力控制局势而且的确控制着局势，他不愿意马上终止起义意在得到谈判桌上得不到的东西。阿拉法特在位可以统一号令，是个以方可以继续打交道的强势人物。如果搞掉他，以色列只有七条好处可以享受，但是必须同时准备应付多达17条的不利因素。

前以色列被占领土协调员亚科夫·奥尔少将日前也警告政府不要把阿拉法特搞下台，他在接受以《国土报》采访时说："历史的教训告诉我们，这种行动将导致让我们更加失望的后果，因为没有人能预知未来将发生什么。"与阿拉法特共同设计奥斯陆和平的以外长佩雷斯说："没有阿拉法特，局势会变得更加困难。"以国内安全总局（辛贝特）前局长阿米·阿亚龙批评消灭或推翻阿拉法特的计划是"愚蠢而危险"的，因为他不认为"任何取代阿拉法特的人会更好"。

针对以色列放出的探测气球，巴勒斯坦方面心知肚明。达赫兰最近对此间媒体说，以色列摧毁巴自治政府并推翻阿拉法特的图谋是绝对存在的，但是绝对不会成功。以色列指望他本人或者别的巴勒斯坦人取代阿拉法特等于白日做梦，因为沙龙政府不会找到让他们满意的阿拉法特继承人。客观上讲，阿拉法特为了防止今天这种局面的出现，非常明智地避免指定具体的可能接班人，这也使以色列的"换马"策略成为悬念。

美国、欧盟和阿拉伯温和国家深知阿拉法特对于和平进程的历史意义，也坚决反对以色列打阿拉法特本人的主意。据报道，美国坚决反对以色列对巴自治区发动全面战争，尤其反对其终结阿拉法特在被占领土的领导地位。美前驻以大使英迪克在本月中旬所做的告别演说中强调，虽然阿拉法特没有认真执行停火协议，但是和哈马斯及真主党相比，他仍然是以色列人"最好的选择"。沙龙在几次欧洲之行中也得到欧盟类似的警告和劝诫。欧盟最近非常频繁地派人造访阿拉法特更是明确地向以色列显示，阿拉法特不能走，更不能碰！以色列的最大阿拉伯和平伙伴埃及对沙龙政府的大动作图谋特别不客气，其总统穆巴拉克不但公开抨击沙龙只知道

“暗杀和战争”而不配谈判，而且两次派情报局局长阿穆鲁·苏莱曼造访以色列并当面警告沙龙：如果以色列进攻巴自治区把阿拉法特赶走，阿以和平进程就彻底玩儿完。

不是冤家不聚首。1982年，沙龙担任国防部部长时曾挥兵围困贝鲁特，赶走了阿拉法特及其领导的巴解武装。19年后，沙龙作为大权在握的总理会不会把离自己更近的阿拉法特再次缴械并赶上流亡之路？

尽管沙龙对阿拉法特的厌烦已经到了无以复加的地步，甚至公开把他形容为“以色列的本·拉登”，是打恐怖牌的“土匪头子”，尽管他承受着来自右翼势力和内部强硬分子的巨大压力，但他还不至于匆忙了结阿拉法特在被占领土的存在。因为阿拉法特的确是位百年一遇的世界级历史人物，是真正承认以色列也愿意与之和平共处的巴勒斯坦民族象征。对于任何国家而言，领导人的变迁或许不影响其历史进程的正常演进，但是，对于巴勒斯坦事业和巴以和平进程来说，失去阿拉法特这样的灵魂人物，谁都不敢预测等待以色列的将是什么？这或许就是阿拉法特斗胆坚持十个月的武力对抗而依旧从容自信的所在，因为他明白，甚至以色列领导人也明白，从某种意义上讲，以色列比巴勒斯坦更需要他活下去，并牢牢地坐在巴勒斯坦权坛的头把交椅上。至少目前是如此。

有强加的战争，有强加的协议，但没有强加的和平。

——自题

第四十八章　戴维营会谈周年祭

2001年7月25日，星期三，晴，加沙

今天是巴勒斯坦、以色列和美国戴维营首脑会谈破裂一周年纪念日，也是个晦气的忌日。

去年的今天，三方领导人带着巨大的失望离开戴维营这块肇启中东和平进程的风水宝地，几乎到手的巴以和平之硕果化为泡影，天下为之扼腕叹息。今年的此日，巴以流血冲突已经持续近十个月，正如火如荼，滑到了总决战的边缘。这或许是曾瞩望戴维营会谈的人们始料不及的，至少没有人预言戴维营会谈的流产会将巴以和平进程推向几近葬送的境地。

戴维营会谈失败后，美以领导人几乎一边倒地把失败责任推给巴勒斯坦领导人阿拉法特，美总统克林顿认为阿拉法特胃口太大，以总理巴拉克数落阿拉法特不是真正的和平伙伴。就连西方舆论也普遍认为阿拉法特“不识时务”，坐失一个过去不曾有、今后不再来的黄金机遇。

与这些唾沫飞溅的攻击相对应的是，“失败了”的阿拉法特却英雄凯旋般地在加沙机场受到数万巴勒斯坦人的自发欢迎，那种场面和气氛是我到加沙一年多从未领略过的，那种巴勒斯坦人对阿拉法特出自内心的拥戴也是我未曾感受过的。戴维营会谈的失败简直就是阿拉法特的巨大胜利，这是当时巴勒斯坦人普遍而真实的心声，他们认定，媒体所披露的会谈进展与其说是以方做出的不小让步，毋宁说是巴民族权利的再次丧失。

今天再谈论戴维营会谈似乎有点过时，但是，几乎所有人都认为如果戴维营谈判取得突破，巴以今天将不是刺刀见红、炸弹相向，而是为和平进程的车轮继续向前弹冠相庆。今天再纠缠谁该对戴维营会谈失败负责也

巴勒斯坦救济机构分发欧盟援助的人道主义物资。

没有实际意义，但是，若能拨开迷雾让会谈真相暴露于阳光之下，或许有助于人们重新审视自己对巴以和平及巴以冲突的视角和定位。

几天前，美国《先驱者论坛报》援引一位参加过戴维营谈判的克林顿助手的话说，把会谈失败的责任强加给阿拉法特有失公允，因为阿拉法特最初并不看好谈判的前景，只是碍于克林顿的面子也不愿授人以拒绝谈判的把柄而被迫前往戴维营。报道说，克林顿曾向阿拉法特保证，绝不把会谈可能失败的责任推给他。谈判过程中，巴拉克一度做出某些让步继而又反悔，克林顿为此大为光火，当面责怪巴拉克出尔反尔让他无法向阿拉法特交代。会谈结束后，为了缓解以色列国内的巨大压力，挽救巴拉克的政治生命，克林顿也自食其言违心地公开抨击阿拉法特使会谈以失败而告终。

今天，巴勒斯坦报纸公布了官方提供的戴维营会谈的真实内幕、失败原因和责任。报纸说，这些真相表明，并非巴方故意要让会谈流于失败，而是以方无法满足巴方最基本的要求。

巴方认为，为了使巴以人民能够享受永久和平和可持续发展，双方应该建立平等、相互独立的睦邻国际关系。以方在谈判中没有就此拿出任何书面表述，而是把未来的巴勒斯坦实体分割为四块互不相连、处在以方完全包围和控制之下的地区，即加沙地带、约旦河西岸西北部、中西部和南部。以方还剥夺巴方对未来边界、领空和水资源的控制权，并把非法的定居点合法化，使其对巴方土地的军事占领变相延续下去。巴方认为，根据这一方案，巴方不但国土破碎，人员、物资流通和对外口岸彻底被以方控制，而且其政治独立和经济发展也将永远依附于以方。

巴方认为以方应该根据“奥斯陆协议”归还1967年战争中占领的巴方土地，但是同意按等值等量的原则进行部分土地交换。以方提出吞并约旦河西岸的9%，并从本土划出相当于西岸总面积的1%作为补偿，此外，以方还要求以长期租借的形式控制另外10%的西岸地区。

关于耶路撒冷问题，巴方提出以方应该放弃其在1967年战争中夺取的东耶路撒冷，但是，以方拒绝讨论东耶主权，只是在后来的塔巴谈判中才同意让出东耶阿拉伯区的主权并使其继续处在犹太人非法定居点的包围下，成为脱离于其他巴方土地的飞地。

戴维营会谈根本没有研究非常关键的难民问题。巴方认为有关难民的责任已经明确地被联合国载入其决议，在国际法中也非常清楚地有章可循，如果这一巴以冲突的最基本问题得不到解决，双方就无从谈及实现公正、全面和永久的和平。巴方向以方保证，承认难民的回归权并不意味着全部难民将返回以方境内。巴方甚至提出了三条出路：部分难民选择第三国定居；部分由独立的巴勒斯坦国安置；改变其余难民在寄居国的法律地位，并分阶段落实他们的回归权，以打消以方对其人口结构被改变的顾虑。但是，巴拉克坚持以方拒绝对难民问题的形成和解决办法承担任何责任。

巴方总的态度是巴方已于1988年承认以色列的合法存在，愿意与之和平共处，并且多次重申了这一愿望。巴方为了实现永久和平，已经在签署“奥斯陆协议”时做出最大的也是最后的让步，即同意放弃巴勒斯坦历史土地的78%，只收回其余22%的土地作为立国的根基，而以色列实际将得到远远超过联合国分治决议划给它的55%的土地，即净增加23%的面积。

应该说，和奥斯陆会谈相比，戴维营会谈的上述成果是更接近永久和平的新进展，可为什么和平进程反而失败了呢？报纸回答说，巴方是基于

让难民有家可归，才是最终的出路，依靠国际人道救济的生活方式已延续了半个多世纪，何时是个头？

以下三点考虑而开始和平进程的：过渡自治阶段巴勒斯坦人的生活会明显改善；过渡自治是相对短暂的，即双方商定的五年时间为限；最终和平协议将致力于落实联合国的242号和338号决议。而事实上，巴方的上述愿望都落空了，巴勒斯坦人的行动自由受到更大的制约；经济状况严重恶化；犹太人定居点得到了前所未有地扩张，加沙地带和约旦河西岸被定居点道路和以军据点分割得支离破碎，结束过渡自治的日期被一推再推……

报纸进一步诠释官方的立场说，七年的过渡自治使巴勒斯坦人感到生活每况愈下，产生了上当受骗、单方面遵守“奥斯陆协议”的感觉，而巴拉克一再威胁若不接受以方谈判条件将实行单方面以巴分离，更让巴勒斯坦人觉得和平必须是公平的，而非不公的和强加给自己的。因此，在戴维营谈判失败后，巴勒斯坦人揭竿而起也就毫不奇怪了。

掩卷而思，戴维营谈判失败以及巴以流血冲突随之而来的真正原因和内在必然可谓水落石出。问题是，巴以双方实力对比如此悬殊，国际社会又是强权政治大行其道，一味对抗下去又将如何？对强者来说，谈判桌上得不到的东西有可能从战场上得到，但是对于巴勒斯坦来说，武力对抗下去的结果很有可能出现这样的结局：不但战场上得不到新的东西，就是戴维营会谈里可能得到的或许都要流失，甚至连目前的自治成果也要付诸东流。

不过，许多巴勒斯坦人并不这么看。他们说，我们已经一无所有、生不如死，局势还能糟糕到哪儿去？光脚的从来不怕穿鞋的。

故兵无常势，水无常形。能因敌变化而取胜者，谓之神。

——《孙子兵法》

第四十九章　战火烧着网络

2001年7月26日，星期四，晴，加沙

巴以冲突已经持续十个月了，双方的劲头越来越足，使用的手段越来越多。与此同时，一场看不见硝烟与鲜血，也听不见枪声与呐喊的战争在双方之间爆发了，这就是在另一个空间进行的网络战。

昨天，巴勒斯坦官方通讯社“瓦法”的因特网站因遭到以色列黑客的袭击而陷于瘫痪。上午，我打开瓦法的网站后意外地发现这里已经“城头变换大王旗”：以耶路撒冷阿克萨清真寺为背景的主页不见了，代之以一幅黑色的页面，上面把阿拉法特称为“恐怖分子”，而且贴上了137名以色列死难者的照片，并称其为“巴勒斯坦暴力”的牺牲者。

显然，以色列不但占领了巴勒斯坦的领土、领水和领空，也占领了其在因特网世界的地盘！我立即打电话给瓦法，对方的电话证实了这一事实，并说正在尽全力“抵抗网络占领”。

瓦法离分社只有五分钟的车程。我赶到那儿后，瓦法网站已经暂时关闭，被篡改的主页也重新恢复了阿克萨清真寺的原貌。瓦法收复了“失地”。瓦法的技术主任哈桑说，网站是当天凌晨遭到一群以色列电脑黑客攻击的，他们自称“摩萨德小组”。摩萨德是以色列国外军事情报局的简称。哈桑说，这些黑客不但成功涂改了瓦法的主页，而且持续对该通讯社的电脑系统发动攻击，试图通过电子邮件传播病毒使其在境内外分支机构的发稿系统瘫痪。

哈桑气愤地抖着打印出来的非法主页图样对我说，以色列官方黑客对瓦法的袭击表明，以色列对巴勒斯坦及其人民的占领是多方面的，也显

巴以间的网络战堪称网络时代最早的国家网战行为。

示以军情系统对巴勒斯坦媒体报道的仇视和恐惧，是对正义声音的野蛮压制。当天，以色列官方没有就瓦法网站遭到攻击做出任何反应。

瓦法1972年成立于贝鲁特，是巴勒斯坦解放组织的喉舌。1994年巴勒斯坦实行自治后随民族权力机构迁入加沙。瓦法目前在境内外设有近30个分社，记者、编辑和技术人员约为200人，每天通过阿拉伯文、英文和希伯来三种文字播发稿件。

其实，巴以之间的网络战在流血冲突爆发后就发生了，已经成为双方不用刀枪的搏杀。巴以网战的第一枪是以色列黑客向北边敌对邻居黎巴嫩打的。

2000年10月初，三名以色列士兵在黎巴嫩南部的沙巴农场巡逻时被黎民兵武装真主党抓走。10月6日，以色列黑客及其支持者袭击了真主党的官方网站，他们24小时开着浏览器，直至真主党两个网站彻底瘫痪。

面对以色列黑客的攻击，黎巴嫩记者格瓦在报纸上撰文呼吁阿拉伯网民向以色列发动“电子圣战”，巴勒斯坦五万网民率先响应，部分伊斯兰网站甚至向用户提供利用电子邮件阻塞网路的自动攻击程序，支持网络抵抗运动。

一时间，虚拟空间的以色列处处告急：总理办公室网站中断20个小时；外交部网站被迫关闭两天。11月13日，阿拉伯黑客杜迪在被其攻击的以色列网站上声称，可使超过以色列70%网络信息传输量的NetVison服务器陷于瘫痪。巴以黑客“网战”逐步升级。12月1日，以色列国土管理部门网站因遭黑客破坏几乎全线关闭，技术人员一时很难修复，只好通知用户留意每天的传统媒体新闻以了解最新信息。世界最大的网上犹太人图书公司站点也受到了干扰和破坏。……12月25日，支持巴勒斯坦的黑客成功地攻击了以色列一移动通信公司的新闻网。12月29日，支持巴勒斯坦的黑客攻陷了与以色列有关的数十个网站，并在一以色列商业网站上强行建立了自己的政治性主页。

进入2001年，巴以冲突持续不断，巴以黑客的网络战也愈演愈烈。

3月4日，以色列海滨城市内坦亚发生恶性爆炸事件，哈马斯声称对此负责。两天后，哈马斯网站即遭到袭击，网站被变成了一个展示色情资料的场所。哈马斯对这种行为进行了强烈的谴责，认为这是在破坏伊斯兰和穆斯林的形象。

3月20日，以色列电脑专家通过“以色列之声”电台指责巴勒斯坦方面制造电脑病毒，攻击以色列政府网站。报道说，这种病毒酷似早些时候曾感染全球大批电脑的“我爱你”和“库尔尼科娃”病毒，均属对网络危害较大的蠕虫病毒。该病毒将自己伪装成一封标题叫“不公平”的电子邮件，其主要内容是敦促全世界“帮助巴勒斯坦人抗击以色列对无辜巴勒斯坦人（尤其是儿童）的杀害”，并表示以色列“所犯下的罪行绝对不会被忘记和原谅”。一旦收到邮件并打开文件后缀为“.vbs”的附件，病毒就会感染电脑，并把自己复制50份，转发给该电脑电子邮件收发程序地址簿中的前50人。据报道，以色列议会、外交部和警察总局等24个官方机构和政治组织的电子邮件系统当天均在短短几个小时内受到成千上万封类似邮件的攻击。专家们惊呼：这是第一次由政治原因引发的利用大宗电子邮件传播的电脑病毒。

网络“战场”没有国界限制。此次巴以黑客网络战蔓延近30个国家。美国的美以公共事务委员会网站和其他一些同情以色列的或犹太人非政府组织网站首当其冲，就是与以色列有广泛贸易联系的美国朗讯公司也遭到攻击。与此同时，以色列黑客也对伊朗农业部网站和设在约旦的门户网站

被以色列网军占领的巴勒斯坦官方宣传阵地，上书“记住阿拉法特的犯罪”。

进行了攻击。巴以黑客打红了眼，也使与巴以毫不相干的世界黑客乘机兴风作浪，唯恐天下不乱。据不完全统计，仅在中东地区，支持以色列或巴勒斯坦的网站遭到黑客攻击的比例分别达90%和20%。

据网络安全公司（iDefence）的一份报告称：巴以黑客在“网战”中至少使用了12种不同种类的攻击工具，可谓手段多多，而且双方常常采用“以毒攻毒”的方式进行还击：一旦一方使用了某种攻击软件，同一软件就会被对方改头换面用以攻击自己的网站。

尽管以色列科技发达，人才济济，绝非巴勒斯坦可比，但网络战的战果却并不和人才、技术的拥有量成正比。据统计，仅在去年最后一个季度，共有246个与以色列有关的网站遭到袭击，而遭到攻击的巴勒斯坦网站仅34家。专家对此深有感叹：“巴勒斯坦黑客对网络的攻击更像一场有组织的战役，有漏洞的以色列网站被逐一攻破。看上去他们正在有系统地按照有‘il’后缀的域名列表一个个测试下去。”

从巴勒斯坦黑客进行网络攻击的手段看，无非是发送大量IP包或电子邮件迫使以色列网络服务器关闭、散布蠕虫病毒、侵入服务器更改页面破坏存档等。就是这些破坏力有限的手段，也让有世界网络防火墙巨无霸公司的以色列众多网站狼狈不堪，大失颜面。

一位自称从“网战”一开始就投入“战斗”的21岁的以色列黑客米基·布扎格罗叹息：“虽然以色列黑客的攻击很有成效，但胜利显然是在巴方，阿拉伯人还在不断取得胜利。”他认为，尽管以色列有着先进的电脑安全技术，但其民用网络设施速度极慢，且造价十分昂贵，许多以色列人根本就用不起网络。他说：“我们每次进攻得手，都会马上招致对方10倍的反击。在网络条件方面他们比我们好多了，基本上都是T1、T3线路，攻击时发过来的数据包容量比我们能发出的要大10倍以上。”

对此，有关专家评述说，尽管以色列的确拥有世界级网站构筑防御体系的一批顶级网络安全公司，但以色列自身的网络安全建设却远不像它掌握的技术那样走在世界前列。另外，以色列黑客在网上所面对的何止是一个巴勒斯坦。网络安全公司生产部主任温泽克说，目前多国黑客出于对巴勒斯坦的同情，通过他们的技术将“网战”的范围扩散。随着时间的推移，“参战”的人数将更多。

强大的以色列军队无法镇压手无寸铁的巴勒斯坦人，力量不均衡的巴以网站同样是以色列得势不得分。道理很简单：得道多助，失道寡助。

兄弟阋于墙，外御其侮。

——《诗经·小雅·棠棣》

第五十章 外患未平，内讧又生

2001年7月29日，星期日，阴，加沙

前天下午，我去耶路撒冷出差，不料加沙地带发生一起前所未有的家族仇杀，几个小时内造成九人死亡，近40人受伤。这次引起国际舆论广泛注意的血腥内讧让巴勒斯坦人普遍感到痛心和难堪，加剧了巴勒斯坦社会特别是加沙地带局势的动荡，同时也显露以色列挑动巴勒斯坦内乱以瓦解巴起义阵营的企图。

今天，一位知情者详细向我描述了这场内讧的前因后果。阿布·哈桑宁和阿布·贾尔夫家族间的仇杀始于第一次“因提法达”。1987年至1993年的“因提法达”期间，法塔赫军事派别“雄鹰”小组成员安瓦尔·阿布·贾尔夫杀死了阿布·哈桑宁家族的一个青年，理由是他同以色列军事和情报当局进行合作，从事破坏“因提法达”和出卖民族解放事业的勾当。

27日中午，已经36岁并成为巴预防警察部队官员的安瓦尔正在加沙中南部罕尤尼斯市拜尼·萨黑兰区的市场里闲逛，两名阿布·哈桑宁家族的青年突然出现并开枪将他打死，算是给他们当年死去的同胞兄弟报了杀身之仇。拜尼·萨黑兰区虽然也住着阿布·哈桑宁家族的部分成员，但这里更是贾尔夫家族的根据地。安瓦尔被打死后，两名肇事者迅速离开现场逃往附近的住所，而大批的贾尔夫家族成员迅速携带枪支涌向肇事者的藏身之处，同时，一批预警部队的警察、法塔赫“人民抵抗阵线”、法塔赫“雄鹰”组织人员也赶往现场，准备缉拿“凶手”和“叛徒”，让他们为安瓦尔抵命。

枪杀安瓦尔显然是一次有预谋的行动。当安瓦尔的家人、朋友和同

巴勒斯坦警察上街制止内讧扩大。

事持枪赶到阿布·哈桑宁家族的住宅区时才发现，对方已经未雨绸缪，做好了武装对抗的充分准备：阿布·哈桑宁家族成员不但在所依托的三栋楼房外垒好抵挡子弹的沙袋、土墙，而且在房顶上架起了重机枪。枪战发生后，双方甚至动用了手榴弹和炸药包，冲突十分火爆，枪声和爆炸声震动了罕尤尼斯城。由于阿布·哈桑宁家族武装人员有险可据并拥有重机枪，为安瓦尔报仇的武装人员当即有三人被打死，多人受伤。当巴安全部队出动大批力量到达现场并设法控制局势时，死亡人数已经上升到八人，其中包括两名预警部队警察、一名13岁的少年和四名阿布·哈桑宁家族成员。包括十名阿布·哈桑宁家族人员在内的近40人受伤。

天黑后，为了避免双方出现更大的伤亡，巴安全部门同阿布·哈桑宁家族武装人员进行了艰苦谈判，并于昨天凌晨5点达成停火协议，12名阿布·哈桑宁家族武装人员向安全部门自首，并同意将枪杀安瓦尔的两名肇事者交给法院接受审判。

罕尤尼斯的枪战震撼了整个加沙地带，使罕尤尼斯城和加沙地带北部的加沙城几度出现小规模骚乱。一些主流组织的成员举行了多次示威游行，并于昨天上午围攻拘押阿布·哈桑宁家族武装人员的安全部门驻地，要求将枪杀安瓦尔的凶手枪决或绞死，使所有参与这一“叛卖”行为的“可耻分子”受到严惩。为了发泄心中的愤怒，示威者不但在罕尤尼斯城市中心放火焚烧了多辆汽车，而且把阿布·哈桑宁家族的13幢住房付诸一炬，使该家族经营了30年的部分产业毁于一旦。

昨天下午，我从耶路撒冷直接赶到罕尤尼斯冲突现场时，警察或其他武装人员已不见踪影，但是被焚烧的房屋还在冒着火舌或黑烟，灼热的墙壁烤得人无法靠近，每一个窗口都被烟火熏成黑洞，现场附近的一辆大型吊车和数辆小汽车被烧成一堆堆废铁。为了保护阿布·哈桑宁家族住户的人身安全，警方已经把他们全部转移到加沙城内。我在现场看到，不少当地人正络绎不绝地从废墟中搬走任何尚能使用的家什。冲突显然已经变成了一场自发的打、砸、抢、烧。

据悉，27日两个家族交火的消息传来后，30公里外的加沙城也出现了一场骚乱。聚居在城北舒贾伊亚区的阿布·哈桑宁成员试图前往罕尤尼斯增援。当他们受到警方阻拦后，便开始冲击附近的警察局总部大楼，投掷石头和瓶子，砸毁部分公用电话亭，并在主要大街上点燃多个汽车轮胎，或设置路障阻塞交通。

昨天上午，巴国家安全法庭在罕尤尼斯开庭审理这一案件后，加沙部分阿布·哈桑宁家族成员又试图向罕尤尼斯进发，同样受到警方阻止。中午，我回分社路过加沙市中心时发现，巴勒斯坦广场、警察局总部门口的十字路口再次聚集起大批的示威者，燃烧的轮胎使交通一度中断，市中心上空顿时黑烟弥漫。大批警察分散把守在附近，严密地注视着示威者的动向，同时在通往南部的道路上设立了多道路卡，逐个检查南下车辆，避免阿布·哈桑宁家族的成员到罕尤尼斯去滋事。

无论是在冲突现场还是加沙市中心，不少巴勒斯坦人都劝阻甚至威胁我不得拍照，他们有的认为这是巴勒斯坦人自己的事，更多的人坦陈这是一个“丑闻”，不希望被广为传播。但是，种种迹象表明，这次家族冲突不是简单的血亲复仇，而是和时局及以色列的幕后操纵有关。

一位巴人士分析说，在巴以正打得你死我活的敏感阶段，阿布·哈桑宁家族人员公然枪杀巴安全部队官员，为“巴奸”复仇，这本身说明其何等猖狂，其背后无疑有以色列方面的支持和纵容。巴家族武装人员在冲突中使用的重机枪显然也是以色列暗中提供的，因为民间武装是不可能拥有这类重武器的。在这场冲突即将收场的时候，以军突然派战斗直升机向冲突地点附近阿布·哈桑宁家族一座厂房发射了五枚导弹。以军方称这是对头天晚上加沙一定居点遭到迫击炮袭击的报复，因为有情报证实，这座厂房是巴武装人员用来制造迫击炮的“兵工厂”。但是，巴安全部门人士称，以军这次袭击炸毁了架在厂房墙上的变压器，导致冲突现场陷入漆黑，而参与谋杀安瓦尔的头号主谋萨拉玛·阿布·哈桑宁乘乱逃走。更为严重的是，在安全人员对哈桑宁家族住户清理时，六名男子乘黑携带一批炸弹，并于28日上午在收容中心威胁要同70名家族妇女和儿童同归于尽，以此胁迫安全部门不得拘留他们。所幸的是，他们最后放弃了抵抗。

加沙公安局副局长马哈茂德·阿斯福尔对今天出版的《日子报》说，在巴警方设置路障阻止两个家族冲突继续蔓延时，以军却为前去参加械斗的巴勒斯坦人开辟了“专线”使他们顺利达到冲突现场，他对此感到奇怪。他说，某些方面正在试图挑动事端，因为他们认为民族权力机构无力应对内外同时出现的压力。

上个星期，巴安全部队曾经同哈马斯发生流血冲突，凸显了巴起义阵线的分裂，而罕尤尼斯带有政治背景的家族仇杀无疑加剧了这种趋势，使局势变得更加复杂。为了进一步平息事端，巴安全部门禁止马上安葬九名死难者，并反复呼吁巴勒斯坦人搁置分歧，加强家族和解与民族团结，通过法制和对话解决内部矛盾，以免被以色列利用，使目前已经非常困难的局面继续恶化。

部分人士认为，这一少见的“民族悲剧和灾难”显示了巴勒斯坦社会面临的几大挑战，即法制废弛不公导致个人或团体为所欲为以及家族复仇陋习继续存在；民间枪弹泛滥管理乏善，造成抗击以色列占领的同时也容易自残手足；民族团结正在受到削弱而亲以势力日见猖獗。他们担心，如此下去，巴勒斯坦将不战自乱，因提法达将以失败告终，以色列将坐收渔利。

明知山有虎，偏向虎山行。

——中国名谚

第五十一章　又遇空袭

2001年7月30日，星期一，晴，加沙

3月28日傍晚，在我回国休假乘坐的班机起飞三个小时后，以色列空军开始袭击加沙地带的巴勒斯坦目标。在我6月底结束休假返回加沙时，持续紧张了三个月的巴以冲突已经开始松弛，滑向新的谷底，因此，这里的朋友都说我是“福将”，那么巧地“躲过”了又累又危险的三个月。

27日中午，我去耶路撒冷办事并住了一宿，巴勒斯坦人在加沙南部发生了严重的流血内讧，造成9人死亡，21人受伤。这似乎又印证了我的“福气”，于是，曾经和我开玩笑的朋友说我不能再离开加沙一步，因为“我去即祸来”。

其实，这仅仅是玩笑，因为休假之前我经历的空袭也有数次，经历的人身危险更不胜枚举。回到加沙后，巴以武装对抗又开始从低谷向危险的巅峰爬升。这是矛盾与对抗的内在规律使然，而非任何局外人的所谓“运气”所能左右。今天，我又遇到了数月未历的空袭，而且是没有任何前兆的巧遇，它足以说明局势的发展不以人的意志而转移。

下午4点差几分时，我正准备在客厅沙发上眯一会儿，因为局势持续紧张和突发事件的不断出现已经迫使我每天凌晨2点才敢入睡，早晨6点就得醒来听第一次广播新闻，下午不打个盹儿是熬不了几天的。

在我尚未躺下时，客厅阳台上传来越来越近、越来越响的“哗哗”声，经验告诉我这是以军直升机螺旋桨发出的声音。我赶紧上阳台观望，天空中万里无云，刺眼的太阳晃得我什么都看不见。低头再看海滩上的巴勒斯坦人，他们也都手搭凉棚遥看天空，显然我的耳朵没有听错。

当我跑进办公室拿起移动电话时，外面已经传来一声巨响，而墙上的挂钟正指向4点整。我估计是直升机发射了导弹，于是边往中东总分社编辑部拨电话边站在窗口搜索着几乎被我一览无余的加沙城，试图寻找以军袭击的弹着点。当第二声爆炸声响起的同时，我看到一公里外市中心一处架有巨大天线的建筑群里腾起了并不明显的烟尘。

由于离得太远，我无法判断那究竟是什么目标。耳边紧接着又传来两声巨响，两架褐黄色的阿帕奇直升机也摆脱阳光的笼罩出现在分社西侧的地中海上空。我只能通过刚刚拨通的电话向编辑部口述“两架以军直升机向加沙市中心一个政府机关发射四枚导弹”的快讯。同时把这一情况通报给总社国际部中东编辑室的同事，请其代编一条中文快讯。

短短的几分钟里，加沙的电力供应中断了，巴勒斯坦的移动电话也突然失去作用，这种情况和我以前经历的空袭一模一样，不妨称其为“空袭并发症”。它说明了一个严峻的现实问题，巴勒斯坦的一切都掌握在以色列的手中。

以军直升机在打完四枚导弹后朝着地中海西边扬长而去，俨然完成了一次例行公事，回家交差去了。我立即抄起摄影包驱车向空袭目标赶去，

我赶到轰炸现场，一名伤员被抢救出来。

到了跟前才发现原来是“阿拉法特警察城”。这里距阿拉法特官邸不足300米，是巴勒斯坦警察学院和巴勒斯坦警察总部所在地，我曾和同事江亚平、刘顺在这里采访过巴勒斯坦警察局副局长赛伯阿维。遗憾的是，几个月后，这个和善的巴勒斯坦炸弹专家在拆卸一个以军哑弹时不幸身亡。

我几乎是第一个赶到现场的记者，不是我本事大，而是住得高看得远看得清。但是警察城已经被警察们彻底封锁了，我以及后来赶到的大批记者无论怎么磨嘴皮子都不得而入，只能看着进进出出的救护车干着急。好在一位中级警官透露只有两人受伤，三座建筑直接中弹却损失不大，我才算搞到可以向编辑部补充的详细消息。当然，后来才知道，有“地头蛇”之称的巴勒斯坦电台、电视台兼法新社记者阿迪尔及路透社摄影记者苏海卜从一个旁人不知的小门溜了进去，搞到了没有多少新东西的第一手材料。

这是一次我没有料到的空袭，因为当天没有任何造成以色列人死亡的严重爆炸或枪击事件。以军方在空袭后宣称，警察城里设有制造迫击炮等武器和弹药的兵工厂，因此成为以军空袭的对象。以军方还说，在过去十个月的冲突中，巴勒斯坦武装人员共向以色列目标发射了230多枚迫击炮弹。巴方则在随后发表的声明中谴责以色列正从事“国家恐怖主义”和“有组织的犯罪”，否认这里存在什么兵工厂，并要求国际机构立即前来进行调查。

其实，今天真正有价值的新闻并不是没有造成重大伤亡的空袭，而是凌晨发生的六名法塔赫成员在西岸纳布卢斯被炸身亡的蹊跷故事。这一事件可以说是近来少见的众说纷纭的“疑案”。部分巴勒斯坦人说，以军坦克向纳布卢斯的一个难民营打炮炸死了这六个人，另一部分巴勒斯坦人说爆炸发生时附近天空出现以军直升机，因此不排除是以军导弹打的。

以色列军方表示这事与己无关，因此拒绝加以评论。以安全部门先是说他们制造炸弹操作不慎而自取灭亡，后又说他们的汽车被人安放了炸弹。不过，以安全部门承认这六个人均属于法塔赫“阿克萨烈士旅”，其中三人因涉嫌在特拉维夫和戈兰高地制造爆炸而受到以方通缉。此前，以色列已经通过这一方法“清除”了不少巴勒斯坦活跃分子。

不管是象征性的空袭，还是六名巴勒斯坦人的神秘死亡，或今天其他地方发生的多起交火及流血事件，都说明了一个问题，即进入第11个月的冲突仍在恶性循环中滚雪球，今后将发生什么真的不敢预测。

以牙还牙，以血还血。

——《圣经·旧约》

第五十二章　不能如此算账！

2001年7月31日，星期二，晴，加沙

欠债还钱，杀人偿命，这是天经地义、自古不变的道理。

人云以色列人善于理财，从不做蚀本的买卖，更不会轻易让人赊账或者接受三角债，这是事实，也是一种值得商家学习的机巧和本事。

或许人们不知道，以色列政府更注重偿命，从不轻易放过一个戕害自己国民的人。远到以色列情报机关经年追杀曾绑架和杀害以色列运动员的巴勒斯坦“黑九月”成员，近到这次巴以冲突中“定点清除”40多名巴勒斯坦活跃分子，都真切地说明了以色列人以血还血、有仇必报的民族心理和传统。

今天中午，以军出动阿帕奇战斗直升机，对哈马斯驻约旦河西岸城市纳布卢斯的办事处实施精确打击，用导弹炸死了哈马斯在纳布卢斯的两名政治领导人和两名成员。精确打击的败笔，是两个无辜的巴勒斯坦儿童和两名当地记者成为四名哈马斯成员的陪葬。

以政府在沉默几个小时后发表声明，承认以军对此负责，并就给巴无辜平民造成的伤害和损失表示“歉意”。声明辩解说，纳布卢斯的哈马斯成员制造了几十起恐怖爆炸和枪击事件，造成37名以色列人死亡和300多人受伤。声明还说哈马斯们正在策划新的恐怖袭击，以军正是为阻止其伤害以平民而采取了这一行动。

或许，在以政府看来，除了炸死两个花季少年，以军的行动简直就是师出有名，心安理得。其实，这是一笔糊涂账，最终只能害了自己，害了更多的以色列人。动听的口号无法遮掩理亏的事实。

如果说，哈马斯成员的“罪名”的确成立，是杀人、爆炸罪“即遂”，而且证据确凿，作为一个现代、民主与法治国家的代表，以政府就不能超越法律绕开司法程序而直接剥夺“犯罪嫌疑人”的性命。就算是被司法机关认定有罪的人，其生命价值也必须受到尊重。就算是杀人犯在法律上也未必就一概被定为死罪，必须就地处决。从这个方面来说，以政府动辄以武力消灭被其指控为恐怖分子的巴勒斯坦人于情于理于法都是说不过去的，因为它不但超越了执法机关的权限，而且完全凌驾于法律之上。

如果说，以政府因哈马斯成员即将发动新的恐怖袭击而把他们炸死，“防患于未然”，那就更加说不过去了。从法律上讲，一个人只有杀人动机而无杀人之实等于无罪，有杀人动机而未能得逞也至多属于“未遂”，罪更不至于死。仅仅因为要防范恐怖袭击而先发制人地杀死恐怖分子，这算不算杀人在先，定罪在后？

“恐怖主义”是否完全适用于给民族解放运动中的极端行为定性，历来是一个颇有争议而至今没有定论的问题。杀害无辜平民固然是人人可以喊打的恐怖主义行为，但是，如果把巴勒斯坦人用暴力手段反抗穿军装或不穿军装的非法武装占领也说成是恐怖主义行为，这算不算倒打一耙？

被以军用“地狱火”空对地导弹摧毁的车辆，暗杀目标已烧成焦炭。

人生而平等，民族无高低贵贱。以军和定居者无故枪杀的巴勒斯坦人不在少数，他们中又有几人因此受到条律的制裁？更有几人以命相偿？巴以冲突至今，巴勒斯坦人死愈500，伤过两万，其中近半数为少年儿童，也不乏妇女老人乃至婴儿，难道他们也是罪大至死？按照以政府的睚眦必报的逻辑，谁又该为他们抵偿宝贵生命？

近一个月来，以政府设法除掉一个又一个黑名单上的“恐怖分子”，其结果是“恐怖分子”继续“恐怖”，以政府又更大力度地反“恐怖”，导致冲突不断升级。7月2日凌晨，以军直升机在约旦河西岸的杰宁向一辆巴勒斯坦汽车发射六枚导弹，炸死四名杰哈德成员，理由是他们正准备实施恐怖爆炸。7月13日，一名哈马斯成员在西岸的图勒凯尔姆被汽车炸弹炸死，以军说他因制造炸弹而误炸自己，巴方指责以方在汽车上做了手脚。7月17日，以军直升机用导弹袭击伯利恒一民居，炸死哈马斯一头目及另外三名巴勒斯坦人，以方说他们都是被通缉的对象。7月25日，以军又以类似理由打死一名哈马斯成员。昨天，六名巴勒斯坦人在纳布卢斯死于神秘爆炸，其中有三人又恰恰是以方通缉对象，尽管以方含糊其词，但巴方认定是以方所为。

以政府在要求巴方采取措施制止枪击和爆炸事件发生的同时，不断主动地向巴“恐怖分子”清算“旧账”，这种叶公好龙、言行不一的做法致使巴方无从控制局面，停火无从实施。如果说，巴“恐怖分子”干的是伤害平民的勾当，那么代表法律和秩序的以政府动辄杀人夺命又算什么？别说巴方和国际舆论谴责以政府，就连部分以议员都说政府实施的是“国家恐怖主义”。

哈马斯、杰哈德等激进组织的袭击为什么屡禁不绝，巴方为什么不按以方要求逮捕他们呢？除了这些组织主张通过暴力结束以色列的长期占领外，以方的苦苦追杀秋后算账也把他们逼上了绝路，除了同以色列死磕到底别无活路。就算巴方把他们抓起来，让他们失去行动的自由，谁能保证以政府不给他们来个连锅端呢？以军不是曾经轰炸过关押“恐怖分子”的巴方监狱并炸死九名警察吗？出动飞机消灭囚犯这也是现代奇闻了。横竖都是死，难怪哈马斯们要跟以政府拼命，更何况，按以方的逻辑，众多巴勒斯坦人死伤的血债也是要讨还的。这叫近朱者赤，近墨者黑。

据报道，正当美国、英国、法国和约旦等对以军轰炸纳布卢斯哈马斯办事处造成重大伤亡进行谴责的时候，以总理沙龙却对这一行动赞赏有加，认为它“非常成功”。但是，沙龙或许高兴得太早了，在没有发生激烈冲突的情况下，巴勒斯坦人两天之内失去16条性命，而且死得非常惨，整个社会情绪激愤，复仇火焰蹿得更高。

哈马斯当天公开而明确地向沙龙政府宣战。该组织精神领袖亚辛在加沙以少见的措辞宣称：“以色列人将为此付出沉重代价，因为以色列已经超越了所有的红线（因为以色列过去很少对哈马斯政治领导人下手）。”亚辛表示，巴勒斯坦人的血并非一钱不值，他已命令该组织军事派别“卡桑旅”对以目标进行反击，而且强调说“必须进行反击”。这是冲突十个月来亚辛首次公开号召哈马斯军事组织对以实施报复。

哈马斯政治领导人之一兰提斯把沙龙和佩雷斯形容为“罪犯”，公然宣布以政府和议会的每一个成员都将成为“卡桑旅”的攻击对象。哈马斯明确开列覆盖面如此广泛的“黑名单”似乎也是近年来的第一次。这些危险的迹象表明，以色列今后可能会面临更为频繁和猛烈的暴力袭击事件，巴以冲突前景或许会变得更加险恶。

巴以之间的旧账太多了，如果一味地相互追旧账，循环报复，双方就

巴勒斯坦官方为死者举行隆重的葬礼。

不可能翻过浸透鲜血和泪水的老皇历，无法书写和平的新篇章。以政府一边喊停火一边算旧账的做法该收场了。

"我永远忘不了那个牌照号码——6100210。"

——巴勒斯坦青年苏莱曼

第五十三章　瞧这些以色列大兵！

2001年8月1日，星期三，晴，加沙

今天，我从当地报纸上看到了路透社7月31日播发的一篇特稿，标题是"巴勒斯坦人说以军士兵打他们"。这篇发自耶路撒冷的稿件让我看后几乎头发都要直立。我无法相信，一个现代文明国家的正规军士兵居然如此对待被占领土的人民。

请不要质疑这篇报道的真实性和中立性，因为它取材于以色列人权组织B'Tselem（以色列占领区人权信息中心）的调查报告。自巴以冲突爆发以来，这个组织已经就被占领土以军士兵的多起暴行进行了调查。事件发生在7月底约旦河西岸的一个以军检查站附近。

随着以色列士兵的口哨声，哈立德·拉希德把他的黄颜色出租汽车停在萨姆—希伯伦的公路边。与平时不同的是，拉希德和另外八个巴勒斯坦人没有受到习以为常的羞辱和骚扰，而是受到十多名以军士兵的殴打，时间长达两个小时。

"我们九个人被迫站成一排……士兵们不断地殴打我们，就像在玩一种游戏。"拉希德对B'Tselem抱怨说。

"我看见一个士兵从六米远的哨所里跑了出来，踢我们这排人中某一个人的肚子……他们还向我们扔石头，并用拳头和枪托子打我们。"拉希德说。他在离开医院两天后接受了B'Tselem的调查。

36岁的拉希德说："当我在以军汽车边停下时，一个士兵跑过来拿走了我和乘客们的身份证，并要我们通通下车。另一名士兵钻进出租车打开

每次过以军检查站，连我这新闻记者，也会紧张。

座位前的储物箱，并把里面的证件、录音带和钱都扔在车厢的地板上，随后他把三名妇女、一个小孩和一位老人从车里赶了出来。”

一个叫穆罕默德·苏菲耶的乘客抱怨说：“一个士兵把我拽到车后……然后开始打我，同时用阿拉伯语冲我大喊和咒骂。他用枪托击打我的左耳部，后来又从汽车里取出钢盔打我。”

苏菲耶说，他被打得连哭带叫，很快失去知觉，几天后才在希伯伦一家医院苏醒过来。

调查报告说，以军士兵除了暴打这些巴勒斯坦人，还逼迫他们自己相互殴打，而巴勒斯坦人根本就没有招惹这些士兵。

22岁的乘客、大学生穆罕默德·哈瓦迈德在投诉中说：“一个以军士兵揪住我的头发要我打站在我身边的一个人，我起初犹豫不决，这个士兵就击打我的脑袋，并高喊着让我动手打那个人。我用拳头打了他三下，他们又命令他反过来打我。他便打了我两下。”

乘出租车的巴勒斯坦人说，以军士兵命令司机拉希德和苏莱曼把他们的出租车开进遍布石头的田里，然后砸碎车窗，扎破轮胎并撕扯车里的装饰物。以军方证实有一个士兵的确扎破了两辆出租车的轮胎。

28岁的苏莱曼说：“他们打碎了汽车的挡风玻璃，然后拽着我的头发扭着我的头说‘看看你的车，是不是很漂亮？如果我们把后挡风玻璃也给敲了，它会显得更漂亮’。”

巴勒斯坦人说，他们在遭受两个小时的殴打后，被以军士兵用石头给轰走了，被迫扔下两辆出租车。

苏莱曼说：“我逃离了那个地方，跑到一排库房附近，但是我能看见以军汽车的牌照。我永远忘不了那个牌照号码——6100210。”

就在这篇日记写完的时候，路透社又播发了一条相关的消息：涉嫌参与这次殴打事件的六名以军士兵已经被宪兵逮捕，其中一个经过初步调查获释，其余五人将继续被宪兵监禁并接受进一步的调查。以军方人士说，如果最终的调查结果证明一切属实，他们将被送上军事法庭。这位军方人士还说，参与殴打事件的并非巴勒斯坦人所说的十多人，也没有证据表明以军士兵偷了他们的钱。

堕落的基路伯呀，示弱是可悲的，无论做事或受苦，但这一条是明确的：行善绝不是我们的任务，作恶才是我们唯一的乐事，这样才算是反抗我们敌对者的高强意志。

——弥尔顿《失乐园》

第五十四章　树欲静而风不止

2001年8月5日，星期日，晴，加沙

今天我真是体会到什么叫“树欲静而风不止”。这“树”自然是进行了十个多月武装对抗的巴勒斯坦社会，这“风”自然是对巴勒斯坦实行高压政策的以色列沙龙政府。

当巴勒斯坦和国际社会普遍谴责沙龙政府坚持推行的“定点清除”政策时，以军当天下午再次动用战斗直升机“定点清除”了一名哈马斯成员；当巴勒斯坦通讯社秉承官方旨意发表第三篇社论呼吁各派停止在以境内从事暴力活动的当口，沙龙政府当晚又公然宣布了将要“定点清除”的七人黑名单。

一位在耶路撒冷工作的中国记者忍不住地说：沙龙太过分了，这简直是没完没了的挑衅，这样下去，阿拉法特就是真心停火也无法压制巴勒斯坦人的愤怒了。

这股越来越强劲的“定点清除”风暴从7月31日起就已显示出它要毁灭一切的势头。当天，在没有任何以色列人死亡的情况下，以色列直升机空袭了纳布卢斯哈马斯办事处，一次就从肉体上“定点清除”了八个巴勒斯坦人，其中包括两个哈马斯政治领导人，两个当地记者，还有两名儿童。

面对国际社会的普遍谴责，沙龙没有因为把“定点清除”风暴吹向巴政治领导人而心存不安，更没有因为“误杀”两名记者和两名儿童而感到歉疚，相反却在当天的内阁会议上高唱“凯歌”，夸赞以军马到成功，

“非常漂亮”。沙龙要清算旧账。

沙龙这一斩尽杀绝而且突破红线的极端做法自然搅翻了哈马斯这个大马蜂窝，逼得其创始人和精神领袖亚辛首次公开呼吁手下的军事派别对以色列进行反击，而且是“必须反击”。结果呢？半天之内，巴勒斯坦人向以色列目标发射了23枚迫击炮弹，相当于过去一个月的总和，而且几乎又引发哈马斯武装同巴安全部门的火并，因为后者不希望他们跳进沙龙设下的圈套，不希望他们被沙龙当枪使。

或许，沙龙觉得仅惹恼哈马斯这个巴勒斯坦社会的反对派还不够，还要把巴勒斯坦社会的主流派也拖进暴力循环圈，以便让他找到合适的借口，更大范围地施展“定点清除”风暴，甚至把巴自治政府连根拔除。于是，在没有任何以色列人死亡的情况下，以军直升机又于4日中午发起更严重的“定点清除”：空袭法塔赫西岸地区书记马尔万·巴尔古提的车队。沙龙还是要清算旧账。

巴尔古提本来就代表了法塔赫阵营中的强硬声音，他在与死神擦肩而过后并没有被沙龙的导弹镇住，而是用其让以色列人熟悉而又头疼的沙哑嗓子发出不弱于导弹爆炸声的呐喊：对付以色列的暗杀“只有继续阿克萨

蒙面的巴勒斯坦人发誓要以血还血，以牙还牙。

起义并把它推向高潮”！

沙龙的连续“清除风暴”使阿拉法特通过巴通社做出的降温努力白费了。从昨天至今天凌晨，巴以零星冲突在加沙地带和约旦河西岸各地绵延不绝。或许，沙龙要的就是这个，于是，以军在今天凌晨出动大部队进入加沙中部的巴控区，结结实实地摧毁了一个巴安全部队哨所，接着又在加沙南部出动直升机，炸掉了巴安全部队总部的两个主要办公室，如果不是里面的官兵及时出逃，五枚导弹之下不知要添几多鬼魂？拣条命的一名巴安全部队高级官员事后认为，以军显然已经把他当作“定点清除”对象。这也是算旧账。

今天下午，沙龙的“定点清除”风暴又席卷了约旦河西岸的图勒凯尔姆，同样，还是在没有以色列人死亡的前提下，以军直升机向一辆巴勒斯坦车辆发射三枚导弹，把车里的一名哈马斯成员烧成炭棒。同前几次一样，沙龙政府又给他开出一篇“罪行录”。这还是在算旧账。

在沙龙“定点清除”风暴裹挟下，以色列境内这几天警铃大作，草木皆兵，炸弹的幽灵四处徘徊。先是一名17岁的巴勒斯坦少年试图在比特辛安携带炸弹而被抓获，这可能是冲突爆发以来年龄最小的“恐怖分子”。接着一名巴勒斯坦女青年在特拉维夫从事爆炸未遂而被捕，她又是冲突以来第一个进行“恐怖爆炸”的巴勒斯坦妇女。今天中午，一名东耶路撒冷的巴勒斯坦人持枪在特拉维夫以国防部附近进行扫射，打伤八名以军官兵、一名学生和一名罗马尼亚工人。以军方发言人说，这是他本人记事以来首次在以大城市出现的公然枪击事件。人们或许会问，沙龙今后的“定点清除”风暴是否也要覆盖巴勒斯坦的少年和妇女，以及东耶路撒冷的几十万巴勒斯坦人？

沙龙依旧在自己的思维轨道上滑行，他没有冷静思考巴勒斯坦少年和妇女怎么也加入了“恐怖分子”的行列，更没有思考那个作为三个孩子父亲的东耶路撒冷人怎么也从以色列的繁华都市突然杀出，相反，却在当晚接受美国福克斯电视台采访时把这些新动向都简单地归罪为巴勒斯坦方面的宣传和煽动。

沙龙的所作所为表明，他觉得秘而不宣的“定点清除”已不足以显示他报复的决心，不足以证明以军的无所不能，或者说不足以挑战巴勒斯坦人已无法平息的愤怒，于是，指示国防部对外公布了未来将要“定点清

每有一名巴勒斯坦骨干被以军消灭，就会催生一个以其名字命名的“烈士旅”。

除”的“恐怖分子”名单。在这个文明与法制风行天下的时代，人们未必没听说一个司法机关缺席判处某人死刑，但是绝对没有听说一个政府在被占领土造成大量无辜平民伤亡并不经审判消灭60多人后，还要公然追杀那些漏网的人。

沙龙在玩火，在往沸腾燃烧的巴勒斯坦社会浇油添料。物极必反，“定点清除”风暴刮过了头就可能掀翻自家的帐篷。沙龙政府公布追杀黑名单两个小时后，一辆定居者汽车在西岸的盖勒吉利耶遭到飞行扫射，一名女定居者被打死，另外四人受伤。

这是自7月26日以来发生的第一起以色列人被打死的事件。这或许又将引出一串“定点清除”名单。而在即将发生的一系列“定点清除”风暴中，又不知有几个以色列人成为巴勒斯坦人报复的牺牲品？

在分析人士预测阿拉法特已无法控制巴勒斯坦社会的危急关头，沙龙如果真的想要和平，最现实的出路就是停止“定点清除”风暴，截断暴力循环圈，配合阿拉法特给高热的巴勒斯坦社会逐渐降温。正如以《国土报》一位专栏作家当天指出的那样，沙龙没完没了的“定点清除”风暴到头来只能让哈马斯这样的激进势力逐步主宰巴勒斯坦社会，使以色列面临灾难性的后果。

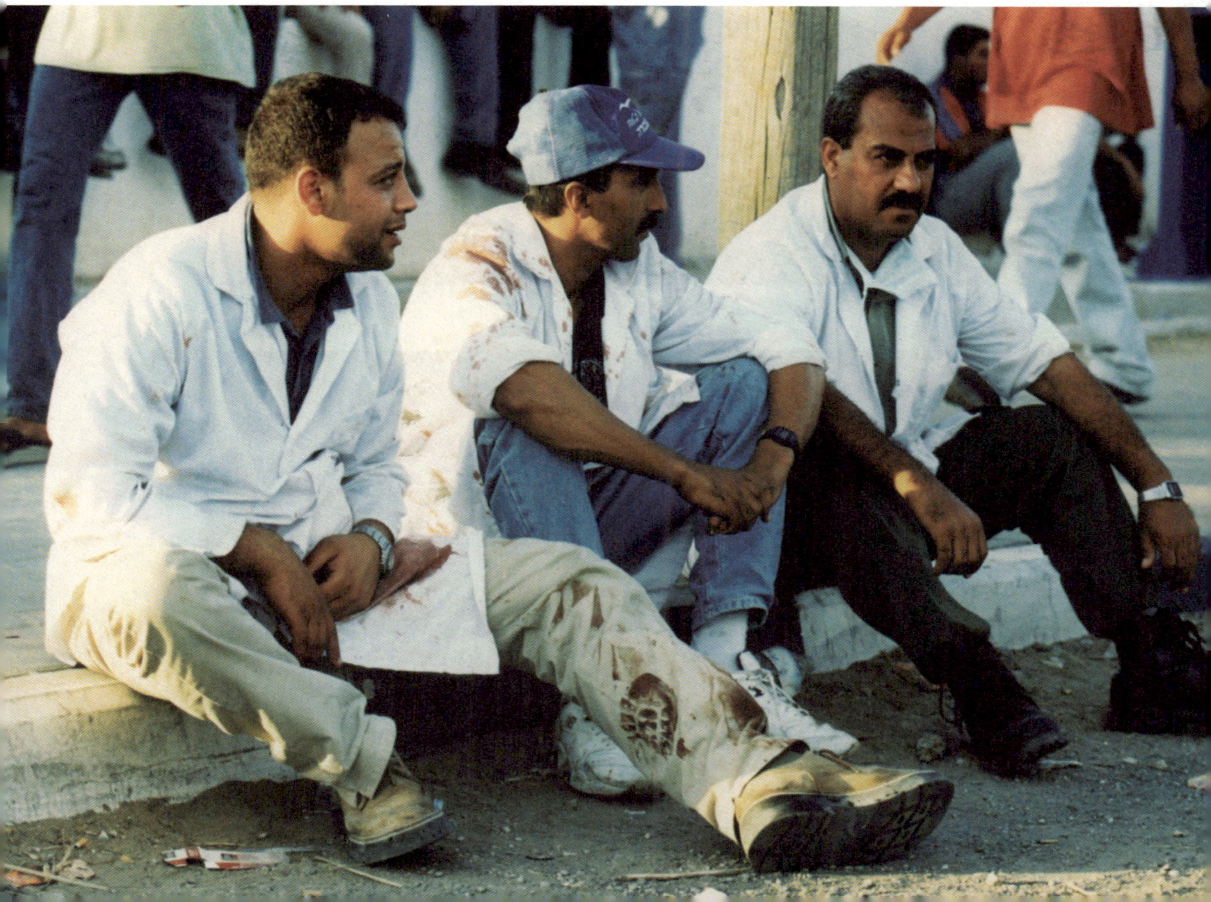

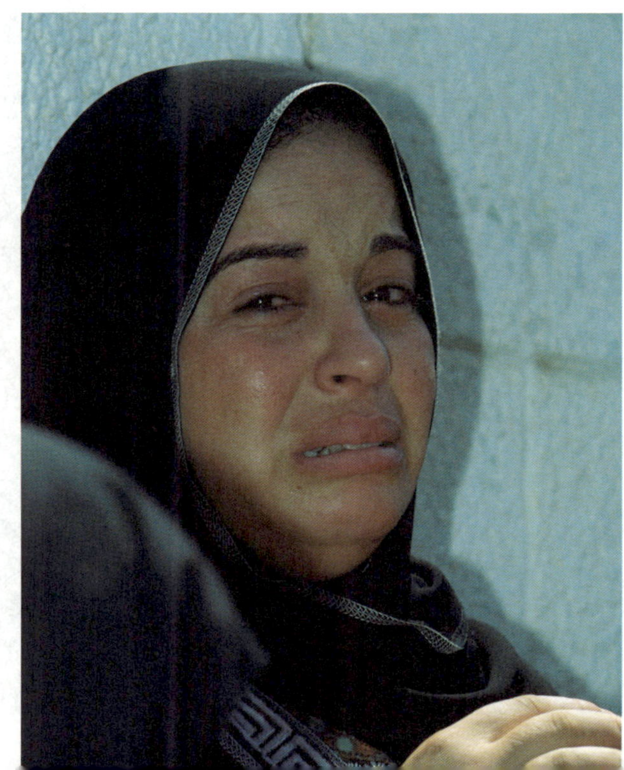

إحنا شباب الوطن
إحنا شباب الوطن

一夫当关，万夫莫开。所守或匪亲，化为狼与豺。

——李白《蜀道难》

第五十五章　花钱通过“鬼门关”

2001年8月7日，星期二，晴，加沙

中国唐朝诗人李白曾经写过著名的长诗《蜀道难》，发出“蜀道之难，难于上青天”的千古一叹。巴勒斯坦没有“黄鹤之飞尚不得过，猿猱欲度愁攀援”的雄关绝岭，但生活在这片苦难土地上的人时时要品尝平穿“蜀道”的艰难和可怕。

巴以冲突爆发后，所有靠近犹太人定居点的道路完全被以军和定居者霸占，加沙城东的唯一条主要公路也有几段被以军完全封锁或严密控制，就是其他远离定居点的道路也被以军设置的一个个哨卡切断，“峥嵘而崔嵬，一夫当关，万夫莫开”。谁敢贸然闯过，定会九死一生。

加沙中部戈拉拉村口的一段公路，总共不足200米。这段公路原本是贯穿加沙地带的4号公路的一部分，并连接着两条犹太定居者专用路。冲突爆发前任何车辆都可以自由通过。冲突爆发后，这段路已被以军严格管制了起来，任何单人驾驶的巴勒斯坦汽车都不得通过，因为以军担心这样的汽车有可能是汽车炸弹。曾有部分巴勒斯坦活跃分子在这里被以军截杀，也曾有数名无辜巴勒斯坦平民在这里因无视以军停车禁令而丧生……

最初，我靠着汽车上明显的“CHINA TV”标志和五星红旗尚可以得到通融，但是，在受到以军的几次拒绝和严厉警告后，我再也不敢冒险一个人驾车从这里经过。过去，我每次通过这里，多半下车从后面的汽车里找一位当地人“陪乘”，过了以军岗楼后再放人家回去。结束休假回到加沙后，我发现戈拉拉路口不但被以军增设了两个临时的红绿灯，而且多了一些巴勒斯坦少年，或者说，出现了一个新的职业：陪乘过关，随着多名巴勒斯坦人在这个路段被以军开枪打死，已经没有人再愿意冒着危险上下汽车陪单人驾驶的汽车过关，不少当地少年发现了一个淘金的机会。

几周前，我在以军岗楼前的一个加油站前捎上了十岁的男孩海迪，他说自己在这里打工，四个小时的帮工只能赚四个谢克尔（一谢克尔相当于两元人民币）。当我把他顺道拉至黛尔拜莱赫市的家门口时，他向我一伸手说："请付钱。"我装糊涂地说，让你搭车怎么反而让我掏钱？海迪先是一愣，接着怯怯地反问我："你是真不明白还是装糊涂？不让我上车你怎么通过以军的岗楼？"末了，我还是付给他五个谢克尔的劳务费。当地人说，这是孩子们的行规。

又一次南下采访走过这段公路，陪我过关的男孩穆罕默德央求我走远一点再下车，因为附近站着一帮男孩。穆罕默德让我吃惊地解释说自己担心会挨揍，因为这里是别人的"地界"。回来的路上，穆罕默德如约顶着炎热的太阳在路边等我。当我们行至以军岗楼前排队等待绿灯时，一个男孩突然拽开车门，揍了穆罕默德一拳，然后又试图把他拖下车。当我高声

这些护送我过以军检查站的孩子太可怜了，他们往往都是用命去博几块钱。

制止时，那个男孩振振有词地说，他在这里排了半天的队，应该由他陪我过关，而不是这个小子。为了补偿穆罕默德挨的这一拳，我多给了他五个谢克尔。

三天前，我又一次过关，捎上一个衣衫褴褛的男孩并先付钱给他。在接听一个电话时，我无意中发现小家伙脏兮兮的手正哆哆嗦嗦地翻腾着车里的杂物盒。我警觉地让他摊开手掌，掌心里居然团着我一张20谢克尔的纸币。我当时的情绪非常激动，把他着实训斥了一顿，因为他愚弄了我的信任，也毁坏了其他儿童留给我的天真形象。过了岗楼，他带着非常难堪的神态下了车，而我的心却像刀割一样难过。两年多来，陪我乘车通过以军岗楼或定居点的当地人不计其数，从没有发生过这种情况。但我心里也在反复地发问，这能怪他吗？如果他生活得像个人样，会干这种偷鸡摸狗的事吗？

前天中午，我从加沙南部采访回来行驶到戈拉拉村口时，附近却没有一个孩子在挣他们的外快。无人“陪乘”过关的四个当地司机也焦急地等在路边，等待着那些平时轰都轰不走的孩子们。万般无奈，我花钱把路边一个卖瓜子的小青年请上车，这才通过这段艰难的路。

多行不义，必自毙。

——《春秋》

第五十六章　郑庄公、罗斯福与沙龙

2001年8月9日，星期四，闷热，加沙

今天，西耶路撒冷闹市中心发生一起严重的自杀式爆炸，至少造成十九人死亡，其中包括六名儿童，另外近百人受伤。这是自6月1日特拉维夫自杀式爆炸以来最严重的一次恐怖袭击，可以说让人痛心疾首，从西方到阿拉伯世界乃至巴勒斯坦，几乎所有的领导人都对这一戕害无辜平民的恐怖行为进行了强烈谴责。

重大伤亡已成事实，覆水难收，徒哭无益。现在的焦点问题已不是简单地谴责和因果追究，而是巴以冲突到了生死存亡的最后关头。沙龙从下午开始就在召集一系列会议进行磋商，研究如何就这一袭击对巴方进行报复。

沙龙政府在6月1日大爆炸后已经为巴方记下了一笔账，为此后“出师有名”埋下伏笔。著名鸽派人物佩雷斯也曾警告他的和平伙伴阿拉法特：再有两三次爆炸，巴民族权力机构就会被葬送。今天的大爆炸后，一场大战似乎已经箭在弦上，想收都难，只要看看各国领导人的急切表态以及他们同巴以首脑的频繁电话联系就可窥见一斑。

局势如何发展到了这一步？舆论普遍认为关键还在沙龙。他非常“坚决”地保留了大规模武力报复的“权力”，同时执意回避同阿拉法特谈判，并非常苛刻地提出“一枪都不能放”的停火条件。不少以色列和巴勒斯坦分析人士都敏锐地指出，沙龙这是欲擒故纵，是以根本不可能实现的彻底停火要求为借口等待一场大悲剧的到来，进而凝聚全民族的仇恨并激发全体以军官兵的斗志来投入一战，达到他推翻巴民族权力机构、毁掉奥斯陆和平进程的深层目的。

沙龙的举动让我想起了中国的郑庄公和美国的罗斯福，总觉得他们在某些方面存在着一些共性。

郑庄公是春秋初年郑国的君主，小名寤生。所谓寤生就是逆产。脚先着地的郑庄公几乎把母亲姜氏折腾得丢了性命，因此，虽为长子而不得娘宠。郑庄公成人后按照封建伦序子承父位，姜氏更为恼恨，先是威逼郑庄公一再扩大给弟弟共叔段的封地和权限，最后又唆使共叔段谋害郑庄公进而取而代之。

胸有成竹的郑庄公对这一切洞若观火，因势利导，直至共叔段兵败大呼“姜氏害我”而自戕。最终，郑庄公又不计前嫌地屈尊拜见因羞愧而避藏于地洞的母亲，不但彻底巩固了政权，而且给天下人一种集仁义和忠孝于一身的高大全形象，甚至一度在恶曹（今河南延津西南）召集齐、卫、宋三国君主会盟，几乎成为霸主。

但是，后人并非对郑庄公褒奖有加无所指摘，相反却认为他阴险多谋，为心智不足的弟弟铺下了一步步走向灭亡的阶梯，最后还落个大仁大义的英名。

罗斯福是第二次世界大战前期的美国总统，深谋远虑。部分史家认为，他早已洞悉美国和日本为争夺太平洋霸权而难免一战。但是，当时的美国孤立主义仍大行其道，多数国民、政府官员和国会议员宁愿守着遥远富庶的新大陆，隔太平洋和大西洋静观遍燃亚欧大陆的熊熊战火，顺便大售军火收渔人之利。

为了用事实教育国人，已经知道日本偷袭珍珠港绝密计划的罗斯福装聋作哑，听任日本海军按部就班，而只在临战前夕悄悄调走太平洋舰队的三艘主力航母，把另外20艘主力舰、200架飞机和2400多名军人留给日军当牺牲品。结果可想而知，全美国被日本的无端偷袭所激怒，进而举国投入世界大战，最终，日本战败完全受制于美国，美国则通过二战使国力急剧膨胀，成为世界头号霸主。

郑庄公因势利导有书为证，罗斯福欲擒故纵查无实据。但是，不管是正史还是戏说，它们想告诉后人的无非是一个置之死地而后生的大计谋。如果握有生杀大权的郑庄公在姜氏发难之初就当头棒喝，断不至于胞弟自裁而生母自惭，当然，郑庄公有可能留下不少骂名。如果罗斯福以当时的美国之威秣马厉兵，使日本抛弃幻想，或许二战历史就是另一个样子。

今天翻出郑庄公和罗斯福的老皇历来比喻沙龙，绝不是说沙龙就是仁义和被迫自卫的化身，而要指出的是，他完全掌握着巴以战与和的筹码却开列了苛刻的条件，任由时局的天平向战争的一边倾斜。

以色列的部分分析家认为，沙龙为巴方记下6月1日自杀式爆炸的一笔账就是为了赢得世界舆论的同情和支持。他明知阿拉法特无力控制全部局面尤其是极端个人行为，却坚持一枪不放才能进行谈判，实际就是拒绝谈判。他明知道哈马斯和杰哈德等极端派别是个大马蜂窝，却又不断地通过“定点清除”去招惹它们，实际就是在挑动战争。从这个意义上说，他又不如郑庄公和罗斯福。

巴勒斯坦的分析家们几乎一致认为，沙龙必定要大打出手，只是他在耐心地等待和制造机会，等待另一起让以色列社会爆炸的恐怖袭击。已经大梦初醒的巴民族权力机构不断地呼吁停止在以境内从事任何袭击活动以免给沙龙以口实，甚至公开呼吁停止使用枪支和迫击炮，而且一度不惜通过武力制止极端组织向以目标发动袭击。因为它已意识到局势继续下滑的毁灭性前景。

但是，一切都晚了，因为巴勒斯坦社会已经被激怒了，巴勒斯坦的极端组织和个人已经陷入了沙龙不断在加固的循环报复圈，已经在不顾一切地找沙龙报仇，而且一再可悲地把无辜的平民当作发泄愤怒的对象。

临近午夜，沙龙和他安全内阁部长们经过激烈争吵后，决定授权军方打击巴方目标，以报复当天的爆炸袭击。午夜，沙龙还将召集核心安全内阁继续开会，讨论如何实施打击。一位以高层人士说，打是无可避免的。的确，局势发展到今天，如果没有一战那就是奇迹了，除非沙龙改变了主意。

但是，痛打巴方一顿之后又会怎样？类似今天的恐怖大爆炸就会彻底地被铲除掉吗？如果再发生，沙龙政府又该如何动作？真的希望沙龙别做郑庄公和罗斯福，还是现实一些，坐下来和阿拉法特商谈如何切实而严格地执行停火，更别再去追杀哈马斯和圣战组织成员，继续编织循环报复圈，因为那是在拿更多的生命冒险，拿来之不易的巴以和平协议冒险。

途有所不由，军有所不击，城有所不攻，地有所不争，君命有所不受。

——《孙子兵法》

第五十七章　可喜的新迹象

2001年8月10日，星期五，闷热，加沙

从子夜时分起，我就爬上了分社的楼顶，等待着很可能要落在加沙城的导弹。西耶路撒冷昨天中午的自杀式爆炸太惨重了，它不仅从伤亡人数上接近了6月1日特拉维夫的大爆炸，更让人无法接受的是死伤者中有不少儿童，从任何意义上讲，这都是不能饶恕的罪过，更何况以色列历来非常珍视国民的生命价值。

加沙的夜晚宁静得让我感到害怕，举目四望，灯光稀疏的城区万籁寂静，只有楼下偶尔驶过的汽车和轻拂沙滩的海浪发出不太明显的响动。平时几乎每晚都能听到以军无人侦察机在夜空“嗡嗡”徘徊，而此刻它们却反常地不见踪影。以安全内阁已授权军方打击巴勒斯坦目标，我不知这回是否又要轮到加沙城午夜惊魂，被巨大的爆炸声所淹没。

凌晨两点左右，我得到消息说，以军已经出动F-16战斗机在约旦河西岸拉姆安拉动手了，虽然只发射了两枚导弹，虽然打击的是已人去楼空的巴警察总局大楼，但是，这是冲突爆发以来以军第二次动用世界最先进的战斗机教训巴勒斯坦人。

发完稿子后，我又回到楼顶，一边同耶路撒冷的同行们交换情况，一边继续注意加沙的动静。依据以往的经验，依据以军的脾气，既然动用了战斗机，那么就应该有更大的动作，而不会只打拉姆安拉的一个目标。

加沙城仍沉寂在梦中，天空团云朵朵，星辰迷离，半圆的月亮非常亮丽。在凉爽的海风吹拂下，我突然想到了数千里外已经红日东升的北京，想到了在和平曙光照耀下安居乐业的祖国亲人，浓重的乡思袭上心头，渴

望着能看透东边夜空，看到我仍在睡梦中的亲人。守望在巴以冲突的前线，等待着空袭的到来，我体会到做记者的责任和光荣，更渴望能早日和巴以人民一起告别这让人时刻揪心的战乱岁月。此时此刻，我也对“三十功名尘与土，八千里路云和月”的豪言壮语产生了另一番意义的理解。

快4点了，加沙依旧没有任何动静，广阔的约旦河西岸也没有传来新的战事，我只好回屋和衣躺下，心里真诚地盼望未来几个小时的残觉不要被爆炸声或朋友同事的电话给搅碎了。“没有消息就是好消息”，这句新闻界的行话已经成为报道巴以冲突的中国记者的共同心声。来自和平国度的我们，肯定比巴以人民更能体会和平的千般好处。

睡着没几分钟，耶路撒冷分社的楼坚来电话说，以色列军警关闭了位于东耶路撒冷的巴解办事处“东方大厦”，同时还夺取了巴方在耶路撒冷东郊阿布迪斯镇的几个办事处。此外，西岸无战事。

一夜就这么过来了。我好歹还睡了一会儿，而小楼一直折腾到早晨5点多。今天的白天依旧没有值得一提的战事，我心中不禁纳闷：以总理沙龙又变得清醒和理智了？耶路撒冷的大爆炸反而把他从上个星期的疯狂

曾在中国受训的加沙公安局局长，死于一次拆弹行动，我认识的不少加沙人都没有活下来。

追杀中震醒了？他看到暴力循环圈的恶果了？是的，“民不畏死，奈何以死惧之”。既然极端的巴勒斯坦人不惜自我爆炸来对付沙龙的“定点清除”，那么沙龙应当反思自己该不该继续在老路上走下去，该不该让那么多无辜的百姓充当斗狠的牺牲品。

沙龙改变了战术，拿下了作为巴方在耶路撒冷的主权象征“东方大厦”，甚至斗胆用以色列的大卫盾星旗取代了大厦上飘扬了好几年的巴勒斯坦四色旗。据悉，沙龙在特拉维夫大爆炸后就想走出这一步，今天终于落实到了行动。“东方大厦”的“沦陷”被巴方认为是把耶路撒冷犹太化的表现，是“重新占领和挑衅”。但我认为，它总比武力报复要来得严厉而理智，因为它毕竟比“以血还血”更文明些。两害相权取其轻，从这个意义上讲，这是个好迹象，因为从中可以隐约看到“文斗”的味道，这才是巴以领导人应该回归的正途。

今天的另一个好迹象是轰炸拉姆安拉后以方表现出的人情味儿。据报道，以军F-16战斗机凌晨发射了两枚导弹，以军事后通知巴方说只有一枚发生了爆炸，巴警察总部的废墟里还有一枚导弹没有爆炸。巴方随即回复以方说，他们已经安全地引爆了另一枚导弹。这一来一往尽管隐去了许多潜台词，但是其中传达的信息还是鼓舞人心的。

以军明明白白地轰炸了一座空楼，避免给巴方造成人员伤亡，事后又特意提醒残存的哑弹；巴方领会对方的苦衷，也自然将心比心，投桃报李。晚上，巴安全部队采取了冲突以来前所未有的行动，分别在杰宁和拉姆安拉逮捕了五名涉嫌从事反以爆炸袭击的巴勒斯坦人，其中一个是原计划昨天在耶路撒冷进行另一起自杀式爆炸的杰哈德成员。冲突爆发以来，巴方曾挫败过几十起反以爆炸行动，但是没有逮捕一个当事人。几天前，巴方还拒绝按照以方提供的名单逮捕涉嫌“恐怖活动”的巴勒斯坦人。因此，完全有理由认为这是好迹象，表明巴方在控制冲突局面的道路上采取了非常具体的行动。

造成百十人伤亡的大爆炸没有出现人们普遍担心发生的可怕报复，相反却引出双方间的一些积极迹象，这无疑是巴以冲突中闪出的一道希望之光。但愿双方能就此继续采取更多的具体措施，继续为冲突降温，重建信任，恢复对话，直至结束这场持续太久的暴力冲突。

在最初起义（1987年）的18个月中，有70余名与辛贝特合作的阿拉伯人被他们的巴勒斯坦同胞杀死了。第二年，又有100人被打死。有几个星期，被阿拉伯人杀害的阿拉伯人甚至超过了被以色列人杀害的巴勒斯坦人。

——丹·拉维夫、约希·梅尔曼《每个间谍都是王子——以色列情报全史》

第五十八章　触目惊心的“巴奸”现象

2001年8月11日，星期六，晴，加沙

冲突持续快11个月了，几乎天天都在死人，其中巴勒斯坦人已近600名。这些因冲突而丢命的巴勒斯坦人中，有一小部分人死于堂堂正正的法律制裁，却永远不能同其他同胞一样成为彪炳民族史册的“烈士”，相反，只能作为民族的叛卖者而遗臭万年。这就是巴勒斯坦人的另类——“巴奸”。

“巴奸”何其恶!

昨天，巴勒斯坦国家安全法庭在纳布卢斯就穆纳泽尔·哈福纳维叛国案做出终审判决：将犯有“重大叛国罪”并同以色列军事情报部门合作的哈福纳维判处死刑，没收其所有财产。从电视播出的画面看，近百名旁听审判的巴勒斯坦男女老少对这一判决欢呼雀跃，无不感到大快人心，他们纷纷高呼：“特务该死！叛徒该死！”

穆罕默德·迈达尼的哥哥开怀大笑，他的母亲流下两行泪水，一遍又一遍地挥舞着迈达尼的遗像说：“孩子，叛徒受到了惩罚，他将为你抵命，你可以安息了。”迈达尼是激进的哈马斯活跃分子，在此次巴以冲突中参与了不少反以爆炸袭击，因此被以军情部门列入“定点清除”的黑名单，并于今年2月的一天被以军狙击手打死。

巴安全部门经过调查认定是哈福纳维向以军出卖了迈达尼的行踪导致其被以军暗杀。今年43岁的哈福纳维承认自己1979年在纳布卢斯成功大学念书时就已经堕落为以方的线人，他不但曾受命挑动学生派系争斗，而且设法接近哈马斯等组织的活跃分子并搜罗他们的反以证据，使他们遭到以方的拘留或驱逐。

哈福纳维同迈达尼相识六年，关系非常密切。但正是这种“信任”造成迈达尼于1995年和1997年两次被以方监禁。今年2月5日，哈福纳维从以色列上司处得知迈达尼将被处死，于是向以方详细报告了迈达尼每天的活动规律以及从远处辨认身份的方法。16日，迈达尼在离开清真寺的路上被以军狙击手“定点清除”。

绝大部分充当“巴奸”的巴勒斯坦人。都是为生活所迫。

“巴奸”何其多！

“巴奸”是按照中国人习惯对巴勒斯坦叛国者套用的称呼。巴勒斯坦人把这些投靠以色列的民族败类称之为“特务”“合作者”或者“叛徒”。据巴安全人士估计，目前巴勒斯坦社会的“巴奸”人数在千人以上。7月31日以色列空袭纳布卢斯哈马斯办事处后，巴安全法庭相继在纳布卢斯和加沙开庭审理“巴奸”案，并判处六人死刑，包括前文提到的哈福纳维。据悉，8月初，巴安全部队仅在西岸的杰宁一地就拘捕了60名巴奸。此前，巴安全部门曾多次公开通告要求“巴奸”自首，并停止同以色列合作，否则将严惩不贷。

的确，“巴奸”现象已经成为巴勒斯坦社会的一块毒瘤，它的存在和猖獗不但使巴各派许多活跃分子轻易地遭到“定点清除”，导致冲突欲罢不能，而且蚕食着巴勒斯坦社会的团结、斗志乃至国际形象，甚至引起内乱和动荡。

去年11月9日，法塔赫干部侯赛因·阿巴亚特在西岸伯利恒遭到以军空对地导弹袭击身亡，掀开了以军“定点清除”行动的序幕。截至8月15日，已有60多名巴各路精英被以军情部门通过各种手段除掉，而“巴奸”在其中起到了非常关键的作用。被以色列收买的“巴奸”密切跟踪目标，及时向以方通报他们的行踪，甚至直接参与对他们的“定点清除”。有的在目标座车上悄悄涂抹特殊的化学材料以便以军直升机识别和追杀，有的则为目标提供安放了炸弹的汽车或移动电话。

让巴勒斯坦人非常痛心的是，这些“巴奸”往往加害的都是他们的血亲。去年11月22日，法塔赫成员杰马尔·阿卜杜·拉扎克在加沙中部被以军坦克狙击而死。事后才知，他的一个舅舅及时向以军报告了他的汽车颜色和行进方向，导致以军非常精确地对他进行了截杀。次日，哈马斯成员马哈茂德·乌代在纳布卢斯被汽车炸弹炸死，原来是他最可靠的侄子被以方买通并提供了致命的炸弹汽车。

为了对付以色列的“定点清除”，巴安全部门已经要求各派干部提高警惕，不断改变作息时间和行动规律，减少使用私人汽车和移动电话，以免被以方和“巴奸”跟踪和掌握。据悉，8月4日，以军曾空袭法塔赫西岸地区书记马尔万·巴尔古提的车队，如果不是巴尔古提在听到直升机的声音后及时换车并迅速开走，这个巴方头号鼓动家就死定了。

巴安全法庭判处的死刑犯中有两个和“定点清除”无关，但是其危害同样是严重的。其中一个是安全部门的低级官员，他被以军收买后受命在指定的地点和时间向以军目标开枪，为以军“还击”巴方制造理由。另一名被指控在希伯伦以军据点附近民居燃放鞭炮，造成巴方射击的假象，同样还是为以军开火提供借口。这次叛卖导致一名妇女被打死，另一名少女被打伤。

“巴奸”猖獗及其造成的巨大危害在巴勒斯坦社会激起极大的公愤，而巴安全法庭对“巴奸”的死刑判决符合民意却又招来国际方面的巨大压力。在这种情况下，部分激进的个人和组织自发地行动起来开展“锄奸”运动，导致至少十名有通敌嫌疑的人被私刑处决，也有数人莫名其妙地被杀掉，事实证明他们并非全为“巴奸”，而是有人公报私仇。7月27日，第一次“因提法达”期间的一桩“锄奸”遗案导致两个巴勒斯坦家族发生火并，造成九人死亡，21人受伤的惨剧。为了制止对“巴奸”私刑处决而引起的社会混乱和法律废弛，巴官方多次发表声明重申只有司法机关有权处置“巴奸”，反对任何个人以任何理由剥夺他人生命。

“巴奸”从何而来?

就是巴勒斯坦的社会学家也承认，“巴奸”现象的出现和泛滥是个非常复杂的问题，迅速找出答案并非易事。但是，我们不妨从巴勒斯坦的生存环境和生活状态等几个方面略做探讨。

显然，只要有占领，就会有叛徒、特务和傀儡等现象的存在。无论是二战期间的法国贝当政府，越战期间的西贡政权，或者阿富汗战争期间的喀布尔政府，以及去年才解体的南黎巴嫩军都证明了这个规律。巴勒斯坦被以色列占领30多年，是世界现代史上持续时间最长的被占领土。以色列占领对巴勒斯坦人形成的持续高压、威逼容易导致心理脆弱或者贪生怕死的巴勒斯坦人背叛自己的民族、亲人和朋友。

此次冲突爆发后，以色列对巴勒斯坦自治区实行了严厉的封锁，并限制巴勒斯坦人到以境内打工，使巴经济状况空前恶化，普通百姓生活十分困苦。在这种情况下，不少意志薄弱者或贪图享受者经不起以军情部门的威逼利诱而落水，成为为虎作伥的败类。前文提到的哈福纳维每次执行任务都能得到100多美元的报酬，而有的“巴奸”只为获得几十美元就出卖了自己的灵魂和同胞的性命。

巴勒斯坦的对外口岸、交通要道控制在以色列的手里，巴勒斯坦人就非常容易受到通行便利的诱惑和不能进出的威胁，“巴奸”也就从这里产生。据报道，以军情部门胁迫巴勒斯坦人为其充当眼线的一个常用办法就是允许或禁止其到以境内打工，因为到以境内打工不但意味着自己和全家人的生活可以得到基本保障，而且收入要好得多。

另外，部分曾经被以色列拘禁过的巴勒斯坦人由于受到酷刑折磨和长期监禁的威胁，被迫给以色列人当走卒。迄今为止，以色列已经给数以千计的“巴奸”发放了以色列身份证或旅行证明，为他们的叛变行为提供保护伞，客观上也使“巴奸”现象无法禁绝。根据巴以有关协议，巴安全部门无权逮捕持以色列身份证或旅行文件的巴勒斯坦人。

不少“巴奸”直接将他们的亲人送入鬼门关。

显然，只要冲突继续下去，只要以色列的占领仍然存在，只要巴勒斯坦人的生存状态不发生实质性的变化，“巴奸”现象将难以禁绝。

“巴奸”也杀回马枪

是人就应该有良心，浪子也有回头之日。部分“巴奸”同样如此。过去，巴勒斯坦各组织中也曾埋伏着许多以色列特务，干了大量收集情报的勾当。但当他们被要求杀掉阿拉法特时，或他们的亲人被以军杀掉时，他们都会主动走出来，坦白自己对民族和解放事业的背叛，以求得良心的安宁。此次冲突期间，也发生了巴奸临阵倒戈的故事。

6月14日，一名以色列军官在耶路撒冷和伯利恒之间的隧道公路上被一名巴勒斯坦人近距离开枪打死，这名巴勒斯坦人随后又被以军官员的警卫打死。次日，英国《泰晤士报》刊登了一篇独家文章，称隧道公路枪击事件不是简单的暴力活动，而是“巴奸”“戴罪立功”式的表演。

被打死的巴勒斯坦人叫哈桑·阿布·谢雷，30岁，长期以来一直在为以色列军事和情报机关效劳。他开枪打死的正是他的联系人，以色列负责伯利恒地区安全的军事情报署主任、45岁的中校耶胡达·埃德里。哈桑一直以巴勒斯坦普通民众的身份向耶胡达提供有关被占领土内巴勒斯坦人反以情况，特别是哪些人参与了针对以色列人的恐怖袭击活动。以色列军情部门就是根据哈桑等“合作者”提供的情报，通过各种手段除掉有血案在身或即将发动“恐怖”袭击的巴勒斯坦活跃分子。

以色列利用“巴奸”清除巴勒斯坦人的做法既消耗了巴方的有生力量，又破坏了巴方的士气，因此让巴领导人痛心不已。据悉，阿拉法特下令成立了专门对付“巴奸”的情报机构，除监视和逮捕各种可疑人员外，还通过“巴奸”对以方发动反击。有报道称，“巴奸”一旦被巴安全部门破获，他将面临两种出路：要么充当双重间谍，将他的以色列接头人杀掉；要么接受法律的审判，落个身败名裂的下场。当然，大多数“巴奸”都像哈桑那样选择了前者。

决心不坠精神地狱的哈桑主动安排了这场伏击。他打电话告诉耶胡达说手里有份重要的情报，需要立即当面交给他。不知就里的耶胡达亲自驾着一辆汽车，由一名20岁的保镖陪同，兴致勃勃地来到了约定的接头地点，最终成为哈桑的枪下鬼。事后，巴安全机构人员发表谈话称，哈桑终于用自己的行动证明他不是“叛徒”，而是一位“英雄”。而哈桑的姐姐、51岁的法蒂玛则在她生活的伯利恒阿扎难民营对媒体说，他弟弟是为巴勒斯坦人而死的，是一位反以烈士，人们将永远记得他！

“巴奸”是柄双刃剑

如果哈桑杀掉一名以军情报官员是对以色列雇佣“巴奸”的一大讽刺，特拉维夫迪厅爆炸案则显示了“巴奸”双刃剑的巨大危害。

6月24日，英国《星期日泰晤士报》披露了当月1日发生在特拉维夫一迪厅自杀式爆炸袭击的内幕。这场爆炸使22名无辜平民死亡，上百人受伤。而爆炸实施者正是在一名巴奸的协助下到达袭击现场的。

穆罕默德·达希德·纳迪的公开职业是出租司机，而暗中却和以色列合作近两年，是专门为以军情部门搜集情报和跟踪活跃分子的“巴奸”。纳迪家住约旦河西岸的盖勒吉利耶，家族中多人被怀疑和以军情部门有着长期的瓜葛。据悉，纳迪不但靠以方颁发的特别通行证可以自由往返西岸和以色列之间，他甚至还持以色列的身份证。

1日傍晚，纳迪驾驶着一辆挂有以色列牌照的“苏巴罗”汽车，将同住一城的22岁巴勒斯坦人赛义德·霍塔利接上车。熟悉地形而又身份特殊的纳迪绕过一些以军检查点，把赛义德拉到以色列。当他们到达特拉维夫时，身缠炸弹的赛义德要求纳迪把他送到地中海边的著名“海豚”迪斯科舞厅，当时那里聚集了数百名快乐无忧的以色列青年男女。

赛义德的装束、神态和言谈逐步使纳迪产生了狐疑，他在催促赛义德赶快离开舞厅未果后打电话给他的以色列联系人特工马希迪，说这名巴勒斯坦人可能是个危险人物……但是，一切都晚了，赛义德已经混进了摩肩接踵的舞厅，并在安全人员赶来前引爆了身上的重磅炸弹，制造了一起震惊世界的自杀式爆炸案。

事后，以情报部门秘密逮捕了纳迪。尽管哈马斯宣布对这起爆炸负责，纳迪也表示“无辜”，但以情报部门仍无法断定他是不是赛义德的同谋。

据记载，以色列人堪称间谍的鼻祖，其先知约书亚4000多年前依靠被策反的女特务攻克了第一座迦南（古巴勒斯坦）城市杰里科。可以预见，只要巴以冲突继续，“巴奸”现象就不会完全禁绝，而由此引发的种种悲剧也就会继续存在。

为了给（自杀式）炸弹袭击辩解，扎瓦希里必须克服这一根深蒂固的宗教禁忌……他把炸弹袭击者比作基督教早期的殉教者……凭着这番诡辩，扎瓦希里颠倒了先知的训谕，为大肆杀戮打开了方便之门。

——劳伦斯·赖特《巨塔杀机——基地组织与9·11之路》

第五十九章　“人体炸弹”是怎样练成的？

2001年8月12日，星期日，晴，加沙

今天以色列的海法又发生了一起自杀式爆炸，一个名叫穆罕默德·纳斯尔的巴勒斯坦人在海法郊区的一个咖啡馆门口，引爆了缠在身上的爆炸装置，炸伤15个以色列人，自己被炸成几大块。这是四天内以色列境内发生的第二起自杀式爆炸，不知这是否意味着新的自杀式袭击浪潮又要席卷以色列？

冲突爆发以来，“人体炸弹”已经成为巴勒斯坦人参与这场不对称战争的重要手段，探讨“人体炸弹”的产生及相关问题或许有助于认识巴勒斯坦社会，认识这场已经被宗教化了的起义。

“人体炸弹”的出击过程都有一定的程式：面对摄像机镜头，一个沐浴更衣后的小伙子盘腿静坐并捧读《古兰经》，在高喊一通口号留下一段誓言后，他带着事先准备好的炸弹前往定居点，前往以军哨所，甚至潜入以色列的车站、餐厅和夜总会……在猛烈的爆炸声中，一次自杀式袭击被画上了句号，巴勒斯坦人的记忆中又多了一个“舍黑德（烈士）”，而更多的人正准备成为新的“舍黑德”，去用“人体炸弹”攻击以色列，用生命为“杰哈德（圣战）”和“因提法达”献祭。

这种用“人体炸弹”对付以色列目标的做法一直是巴极端派别的看家

以色列境内的公共场所是自杀式爆炸袭击的主要目标。（以色列政府新闻办供图）

法宝，而随着巴以这场空前规模冲突的展开和持续，“人体炸弹”更是以前所未见的密度出现在被占领土和以色列境内，其中尤以哈马斯和杰哈德派出的“人体炸弹”居多。但是，“人体炸弹”并非天生就有，也非一时冲动就可以胜任。

哈马斯和杰哈德一直推崇宗教激进主义，主张彻底消灭以色列，对巴勒斯坦社会中的许多激进民族主义者极具吸引力，其提倡的“牺牲”和“圣战”思想颇有根基。这是“人体炸弹”产生的原动力。“人体炸弹”们相信，他们为信仰而死可以直升天堂，觐见真主和众先知，过神仙般的生活。

哈马斯和杰哈德作为民间力量和反对派别，多年来通过大量民间的外援修建了许多幼儿园、学校、诊所等福利设施，加之其自身廉洁而扶弱济贫，因此在普通巴勒斯坦人中树立了较高威望。而哈马斯和杰哈德正是通过这些基础设施和慈善事业把“圣战”思想日积月累地灌输给在“因提法达”前后逐步成长起来的青少年。这是“人体炸弹”形成的社会基础。

“人体炸弹”的产生与其家庭的社会地位和经济状况有关。一般的“人体炸弹”都来自社会地位较低的贫苦人家，为“圣战”而当“烈士”

可以使全家门面生辉，光照四邻，而且可为家庭解决部分实际困难。据悉，从事自杀式爆炸者不但可以一次性得到上千美元的奖励，其死后家人还可以每月从官方和本组织获得数量不等的“烈士”抚恤金。冲突爆发以来，巴勒斯坦社会经济形势严重恶化，贫困人口已接近总人口的半数，在这种情况下从事自杀式爆炸对一个苦难的家庭来说是名利双收的事。统计显示，生活较为困难的纳布卢斯、杰宁山区以及加沙地带是滋生“人体炸弹”的沃土。这是“人体炸弹”形成的经济基础。

“人体炸弹”并非什么人都可以担当，而是必须具备一定的条件和要求。据了解，他们主要是18岁至27岁的男青年，一般处于未婚和失业状态，具有高中以上学历并在哈马斯或杰哈德开办的培训中心接受过激进主义的系统教育；曾经进过以色列监狱或者有亲人和朋友被以色列人打死。当然，促使“人体炸弹”产生的原因主要还是宗教狂热和极端民族主义情绪，个人复仇并不是根本动因。

当然，以军滥杀无辜导致大量巴勒斯坦平民伤亡，越过了应有的道德约束，使“人体炸弹”和他们的组织者已经把所有的以色列平民也列为袭

巴勒斯坦的大街上到处都是号召抵抗的宣传画，以色列当局指责巴勒斯坦当局煽动暴力与恐怖。

击对象。亚辛就曾说过，“没有一个以色列人是无辜的”，这等于为“人体炸弹”们袭击以色列平民开放了绿灯。巴勒斯坦人在同以军的对抗中处于军事和技术上的绝对劣势，靠正常手段是不可能杀伤以色列人特别是军人的，绝望之中对平民实施自杀性攻击就成为激进组织的必然选择。另外，以军的强烈报复政策，特别是“定点清除”方式使任何曾经或正在从事抵抗以色列占领的巴勒斯坦活跃分子都处在随时丧生的准死亡状态，他们对能够逃脱以色列的杀戮已经不抱希望，用自己的身体去赚回几条性命也成为“人体炸弹”不断出现的客观因素。

据悉，“人体炸弹”是在哈马斯和杰哈德有关人员经过长期考察和深入了解后筛选产生的。一旦某人被选为预备“烈士”，他通常要接受较长时间的训练以便测试在紧张、高压和生命受到威胁状态下的表现，只有愿望强烈而冷酷无情的人才能过关接受下一步的培训。接受任务前夕，“人体炸弹”要在不和家人告别的情况下“失踪”几日，潜心了解执行任务的相关情况，熟悉炸弹操作，并继续接受心理和身体的测试。据以色列报纸报道，部分受训者在这个阶段一般会被带到“烈士”墓地，并在一个墓穴中躺上几个小时以便克服对死亡的恐惧。

一切准备就绪后，“人体炸弹”会写下遗言，要求家人原谅自己的不辞而别并希望他们节哀。同时，有人会为他摄像和拍照留做教育和宣传材料。“人体炸弹”执行任务时一般都身穿仿制的以色列军服，或者把自己打扮成犹太人，并剃掉穆斯林喜欢蓄留的胡须。在进行过特别的祷告后，“人体炸弹”就和协助他执行任务的同伴踏上不归之路。

“人体炸弹”通常通过汽车、自行车甚至马车携带炸弹，有时也会把它们绑在腰间并用外衣盖住，或者兜在贴身的背心里。不过，有的也直接把炸弹放在手拎的箱包里。炸弹一般由三公斤至15公斤TNT炸药制成。为了增加杀伤力，炸弹往往同一定量的碎铁块、钉子和螺帽等小五金捆在一起。今天和9日耶路撒冷的两次爆炸袭击都属于这种情况。为了使执行人能方便地引爆炸弹，炸弹的引信一般都设计得非常简单和易于操作。

尽管“人体炸弹”受到过严格训练，但是他们的自杀式爆炸往往还是由于心理压力太大或技术原因而失败或者没有造成所期望的严重杀伤结果。今年3月初以色列内坦亚的一个十字路口发生自杀式爆炸。警方分析“人体炸弹”原计划要到人口更加密集的地方行动，只是偶遇例行检查的警察而匆忙引爆。8月8日，约旦河西岸一“人体炸弹”驾车准备袭击一以军检查站，但他没有等以军士兵接近便自我爆炸，只伤了一名士兵的皮肉。此外，不少“人体炸弹”尚未接近目标就触发引信，倒把自己炸成肉泥。有的甚至还在准备阶段就自我报销了。

（补记：随着冲突的日渐惨烈，巴勒斯坦的“人体炸弹”现象已经由极端宗教派别的专利发展成世俗派别的选择，部分人阵和法塔赫成员也开始参与这类袭击。更为恐怖的是，越来越多的巴勒斯坦知识女性也舍身充当人体炸弹。截至2002年5月，已经有五名巴勒斯坦青年妇女对以色列目标实施了自杀式爆炸袭击。这意味着，巴勒斯坦人对以色列的愤怒已经渗透到了社会的每个细胞。）

鄙视对手成为外交法则，导致一次又一次的实力决斗。

——亨利·基辛格《大外交》

第六十章　一夜酣战

2001年8月14日，星期二，晴，加沙

以色列终于对巴勒斯坦人口中心城市动手了，巴以冲突终于又出现新的动向。从13日晚到14日上午，我一个人孤军奋战，苦干了一整夜，完成了九条阿拉伯文和六条中文消息的滚动，在稍微休息后又根据总社指示撰写了一篇新闻分析，这种劳动量和成果一夜间出自一人之手谈何容易。

我自豪，因为我准确地判断了事态的发展，也圆满地完成了通常需要几个人才能完成的一次战役性报道。

13日晚10点左右，巴勒斯坦预防警察部队的一位中校打来电话，说以军正在西岸的杰宁城周围进行集结。一个月前，以军已经在西岸调兵遣将，做好了进剿巴勒斯坦自治区的准备，几天来，以色列境内连续发生自杀式爆炸袭击，而实施者又多半来自杰宁。

以军会打进杰宁吗？可能性是明显存在的。以军不但集结约40辆坦克、大量装甲运兵车、装甲车、军用卡车和约400名士兵，而且派出了一批救护车，并准备了相当数量的饮用水和食品。据悉，以军在加强地面部队的同时，还出动数架战斗机在杰宁上空反复盘旋，这些迹象已经在当地巴勒斯坦人中引起恐慌。虽然以军方对这一消息未做评述，但我认为杰宁之战在所难免。别的不说，派救护车与坦克同行，就足以证明以军绝不是要演戏，而是要动手，要准备应付人员伤亡。

午夜刚过，这位巴勒斯坦官员又打来电话说：以军在战斗直升机和坦克掩护下已经开始进占杰宁。他说，以军从东、西、北三个方向进袭杰宁，以军发射的坦克炮摧毁了部分巴安全部队哨所。

凌晨2点左右，以军攻占了杰宁的海法大街，随后又夺取杰宁省政府办公大楼。同时，以国内安全总局（辛贝特）人员在军方协助下拦截并搜查杰宁市民车辆，显然是在搜查受其通缉的活跃分子。以军在进袭过程中同巴武装人员发生激烈交火。巴高级谈判代表萨伊卜·埃雷卡特通过媒体发出紧急呼吁，要求国际社会特别是联合国安理会采取迅速和有效措施，保护巴勒斯坦人民不受以军侵犯。

4点左右，阿拉法特的秘书长塔伊卜对巴勒斯坦电台宣布，以军已经开始撤军。这位前驻华大使相信，“热爱自由的巴勒斯坦人民是不会被征服的，以军有能力入侵杰宁，但它绝没有胆量和能力再次长时间占领这块自由的土地，如果以军晚撤几个小时，它将被巴勒斯坦人民抵抗的烈火所吞灭”。据悉，以军进占杰宁后，巴武装人员分别在西岸的拉姆安拉、图勒凯尔姆、盖尔吉利耶等地同以军发生交火，以声援杰宁的抵抗运动。加沙城南、加沙南部拉法地区也发生武装冲突，以军在冲突中动用了坦克和重机枪。“巴勒斯坦之声”电台也打破常规，于凌晨3时起临时播出特别节目，呼吁杰宁及其他各地的巴勒斯坦武装人员和平民奋起抗击以军的入侵，并不断地播放革命歌曲。

5点左右，以色列军方不再沉默，承认进占杰宁的事实，并宣布以军开始后撤。以军发言人对以色列电台说，进占杰宁是巴以签署“奥斯陆协议”以来以方在巴控区进行的最大一次军事行动，以军在行动中摧毁巴安全部队的两个重要设施。他说，以军的行动曾遭到巴武装人员反击，但是，为了避免给平民造成伤亡，以军没有进行还击，也没有人受伤。这位人士还表示，以军采取这一行动是要报复杰宁“恐怖分子”最近发动的一系列爆炸袭击，以军还将采取其他任何保护平民不受伤害的措施。果然不出我之所料。

杰宁之战是冲突爆发后以军大部队首次开进巴人口密集的中心城市，也是针对巴方所采取的最大一次军事行动，显然意义非同寻常。我认为，除以军方解释的原因外，显然还有两个意图：向巴方施加更大的军事压力，迫使其采取措施满足以方的停火条件，并逮捕涉嫌参与对以目标实行暴力袭击的巴勒斯坦人。同时，也是试探国际反应，为今后采取类似甚至更大的军事行动进行实地演习。

早晨，我打电话给总社国际部和中东总分社的编辑，请他们跟踪一下

大规模冲突爆发前，我去西岸的纳布卢斯采访，它与杰宁相距不远。

局势，因为我已经累得直不起腰睁不开眼了，需要去补个觉，给身体和大脑充充电。此前以色列已经关闭了巴解组织在东耶路撒冷的办事处——东方之家，现在又攻入巴自治城市，这些明显违反“奥斯陆协议”的行动预示着沙龙政府已经无所顾忌，今后的局势将更加严峻，我受累的日子在后头呢。

如果你需要姑娘，我就是！

——耶路撒冷某街女

第六十一章　一路换了四辆车

2001年8月15日，星期三，晴，伯利恒

从加沙到伯利恒本来不算太远，如果顺利的话开车个把小时就可到达。但是，今天我来伯利恒却花了四个小时，换了四辆出租车，费尽周折。

昨天凌晨至上午，巴勒斯坦武装人员在伯利恒东郊的比特·杰拉镇向对面的吉鲁定居点持续射击，再次打疼了以色列的安全神经，也折损了以政府的面子。尽管巴武装人员袭击吉鲁意在报复以军袭占杰宁，但以政府认为巴方再次越过了红线，威胁到耶路撒冷南郊的安全。于是，从昨天下午起，以军大举向伯利恒外围增派装甲部队，准备夜夺比特·杰拉，给巴方点颜色看看。

夜去晓来，部署到位的以军并没有重现突袭杰宁的那一幕。中午才知，是佩雷斯竭力劝阻才推迟了这场战事，以免国际舆论反应太烈，因为连偏袒以色列的美国总统布什都对以军进占杰宁大为不满，斥之为“挑衅”之举。

下午，以国防部部长本-埃利泽发话说，以军的确有计划攻打伯利恒外围城镇清剿巴武装人员，只是获悉巴领导人阿拉法特已下令严禁向吉鲁开枪才临时把军事行动后延24小时。刀出鞘，箭在弦，蓄势待发，这意味着伯利恒几天内或许难免一战，因此值得去一趟。于是，晚7点左右，我匆匆赶到埃雷兹检查站，准备开赴“前线”。

埃雷兹关口外不但没有出租车，就是想搭乘私车也难觅踪影。我本想天黑后没车再返回加沙，但碰巧遇到从加沙回耶路撒冷的澳大利亚志愿者多米尼克（Dominic），于是，我们结伴向前走出几百米，试图在埃

利·斯内定居点出口处碰碰运气。从这里往以色列内地去的军车、警车、轿车和货车不在少数，但是没人让我们搭车。不是我夸巴勒斯坦人，这要是在加沙或西岸，搭车一点问题都没有。不过，多事之秋，自然谁都不想自讨麻烦。所幸的是，半个小时后我们等来了一辆出租车。

这辆出租车的司机叫阿莫斯，家住埃雷兹附近的阿什杜德城。起初小伙子还挺乐意，可是开出十几公里他便打起了退堂鼓，嘟嘟囔囔地说耶路撒冷危险，问我们能否中途下车再找别人。我和多米尼克你一言我一语地哄着他大胆地往前走，并以我们的两条命担保他会平安无事，其实我们明摆着在开空头支票。

阿莫斯听说我是记者后揶揄道，你们记者都向着巴勒斯坦人，很少替以色列人说话。我说自己是外国人，与巴以冲突没有什么瓜葛，只能看到什么写什么。阿莫斯还是不同意我的解释，说我在加沙当然只能看到巴勒斯坦人的痛苦。我说自己有四位同事在耶路撒冷，他们的合奏要比我的独奏响亮，更能传播以色列人的声音，反映以色列人的苦处。

多米尼克打圆场说，记者其实也挺难的，以色列人说他们向着巴勒斯坦，巴勒斯坦人又埋怨他们向着以色列，两面不讨好，也的确无法把一碗水端平。问到怎么看待巴以和平时，阿莫斯对我说，没有巴勒斯坦，巴勒斯坦人还可以投靠别的阿拉伯国家，没有以色列，以色列人就无家可归了。我真不知他这是什么逻辑？阿莫斯言谈举止并不极端，但他认为巴勒斯坦人得陇望蜀，不会满足于得到加沙地带和约旦河西岸，因此，不能轻易满足他们的要求。我也不知阿莫斯的话在多大程度上折射出普通以色列人的真实心态。

进了耶路撒冷城，阿莫斯又开始担心了，说自己路不熟，也的确害怕炸弹，再次提出让我们另找出租车。嬉皮士模样的多米尼克用雅皮士的口吻宽慰他说，外界其实没有可怕的东西，恐惧往往是人们自己内心的感觉。当阿莫斯听说多米尼克要在雅法路下车，索性把车停在路边，死活不肯再走半步。耐不住我们的央求，他在探头打听到雅法路今晚很安全后才向前开了约一公里。本月9日，耶路撒冷的大爆炸就是发生在雅法路上，换给任何一个外地司机前往雅法路都会心里打鼓。我从阿莫斯一路的担心明显感受到以色列人对人身安全感的缺乏。

在雅法路下车后，我到路边公共汽车站打听往伯利恒去应该在路的

武装保卫麦当劳，冲突爆发后以色列境内的新现象。

哪边打车，一位坐着的老先生正欲欠身指点，一位年轻的肤色棕黑的姑娘抢过来笑嘻嘻地告诉我怎么走。我点头谢过后，她却很认真地低声问我："如果你要姑娘的话，我就是！"我对此颇感意外，风尘女子在特拉维夫等世俗化城市并不罕见，可出现在耶路撒冷不禁令我惊讶，我也从未听说过有街女敢来侵扰圣城，真是世风日下。

我笑着摇了摇头。同样等车的多米尼克就在旁边，一听有这样的好事就凑了过来和那位姑娘搭上了茬。我上了出租车看见这个小子正在往自己的移动电话里输入那女子的电话，当时就后悔不该自己一个人掏从加沙到耶路撒冷的260谢克尔车费，至少应该让这个澳大利亚风流鬼分担一半。

第二辆出租车的司机和阿莫斯一样，也是要命不要钱的主儿，说什么也不去伯利恒，理由是那边局势紧张，现在又黑灯瞎火的不安全。最终他只同意把我送到沃夫森区耶路撒冷分社首席记者戚德良的住处，在那里我重新约了辆出租车。

第三位司机还是犹太人，名叫肖洛姆，意思是和平。起初他以为我要去耶路撒冷的"伯利恒路"，等到了那里才搞明白我要去的是耶路撒冷八公里外的"伯利恒市"。肖洛姆犹豫片刻还是决定把我送到伯利恒城外的以军检查站。

一路上，健谈的肖洛姆和我摆起了战争与和平的龙门阵。他说自己有许多巴勒斯坦朋友，也拉过不少巴勒斯坦乘客，每个普通的巴勒斯坦人和普通的犹太人一样都渴望和平，问题就出在巴勒斯坦领导人那里，因为他们不想要和平。他认为，阿拉法特没有停火的诚意，而是希望把沙龙激怒让他大打出手，然后再四处诉苦，让世界都来帮他说话。肖洛姆不同意有关阿拉法特无法控制所有局面的说法。他说，比特·杰拉昨天早晨还打得鸡飞狗跳，今天却一枪不发，这足以说明阿拉法特说话还是有人听的。我说巴勒斯坦人打吉鲁是因为以军打进了杰宁。肖洛姆反问我说，你知道杰宁出了多少恐怖分子……我不想也没有时间和这位善良的犹太老兄辩论是恐怖分子制造了占领还是占领制造了恐怖分子。

告别了肖洛姆，过了检查站，进入伯利恒，我乘一辆当地出租车赶到城内入住过多次的牧羊人饭店。让我意想不到的是饭店正门紧锁，反复推敲无人应答。我从侧门地下餐厅进去才知道，这里停业已大半年了。店主当然欢迎我这唯一的客人入住，只是没有国际电话线供我发稿。无奈之下，饭店的一个伙计开车把我送到了它的姊妹饭店——天堂饭店。

巴以冲突期间，从加沙去耶路撒冷和约旦河西岸，同样充满了风险。

天堂饭店倒也还热闹，几十名西方男女正在门口说说唱唱。据了解，他们是这饭店的唯一一拨儿客人，自愿来到伯利恒为巴勒斯坦人担当“人体盾牌”以阻止以军进行空袭。时间临近午夜，我早已饥肠辘辘，疲惫不堪，在当地人指点下跑了二里地买了个三明治算是解决了晚饭。

窗外两公里外就是媒体聚焦的比特·杰拉镇，几处高耸的教堂十字架在灯光映衬下清晰可见。那里的局势显然依旧平静，偶尔能听见以军直升机在天空中盘旋。这种兵临城下的宁静能够持续几天呢？

得道者多助，失道者寡助。

——孟子

第六十二章　伯利恒的“国际纵队”

2001年8月16日，星期四，晴，伯利恒

今天一大早就起床了。因为和国际电台的小关约好一起参加以色列军方组织的拉姆安拉采访。6点半顺利出关，很快，小关也赶到关口接我。整个上午，我们先是在一个以军基地了解军方就最新安全形势进行的图解，随后又参观了一个拉姆安拉城外的以军阵地以及离拉姆安拉最近的一个定居点。

中午在耶路撒冷的一家中餐馆吃完饭后，我又赶回伯利恒编发上午拍摄的照片。下午，我包了一辆出租车到伯利恒西北的冲突最前线比特·杰拉镇进行采访。宁静美丽的基督教小镇教堂和修道院遥遥相望，不时会传来阵阵钟声，让人在炎热的阳光下体会到一丝凉意，这感觉和清一色穆斯林世界的加沙完全不同。

接近比特·杰拉镇外围，冲突的气氛越来越重，不断有被以军摧毁或打坏而住户离去的房子进入我的视野。很快，我就看见一条山谷相隔的吉鲁定居点了。尽管相距近一公里，但定居点外围高大的水泥防护墙还是清晰可辨的，定居点不远处的山坡上停着几辆以军坦克和装甲车，同时还有临时修建的蒙着伪装网的碉堡，但是，看不到人员活动的迹象。

我起初很担心在这样的地带活动会不会成为以军狙击手的靶子，因此缩头缩脑的，但陪同我的出租司机一个劲地鼓励我没关系。在他的介绍下，我先后走访了数家房屋被损坏的巴勒斯坦人家：多数被枪炮击穿墙壁或玻璃的人家都悬挂着耶稣或圣母玛利亚的画像。他们虽然成为巴以武装交火的牺牲品，但并不抱怨巴武装人员从比特·杰拉向吉鲁发动袭击，因

为那是他们世代居住的土地。这里的住户基本都是基督徒，但谈到以色列非法占领造成的苦难，其激进程度不亚于加沙地带的哈马斯。我由此明白，巴勒斯坦人民，无论其宗教信仰有什么差别，收复失地的愿望是同样急切和强烈的。

在回伯利恒之前，我又到伯利恒东北的比特·萨胡尔和其南部的哈代拉转了一圈，我得出的结论是，以军已经完全包围了伯利恒。因为我在这两个镇的边缘地带都看见了以军新修筑的工事。和比特·杰拉一样，隔山谷与哈尔霍马定居点相对的比特·萨胡尔也是幢幢楼房人去楼破，凄凉满目。

下午4点多，50多名“国际声援运动”志愿者会聚在伯利恒南大门的公路上，举行他们引人注目的声援活动。他们来自五洲四海，他们说着不同的语言，他们甚至有着不同的信仰，但是，他们为了一个共同的目标走到一起，并活跃在巴以冲突的第一线，因此，被巴勒斯坦人亲切地称为“国际纵队”。

在古老的哈代拉镇牌楼前，这些来自美国、英国、意大利、法国甚至哥伦比亚的“国际声援运动”成员排成一列，手挽手、肩并肩地朝着数公里外以色列军队设置的路障阔步前进，用实际行动体现他们声援巴勒斯坦正义事业、敦促以色列结束非法占领的组织纲领。

他们身穿统一的圆领衫，胸前挂着“美国犹太人民声援巴勒斯坦人”“结束非法占领”和“巴勒斯坦人有权使用道路收获庄稼”等标语，一遍又一遍地高唱自己编写的“结束占领之歌”。在他们组成的人链护卫下，一辆巴勒斯坦铲车清除了堆积横亘数日的一道路障，使巴勒斯坦人的活动空间向南延伸了有限的一段距离，围观的巴勒斯坦人发出阵阵欢呼……

来自美国加利福尼亚的犹太姑娘爱琳·西格尔对我说，以色列对巴勒斯坦的占领已持续30多年，巴勒斯坦人承受了太多太重的苦难，无数个路障和检查站不但限制了他们的正当权利，也使他们每天都生活在被骚扰、被威胁的困境中。她表示，作为一个美国纳税人，她不能接受以色列依靠大量的美国军援来继续维持这种占领。

正在读博士学位的西格尔说，这批“国际声援运动”成员中至少有六名犹太人，他们相信大多数的美国和以色列犹太人也不能苟同对巴勒斯坦的持续占领，因为他们非常清楚巴以流血冲突的根源就是迟迟不能还巴勒斯坦人以公道和做人的尊严。

据了解，“国际声援运动”志愿者来到巴勒斯坦被占领土就是要同普通的巴勒斯坦人共患难，白天协助他们通过以军封锁线去上班或务农，夜晚和他们一起承受枪声、炮声和飞机轰鸣造成的恐惧和不安。虽然他们每10天轮换一次，但是志愿者们无一不表示短暂的体验足以让他们终生难忘巴勒斯坦人的苦难。

来自美国西雅图的女教师琳达·贝维斯在接受我采访时半开玩笑地说，声援巴勒斯坦人就是她的职业。她认为以色列的占领既违反了国际法和联合国有关人权的宪章，也导致这一地区暴力冲突持续不断。她表示回国后将通过所见所闻动员更多的教师和学生加入声援巴勒斯坦人的行列。

“国际声援运动”一干人马几天来一直住在伯利恒的天堂饭店，也是以军重兵围困下活动在伯利恒前线的唯一一批外国人。饭店经理乔治说，他们每天早出晚归地到冲突第一线监督以军行为，协助农民下地务农，查看被炮火毁坏的民宅，甚至为巴勒斯坦担当阻止以军袭击的“人体盾牌”，着实让他感动。虽然他们无力从根本上改变巴以冲突的现状，但

国际纵队到伯利恒声援巴勒斯坦人。

这位声援者是美国犹太裔博士西格尔。

是至少可以唤起国际舆论对巴勒斯坦人苦难更广泛的关注，体现“得道多助，失道寡助”的公理。

明天，这些以妇女为主的志愿者将在耶路撒冷的巴黎广场组织新的抗议示威活动。团员之一欧洲议会女议员路伊莎·莫尔甘悌尼在和我告别时说，如果有可能，她们还要前往加沙地带举行类似活动，把世界人民的同情和声援带给每一个在困境中挣扎的巴勒斯坦人。但愿我们在加沙相见。

凡动刀剑者，必死于刀剑之下。

——《圣经·新约》

第六十三章　右翼分子对我动手

2001年8月17日，星期五，晴，伯利恒

今天是我到伯利恒的第二天。早上，耶路撒冷分社的小楼来接我。我们先去参观了吉鲁定居点。吉鲁定居点并不大，街道整洁有序，房舍以三五层高的小楼房居多，错落有致地分布在鲜花和草丛中，虽然与伯利恒的比特·杰拉一沟相隔，虽然也曾是比特·杰拉的一部分，但在以色列人多年的经营下已经“旧貌换新颜”，成为西耶路撒冷的一个“居民区”，市政建设与之浑然一色，泾渭难分。

吉鲁与比特·杰拉相对的一侧由于安全形势的恶化已经陷入明显的临战状态：最外侧的马路被两米多高的防弹水泥墙遮掩了起来，虽然上面用油漆喷了不少图画试图让这里的住户放松绷紧的神经，但冷清的气氛让人感到压抑。街道上行人稀少，临近防弹墙的一圈住宅几乎全部人去楼空，一片死寂。有的人家窗玻璃上留下了弹孔，有的阳台上垒起了高高的沙袋。我们想找个人聊聊都难。末了，只好赶到东耶路撒冷，看看一周前被关闭的巴解办事处“东方大厦”。

“东方大厦”是耶路撒冷阿克萨清真寺监护者侯赛尼家族的产业，1991年马德里中东和会启动后，这里开始成为巴勒斯坦代表团的主要活动场所。1993年巴以签署“奥斯陆协议”后，它又演变为具有半官方性质的巴解组织办事处驻地，也是巴方显示对东耶路撒冷享有主权的标志性建筑。拉宾、佩雷斯和巴拉克等领导的工党政府执政期间，“东方大厦”常被巴方用来同各国驻以色列的使节进行交往，因此，一直被偏右的利库德集团视为“眼中钉、肉中刺”。

1999年4月，利库德的内塔尼亚胡政府指责巴方在“东方大厦”同欧盟等代表举行“外交”会谈，违背“奥斯陆协议”，侵犯以色列对耶路撒冷的主权，进而下令将其关闭。包括巴方和欧盟在内的国际社会普遍认为，以色列对耶路撒冷的主权宣称是非法和无效的，因此，关闭“东方大厦”的决定让人无法接受。随后，迫于国际压力，以政府解除了禁令。

本月9日西耶路撒冷发生自杀式爆炸，沙龙政府于10日出动战斗机轰炸了位于拉姆安拉的巴警察总部大楼，随后又派军警闯入“东方大厦”，逮捕进行抵制的七名巴勒斯坦工作人员，查封巴方的大量地图、资料和秘密文件，同时取下该建筑楼顶的巴勒斯坦旗帜，代之以以色列国旗。以军警同时还关闭了东耶路撒冷郊区阿布迪斯镇的多个巴方办事机构。

以方为其行动辩解说，巴解组织当年曾承诺放弃支持恐怖主义，才获准在“东方大厦”建立办事机构。据悉，6月1日特拉维夫发生自杀式爆炸后，沙龙就下了关闭“东方大厦”的决心，而9日的耶路撒冷爆炸袭击促使沙龙迈出了计划已久的这一步。沙龙一直指责巴方对极端分子的恐怖袭击采取放纵态度。以公安部部长兰多10日表示，重新关闭“东方大厦”将是一个“永久性”行动，从这一刻起，以方将重申它对耶路撒冷的法律主权，禁止巴方旗帜和游行活动出现在耶路撒冷。

显然，以方关闭“东方大厦”目的有二：在避免使用武力对自杀式爆炸进行报复的情况下，通过取缔巴方在耶路撒冷的官方机构向其发出更加强硬的警告，迫使其采取让以方满意的反恐怖措施。其次，强化耶路撒冷是以色列“不可分割和永久首都”的右翼立场。

来到“东方大厦”附近才发现，我们不可能靠近这个成为媒体焦点的古老建筑，因为通往它的街道已经被以色列警察封锁，谁也不得入内。多少有些失望的我们正准备离开，路口对面来了二三十名示威者，他们站在路边警察指定的有限范围，冲着“东方大厦”方向呼喊口号。起初，我以为是前来声援巴方的以色列左翼，仔细浏览他们的标语才发现，他们是右翼分子。有些甚至是专门从法国赶来的，目的是支持政府关闭“东方大厦”，并呼吁采取更严厉的手段打击巴方的“恐怖”袭击。

示威与集会在以色列几乎天天发生，因此，没有几个路人驻足围观。很快，这些右翼分子离开了路口。但是，在他们走到另一个路口时出现一阵骚动。我赶过去一看，原来是几个右翼分子同采访他们的一位电视记者

我因正常采访而遇袭，因遇袭又成就我的采访。

发生争执而且动了拳头。这显然是条新闻。我刚疾步抢到冲突现场拍了两张照片，两名右翼分子就非常恼怒地往远处撵我，不让我用镜头留下他们的丑态。

采访是我的工作，更是我的权力。我没有搭理他们，继续留在现场搜索有意思的画面。这两个家伙看我顽固不化就更加恼火了，他们使劲地往后推我，嘴里骂着脏话，眼里露着凶光，逼得我后退再后退直到跳上路边的一个长椅子。这两个家伙依旧不许我拍摄冲突场面，其中的一个光头冲过来照着我的胸脯就是重重的一拳，另一个拳头也开始在我眼前晃悠。我由于站得比较高，身体并没有被对方的击打所动摇，可是心中的火被一下点燃了。我一手护着相机，一手指着这两名右翼分子喊道："住手！你们再敢动手，我要让你们领教中国功夫的厉害！"同时，我伸出的手也收了回来攥成拳头，两眼瞪着他们，摆出和他们过招的架势来。

说实话，在这种特殊场合采访并遭到人身攻击，对我来说已经不是第一次了，但过去的多次经历都发生在加沙地带的骚乱和葬礼现场，人们的情绪比较激奋，把我当作看热闹的骂几句，或者推搡甚至给我几拳，我都理解，也从来没还过手。但今天我却压不住火，或许是这些右翼分子太猖狂了，或许我本来对他们就没有好感，所以当他们挑衅时我不可能一直克制下去。就在我和他们对峙的时候，小楼夫妇赶来了，几名警察也赶来了。警察试图撵走这两个“斗志”依然很旺的家伙，但其中一个表示不服，立刻被几个警察就地按倒并铐上手铐，接着把他们押上了警车。同时，其他几个闹事分子也被警察制服。这一切被我及时拍了下来，心里大喊痛快！当然，痛快的不是我的对手被警察制服，而是我抓到了非常有现场感的几个镜头。

告别了“东方大厦”，我们去附近的巴黎广场采访左派的示威活动。在这个不到篮球场大小的广场上，近20名外籍人举着和平鸽形的标语牌敦促沙龙政府结束对巴勒斯坦的非法占领。这些示威者非常特殊，有两个鲜明的特征，首先这是一群女性，其次，她们年龄、肤色和语言不尽相同，

英国的“黑衣妇女”也加入声援巴勒斯坦人的行列。

但一律穿着式样统一的黑衣黑裤，她们面前的横幅明明白白地亮出了自己的组织：Women in Black（黑衣妇女），她们的口号清清楚楚道出了她们的行动宗旨：结束占领！显然，她们的服装也昭示了她们对占领的理解和诠释：压抑和死亡。

据了解，“黑衣妇女”是个英国妇女和平组织。该组织成员基本上都是40开外甚至年岁更长的妇女，由于她们经常出现于世界各地被战乱摧残的妇女中间，因此，被誉为“地狱中的母亲”。

在过去的几天中，“黑衣妇女”活跃在约旦河西岸的巴勒斯坦人中间，与他们的家庭共同体验占领的苦痛，参与巴勒斯坦人的和平示威，监督各检查站以军对待巴勒斯坦人的态度，以实际行动向世界宣告：以军不能伤害巴勒斯坦人，除非连她们一起打死。

“东方大厦”被以军占领后，“黑衣妇女”曾于10日当天协助组织了巴勒斯坦的抗议示威，她们和巴勒斯坦示威者为了冲破以军警设置的封锁线，承受了推搡、殴打甚至逮捕，一时成为热门话题。“黑衣妇女”并不是“无事生非”，而是以自身的实际行动向巴勒斯坦人宣传着“非暴力不合作”的思想，即通过和平手段争取自己的权益和真理。

“黑衣妇女”早已名声在外。1996年，一名“黑衣妇女”成员因阻止一架英国“鹞”式飞机前往东帝汶而遭到起诉，但后来被判无罪。由于“黑衣妇女”的勇敢干预以及由此引起的一场风波，最终迫使英国政府放弃派遣“鹞”式飞机前往印尼的计划。

7月底，“黑衣妇女”部分成员又在苏格兰海围堵一艘核潜艇。令人敬佩的是，这些手无缚鸡之力的女子居然非常巧妙地逃脱英国皇家海军的严密安全检查，游进潜艇停泊的海湾，并在潜艇上喷上“没用”和“违法”的标语。此外，她们还非常勇敢地划着独木舟和自制的快艇，在潜艇出行的水道上游弋，试图阻止潜艇离开泊位。

和上述种种壮举相比，为被占领土的巴勒斯坦争取权益显得更为艰难和危险，因为这里毕竟是双方枪来剑往的前线，是随时都会发生爆炸的雷区。一位英国评论家曾夸赞“黑衣妇女”说：这些女人是我们的英雄。她们让我们看到自己的怯懦。在我们不停地说时，她们却在不停地做。“地狱中的母亲”在烈火中穿行，如果她们可以，为什么我们不行?

以色列人与巴勒斯坦人的关系已经达到如此彻底的政治化，以致不久后他们之间就不存在什么罪行了，也无所谓偶然事件——只有战争行动。

——托马斯·弗里德曼《从贝鲁特到耶路撒冷》

第六十四章　爷儿仨死得真蹊跷

2001年8月20日，星期一，闷热，加沙

我在伯利恒守候了四天五夜，也度过了相对清静的几天。由于巴勒斯坦武装人员严守停火命令，没有向耶路撒冷南郊的吉鲁定居点开枪打炮，因此，四面围困伯利恒的以军也就地待命，没有发动让人担心的伯利恒之战。

起初，我一度相信了一位犹太出租司机的话：巴勒斯坦领导人阿拉法特是完全可以控制局势的，他说开火就开火，他让休兵就休兵，最好的例子便是伯利恒的严格停火。但是，经过采访和思考，我认为这位司机的结论只有一半的道理：因为伯利恒是个传统的基督教城市，尽管穆斯林仍占人口多数，但激进的哈马斯和杰哈德在那里基本上形成不了气候，枪杆子掌握在阿拉法特领导的法塔赫手里。这种相对单纯的社会和政治结构决定了阿拉法特可以令行禁止。此外，一个特殊的现象也能从侧面印证这一点，即从事自杀式爆炸的巴勒斯坦人几乎没有一个来自伯利恒。

昨天，相对平静了几天的加沙冲突再次升温。上午，一名14岁的巴勒斯坦少年在加沙南部的拉法地区被以军开枪打死。巴方说他是在示威过程中被打死的，而以军说他参与了向其哨所开枪而被击毙。下午，以军坦克炮击加沙的一个巴警察哨所，炸伤三名警察。傍晚，以军又出动阿帕奇直升机用导弹摧毁加沙中南部巴“17部队”的两个哨所。以军说这两起袭击都是为了报复巴武装人员用迫击炮弹攻击附近的定居点。

临近午夜，拉法地区传来一个让我震惊的消息，一个叫萨米尔·阿布·扎伊德的巴勒斯坦人连同他的两个孩子在家中被炸死，另外13人受伤。巴安全人士说以军向阿布·扎伊德家发射了三枚地对地导弹。以军方迅速发表声明说，以军没有发射任何导弹，阿布·扎伊德一家三口是被巴武装人员发射的迫击炮弹误杀。

今天早晨，我和当地摄影记者穆菲克赶到出事地点，想了解究竟是怎么回事。阿布·扎伊德的家位于拉法海关和加沙机场的西侧。所谓的家只不过是用铁皮和空心砖搭盖的简易住房。现场已经被巴警方清理干净，地上除了七八只死鸡和碎砖石、木板，没有别的被损坏的家什。两块铁皮屋顶被抛到了近20米远的空地上，支撑铁皮屋顶的几根U型钢板被炸出许多窟窿。此外，看不到任何破坏的痕迹。

这个现场让我们得出一个结论：这好像不是火箭或导弹爆炸造成的，因为被火箭和导弹袭击过的目标我们见得多了，几乎每一处都会留下弹坑。但是，我们也不相信这是迫击炮弹爆炸引起的。首先，附近没有可供

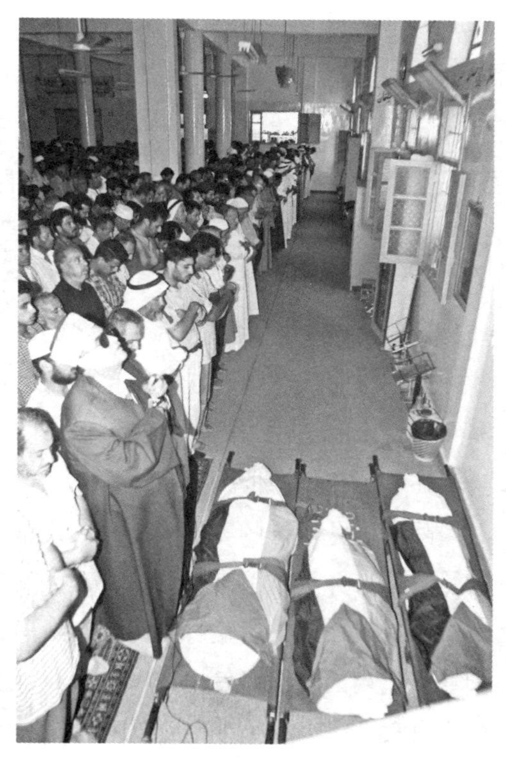

父子三人的葬礼。

袭击的定居点，过去这里也没有发射过迫击炮弹。其次，经验表明，巴武装人员自制的迫击炮弹杀伤力非常有限，虽然定居点曾遭受过上百枚迫击炮弹的袭击，但是没有一个定居者或以军士兵被炸死，更别说把几个人炸成碎片、烧成焦炭。

为了继续弄清情况，我们又赶往存放死者尸体的拉法某医院。刚到冷冻室门口，从里面出来的路透社摄影记者艾哈迈德·贾达拉就推着不让我进去，说千万别看，简直是惨不忍睹。但我还是心存狐疑地进去查看，而亲眼查看的结果让我毛发直立，赶紧让里面的医务人员盖上裹尸布。

冲突一年来，我目击过的死者不计其数，但是，这三个人的惨状让我第一次感到什么叫不能拍摄和难以形容。我立即逃出了冷冻室，努力克制自己不要神经崩溃，不要呕吐出来。半个多小时后才觉得喘了口气。回家的路上，我仍然无法排解那骇人的视觉冲击，一个离开加沙、远离冲突的念头紧紧地缠绕着我，我反复对穆菲克唠叨，我不干了，我要回家。我不干了，我要回家！

汽车里的以色列电台援引军方的话对昨晚的结论进行修正，说阿布·扎伊德是在制造炸弹时自己把自己炸死的。对于这个以方惯常使用的解释，我和穆菲克都觉得无法接受。显然，爆炸物是在他们三人中间爆炸的，阿布·扎伊德能把两个孩子叫来一起摆弄炸弹吗？这太不近情理了。

我们做出一个比较合理和可信的推理，阿布·扎伊德收到一个“礼物”，在他当着两个孩子的面打开这个“礼物”时，爆炸发生了，否则，无法解释他们均正面遭炸的事实。穆菲克说，不排除有人把经过伪装的爆炸物送给阿布·扎伊德然后又引爆的可能，因为这也是以色列对付其暗杀目标的惯常手法。阿布·扎伊德是法塔赫下属的“人民抵抗运动”的“将军”，是个制造炸弹的专家。该组织的其他活跃分子说，阿布·扎伊德从来不在孩子在场的情况下制造炸弹。

阿布·扎伊德的妻子事后回忆说，丈夫最近一直在说自己上了以色列的黑名单，并且被迫东躲西藏。昨天午夜，她带着四个孩子在里屋休息，阿布·扎伊德回来后敲打院门，伊纳斯和苏莱曼就出去开门。几分钟后，饲养着鸡鸭的院子里发出一声巨响，她跑出屋一看，丈夫和两个孩子已经被炸身亡……

巴安全部门说，他们在爆炸现场找到了以色列导弹的残骸，甚至有人说亲眼看见导弹从以色列那边飞落到阿布·扎伊德的院子里。

阿布·扎伊德一家三口死得真是悲惨而蹊跷，不知将来有没有真相大白的那一天。

战争就是和平。自由就是为奴。

乔治·奥威尔《1984》

第六十五章 “狼”终于来了

2001年8月26日，星期日，晴，加沙

昨天早晨，两名巴勒斯坦武装人员潜入加沙南部拉法市附近的尼维·达卡里姆定居点，向驻守那里的以色列军人发动了一次自杀式攻击。何以说是自杀式进攻？因为他们事先在秘密地点进行了宣誓，并被同伴录了像，决意此去无回。

这两个巴勒斯坦人有如神助地潜入防范严密的以军营房，又是扫射又是投弹，先后打死三名以军官兵，打伤另外七人。一名袭击者当场被以军打死，另一名受伤后逃走并躲藏到一个温室，大约四个小时后，他被追捕的以军抓住打死。路透社事后播发的一条消息说，第二名袭击者有可能被活捉殴打致死，因为他的尸体上留下许多焚烧和钝器挫伤的痕迹。

这起凌晨3点左右发生的重大事件，以军方直到中午才正式公布。尽管解放巴勒斯坦民主阵线（民阵）宣布对此负责，但以国防部部长本-埃利泽指责巴民族权力机构难脱干系，因为其中一人是巴安全部队成员。我当时就觉得巴方又要挨打了，只不过昨天是犹太人的安息日，以军的报复很可能在晚上安息日结束后开始。

午夜时分，一辆以色列汽车在拉姆安拉以西的一条公路上遭到枪击，车里的一家三代五口人三死两伤。法塔赫军事派别“阿克萨烈士旅”很快就宣布是他们干的。这一新的情况更使我相信，以军的报复是必然的。

“狼”果然来了。凌晨1点左右，以军在坦克和直升机掩护下，从北、东、西三个方向包围了拉法市，并切断进出该城的所有道路。在随后的两个小时里，以军用火箭和推土机摧毁了拉法城东的巴安全部队总部及另外四个哨所，而且一度进入拉法市中心。

这是自以军进入西岸北部城市杰宁、南部城市希伯伦后对巴自治城市发起的最大的一次军事行动。奇怪的是，直到凌晨3点左右以军完全撤出拉法后，以军方都没有像往常那样做出任何解释。

在一片迷惑中我疲倦地睡着了，最近连续通宵达旦地跟踪时局已经让我感到十分疲惫。睡了没多久，一声巨响把我从梦中震醒。我跑上阳台一看，城内巴警察总部隐约升起一股浓烟，一辆救护车闪着红灯正向那里赶去。头顶的天空里一架以色列直升机正在盘旋。显然，以军又向巴警察总部发射导弹了。大约十分钟后，巴警察总部又升起一团火球并伴随着浓烟，随后传来猛烈的爆炸声和震动，但是天空中并没有导弹划过的痕迹。就在我纳闷之际，一架以军战斗机以极快的速度从加沙城上空划过，我顿时明白了：是F-16发动的空袭，而不是直升机。时间是清晨5点10分左右。第一枚导弹爆炸后我已通过手机向国内发回快讯，而有关伤亡和损失情况的详细情况却无法得到，只能去现场了解。直升机仍在天空中盘旋，我不知道还有没有第三颗、第四颗导弹落下。我还是开车向现场赶去，只是祈祷导弹离我远一些。

被以色列F-16摧毁的加沙警察总部大楼。

2500磅炸弹的威力足够大，大楼像积木一样被摧毁。

以色列使用了常规武器库中的终极炸弹。

被直升机攻击后的军情局办公室。

轰炸现场离分社只有一公里，巴警察已经封锁了周围的路口，我好一阵花言巧语才获准进入警察总部大院。大院里的一栋四层楼已经完全坍塌，显然直接被导弹击中。周围到处是碎石烂砖和被炸断的树枝，可见炸弹的威力不小。等一名警察把我领到这栋楼的后面，眼前的景象几乎让我叫出声来：地上出现一个直径15米、深约十米的圆锥形大弹坑，翻飞的黄泥土扑撒到几十米外的汽车顶部和楼房墙面上。紧挨着大坑的一栋六层楼半边完全垮了下来，几层楼板像积木一样摞在一起。楼板缝里的文件、木屑和杂物正在三三两两地向坑里滑落，而且越积越多。显然，这栋楼房是被震塌的。这是我见到的最为猛烈的空袭现场。

回到分社后才知道，以军方已经得意地公布了战果，说成功地轰炸了三个巴安全机构，其中包括加沙的警察总部。以军方的声明还强调，今后将动用一切手段确保国民的安全。以军在袭击拉法后没有发表声明的谜底自然也就揭开了，因为当时其军事行动还只进行了一半。

巴警方高级官员事后说，以军今天使用的炸弹有2500磅，是以军武库中最有威力的导弹。本月10日以军轰炸拉姆安拉巴警察中心时曾用一枚炸弹炸塌了一栋楼，而那种炸弹也只有1000磅。显然，今天以军的轰炸不但点多，而且使用了重拳。

下午，我到遭到轰炸的黛尔拜莱赫市军事情报局大院了解情况，里面的两层大楼变成一堆废墟，四周的平房也被导弹的冲击波震得东倒西歪，院子里的小树呈放射状向外伏倒，并蒙上厚厚的土灰。一个警官开玩笑地要和我打赌，说以军下次轰炸加沙恐怕要用原子弹，因为以军没有更厉害的常规武器了。

拉法市的巴安全部队大院更是触目惊心：40多间钢筋水泥平房全部被以军的坦克和推土机推倒，就连医务室、食堂、厕所、小花园和礼拜用的小清真寺也不能幸免。据介绍，以军并没有从正门开进，而是直接从公路上破墙而入，横冲直撞，如入无人之境，只留下一个门楼作为纪念。

满目凄凉的景象让我惊诧不已，但是巴勒斯坦人的乐观更让我吃惊。几个在废墟边午睡的警官并没有因我这记者的到来而起身控诉，而是嘻嘻哈哈打过招呼后倒头接着睡。一个校官刚躺下又起身对我说：“你可以把

巴勒斯坦警察展示以军导弹残骸。

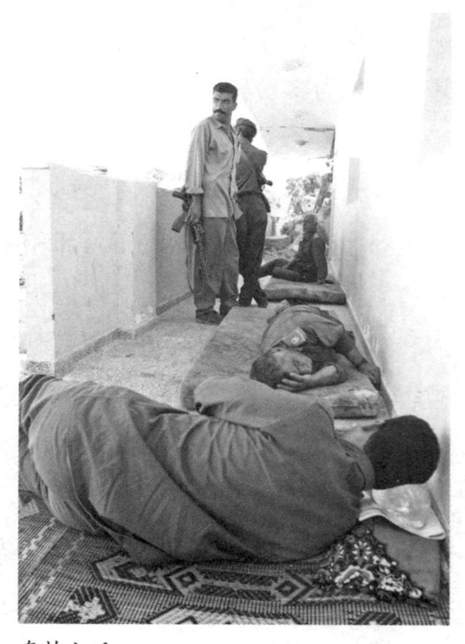

轰炸之后。

被以军摧毁的巴勒斯坦警察办公楼。

我们纳入镜头，但是别说我们已经死了，因为我们的梦还没有做完。”其他人一听哄然大笑。

不完善的程序正义的基本标准是：当有一种判断正确结果的独立标准时，却没有可以保证达到它的程序。

——约翰·罗尔斯《正义论》

第六十六章　死神卷走穆斯塔法

2001年8月27日，星期一，晴，加沙

今天是个大晴天，巴勒斯坦社会的上空却炸出一声惊雷！这个雷震惊了所有的巴勒斯坦人，震惊了国际社会，也震惊了对死亡几乎麻木的我。

中午，有消息说，解放巴勒斯坦人民阵线（人阵）总书记穆斯塔法·阿布·阿里在约旦河西岸被以色列军队用导弹炸死。随后，“巴勒斯坦之声”电台证实了这一重大新闻：巴勒斯坦人失去了一位领袖级的资深革命家！

据悉，以军当天中午出动战斗直升机向拉姆安拉穆斯塔法的办公室发动突然袭击，至少两枚导弹分别从两个窗户钻进了穆斯塔法所在的人阵办公楼三层，其中一枚直接命中穆斯塔法所在的房间。除坐在办公桌前的穆斯塔法当场被炸死外，另有五人受伤。

穆斯塔法现年62岁，出生于约旦河西岸北部杰宁的奥拉巴镇，原名穆斯塔法·赞伯里，他是发起巴勒斯坦解放组织（巴解组织）的五个早期主要成员之一，也是“人阵”的创始人之一。1969年穆斯塔法因从事巴民族独立运动被以色列占领当局驱逐出境。

穆斯塔法领导的“人阵”是巴解组织内仅次于法塔赫的第二大派别。由于人阵一度反对巴以“奥斯陆协议”，穆斯塔法曾长期滞留叙利亚。1999年9月，作为“人阵”副总书记的穆斯塔法在表示支持和平进程后获准返回约旦河西岸，并积极推动巴解组织各派的和解进程。去年，“人阵”总书记乔治·哈巴什宣布辞职后穆斯塔法当选为该组织的最高领导人。

以军方发言人当天宣称“人阵”对几个月来耶路撒冷发生的汽车炸弹爆炸负责，并指责穆斯塔法组织准军事组织从事反以“暴力”活动，并策动东耶路撒冷巴勒斯坦人对以军发动“恐怖”袭击。据悉，炸死穆斯塔法是根据以安全内阁当天的会议决定而实施的。

自冲突爆发以来，以色列通过“定点清除”手段从肉体上消灭了60多个巴勒斯坦活跃分子，穆斯塔法是巴以冲突以来遭到以军暗杀的第一位巴高级领导人，也是1988年以军暗杀巴解组织二号人物阿布·杰哈德后暗算掉的最高级别巴领导人。

巴勒斯坦官方当天强烈谴责以色列的这一暴行，称以色列将为此付出惨重代价。巴文化与新闻部部长阿卜杜·拉布在一份新闻公报中表示，穆斯塔法是巴勒斯坦民族解放事业的奠基人之一，以军采取暗杀手段炸死穆斯塔法犯下了“前所未有的罪行”，以政府由此也“超越了所有的红线

罢工罢课罢市后的加沙城，了无生气。

和禁忌”。这位以立场强硬而著称的部长警告说，巴方决不饶恕这一“罪行”，以色列人将为此付出“非常惨重的代价”，而由此引起的所有危险后果都必须由做出暗杀决定的以安全内阁全体成员负责。阿拉法特的新闻顾问阿布·拉迪纳也认为，暗杀穆斯塔法表明以军已经肆无忌惮，这一针对巴勒斯坦人新的侵犯必将使局势进一步恶化。拉迪纳同时抨击美国纵容以色列的暗杀行为，说美国政府的沉默和美国领导人不负责的言论被以色列所利用，进而导致其犯下这一“罪行”。

穆斯塔法被炸死后，杰宁数千名巴勒斯坦人走上街头举行示威活动并宣布罢市，悼念这位出生于杰宁的资深独立运动领导人。他们强烈谴责以军的暗杀行为，呼吁国际社会对巴勒斯坦人提供紧急保护，并表示将沿着穆斯塔法的道路走下去，直到赢得巴勒斯坦的自由和解放。

穆斯塔法的死先是让我难以相信自己的耳朵，等大量的消息通过广播、电视印证后，我仿佛才从梦中醒来，难过地接受了这一事实。我和穆斯塔法并没有任何个人交情，我只是在参加他的新闻发布会时和他有过几面之交。

自返回被占领土后，穆斯塔法的主要精力一直放在化解巴解各派的分歧方面，并起到一些明显的效果。冲突爆发前，他曾来过几次加沙。在我的印象中，穆斯塔法头发花白，个头不高，一道短须总是修得非常整齐，说起话来条理分明，脉络清楚。和其他许多老革命相比，穆斯塔法的性情平淡如水，毫无张扬之处，颇像一位大学教授或研究人员。他经常穿一件灰色夹克衫，每次见到他我都觉得他的衣着打扮更像个中国老人。在他的一次新闻发布会后，我曾向他提出新华社专访的请求，他非常抱歉而客气地说，回头一定设法安排。他那溢满脸庞并从双眸流露出的友好和真诚一直令我难忘，由于时间不凑巧，我和他的采访约定一直没有变成现实。

穆斯塔法过去曾叱咤风云，早就因策划多起反以行动而被列入黑名单。但是，此次冲突爆发后他却突然间销声匿迹，很少在公开场合发表言论，以致我几乎忘了他这个大人物，忘掉了我们曾经有个尚未进行的单独约会。没想到他现在突然“出现”了，而其方式却让我始料不及。

（补记：28日下午，三万多名巴各界代表和群众聚集在约旦河西岸城市拉姆安拉的市中心，为穆斯塔法举行隆重国葬。送葬队伍人如潮涌，旗帜林立，标语翻飞，妇女们打着表达痛苦的悠长响舌，男人们挥舞拳头高呼着不屈的口号。人们簇拥着裹有巴勒斯坦旗帜的穆斯塔法灵柩，从医院走向为他进行集体祷告的清真寺，又从清真寺走向他将长眠的“烈士陵园”。在葬礼举行过程中，巴勒斯坦群众呼喊着“用鲜血和生命复仇”“无辜烈士永垂不朽”和“胜利属于巴勒斯坦”等口号，强烈谴责以军用卑劣的手段暗杀这位巴勒斯坦杰出的政治领导人，表示将沿着穆斯塔法争取民族独立和解放的道路继续前进。

巴民族权力机构秘书长哈桑·阿卜杜·拉赫曼代表阿拉法特主席在葬礼上发表讲话说，穆斯塔法始终站在巴勒斯坦正义斗争的第一线，并且做好了随时随地为这一事业而献身的准备，是巴勒斯坦人民的最杰出领袖之一。哈桑表示，被用武力夺去的土地只能通过斗争加以收复，巴勒斯坦事业只能依靠巴勒斯坦人民自己来完成。今天巴勒斯坦人民哭别穆斯塔法，明天将完成他未竟的事业。他告慰亡灵说，等将来全部收复约旦河西岸，穆斯塔法的遗骨一定会被重新安葬在他的家乡——杰宁市的奥拉巴镇。

巴各政治派别和民间团体以及穆斯塔法的遗属也都纷纷表示，以军的淫威和暗杀吓不倒不屈的巴勒斯坦人民，只要坚持斗争不屈不挠，就一定能结束以色列的非法占领。当天，东耶路撒冷、约旦河西岸和加沙等地的巴勒斯坦人还举行了罢工、罢课、罢市和游行示威活动，充分表达对穆斯塔法不幸遇难的沉痛哀悼，以及对以军暗杀暴行的强烈愤慨。

10月17日，以色列终于为暗杀穆斯塔法付出了沉重代价：以穆斯塔法命名的人阵民兵组织在耶路撒冷刺杀了以右翼著名人物、旅游部部长泽维。从此，巴以冲突进入了一个新的暴烈阶段。）

在现实中，除了无力继续抵抗外，还有两种情况可以促使媾和。

一是获胜的可能性不大，二是获胜的代价过高。

——克劳塞维茨《战争论》

第六十七章　沙龙骑虎难下

2001年8月29日，星期三，晴，加沙

今天，巴以冲突已经进入第12个月。这场冲突持续时间之长，波及范围之广和生命损失之大是我这个旁观者所不可能预料到的。我过去总以为双方打上个三两周甚至三五个月就差不多了，可现实是，作为冲突导演的巴以领导人都似乎意犹未尽，越战越酣。

从26日五名以色列人被打死开始，局势在三天内翻云覆雨，跌宕起伏。以军先是侵入加沙南部的拉法市，接着轰炸多处巴安全机构，随后又炸死人阵总书记穆斯塔法，把冲突推向一个少见的高峰。

27日下午，巴勒斯坦人为穆斯塔法复仇的子弹飞向耶路撒冷南部的吉鲁定居点和加沙南部的古什·卡提夫定居点，28日凌晨，以军侵入吉鲁对面的伯利恒比特·杰拉镇以及古什·卡提夫对面的拉法市，并与巴方武装发生激烈交火，冲突持续处于巅峰状态。

今天下午，双方均证实阿拉法特和佩雷斯连夜达成协议：巴方不再袭击吉鲁，以方从比特·杰拉撤军。但协议并没有生效，双方又打到午夜。拉法附近动静也不小，下午以军就切断了通往加沙机场和拉法海关的道路，并占领了两个巴安全部队哨所。晚上又传来消息说，以军出动武装直升机占领加沙机场，并派出坦克部队重新包围了拉法。虽然后来证实占领机场属于谣传，但是机场附近的一个以军检查站的确落下六架“阿帕奇”。午夜后发生什么不敢预测。

今天，国际社会的调解努力也突然剧增，阿拉法特不但会见了国际

守卫西岸定居点的以色列哨卡。

货币基金会代表和欧盟中东问题特使，而且相继接到美国、德国、意大利、捷克、罗马尼亚等国外交首脑的电话，中心话题是如何结束以军在比特·杰拉镇的存在。

冲突爆发以来，以军已经占领加沙地带和约旦河西岸大片的巴控区，但没有几个国家像现在这样着急地做工作促使以军撤出。以军也一度进占杰宁、希伯伦并两进拉法，也没有几个国家对以色列表示过太多的不满。而今，一个比特·杰拉出现了以军，情况就迥然不同了：英国、法国、欧盟和联合国秘书长都进行了谴责，要求以军立即撤出。美国国务卿鲍威尔在同阿拉法特的电话中承诺将确保以军撤出，美国务院发言人鲍彻甚至抨击以色列此举破坏了巴以和平协议……

手心手背都是肉。为何比特·杰拉比别的巴自治城市更受国际社会疼爱？原因很简单，这是个基督教城市，更是基督教圣地伯利恒的西大门，信奉基督教为主的欧美国家当然不能继续作壁上观了。

大半年前，当巴方的子弹第一次打进建立在被占领土上的定居点吉鲁时，精明的以色列领导人就号准了阿拉法特的脉搏：他想以合法袭击方式来打疼以色列政府的自尊心，迫使其对比特·杰拉还击，进而激怒西方基督教社会。尽管以领导人口口声声宣称吉鲁是其“首都”耶路撒冷的南郊，但一直停留于炮击比特·杰拉，因此，没有招来世界十几亿基督徒的不满。西方国家对此也心知肚明。

最近，随着美国领导人的公开偏袒和纵容，以方对巴方的武力弹压明显增加，而突袭杰宁、希伯伦和拉法的轻易得手，又使以方对地面扫荡信心大增。在四面围困伯利恒后，沙龙等已多次放言，只要巴方再朝吉鲁打一枪，必定马踏这个巴掌大的小镇。

本月中旬，阿拉法特及时下令停火，把准备进击比特·杰拉的以军大部队“凉”在伯利恒外围，供各国媒体观瞻，伯利恒一时战云密布，多国“人体盾牌”纷纷亮相，舆论的焦点几乎天天对准那里。从14日以军增兵伯利恒，到27日中午，巴方在比特·杰拉始终高挂免战牌，一弹未发。

当以军以非常牵强的借口炸死巴高级领导人穆斯塔法后，当沙龙政府必定要被国际舆论的唾沫淹没时，巴方及时地从比特·杰拉向吉鲁发射了复仇的子弹，为以军隆隆开进这个敏感之地铺道路。

以军进入比特·杰拉后，人们看到了在杰宁、希伯伦和拉法基本看不到的激烈抵抗，看到了在巴控区第一次出现的城市游击战，看到了巴武装人员白天同以军短兵相接的场面。对于沙龙和其他信奉实力的以领导人来说，这简直是虎口拔牙、太岁头上动土，如何了得？但是，以军又敢怎样？在杰宁、希伯伦和拉法，以军可以随心所欲地摧房拔屋，在比特·杰拉以军却不敢放肆地实行这种焦土政策？为什么？就因为这里是基督教区，背后站着基督教世界。沙龙这回入了套，骑虎难下！

从昨天午夜起，佩雷斯等就通过意大利外长传口信，甚至亲自给阿拉法特打电话，急着赶着要达成停火协议，以便迅速从比特·杰拉脱身，使以军的坦克不再以教堂的十字架为背景频繁出现在各国媒体上。

据说，以方要求体面地离开比特·杰拉：第一，巴方必须先停止射击，以免造成以军被巴方扫地出门的印象。第二，以方将在夜间完成撤军，不给媒体更方便的炒作机会。但是，巴方好像不买账，坚持以军先撤，然后巴方停止射击，并要求撤军必须在白天完成。

今天下午，比特·杰拉的确出现过几个小时的休战，但是，在有关停火协议被披露后，双方的交火又开始了，这次落在吉鲁的已不是子弹，而是迫击炮弹！

沙龙正连夜主持召开安全内阁会议，研究如何从比特·杰拉撤军。以方曾说以军将留在比特·杰拉，直到巴方停止射击。或许，这正是巴方之所求，因为不如此唤不醒国际社会的同情心，不如此无以聚集对沙龙政府的外来压力，也就使冲突无法在政治解决巴以遗留问题的基础上结束。因为，无论是在打吉鲁，还是打在比特·杰拉的以军，巴方袭击的是定居点，袭击的是占领军，可谓正义在手。

沙龙警告说：军队不是一个和谐的俱乐部，军队是用来打仗的。

——尤兹·本兹曼《沙龙——以色列的恺撒》

第六十八章　沙龙的三板斧

2001年9月1日，星期六，晴，加沙

水浒人物李逵是大家再熟悉不过的了，他武艺不算高强，但是凭着一身的蛮力气，再要起两柄劈山斧，也能卷起一股唬人的“黑旋风”。“黑旋风”的招式和套路也非常简单，无非左抡、右砍外加劈脑门，舞来舞去就那么三板斧，成不了大气候。

拿李逵比喻今天的以色列总理沙龙或许不太恰当，但几个月以来的事实表明，沙龙的杀手锏也不过是一目了然的“三板斧”：暗杀巴活跃分子乃至高级政治领导人，待挑动巴方反击后，再从空中轰炸巴安全机构，从地面闪击巴自治城市，进而完成一轮较量。

六天来，沙龙三次挥起他的第一板斧，肆无忌惮地对巴方重要人物抡了过来：8月27日暗杀人阵总书记穆斯塔法；8月31日暗杀民阵副总书记萨姆拉伊未遂……沙龙的借口还是老一套：惩治恐怖袭击，只是胆子更大了，直接把巴高级政治领导人当作一斧封喉的对象，根本不顾忌国际社会的强烈谴责，也无视巴方反报复而导致自家百姓去做替死鬼。

沙龙过去为将时就以迷信武力、滥用武力和过度报复而著称，如今作为政府首脑依然故我，可以说本性不改。他过去就屡屡违背军规，为实现个人认定的行动目标而恣意妄行，现在他依然我行我素，藐视世界舆论、国际准则和通行的游戏规则，显示了非常狂妄的人格特征。

沙龙的第二板斧也已成为一种明显的定式，那就是轰炸巴安全机构，而且越来越狠。随着冲突的持续，沙龙觉得过去靠武装直升机进行空袭已不足震慑巴方，于是动用世界最先进的F-16战斗机。战斗机毕竟了得，首次出战轰炸纳布卢斯监狱便炸死九名巴警，第二次露面又炸毁拉姆安拉的一座大楼。在25日以色列蒙受五人死亡、十人受伤的损失后，沙龙又认为原来的F-16机载导弹不过瘾，于是对加沙和西岸的三个巴方目标投下威力更大的炸弹，炸弹落处，四五层的楼房顿成瓦砾。巴方说，沙龙已经把武库中最大的2500磅的炸弹使上了，不知以后还要使出什么更吓人的武器？

沙龙的第三板斧就是进军巴控区，让巴方感受以军登堂入室所向披靡的威力。8月14日，以军首先进剿西岸巴自治城市杰宁。24日，以军开进西岸南部城市希伯伦的巴控区。26日，以军突入加沙南部城市拉法。28日，以军又进占西岸基督教圣地伯利恒的比特·杰拉镇。沙龙此招的特点也很鲜明：大部队行动以壮声势，午夜行动以增加恐惧感，速进速退不与巴武装人员纠缠。

如果说，暗杀是针对个人，轰炸是针对基础设施，这进占巴自治城市显然是针对巴勒斯坦自治的前途，三板斧层层递进，环环相扣，并逐步升级，一招比一招厉害。

三板斧的效果又如何呢？暗杀似乎并不奏效。巴以冲突几十年，别说死于以色列暗枪冷箭的巴活跃分子不计其数，就是高级领导人也有好几打，但是，巴勒斯坦人从没有因为张三被杀而李四住手王五望风逃窜，而是前赴后继、不屈不挠地朝前走。当巴勒斯坦人把结束占领当作一种崇高事业而矢志追求时，他们就早已把身家性命抛却脑后。当暗杀目标被几百万民众和几十代人当作民族英雄和烈士时，它只能引导更多的人舍生取义、慷慨赴死。法塔赫西岸地区书记巴尔古提不久前在谈到暗杀威胁时说：“每一个巴勒斯坦领导人的生命并不比普通民众更高贵，他们在投身民族解放事业时就已经做好了牺牲的准备。”

据以色列《新消息报》日前报道，沙龙政府已经把巴领导人阿拉法特、巴解总书记阿巴斯、巴立法委员会主席库赖、巴文化和新闻部部长拉布以及哈马斯精神领袖亚辛等九人列为暗杀目标（包括已经被暗杀的穆斯塔法）。分析人士也认为，穆斯塔法、萨姆拉伊和阿拉法特是巴解组织三大派别的平行领导人，前两个人可以暗杀，对阿拉法特动手也就不在话下，只是要看是否确有必要。别说沙龙不敢对阿拉法特动手，以前总理巴拉克曾公开表示，为了国家和民族利益，以色列将不惜同整个世界作对。

轰炸巴方目标当然不是为听响儿，沙龙显然是要用越来越大的棒子告诉巴方，再敢叫板就砸烂你们的坛坛罐罐，让当官的没地方办公，让当兵的失去营房。但是，轰炸并没有让巴勒斯坦人感到震撼。在他们的眼里，和完整的主权与失地相比，失去几幢高楼衙门不算什么；和为民族独立事业相比，丧失个人的家业也不值一提。多数巴勒斯坦人都认为，覆巢之下无完卵，没有民族国家和主权做保障的个人幸福和安宁都是暂时和靠不住的。显而易见，就算沙龙轰平了所有的巴官方和民间建筑也压不服巴勒斯坦人摆脱占领的坚定信念。

进占巴控区又能如何？沙龙无非想传达这样的信息：以色列撤离巴控区，也能重新进占，以色列允许巴勒斯坦自治，也能结束这种自治。其实，以色列占领巴勒斯坦地区几十年，时时在为如何摆脱巴勒斯坦社会的沉重包袱而苦恼，最终被迫让巴勒斯坦人实行自治。尽管沙龙摆出了毁灭巴自治政府的架势，但我有个直观的判断，一旦沙龙迈出这一步，那就意味着以色列好了伤疤忘了痛，把已经卸下肩膀的政治、道义、经济和军事负担重新挑了起来，陷入难以自拔的泥沼。

去年以色列大选前，巴拉克曾警告选民，选择沙龙就是选择战争。甚至直接把沙龙比喻为狼外婆，说他为了大选藏起了獠牙，但还是露出了狼

尽管冲突频发，但是，阿拉法特一直都在呼吁巴勒斯坦人保持克制。

尾巴。事实证明，频繁的自杀式爆炸正是在沙龙上台后才出现在以色列境内的，以色列人真正感到安全环境的恶化也是在沙龙上台之后才产生的，沙龙的确没有带给以色列人所渴望的和平与安全，因为他奉行的以暴易暴策略只能导致暴力的不断膨胀和蔓延。

以前司法部部长贝林也曾警告以色列选民，沙龙“依然是个丑陋的以色列人，从来不是温和派，他危险的天性应该暴露在大众面前”，“别忘了是他把以色列引入完全不必要的黎巴嫩战争……大家应该揭下沙龙的面具。他是披着羊皮的狼”。当时，我还很难接受贝林这番话，但是，现在看来，贝林对沙龙的定位可以说入木三分。沙龙几个月来极富挑衅性的三板斧证明他的确黩武、好战，不断把巴以冲突推向彻底崩溃的边缘，也使以色列的国际形象更加难看。

出将者讲求武力，入相者仰仗方略。作为一国总理的沙龙始终拿不出一个解决巴以冲突的政治方案，而是一味地以力服人，其结果只能是让巴勒斯坦人新仇旧恨齐聚心头，只能使暴力不断衍生而伤害更多无辜以色列人的性命。

以沙龙固有的刚愎和自负，他的三板斧可能还要挥舞一段时间。但是，面对为结束占领而不怕死的巴勒斯坦人，背靠因占领持续而不断有人丧生的国民，沙龙必须改变自己狭隘的思路，另寻良策，否则，那极具破坏性的三板斧最终要砍到自己的头上，给以色列带来难以承受的灾难。

从种族到种族，从部落到部落，以人类理智无法预知的方式轮转；因而，一个民族统治，另一个就衰落，遵从着她做出的像草丛中的蛇一样隐匿的裁决。

——但丁《神曲》

第六十九章　种族歧视比比皆是

2001年9月3日，星期一，晴，加沙

今天，美国和以色列代表团宣布退出在南非德班举行的世界反种族主义大会。据悉，其原因是190个国家和地区1.4万名代表参加的德班会议坚持在会议宣言中把犹太复国主义定性为种族主义。美国形容会议决议“充满仇恨”，以色列则认为这是一场反犹“闹剧”。

原本以军士兵与犹太定居者优先通行的公路，被彻底隔离起来。

作为常驻被占领土的记者，我无意在此对“犹太复国主义”本身品头论足，更不想把这一催生以色列国的犹太民族主义运动简单地界定为种族主义。但是，以色列在被占领土特别是巴以冲突爆发后所采取的许多措施都带有明显的种族隔离与种族歧视色彩，践踏着巴勒斯坦人的基本人权。

占领军和定居者高人一等

众所周知，以色列为了拥有战略防御纵深，几十年来在加沙地带和约旦河西岸建立了近200个犹太定居点，屯集了20万人口。这些定居点占据了重要的水源、高地和交通要道，把巴勒斯坦的土地和人口切割成互不相连的碎片。其实，定居点本身占地面积只有被占领土的1%左右，但是，为定居点划出的安全区却占被占领土面积的8%。

根据国际法相关解释，在被占领土建立的定居点是非法的。冲突爆发前，以色列就为定居点建设了专用道路，严禁巴勒斯坦人使用。部分巴以共用的道路，只要定居点车辆一上路，所有巴勒斯坦车辆必须回避让其先行。

冲突爆发后，以军又把许多巴以双方共用的道路用水泥路障、铁丝网彻底分隔，严格规定了巴勒斯坦人和定居者各行其道，这种根据不同种族划分道路的做法具有典型的种族主义特征。纵贯加沙南北的4号公路就是一条歧视和刁难巴勒斯坦人的种族主义公路。加沙城东的卡尔尼—尼茨萨利姆路段，近大半年来已经完全被以军和定居者霸占，任何擅自驶入这段道路的巴勒斯坦汽车都将成为以军驱逐和射击的目标（本人就是其中之一）。每当定居者途经这里的一个交叉路口时，以军坦克和军用吉普车会早早封锁路口，让定居者优先通过。在加沙中部的戈拉拉村附近，以军不但完全霸占了部分路段，而且在无法独吞的另一部分路段建立了严密的水泥隔离墙和红绿灯，确保以军和定居者车辆一刻不停地安全使用道路和优先通行，任由巴勒斯坦汽车排成几公里的长龙等待。

被占领土的定居者更是恣意妄为，无法无天。据以色列媒体报道，部分武装定居者以遭受巴武装人员袭击为由，私自设立路卡，殴打巴勒斯坦人，烧毁民房、温室和清真寺，铲除庄稼，拔除树木，毒死羊只，袭击车

儿童扔石头抗议，往往也会招致杀身之祸。

巴勒斯坦的女人们已流干了眼泪。

辆，封锁道路，阻止耕作，甚至枪杀无辜平民，而以军警基本不加制止，甚至在巴勒斯坦受害者求援时也不加理会，任由肇事者逃之夭夭。枪杀巴勒斯坦平民的定居者大多逍遥法外，个别落网者也很快被宽大处理。与此形成鲜明对比的是，以军会千方百计地把枪杀以色列人的巴勒斯坦人员缉拿归案或直接“清除”。

尽管定居者占据巴勒斯坦土地已有几十年，尽管定居者为所欲为由来已久，但是以色列始终没有制订约束定居者行为的法规，进而使之处于有罪不究、究而不严的司法豁免地位。以色列占领区人权信息中心曾指出，对定居者的纵容本身就“违反了以色列的司法平等原则……任何枪杀以色列人的巴勒斯坦人乃至他们的家庭都难以逃脱惩罚，而枪杀巴勒斯坦人的以色列人却只受到很轻的处罚甚至完全逍遥法外”。这表现出明显的种族主义特征。

建立当代“隔都”

“隔都”（Ghetto）原本是以色列人心中的旧痛。中世纪的欧洲，犹太人备受歧视和虐待，被迫居住在当局指定的生活区域“隔都”，行动和人身自由受到严重限制。过去11个月，以色列为了镇压巴勒斯坦人的起义，不但屡屡从外围封锁加沙地带和约旦河西岸，而且从内部把这两个地方切割为60多个小板块，严禁巴勒斯坦人在实现自治的各个城镇和村庄间自由通行，形成当代“隔都”。

新“隔都”的复活不仅给巴勒斯坦人的工作、学习、家庭团聚和日常生活带来极大困难，而且人为造成生命损失。部分试图穿越封锁线或者绕过检查站的巴勒斯坦平民被以军开枪打死；部分病人和伤员由于无法通过封锁线而失去本来可以挽救的宝贵生命，他们中不乏老人和妇幼；甚至发生过几起孕妇因交通受阻而把婴儿生于出租车内或以军路障前的悲惨故事。集体惩罚是国际法和人权法严格制止的种族主义行为，但是，在巴以冲突过程中，以色列对巴勒斯坦人实行的集体惩罚措施比比皆是，而由此引起的人道主义悲剧也屡屡见诸媒体。

严密的封锁导致原本贫穷、落后的巴勒斯坦地区生活更加困难，失业

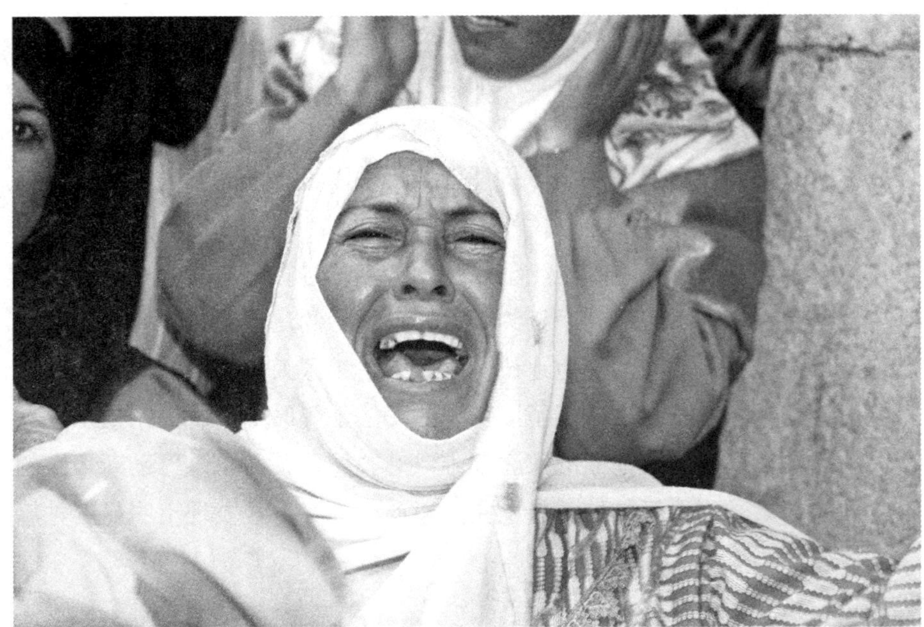

太多巴勒斯坦妇女失去丈夫或儿子。

丧亲之痛，日日围绕着巴勒斯坦人。

率由原来的11%上升到38%，贫困人口比例由原来的30%增加到64%。以色列占领区人权信息中心指出，“封锁政策缘于种族隔离政策，因为这种封锁只是针对巴勒斯坦人，而定居者则在以军保护下自由进出被占领土，以军有时甚至公开宣称封锁就是要确保定居者的通行安全”。

滥用武力和不经审判的处决

以军在冲突中最受世界舆论指责的行为是滥用武力、滥杀无辜和过度报复。面对只有石块和轻武器的巴勒斯坦人，以军使用了F-16战斗机、阿帕奇武装直升机、坦克、装甲车、地对地导弹、空对地导弹、反坦克火箭、重机枪，甚至使用了国际禁用的达姆弹（炸子），并首开纪录地对平民使用了“箭弹”（钉子弹）。可以说，除原子弹、中程导弹、轰炸机和大炮外，以色列几乎使遍武库中的所有武器。由于以军过度使用武力，已经造成近600名巴勒斯坦人死亡，两万多人伤残，其中绝大部分为平民和儿童。

以色列占领区人权信息中心公布的一项统计显示：截至6月18日，共有409名巴勒斯坦人被以军打死，其中武装人员仅71人，而平民达338人。平民中14岁至17岁的青少年为87人，13岁以下的儿童为22人。

用实弹对付示威者。以色列占领区人权信息中心的报告指出，被打死的平民多半是在向以军投掷石块时被子弹击中的。根据以军开枪规则，士兵只有在生命受到威胁时才能开枪自卫，但是谁也不能想象，一块百米开外投掷的石头能给以军士兵带来什么样的生命威胁？事实上，迄今没有一名以军官兵被示威者的石头打死或重伤。由以色列著名记者、议员和律师组成的这家人权机构指出，如果一个示威儿童被打死是悲剧，那么上百名儿童被打死而以军仍没有采取任何纠正措施避免不必要的杀戮，这只能是“犯罪性的疏忽”。而这疏忽的本身就说明巴勒斯坦人的生命价值没有得到同等的重视，这不是种族歧视是什么?

仅凭怀疑就开枪杀人。在巴以冲突中，部分与冲突没有任何关系的巴勒斯坦平民被以军开枪打死，原因其实很简单，他们或她们被想当然地判断为“恐怖分子”。不少巴勒斯坦平民包括妇女、儿童因以军的定点空袭

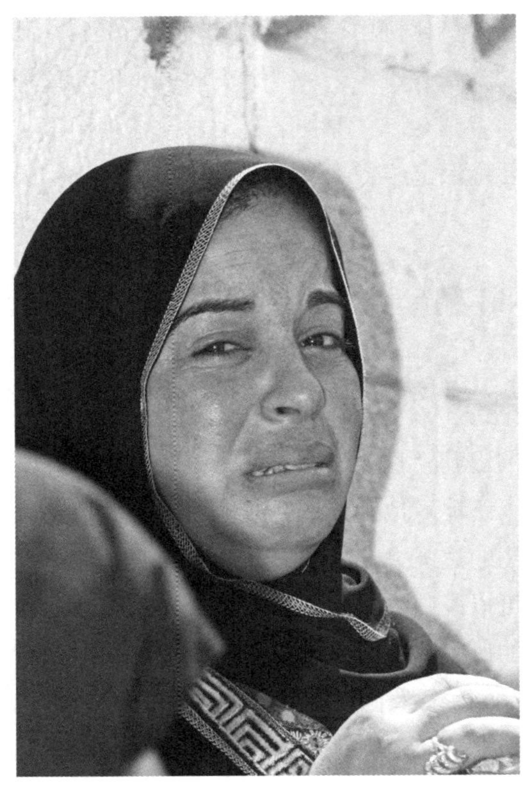

苦难的日子没有尽头。

和炮击行动而丧失宝贵性命，以军事后也是简单地说声抱歉了事。迄今为止，以军事法庭只处理了不足10起滥杀无辜的案件，而这也仅仅是被媒体曝光后才被迫应付的，大量的涉案人员没有受到任何处罚。

不经司法审判处决巴勒斯坦人。自冲突爆发以来，以军已经通过“定点清除”手段杀掉了60多名巴勒斯坦活跃分子，其中包括巴高级政治领导人。不管这种手段是“暗杀”还是以军宣称的“定点清除”，其要害是以军超越道德和人权法则，在未经任何司法审判的情况下剥夺被指控对象的生命，甚至不给被杀对象任何自我申辩的人机会，更何况，以军实施暗杀的依据仅仅是有待证实和检验的情报。以色列占领区人权信息中心指出：30年来，以军一直把暗杀当作一种公开的政策，这是对国际法和以色列法律有关生命权利和人权原则的公然践踏。迄今没有任何报道说明以军在未经审判的情况下剥夺过一个以色列犹太人的生命，如此巨大的反差难道不是种族主义的表现？

大量摧毁巴勒斯坦人的财产。根据国际法，巴勒斯坦人有权在被占领土进行以占领军为目标的武装斗争。以军为了报复巴武装人员的袭击，大量摧毁巴勒斯坦平民的房屋、耕地和树木，残酷地剥夺巴勒斯坦平民赖以生存的物质基础。企图通过增加普通人的痛苦来向巴领导人施加压力。在这种淫威政策的指导下，上千间难民住房被坦克和推土机夷为平地，甚至不留给居民任何时间来转移他们的家具、家禽和必要的生活物品。三万多棵包括存在了上百年的果树被连根拔除，断绝了部分巴勒斯坦人的生活来源。甚至个别自杀式爆炸袭击者的住房也被摧毁，使其家属遭受株连九族之苦。这种接近“焦土”政策式的集体惩罚从另一个方面反映了巴勒斯坦人受到的种族歧视。

殴打羞辱巴勒斯坦平民。在平时同巴勒斯坦人的接触中，部分以军士兵故意刁难、无辜谩骂甚至殴打巴勒斯坦平民。7月份，十多名以军在希伯伦无端对部分巴勒斯坦乘客辱骂、殴打甚至强迫他们自己相互殴打近两个小时，使他们蒙受了难以磨灭的心理创伤。事后，六名士兵被宪兵拘留。

被占领土上存在的种族歧视和种族隔离现象可谓罄竹难书。尽管实施这一政策的是以色列政府，具体行为者是以军和定居者，但是不能忽视以色列社会的种族歧视社会基础。犹太大主教尤素福作为犹太人的精神领袖

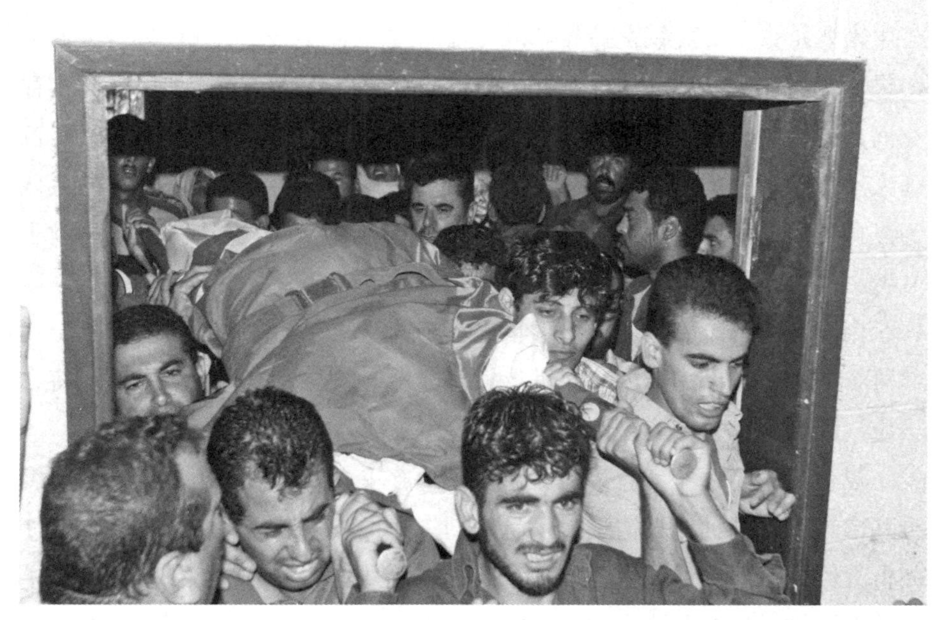

暴力循环把巴以和平推上绝路。

巴以不相信眼泪，彼此更相信拳头。

多次大放厥词，把巴勒斯坦人形容为“毒蛇”和不该出生的人；类似“犹太人一根头发能顶巴勒斯坦人十条命”之类的种族优越言论不断见于以色列报端；部分以军士兵公开在防弹背心上写着“阿拉伯人、狗和杂种”和“生来要杀人”等蔑视性口号。以《耶路撒冷邮报》电子版最近一项调查结果更让人感到寒心：居然有75%的被调查对象支持以军无视巴平民的存在而袭击巴方目标。近日，以色列某网站就种族主义话题对16358名以色列人所做的调查显示：45%的人认为以色列人是种族主义者，27%的人认为以色列人是轻度的种族主义者，只有28%的人认为以色列人不是种族主义者。

南非黑人总统姆贝基在此次世界反种族主义大会做主题发言时指出：“每个人都有自己的尊严，在世界大家庭中，人与人之间应该平等相待，不应该因为肤色、种族、性别、国籍等不同而受到歧视。”

以色列人千百年来流离失所，受尽种族主义的歧视、压迫，甚至一度受到惨绝人寰的种族大清洗。正是他们作为种族主义牺牲品的悲惨遭遇才使世人给予无限同情，也才有了今天的以色列国。但是，如果以色列为了维持对巴勒斯坦的非法占领而让巴勒斯坦人品尝自己曾经咀嚼过的苦果，那将是人类历史和文明进化的悲哀，也是以色列先民的悲哀。

己所不欲，勿施于人；己之所欲，推己及人。今天世界舆论诟病以色列在被占领土上的种种违反国际法和人道主义原则的行为，并非有意同以色列过不去，而恰恰希望以色列人作为涅槃的凤凰，展示其应该具有的道德水准和觉悟水平。

如果以色列不能成为世界道德的标杆，它至少应该遵守作为一个文明、民主与法治国家应该遵守的基本要求，而不是去追求超越国际法和民族平等的特权，在被占领土制造更多的悲剧。

阿萨德说，你们向以色列提供大炮和弹药，使我们怀恨在心。我们能不恨吗？

——保罗·芬得利《美国亲以色列势力内幕》

第七十章　谁对美国不宣而战？

2001年9月11日，星期二，晴，加沙

今天无疑是美国历史上最黑暗的一天，这不仅因为纽约和华盛顿恐怖袭击的硝烟遮盖了那原本湛蓝碧透的天空，而且在于死神的黑翼前所未有地覆盖了美国人永远安全而悠闲自得的内心世界。

当纽约标志建筑之一的世贸中心百层双子楼相继被飞机撞毁并先后倒下时，美国人信心的擎天柱也轰然倾颓。当世界超级军事力量的神经中枢华盛顿五角大楼被第三架飞机撞塌半边时，美国人谁还敢相信敌对势力的致命袭击不会降临在遥远的新大陆？

据CNN初步估计，这场突然降临的人祸可能导致五万人死亡。因为仅世贸大楼每天就有约五万人上班，而到那里办事或参观的人数日均15万人。有关伤亡的最保守估计也在万人以上，这将是越南战争后美国付出生命代价最为惨重的一次，且仅仅是在几个小时之内，而不是在炮火连天的战场上。如此惨重的损失，的确可称为一场不宣而战的局部战争，是另一次珍珠港事件。

今天也肯定是让世界感到悲哀和恐惧的一天，几乎所有的国家领导人都在最短的时间内表达了强烈的震撼和最强烈的谴责，并使用了类似“无法想象”“无法接受”等前所未有的措辞。巴勒斯坦领导人阿拉法特几个小时内连续两次表示谴责，认为这不是反对美国而是反对整个人类，是让他“无法表述感受”的“严重犯罪”。

据报道，随着世贸双子楼的消失，世界各大股市关闭了，美元贬值了，油价上涨了，黄金升值了，人们切实体会到了“美国打个喷嚏，全球就会感冒”的巨大冲击波。不仅如此，美国宣布进入最高紧急状态，所有本土和海外军事力量进入警戒状态，所有机场关闭，驻外机构如临大敌，舰队船只离岸躲到海面深处。就连远在西欧和中东的美国政治军事盟友英国及以色列都宣布了类似的防范措施……

是谁攻击了美国？四架被劫持的飞机几乎同时扑向预定的袭击目标，那场面真像是好莱坞导演推出的战争或灾难巨片。但是，正如英国广播公司一位主持人评论的那样，就是好莱坞最富想象力的大腕可能也无法构思这样的电影情节。包括我在内，不知多少人都无法相信电视直播的画面的确是一场旷世罕见的系列恐怖袭击！

阿联酋的阿布扎比电视台最先播发消息说，解放巴勒斯坦民主阵线（民阵）宣布对攻击美国的行动负责。但是，民阵很快相继从大马士革总部和巴勒斯坦发表声明予以否认。

接着，约旦的《团结报》编辑部接到一个外国口音的阿拉伯语电话，说攻击美国是日本左翼极端组织“赤军”所为，意在报复美国在二战末期向日本广岛和长崎投掷原子弹。

随后，哈马斯创始人和精神领袖亚辛在加沙表示，哈马斯同美国发生的袭击没有任何关系，因为该组织不准备把在巴勒斯坦被占领土的抵抗运动引向其他地区。经常对以色列发动暴力袭击的杰哈德也表示，它反对一切伤害无辜平民的行为。

当美国官方人士声称有迹象表明世界头号恐怖分子本·拉登卷入这场袭击时，庇护本·拉登的阿富汗塔利班武装不但宣布自己与此无关，而且声称也与本·拉登无涉。

一位阿拉伯电视评论员甚至认为，不排除美国境内的极左或极右翼民兵组织甚至拉美裔反美派别是幕后黑手。

我认为，美国的确在中东树敌太多，是众多激进组织口诛笔伐的对象。但是，无论是巴勒斯坦激进的哈马斯、杰哈德，抑或相对温和的民阵和人阵，还是黎巴嫩的真主党，它们都不太可能折腾出这么大的动作。传统上，上述组织恨以色列甚于恨美国，几乎没有发动过重大的袭击美国目标的恐怖行动。从策划、组织和技术操作上讲，这些远离美国而且被盯得非常紧的组织也无力在美国本土完成如此巨大的系统工程。

简单设想一下，在几个小时内劫持四架飞机同时向多个目标发动袭

“9·11”袭击发生特别是沙龙上台后，以色列将巴以冲突定性为“恐怖与反恐怖”，并指责阿拉法特支持和鼓动恐怖袭击，进而将其定义为以色列的敌人。

击，并不像安放几颗炸弹那样简单。它至少需要四组以上熟悉民航飞机操作性能和航线的专业人员，需要在高速飞行中准确确定地面攻击目标并实施精确撞击的过硬本事，需要有不被美国安全机构发现真实身份并同时混上飞机的能耐，甚至需要一定数量的人员和武器确保这一系列步骤顺利完成的必要准备。

虽然说发动自杀性恐怖袭击更符合中东极端组织的行为特征，但是，对于这样一个超级大阴谋和高水准、高技术含量的大行动，恐怕连财力雄厚、诡计多端、经验丰富的本·拉登也难以组织，也的确不能排除美国本土极端组织发起这场大屠杀的可能性，因为本·拉登被防范得太严实了，而堡垒往往最容易从内部被攻破。最典型的例子：1993年，美国伊斯兰极端组织在世贸大楼地下两层制造爆炸，造成6人死亡，1000人受伤。1995年美国白人民兵极端组织成员麦克维及其同伙炸毁俄克拉荷马大楼造成168人死亡，数千人受伤。

此间部分人士相信，组织如此周密和重大的恐怖袭击更像是国家行为，甚至认为这是第三次世界大战的前奏。但是，我无法想象哪个国家、哪个政权会如此愚蠢地冒天下之大不韪公然杀戮大量无辜平民，会通过间接方式向美国宣战而自招灭顶之灾。其实，任何一个负责任的国家或政权即使再和美国过不去，也不至于此，而且也没有到了非得和美国通过军事手段摊牌的地步。

纽约和华盛顿恐怖袭击的硝烟尚未完全消散，新的恐怖袭击的幽灵也未必已经悄离美国。可以预见，随之而来的将是一场规模巨大、范围广阔和耗费时日的大起底，以及牵动世界的大审判。天网恢恢，疏而不漏。任何恐怖分子都最终难以逃脱正义、良知和法律的制裁。

但是，恐怖袭击存在的社会和政治根源究竟是什么？恐怖袭击为何在全球范围内屡禁不绝？恐怖袭击的目标为什么又多集中于美国等几个国家？这恐怕是有关各方都要认真思考的问题。只有找到病根并对症下药才能标本兼治地杜绝这一危害无辜平民的痼疾，才能让天下更加太平，也才能告慰无数受害者的在天之灵。

在冲突前线坚守了一年的中国外交官被迫撤离加沙，
但出关的路是如此的曲折。
——自题

第七十一章　外交官受困加沙

2001年9月13日，星期四，晴，加沙

今天是巴以“奥斯陆协议”签署八周年纪念日，也是巴以最终地位谈判启动两周年纪念日，还是巴勒斯坦原计划的独立建国周年纪念日。但是，在这个有三重意义的日子里，巴独立建国已成镜花水月，最终地位谈判早已被弃置一旁，就连奥斯陆和平的精神也渐行渐远，相反，我却感到了巴以和平进程危在旦夕的严峻形势。

随着美国系列恐怖袭击的发生，以色列打着反恐怖的旗号连续两天对约旦河西岸五个巴勒斯坦城镇大事讨伐，造成16人死亡，上百人受伤，巴以冲突骤然加剧。谁是美国恐怖袭击的主谋和执行者尚在调查之中，也没有巴勒斯坦人沾边的丝毫迹象，以政府却已急不可耐地把巴民族权力机构往火坑里推。以方一方面大谈巴方支持恐怖主义的种种危害，另一方面威胁巴方赶紧同一切恐怖主义断绝联系，似乎这个昔日的和平伙伴就是不折不扣的恐怖主义后台老板。据报道，以总理沙龙甚至对美国总统布什说，巴领导人阿拉法特要么当和平人士，要么做世界头号恐怖分子本·拉登。

可以说，以色列在加强军事打击激化冲突的同时，继续大造政治舆论，试图利用美国被袭之机把巴方彻底抹黑，使之成为美国正在召集的世界反恐怖联盟的打击对象，进而达到使巴方俯首的政治目的。巴方当然对此洞若观火，从官方到民间广泛动员，既强烈谴责袭击美国的恐怖行为，也对袭击受害者表达了相当的同情和声援，阿拉法特本人甚至破天荒地带头为美国伤员献血，并动员在校学生为美国死难者肃立默哀五分钟。尽管如此，舆论担心巴以冲突有继续恶化的可能，巴以和平进程正面临生死存亡的关头。另外，总社某些业务部门甚至判断巴勒斯坦自治区将是美国军事打击的目标。在这种微妙和严峻的形势下，中国驻巴勒斯坦办事处遵照国内指示，决定将大部分工作人员暂时撤出加沙，以防不测。

办事处是昨天下午召开馆务会议后做出撤离部署的。会后，代办苏高潮参赞把我叫去临时通知了这一重大决定，并表示，如果我打算和部分馆员一起撤往以色列，办事处将提供一切便利。我对这一决定虽然感到非常突然，但谢绝了苏参赞的好意，表示自己是一名记者，越是危险越需要留下进行报道。随后，我立即把办事处的最新举措和自己的打算向总社进行了汇报，并请示继续留下，除非局势恶化到人身安全无法得到保障。

让我始料不及的是，进入以色列的埃雷兹检查站今天被封锁得像铁闸一般，11名撤离人员苦等六个半小时并费尽周折，平时则只需十分钟便可顺利过关。

上午11点，商务一秘张凤玲首先带着两名中国公司的留守人员赶到位于加沙地带北端的埃雷兹。张秘还有一个更重要的任务是前往约旦河西岸

我一个人常驻加沙，受到中国驻巴办事处的多方关照。

的杰里科，安排另一个中国项目的16名留守人员撤离。今天凌晨，以军在直升机和30多辆坦克掩护下突入该城市中心并同巴方激烈交火，打死两名巴勒斯坦人，打伤另外多人。杰里科战事吃紧直接威胁着16名中国同胞的安全，因此，他们必须立刻撤离。至少，我是如此建议张凤玲的。

由于办事处留守人员有限，我客串司机开车与苏参赞送其他八名撤离的外交官和公务人员随后赶往埃雷兹。还没等我们两拨人马会合，张秘打来电话说以军已彻底关闭埃雷兹，任何人不得出入，除非事先提出申请。

到了埃雷兹果然发现张秘等三人被迫在检查站巴方一侧的哨所前等待，而平时外交车辆是可以进入检查站通道并在以方哨所前查验手续的。显然形势不同往常。尽管外交人员享有豁免权，但是在巴以冲突这个是非之地谁也不敢挑战以军的禁令。今年4月，苏参赞回国途中开车通过埃雷兹检查站时，正赶上附近打枪，他和另外几名西方外交官硬是被以军士兵用枪指着赶出了检查站通道而折回加沙城。此前，英国驻以使馆的汽车在加沙误闯被以军封闭的路段而遭到枪击；梵蒂冈的外交车在拉姆安拉一检查站附近受到以军鸣枪阻拦，车里的外交官甚至遭到以军士兵非常放肆的口头威胁，迫使以外长佩雷斯事后公开道歉。

尽管我驻以色列使馆前来接应的车辆已经等在检查站的另一头，尽管使馆同检查站以方负责人反复交涉，但对方答复说上方有令，就是外交人员也不能放出加沙。自从美国发生恐怖袭击后，以色列关闭了机场和陆地口岸，埃雷兹检查站也于昨天关闭。不许包括外交人员在内的外国人进出加沙这的确是第一次。

两名印度驻加沙办事处的外交官驾车从检查站进入加沙，我们原以为他们刚从以色列那面过来，后来才知道他们也是想离开加沙吃了闭门羹而被迫折返。此前，几名联合国工作人员曾获准过关，据了解他们也是事先办理了人员和车辆特别通行证。

交涉不成，我们只好应邀到巴方一侧的贵宾接待楼休息等待。我使馆临时给以外交部打照会，请其通知埃雷兹放人，而且逐一附上过关人员的姓名和护照号码。大约两个小时后，大家等来了一个让人非常失望的消息：埃雷兹检查站只听军方的指示，不买外交部的账，依旧不许11位持外交或公务护照的中国人过关。更让人无法相信的是，这个芝麻大的事据说已经报请以色列内阁定夺！

考虑到张秘未必能及早出关并赶到杰里科，我驻以使馆只好派人直接前往那里解救重兵围困下的16名中国人。肚子已经呱呱叫了，我们这些受阻于埃雷兹的人又不敢离开检查站去吃午饭，只好就着无法排解的怨气分享车上仅有的一袋大饼，当然，还有好客的巴方主人给我们端上的红茶。

下午4点左右，关节打通了一半，检查站只允许外交官入境，而持公务护照的还是不能踏进以色列半步。商量的结果是大家都去，看看公务护照持有者能否“闯关”入境。原因很简单，几名男女外交官恰好不会开车，必须靠持公务护照的办事处司机师傅把他们和行李送到我驻以使馆。

临分手时，大家互道珍重，都希望能很快在加沙重聚而不是在以色列见面，因为那将意味着局势将趋于明朗，有和无战。大部队走了，我和苏参赞继续在检查站巴方一侧等待消息，就怕检查站把他们中的一部分人给硬挡回来。

下午5点半左右，我们终于得到了所盼望的好消息：不但撤出加沙的11人全部获准过关，就连杰里科的16名中国人也一个不落地通过以军检查站同使馆人员会合。我们终于放心地返回加沙城了。

从办事处到埃雷兹只有25分钟的车程，从埃雷兹到我驻以使馆也不

在这战乱之地，我与中国外交官及家属结成生死之交。

过一个小时的车程，但是，今天11名中国人走过这段并不遥远的路程却花了七个半小时。想起今天让人难以忘怀的磨难，我们几个留守者不禁产生了一个相同的忧虑：尚未大乱就已经如此，将来真的大打起来是否会插翅难飞？

直升机在头顶盘旋，“地狱火”导弹在身边炸响。为了一组照片，

我从一个轰炸现场追向另一个轰炸现场。

——自题

第七十二章　导弹在我30米外爆炸!

2001年9月15日，星期六，晴，加沙

今天中午，以色列军队对加沙地带的多处巴勒斯坦目标发动陆海空袭击，造成至少八人受伤，而我也因到现场采访，两度遭遇危险，其中一次以军导弹离我仅有30米之遥!

中午12点左右，我正在打扫凌乱的客厅，屋外天空传来一声炸雷般的轰响，经验告诉我，这是阿帕奇直升机发射导弹的声音。我扔下手里的扫帚，闪电般地冲向面对加沙市中心的办公室。探头从窗口扫视一番，天空没有飞机，城里没有烟尘，一切正常。正纳闷间，另一声炸雷更响亮地传来！我更加相信这的确是空袭，只是不在我的视野中。

我立刻抄起数码相机，换上300mm定焦头和1.4的增倍镜，同时揣上移动电话甩门而出，直奔楼顶。天啊，加沙城南方向离分社一公里处的上空果然有两架以军的阿帕奇直升机！它们下方的巴勒斯坦预防警察部队司令部附近已经出现一股几十米高的烟尘，像龙卷风一样在烈日下渺渺升起。昨天晚上，巴以双方在埃雷兹发生交火，两名以军士兵受伤。显然，这场袭击是以军为那两名受伤的士兵出气解恨。

这是我配置专业相机以来第一次使用长镜头拍摄空袭现场，心情既紧张又激动，以至相机都有点端不稳，只好把它架在楼顶的女墙上。咔嚓拍下几张照片后，我立即掏出移动电话向开罗中东总分社口述消息，随后便回到分社背上摄影包往现场赶。虽说长镜头拍摄的几张照片足以发稿，但我不想应付差事，我要在第一时间赶到现场，看看能否抓到被袭目标着火

第一波空袭只能远眺。

我追着以军的直升机赶到第二波空袭现场。

误以为空袭已结束，我们记者与救护人员往里冲。

和人员受伤的近距离画面。

冲到楼下，几名看门的警察尚不知底细而纷纷向我打探，我来不及搭理他们，只是向空袭方向一指便启动汽车绝尘而去。一路上，我连续按着喇叭，同时开着汽车远光灯和示宽灯，只唬得所有汽车路人纷纷躲闪。或许他们已经看见了以军直升机，因此毫不责怪我这辆带有明显新闻标志的汽车“横行霸道”。做记者必须有这股霸气，否则机会转瞬即逝，做记者必须争分夺秒，否则自己后悔不已。

不出三分钟，我已经赶到了现场附近，在此期间，以军又发射了两枚导弹。我无法看清轰炸的情形，只见路边的不少行人在向与我相反的方向逃跑，几十名小学生吓得躲进路边的人家或商店，部分孩子甚至在恐惧地哭泣。我已经到了预防警察司令部的门口，那里仍有几十个不怕死的巴勒斯坦人站在路边看热闹。多少个白日和夜晚我总是盯着这个目标，因为它是除阿拉法特官邸外离分社最近的一个重要机构，我相信以色列迟早会把它当作打击对象。

刚停稳汽车，一个小伙子主动靠近我的车窗说，以军轰炸的不是预防警察司令部，而是它后面的民防司令部大楼。我听罢此言又驱车右拐，准备绕过预防警察司令部，向真正的现场接近。没开出20米，我便被两名巴勒斯坦警察横枪拦住，他们焦急地向我比画着并用手指指天空。我从车窗探头一看。乖乖！两架飞机已经移动了位置，在我的左上方百十米处盘旋。我立即掉头后撤，不敢继续造次。我相信，以军飞行员已经看见了我车顶那一米宽、两米长的白色英文标识“CHINA（中国）”。

后退五十米左右，我下车了解情况，一位警察告诉我，去了也是白去，因为民防司令部已经将人员撤离，肯定没有伤员。正说话间，以军直升机又发射了两枚导弹，而目标已经南移一公里左右，我们只看见导弹脱离飞机腹部时的微弱火光，只听见几秒后的两声爆炸并感受到随之而来的剧烈震动，但不知道导弹究竟又打到了哪里？

随着以军新攻势的出现，我周围的救护车和新闻车立即纷纷启动，向着导弹刚刚下落的方位转进。几分钟后我们寻着烟尘赶到了第二个空袭现场——巴勒斯坦军事情报局哨所。这个哨所建在一个小沙丘上，由一间集装箱改造的活动住房和几个沙包工事组成。

我和路透社的记者苏海卜是第一批赶到的记者，我们站在哨所对面的土丘上用镜头锁定了一个个充满动感的场景：营房中弹冒起了黑烟，沙包和树木卷起了火苗，几十名当地青年在尘土中协助救护人员从营房中抢救伤员。

现场的人已经多得让我无法拍摄照片，我必须靠得再近一些。尽管以军的直升机仍然在几百米的空中盘旋，但经验告诉我，在现场出现许多人员的情况下，以军是不会冒险继续发动攻击的。我冲下沙丘，穿过人群和烟尘向救护车奔去。苏海卜已经在那里了，我不想让路透的照片成为今天空袭的独家画面，我既然来了，就要为新华社争份面子。

就在我拍摄混乱的救护场面时，第三枚导弹落了下来，并在离我们30米左右的另一个沙包中爆炸了。顿时，所有的现场人员立即退潮般地往后跑，慌乱中我差点儿被几个愣小子给撞个大跟头。大家一口气跑上沙丘，一边看着天上的飞机，一边看着已经落下三枚导弹的哨所，等待着第四枚导弹的到来。但是，以军直升机不跟我们玩了，它们在盘旋两圈后向西边的地中海方向飞去，很快变成两个黑点，最终消失。

回到分社后了解到，以军同时还使用直升机、地对地导弹、坦克以及舰艇对加沙南部拉法市的部分巴安全部队目标进行了袭击，导致五名巴

另一枚导弹落下并爆炸，离我只有30米左右！

安全部队人员和一名女童受伤，摧毁部分巴安全机构并造成严重的物质损失。以军发言人随后证实了对加沙地带的报复性袭击。

今天尽管很危险，但不虚此行，我向总社发回了一组现场感非常强的照片，并编写了鲜活的空袭详讯。国际部发稿中心主任潘国俊和中东编辑室副主任荣松看到了我的现场新闻后，相继给我打来电话，叮嘱我一定要注意安全。我从心底里感谢他们，虽然我没有告诉他们自己是多么危险，但是，他们分明从我几百字的新闻稿里嗅出了战地的硝烟和杀气，并为我捏把汗。对战地记者来说，后方的关心就是最大的鼓舞和安慰。

对巴勒斯坦人来说，被世人注目，既是一种幸事，也是灾难。

——托马斯·弗里德曼《从贝鲁特到耶路撒冷》

第七十三章　无冕之王的是与非

2001年9月18日，星期二，晴，加沙

今天是我的生日，要不是耶路撒冷分社的钟翠花打电话祝我“生日快乐”，我几乎忘了这一天和我有关。作为一个记者，今天我忙碌了一上午，思考了一下午，回顾我和其他前线记者的遭遇，反思我们这些记者围

路透社摄影记者苏海卜。

绕冲突出现的是是非非。这也是一个让我思考已久的问题。

巴以冲突眼看一周年了。在过去的300多天里，不管在世界哪个角落，人们只要把视线投向中东，满眼都是巴勒斯坦人的苦难和以色列人的惊恐，感受着一场准战争所能带来的一切感官刺激。人们在关注巴以双方立场和处境的同时，可能恰恰忽略了冲突中无所不在、作用非同寻常的第三方：号称“无冕之王”的新闻记者。

活跃在巴以前线的“无冕之王”大概有千人之众，他们用自己的眼睛记录了一个个冲突场景，然后通过最现代化的传输手段迅速把它们传播出去，让场外的无数受众把万花筒式的破碎片段连缀起来，形成自己对冲突本身的完整印象和是非评判。但是，“无冕之王”本身的许多故事和是非曲直却被掩埋在硝烟和血色之后，而它们却能从另一个角度折射这场冲突的复杂性和残酷性。

挨枪、挨打、受气、受死

今天夜间，巴以武装在加沙城南的尼茨萨利姆定居点一带发生激烈交火，夜空中不但可以听到清晰的机枪声，而且可以看到成串的子弹。清晨，一位在定居点以西加沙海港工程项目工作的邻居说，以军出动坦克摧毁了海港项目经理部，80多间木板房已经成为废墟。

加沙海港项目离分社只有两公里，这意味着以军坦克已经首次从海边贴近了加沙城。我赶到现场后，遇到了拉马坦新闻中心电视摄影记者马哈茂德·扎卡利亚。这位皮肤稍黑的小伙子是我的生死之交，我们曾多次在冲突现场采访，一起寻找最佳的拍摄角度，一起穿越以军封锁线，也一起逃避飞来的子弹和催泪瓦斯。

以往我们每次见面总先猛击右掌再相互拥抱并致吻面礼，但是，这次相见却少了前两道程序，因为他的右臂已经被夹板和绷带紧紧缠裹起来，并用三角巾吊在脖子上。扎卡利亚说，几天前他在加沙南部的拉法采访时被以军子弹打中了右臂，损伤了神经，整个胳膊和右手麻木得没有任何感觉。

扎卡利亚当然不是在巴以冲突中受伤的第一个记者，也肯定不是最

路透社摄影记者艾哈迈德，是苏海卜的哥哥。

后一个。看着又一位好朋友为工作付出血的代价，我的心顿时阴沉了好一阵。今年夏天回国休假时，另一位熟识的战友、阿布扎比电视台女记者莱拉在加沙被以军子弹击中腿部。记得当时我正在吃饭，莱拉受伤的画面使我难过地搁下了手里的饭碗。现在，弱小羞涩的莱拉已经重返前线，但我眼前还闪现着她受伤后哭喊并挣扎着逃离现场的那个镜头。

据巴勒斯坦方面统计，在冲突中被以军打伤的当地和国际新闻记者已经超过157人（大部分是巴勒斯坦雇员），而中立机构的统计数字也在50人左右，其中，仅我认识的就不下七八人。另外有三名巴勒斯坦记者在冲突中殉职。

巴勒斯坦人反抗占领本身就是一项合法与正义的事业，而他们又处在弱者的位置，国际新闻界的报道只要依据事实，总能激起人们对巴勒斯坦人更多的同情。往往以负面形象出现的以色列人自然对“无冕之王”颇多微词，甚至迁怒于他们。我在加沙采访路过以军哨卡时不止一次地听到以军士兵的抱怨，要求我们不要一边倒地进行报道。我在同以色列平民交谈中也听到过类似的不满。

今年7月，我在东耶路撒冷“东方大厦”前拍摄犹太右翼分子示威活动时，居然和几名以色列记者遭到对方的追打，我的脸部和胸部各挨一记老拳，差点逼得我还手。所幸的是以色列警察当场逮捕了他们，我也抢到了几个精彩镜头。

在约旦河西岸城市希伯伦，犹太定居者追打记者的暴行更是屡屡发生，不少记者因此被送进了医院。一名埃及电视记者在拉姆安拉采访时甚至遭到以军士兵的几记耳光，这一画面传到埃及后一度激起强烈的民族义愤，迫使以方高层人士出面道歉才平息事端。

当然，记者遭受的干扰和谩骂也不全是以色列人干的，我在加沙因为试图拍摄交火、骚乱和葬礼场面曾多次受到冲动的巴勒斯坦人的推搡、辱骂、威胁甚至击打。有时，我也会压不住火气追赶那些砸我汽车或故意弄脏我相机镜头的半大小子们。

不能不信，不可全信

在巴以冲突中，双方的媒体出于爱国本能或迫于某种压力往往脱离新闻的基本规律，成为当局宣传机器的一部分。一般而言，巴以媒体的消息源都是各自的官方人士和目击者，因此，他们提供的信息总是把自己描述为单纯的受害者而把过错全部推给对方。

冲突爆发前，巴方媒体一般比较中性地使用“以色列军队”这个定语，而现在早已毫不客气地全部更换为“以色列占领军”。以方媒体特别是右翼媒体则把巴方发动的袭击称为“恐怖袭击”，基本上不区分这些袭击是发生在被占领土还是在以色列境内，是针对以军还是针对平民。

尽管巴官方一再谴责针对以色列平民的恐怖袭击，但是，巴方媒体多数情况下把发生在以色列境内的自杀式爆炸称为“烈士的义举”，对类似行动进行肯定和赞扬。以方媒体经常把巴勒斯坦人的和平示威称为“暴乱”，完全颠倒了占领与反占领的基本是非。

过去一年里，最让我搞不明白的就是双方的相互交火和相互指责。巴方媒体说以军对巴目标“胡乱开枪”或“故意开枪”，以方媒体基本上把以军的开枪描述为对巴方袭击的“反击”，或对巴方人员可疑行迹的反应。

事实是，巴方存在着有组织和无组织的袭击行为，因为他们认为武装反抗占领是国际法赋予他们的合法权利。以方本身就规定军人在面临危险时可主动开枪击伤或打死任何可疑目标，约束不严，甚至还出现过以军利用“巴奸”制造巴方开枪假象进而为自己开火“还击”提供借口的怪事。

关于几乎每天都发生的石头战，巴方媒体往往会简单地说以军开枪镇压和平示威，以方媒体说以军发射催泪瓦斯和橡皮子弹乃至向示威者“腿部”开枪以驱散“暴乱”。而事实是，巴示威者先向以军投掷石头和燃烧瓶，以军进行弹压却又过度使用武力造成示威者伤亡。石头和燃烧瓶的确不是武器，不应当受到真枪实弹的还击，而多数示威者正是被实弹击中胸部和头部才死亡的，说明以方有关向“腿部”开枪的辩解难以立足。

在巴以工作的外国记者，每个人都可能面临着上述问题，只有不为双方宣传所左右，才能比较真实和客观地还原冲突的本来面目。作为一个中立国家的记者，我不可能也没必要去调查每一次开枪事件的起因和过程，在报道中只能同时援引双方媒体的说法，尽量做到客观和公正。但就每一个具体的事件而言，肯定有一方是真正的始作俑者，因此，我这种话听两

法新社摄影记者法耶兹。

边的“客观和公正”又是相对的，这也是战地新闻报道普遍存在的局限。

当然，作为派驻被占领土的记者，受特定环境的限制，我的报道自然更多地反映了巴勒斯坦人的苦难，而以色列人的不幸则会通过我们驻以色列的记者的描述展示给中国的受众，从而达到一种总体上的报道平衡。

中国目前常驻以色列的记者已多达九人，分别来自新华社、中国国际广播电台、光明日报和科技日报，据说人民日报也将很快建立记者站。而派驻巴勒斯坦的记者仅有我一个人，可以说力量严重不平衡（9：1）。

一般而言，外国常驻记者肯定会重点报道驻在国的动态，及时转发其官方立场。尽管中国派驻巴以的记者力量对比悬殊，但是，我还是隐约感觉到来自以方的不满和刁难，体会到巴以争夺舆论主动权所带来的影响和冲击。

1999年初，以政府正式照会新华社同意在加沙设立分社，但我的第一次入境签证就被无情地拒签了，后经多方努力才得以赴任。今年6月底我结束休假返回巴勒斯坦时，在北京首都机场受到以安全人员的“特别关照”，被迫单独接受了长达两个小时的所谓安全检查。

一周后，我的另一同事携带电脑前往以色列却没有遇到任何麻烦，甚至连检查这一关都没过！这更加证实了首都机场的安检小鞋是专门为我准备的。在被占领土我已经感受不到太多“无冕之王”的便利，就是在祖国首都的机场，我都感觉不到一个持公务护照的国家工作人员应有的体面，相反却处在恐怖分子嫌疑的尴尬地位，实在让我感到从事巴以冲突的报道真难，在被占领土从事报道更难。

我已经是尽最大努力来保持报道的忠实和平衡了，依旧无法摆脱被连累的尴尬和难堪。说来也无奈，外国记者几乎常驻在耶路撒冷，但是，世界舆论总体上就是不利于以色列。这怪不了别人，只能说以色列要为维持这种占领付出道义上的代价。因为非法占领本身就是黑暗的和靠铁血手段维持的，世界舆论不可能昧着良心而都一味地站在以色列一方为其辩护，因为事实胜于雄辩，更何况，同情弱者，匡扶正义本来就是新闻记者的天职。

BBC麻烦不断

英国广播公司BBC是世界媒体的领头羊之一，对国际舆论有着重要的影响，因此成为巴以冲突双方紧盯不放的对象，自然也树大招风，惹下不少麻烦。

以色列军事和情报部门在难以平息持续不断的暴力冲突后，开始实施非正常手段对巴方活跃分子进行肉体清除，并相继把它称为“清算”（Liquidation）和“有的放矢”（Targeted Killing）。我在报道中基本上把这种方式表述为相对中立的“清除”或“定点清除”。巴勒斯坦、阿拉伯和以色列左翼媒体则毫不客气地指出这就是“暗杀”（Assassination），因为这的确是非正常和不正当的杀人夺命方式。

当BBC频繁在报道中使用“暗杀”的措辞时，以色列政府觉得脸上无光，立即派出一名高级官员直接前往伦敦BBC总部进行交涉，迫使BBC沿

巴勒斯坦电视台记者阿迪尔。

拉马坦新闻中心记者扎卡利亚（左一）。

用以官方的"定点清除"的说法。BBC还专门就此向前方记者下发通知统一口径：只有以军对巴高层人士"定点清除"时才能说"暗杀"。果然，当人阵总书记穆斯塔法被以军炸死后，BBC毫不迟疑地使用了"暗杀"的措辞。

BBC对以方做出让步却得罪了巴勒斯坦和阿拉伯国家。巴勒斯坦官方曾就此表示了一定的不满，而黎巴嫩新闻部部长则致信BBC新闻部指责其报道颠倒是非，违背了新闻报道的客观性，从某种程度上纵容了以色列的杀戮行径，要求其改正错误，使用"暗杀"一词。

或许BBC已经给以色列留下了一贯同情巴方的印象，因此得罪了以情报部门，以致一度被人"恶心"了一下，几乎为一起激怒全体巴勒斯坦人的暗杀行动背上黑锅。

7月31日，以色列战斗机轰炸了约旦河西岸纳布卢斯的哈马斯办事处，炸死该组织驻纳布卢斯的负责人杰马尔·曼苏尔兄弟以及另外两名成员，同时炸死两名当地记者和两个儿童。

8月25日，哈马斯宣称曼苏尔等人是在接到BBC记者的电话后遭以军暗杀的。哈马斯发言人向当天出版的巴勒斯坦《日子报》透露，一名暗杀袭击幸存者事后回忆说，哈马斯驻纳布卢斯办事处曾接到一个男子的电话，对方自称是BBC记者，并要求和曼苏尔说话。几分钟后，以军的激光制导导弹就从几个方向射进了曼苏尔所在的房间。哈马斯据此认为，那个所谓的BBC记者肯定是以国内情报局“辛贝特”（GSS）的特工，他打电话就是要确认曼苏尔等哈马斯骨干的具体位置。

很快，BBC驻巴勒斯坦的部分记者收到了恐吓电话，声称他们必须对以军暗杀的严重后果承担责任。面对这场人命官司，BBC不愿意替人受过，立即发表声明，否认其旗下的任何记者在以军暗杀前的几天里曾和曼苏尔等人联系过，暗示别人盗用了BBC记者的名义。虽然这场不大的风波很快过去，但的确让BBC的记者们紧张了好几天。

CNN换人改口

CNN是公认的国际新闻机构的龙头老大，巴以双方当然更是在乎其报道的平衡程度和遣词造句。冲突之初，以政府曾严厉指责其巴勒斯坦裔美籍女记者茹拉·爱敏报道失实，明显偏袒巴方。CNN耶路撒冷首席记者迈克·哈纳被迫在以色列报纸撰文据理力争，批驳以方的责难。尽管如此，CNN很快制作了反映犹太定居者“痛苦”的专题片以示平衡。不知是为了避嫌，还是受到某种压力，熟悉被占领土风土人情并以阿拉伯语为母语的爱敏很快就被调离巴以冲突前线，几次到加沙和西岸采访的CNN记者基本上都是正宗的西方人，如专门采访热点的英国小伙子马修·钱斯和国际新闻主播、北爱尔兰人菲奥诺拉·斯威尼等。

耶路撒冷南郊的吉鲁犹太区是建立在被占领土上的定居点，国际新闻界普遍把它叫作定居点“Jewish Settlement”。CNN过去也沿用这个称呼。但是，最近，CNN又改口把它叫做作“犹太居民区”（Jewish Neighbourhood），同以方立场保持一致。英国《独立报》披露说，这是美国犹太人院外集团施加压力的结果。CNN的突然改口引起巴勒斯坦的不满和抗议。巴新闻总署曾致信CNN引经据典地说明吉鲁原为约旦河西岸伯利恒市比特·杰拉镇的一部分，是以色列在1967年战争中非法吞并的被占领土，因此不能说它是“犹太居民区”。该机构还批评CNN报道失实误导舆论。两面受敌的CNN最后只好两边讨好，既使用“定居点”也使用“居民区”，其结果当然还是让谁都不满意。

一个庆祝场面的背后

9月11日，美国纽约世界贸易中心的双子楼相继遭到恐怖分子袭击，消息传来，约旦河西岸的部分巴勒斯坦男女老少一时欢呼雀跃，好不痛快。这一“幸灾乐祸”的镜头被某西方电视台播出后立即出现在全世界的电视屏幕上，很快成为巴勒斯坦形象的一个污点，也成为“仇视美国”的一个经典定格。

只要经过冷静的思考，人们会理解这些巴勒斯坦人的失态，因为他们对美国一贯偏袒以色列的做法十分不满，自然对美国遭受攻击感到解气。但是，当时谁也没有意识到袭击双子楼会造成数千人死亡的重大灾难。我在次日采访时了解到多数巴勒斯坦人是同情美国无辜受难者的，也为部分人公开“欢呼”感到难堪。为了抵消这个事件的消极影响，阿拉法特带头和数千名群众为美国伤员献血，并组织在校学生为遇难者默哀。

据报道，巴文化和新闻部部长阿卜杜·拉布获悉部分人为美国遭袭而欢庆后，立即组织力量动员西方媒体的巴勒斯坦雇员不要拍摄和传输这一画面，甚至逐个打电话给有关记者做工作，以保护当事人人身安全为由请他们低调对待这一孤立事件。但是，百密难免一疏，这条新闻还是被捅了出去。

故事并没有就此结束，BBC再次成为“冤大头”。BBC驻耶路撒冷的记者多次在报道中指出，“幸灾乐祸”并不代表巴勒斯坦社会的主流心态。这个比较公正和客观的定位又得罪了新闻嗅觉非常灵敏的以色列政府。昨天，以色列驻英国大使馆新闻秘书致信BBC总部，抗议BBC驻以记者多次为巴勒斯坦人进行辩护，说BBC“掉进了巴勒斯坦权力机构设计的恐吓圈套”。抗议信说，以色列想搞清楚BBC是否在巴官方压力或宣传引导下而反复如此地试图引导舆论。据报道，这已是冲突一年间以色列向

BBC发出的第三封抗议信。

巴以为争夺舆论而战

为争取舆论同情，巴以双方特别是以色列动用了一切手段争夺宣传战的主动权。自去年11月起，以军对约旦河西岸拉姆安拉市的首次空袭就把巴勒斯坦电台和电视台当作打击对象，先后炸毁了这两个巴方重要宣传机器的信号发射塔。在后来对加沙地带的空袭中，巴勒斯坦电台和电视台也几次遭到袭击，节目一度被迫中断。

巴勒斯坦通讯社“瓦法”是巴解组织的喉舌，是巴官方主要的新闻发布机构，也是外国记者借以了解巴方立场的重要管道，因此，也成为以色列的眼中钉。7月25日，一群以色列电脑黑客攻击并修改了该通讯社的网站，将其主页更换为宣传以色列立场的页面，对巴领导人阿拉法特进行人

大学新闻专业教授、自由记者穆菲克。

身攻击，并贴上了137名以色列死难者（不包括13名以色列阿拉伯人）的名单和照片，把他们称为“巴勒斯坦暴力”的牺牲者。此前，巴官方的多个专门报道冲突、提供伤亡和损失数据的网站也纷纷被“黑”，使参照巴方资料的外国记者遇到不少麻烦。

当然，巴勒斯坦和阿拉伯的黑客也非等闲之辈，他们在世界各地频繁对以色列发动网络袭击，把大量的病毒、垃圾邮件投向以色列总理办公室、国防部、外交部和议会等官方网站，致使它们瘫痪数日。据不完全统计，仅在去年第三季度，240多个以色列网站和30多个巴勒斯坦网站相继遭到袭击。

此外，以色列还雇用了美国和法国的公关公司，对外加强针对美欧的宣传，对内应付形形色色的各国记者。美国著名的公关公司鲁宾斯坦就是以色列请来进行政治化妆的大公司。这个为报业大亨默多克、超级歌星杰克逊进行过包装的“高参”的确献上了几条妙计：减少以总理沙龙的贴身警卫，改善好战形象；把以军士兵发射橡皮子弹的枪支涂成橘黄色或紫色，以便让记者们看到他们不是在用真子弹射杀巴勒斯坦人；及时清理冲突现场，减少血迹和尸体，以免让媒体传播出去刺激世界受众的感官。近几个月来，以军但凡进占巴勒斯坦控制地区和人口中心城市，或者大批推倒巴勒斯坦民宅，几乎都选择在夜间进行，显然，其目的之一还是要尽量摆脱记者的视线，避免造成更多的影响。

巴勒斯坦方面也不甘示弱，于8月中旬促成阿拉伯国家联盟新闻部长会议的召开，专门研究如何对付以色列的新闻战。这次会议还决定建立“阿克萨起义”专项宣传基金，首批拨款110万美元，用来抵消以色列的负面宣传。阿盟驻华使团还专门在北京发表了《告中国公众舆论书》，解释巴以争端的由来，揭露巴以冲突的真相，以免被以色列的宣传所左右。可见，巴以双方在彼此交手的同时，都煞费心机地和新闻记者们周旋。

巴以为何如此受关注?

巴以是世界上唯一持续多年的热点中的热点，一直是无数“无冕之王”向往的乐土。从某种意义上说，巴以冲突给各国记者提供了取之不尽的新闻素材，而记者们的存在有时也使冲突更加热闹，显示了一定的互动关系。

当今的国际新闻界基本是西方记者的天下，巴以地区更是如此。巴以冲突之所以被国际新闻界给予超乎寻常的热心和关注，除冲突本身的新闻价值外，巴以地区与西方关系特殊的人文、宗教和地缘政治地位是关键因素。这里是产生《圣经》的神圣地界，是西方基督教文明发祥地之一，也是伊斯兰教第三大圣地。因此，此间的任何风吹草动都牵扯着世界近一半人口的目光、感情和宗教神经。特别是对西方人来说，他们的一切历史和宗教运动都和这块古老的土地有关，无数历史和文化线索都能在这里找到交叉点。

同时，巴以冲突又是中东争端的核心和基础，巴以冲突的解决从某种

美联社摄影记者阿比德。

意义上说意味着中东问题的基本解决，巴以冲突的恶化又会从根本上毒化中东的政治气氛和安全环境，进而导致中东和平进程的受挫甚至是倒退。中东地区的战争与和平又直接影响到它作为世界石油主要产地的安危，进而对世界经济特别是美国和发达国家的经济形成强烈的冲击，引发一系列的动荡，乃至对世界和平和国际政治格局产生难以想象的作用。

中东一直又是国际恐怖主义滋生的肥沃土壤，而这一特定现象的出现又和巴以冲突有着无法割断的因果关系。

因此，巴以是国际政治多米诺骨牌中的一个关键环节，必然也是国际舆论关注的焦点中的焦点。媒体的过分关注和炒作，又引导国际舆论时刻关注这里的一举一动，进而又反作用于巴以冲突本身。

被关注的幸运与不幸

两年多的报道经历带给我的体会是，虽然报道巴以的外国记者多数讲的是西方语言，信仰的是西方宗教，且绝大部分居住在以色列，但他们的报道总体上是同情巴勒斯坦的，这或许让人感到意外，但这是事实，也合乎逻辑和道理。

一方面，巴勒斯坦人长期生活在以色列的非法占领之下，苦难深重，以同情弱者、伸张正义为天职的新闻记者自然要主持公道，更多地诟病通过铁血手段维持的占领制度。所谓得道多助，失道寡助，这也是以色列不得不付出的代价。另一方面，以色列是个以民主和法制自我标榜的国家，其一切行为自然要被记者们用通行的国际法则来衡量，自然要招致持续不断的批评。

从另一方面说，按照美国学者亨廷顿“文明冲突论”的划分，巴勒斯坦属于阿拉伯伊斯兰文明，同西方基督教文明属于水火不相容的两个阵营。相反，以色列虽然同西方国家在宗教信仰上存在差异，但文化的同根性使它们成为天然的近亲。因此，西方记者抨击以色列更多的不是生来敌视以色列，而恰恰是对以色列怀有好感，希望它做得更好，是“恨铁不成钢”。正如一位美国犹太记者所言，真有一天没有人对以色列说三道四，那才是以色列真正的悲哀。

对巴以双方来说，受到媒体普遍和长时间的关注应该是一种幸运。当世人不知道一个非洲国家总统叫什么时，一个小小的巴以部长甚至活跃分子都是世界级的明星，都有机会向世界陈述他们自己的苦难和冤屈。在阿尔及利亚、克什米尔动辄几十人被杀而无人炒作时，几乎每一个死于冲突的巴勒斯坦人和以色列人，哪怕只是个婴儿都会被国际媒体录下姓名、死亡过程进而成为历史的一部分。可以说，媒体为巴以培养了不少出色的政治明星和演说家，也大大提升了它们的国际地位和世界影响。

对于巴以来说，备受媒体关注往往又是一种不幸，每一方的任何举动会转瞬间在世界范围内产生反响，每一方都必须时时小心注意自己的国际形象。就双方领导人而言，他们必须小心翼翼地注意自己所说的每一句话，所做的每一个决定，必须考虑各自社会发生的每一件事可能造成的国际影响。

这种不幸对普通巴以民众尤其是巴勒斯坦人来说更为明显，由于世界目光的关注，由于电视和摄影记者的在场，许多巴勒斯坦人特别是青少年在冲突现场表现得格外勇敢，视死如归，而这种义无反顾固然可歌可泣，但往往是以鲜血甚至生命做代价。

一位巴勒斯坦同行曾难过地对我说，巴勒斯坦的孩子太喜欢上镜了，他们为了成为新闻人物，往往去用生命做赌注，拼命往前冲而不计后果。以色列政府曾抨击巴勒斯坦官方把孩子送上前线做牺牲品以赢得舆论的同情。我不能苟同这样的指责，大量的现场经历告诉我，许多巴勒斯坦孩子曾想方设法接近以军据点，甚至同阻止他们的巴勒斯坦警察发生冲突，而他们尤其愿意在记者的镜头前表现一番，并招呼着记者给他来个镜头或拍一张。

当然，有的记者为了沽名钓誉，或者为了完成自己的任务而在采访过程中诱导被采访对象按照自己的设计去表达观点，或者让被采访对象摆好某种姿势来让自己拍摄的图像或照片更有冲击力，这显然已经背离了新闻真实性的原则。更有甚者，有的记者居然采用移花接木的拙劣伎俩伪造新闻照片，把与事实不符甚至完全相反的信息传达给外部世界，既愚弄了并不知情的受众，也玷污了记者的职业道德。

据报道，去年某日，巴勒斯坦人同以色列警察在耶路撒冷老城发生冲突，某西方大通讯社编发了一张照片，标题是“巴勒斯坦人在圣殿山挨打”，画面是一个脑袋流血的男子在向前奔走，其身后跟着一名手持木棍的以色列士兵。以色列有关部门看到照片后发现画面的背景里有希伯来文，因此断定它不可能是在穆斯林控制的圣殿山上所拍。等设法找到那个“挨打的巴勒斯坦人”才搞明白，他根本就是一个美国犹太人，当时是在别的地方被巴勒斯坦人的石头打破了头，那名士兵则是赶来试图帮他一把的，结果完全被这名记者给搞错了。

我的好朋友、国际台耶路撒冷站某记者曾在反思媒体与冲突关系时曾说：“我们这些记者太‘无耻’了，巴以双方如此痛苦的代价却被拿来渲染，成为自己扬名立万的资本。”此言虽然有些情绪化，但是，它促使我反思：记者在这场冲突中是否也应该承担一些道义上的责任，哪怕只有一点点？

我与新华社耶路撒冷首席记者明大军。

我们允许犹太人在以色列管理区内的某些地方定居，
但这种定居点必须完全符合我们的政治和军事利益。
——果尔达·梅厄《梅厄夫人自传》

第七十四章　定居者是否该死？

2001年9月20日，星期四，晴，加沙

今天上午7：30分左右，25岁的犹太定居者萨里特·阿姆拉尼和丈夫谢伊驾车行驶在伯利恒西南边努卡迪姆和基尔亚特·阿勒巴定居点之间，两个刚会走路的孩子和仅三个月的第三个孩子还香甜地睡在车里。

今天是阿拉法特再次要求部下停火的第二天，阿姆拉尼和丈夫或许以为和平的希望正随着东边的曙光照耀着新的一天。但是，这线希望被密集的枪声击碎了：她们遭到了巴勒斯坦武装人员的伏击。阿姆拉尼颈部和腹部中弹身亡，丈夫身受重伤。不幸中的万幸是，她们的三个孩子平安躲过了死神的手，毫发未损。

据以色列警方调查，汽车周围共发现25个弹壳，而阿姆拉尼的汽车里外中弹十多处。随后，法塔赫的“阿克萨烈士旅”宣称对这一袭击负责，以此报复以军在纳布卢斯、希伯伦和加沙地带对巴方的袭击。该组织同时还对19日晚两名定居者在西岸盖勒吉利耶附近被路边炸弹炸伤负责。

在被占领土，巴勒斯坦人并不是巴以冲突中的唯一受害者。同样，巴勒斯坦人对以色列人特别是定居者的袭击也导致对方蒙受严重生命损失。截至6月18日，共有43名定居者在被占领土被巴勒斯坦人打死，其中有五名是未成年人，受伤的人则更多。此外，定居点遭到上千次的子弹和迫击炮弹的袭击，定居者的财产也蒙受了一定的损失。

根据国际法，以色列在被占领土建设定居点的活动是非法的，自然，定居点的存在也是非法的，定居者也无权永久留在被占领土。因此，巴勒斯坦人根据巴以和平协议要求拆除定居点和撤走定居者的要求是合法合理的。

巴勒斯坦官方从来没有鼓动巴勒斯坦人袭击犹太定居者，但是部分官方人士认为巴勒斯坦人有权使用一切手段结束定居点的存在。2000年11月20日，加沙地带发生了针对定居点校车的爆炸袭击，造成两名定居者死亡，另外九人受伤，其中包括五名小学生。巴战俘事务部部长希沙·姆事后表示："在我们看来，任何反对占领的行动都是合法的。"另一名法塔赫高级官员当天也表示："我们并没有袭击特拉维夫，任何在我们土地上出现的以色列目标都是我们合法的袭击对象。"

以色列人权组织则认为，任何对定居者的袭击是不合法的和非正义的行动，因为定居者在被占领土的存在并没有改变他们本身的民事地位。他们是显而易见的平民群落，而对平民发动的袭击在任何情况下都是国际法所不允许的。

国际法有关使用武力的一个基本原则是，在任何情况下，必须区分对待平民和参与暴力活动及武器使用者。更多的分析人士认为，虽然国际法为定居者确定了民事地位，但是许多定居者是武装人员而不是严格意义上的平民。另外，定居点活动是一种自觉自愿的社会、政治和经济行为，任何成年的定居者都完全意识到选择定居点的非法性和危险性。在巴勒斯坦人看来，定居者不以占领巴勒斯坦土地为非，或者明知定居点非法而要在以军保护下赖着不走，并为以军的存在提供借口，因此，他们并不是平民，而是不穿军装的占领军。特别应当指出的是，许多定居者无法无天，任意蹂躏被占领土的巴勒斯坦人，为他们成为仇恨和被袭击的对象埋下了祸根。请看这样一个故事。

2000年11月中旬的一天，82岁的巴勒斯坦妇女哈菲兹·泽班和家里人到地里去收橄榄。尽管纳布卢斯布林村的巴勒斯坦人已经多次受到附近犹太定居者的骚扰，但他们还得硬着头皮去采摘橄榄，因为这是他们主要的收入来源，特别是冲突已经使他们的生活变得更加困难。泽班由此开始了她危险而恐怖的遭遇，她回忆道：

"我们从早晨7：00开始下地采摘橄榄。中午时分，大约30个定居者突然赶来，他们都是二三十岁的年轻人，从四面八方开始围攻我们：不是用石头砸我们，就是用棍子打我们，我们被打得连哭带叫。男人、小孩以及年轻的妇女都四散逃离，我岁数太大了，根本就跑不动……

“一个身体健壮、带着无边圆帽并蓄着长胡子的年轻定居者出现在我的面前，他挥起手中的铁棍朝着我的右眼眶打来，血从我的额头流了出来，我疼得昏过去……”

这只是巴以冲突期间犹太定居者袭击巴勒斯坦人的一个普通事件，也从来不是什么新鲜事。冲突爆发后，由于犹太定居者受到巴武装人员的袭击，数名定居者领导人公开警告说，如果以军不按照定居者的要求去做，定居者将自己来“执法”。这些警告最终变成了现实：过去一年间，定居者射杀巴勒斯坦人，打砸他们的汽车，毁坏他们的财产，拔除他们的树木，焚烧他们的清真寺，阻挠他们下地务农，封锁他们使用的道路，甚至袭击救护人员和新闻记者。尽管部分定居者枪击巴勒斯坦人出于占领者的“自卫”，但大量的暴力袭击是有预谋的和毫无理由的。

定居者袭击巴勒斯坦人并非新现象，在第一次“因提法达”开始甚至更早的时候就已存在。而此次冲突中定居者的暴力袭击变得更加猖狂和严重。定居者暴力袭击的主要背景是以色列军队、警察和司法机关等有关当局的长期宽恕和纵容。作为占领当局，以色列有义务确保巴勒斯坦人的安

定居点的存在为以色列维持占领提供了某种借口。

全和福利处在自己的控制之下，但事实上，以色列当局对定居者的非法暴力行为熟视无睹。比方说，定居者在通过媒体公布自己的计划后，公然设置路障，剥夺巴勒斯坦人通行的权力，而以色列有关当局并没有采取任何实际步骤制止他们的违法行为。在约旦河西岸的某些地区，定居者甚至建立了独立的武装巡逻队，而他们既不属于以军也不属于警察。虽然以军明确表示反对定居者这样做，但实际上听之任之。

以色列占领区人权信息中心在一份报告中指出，以色列在对定居者进行法律约束方面存在着明显的缺陷。

很多情况下，以色列军人和警察对定居者袭击巴勒斯坦人的行为袖手旁观，不加干涉，甚至在巴勒斯坦受害者求助的情况下也不予理睬，有时反而对巴勒斯坦人进行嘲弄，甚至故意放走枪杀巴勒斯坦人的定居者。今年7月间，一个自称“护路委员会”的极端定居者组织在希伯伦枪杀包括婴儿在内的三名巴勒斯坦乘客，目击者及时把凶手逃跑方向告诉巡逻以军，以军既没有追赶，也没有通知沿途哨卡进行拦截，肇事者迄今没有下落。

以色列当局对定居者向巴勒斯坦人施暴的案件并不进行认真调查，并在没有得出结论的情况下匆匆了结部分案件。和法律规定相违背的是，如果巴勒斯坦受害者不去投诉，以色列警方根本不对定居者的暴行进行调查。在此次巴以冲突中，一个定居者曾枪杀了两名巴勒斯坦人，尽管媒体已经对此进行了广泛报道，但以警方并没有立案调查。

过去几年间，被占领土定居者不受法律约束的现象已经引起以色列某些官方机构和人士的强烈抨击，其中包括总检察长和最高法院，他们均指责以执法当局在被占领土纵容侵犯巴勒斯坦人权利的行为，而且这种状况没有得到任何改善。

对于杀害以色列人的巴勒斯坦人，以色列有关当局必定会将其绳之以法，有时甚至还惩罚其家人。与此形成鲜明对照的是，多数杀害巴勒斯坦人的以色列人只受到轻微处罚，甚至根本逍遥法外。一名枪杀两个巴勒斯坦橄榄采摘工的定居者被以法院判定无罪释放，另一名踢死巴勒斯坦少年的定居者也只是被罚进行几个月的社区服务。

尽管有关各方曾反复警告定居者享受的法律真空，但以色列迄今没有对定居者行使以色列法律。以色列政府的无为政策甚至是直接鼓励定居者侵犯巴勒斯坦人的做法加重了被占领土人民的苦难，违反了法律面前人人平等的原则，也导致了巴勒斯坦人对定居者的无比痛恨，进而不断把定居者作为袭击或报复的对象。

目前在被占领土（不包括东耶路撒冷）的定居点大约有200个，定居者人数近20万。定居者们或者为了实现大以色列的梦想，或者为了得到经济上的好处而选择了定居点。定居点和定居者是巴以冲突期间乃至平时最基本的暴力冲突因素。定居点和定居者的非法存在使不少定居者付出生命代价。

但是有一点可以肯定，未成年定居者无论如何是无罪的，因为他们既不能选择父母，也没有成熟的世界观，更没到承担政治和道义责任的年龄。因此，伤害他们就是一种犯罪。

不到悬崖不勒马，不见黄河不死心，人人如此。

——自题

第七十五章　战争让冲突刹车

2001年9月22日，星期日，晴，加沙

自阿拉法特17日、18日连续两次严令停火后，巴以冲突的枪声已经越来越稀疏，和平鸽的哨声却越来越清晰。人们不敢奢望持续一年的流血冲突会很快完全停止，但完全有理由相信它正在克服着巨大的惯性而缓缓刹车。

近一周来，虽然加沙南部的拉法、约旦河西岸的希伯伦和伯利恒一带仍然存在巴以交火事件，但是，其次数和烈度已经明显减少或降低，造成的人员伤亡也急剧下降。由于双方缺乏国际监督机制，也无法彻底控制各自的每一支枪，因此，指望不放一枪一弹是完全不现实的，也是根本做不到的。对打红了眼的双方来说，少放一枪就是好事，多一处宁静就值得欢迎。病来如山倒，病去如抽丝。完全的停火只能从不完全的停火开始，彻底的平静要靠更多的努力和耐心去争取。

阿拉法特在18日的《对以色列人民呼吁书》中显示了相当的和解诚意，他不但指出暴力循环的危害，重申以色列在和平中生存的权利，更破天荒地抨击了“巴勒斯坦强硬分子”。肺腑之言，掷地有声，让我感动。因为这是冲突爆发近一年来阿拉法特首次如此真切地谈论冲突给双方人民造成的巨大悲剧，首次谈到巴以后代人的幸福，首次强调以色列人的和平环境，也首次公开指责内部的好战分子。

阿拉法特宣布停火后，以总理沙龙也命令以军停止对巴方采取行动，并撤出其占领的部分巴控区，显示了难得的合作意向。过去几天里，以方又重新开放加沙的拉法海关，并允许部分巴勒斯坦人到以色列务农。20日

冲突在加沙已成家常便饭，不被战火波及的建筑越来越少。

巴武装人员在伯利恒南边打死一名定居者后，阿拉法特又主动打电话给佩雷斯，表示将逮捕肇事者，并采取一切措施避免出现类似的事件。这些迹象说明，双方正艰难地从殊死的搏斗中脱身，并向着重建信任与合作的方向努力。

今天，哈马斯又令人意外地表示，如果以军在未来一段时间内不再伤害巴平民，不再进行暗杀挑衅，它愿意暂停在以境内发动自杀式袭击。冲突以来，死于哈马斯自杀式爆炸袭击的以色列人有数十人之众，伤者逾百，而被以军通过各种手段除掉的哈马斯成员也达数十人。几天前，阿拉法特初步宣布停火时，哈马斯还表示将继续进行武装斗争，因此一度被人视为巴以结束冲突的最大障碍。今天哈马斯做出的这一姿态，虽然没有承诺放弃武装斗争，但是有条件地停止自杀式袭击已经是个非常积极的进展，值得欢迎。它表明巴勒斯坦社会已经就冲突前景取得了某些难得的共识。

与此同时，巴以双方正在为阿拉法特和佩雷斯即将举行的高级会谈进行筹备。据悉，双方的会谈可能分别在中东、欧洲和美国举行三次，使巴以彻底摆脱目前的冲突而重新返回最终地位谈判的轨道。

据媒体报道，如果今天晚上停火努力没有遭到严重破坏，阿拉法特和佩雷斯明天就可能在土耳其举行首次会谈。双方为会谈能够成功进行已经举行了多次预备性磋商，并基本形成了会谈将要发表的联合公报，其内容主要包括：双方遵守停火，执行美国的《特尼特建议》和《米切尔报告》，恢复安全协调和相关的联合委员会的工作，以军在停火后拆除设置的路障，解除对巴方道路和国际关口的封锁，以军重新在加沙地带和约旦河西岸进行部署，允许巴勒斯坦人进入以色列打工，解除对巴方财产的冻结并启动巴方的经济建设项目等。

应当看到，巴以的停火努力主要是美国施加压力的结果，是美国为进行一场大规模反恐怖战争所做外围准备的一部分。美国不希望巴以继续打个没完而拖其组建反恐怖联盟的后腿，巴方也想息事宁人，换取美国的同情和支持，而不是继续南辕北辙地同以色列打下去。

据报道，阿拉法特曾于20日召集巴各世俗和宗教派别举行形势座谈会，与会各方均认识到美国遭到袭击后阿拉法特及自治政府正面临着巨大的困难，表示将遵守阿拉法特的停火令，把抵抗当作手段而不是目的。哈马斯今天就准备停止自杀式袭击所做的解释是：在当前情况下，继续从事这类活动不符合民族利益，相反，只能给以色列帮忙。

1991年海湾战争结束后，中东和平进程得到了历史性的启动。此次美国反恐怖战争的准备冷却了巴以流血冲突。只是不知未来这场战争进行期间或结束之后，巴以和平进程能否带给世人一个惊喜？

阿拉法特在其25年领导生涯中既表现出个人勇气，又表现出控制技巧。
他能够设法熬这么长时间绝非纯粹靠运气。
——西蒙·佩雷斯《新中东》

第七十六章　我请巴以领导人握握手

2001年9月26日，星期三，晴，加沙

今天，阿拉法特终于同佩雷斯见面了。他们八年前就已结交为朋，屡“见”不鲜，巴以冲突爆发后也已谋面四次。但今天这次见面却来得十分不易。

阿拉法特与佩雷斯见面这般艰难，也让我想起奥斯陆秘密和谈前的巴以关系。当时的以色列有条法令，任何敢于同巴解组织及其领导人阿拉法特接触者均为非法。现在，以色列再也找不到这条法令，但沙龙不允许佩雷斯会见阿拉法特的做法比之当年可谓“异工同曲”。足见巴以冲突已经发展到了什么地步？

沙龙反对佩雷斯见阿拉法特，借口是阿拉法特支持恐怖活动，堪称“以色列的本·拉登”，与他举行会谈等于为他“张目”添彩，使他以“好人”的模样出现，并确认他的合法性。岂不知，不但美国、英国和法国等反对沙龙把阿拉法特比作本·拉登，就是佩雷斯本人也不认同沙龙向阿拉法特泼太多的污水。这位擅长外交而熟悉中国《孙子兵法》的政治家坚信“上兵伐谋，其次伐交，其下攻城”。因此，他执意用辞令同阿拉法特解决问题，而不是用枪炮。

好事多磨还体现在阿拉法特做出的外交牺牲上。他原本9月12日出访叙利亚，以便修补破损多年的双边关系。美国遭到袭击后，阿拉法特迫于掌控内部局面而推迟大马士革之行。前天晚上，阿拉法特准备经约旦出访叙利亚，但是一直被晾在安曼机场，直到取消这次访问。事后，双方都说

以色列地区合作部部长佩雷斯赶到加沙与阿拉法特谈判，希望共同阻止冲突升级。

是对方要求再次推迟访问日期。昨天中午，阿拉法特回到总统府，阴沉着脸草草检阅仪仗队后来到我们这些记者面前，但没等我们张口发问，他突然扭头撇下我们怒气冲冲地进了官邸。尽管我们苦等了近三个小时，但是，阿拉法特心情不佳，我们谁也不敢追问，只好围住计划与国际合作部部长沙阿斯套情况。尽管沙阿斯否认阿拉法特访叙告吹与巴以会谈无关，但是，大家总觉得其中有某种内在联系。

并非只有沙龙反对佩雷斯见阿拉法特，巴勒斯坦内部同样存在“免谈派”。阿拉法特相继下令停火后，零星的枪炮仍然在个别地方响起，特别是加沙南部的拉法和约旦河西岸的希伯伦，以至以方认为阿拉法特已经无法控制这两个地方。据悉，阿拉法特以服从民族最高利益为由相继说服了哈马斯和杰哈德休战罢兵，接着又出具这两个组织的书面保证说服自己麾下的法塔赫各民兵组织暂时偃旗息鼓。但是，直到今天凌晨，拉法边境地区的交火依旧存在，以军三辆坦克再次开进巴控区。半夜休息时，我甚至担心沙龙是否会就此取消双方的会谈。

清晨6点半，以色列电台的第一次广播就传来一个坏消息：巴勒斯坦人利用拉法边境地区的一个秘密地道炸毁一个以军哨所，造成五人受伤

（后证实为三人）。我对阿拉法特和佩雷斯的会晤表示担心。还好，佩雷斯于当地时间10点40分左右抵达了加沙国际机场，阿拉法特提前几分钟在铺着红地毯的机场贵宾楼门口迎接这位老伙计，他们虽然握了手，但是彼此没有什么笑容，阿拉法特尤其显得不乐意。

今天的记者有100多人，仅电视摄像机就有17台之多。而现场巴以双方的官员、警卫和勤杂人员合起来也不足百人，真有点喧宾夺主的味道。我不是专业摄影记者，因此没有“普尔”记者的待遇，但是，今天既然相机在手，就得争一争了。靠着与阿拉法特新闻官的交情和吵闹，更是靠着代表中国的新华社身份，我获准连同其他九名电视和摄影记者分两批进入会谈现场拍照。

阿拉法特和佩雷斯各踞沙发一角，面无表情地左右张望，供记者们拍照。现场的气氛太严肃、太凝固了，好像他们不是来言欢而是来赌气的。这是我见过的最尴尬的会谈场面，甚至连我自己都觉得压抑。于是，在拍过两张毫无生气的场面后，我斗胆提了个要求：“请你们握握手好吗？”我以为阿拉法特不会理我的茬，但他在看了我一眼后还是坐直了身子不情愿地向佩雷斯伸过手去，佩雷斯木然地握住了阿拉法特的手，俩人谁也不看谁。或许，他们在心里都怪我多事多嘴。就在我准备按下第二张握手照的快门时，他们俩立即把手缩了回去，可以估算得出，他们的手只握了两三秒，或许可称世界领导人握手短促之最了。这阵势倒让我自己问起自己：阿拉法特和佩雷斯是渴望见面，还是勉为其难？

中午的太阳太毒了。大家都喊着头昏脑涨要中暑，但又不得不在草坪死守来之不易的位置，耐着性子等待阿拉法特和佩雷斯的会谈结果。会谈还没结束，我们身后两公里处的拉法难民营升起几股烟尘，并隐约传来炮声，于是，电视和摄影记者们又把镜头对准了那边。很快有消息说，巴以武装发生交火，以军坦克轰击三处巴方目标，炸死一个少年，炸伤另外八人，其中五人重伤。冲突发生在双方领导人的眼皮底下，可见停火不容易。

两个多小时后会谈结束了，阿拉法特和佩雷斯没有像预先准备的那样举行新闻发布会，而是让巴高级谈判代表埃雷卡特宣读了一份简单的会谈公报，宣布了恢复安全合作、建立高级联合委员会、逐步解除对巴方封锁等具体措施，也算是没有白谈。阿拉法特和佩雷斯走出贵宾楼时，神态已经开朗了不少，想必已经各抒其怨，一吐为快了。

双方其实都带着某种情绪，似乎相见不如不见。

回家的路上听以色列广播说，以方昨天已特许巴方向拉法边境地区部署大批安全人员控制局势，却发生了炸弹袭击的严重事态。以电台还指责参加会谈的巴加沙地带预警司令达赫兰策划了这起“恐怖事件”。下午，以电台又援引佩雷斯的话说，他在会谈中向巴方表达了停火不力的愤怒。据报道，佩雷斯还向阿拉法特出示了一个一百单八将组成的黑名单，要求巴方逮捕，而且必须在48小时内逮捕其中的八人。显然，佩雷斯与阿拉法特相见寡欢还是让冲突给闹的。

当然了，相见总比不见强，好歹双方又迈出实质性的一步。一周内阿拉法特还要与佩雷斯再次见面，但愿双方不再像今天这样郁郁寡欢，连强装的笑脸都没有。不过，冲突发展到今天这步田地，让他们重新笑起来，重新像过去那样见面热烈拥抱的确很不现实。

兴，百姓苦。亡，百姓苦。

——张养浩《山坡羊·潼关怀古》

第七十七章　流血一年不堪回首

2001年9月28日，星期五，晴，加沙

今天是巴勒斯坦与以色列流血冲突爆发周年纪念日，虽然巴以双方已经采取几个实际步骤试图平息这场冲突，但前景令人难以乐观。盘点一年来的冲突概况和后果，可以说触目惊心，不堪回首，无论对巴勒斯坦还是以色列都是一场罕见的社会、经济和政治灾难，并对双方和地区产生了深刻而长远的负面冲击。

首先，巴以双方付出了惨重的生命代价。据巴方统计，由于以军过度使用武力肆意弹压和报复，共造成650多名巴勒斯坦人死亡，其中绝大多数是无辜平民，近四分之一是不足18岁的少年儿童。此外，三万多人受伤，其中相当部分的人将终身残疾。一年来，巴勒斯坦城乡几乎天天送亡灵，家家闻哭声，经历了少有的民族灾难。

作为冲突的另一方，以色列也承受了不亚于一场战争的人员伤亡。据以军方统计，共有176人死于冲突，1700多人受伤，死伤者也同样以无辜平民为主体。

其次，巴以双方经济损失严重，社会和经济发展受到严重冲击。冲突期间，以军长期对巴勒斯坦进行外部封锁和内部隔离，限制巴勒斯坦人入境就业，同时对巴农田、树木、道路和建筑等生产资料和基础设施横加破坏，使其生产和建设活动基本瘫痪，生产和生活资料匮乏，市场严重萎缩，国民经济蒙受空前浩劫，百姓苦不堪言。据巴方统计，巴方直接经济损失已达68亿美元，超过了上年的国内生产总值。近三万亩农田被毁坏，四万多棵果树被拔除，近万所民房和公用建筑被推倒或打坏，大批难民再次流离失所。此外，失业率由原来的11%上升到60%，贫苦人口率由最初的22%激增至53%。原先估计的6%的经济增长不但化为泡影，相反，还下降了15%。专家们估计，即使冲突完全停止，巴勒斯坦经济也需要五年才能恢复到原有水平。

以色列的经济发展也受到少见的冲击，旅游、建筑、保险和运输等三产部门尤其严重，直接经济损失计达25亿美元，预期4%至4.5%的经济增长率实际只有0.5%至1%，其中2%的经济增长损失同安全形势严重恶化有关。此外，冲突使以色列的国际金融信誉等级下降，风险投资下降34%，部分资金外流。

第三，冲突导致巴以政局不稳，社会动荡，民族矛盾和内部冲突抬头。冲突下的巴勒斯坦社会基本陷入战乱状态，游行、示威、对抗、伤亡和葬礼已取代正常的社会、家庭和校园生活，民族情绪沸腾，各种派别多头出击，民间枪弹泛滥无拘，少数极端分子为所欲为，甚至发生家族械斗和私刑处决等现象。这场冲突带给巴勒斯坦人的经济冲击或许容易克服，但是它给巴社会造成的心理创伤特别是对青少年心灵的伤害将是长远和难以抚平的。

冲突对以色列社会造成的消极影响也是现实而深远的。持续的冲突以及数十起自杀式袭击的震撼严重地打击了以色列人的安全信心，削弱了他们的和平信念，导致社会舆论“右风”强劲而“左风”式微，使温和派和者声寡而强硬派志酬意得。更为严重的是，冲突引发了以社会固有的民族、宗教和社会矛盾，阿拉伯人同犹太人之间的敌意与对抗浮出水面，成为新的民族忧患。

第四，冲突严重破坏了巴以和平伙伴关系和信任基础，使和平进程遭受重创。这场冲突导致双方武装力量大打出手，领导人相互指责甚至进行人身攻击，原有的政治磋商机制与安全合作关系几乎荡然无存。以军动用大部分战争武器打击巴方目标，重新夺取部分巴控区，屡次扫荡巴人口中心城市，甚至公然暗杀巴高级政治领导人，并把恐怖主义的帽子反复扣给巴自治政权及其领导人，为彻底推翻巴以和平进程进行舆论准备。这一切严重毒化了巴以关系的氛围，使和平进程在停止不前的情况下再受重挫。

同时，巴以冲突严重冲击了阿拉伯国家与以色列的政治、经济关系，导致阿以和平进程出现倒退，新的地区战争宣传甚嚣尘上。冲突期间，阿

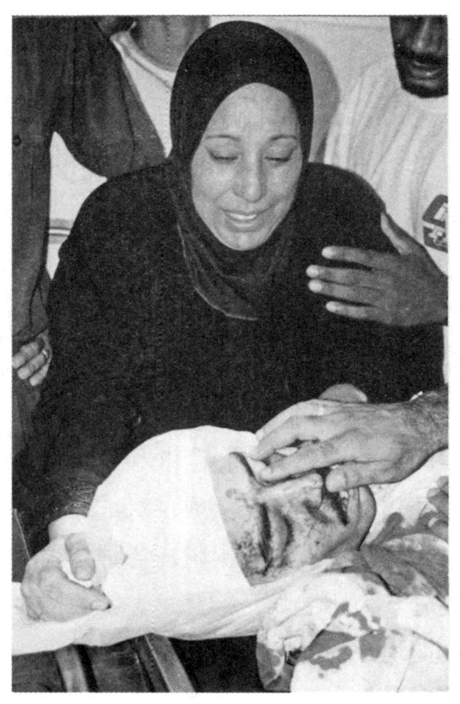

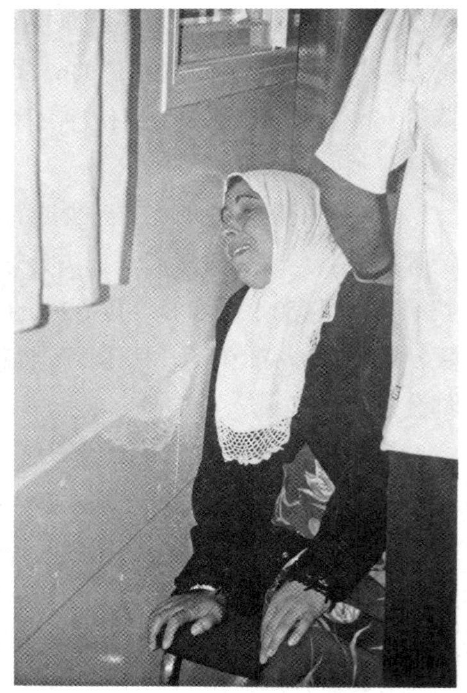

生离死别……

拉伯世界民众反以呼声高涨，部分同以色列建交的国家政府被迫终止或冻结对以邦交，使以色列再次成为中东地区的政治孤儿，十年努力换来的阿以和解成果危在旦夕。同时，中东爆发新战争的鼓噪一度引人瞩目，地区形势骤然紧张。

综上所述，持续一年的流血冲突对巴以双方社会、家庭和个人都是一场悲剧，对整个中东和平进程也是沉重一击。国际社会普遍希望巴以双方能在冲突一周年之际尽快平息干戈，救黎民于水火，解社会于倒悬，挽和平于崩溃，免中东于战乱。

作为一名犹太人，我能否这样说，自从亚伯拉罕时代和摩西戒律颁布以来，我们历史的美德和精华就是坚定不移地反对任何形式的占领、主宰和歧视。

——西蒙·佩雷斯《新中东》

第七十八章　看看苦难的巴勒斯坦人

——巴以冲突周年再回首

2001年9月30日，星期日，加沙

冲突过去一年了，仍然让人们看不到终结的迹象。我特别关注普通巴勒斯坦人和以色列人在这场冲突中的遭遇，特别是作为弱势群体的巴勒斯坦人。以下三位巴勒斯坦人诉说的故事就是这个弱势群体苦难的缩影，通过他们的亲身经历，我们可以看到，无助的巴勒斯坦人如何咀嚼冲突带给他们的种种苦涩。

封锁下的“苦路”

——一位巴勒斯坦母亲的诉说

我是九个孩子的母亲。丈夫是个种地的，每月只有可怜的几百谢克尔收入。虽然家境困难，但感谢真主，我们还过得去。老伴快70岁了，不能再去以色列打工挣钱，只能靠田吃饭。

1996年底，我开始感到头疼，经过检查确定我患了脑瘤。1998年，我连续在拉姆安拉政府医院动了两次手术，非但没有解除痛苦，反而使我的身体越来越差，直到卧床不起。去年年初，我在特拉维夫接受了化疗，并进行了45天三个疗程的检查和连续治疗。费用是杰宁的亲戚和朋友给凑的。随后，我带着检查结果不断地前往拉姆安拉政府医院，准备接受第三次手术，时间定在今年3月14日。

以军封锁了约旦河西岸的道路，乡亲们劝我早点儿动身，以免错过时间耽误了手术。于是，我决定早走几天，争取3月13日赶到拉姆安拉。

11日上午7点30分，我在丈夫照顾下离开了我居住的哈里希亚村，搭乘出租车前往省城杰宁。这段路很顺，20分钟后我们到达杰宁，并从那里换乘出租车前往拉姆安拉途中的纳布卢斯市（纳布卢斯省城）。从杰宁经达哈尔检查站的大路被以军切断了，出租车司机只好从卡巴迪亚镇绕道走。我们绕过卡巴迪亚到达扎巴比亚的一个以军检查站，值勤的以军说我们不能从那里通过，并命令司机调头回去。我央求司机跟以军士兵说说我必须尽快到医院的特殊情况，司机根本不听我的，并说这个检查站的以军不和巴勒斯坦人多啰唆。

没办法，我们只好折回卡巴迪亚，并从那里绕过三个村庄沿小路向纳布卢斯赶。这是条漫长且布满沟坎的路，车跑不起来。司机不得不反复停车设法越过障碍，而我的头也疼得让我受不了。

中午11点30分，我们好歹到了纳布卢斯市中心的公共汽车站。丈夫搀

加沙机场的主跑道被挑出70多道沟。

着我登上一辆前往拉姆安拉的大巴，但是，我们沿途看到不少汽车司机都掉头往回开，部分人还告诉大巴司机说通往拉姆安拉的公路已经被以军切断，我们不可能到达目的地。大巴司机不甘心还是往前开，一个小时后我们终于到达了分割纳布卢斯和拉姆安拉的布林检查站，并被迫掉头，又花了一个小时返回纳布卢斯。

已经是14点了，我感到非常疲倦，头疼得更加厉害。但我不得不忍着疼痛继续赶路，设法去拉姆安拉动手术。我们向出租车司机们打听从哪里可以走到拉姆安拉，他们都说根本就没有可以闯过去的路。眼看当天赶到拉姆安拉已无可能，我们决定也不返回杰宁，而是去纳布卢斯郊区的亲戚家过夜。

12日早晨，我们从纳布卢斯打了一辆出租车设法去拉姆安拉。为了绕开以军检查站，司机不得不在山沟里找那不是路的路。车走得非常慢，也颠簸得十分厉害，我的头快要炸了，极度疲惫，心想我可能活不到拉姆安拉了。

三个小时后，我们到达拉姆安拉北郊的杰拉宗难民营。司机请我们下车，说他无论如何不能再向前开了，因为路已经被路障阻隔，而且以军士兵正在监视着这条道路。

别的乘客帮助丈夫把我从车里抬了下来，让我坐在地上，时间已经是13点左右了。在丈夫的央求下，另外两位乘客又帮他把我抬进路边的果园，以便绕开以军检查站到达道路的那一边。两位帮忙的小伙子抬着我走了15分钟，因为他们想走得远一点，以免被以军看见。我们好歹绕过了以军检查站，乘上了前往拉姆安拉的另一辆出租车。可是司机却说只能把我们送到拉姆安拉城外的苏尔达村，因为以军已经在拉姆安拉周围挖掘了深沟，切断了进出拉姆安拉市的公路。还好，他说以军士兵允许巴勒斯坦人步行进出拉姆安拉。我们没有别的法子，只能先到苏尔达再说。

到了苏尔达，同车的好心人再次把我抬下出租车，三个小伙子把我搬到以军检查站的另一侧，在那里，丈夫和我打了一辆出租车并进入拉姆安拉市，时间已经是14点。

我无法描述和形容这两天来遭受的痛苦和折磨。我是个病人，是个不能自己走动的女病人，但是，感谢真主，我还是平安地到达了医院。今天晚上我将在亲戚家好好休息一下，准备明天准时去医院接受手术。

小伙伴之死

——一名示威少年的自述

15岁的侯赛姆·迪希即是我的亲戚，又是我的好朋友。我们住得很近，又同在萨赫宁技校学习汽车机械。技校离我们的家有四五公里远。我每天和侯赛姆搭乘他父亲的汽车上学，放学时再搭乘耶路撒冷至拉姆安拉沿线的出租车，往返都要经过著名的戈兰迪亚难民营。

自从“阿克萨起义”爆发后，我每天回家先休息一会儿，等吃过午饭后，便前往戈兰迪亚难民营附近的一条公路，同大约20个或者更多的小朋友会合。下午3点以后，我们便开始向公路旁边的一个以军哨所投掷石头。

我们一般站在戈兰迪亚难民营住家和商店附近，据以军大约100至150米。有时，我们会穿过公路，并进入以军铁丝网内大约50米的纵深地带。游戏的通常规则是，我们向以军投掷石头，以军用橡皮子弹和催泪瓦斯回敬。大约两个小时后，双方休战。有时，我们去了，但是没有以军士兵露面，我们也只有回家。星期五的抗议活动一般都在午间祷告后举行，人数要比平常多得多，但是，参加者都是我们彼此认识的小伙伴。

我们虽然扔石头，但是从来没有阻塞过道路，更没有袭击过过往的车辆，因为我们知道只有巴勒斯坦人使用这条道路。侯赛姆遇难之前，我们中有人被橡皮子弹和催泪瓦斯致伤，但没有人因为扔石头被打死。受伤的人一般都伤在腿部，很少一部分人上身被打伤。

侯赛姆最初曾扔过石头，后来被他父亲给叫了回去。我曾听见他父亲教训他并警告他不得再来扔石头的呵斥声。

2月26日，我们放学归来，时间大约是下午2：00至2：30。我去侯赛姆家找他，他说自己正准备去买点杂货，于是我和他一起前往戈兰迪亚难民营，并在那里遇见扔石头的20多个小伙计。我和侯赛姆加入了他们的阵营。我们先是在离以军100米远的地方投掷石头。一个小时后，我们穿过公路，离以军更近一些。这期间，一旦橡皮子弹和催泪瓦斯向我们袭来，我们就跑到一边躲避，顺便喘口气，然后回去接着扔石头。我们在扔石头的同时也咒骂以军，他们也反过来咒骂我们。一名士兵还威胁说，如果五分钟内我们不滚蛋，他就杀了我们。我们毫不理会，继续去扔石头。那

死神几乎天天降临。

天，以军士兵要比平时多不少，有好几十人和几部军车。他们的身后还有一辆装甲车，离我们有几百米。

大约两个小时后，我突然听见三米外的侯赛姆在呼叫我，说他被子弹打中了。他转过身想跑开，但却倒在地上。我和另外几个小伙伴跑了过去看见血正从他的身体里流出。侯赛姆脸俯在地上，我们帮他翻过身来，他艰难地呼吸着。我们抬起侯赛姆并把他放进一辆过路的汽车，向拉姆安拉医院赶去。由于以军封锁了大路，我们只能从小路上绕行。

一路上，我一直守在侯赛姆身边，并设法同他说话，但是，他什么都不说。其实，侯赛姆被抬进汽车一两分钟后就停止了呼吸。当我们赶到拉姆安拉政府医院时，医生说侯赛姆已经死了。他连中四颗子弹，一颗击中胸部，另外三颗击中背部。

戒严的噩梦

——一名巴勒斯坦男子对戒严的控诉

41岁的齐亚德·扎鲁是八个孩子的父亲，这些孩子大的有18岁，小的仅岁半。说起希伯伦实行的宵禁他似乎有点不寒而栗：

“戒严太难过了，我们的生活大受其害。首次宣布戒严的15天里，只解除过两次戒严，而且每次只有两个小时，我们就是利用这个空当去买点食物和生活用品。后来，以军又放宽了些，每周可以解除两次戒严，但是星期五和星期六（分别为穆斯林的主麻日和犹太人的安息日）绝不解除戒严给我们松绑，哪怕是一小会儿。

“我有一个月没上班了，全家就靠我在实行戒严前挣的几百块钱将就。现在，钱都花完了，我和家人已经是没吃没喝也没有别的办法，这样下去，与其看着孩子们挨饿，我还不如先死了呢。

“戒严已经使孩子们旷课一个月了，只能圈在家里看电视听广播。就算解除了戒严，他们和别的孩子们也是害怕出门，害怕住在附近的定居者打他们。孩子憋在家里，心烦意躁，只能整天互相吵闹。妻子总是难过地

伯利恒城入口的以军检查站。

多么不想将这英俊的面孔与战争联系起来。

哭泣，而我几乎要疯了似的。

“戒严导致我们的生活十分清苦，我发誓决不买肉回家，大家只对付些简单的食物，比如蔬菜、奶酪和橄榄油。一个月下来，我们只吃过一回肉，那还是生活在巴控区的老丈人给送来的一公斤肉。我不能出门给16个月的小儿子买牛奶，只能用搀了香草的茶水喂他。

“戒严带来的问题不仅是我们不能上街采购，而且使我失去了工作，一文不名。今天戒严解除了，我却不能像别人那样去市场采购，因为我的确没有钱。打开冰箱翻翻看，除了几个土豆，别的什么都没有。”

希伯伦位于约旦河西岸南部，是伊卜拉欣（或叫亚伯拉罕）家族陵寝所在地。希伯伦老城里生活着三万巴勒斯坦人和不足500名犹太定居者。由于双方居住在一起，几乎每天都发生冲突。以军在其负责安全的城区内实行戒严，目的在于限制巴勒斯坦人的行动自由，进而保障定居者的行动自由和安全。宵禁导致希伯伦部分巴勒斯坦人不能正常工作，几十所学校关门，几千名学生辍学。

巴以冲突期间，戒严又不限于希伯伦，也同样出现在别的地方。阿特拉是拉姆安拉市北边的一个巴勒斯坦村庄，有4000名居民。去年11月以军完全封锁了这个村庄，患病受伤的人除非碰到好说话的以军士兵，否则不可能离开村庄去及时救治。封锁和军事管制期间，村民们无法下地，眼看着大量的水果干在树上或烂在地里却不能收获。100名高中生和15名大学生无法上学。近4000只家禽因没有食物而饿死。村里的商店已没有任何存货，面粉、大米、食糖和婴儿奶粉等基本生活物资严重缺乏。

“战神”的堕落

——以军滥用武力的背后

截至9月26日，共有650名巴勒斯坦人被以色列军队打死，逾三万人伤残。据统计，巴勒斯坦死难者中多数是无辜的平民。以军很少对巴勒斯坦平民的死亡承担责任，而是宣称以军士兵只在必要和自卫时才开枪。事实果真如此?

以军的开枪条例规定，士兵只有在生命受到威胁时才能开枪。但是，“生命受到威胁”这个概念本身就十分宽泛。如果一个少年在100米外向以军士兵投掷石头，这能否算作是对其生命的威胁？而巴勒斯坦死难者中相当部分正是在向以军投掷石头时被打死的。

在冲突过程中，以军为了约束无端的开枪行动，曾颁布一条颇有意味的新戒律：当投石者威胁士兵的生命时，士兵可以向其腿部发射实弹。如果士兵生命真的受到威胁，为什么要向对方腿部开枪而不是击毙之？如果没有生命危险何必又要开枪而且是使用实弹？原有的条例已经允许以军士兵使用致命武器，为什么再增加一条新的规定？合乎逻辑的解释只有一个：即允许士兵在没有生命威胁的前提下可以使用实弹，增加杀伤力和威慑力。

以军对付巴勒斯坦示威活动已有多年的历史，但以军迟迟没有开发出可以对付示威者的非致命武器和手段，这是导致巴勒斯坦人大量伤亡的一个客观原因。被占领土的以军配备了橡皮子弹、催泪瓦斯和眩晕弹，用以在没有生命威胁的时候驱散示威者，因此，这些武器被以军认为是非致命武器而广泛使用。事实上，近距离发射橡皮子弹已经造成数十名巴勒斯坦示威者死亡，成百上千的人受伤，但以军依旧没有对橡皮子弹滥用而导致的巨大伤亡进行关注，这是巴勒斯坦人伤亡严重的另一个原因。

以军曾争辩说巴勒斯坦武装人员混在示威者中间并向他们射击，进而导致以军士兵别无选择地发射实弹。这种情况并非绝对没有，但是，以军自己所做的统计显示，被占领土发生的绝大多数冲突与巴武装人员没有任何关系。问题的关键在于以色列没有采取新的手段对付示威者，而是沿用了可以动用武力的传统做法。

士兵行为失控也是造成巴勒斯坦人员大量伤亡的一个原因。以军很少就士兵开枪打死巴勒斯坦人进行调查，而是把死者笼统地归咎为武装冲突所致，就是平民被打死，也很少授权进行调查。以军律师办公室声称，只有出现严重违反军纪时才进行调查。这种解释毫无道理。首先，战争也是有法则的，不区分冲突级别而杀戮平民就违反了战争法则。其次，此次冲突中，以军只对少数被媒体曝光或记录下来的违纪事件进行调查，而多数滥杀无辜的案件则无人问津，等于为以军随便开枪提供了豁免权。

面对巴勒斯坦示威者，以军的功能不应该是军队而应该是警察，应该

巴勒斯坦人的简陋家园再次支离破碎。

和以色列境内以及其他国家的警察部队一样重新考虑自己的角色，而不是把示威者当作自己的敌人。在这种情况下，以军士兵应该接受警察教官的训练，配备警察的装备，像警察那样行使职责。一位前英国高级警官作为国际大赦代表曾视察被占领土，当他看到以军使用战争手段驱散巴示威者时评论说："他们的手段不像警察所为，用来消灭敌人都足够了。"像投掷石头和燃烧瓶这样的示威活动在世界许多国家和地区频繁出现，但是，由于当地警察避免使用致命武器，很少造成示威者受伤，更别说像在被占领土这样引起大量巴勒斯坦人死伤。就算以军并非有意伤害巴勒斯坦人，但是，在那么多巴勒斯坦人被打死后，以军为何不采取新的对付措施而宁愿承受世界舆论的谴责呢？

巴以冲突期间，以色列境内也曾发生种族骚乱，参与者既有以籍巴勒斯坦人也有犹太人，但是，最终有13名巴勒斯坦人被打死，上百人受伤，而没有一个犹太人死于同警察的冲突。以色列左翼舆论认为，这一事实说明以军士兵（基本都是犹太人）对巴勒斯坦人有着本能般的恐惧和仇视，自然也不会像对待犹太人那样珍视他们的生命。被占领土部分巴勒斯坦人在没有任何冲突情况下被以军打死更说明了这种心理因素的作用。

（注：本篇参考和引用了部分外电报道）

照片拍得不够好，因为你靠得不够近。

——卡帕

第七十九章　向坦克靠近，再靠近！

2001年10月3日，星期三，加沙，阴

昨天晚上，两名巴武装人员潜入加沙北部的艾黎·斯内定居点，打死两名定居者，打伤包括五名以军士兵在内的另外15人。两名巴武装人员随后也被打死。这是一次自杀式袭击，袭击者显然是抱着有去无回的意念发起进攻的。

尽管两名巴勒斯坦人已经在交火中“抵命”，但以军的报复是免不了的。凌晨时分，以军坦克首先侵入加沙城北两个犹太定居点之间的巴控区，摧毁大批农田和树木。随后，以军坦克、战斗直升机和海面炮艇向加沙城北、城西海滨地区的多处巴安全和民用目标进行了轰击，炸毁十座巴安全部队哨所和部分民房，并摧毁一座输电站，造成五名巴勒斯坦人死亡，一名四岁儿童受伤。这五名巴勒斯坦人是在以军坦克炮击中一辆汽车时死亡的，其中三人为巴安全人员，另两人为平民。

发完了外文消息，我不急于编发中文消息，而是像往常一样先去跑跑现场，争取抓点鲜活的内容，并拍点照片，图文并茂地向国内介绍这一事态。沿着地中海东岸，我一路穿过加沙城和与之比邻的沙堤难民营向北部的艾黎·斯内定居点进发。

离定居点还有一公里的地方，就可以接触到以军空袭的部分现场：三个海边的警察哨所已经被导弹夷为平地，路边散落着破碎的沙袋和变形的汽油桶。现场附近仍然有三三两两的巴勒斯坦警察或坐或躺的在地上歇着，见我过来纷纷招呼我留步喝杯咖啡，吸口阿拉伯水烟。我没有功夫加入他们的悠闲生活，简单问了几句话继续前行。他们说，一辆警车早晨被以色列导弹击中，车上五个弟兄全部重伤，并被送进医院。

走过开张不久便告废弃的海边度假村“瓦哈”，我爬上了海滨公路的最后一道高坡，因为下一个坡就是以色列定居点的地界了。没开出几米，几名巴勒斯坦警察已经横枪拦住道路，说不能再继续前进了，否则，以军坦克很有可能把我的吉普车当作巴勒斯坦警车给报销了。但是，我还没有看到被以军坦克摧毁的树木和农田呢。在警察的指点下，我向东而去，看看在比特·拉海亚城的北郊能否达到目的地，因为那里离艾黎·斯内定居点最近，而且还有居民区可以掩护。

比特·拉海亚城是加沙最北部的比特·拉海亚省的省城，也是加沙地带重要的农业区，土地肥沃，盛产蔬菜和水果。这里出产的苹果品质优良，甜而不腻，香味清淡而绵长，自古享誉整个巴勒斯坦地区。但是，就是这样一块肥美的土地却被定居者占据了三成左右，而几十万当地巴勒斯坦人只能拥挤在狭窄破烂的难民营里，靠耕作有限的土地和经营日益减缩的果园过活，或者干脆到定居点务农糊口。

行至比特·拉海亚市中心的一个十字路口，我正不知怎么走是好，一辆救护车从我面前经过向该城北边急驶。多次的经验显示，跟着救护车一

上山容易下山难——当背对坦克离开现场时，恐惧袭上心头。

越接近现场，越接近真相。

般能找到冲突的准确地点。于是，我打把尾随过去。几分钟后，救护车停在路边不再往前走，我跳下车上前一问才知，前面已经是危险地带，汽车只能开到这里。顺着救护车司机指引的方向，我果然看到前方500米处有几辆以色列坦克在活动。

出门时没有带上长镜头，仅靠现有的28-70mm镜头是不够的，镜头里的坦克具象太小，无法发稿。另外，也看不见坦克是否损坏了巴勒斯坦人

以军舰艇在阿拉法特官邸附近水域扫射，这是对他本人的直接警告。

的庄稼和果树。前方还有七八栋小楼房，但是，里面的住户似乎已经暂时逃往别处，视野之内不见任何人影。

我不甘心就这么回去，于是弃车猫腰，贴着楼房的墙根一栋一栋向以色列的坦克靠近。经过十分钟的迂回，我终于到达了200米后的最后一栋楼房，并趴在一个土坡边。再朝前已经是不可能了，因为前面是一片田野，没有任何障碍物可以给我提供掩护，而且以色列坦克和装甲车的形象已经在镜头内放大了不少：一辆坦克静静卧在一排树丛的后面，像随时准备扑食的猛狮，另外两辆装甲车在稍远一点的高坡上往返游动，身后卷起浓厚的烟尘，好不威武。于是，我屏住紧张的呼吸连拍了几个镜头，随后又偷偷地顺原路返回，生怕身后几百米处的坦克和装甲车发现我这个猎物，然后用其可怕的火舌将我吞噬，更担心那树丛里潜伏着百步穿杨的以色列狙击手，猫戏耗子般在欣赏我逃窜的狼狈后用一粒50mm或80mm的子弹把我掀翻在地。但是，我安全地回到了车上，完成了自己设定的一半任务：拍到以色列坦克和装甲车，但没有找到被它们毁坏的树木和庄稼。我也没有遗憾，因为完成另一半任务我必须继续靠近，那样就要付出生命代价。我不想死。留得青山在，不怕没柴烧。

回家的路上，我得到最新消息说，五名受伤的巴勒斯坦警察已全部不治身亡。中午，我在家里编写消息整理图片的时候，窗外的海面上传来了清楚的枪声，凭窗眺望，可以清楚地看见一艘以军炮艇在加沙城西的海面上进行恐吓性扫射，子弹在水面上激起的浪花清晰可见。只可惜，纵然是用300mm的长镜头和倍焦镜，仍然无法把几百米外的军舰拉得更近、更大。不过，这个镜头证实了以军封锁加沙海岸的事实，纵观漫长的加沙海岸线，除了这艘以军炮艇，我看不到任何巴勒斯坦船只的影子。

沙龙是一种追求领袖地位的人，其抱负远远大于其自身的政治能力，他执意把自己说成一名天生的领袖，总是期待变革，以期有朝一日登上总理宝座。

——马哈茂德·阿巴斯《奥斯陆之路》

第八十章　沙龙的误区

2001年10月5日，星期五，晴，加沙

今天，美国白宫发言人公开批评以色列总理沙龙，说他日前有关美国为建立反恐怖联盟而讨好阿拉伯国家的言论“无法让人接受”。沙龙口出何言，以致让美国这个天然盟友也不能认同?

4日傍晚，沙龙呼吁美国和西方国家不要以以色列利益为代价在世界反恐怖战争中寻求阿拉伯国家的支持。为了佐证自己的论点，沙龙搬出一个历史典故，要求美国不要犯当年英、法两国的错误：牺牲捷克斯洛伐克而讨好纳粹。

了解第二次世界大战史的人显然清楚，沙龙说的是大国出卖小国利益以求自保最终又无法自保的“慕尼黑阴谋”。

1938年，面对纳粹德国日益昭显的战争企图，英国首相张伯伦和法国总理达拉第实行所谓的“绥靖政策”，于当年9月底与纳粹德国元首希特勒和意大利元首墨索里尼在德国慕尼黑签署了《慕尼黑协议》。协议规定，将捷克斯洛伐克的苏台德地区割让给德国，然后四国保证捷克斯洛伐克其他地区不受侵犯。英法想通过这种政策满足德国的扩张欲望，缓和它们与德国的矛盾，维护它们在南欧的利益，同时也想把德国战争的祸水引向当时的苏联，使德苏相争，自己坐收渔利。

但是，德国法西斯欲壑难填，并不满足于吞并苏台德地区，而是要主宰整个欧洲和世界。因此，在《慕尼黑协议》签署仅五个月后，德国便撕毁协议，出兵攻占了捷克全境，进而入侵波兰，直接威胁英法在东欧的根本利益，英法被迫正式对德宣战，二次世界大战由此全面开始。至此，英法的“绥靖政策”彻底破产，《慕尼黑协议》也成为臭名昭著的害人终害己的代名词。

不能不承认，沙龙不但会打仗，而且有历史眼光，知道以史为鉴，温故知新。问题是这个比喻太不恰当了，甚至有点搬起石头砸自己脚的味道。

以色列不是当年任人宰割的捷克斯洛伐克。历史告诉人们，介于叙利亚、黎巴嫩、约旦和埃及之间的巴勒斯坦地区的确曾是以色列先祖居住过的地方。但是，在以色列先人被罗马帝国驱逐而流散世界各地的一千多年里，这块土地的主人一直是阿拉伯人，也就是今天的巴勒斯坦人。在土耳其奥斯曼帝国统治的几百年间，阿拉伯人依旧是这块土地的主体原住民，应该说，巴勒斯坦姓“阿”不姓“以”。

第二次世界大战期间，以色列人（当时叫犹太人）在欧洲惨遭德国法西斯及其仆从国的屠戮，丧失600万无辜生命。大战结束后，欧洲国家带着对犹太人的沉重愧疚和负罪感，不顾阿拉伯国家的普遍反对，操纵联合国通过了181号决议，硬是在巴勒斯坦为犹太人划出一个民族国家。从这

在以色列的严密封锁下，加沙成为世界上规模最大的“监狱”。

个意义上讲，181号决议就是强加给阿拉伯国家的不平等和单方面条约，损害了阿拉伯民族特别是巴勒斯坦阿拉伯人的切身利益，因此，它更具有《慕尼黑协议》的色彩，但受益的恰恰是以色列人。

就现实而言，是以色列占领着叙利亚和巴勒斯坦的领土，中东冲突的核心问题是以色列必须把戈兰高地归还给叙利亚，把只占历史上巴勒斯坦土地的22%归还给它的原主人巴勒斯坦人，谁是受害者，谁是施害者，一目了然，国际社会和世界舆论也早有公论。如果把以色列归还被占领土比做割让捷克斯洛伐克的苏台德，把以色列为换取长久和平而可能达成的和平协议当作今天的慕尼黑阴谋，只能说沙龙不善比喻，至少是找错了参照物。

回顾五次中东战争，其中的是非曲直也是清晰可辨。第一次战争（巴勒斯坦战争）是阿拉伯国家发起，目的是通过武力推翻联合国强加给阿拉伯民族的181号决议。第二次战争（苏伊士运河战争）是以色列伙同英美入侵埃及。第三次战争（六五战争）也是以色列主动发起，意在摧毁埃及和叙利亚的战争潜力。第四次战争（斋月战争或曰赎罪日战争）是埃及和叙利亚发起，意在夺回被以色列侵占的西奈半岛和戈兰高地。第五次战争（黎巴嫩战争）是以色列入侵黎巴嫩驱赶巴解武装，而巴解武装从黎巴嫩袭击以色列又是为了解放被占领土。可见，阿以冲突的更多责任在于以色列而不在于阿拉伯国家，因此，用当年的纳粹德国来影射阿拉伯国家好战与贪婪是站不住脚的，有倒打一耙的嫌疑。

一个公认的事实是，阿拉伯国家已经普遍接受了181号决议，基本认可了以色列作为一个主权国家在中东地区的存在。不仅如此，埃及、约旦和毛里塔尼亚等阿拉伯国家不但承认了以色列，而且同其建立了外交关系，就是在目前的苦难局面下，它们也在努力维持着对以关系不至破裂。摩洛哥、突尼斯、卡塔尔等国家也都同以色列建立了某种政治关系。巴勒斯坦虽然同以色列处于流血冲突状态，但它早已从法律上承认了以色列的主权、安全以及对78%的历史土地的拥有。应该说，绝大多数阿拉伯国家是愿意同以色列和平相处并且落实到行动中的。在这种情况下，沙龙搬出慕尼黑时代的往事来让阿拉伯国家对号入座，等于自掘鸿沟，与邻为壑，无助于改善已经紧张的以阿关系。

恐怖主义是世界公害，这已经成为国际社会的共识，埃及、阿尔及利亚、沙特、也门等阿拉伯国家也都曾受到恐怖主义活动不同程度的危害和骚扰，应该说，阿拉伯国家是普遍支持打击恐怖主义的。但是，如果把正当的反对非法占领的民族解放运动都给扣上恐怖主义的大帽子，只能打击一大片，无法建立广泛而目标明确的反恐怖联盟，也就消灭不了真正的恐怖主义，最终也将使以色列无法摆脱恐怖袭击的阴影。

当然，沙龙突然做出的这番表态同美国最近接近阿拉伯强硬国家，特别是在巴勒斯坦问题上采取相对温和的立场有关，也同他试图把巴勒斯坦人的武装斗争一概描述为恐怖袭击而得不到美国和西方国家回应有关。这种表态反映了沙龙对美国调整中东政策的忧虑，担心美国将来会在中东和平进程问题上向以色列施加更大的压力，迫使其做出更多的“让步”。

但是，沙龙应该明白，现在不是慕尼黑时代，巴以争端也不是苏台德归属之争，阿拉伯国家不是想侵吞他国土地的纳粹德国，以色列也不是受人欺辱和宰割的捷克斯洛伐克。确保以色列长治久安的最好出路是抓住历史的机遇，在联合国安理会有关决议的基础上彻底解决以阿和以巴争端。

故善攻者，敌不知其所守；善守者，敌不知其所攻。

——《孙子兵法》

第八十一章　骚乱现场藏照片

2001年10月8日，星期一，晴，加沙

昨天傍晚，美国和英国的导弹、炸弹终于在中亚山国阿富汗炸开花，揭开了反恐怖战争的序幕。虽然阿富汗和巴勒斯坦隔着十万八千里，但是，一夜之间，这场战争的第一轮冲击波已经跨越遥远的空间传感到地中海滨的加沙地带，在巴勒斯坦社会引发一场罕见的地震。

今天上午，总社摄影部向各驻外分社下达指示，要求摄影和文字记者立即投入采访，及时以图片的形式报回美英袭击阿富汗在世界各地造成的连锁反应。我并非摄影记者，但是，总社已经给分社配备了准专业的全套摄影器材，并把我划入"摄影兼文字记者"之列，因此，我只好先搁下手头不太急的文字稿件，上街采访。

不知是平素训练的职业敏感，还是鬼使神差的结果，我直接驱车前往加沙市中心的爱资哈尔大学和伊斯兰大学，因为那里是巴勒斯坦社会激情与思想都最为活跃的中枢地带，又紧邻着巴勒斯坦警察总部，应该有可供我捕捉的镜头。

10点半左右，我刚驶入分隔爱资哈尔大学与伊斯兰大学的大街，迎面碰上从里面出来的路透社摄影记者艾哈迈德·贾达拉。平时挎满"长枪"和"短炮"的艾哈迈德当时两手空空，他告诉我，半个小时前，部分加沙大学生开始游行，并同警察发生冲突，记者可以到场采访，但绝对不允许摄像和拍照，因此，提醒我小心点。抬头一看，一公里外的"三十街"路口果然人满为患。我当时想，"强龙难压地头蛇"，当地记者就是比我这外国人消息灵通，否则，我还可以早点来。

到了“三十街”路口后，我便没入泱泱人海：周围几乎全是大学生和围观者，由于道路狭窄，部分年轻人甚至爬上了伊斯兰大学的院墙。路口附近见不到一个警察，只有百米外的警察总部一带布满警车，局势并无异常之处。

我穿过路口，停好车辆，背上摄影包准备先问问情况。没等我张口，巴勒斯坦通讯社的摄影记者哈提姆从人群中跑了过来，他非常认真地规劝我把照相机锁进汽车，别让警察看到自找麻烦。我正犹豫该不该听他的忠告时，正对“三十街”的伊斯兰大学大门口出现一阵骚动，人们纷纷往我这个方向逃散，而他们身后腾起了几股白色的烟雾，更远的地方还响起了枪声，显然，“三十街”上发生冲突了，那白烟肯定是警察投掷的催泪瓦斯！这正是我应该去的地方。

于是，我撇下哈提姆，迎着逃散的人群向瓦斯升起的地方跑去。虽然我曾多次品尝过以色列军人的催泪瓦斯，多次与以军发射的子弹擦肩而过，但是，这次的担心要小得多，毕竟是巴勒斯坦警察同示威者之间的冲突，子弹好歹是应该长眼睛的。

越是接近伊斯兰大学门口，脚下的石头就越多，瓦斯的味道越浓。上

巴勒斯坦激进分子反对美国发动阿富汗战争，与他们强烈的反以反美情绪有关。

百名示威青年一边呼喊着“打倒美国”“声援阿富汗”“支持本·拉登”等口号，一边向约50米外的警察人墙投掷石头。当警察又投掷两颗催泪弹后，示威者立即四散逃避。由于我只顾拍照，被一个毛头小子撞了一个趔趄。这家伙扭身看见我是个外国人，立即推搡着要我停止拍照，好在他的几个伙伴把他劝走了。在冲突现场投掷石头和瓶子的，不但有大学生，而且有不少中小学生，这场景让我感到似曾相识，又觉得难以理解，因为他们的对手不再是以军，而是自己的警察。

转眼间，已经有好几辆救护车呼啸着从我身边驶离现场。紧接着，两名救护人员从远处连扛带抬地把一名示威者从现场弄了出来，跑向我身边的一辆救护车。其中一名救护人员还戴着防毒面具。到跟前我才发现，这个示威者只有十多岁，身上还背着书包，估计是被催泪瓦斯呛晕了。

经初步了解，已经有20个示威者被橡皮子弹和催泪瓦斯致伤。就在我通过移动电话向中东总分社口述有关冲突的消息时，近50名防暴警察抄着盾牌和木棍向我这个方向扑来。起先我藏在道路隔离带的树丛后躲避，但很快也不得不跟着示威者后撤，因为我担心被警察发现后没收相机，那样我就白冒这番风险了。

然而，我还是高兴得太早了。在我逃离防暴警察的视线后，三名便衣警察把我围住，并执意要带我到“安全的地方”，其中一人还拽住我的摄影包。我灵机一动，马上高声抗议，据理力争。我的吵闹马上引来了几十个示威者，迫使便衣警察们撒手离去，而我则借机向示威者队伍的核心部位移动，同时悄悄把手伸进摄影包取出摄有冲突画面的数码相机磁卡并藏在贴身口袋里，同时把另一个使用过的磁卡装进相机。

事实证明我的“调包计”是明智而成功的。当我离开现场准备开车返回分社时，“守株待兔”的两名便衣警察把住我的车门，非得检查我的相机，我只好说由于示威者威胁什么都没拍，同时通过相机背面的屏幕逐张向他们演示磁卡里的内容。脱身回到分社后，我迅速发回五个底的新闻照片，摄影部采用了其中的三个底。

我能理解巴勒斯坦警察的用意。美国遭到恐怖袭击后的最初几个小时里，部分巴勒斯坦人出于痛恨美国偏袒以色列，曾在西岸部分城市街头弹冠相庆，结果被西方电视记者捅了出去并广为传播，造成非常消极的影响。此次巴官方吸取教训，严格限制针对美国打击阿富汗的抗议活动，同时下令盯死记者，不要再惹出什么麻烦。

下午得到消息说，一名21岁的青年和一名13岁的少年在冲突中中弹死亡，双方共有77人受伤。巴警方连续发表四份声明，说这是一场非法示威活动，由于部分不怀好意者的唆使，致使示威者一再冲出伊斯兰大学和爱资哈尔大学向警察投掷石头和燃烧瓶，同时，数名蒙面者从伊斯兰大学校园向冲突现场开枪，造成上述两人死亡。警方也承认开枪还击并造成部分示威者受伤。

傍晚，我再次前往“三十街”采访时发现，冲突仍然在持续，而且示威者中凑热闹的孩子更多了，他们甚至同封锁街道的警察展开了巷战。几公里长的“三十街”一片狼藉：临近伊斯兰大学的巴勒斯坦航空公司大楼的门窗遭到打砸，几个公用电话亭被毁坏，部分树木被折断，一辆警车被焚毁。冲突迫使街道两侧的店铺早早关门，而个别示威者甚至向临街的住户投掷石头。

据了解，当天的冲突并不局限于“三十街”一带，加沙城西的沙堤难

被橡皮子弹击中的示威者。

只有个别记者能混进警察的封锁圈。

民营、城东的舒贾伊亚居民区也都发生了程度不同的骚乱，几个警察局受到冲击。此外，加沙地带南部罕尤尼斯市的邮局遭到打砸，一辆邮车被烧毁。冲突最后造成三人死亡，数百人受伤，其中包括142名警察。被石头和催泪瓦斯致伤的轻伤员已经离开医院。巴官方和民间团体事后相继发表声明强烈谴责当天的骚乱和破坏事件。巴官方还声称将进行调查，并把骚乱的幕后黑手送上法庭。

今天的骚乱不但是我在加沙所经历的最严重的巴勒斯坦警民局部冲突之一，据说也是前所未有的严重事件。许多分析人事认为哈马斯和杰哈德对骚乱发生负有主要责任。这两个组织当天公开谴责美英打击阿富汗，而且它们一直控制着伊斯兰大学的学生和工会组织。

我认为这次骚乱也同几天来巴警方逮捕多名哈马斯和杰哈德激进分子有关。哈马斯和杰哈德坚决反对停止“阿克萨起义”，不但违反官方的停火命令，而且重新在犹太定居点和以色列境内发动自杀式袭击，使冲突无法平息下来。

今天，除三名巴勒斯坦青少年死于加沙骚乱外，又有五人被以军开枪打死。古人云：兄弟阋于墙，外御其侮。在巴以冲突仍在持续的困难时期，加沙却出现如此严重的流血事件，真是祸不单行。

是冲突升级的间歇，还是双方理性的回归。

——自题

第八十二章　东边日出西边雨

2001年10月15日，星期一，晴，加沙

唐朝诗人刘禹锡在乐府诗《竹枝》里写道："东边日出西边雨，道是无晴还有晴。"这貌似谈天实则言情的诗句用来形容巴以这两天的局势似乎也非常恰当。

昨天，巴以双方达成一系列谅解：作为对巴方控制武装人员活动有力的奖赏，以色列决定从其重新占领的希伯伦老城巴控区撤军，同时拆除拉姆安拉和杰里科的部分路障，让巴勒斯坦人获得一定的通行便利。这应该理解为巴以地区乌云渐开，艳阳初照。但是，两天来，以色列也再挥暗杀大棒，搅出一股新的血雨腥风。

今天上午，一名哈马斯成员在约旦河西岸纳布卢斯市死于一起神秘的汽车爆炸，另外三人受伤。巴勒斯坦和以色列有关这一事件的说法非常矛盾。巴安全人士称，当天上午，哈马斯军事派别"卡桑旅"成员艾哈迈德·马尔舒德驾车行驶到纳布卢斯市法塔赫办事处门口时，遭到以军直升机的导弹袭击，他本人当场死亡，另有三人受伤，法塔赫办事处也遭受轻微损失。

但是，现场的目击者说，马尔舒德更像是被遥控炸弹炸死的，因为汽车爆炸时附近天空没有出现以军直升机。据悉，35岁的马尔舒德同时也是巴民族权力机构战俘事务部的工作人员，他过去曾因参与袭击以色列目标被监禁数年，有的说关了三年，有的说关了七年，不一而足。但有一点可以肯定的是，他是以安全部门的重要通缉对象，也是以方要求巴方必须逮捕的108人之一。最近，他一直在四处躲避以方的追捕。

以色列电台最初也报道说，以军直升机向马尔舒德的汽车发射了导弹，但它很快又援引以安全部门的话否认以军与这一事件有关。以安全部门称，马尔舒德是在准备发动爆炸袭击的过程中因操作失误而导致汽车发生爆炸。

过去一年间，以安全部门曾针对巴勒斯坦目标策划过多起炸弹爆炸，事后既不承认也不否认，任由巴方去评说，或者把暗杀爆炸称作巴激进分子自己操作不慎使然。其实，简单分析一下就可以看出，马尔舒德死于遥控炸弹或导弹更合情理。按照一般的规律，如果他打算搞自杀式爆炸，不会把安装了炸弹的汽车开到巴勒斯坦人的闹市区，也不会同时拉上几个伙伴垫背，更蹊跷的是，汽车爆炸正好发生在法塔赫办事处门口。前后联系起来，爆炸究竟是怎么回事也就比较清楚了。

哈马斯事后指责以军制造了这起“暗杀”，并说这一事件再次证明以军没有遵守停火协议的诚意。巴民族权力机构就此谴责说，以方必须承担由此引发的一切后果，并威胁将重新考虑是否继续维持停火。

这是24小时内第二名哈马斯成员在约旦河西岸丧失性命。14日上午，“卡桑旅”驻盖勒吉利耶市负责人哈马德在自家楼顶上被以色列狙击手暗杀。以安全部门倒是非常痛快地承认对哈马德之死负责，并声称哈马德参与了今年6月1日特拉维夫迪厅自杀式爆炸袭击。

以总理沙龙随后还煞有介事地把暗杀哈马德当作一次“成功”的行动公开进行炫耀和渲染。他强调说，“定点清除”哈马德对以色列来说“不是第一次也不是最后一次”采取类似行动，因为以方的“定点清除”政策是非常明确的，而且也重申过多次。

客观地讲，近几天来巴以冲突已经明显降温，出现了比较少见的相对平静。双方主和派的努力已经显现成效。就巴方而言，“9·11”事件使整个世界认识到巴勒斯坦问题必须彻底解决的迫切性，迫使美国领导人转变了对巴勒斯坦的态度，巴勒斯坦人看到了光明的前景，心态自然也冷静与平和了起来。同时，阿拉法特撤换了部分安全部队将领，确保交火事件大幅度下降，他还与哈马斯和杰哈德达成在希伯伦停止开火的协议。从以方来说，外长佩雷斯一直顶住内部压力连续同巴方代表谈判，并达成以方撤军和放松封锁的一系列谅解。

但是，在近日巴激进分子没有实施恐怖袭击和安全形势明显好转的

以色列人的安全教育从在哭墙祈祷开始，长期的冲突使多数以色列人对和平谈判失去信心。

情况下，在以方已决定对巴方做出友善姿态的同时，沙龙政府又重新连续使出暗杀“昏招”清算旧账，罔顾巴激进组织可能发动的反报复，再造暴力循环圈，真是让人匪夷所思，颇感矛盾。这“东边日出西边雨”究竟为何?

其实，看看沙龙最近的处境就知道，这种政策上的矛盾和混乱是合乎逻辑的：他要左右逢源，两边讨好，以维持联合政府的团结和稳定，坐牢总理的宝座。

一方面，美国和国际社会要求沙龙善待巴勒斯坦人，联合政府最大的伙伴工党也不希望沙龙走过了头使以色列更加孤立，沙龙被迫回应巴方采取的停火措施而对巴勒斯坦人松绑。另一方面，以军方强硬派和内阁极右翼势力又强烈反对向巴方示弱，要求沙龙继续用“拳头”和巴勒斯坦人说话。以军参谋长莫法兹昨天公开抨击政府的撤军决定，犯了军人干政的大忌，差点被工党的国防部部长本-埃利泽摘了乌纱帽。今天，在议会有七个席位的右翼政党“以色列-我们的家园”又为抗议撤军和佩雷斯主管外交而正式退出联合政府。

于是，两头为难的沙龙只能使出自相矛盾的招数，撤军、松绑，同时又没事找事地搞暗杀，推行他一度停止的“积极防御”政策。巴领导人阿拉法特费了九牛二虎之力才连压带哄地稳住了各激进组织，这个时候沙龙政府再去清算旧账挑起事端，真是有点不负责任了。

佩雷斯14日在会见巴方安全代表时曾语重心长地谈起有关逮捕巴激进分子的问题，他说，这些人是“主要的麻烦制造者”，逮捕他们“不是为了惩罚，而是防止他们发动恐怖袭击。他们不仅危害以色列人的利益，也同样危害巴勒斯坦人的利益”。

晓之以理，循循善诱，这才是一个政治家应有的姿态和说服方式。一味地打打杀杀只能是按下葫芦浮起瓢，把局势搅得更乱、更糟。

晴天毕竟比雨天更能带来希望，有情好歹比无情更能消解敌意。

无情未必真豪杰，怜子如何不丈夫。

——鲁迅《答客诮》

第八十三章　思念的风筝

2001年10月16日，星期二，晴，加沙

昨天，女儿已经五周岁了。远在加沙的我只能通过电话祝贺她生日快乐，搁下电话又继续埋头工作，把女儿和她的生日聚会放在一边。

每次打电话回家，我首先希望听到的是女儿冲着话筒喊一声“爸爸！我的臭爸爸！”。虽然“臭爸爸”听来有失“父道”尊严，但我总是喜不自禁地回一句：“哎，我的乖宝宝！”

不能怪女儿怨我，在她最需要父母呵护的阶段，我这个做父亲的却不能早晚守在她身边，而且一去近三年，这期间只同她团聚过两次。离别已成为我们这个美满家庭的唯一不足，而错过女儿最可爱的成长阶段更是我此生无法弥补的遗憾。正是这种感觉加重了我对家人，尤其是对女儿与日俱增的思念。

远在天边的巴勒斯坦，我的心却一直像个拴不住的风筝，动不动就飘回北京，飘进女儿生活的石景山鲁谷六合园，飘到女儿甜睡的床头……驾着这个风筝，我可以好好端详可爱的女儿，再美滋滋地亲亲她。但是，每当自己收回思念的风筝而茫然四顾时才恍然大悟，自己只不过睁着眼睛做了一场团圆的梦，而越在这个时刻，思念的痛苦就更加残酷地销蚀着我坚守阵地的意念和耐心。

如果没有消息编发或出外采访，如果家里有电，每天下午4点左右，我总会守在电视机前欣赏CCTV-4播放的云南风光广告短片。其实，我不是要看那看了不知多少遍的美丽山水，而是要听那百听不厌的音乐《小河淌水》。“月亮升起亮光光，亮光光……”这是首情歌，但在我听来更像

思乡曲，旋律凄婉、绵长、千回百转，用民族乐器演奏起来更是时而长风舒卷，时而急雨瓢泼，直让我心中的乡愁翻江倒海，血涌眼热。

这正是北京时间晚上10点，也是女儿该听故事和歌谣准备睡觉的时刻，但是，我此时既看不见北京的月亮，也看不见巴勒斯坦的月亮，更看不见月亮般可爱的女儿，只能靠想象的翅膀去触摸她、呵护她。每当此时，思念的风筝更是越飞越远，紧紧地揪扯着我的心。我几次发誓再也不听《小河淌水》，但每天又禁不起诱惑准时去“约会”，好像要伴着那旋律去见我的女儿，去端详我心中永远高照的月亮。

我的粗放是同事和朋友所公认的，每当想起女儿却总生出些男人不该有的缠绵和思念，甚至怆然泣下。2000年初夏的一个中午，我在阳台上俯瞰几十公里长的加沙海滩，看着苦难的加沙人拖男带女在地中海边享受天伦之乐，回头看看自己200平方米的公寓一片死寂，无异于美丽的荒冢，心中顿时不是滋味。回到客厅，电视里正好又在播放施光南遗作《吐鲁番的葡萄熟了》，情景交融，音画共鸣，我心中淤积已久的酸楚再也憋不住了，一下子号啕大哭起来。这几年，我在加沙孤军奋战，屡经艰辛、挫折和生死挑战而不曾畏缩，但这看不见的思念和亲情却让我泪水难收。

每每说起女儿，思念的风筝恨不得把我立刻带上云霄，一个筋斗扎回家里。一位同事曾开导我说，我们这些远离孩子的人容易把对他们的思念放大了，孩子未必像我们想象得那样离不开父母。这话不无道理，但我总觉得，血脉相承，朝夕相处，女儿还是对我这个父亲铭记在心，有所依恋的。

有一次打电话回家，女儿哭兮兮地说，爸爸，你怎么还不回来，我都病了。夫人那天正好上夜班，我一听这话便紧张了起来，待向照看女儿的姥姥一了解才知，她并没有什么不舒服，只是妈妈不在家，心里不高兴，找碴儿和爸爸撒娇罢了。

孩子的思维的确是直线的，非常单纯。女儿几次问我什么时候才能“发完自己的稿子下班”“什么时候回来和我还有妈妈一起睡觉”，她甚至以为用一件具有诱惑力的东西或建议就可以让我这个爸爸立即回来。当北京天气转凉夫人收起毛巾被拿出棉被时，女儿在电话里警告我说：“你再不回来的话，我和妈妈盖的这个暖乎乎的被子可就没你的份儿了。”

女儿的思念有时候也会激发她稚嫩但合乎逻辑的想象力。她曾告诉

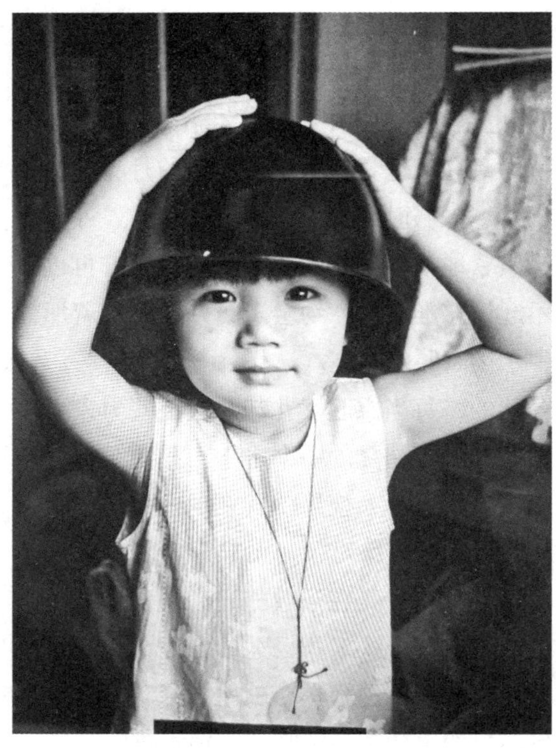

我重返加沙前，女儿戴上了我新添置的钢盔。

我，她准备给我和这里的巴勒斯坦小朋友发明一个防护帐篷，当以色列的导弹打过来时，帐篷的顶部会突然“啪”地张开，一个机器人会“嗖”的一声飞上天空抱住导弹，然后把它扔进没有人的地中海里。还有一次，女儿告诉我说，爸爸，我想你了，我要用一根绳子把你从电话那头给拽过来！更让我感动的是，她有一次说梦见我骑着一颗炮弹从加沙直接飞进我家卧室的窗户……

女儿虽小，心灵无涯。她那透明广阔的内心世界也飘着一个思念的小风筝，只不过它时起时伏，时隐时现，而且长着浪漫和想象的翅膀，不像爸爸的那样总是高悬着，绷得紧紧的。

种瓜得瓜，种豆得豆。

——中国民谚

第八十四章　泽维遇刺

2001年10月17日，星期三，晴间多云，加沙

巴以冲突的确是一个暴力循环圈，是个鸡生蛋、蛋生鸡、鸡再生蛋、蛋又生鸡的过程，找不到开头，也看不到结尾，唯一清晰可辨的是这个怪圈滚过后留下的斑斑血迹。今天，世人又被巴以间可怕的暴力怪圈震撼了，体会到什么叫以牙还牙、以血还血、冤冤相报。

早上7点30分左右，以色列著名极右翼人士、旅游部部长雷哈瓦姆·泽维在耶路撒冷一家饭店遭到不明身份的武装人员近距离枪击。约三个小时后，这名75岁高龄的部长死在医院的重症监护室。一场让人始料不及的人祸发生了。泽维就像一颗急速升起的新闻流星，前天刚刚因提出辞职而受人关注，今天就以生命突然夭折闻名天下，并永远地成为昨夜星辰。

这是1995年11月前总理拉宾被极右翼分子枪杀后以色列发生的最重大的谋杀案。刚知道这消息时，直觉告诉我泽维很可能死于巴勒斯坦人之手，而且极有可能是激进的哈马斯成员干的。因为在过去三天里相继有三名该组织成员死于非命，尽管以色列只承认对其中一人之死负责，但哈马斯一口咬定他们全是被以色列暗杀的。

很快，有人出来表功了，而且出乎我的预料：人阵一名发言人宣布，泽维是他们杀的，目的是报复以军8月下旬暗杀该派别总书记穆斯塔法。随后，人阵军事派别“穆斯塔法旅”又在约旦河西岸城市拉姆安拉宣布，刺杀泽维的枪手已经“安全返回营地”。这个新消息也让我恍然大悟，穆斯塔法8月被以军导弹炸死后人阵就已发誓要为其报仇雪恨，只是过去两个月间人阵悄无声息，到头来真策划了一起重大命案。

法塔赫东耶路撒冷负责人哈塔姆针对泽维之死评论说，这是泽维为其敌视阿拉伯人的极端右翼立场付出的代价。其实，这样的结论未必准确。泽维是极右，他之所以辞职也只为反对以军从希伯伦巴控区外撤，反对对巴勒斯坦人放松封锁。但是，持极右观点的人又何止他一人？他其实是以色列暗杀政策的牺牲品。是替别人顶了血债。人阵的声明已经说得再清楚不过了。

9月初，英国《星期日泰晤士报》曾披露说，在穆斯塔法遭到暗杀后，巴勒斯坦激进派别也制订了一个暗杀黑名单，其中排在前三名的依次是以军参谋长莫法兹、副总参谋长亚龙和国内情报总局（辛贝特）局长迪希特，因为暗杀巴各派活跃分子的行动基本上是由以军和辛贝特执行的。我当时认为这简直是天方夜谭，根本不可能。因为巴勒斯坦人完全被以色列攥于掌股，好比孙悟空跳不出如来佛的手心，如何接近得了重要人物？

如果那份黑名单的确存在的话，泽维很可能榜上有名。他或许太自信了，拒绝安全部门为他安排保镖，声言在自己的国土上没有生命之虞。岂不知，巴以冲突早已使双方的某些做法超越了土地边界、战争法则和道德标准，暗杀者通常只要结果而不分地方、不择手段，更何况耶路撒冷不是国际承认的以色列国土。

泽维1926年出生在耶路撒冷，他的前辈已经在这个城市生活了五代，因此，他从小就认定耶路撒冷是犹太人的土地，巴勒斯坦人是“外来的沙子压了本地的土”。他的信仰决定了他的狭隘民族主义思想。泽维生前就以排斥巴勒斯坦人的极端甚至是种族主义的言论而骇世惊俗：巴勒斯坦太小，不容巴勒斯坦和以色列人共同生存，以色列人应该把全部巴勒斯坦人“转移”到阿拉伯国家去。冲突爆发后，泽维更是不把巴勒斯坦人当人，他曾提议给以军配备动物园中的麻醉枪，便于他们在路障前先麻醉过路的巴勒斯坦人，然后进行安全检查。泽维对阿拉法特也是百般辱骂，什么“骗子”“恶魔之子”和“嗜血者”等，并要求沙龙下令轰炸阿拉法特在加沙的官邸。

如此说来，巴极端分子选择泽维下手也就不奇怪了。当然，泽维的狂妄和自信也是导致他死于非命的关键因素。自拉宾遇刺后，辛贝特成立了一个“重要人物保护小组”，专门保护五类人物：国家象征，包括总统、总理及其家人、议会议长、议会反对党领袖、最高法院院长；关键人物，包括外长和国防部部长以及其他重要部长；前高级官员；以色列耶路撒冷市市长和埃及、约旦、土耳其等重要伊斯兰国家驻以大使；总理候选人。目前，这份名单上共有42人。泽维作为极右翼力量的代表也曾得到过24小时的保护，但他自信无人可以碰他，千方百计摆脱安全部门的跟踪和保卫，就是沙龙也说服不了他。此外，泽维还犯下大忌，几乎每天一成不变地重复着自己的作息时间和行动路线。

泽维之死给刚刚放晴的巴以局势投下浓厚的战争阴云。以政府立刻下令重新对拉姆安拉实行军事封锁，取消只向巴勒斯坦人提供了一天的各种“便利”，同时冻结同巴方的一切政治联系。以军F-16战斗机空前频繁地在加沙地带上空穿梭，伴随着巨大的轰鸣，让人担心那威力巨大的导弹随时会落在什么地方。据了解，加沙和西岸所有的巴勒斯坦政府机关、安全部队总部和哨所均把人员疏散一空，以防以军报复。

几乎所有的以色列头面人物都在指责巴领导人阿拉法特本人对泽维遇刺负有不可推卸的责任。以总理沙龙更是说了句前所未闻且意味深长的话：一切都结束了，巴以冲突从现在起进入了一个新的阶段。

巴勒斯坦官方在沉默数小时后发表声明，对刺杀泽维表示谴责，并对泽维家属、以政府和议会表示哀悼。巴官方同时要求以色列停止其“定点

以色列军警在耶路撒冷老城外加强警戒。巴以冲突不仅导致大量平民死亡，而且引发双方消灭对方的强硬派人物。

清除”政策，指出无论是暗杀还是“定点清除”都无助于解决巴以冲突，只能火上浇油。

阿拉法特中午特意给自己的老伙伴以外长佩雷斯打电话再次表示哀悼。佩雷斯依旧冷静地敦促阿拉法特设法制止恐怖活动，他说：“一支枪可能会毁掉一切。”从今天的态势看，此非虚言妄语。阿拉法特承诺将尽最大努力约束人阵武装人员的行为。放下电话，阿拉法特就下达命令，要求巴安全机构逮捕所有涉嫌暗杀泽维的巴勒斯坦人，并制止一切暴力和恐怖袭击。晚上，包括发言人在内的多名人阵官员被拘留。

当天下午，沙龙曾与国防部部长本-埃利泽及情报部门首脑磋商、制订了报复方案，并宣布禁止阿拉法特使用加沙国际机场。晚上，沙龙又主持安全内阁讨论这一方案。据报道，以方准备提出一个比军事打击更难让阿拉法特接受的最后通牒：将人阵领导人及涉嫌暗杀泽维的人员逮捕并引渡给以色列，否则以方将采取严厉措施。据悉，以色列还将在加沙和西岸采取大动作对付人阵并清除这一组织。

就在以安全内阁讨论如何收拾巴民族权力机构的时候，一名人阵成员又从加沙地带东部潜入以色列境内，并在一辆以军军用汽车跟前引爆身上的炸弹，炸伤两名以军士兵。过去，自杀式爆炸基本是哈马斯和杰哈德这些宗教派别的专利，世俗化的人阵从来不搞自杀式爆炸。一天之内，人阵先搞暗杀，后进行自杀式爆炸，显露了两个非常危险的新苗头。

午夜过后，以安全内阁终于做出了一项最终决定：巴民族权力机构必须引渡涉嫌暗杀泽维的武装人员，并宣布所有的“恐怖组织”为非法，否则，以方将把它视为“支持恐怖主义的实体”而与之作对。显然，这个最终决定比媒体透露的预案更苛刻。

在美国和以色列的黑名单上，人阵和哈马斯都属于“恐怖组织”。但是，人阵是巴解组织中仅次于法塔赫的第二大派别，有着广泛的群众基础，哈马斯的拥护者也占巴勒斯坦人口的两三成，它们又打着抵抗占领的合法旗帜，在这种情况下让阿拉法特把它们划为恐怖组织是非常不现实的，比移交暗杀嫌疑人员更难办。不知阿拉法特将如何回应沙龙踢过来的这只皮球。

（补记：泽维遇刺后，以色列安全和军事部门给所有重要政府官员、议院和军队高级官员发放了一个安全手册，提醒他们加强自我保护，以免遭到巴勒斯坦极端组织暗杀。报道说，该手册提醒这些重要人士打破他们的日常行动规律，使那些对他们有暗杀企图的人不易搜集到有关他们的情报。手册还要求他们不要接受任何包裹，要检查邮件，在家中安装报警装置。手册提醒高级军官避免在执行公务以外的时间穿军服，不要雇佣外国工人以及避免在户外晾晒军服等。此外，以国防军还派现役军人承担少将级军官的安全警卫工作。）

我愿意告诉你：这军装使我厌恶。我要求停止屠杀。我的眼睛试图微笑。

我的心灵在哭泣。

——阿兰·哈特《阿拉法特传》

第八十五章　阿拉法特真为难

2011年10月19日，星期六，晴，加沙

阿拉法特被人称为“九命灵猫”，是现代少有的政治和个人生存大师。但是，几天来突然出现的一系列事件使巴以冲突急剧恶化，让阿拉法特进退维谷，里外受困，面临着非常严峻的挑战。

17日上午，人阵军事派别“穆斯塔法旅”暗杀以色列旅游部部长泽维后，阿拉法特便面临三方面的压力：自治政权的生存、个人安危以及内部挑战。

18日凌晨，以军不宣而战，突然出兵进攻约旦河西岸城市拉姆安拉和杰宁。以军不但包围了这两个巴自治城市，而且占据了部分市区。问题的严重性在于，以军此次进兵不同于以往的打了就走，而是反客为主，大有不达目的不退兵之意。

19日晚，被以方通缉已久的一名法塔赫民兵领导人阿特夫·阿巴亚特和另外两人在希伯伦死于汽车爆炸，巴方认定这是几天来以方策划的第四起暗杀。巴武装人员立即实施报复，从伯利恒比特·杰拉镇向耶路撒冷南郊的吉鲁定居点开枪，打破该地区持续两个多月的平静。不出所料，以军大部队当夜攻入伯利恒市中心和比特·杰拉镇。以方高层人士宣称，以军将待在伯利恒，直到吉鲁彻底安全。

在过去两天里，以军还重兵围困了另外两座巴自治城市纳布卢斯和盖勒吉利耶。至此，西岸实现自治的八座巴勒斯坦人口中心城市有五座局部沦陷或成为孤城，只有希伯伦、杰里科和图勒凯尔姆暂时远离刀兵战祸。

欧盟安全与外交主管索拉纳到加沙进行斡旋。

泽维遇刺后，沙龙曾意味深长地说："一切都结束了，以巴冲突进入了一个新的阶段。"两天来的军事行动无疑诠释了沙龙这段让人摸不着头脑的话：重新占领巴自治区、摧毁巴自治政权并非无法逾越的雷池。在安全的幌子下，以色列可以发动第三次中东战争，可以奔袭伊拉克，可以长驱直入黎巴嫩，夺取巴自治区又算得了什么？

前所未有的危险不但迫近巴自治政权，也迫近阿拉法特本人。18日下午，阿拉法特的政治顾问阿布·拉迪纳在加沙向新闻界宣布，巴方已经获悉，以政府制订了谋杀阿拉法特本人及其他巴领导人的计划，以便摧毁巴民族权力机构、破坏中东和平进程和国际反恐怖联盟。他呼吁美国和国际社会立即采取行动制止以色列的"侵犯和阴谋"。非但如此，阿拉法特本人也召集各国驻巴使节，通报自己所面临的生命威胁。

阿拉法特九死一生，曾躲过无数杀身之祸，一直置生死于度外，如此认真关注自身的险恶处境还鲜有所闻，至少在巴以和平进程启动后是第一次，这足以说明阿拉法特和他的顾问并非小题大做。其实，有关"定点清除"阿拉法特的鼓噪早已不是以方强硬势力的禁忌，至少以外长佩雷斯就公开证实军方有人坚持如此。一段时间来，沙龙等人反复把阿拉法特比喻为以色列的本·拉登，大谈其对和平进程的“妨碍”，煽动巴方实力派取而代之，可谓司马昭之心路人皆知，以至美国政府私下警告沙龙绝对不能打阿拉法特的主意。

对沙龙政府来说，目前似乎已经没有不能越过的红线。在巴解组织的三大派别中，人阵总书记穆斯塔法已经被暗杀，民阵副总书记萨姆拉伊侥幸逃脱了暗杀。作为主流派法塔赫主席的阿拉法特从理论上说是与穆斯塔法和萨姆拉伊平级的政治领导人，更何况沙龙等人已经把他越抹越黑。这就是巴方呼吁国际社会进行干预的原因。

泽维遇刺给阿拉法特造成的第三个困境是如何摆平内部众多大小山头。阿拉法特的停火令屡屡受到巴各激进派别和极端组织乃至个人的挑战，迫使他三令五申要求遵守停火，不要授人以柄，以维护政令、军令和法令的统一及最高民族利益。在他说服哈马斯和杰哈德等同意停火并对以方暗杀保持克制的时候，人阵的一伙人却意外地暗杀了以右翼元老泽维，捅下了天大的娄子。

以方限令巴方七天内交出泽维案疑犯，否则决不轻饶。巴方坚决拒绝这一要求，理由是巴以协议没有规定类似的义务，巴方只能根据自己的法律进行处置。BBC记者曾形象地概括了阿拉法特的两难：交出疑犯，他将面临内战，不交疑犯，他将面临以方的宣战。的确，巴解组织本来就是一个反抗占领的松散联盟，其中的任何派别都会找出种种理由来为自己的行动辩解。人阵武装人员暗杀泽维的理由又恰恰是报复以军暗杀其总书记穆斯塔法，为了维护民族尊严和自治主权，也考虑到当前的民众情绪，阿拉法特是不可能满足以方的要求的。

尽管如此，阿拉法特还是下决心要结束这种无组织、无纪律和无法度的状况。根据他的指示，巴安全部门宣布策划暗杀泽维的“穆斯塔法旅”为非法组织，并相继逮捕了40多名人阵成员，显示了查处泽维案的决心。

今天晚上，巴领导机构又发布公告，要求所有组织和个人必须遵守停火命令，否则将被视为“违法”和“通敌”。公告同时宣布所有自发成立、未获官方承认而又不听从各爱国力量号令的民兵组织、非政治派别和团体为“非法组织”，重申只有巴解组织执委会和民族权力机构具有决策权，任何其他个人和组织所做的决定都是非法的。

一位当地记者在和我采访一次示威活动时痛心地说：“你看，到处是五颜六色的旗帜，数来数去不是哈马斯的就是杰哈德的，不是法塔赫的就是人阵或民阵的，而数量最少的恰恰是巴勒斯坦的国旗。”

但愿从明天起，任何巴方派别和个人的言行都将受到法律的约束，并统一在巴解组织和民族权力机构的两面旗帜下，使抵抗以和平的方式进行，使巴勒斯坦社会走向有序，也使巴以局势更能得到控制。

以色列最新一任总理沙龙，是一位精力丰沛和备受争议的领导人。他是以色列的战争英雄，也许是以色列非凡军事历史上最有胆略也最为成功的一位将领。沙龙永远是一名斗士，无论是对与其为敌的阿拉伯国家、恐怖分子，还是《时代》杂志或政治对手。

——美国《华尔街日报》

第八十六章　沙龙的战争情结

2001年10月21日，星期日，晴，加沙

沙龙之名达于世，除率部偷渡苏伊士运河使以色列扭转第四次中东战争的乾坤外，还与另外两场涉及巴勒斯坦人的重大事变有关，一为黎巴嫩战争，二为贝鲁特难民营大屠杀，而这两大事变又都与政治暗杀有关。

1982年6月4日，以色列驻英国大使遭到阿布·尼达尔领导的巴勒斯坦激进组织暗杀。时任国防部部长的沙龙骗过议会于次日发动了直捣贝鲁特的黎巴嫩战争，并用两个多月的时间把巴解组织武装赶出黎巴嫩。暗杀成为沙龙发动一场侵略战争的借口。

是年9月14日，沙龙的合作者、黎基督教派当选总统贝希尔·杰马耶勒被某阿拉伯情报机构暗杀。几天后，迁怒于巴勒斯坦人的基督教马龙派民兵“越过”以军封锁线，闯进贝鲁特萨卜拉和夏蒂拉难民营屠营两日，在以军眼皮下斩杀无辜难民千余人。事后，沙龙因难辞其咎而被迫辞职，背上“难民营屠夫”之名，被西方部分国家视为“反人类”的战犯。

如今，沙龙已总理以色列朝政，却依旧在利用暗杀大做文章，依旧无法排解那几乎积淀为其性格重要组成部分的战争情结。17日，以旅游部部长泽维在耶路撒冷被巴人阵“穆斯塔法旅”暗杀。18日凌晨起，沙龙将军廉颇不老，挥戈东下，命令以军连续发动三场夜战，相继侵入约旦河西岸的拉姆安拉、杰宁、纳布卢斯、伯利恒、图勒凯尔姆和盖勒吉利耶等六大

守卫约旦河西岸定居点的以军士兵。

巴自治城市。

这是巴以冲突爆发后以军发动的规模最大的一场持续性攻势，不但出动上百辆坦克、装甲车和数十架战斗直升机，而且攻击范围覆盖了大部分巴控区。巴领导人多次提到，自冲突爆发后，以军已经实施了分割巴自治区的“刺田计划”和重创巴基础设施的“百日计划”。沙龙也一直在等待机会发动一场重新占领巴自治区的代号为“阿拉尼姆（地狱）行动”的军事攻势，以便摧毁巴民族权力机构，推翻巴以和平进程。

我一直认为，打垮巴民族权力机构，重新背上300多万巴勒斯坦人口的沉重包袱并非沙龙所愿，也是他不能跨越的红线之一，创造机会或寻找机会好好教训巴方倒更符合以方的利益。泽维遇刺前，沙龙政府策划三起暗杀巴激进分子的行动，只是对方没有或者说没有来得及报复。泽维遇刺而以军出兵拉姆安拉和杰宁后，伯利恒又不早不晚地发生了三名巴勒斯坦人死于汽车爆炸的怪事，引发了吉鲁定居点的枪战，以军于是“名正言顺”地连夜攻入伯利恒。而主动进兵图勒凯尔姆和盖勒吉利耶则更暴露了沙龙非要大动干戈的意图。

实施报复，平息自己与国内的激愤情绪，这是沙龙宣战的第一个目的。暗杀泽维这样一个元老级的极右翼领导人，无异于太岁头上动土，以色列朝野自然震动，早已按捺不住的军方和右翼势力更是借机造势，代表右翼势力而又惯于黩武的沙龙岂能错过这个天赐良机。

沙龙知道阿拉法特有自己的难处，他无论如何不会按以方要求交出“恐怖分子”，因为巴勒斯坦人把反抗占领视为与生俱来的权力，也符合国际法则。屈从以方意志而交出其通缉对象，巴方不但丧失司法主权，而且会面临内部种种责难。在这种情况下，进占巴勒斯坦城市，自己动手去抓捕“恐怖分子”对沙龙来说可能更为可靠。四天来，以军也的确按图索骥地搜捕了几十人，相信这一行动还会持续几日。出气和抓人或许还不足以概括沙龙的动机，让巴方感到自治政权蒙受伤筋动骨之痛可能也是一个要实现的目标。沙龙无非想现身说法地告诉巴方：自治是以色列赐予的，它随时可以被收回。

沙龙此战显然从某种意义上已经达到目的。面对部分自治城市的“沦陷”，面对来自以方和美国的双重压力，巴方今晚做出一个重大决定，正式宣布取缔三大组织的军事派别，包括人阵的“穆斯塔法旅”、哈马斯的“卡桑旅”和杰哈德的“耶路撒冷烈士旅”，理由是它们无视停火命令，干出种种危害人民最高利益的勾当，为以方军事升级制造了借口。当然，沙龙要求把这几大组织政治派别也取缔的要求是不可能得到满足的。

应该说，沙龙的战争情结在被占领土得到了一次愉快的释放。但是，加沙和约旦河西岸不是黎巴嫩，而是巴勒斯坦人的最后家园，也是他们无法再退却和放弃的立足之地。军事镇压或许能使巴勒斯坦人退避三舍，但无论如何平息不了他们的愤怒和反抗。沙龙如果想彻底根除极端与恐怖，给国民带来和平与安宁，必须放弃战争思维，告别战争情结，做一个政治上的勇敢者，做一个和平缔造者。

所有的巴勒斯坦建筑都把自己表现为一种潜在的废墟。

——爱德华·赛义德《巴勒斯坦人的生活》

第八十七章　西岸六城沦陷

2001年10月23日，星期二，阴，加沙

从18日凌晨开始，以色列以其旅游部部长泽维被人阵暗杀为由，出动数十架战斗直升机、近200辆坦克和装甲车，连续发动三场夜战，对约旦河西岸的巴自治区发动了规模空前的军事攻势，重新进占自治七年的部分城市。

约旦河西岸面积约6000平方公里，其中三分之一的地区属于由巴民族权力机构完全或巴以联合控制的自治地区。巴自治区又以八个人口密集城市为中心，所辖人口超过260万。以军三天内已相继部分占领拉姆安拉、纳布卢斯、杰宁、伯利恒、图勒凯尔姆和盖勒吉利耶，只有希伯伦（巴控区）和杰里科处在正常状态。巴自治成果岌岌可危，和平进程出现暂时和局部性的倒退。

以军进占六个城市部分城区后，控制了各城市的制高点和战略性建筑，动用空对地导弹和坦克炮以及推土机，摧毁大量巴安全部队哨所和部分政府机关，就连巴解组织二号人物阿巴斯在拉姆安拉的办公室也暴露在以军炮口之下。

巴安全部队成员、各政治派别的民兵组织虽然无力与强大的以军抗衡，但他们也不屈服于以军的淫威，利用地形熟、机动性强的特点，在各个城市同以军的钢铁堡垒展开了程度不同的城市游击战。其中尤以基督教圣地伯利恒最为激烈。

伯利恒位于耶路撒冷以南十公里处，是个具有数千年历史的老城，是基督教创始人耶稣诞生的地方，为西方世界所瞩目。自19日凌晨以军侵

入伯利恒后，只有冲锋枪的巴武装人员同以军展开了城市游击战，不屈不挠地抗击着入侵者。由于那里宗教古迹多，街道狭窄，基督徒和穆斯林混居，不利于以军放手大干，相反却便于巴武装人员打了就跑，因此，几天来交火一直不断。

但是，几天来的战祸也的确破坏了这个一向宁静安详的城市。据报道，22日，以军三发坦克炮弹落入伯利恒的法国妇产医院，对医院设施造成极大的破坏，好在院方已组织人力把新生婴儿转移到安全的地方。此外，以军的炮火还殃及部分教堂和清真寺，几乎蔓延到伯利恒的核心地带圣诞教堂广场。据目击者称，以军坦克在伯利恒大街上横冲直撞，故意推倒交通信号灯，碾坏车辆，破坏了部分道路和饭店等基础设施，并夺取难民营的部分住宅当作掩体，把里面的居民当作人体盾牌。一位医疗机构负责人说，双方在伯利恒一带的交火已经陷入胶着和无处不在的混乱状态，救护车由于安全无法得到保障而不能及时救治伤员。我曾经居住过的天堂饭店也在这场战事中毁于炮火。

伯利恒仅仅是一个缩影，以军入侵同时也使其他六个城市的社会、政治、经济乃至家庭生活陷入瘫痪。供电与给水系统遭到不同程度的破坏，交通运输被迫中断，食品和饮水及其他生活资料出现短缺，政府机关、学校、商店被迫纷纷关闭，巴勒斯坦人的生活陷入严重的困境。

20日早上7点左右，十岁的巴勒斯坦女孩拉海曼·阿布·瓦尔德背着书包刚走进杰宁伊卜拉希敏女子小学院内，以军坦克发射的子弹和炮弹就落了下来。拉海曼幼小的身体被击中胸部的重机枪子弹掀了个跟头，一朵尚未开放的花蕾就这样夭折了。她的五个同伴也程度不同地被子弹和炮弹弹片击倒，在血泊和惊恐中哭喊一片。这是以军突击杰宁城时发生的一场悲剧。以军方调查后认定，巴武装人员以这个学校为掩体进行射击，导致以军“还击”误伤了拉海曼及其小伙伴。

巴安全人士称，19日午夜，一名30岁的伯利恒孕妇生产在即，但是，汽车由于无法通过以军设置的封锁线，她在经受几个小时阵痛折磨后死在汽车里。20日晚，一名八个孩子的母亲在伯利恒北门的阿伊达难民营被以军子弹击中头部死亡。22日晚，一名65岁的老汉在图勒凯尔姆家中被以军炮弹炸死……不到一周的时间，30多名巴勒斯坦人死于以军枪炮之下，近200人受伤，他们中既有穆斯林也有基督徒，其中多数为无辜平民。

战火烧到耶稣的诞生地伯利恒。

以军在攻入盖勒吉利耶和图勒凯尔姆的当夜就抓捕了四名巴安全部队成员。在进占纳布卢斯的过程中也曾一次抓获八名巴勒斯坦人。以军的意图很明显，以总理沙龙说得也非常清楚，不抓尽巴“恐怖分子”头目，以军决不从巴自治区撤军。

早在9月26日佩雷斯和阿拉法特达成停火协议时，以方就递交了一个108人的“黑名单”，要求巴方进行拘捕。从那以后，虽然巴方逮捕了部分哈马斯和杰哈德成员，但以方很不满意。泽维案发生后，以方又限令巴方在七天内交出涉嫌人员，但遭到巴方拒绝。巴方的理由是双方没有引渡协议。尽管巴方已经宣布涉嫌暗杀泽维的人阵“穆斯塔法旅”为非法组织，逮捕了50多人进行调查并准备根据巴方法律惩罚杀手和策划者，但沙龙表示巴方此举纯粹为了消解国际压力，并没有打击“恐怖主义”的诚意，因此，决定向美国看齐，对巴方打一场类似对付阿富汗的反恐怖战争。

目前，以军已经完成了对西岸六座城市的围困，并继续调集部队准备展开更大规模的军事占领，届时以军有可能实行严密的宵禁，并按图索骥地逐门逐户地搜捕巴方活跃分子，瓦解巴激进派别的组织结构。

22日晚，又一起汽车炸弹在盖勒吉利耶市发生爆炸，哈马斯准军事

我多么希望约旦河西岸停止冲突，我可以到处走走，重走《圣经》故事中那些历史人物活跃的山山水水。

组织“卡桑旅”在该市的负责人哈拉维刹那间被爆炸引发的烈火吞灭。哈马斯当即宣布，这是以色列的暗杀！哈拉维是“卡桑旅”的第三号炸弹专家，也是以色列通缉的要犯。随后，以总理府发表声明，历数哈拉维在以色列制造多起恐怖袭击的“罪恶”，等于间接承认对此负责。

其实，在本月13日以政府决定放松对巴勒斯坦封锁以奖赏巴方遵守停火协议的同时，以军情部门就显露了不甘风平浪静的阴暗心理，连续在14日、15日和16日策划了三起针对哈马斯通缉对象的暗杀行动。尽管以色列只承认对其中一起负责，但沙龙公开宣称将把“定点清除”政策执行下去。在哈马斯尚未报复的时候，人阵暗杀了泽维，给沙龙大举进兵提供了足够的理由。其实，没有泽维血案，蓄谋已久的沙龙政府也会制造借口对巴方大打出手。

以军进占巴自治区遭到了世界舆论的责难，它们纷纷要求以色列立即撤军。据报道，迫于国际社会特别是美国的压力，以军有可能在近日逐步从西岸六城撤军。

在最后的国境之后，我们应当去往哪里？在最后的天空之后，鸟儿应当飞向何方？

——马哈茂德·达尔维什《最后的天空之后》

第八十八章　麻雀何辜？

2001年11月4日，星期日，晴，加沙

今天凌晨，以色列又对加沙地带北部的部分巴勒斯坦民用和安全部队目标进行了空袭，但没有造成人员伤亡。由于轰炸现场较远，我只隐约听到隆隆的爆炸声，爆炸的火光则被沉沉的夜色所吞没。

巴安全人士称，以军直升机发射了大约十枚导弹，摧毁比特·拉海亚省的一座木器厂和一座修车厂，同时还击中几所民房。此后，以军又发射八枚地对地导弹，其中一枚击中了位于加沙城北贾巴利亚难民营的一个巴安全部队哨所。据悉，以军空袭造成一定的物质损失，并使局部地区电力供应中断。以军方证实了这次空袭，但称其袭击的几座厂房是巴武装人员的迫击炮生产车间。据以色列电台报道，巴武装人员 3 日晚曾向加沙的犹太定居点发射迫击炮弹。显然，这次空袭是由此而来。

上午，我前往加沙城北的一个轰炸现场查看，试图找到制造迫击炮的蛛丝马迹。这是位于加沙城至埃雷兹检查站公路边上的一座工厂。工厂没有大门，很难想象这里能偷偷制造迫击炮。厂房内的确堆积着大量的铁砂、铁块和三角铁等，以及一些我叫不上名堂的简易机器和木材。石棉瓦做的顶棚已经被导弹洞穿了好几处，早晨的阳光像瀑布一样从洞口斜灌进来，照亮了被炸翻的铁块。

一位头戴无檐白帽、穿深色长袍的老头冲着我镜头喊：“拍吧，使劲拍吧，让以色列人看看这里是不是兵工厂，有没有迫击炮？”经过一番了解得知，这里只是一个农具作坊，主要生产铁锹、锄头等，根本不是以色列所说的兵工厂。

加沙原本较少各种飞禽，战火使它们更加不敢靠近。

老头的儿子一脸愤怒而无奈地四处走动者，并用一根铁条翻动着凌乱的现场，以查看有没有还未爆炸的导弹。这个小伙子突然猫下腰，捡起一只死麻雀对我说："我们不是武装人员，我们没有发射迫击炮，我们也不知道怎么造迫击炮，凭什么用导弹轰炸我们？就算我们惹了他们，这麻雀又有什么过错？"

我们有可能会说，巴勒斯坦人的事业同以色列人的事业是同样值得尊敬的，但是我们不会说恐怖行为与反对恐怖行为是一样值得尊敬的。

——乔治·乔纳斯《天谴行动》

第八十九章　没有判决的死刑

——以色列暗杀政策透视

2001年11月9日，星期五，阴，加沙

2000年11月9日中午，34岁的巴勒斯坦军事情报局官员侯赛因·阿巴亚特和一名副手正驾车行驶在伯利恒比特·萨胡尔镇的一条繁华街道上。四架以色列阿帕奇战斗直升机也悄悄出现在阿巴亚特座车的上空。人们或许以为以军直升机和往常一样要轰炸某个巴勒斯坦建筑，于是一边躲避，一边引颈翘望。

阿帕奇的确很快发射了激光制导导弹，但人们感到意外的是，导弹没有飞向巴政府机构或安全哨所，而是扑向阿巴亚特其貌不扬的汽车。阿巴亚特被两枚导弹炸成了碎片，他的助手大难不死。以军发射的另外两枚导弹把路过现场的两名50多岁无辜妇女也抛向五六米的空中。这是巴以冲突爆发后以军对巴方目标进行的第一次暗杀行动。此后，地狱之门向巴各派活跃分子洞开，截至今天，先后有70多人成为暗杀政策的牺牲品。

“定点清除”何以大行其道?

以色列国小民寡，历来崇尚先发制人，速战速决。面对巴方大范围的武装对抗，以方清楚这是武装示威而非要决意消灭以色列，因此避免全面出兵。但是，长时间的冲突也使以方蒙受巨大人员和物质损失，迫使以政府必须针锋相对甚至过度使用暴力来遏制冲突。巴拉克曾表示，处在阿拉伯国家包围中的以色列是个弱者，而弱者不能仁慈。以色列也没有第二次机会，为了国家和民族的安全，以色列不惜同整个世界作对。这是“清除”风暴越刮越猛的根本原因。

以色列人多年流散，饱受歧视和杀戮，目前举国仍处在战争状态，忧患和危机意识成为他们无法摆脱的心理阴影，甚至积淀为民族个性的一个重要特征。几十年的紧张对峙和暴力威胁使多数以色列人把安全奉为上帝，也养成他们“宁负天下人也不使天下人负我”的极端自我心理。这是以色列人把沙龙推上权坛又拥护他对巴方动狠的原因，也是“定点清除”风暴被多数以色列人接受的社会基础。一项民意调查表明，多数以色列人支持沙龙政府不顾巴勒斯坦平民的安全攻击巴方目标。这个令人吃惊的民调既吻合以色列社会“右”风压到“左”风的现实，也符合以色列人务实、更重眼前利益的行为特征。

“定点清除”政策始于巴拉克时期而猖于沙龙时代，反映了以色列两大党对付巴方策略的一致性和相对合理性：对内可以安抚“恐怖”袭击受害者并防患于未然，对外可把“反恐怖”当作遮羞布，排解国际压力，因为以军消灭的对象或多或少地同以境内的恐怖袭击有关。同时，这样可以避免巴以全面开战，继续让巴自治政府管理马蜂窝一样的被占领土，摆脱重新占领而伴生的政治、道德、经济和治安后果。这是“定点清除”风暴持续存在的政策考虑。

同巴拉克采取的动辄全面封锁、集体制裁相比较，倚重“定点清除”政策是沙龙相对高明的一招。这种“冤有头，债有主”、恩怨分明的策略，可以稍微减缓普通巴勒斯坦人的痛苦，避免出现大面积的人道主义灾难，减缓舆论压力，也能分化瓦解巴方阵营，培育反战情绪。同时，还可以起到震慑、瓦解和瘫痪巴激进派别组织结构的作用，也符合以色列一贯的战术原则。

“定点清除”何以屡屡得手?

以色列采取的手段多种多样，包括导弹袭击、步枪狙击、坦克截杀，还有在汽车、电话亭、水泥路障乃至移动电话里安放遥控炸弹，除偶尔失手外，基本上做到了稳、准、狠。显然，这些暗杀活动得以顺利实施主要基于以下两大因素。

首先，巴以力量对比差距悬殊是关键。以色列长期处于战争状态，其军事和情报部门枕戈待旦，不但在军事实力成为整个中东的超级强国，其装备、技术、通讯、官兵素质、训练质量和实战经验都属世界一流，对付“定点清除”目标可谓杀鸡用牛刀。“定点清除”行动本身不但花样很多，而且科技含量非常高。

据报道，以军的各种无人侦察机不断在被占领土上空盘旋，昼夜监视和跟踪着“定点清除”目标的行踪。同时，以军还建立代号为“黑鹰眼”的手机监控网，24小时监听巴重要人物的通话，并能在几秒内确定其具体位置，误差不超过两米。

以军“定点清除”行动的主要手段是派遣美制“阿帕奇”战斗直升

以色列的暗堡往往藏匿着杀机，随时可以猎杀黑名单上的巴勒斯坦目标。

机实施轰炸。这种在海湾战争中一鸣惊人的空中堡垒是对付坦克的杀手锏，其携带的激光制导导弹威力大精度高射程远，轰炸巴方目标藏身的楼房、汽车和掩体有如以石击卵，无所不摧，可以说，近一半的被“定点清除”对象都是被“阿帕奇”发射的“地狱火”吞噬的。据报道，今年11月1日上午，为了截杀几名巴激进分子，以军在约旦河西岸的图勒凯尔姆城外出动五架“阿帕奇”追击一辆出租车，并发射三枚导弹炸死了车里的两个人。

第二种手段是安装遥控炸弹。通过在暗杀对象的汽车、住宅里安装威力巨大的炸弹，这一方式不但可以使被暗杀对象没有逃生的可能，而且往往使他们支离破碎，或者烧成一堆炭灰，情状惨不忍睹，达到解恨和威慑的双重作用。2000年11月23日，哈马斯军事派别“卡桑旅”活跃分子伊卜拉欣·乌代在纳布卢斯驾车行驶期间，汽车突然爆炸使其立即殒命，开启了以军用汽车炸弹对付巴方目标的先例。此后，又有数名被以色列通缉的巴勒斯坦激进分子死于汽车爆炸。

在公用电话厅、移动电话、道路隔离墩甚至是伪装的礼品里安装遥控炸弹并适时引爆，也是以色列炸弹暗杀的方式。今年4月5日，巴勒斯坦人伊亚德·哈尔丹在杰宁街头使用公用电话通话时遭遇炸弹爆炸身亡。4月25日，四名巴警察路过加沙南部拉法一个路口时，被预先埋进一个水泥隔离墩的遥控炸弹炸死。8月19日，巴勒斯坦人萨米尔和他七岁的儿子及六岁的女儿在拉法被炸死。各种迹象表明，萨米尔在向孩子展示别人赠送的“礼品”时发生了爆炸。巴激进分子总是习惯于用炸弹袭击以色列目标，以色列用炸弹来暗杀他们似乎有以其人之道还其人之身的用意。

第三种手段是动用坦克进行定点截杀和轰击。去年11月22日，法塔赫重要成员杰马尔·阿卜杜·拉扎克等四人在加沙南部罕尤尼斯遭到以军坦克扫射，面孔被打得无法辨认。此外，以军坦克在西岸发起的几次精确炮击也炸死多名通缉目标。

第四种是步枪狙击，据报道，几乎所有以军前线哨所都配备了阻击神枪手，任何暗杀目标只要出现在阻击手枪支上的高倍望远镜里，几乎就无法逃生。

第五种是化装成巴勒斯坦人接近暗杀目标，然后使用消音步枪或手枪将其除掉。今年3月3日和8月15日，以军特种部队士兵化装成巴勒斯坦人在纳布卢斯和希伯伦各打死一名巴激进分子。

促成“定点清除”风暴容易得逞的另一个关键因素是大量的“巴奸”在充当内应。据悉，巴情报部门掌握的巴奸人数超过1000人。阿拉法特的顾问阿布·谢里夫日前指责以方通过“要挟、收买和允许打工”等手段，迫使部分意志薄弱而生计无着的巴勒斯坦人出卖同胞。

百无禁忌，屡闯红线

过去13个月里，以色列策划的暗杀行动多达几十起，其中影响巨大的达到六起，包括伏击法塔赫图勒凯尔姆省书记萨比特，炸死哈马斯纳布卢斯领导人、人阵总书记穆斯塔法，以及对法塔赫西岸地区书记巴尔古提和民阵副书记萨莫拉伊的未遂刺杀。早在去年底，伦敦出版的《中东报》就已披露说，已有400多名巴勒斯坦人被以色列列为暗杀对象，其中不乏高级政治领导人。

穆斯塔法遇刺的第二天，以色列《新消息报》报纸披露说，穆斯塔法只是以军情部门计划暗杀的九名巴方重要领导人之一，其他八人依次是阿拉法特，巴解总书记阿巴斯，亚辛，杰哈德加沙地带领导人阿卜杜勒·萨米，巴解中央执委、文化和新闻部部长阿卜杜·拉布，巴立法委员会主席库赖等。穆斯塔法仅列在这个黑名单的末尾。

以色列并不承认它对巴勒斯坦人进行了“暗杀”。以政府曾把它称为“清洗”（Liquidation），后来又改称“有的放矢”或“定点清除”（Targeted Killing），但即使如此也闪烁其词，更多的时候把它冠冕堂皇地称为“积极防御”，拒绝接受国际和国内左翼媒体有关“暗杀”的普遍定位。但是，不管这类行动名称如何，都改变不了符合暗杀特征的几个根本事实：不经过法律审判非法夺取被指控对象的生命；非正面交锋而且在对方毫无防备的情况下突然置之于死地；除掉目标后常常予以否认或者保持缄默。

由以色列著名议员、律师和记者组成的“占领区人权信息中心”在一份报告中指出，暗杀是以色列30多年杀死巴勒斯坦重要人员“公开政策”的一部分，并不是此次巴以冲突中的新发明。事实的确如此。

自巴勒斯坦民族解放运动爆发后，包括阿拉法特在内的所有巴勒斯坦领导人都曾是以色列军队、国外情报局（摩萨德）和国内安全总局（辛贝特）的长期追杀对象。其中针对阿拉法特本人的就多达几十次，只是阿拉法特屡屡得以逃脱，但他的左膀右臂阿布·伊亚德和阿布·杰哈德等未能幸免。以色列针对巴勒斯坦目标的暗杀即使在双方达成和平协议之后也没有完全停止，只不过把目标集中于专门在以色列境内搞“恐怖袭击”的激进派别领导人和活跃分子而已，如使用遥控炸弹炸死几名哈马斯的炸弹专家，并试图在约旦用毒针杀死哈马斯政治领导人马什阿勒直至败露而轰动世界。

一年多来的暗杀活动可以说始于工党领导的巴拉克政府时期而猖獗于利库德把持的沙龙政府阶段，显示了以色列两大政党在暗杀问题上的一致性和连贯性。巴拉克本人从未试图为政府的暗杀政策寻找托词。他曾公开表示，以色列正在对巴勒斯坦人发动战争，有责任采取“一切手段”来对付他们。以军去年12月底除掉法塔赫图勒凯尔姆省书记萨比特当晚，巴拉克再次强调：“以军为了打击针对以色列军人和国民的恐怖和枪击活动，将采取一切手段，不受任何约束。”

沙龙更是如此，他上台不久就制订了所谓的“积极防御政策”，把暗杀和主动打击当作对付巴勒斯坦人的杀手锏。今年10月15日，以军公开承认“定点清除”一名哈马斯成员后，沙龙不但夸赞这次暗杀“非常成功”，而且公开宣称“这不是第一次，也不是最后一次，因为以色列的清除政策是明确的和一贯的”。

以军约旦河西岸地区司令准将拜尼·甘兹在被问及是否存在“清除政策”时曾答道：“是你说的清除，而不是我。我们将采取任何必要的行动，只要存在威胁，我们决不停止类似行动。”以特种部队创建者之一的拉米·戈尔郇在接受以《晚报》采访时曾袒露说：“我们是在进行清除。如果我们不清除阿布·杰哈德（1988年），或者不清除任何其他要清除的对象，我们的公共汽车就会发生爆炸，我们的17个孩子就会被清除掉。”以军总参谋长莫法兹则在今年年初议会外事与国防委员会上承认的确存在着暗杀政策。

以军情部门起初在暗杀活动结束后宣称“定点清除”了某某，后来采取沉默姿态，既不承认，也不否认进行过暗杀活动。但是，有一个惯例没有改变，那就是它们会历数被暗杀对象的桩桩“罪行”。以军情部门把暗杀说成是阻止暗杀对象发动恐怖袭击，是典型的先处决、后定罪。

当然，以色列采取暗杀手段的确有一个客观理由，那就是巴勒斯坦方面拒绝逮捕那些制造和策划过恐怖袭击的激进分子，或者说没有采取有效措施制止新的恐怖袭击的发生。巴方主观上可能存在着一定的放纵，但客观上的确难以完全制止。一方面，山头林立的巴勒斯坦各派认为武装抵抗是国际法赋予的合法权利，没有谁可以剥夺这种权利。另一方面，连以情报部门也承认，巴官方只能控制90%的局面，无力制止所有的恐怖袭击，特别是极端派别和个人的恐怖行为。当然，巴勒斯坦人认为，现在已经没有了游戏规则，因为死于以军枪口的七百多名巴勒斯坦人多数都是无辜平民，是国家恐怖主义袭击的牺牲品。

践踏人权，备受谴责

以色列占领区人权信息中心指出，以色列的暗杀政策不但剥夺了暗杀目标的生存权利，而且违反了国际法和以色列有关法律的多数基本原则。这一政策的要害是，在没有任何法律基础做依据的情况下，某个机关和个人做出杀死另一个人的决定，然后在没有司法机关认可的前提下实施。与此同时，“被告”甚至都不知道自己何罪之有，即使受到指控也没有为自己做无罪辩护的任何机会。

这个组织剖析说，以色列实施暗杀的借口是报复或组织巴方人员对以色列目标发动的“恐怖袭击”，实施的基础是有关方面收集和提供的情报，但是，这些情报本身往往并不可靠，甚至是完全错误的，建立在其基础上的暗杀政策自然会导致以军轻易出击，滥用武力，并伤害无辜。而暗杀行动本身就会夺取不少无辜巴勒斯坦人的生命，如前面提到的死于暗杀袭击的两名老年妇女、两名记者和两名儿童等。

另一个致命的问题是，采取暗杀活动将使军事行动失去底线。如果可以杀掉涉嫌袭击以色列人的巴勒斯坦人，那么如何对待那些潜在的袭击者？又如何对待仅口头支持袭击以色列目标的那些巴勒斯坦人？因为按照以色列的逻辑他们都有可能发动恐怖袭击。

许多以色列官方人士也反对采取暗杀手段对付巴勒斯坦人。今年1月

4日出版的《国土报》援引前司法部部长、现议会外交与安全委员会主席丹·梅里多的话说，他强烈反对在巴勒斯坦土地上暗杀巴政治组织领导人。他认为："一个自称民主的国家是不能把暗杀当作惩罚和威慑政策的。法律不允许未经审判就夺取一个人的性命，除非是为了制止正在进行的武装袭击或爆炸活动。"

左翼梅雷兹党的两名议员指出，在以色列境外搞暗杀是违背以色列去年签署的国际刑事法庭公约的。以前司法部部长约西·贝林对暗杀手段采取了保留态度。虽然他曾在内阁会议上要求巴拉克下令安全部门不得伤害巴勒斯坦领导人性命，但是这个以温和而著称的部长拒绝公开谴责暗杀行为，因为他担心这样一来等于公开承认以色列军队不经司法机关审判而杀掉某些人。

以色列的暗杀活动不止一次地受到国际舆论普遍谴责和讨伐，今年1月4日，阿拉伯国家外长专门在开罗召开紧急会议讨论以色列的暗杀行动以及暗杀威胁。宣读公报的时任埃及外长穆萨说，如果巴勒斯坦人民对这类的"恐怖威胁"进行反击，以色列只能怪罪自己。埃及政府甚至把沙龙政府形容为"黑手党"政府。

美国政府对待以色列暗杀行动的态度一度出现了矛盾，强硬的军方领导人认为以色列有权对恐怖分子采取必要的打击，而相对温和的国务院认为这是一种"过分的"和"挑衅性的"行为。这种政策上的混乱也一度助长了以色列的暗杀风气。

维持冲突，逃避和谈

近几个月来，暗杀已经成为以色列沙龙政府调节冲突的一个活动阀，即在巴方激进分子没有制造恐怖袭击的前提下，以军却不断利用暗杀挑动冲突，引发巴方激进分子的报复，给以军进一步实施军事打击提供借口，其结果是暴力循环圈不断出现，以致出现以色列旅游部部长泽维被人阵极端分子枪杀，以军进占部分巴自治城市的严重事态。巴激进分子们在几次自杀式袭击后留下的遗言里明确宣布就是报复以军暗杀他们的"干部"。

大量事实足以说明，四个多月来几乎每一轮巴以冲突的升级都是以军暗杀所挑起的，它显示沙龙政府的确没有让和平进程复轨的诚意。

何以如此？结束巴以冲突的根本出路显然在于拿出切实可行的政治解决方案。但是，沙龙及其代表的右翼势力仅一厢情愿地准备以土地和主权明显残缺的“巴勒斯坦国”来进行搪塞，不但与巴方的政治目标相去甚远，离工党伙伴的几套方案也差距悬殊，因此，可以说，和谈恢复之日就是沙龙政府即将瓦解之时。同时，美国和欧盟对巴方态度发生了明显的积极变化，使沙龙承受了额外的压力。在这种情况下，摆脱困境的唯一办法是让冲突在低烈度状态下持续存在，使恢复谈判缺乏必要的客观条件和政治气氛，而要做到这一点，有节奏地对巴方人员实施暗杀是最有效的途径。因为，只有挑动巴方激进分子不断地发动袭击，沙龙政府才能找到实施军事打击的口实，才能找到拒绝恢复和平谈判的理由。这可能就是沙龙政府周期性地挥舞暗杀大棒的真正原因。

另外，沙龙政府也想利用“9・11”事件对巴勒斯坦发动一场阿富汗战争，试图把阿拉法特抹黑为本・拉登式的恐怖头子，把所有武装反抗以色列占领的行动不加区别地定性为恐怖袭击，以便让巴勒斯坦人在其强硬政策面前低头就范，接受他那苛刻的巴以和平方案。因此，以军近期发动的暗杀活动尤其频繁。

但是，沙龙政府只是一厢情愿。国际社会虽然谴责巴激进分子发动的恐怖袭击，但并不认为反抗以色列非法占领就是恐怖活动。法国驻以色列大使曾公开表示，以色列遭受的恐怖袭击与美国的没有可比性。英国外交国务大臣也公开表示，完全理解巴勒斯坦人的愤怒情绪。因此，持续进行暗杀只能使暴力流血不断循环，使更多无辜的以色列人和巴勒斯坦人成为牺牲品。

疲惫呀劳累呀，你带来精神百倍，最美的日子是你又归来。

——优素福·希巴伊《回来吧，我的心》

第九十章　这才叫生活！

2001年11月15日，星期四，晴，加沙

今天是巴勒斯坦《独立宪章》发表13周年纪念日。1988年的今天，巴勒斯坦流亡议会巴全国委员会在阿尔及尔宣布建立以耶路撒冷为首都的独立的巴勒斯坦国，揭开了巴勒斯坦民族独立运动史的新篇章。

13年来，尽管巴勒斯坦国已经得到世界100多个国家的承认，并获得了联合国观察员的准成员资格，但是，这个名义上的国家也只是部分地落实在巴勒斯坦的土地上，离主权和领土完整的真正国家仍然有相当的距离。

当然，巴勒斯坦国梦想成真是迟早的事，这不仅因为它已获得广泛的国际承认，更重要的是以色列朝野也都承认巴勒斯坦早已是个政治实体，成为真正意义上的国家只需要解决双方间悬而未决的几个问题。另外，美国也日益明确地支持建立一个独立的、能保证以色列安全的巴勒斯坦国，这无疑为巴勒斯坦国的顺产注射了一支催生的针剂。

今天，巴勒斯坦独立建国的梦想又延长了一年，但对于普通巴勒斯坦人来说，生活的内容和节奏并没有因此而发生任何实质性的变化。就加沙而言，只有个别政治团体组织了规模不大的游行和集会以纪念这个历史性的日子，大多数人则把热情交给了同时到来的穆斯林斋月，让自己的生活展示了一年来充满活力和色彩的一天。

今天是斋月的前夕，晚上我到加沙城里兜了一圈，想看看今年的斋月和去年究竟有何异同？好久没逛加沙夜市了，今晚出门真觉得有点“市”别三日当刮目相看的味道：许多街道的店铺灯火通明，人头攒动，喜庆的

音乐和歌声不绝于耳。几条主要街道和市中心的巴勒斯坦广场出现了不少的霓虹灯，节日的气氛可谓扑面而来。

加沙城北新开一家大的商贸中心，总共有四层，占地面积数千平方米，取名为“意大利大厦”。这个商贸中心在中国来说，可能比不上一个小县城的中等商厦，但是，在加沙堪称“泰坦尼克”式的庞然大物。两年来，我在加沙见到的商场超市没有一个面积超过200平方米，个别大家族开的所谓超级服装店也只不过是个三层楼的摊子，不出五分钟可以让顾客看个底朝天。

刚到“意大利大厦”附近，我就能体会到它的出现对加沙人意味着多大的魅力：不但它门口的车流顿时阻塞，附近不小的空地也早已被近百辆汽车填得满满当当。大厦前面近200平方米的草地上，三五成群地坐满了吃吃喝喝、喧嚣欢闹的男女老少，空气中弥漫着阿拉伯水烟和烤肉的味道，也掺进了流行歌曲的缠绵悠扬以及闪烁灯光的迷离。

挤过稠密的人群，走进大厦的一层，明亮的灯光让我颇不适应，更让我有些不相信自己的眼睛。这里不但有鳞次栉比的服装、食品、玩具、书刊和家具店铺，有餐饮店和电器行，还设有供网迷们过把瘾的网吧。由于

向巴勒斯坦国旗敬礼。

繁华的购物商场并不是加沙城的主要风景线。

这里店铺比较多，而且迂回错落，别说当地人犹如进入迷宫，就连我这来自大城市的人也有点像刘姥姥进了大观园，差点找不着北！

仔细观察可以发现，尽管大厦里水泄不通，但是，真正消费的人只占一两成，多半的人都是来闲逛的，特别是那些半大小子，东看看，西窜窜，半是参观半是玩闹。但是，不管怎么说，人人满面春风，心中的宽松和欢乐挂在眉梢上、溢于欢笑中。

宽畅的楼梯把我引上大厦的第二层，这里不再是饮食男女的去处，而是文化与艺术的世界：几十间房子被划分为三个展览区，一个是巴勒斯坦民俗展，一个是加沙手工艺品展，另一个是摄影展。

民俗展分别展示了巴勒斯坦人的传统民族服装以及褡裢和背垫等饰物，显示了不同时代的用料、造型和花色，总体而言古朴而典雅，散发着浓郁的乡土气息。这里最吸引人的莫过于贝都因妇女的各种首饰，它们几乎都是用金银、珠宝和土布条连缀起来的，既有遮挡美丽面容的，也有装点秀发的，更有缠裹颈脖和腰身的，林林总总，种类繁多，经男性讲解员现身演示，造成一种张飞戴凤钗的喜剧效果，让众多围观者不时喷笑。这个展区有一间屋完全是贝都因人家居的翻版：偌大的房间，除了水烟、咖啡壶、地毯和坐垫，也就是一管其音低幽的牧笛了。

摄影展的主人是我的好朋友穆菲克·迈塔尔，他是加沙爱资哈尔大学艺术系和新闻系教授，也是个自由摄影记者。他平时出生入死拍摄了大量反映巴以冲突特别是巴勒斯坦人苦难生活的照片，并自费举行过几次摄影展。尽管上百幅凝聚着血与泪的大幅照片不免把我和其他人拉回到巴以冲突的残酷现实，但是，今天的参观者心中的沉重和阴郁已经减轻了许多，因为整个大厦的氛围是欢乐的，人们到这里绝不是为了再次咀嚼那不堪回首的痛苦记忆。

离开了灯火辉煌的“意大利大厦”，不止一个淘气的小伙子冲我高喊：“怎么样？这才叫生活！”我不知他们说的“这才叫生活”到底是一句流行的歌词还是电影台词，但它的确道出了我今晚的心里话。

去年的斋月，巴以冲突正如火如荼，处于上升阶段，整个被占领土每天都有不少人死于枪弹，而加沙地带尤其严重，以至于加沙人没有情绪来庆贺每一个原本快乐的节日。现在，尽管冲突仍在持续，但总体上已经

穆菲克历尽千难万险，总是满怀生活的激情。

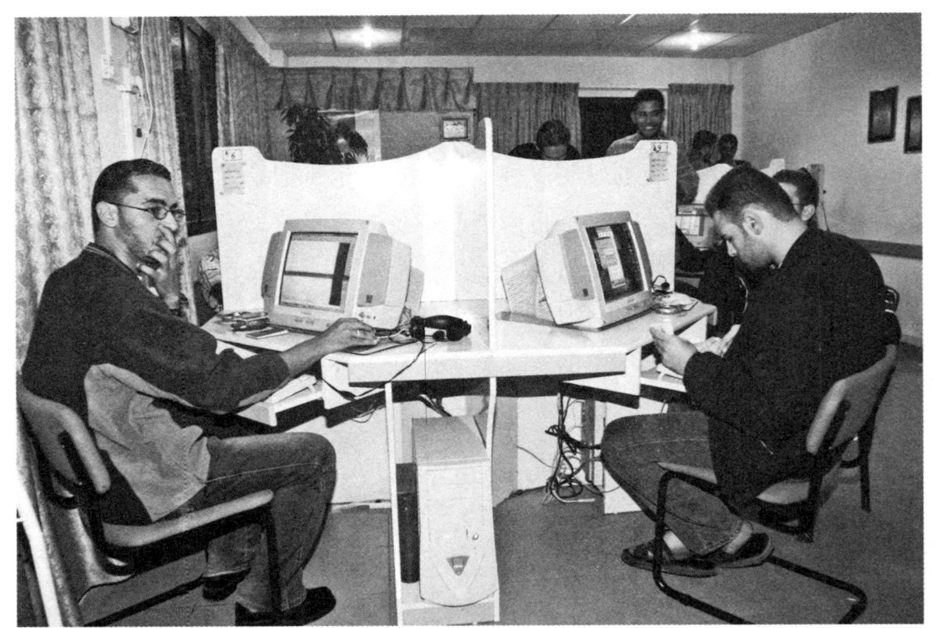

到网吧冲浪也算是很难得的享受。

进入相对平稳的阶段。加沙地带虽然隔三岔五地有人死于非命，但和约旦河西岸相比已算是“西线无战事”了。这是加沙人欢欢喜喜迎斋月的根本原因。

人是环境的产物，环境又无时不被人的活动打上烙印。局势的相对冷却和平稳自然使巴勒斯坦人心中的愤懑趋于降温，进而能够回味和平生活的美妙，而生活本身的各种享受又会促使他们去反思战与和的利弊，进而坚定追求和平的意愿和选择。当然，只有巴勒斯坦人实现了真正的独立，享受到平等和尊严，生活才是真正有质量的生活，和平也才能成为永久的和平。

如果杀害了一个以色列人，这会被看作好像毁灭了整个世界；如果保护了一个以色列人，这会被看作好像保护了整个世界。

——《塔木德》

第九十一章　一场人祸从天降

2001年11月22日，星期四，阴，间有雷阵雨，加沙

今天清晨，一位巴勒斯坦朋友打电话告诉我说，加沙南部有五名儿童在上学路上被以色列军队发射的炮弹炸死，另外一人受伤。简单地发完几条外文和中文消息后，我抄起摄影包赶向出事地点罕尤尼斯市。

罕尤尼斯市距加沙城不过20公里，由于中途以军设卡造成交通不畅，我驱车一路急驶仍用了半个多小时。这期间我又得到消息，五名儿童不是被以军当时发射的炮弹炸死的，而是触发了一枚没有爆炸的坦克炮弹。以军方也表态说，事发前后以军并没有在现场附近发射炮弹，我只好根据上述最新情况打电话要求总社编辑部进行改稿。当通讯社的记者就是如此麻烦和啰唆，为了抢时效常常不得不把最先得到的消息发走，然后再不断地发后续消息修正和补充已经发过的消息，形成所谓的滚动发稿体系。新华社的外文消息是按照国际惯例操作的，但对内报道仍然是一事一报，要么简单而快捷，要么详尽但无法保证时效。

进了罕尤尼斯我直接奔市中心的纳斯尔医院，当地人说五名儿童的遗体已经运到那里。时间已经接近中午，多数上早校的孩子已经放学，他们中已有近百人涌入纳赛尔医院，期望与几个小时前还欢蹦乱跳的五名小伙伴诀别。巴勒斯坦的儿童对死亡、流血以及生离死别早已司空见惯，因此这些前来送别小伙伴的孩子们没有面带哀伤，眼含痛苦，相反有点赶大集的热闹。命如草芥，朝华夕败，这是巴勒斯坦人命运的写照，即便是无辜儿童也不例外。

跟着罕尤尼斯市政府的一批官员，我获准进入停放遗体的太平间。尽管我已经根据经验做好充分的心理准备，但仍然被眼前的惨状强烈地震撼到。一名大夫告诉我，由于炮弹炸碎了五个孩子幼小的身体，经过几个小时的努力仍然无法辨认他们谁是谁。

这五个男孩出自一个叫作阿斯塔尔的大家庭，两个14岁，两个13岁，另一个只有六岁，其中有两对亲兄弟。他们住在罕尤尼斯城西的阿迈勒区，同在几百米远的绥耶姆学校就读。他们的家和学校与以色列的古什·卡提夫定居点只有一箭之遥。昨天晚上，巴以武装曾在这一带发生交火，这边用迫击炮说话，那边用坦克炮发言，这场冲突为五个男孩今天清晨的夭折埋下了祸根。

22岁的艾哈迈德·阿斯塔尔在医院回忆说，爆炸发生时，他正在50米开外的地里收拾西红柿，当他听到剧烈的爆炸声时，一块弹片钻进了他的右膝，将他撂倒在田垄。当他爬起来一瘸一拐地走到爆炸现场时，孩子们遇难的惨状使他顿时晕厥。25岁的艾哈迈德·哈立德也在第一时间赶到爆炸现场。起初，看到地上的孩子他以为是个玩具娃娃或别的什么，到了跟前才发现是个满面血污、失去右腿的男孩。哈立德说，当时这个孩子还在喘气，等他跑回家取来毯子时孩子已经停止了呼吸。

离开医院，我来到爆炸现场。现场是介于阿斯塔尔家和绥耶姆小学间

残破的遗体被简单包裹，五个孩子的家庭就此永远破碎。

遇难的五兄弟。

书本已与小主人的身体一并被地雷撕碎。

的一个混着沙土的垃圾堆，已经被收拾尸体的人翻检得看不出原貌。垃圾堆旁边是孩子们每天上学必走的一条小路。据初步分析，几个小家伙可能是击打或猛踢了从垃圾堆里露出的爆炸品后遇难的。垃圾堆左边十几米处是一座两层楼房，房顶上留下不少已经凝固的血迹，以及一本几乎被烧光的小学课本。当地人告诉我说，剧烈的爆炸把死者的部分残肢抛到这里。

一个叫作埃迈德·阿斯塔尔的15岁少年说，他听到爆炸声后从上学路上赶了过来，却发现他堂兄弟奥马尔的衣服和书包散落在院子围墙边。

站在楼顶上，可以清楚地看到100米开外的以军坦克、蓝白两色的以色列国旗以及几个临时修建的地堡。这个以军前沿阵地扼守着古什·卡提夫犹太人定居点的东南角，同时俯瞰着罕尤尼斯难民营，并控制着连接难民营与绥耶姆小学之间的小路。当地人说，一段时间以来，巴以武装多次依托地堡和楼房相互射击，楼房西北侧的外墙上留下的密密麻麻的弹孔足以说明双方曾经发泄了多少仇恨的子弹。白天，难民营的孩子们必须冒险经过这条火线前沿的小路往返于学校和自己的住所。今天，五个孩子终于为了追求知识而付出了巨大的生命代价。

垃圾堆右边是两块低矮的庄稼地，种着绿油油的辣椒。虽然我到现场时，爆炸已经发生了六个多小时，但是搜寻工作仍在进行，七八个人在一垄垄齐腰深的辣椒丛里仔细搜索着。现场的人说，五个孩子的残骸和遗物多半是从方圆几百米的庄稼地里一块块、一片片地收集起来的。一个小孩拿着一块粘着尘土的人肉追着向我展示，他的眼睛里没有天真，没有恐惧，甚至看不出一丝难过，有的只是麻木和无所谓。我最后大声呵斥着把他从我身边赶走，心里同时为这些仍然健在的孩子难过：他们已经习惯和熟悉了死亡，幼小的心灵里还能装得下什么？

宰乃卜·阿斯塔尔30多岁，作为一个年轻的母亲，她同时失去了14岁的大儿子穆罕默德和六岁的小儿子阿克拉姆。她或许已经哭干了眼泪，或许已经被死神攫走了神智，只是断断续续地絮叨着自己的两个宝贝：“我总是在担心他们被子弹打中，哪曾想他们居然被炸死。”宰乃卜夸赞穆罕默德虽然小但很懂事，不但带着弟弟上学，还经常帮爸爸卖菜。有时，穆罕默德也会带着阿克拉姆上街踢球，她总是要把他们叫回家，生怕遭遇不测。宰乃卜戴着白头巾，一只手攥着快被揉烂的面巾纸，另一只手揽着三岁的小女儿伊斯拉姆。她坐在一群吊唁的妇女中间，接受着她们的安慰和劝说，眼神里闪着暗淡的光，似乎对两个夭折的宝贝儿子仍抱有一线回归的希望。现在，只有每夜被枪声吓得哇哇大哭的三岁小女儿伊斯拉姆陪伴她了。

宰乃卜的小姑子特意换了一身黑袍，她盘坐在一片破旧的席子上，对我们这些进行采访的记者发问：“你们知道多少孩子在这次‘因提法达’中

我在加沙三年间见过的最大规模葬礼，只为送别五个无辜的孩子。

被打死了吗？他们可都是我们的孩子！世界各国应该有所动作，应该做些什么，而不是沉默寡言！”我无言以对，只能难过地摇摇头，扭脸退出。

据巴勒斯坦人权中心统计，截至10月中旬，已有164名巴勒斯坦未成年人被以军打死，2000多人受伤。其中部分少年儿童是在向以军投掷石头时被打死的，部分是被流弹击中的。

以色列军方说正在调查这一事件，并暗示这可能是巴勒斯坦人埋下的爆炸物。我在加沙工作的近三年间，已经报道了十多起巴勒斯坦儿童因为无知或无意触发以军残留炮弹和地雷而丧命的事件。但是，像这样一次造成五名儿童罹难的悲剧还是第一次发生。巴勒斯坦安全官员告诉我，根据现场收集的爆炸物残片看，它显然是一枚手工制造的重磅地雷，是以军制造的用来对付巴勒斯坦人却又不愿留下证据的手工地雷。不管是以色列的炮弹，还是巴勒斯坦人的炸弹，这并不重要，重要的是五个孩子生命之花尚未完全开放便突然枯萎了。

离开了阿斯塔尔家，我又去了趟现场，一位仍埋头在辣椒地里苦苦寻觅的老人对我说，孩子生来可怜，死得凄惨，不能让他们残缺不全地离开这个世界！

结束采访后返回分社。就在汽车进入北上的4号公路的一刹那，两个在路口等待“陪乘”的男孩同时从边道上向我跑来，那情形有如在进行百米冲刺。在距我汽车约四米远的地方，其中一个背书包的孩子脚底绊蒜，当即重重地摔倒在汽车前方，如果不是我眼疾脚快猛然刹车，他肯定会被车轮碾过去。

没有摔倒的孩子抢先上了我的车，而倒地的孩子却呼吸困难地挣扎着起来，眼巴巴地看着我的汽车失声痛哭，痛哭失去了一次赚钱的机会。我赶紧下车把他扶了起来，并撵走了抢先上车的另一个孩子。这个可怜的小家伙进了汽车仍然在哭，那痛苦但又强忍的神态分明写在脸上。他的右手已经搓破了皮，两个手指头的指甲缝里还渗出了血珠。我担心他会骨折，想把他送到医院去检查。这个孩子一听说我要送他去医院，不等我把车停稳便开门跳车逃走，哭声仍清晰可辨。我不能理解这是为什么，但我来不及思考，于是，停车追了20多米，把身上仅有的60谢克尔塞给他。再回头，孩子泪水仍然含在眼里，但痛苦和紧张的神态有所缓解。我的心里像刀绞了一般，隐约觉得眼圈有些潮润。

回到加沙城，晴朗数周的加沙地带大雨瓢泼。雨停后，天空放亮，地中海的海面上升起了一道巨大的彩虹。我不知道这是不是五个孩子升入天国的阶梯。

想起刚才为挣几个谢克尔差点倒在我车轮下的那个孩子，我再也收不住眼泪……

（补记：23日，我再次南下参加这五名少年的葬礼。数万名巴勒斯坦人参加了这一规模空前的集体葬礼。当五个孩子的遗体被鱼贯抬进罕尤尼斯城外的墓地时，巴勒斯坦人情绪愤怒到了极点，部分青少年为了争夺一个更接近的位置而动起了拳头。五个孩子的墓穴彼此相连，让人看了产生另一种震撼。

我在采访葬礼时失足从两米多高的墙头掉了下去，如果不是恰好落在一口废弃的铁锅里，我的腿很可能被地上的钢筋扎穿，好在只摔碎了长镜头的UV镜。

以军几天后公布了五个孩子遇难的调查结果，承认地雷是以军埋设的，意在对付向以军发动袭击的巴武装人员。以军对这一悲剧仅表示“遗憾”而已。）

活见鬼，我不想一辈子写军号谱。

——罗纳德·斯蒂尔《李普曼传》

第九十二章　对阿拉法特动手了！

2001年12月5日，星期三，阴，加沙

新闻记者是份危险的工作，是个耗人的职业，同时也是个充满艰辛但又乐在其中的差事。加沙近三年的体验让我得出这样的结论，而两天来连续经历轰炸并品尝由此带来的种种体验，更验证了这一结论。

3日下午4点左右，忙碌了大半天的我躺在客厅沙发上，想舒缓一下被椎间盘旧疾折磨的老腰。我原本要在这个钟点去一位当地朋友家吃晚饭，但直觉迫使我临时推掉了这个饭局：沙龙已经中断了对美国的第四次访问赶回国内，晚上7点半他要发表全国讲话，就几天来以平民连续遭到炸弹袭击有话要说。我担心这将是一份战争宣言！

1日和2日间，以色列相继发生四起爆炸袭击事件，造成20多人死亡、200多人受伤的严重后果。部分分析家说，这又一次证明巴勒斯坦极端分子不想实现巴以和平，因为这一系列爆炸发生在美国中东特使津尼重返中东和沙龙访美的关键时候。其实，这些袭击是我意料中的，因为沙龙在津尼到来和他启程访美前就点燃了导火索：在巴勒斯坦人为五名加沙儿童举行葬礼而群情激愤的11月23日当天，以色列又炸死了哈马斯在西岸的军事领导人阿布·哈努德，在巴勒斯坦人流血的创口上撒了把盐。哈马斯宣称发起这四起自杀式爆炸，就是要给阿布·哈努德报仇。

太阳西下，海风微起，阴云渐堆。暮色朦胧中，北向的办公室传来隐约的噼啪声，起初我以为是风在拍打窗户，但是跟着而来的一声巨响让我感到一丝不祥。我蹿进办公室从窗户探头俯瞰整个加沙城，发现正北面阿拉法特官邸的一座白色建筑腾起缈缈的白烟，接着，白烟起处又升起一股

阿帕奇直升机连续发射两枚导弹均击中阿拉法特官邸，升起的浓烟整个加沙地带都看得见。

黑烟，并伴随着又一声巨响。是爆炸！我习惯性回头朝西边地中海上空一看，两架以色列“阿帕奇”直升机正打着旋儿悬在那里。是空袭！时间正好是4点半。

同以往空袭一样，加沙城在导弹落下的一刹那供电停止。巴勒斯坦的移动电话也告中断。当地人说这是以色列捣的鬼，表明巴勒斯坦的一切都攥在它的手心里。幸亏我未雨绸缪地又买了一部以色列移动电话，靠着它我迅速把阿拉法特官邸遭以军空袭的消息传给了中东总分社和总社国际部。

在我打第一个电话的过程中，以军直升机发射的导弹已经达到六枚。随后，我抄起数码相机和300mm外接倍焦圈的“加能炮”跑上了楼顶。尽管天色阴暗，但光线还足够我用长镜头拍下200米外空袭现场的画面：白色的建筑、红色的火舌和浓黑的烟雾被我咔咔定格。抬头西望，两架直升机在不知不觉中变成了四架，转瞬又消失了两架。导弹继续飞向阿拉法特官邸，我试图用镜头锁定那蜻蜓大小的“阿帕奇”，但300mm的定焦头根本抓不住上下移动的直升机。很快，我放弃这徒劳的努力，把头缩到楼顶

浓烟伴随着剧烈燃烧。

阿拉法特的两架直升机被摧毁。

的碟型天线后面。我担心“阿帕奇”误把我的“加能炮”当作步兵防空武器而回敬一枚足以把我炸成肉末的“地狱火”导弹。还有个把月就要回国了，我可不想下地狱。

“阿帕奇”们发射了近20枚导弹后又开始用重机枪进行扫射，硕大的子弹在白色建筑的金属屋顶蹭出串串火花，爆豆般的枪声非常清晰地传到我这儿，又通过移动电话伴着最新动态传到总分社编辑的耳鼓。我下楼启动便携电脑准备编辑照片并发回总社摄影部，打开磁卡仓才发现里面什么都没有——我忙乱中忘了把中午用过的磁卡装进相机。一股热血直冲脑顶，我抬手就给自己一记耳光：真废物，白忙活了半天！回头一看，官邸的火更大了，烟也更浓了，光线也还凑合，我赶紧换上200mm的“加能炮”爬在窗口补拍了几张，并匆匆编辑后发回摄影部。我不知打电话发的文字消息速度如何，但摄影部事后说，我这组照片在时效和质量上击败了强大的专业对手路透社、法新社和美联社，给新华社争了个第一。真是万幸。

发完照片后，室内已一片漆黑。移动电话和客厅的有线电话交错响个不停，一会儿是总分社领导和耶路撒冷分社同事关心我安全的问候，一会

被炸毁的直升机残骸。

儿是当地报道员通报空袭情况，我跑来跑去忙得四脚朝天，黑暗中不是头撞到墙上便是膝盖磕到茶几上，要不就被电话线绊个大跟头，断电的时候很多，空袭也经历了不少，这次却是最狼狈的。或许是紧张、兴奋和沮丧引起的迷走神经紊乱，我顿时感觉腹部疼痛，全身无力，腰椎也因剧烈扭动而胀痛。但我还得去现场，至少要搞明白以色列都炸了些什么？

以军直升机已经消失在夜色里，黑暗中的阿拉法特官邸乱成一团，平时戒备比较严的各个出口洞然敞开，救护车、消防车和各种军车和人员纷纷拥入。从官邸大门到着火的地方只有100多米，可是我跑了一半就喘不过气了。只好趿拉着来不及系带的鞋尽量快走，同时留心从身边飞速驶过的各种汽车。

被导弹击中的白色建筑是阿拉法特的专用直升机仓库，燃烧并释放出浓烟的是被炸毁的一架直升机，以及附近的一个小油库。我属于较早进入现场的记者之一，被炸毁的直升机尾翼尚存，但主体部分已经被烧得只剩下四片螺旋桨和发动机残骸了。拍完照片，我和现场的人又往外跑，因为夜空里隐约传来以军直升机的轰鸣声。我一点儿力气都没有了，逃散的人们离我渐远，孤单的我仿佛看到了死神的狞笑，一边拖着腿向前跋涉，一边祈祷着有“空中堡垒”之称的“阿帕奇”别再向这里发威。好在虚惊一场，宝驹三菱越野车把疲惫而恐惧的我飞也似的驮回分社。

电还没有来。我发走三张照片后，必须依靠便携电脑的蓄电池来完成中文详讯。稿子快敲完时，总社国际部的一位编委打电话来约我写一篇《记者观察》专题稿，在我暂停录入的几十秒内，电脑背叛了我而出现黑屏，没有存盘的约800字稿子转眼间丢了，而北京时间已是报纸要截稿的午夜时分！我又一次咒骂粗心的自己和黑暗的加沙，气不打一处来。冷静之后重新启动电脑继续与仅存的电量抢时间，终于在电池警告灯闪烁前的一刹那把稿子发了出去。

当天晚上，以色列还空袭了约旦河西岸杰宁和伯利恒的部分巴勒斯坦目标。以色列官员说，轰炸阿拉法特官邸并非要取他性命，而要向他发出严厉的警告。这意味着连续四次大爆炸后，沙龙政府已经找到借口要把阿拉法特逼向最后的墙角。

稿子发走了，另一篇长稿却因文传机断电而被耽误了半天。分社的发电机也突然罢工，拒绝合作，我急得快要疯了。最后迫不得已偷偷从大楼的工作间借用电梯专用电，否则这乱世之夜将无所作为。

沙龙没有在世人注目的电视讲话中顺从右翼的意志驱逐阿拉法特和他的自治政府，但却在随后的安全内阁会议上将巴民族权力机构定为“支持恐怖主义实体”，把阿拉法特的御林军“17部队”以及法塔赫民兵组织坦齐姆定为恐怖组织，连同哈马斯、杰哈德和人阵等一起划为要消灭的“黑五类”。

沙龙显然得到了美国政府的撑腰，也照猫画虎地学起美国要在巴勒斯坦打一场长期的反恐怖战争。美英对以军当天的空袭表示理解，说以色列有权“自卫”。而在五名巴勒斯坦少年被以军地雷炸死时，美国只是淡淡地说了声遗憾，难怪哈马斯一名领导人说巴勒斯坦人在美国人的眼里比不上以色列人的一只动物！

这一夜真是不平静，以军首次进占加沙国际机场，并破坏了飞机跑道，目的和炸阿拉法特的飞机一样，还是限制他的行动自由。因为这个机场已经被关闭了十个月，期间只允许阿拉法特的专机起飞。同时，以军再次侵入撤离仅几周的拉姆安拉、比拉和纳布卢斯，而且把坦克开到离拉姆安拉阿拉法特官邸仅100米的地方。

在一包香烟的支撑下我苦干一夜，又一次体会到什么叫燃烧激情、燃烧健康和生命。躺下时，已是4日上午8点……

F-16战斗机的巨大轰鸣震撼着梦中的我，让我无法安寝。我恨F-16！三年来它总是盘旋呼啸在加沙地带的上空，当然也会盘旋在约旦河西岸的上空，因为巴勒斯坦的领空处在以色列的控制之下。我恨它是因为它骚扰了巴勒斯坦人白天的晴朗和夜晚的宁静，也常常搅得我睡不上个安稳觉。而4日上午的F-16尤其频繁，几分钟就是一个来回。也许是它们飞得太低了，那钢铁翅膀煽起的气流几乎要揭掉我的屋顶，掀去我的厚被，把我扫下床去。我醒了，蒙胧中琢磨着今天的F-16怎么这样讨厌？快中午11点半了，就在我纳闷之时，屋外传来清脆而巨大的爆炸声，起初我以为是F-16排气发出的声响，但很快就觉得不对劲。几个月前，F-16炸加沙巴警察总部时就是这种声音！当我披上睡衣跑上阳台时，又一声类似的巨大动静从加沙市中心传来，而阿拉法特官邸附近的一座楼房又冒出几团白烟，空袭，又是空袭，而且是F-16战斗机！我顿时明白此番F-16屡屡露面的确是来者不善。

每次较大规模轰炸，加沙市民都会离开房屋躲到户外空地上。

第一次遭受空袭的预警司令部大楼。

没有刷牙，没有洗脸，甚至顾不上剃须，我匆匆穿衣并拎起摄影包，风风火火地赶赴现场，当然，这次没有忘记给数码相机装磁卡。大街上到处是巴勒斯坦市民和武装人员，像赶集般热闹。多次的空袭教育了加沙人，街道和露天旷地是最安全的地方，因为以军空袭并不是以制造伤亡为目的，而是要摧毁民族权力机构的大楼和设施，或出气，或为惩戒。

离我最近的当然是阿拉法特官邸东门外那座冒烟的楼——“17部队”的一座营房。由于巴方有所防备，以军空袭前又盘旋警告并用机枪把人轰离目标，所以导弹落处没有造成伤亡，只是这个三层小楼的门窗及里面的陈设被炸得七零八落。

第二个空袭目标预警司令部在四公里外的城北。靠着汽车上的新闻标志，靠着无冕之王在这动乱地界的一点特权，我一路上闯红灯、上路牙，以最快的速度赶到现场。曾经被直升机炸过但大体完好的预警司令部大院这次已面目全非，两栋十多米高的楼房被各削去一半，巨大的钢筋混凝土地板披落迭沓，龇牙咧嘴。大院的地上铺满碎砖乱石和被炸碎的家具、办公设备。大院后面一棵百年老树被连根拔起，茂密而无叶的枝杈像无数诘问上苍的枯手舒张着。部分垃圾、碎木和树枝依旧在燃烧。不少与预警司

F-16战斗机轰炸后的现场。

遭受第二次空袭后预警司令部大楼被彻底炸毁。

令部隔街相望的居民楼也遭池鱼之灾，不但窗户玻璃被全部震碎，部分屋顶和墙面也被炸弹激起的砖石击穿，家具、电器多遭损坏。

目击者说，空袭在这里造成了比较严重的伤亡。F-16第一次攻击的时候，只炸死一个门卫，当F-16飞去人们涌到跟前救人或看热闹时，第二枚导弹又落下了，百八十人被飞溅的砖石砸伤，并造成另一人死亡。我到现场时，人们还是围在附近等待第三枚导弹的到来，但每当F-16穿破云层临近时，大家又潮水般地四散逃离。去年，以色列曾轰炸过这个目标，当时只是发射了几枚直升机挂载导弹，并将两栋楼房打了几个窟窿，这次，这两个楼是彻底的完了。

第三个空袭目标“17部队”训练营地位于加沙城北郊。这个占地数千米的营地几经轰炸，此次也是在劫难逃，至少有十间房屋已被炸塌，一颗近两米长的导弹横躺在营地的操场上，由于巴勒斯坦警察阻拦，我只能远远瞅两眼，因为不知道它何时突然炸响，也不知道巴勒斯坦警察将如何处置这个庞然大物。大半年前，我认识的加沙公安局副局长萨伯阿维，在拆卸一枚以军炮弹时丧生。这枚导弹又让我想起了这个老朋友。

以色列在轰炸加沙城的过程中先后发射了20枚不同类型的导弹。以军直升机还轰炸了加沙地带中南部罕尤尼斯的巴安全部队总部、巴警察局和巴预警部队驻地等目标。加沙舍法医院副院长告诉我，空袭加沙造成两人死亡，150余人受伤，其中儿童超过60人，妇女15人，但伤势普遍不重。此外，以军还对约旦河西岸的拉姆安拉、图勒凯尔姆、纳布卢斯、苏莱法

空袭现场未清理干净的尸体碎片。

留在空袭现场的一枚炸弹。

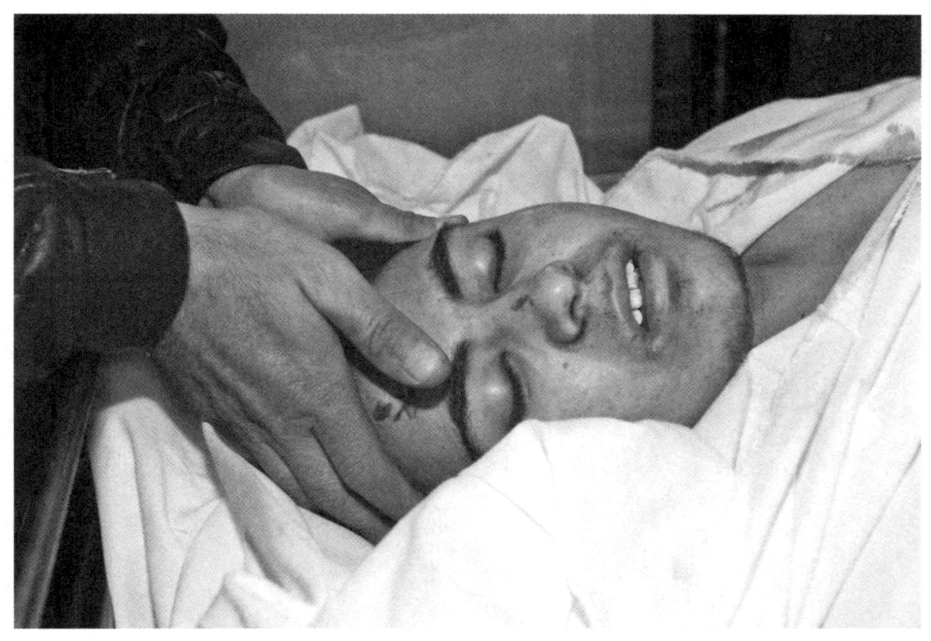

又一个死于以军空袭的巴勒斯坦人。

特等大中城市发动程度不同的空袭，造成数十人受伤。

据巴勒斯坦安全人士称，以军还轰炸了拉姆安拉的阿拉法特官邸、内政部大楼等目标，一枚炸弹在距阿拉法特办公室30米的地方爆炸，当时在办公室工作的阿拉法特安然无恙，毫发未损。这可能是阿拉法特回到被占领土后距离死亡最近的一次。当天上午，纳布卢斯的巴维持秩序部队总部也受到轰炸，纳布卢斯市长、巴解执委厄桑·谢卡阿的寓所遭到以军重机枪扫射。此外，以军直升机还轰炸了图勒凯尔姆省政府大楼。以军轰炸拉姆安拉后，巴勒斯坦的广播电视信号一度中断。

中午，我拖着非常疲惫的双腿和一脸的泥灰回到办事处，迎接我的是热乎乎、香喷喷的饺子。我狼吞虎咽地吃了一盘后，来不及和大家聊天又赶回分社编发文字和图片稿件。

随着沙龙“反恐怖”战争的扩大和深入，两天来直逼阿拉法特的轰炸可能还要继续，而我们这些黑夜比白天长的记者肯定还要继续跟着双方的较量受煎熬，过着不分白天和夜晚、没有前线与后方的日子。守土有责。近40个小时来，我也只睡了四个小时！

5日的凌晨早已到来，窗外雷声滚滚，大雨滂沱，天亮后等待我和加沙人的不知会是什么？

当人们身处由持相同观点的人组成的群体当中时，他们尤其可能会走极端。

——凯斯·桑斯坦《极端的人群》

第九十三章　深夜遭遇哈马斯

2001年12月6日，星期四，晴，加沙

巴勒斯坦官方继2日宣布实行紧急状态，3日公布空前严厉的紧急状态，4日逮捕部分激进组织骨干分子后，5日晚开始对哈马斯动真格的了。其标志就是软禁哈马斯创始人及精神领袖亚辛。

经过几天的轰炸，我以为巴勒斯坦人会被以色列的气势镇住。但是，我错了。昨天上午，一名自杀式袭击者又在耶路撒冷的喜来登饭店门口拉响炸弹，除自己粉身碎骨外，另有五名以色列人受伤。据报道，当时右翼的以色列耶路撒冷市长奥尔莫特和公安部部长兰多就住在这个饭店里，美国和平进程特使津尼等重要人物也住在离现场不远的大卫王饭店。

以色列警方判断，这名袭击者不是要进入这两家饭店去袭击重要人物，而是准备前往不远处的市中心并在人群中引爆。从现场勘察的结果看，爆炸者使用的炸弹是炸药与钉子、螺母等碎金属混合物，杀伤力很大，同前几次爆炸者使用的炸弹同出一处。事后，杰哈德宣称对此负责，并说这名人弹来自伯利恒，由于以军封锁导致他长期失业生活无着而走上了这条路。

昨天因为大雨倾盆，以色列没有进行报复性轰炸，同时，却给巴勒斯坦官方施加了更大的压力：沙龙当天下午曾宣布，巴方只有12个小时可以对巴激进分子采取切切实实的逮捕行动，暗示过了这一期限以军将采取新的军事打击。仅仅几个小时前，巴勒斯坦几名高官还在信誓旦旦地说不会向以色列屈服，转眼就开始收拾哈马斯的最高领导人了，而此前，巴方曾主动提出以方给它四天宽限。政治这玩意儿往往让人搞不懂。

几天前，美国已经重新宣布哈马斯为恐怖组织，并于4日开始冻结哈马斯的财产，同时查封了美国几个与哈马斯等激进组织有关的伊斯兰基金会。三天来，以军对加沙和西岸大量巴方设施的轰炸规模空前，显然也对巴勒斯坦官方产生了明显的压力。过去几天里，巴安全部门已经逮捕了120多名激进组织成员，其中包括多名哈马斯高级领导人。可以说，套在哈马斯身上的绳索越来越紧，亚辛被软禁也是在意料之中。

昨天午夜时分，分社新雇的报道员阿布·拉马丹来电话说，一批巴警察和情报人员包围了亚辛在加沙城的住所，并正式通知他本人只能待在家里，不得外出。他说消息是亚辛身边的人透露的，绝对可靠。同时，我从其他渠道了解到，亚辛的确遭到软禁，而且其支持者已经开始同巴安全部门对抗。

这是巴安全部门第二次软禁亚辛。1999年巴以签署《怀伊协议》后，亚辛曾被监视居住。我认为，软禁亚辛是巴安全部门为限制各激进派别活动所迈出的重要一步，也是为缓和美以压力而被迫走出的一招棋。午夜过后，有

哈马斯精神领袖亚辛的住所是公开的，这也为他以后被以色列直接炸死提供了便利。

关哈马斯成员与巴安全部门发生流血冲突的消息不断传来，各种说法出入很大。一半是想亲眼探个究竟，一半也是家里断电无所作为，我踌躇再三后决定去亚辛住所周围看看热闹，虽然那里发生冲突，但毕竟是巴勒斯坦人自己之间的打打闹闹，按理不会有太大的危险。

亚辛的住所位于加沙城南郊的萨卜拉区，周围都是贫穷的巴勒斯坦难民，整个住宅区除了清真寺，几乎见不到两层楼以上的建筑。从这一点也可以看出，亚辛和民族权力机构的高官们不同，的确与普通巴勒斯坦人打成一片。少年时代就偏瘫的亚辛于1987年12月巴勒斯坦起义爆发后组建了哈马斯，主张通过武装抵抗结束以色列占领。1989年，亚辛指使绑架并杀死两名以军士兵后，以色列宣布哈马斯为恐怖组织，并长时间将亚辛监禁起来。1995年，以色列将健康状况严重恶化的亚辛释放，以换取被约旦监禁的一名因暗杀哈马斯领导人未遂而被捕的以色列特工。

整个加沙城陷入黑暗之中，通往城南的道路也没有任何照明设备。我在黑暗中徐徐向着亚辛住所的方向行驶，并不时摇下汽车玻璃聆听外面的动静。进入雨季的加沙，海风强劲，阴冷撕面。耳边除了呼呼的风声，没有别的动静，真是一个月黑风高之夜。

在距亚辛住所大约一公里的地方，我被巴安全部队截住了。一名警官在问清我的身份后非常客气地说什么都没有发生，我也不能再继续前行。但我下车后仔细一听，风声中明显夹带着喊杀声和隐隐的枪声。亚辛住所附近发生暴力冲突显然是事实。这位警官见瞒我不住后只好大事化小地说前面出点小麻烦，为了我自己的安全还是立即掉头回家为好。他拒绝透露任何情况，但经不起我的软磨硬泡，同意陪着我再往前开一段距离（实为押送），并友好地说，这个绿灯只为来自中国的记者开放。的确，巴勒斯坦安全部门是不愿意家丑外扬的，西方通讯社的当地记者在这种情况下为了自身的安全也不露面，一般通过自己的各种关系获取消息。

前行数百米，窗外风声渐小，嘈杂的喊声却越来越大。很快，路边出现了两溜车灯：几十辆警车停在那里待命。亚辛的家已在百米之外，仍然隐没在黑夜里，附近是各种难以听清的喊叫声，枪声则已经非常明显，夜空中不时会出现子弹划过的红色弹道。一股白色的烟雾从冲突现场升起并最终淡入夜空里。陪同我的警察说，这里是我可以接近的最后地带，如果跨越，后果自负。说完他转身走了。

哈马斯的成员比较激进，
是巴以冲突的巴方主力。

一名穿着绿色连体棉制服的小警察告诉我，亚辛的支持者向一辆警车投掷了炸弹，那白烟就是汽车中弹爆炸并燃烧后释放的。据他讲，数百名哈马斯成员中多半向包围亚辛住所的警察投掷石块，个别的对天放枪进行威胁。正说着，一阵“真主至大”的喊声又强劲地传了过来，显然是大批哈马斯成员上来了，于是，几十辆警车和近百名警察纷纷逃离现场。我离现场最远也就逃得最快，但很快发现警察又杀了个回马枪，我又掉头跟了过去。

没有那个警察的监视，我一直把汽车开到离亚辛住所最近的地方，并超过了最后一辆警车，成为冲突最前沿的一辆车。由于我的前面还有几十名持枪警察，所以我认为自己是安全的。

当我熄火停车下来观察形势时，双方力量对比又发生了逆转：突然冒出的近百名青少年哈马斯成员不顾警察释放的催泪瓦斯和实弹警告，乌泱泱地扑了过来。我只好躲在汽车后面，不敢把自己暴露在石头的“弹雨”里。警察们被迫后撤了，我和汽车却被夹在双方间的过渡地带。最近的一帮哈马斯成员纷乱而急促的脚步声已经清晰可辨地接近了我。

我正犹豫该如何是好时，听到哈马斯抗议者们在喊：“快砸那辆车！”接着，石头、瓦块噼里啪啦地朝着我的车飞来，我赶紧在车后狂喊：“弟兄们，别打，我是中国记者，不是警察！”我的喊声没能阻止抗议者扔来的石头，因为他们的喊声比我还高；我汽车上白色的英文“中国电视”标志也显然被漆黑的夜所吞噬。一时间，汽车右侧连中数弹，警报器呜呜鸣叫，更多的石头则飞过汽车落在周围的空地甚至房屋墙上。

哈马斯成员的狂热我早已领教。2000年11月的一天，他们在加沙城示威时曾一怒之下纵火烧毁了一家豪华饭店和几个出售啤酒的住家。今天他们为了保护自己的精神领袖还怕闹翻了天？正当我缩在采访车的后侧干着急时，一排警察从我的后面扑了过来，他们也喊着“真主至大”，成梭子地朝着抗议者们所在的方向上空进行扫射，我的眼前顿时出现了红光一片，弹光斑斓，犹如串串烟花，我的耳朵几乎被密集的枪声震聋了，弹壳像撒豆子一样在眼前的地上跳跃，发出清脆的金属撞击声。眼看抗议者们已经被警察压了过去，我立即跳上汽车，以最快的速度打火、启动、掉头，连车灯都没有开便仓皇后逃，一口气逃出了是非之地。

海风吹来，我觉得身上冰凉，一摸脖子才知道刚才被吓出了一身冷汗！回到家里，已是凌晨两点。供电也恢复了正常，我开亮了所有的电灯，仔细而贪婪地体味平安归来的快感和幸福。

天亮后，我查看了自己的车，找到四五处被石头击打后留下的深浅不一的坑，庆幸的是一块玻璃都没碎，而最严重的两处“着弹点”距玻璃仅有几厘米，真是有如神佑。事后了解到，我目击的这场冲突造成一人死亡，几十人受伤。

（补记：几天后，我在加沙街头被一辆警车截住。一名警察跳下车来神情严肃地问：“你还认识我吗？”我疑惑地摇摇头。他恼怒地大声说：“我救了你的命你却如此健忘。”我更茫然不知。这位警察一看我不是装傻，便转怒为笑地握住我的手说：“6日凌晨是我允许你接近亚辛住所，又是我带着弟兄们赶走了抗议者们把你和你的车救了出来……”我恍然大悟，赶紧跳下车真诚地向他致以热烈的拥抱和吻面礼以示感激，同时也为我当时的冒失而给他们造成麻烦表示歉意。

12月20日和21日，哈马斯支持者为了抗议当局逮捕该组织发言人兰提斯而同警察进行了两天的激烈武装对抗，最终造成六人死亡，近百人受伤，酿成了巴以冲突爆发以来又一起严重的内部武装冲突。）

没睡几分钟，F-16便把我从梦中吼醒，
爆炸惊天动地。
——自题

第九十四章　F-16 又来了！

2001年12月7日，星期五，晴，加沙

写完昨天的日记，还没有睡上几分钟，F-16又把我从梦中吼醒并“揪”出被窝。开灯一看，时间是凌晨2点15分左右。摸上阳台，我感觉到雨季夜晚的风是那么的凉，那么的爽。但是，真正让我清醒的是急速从夜空中划过的以军F-16战斗机。两架F-16一前一后在加沙上空低飞盘旋，低得我能隐约看见它们那闪着红灯的轮廓。

5日天降大雨，我当时就判断以色列会停止轰炸，因为雷雨天作战不利于飞机的安全，也可能因无法准确判断地面目标导致误击，造成恶劣影响。反正巴勒斯坦的这些坛坛罐罐不会马上自己跑掉，以色列犯不着冒险去一口气摧毁它们，反倒可以给下次轰炸留点余地。5日晚至6日，巴勒斯坦开始收拾哈马斯领导人亚辛并同他的追随者发生暴力冲突，引起了舆论的广泛注意。以军再进行轰炸已经没有道理。

2点50分左右，当我无法继续承受阳台的寒风准备回屋时，刚刚飞远的F-16又飞了回来，这次盘旋的高度更低，制造的噪音也更响，显然，它们是在向巴勒斯坦方面发信号：攻击快要开始了！

3点整，加沙市中心的巴勒斯坦警察总部闪起一个巨大的光亮，光亮随后散发为无数个红色的斑点，一如天女散花，接着是惊天动地的爆炸声，我不禁有些战栗。爆炸声响后，一架F-16尖叫着从我的头顶上一掠而过，似乎要把漆黑的夜幕整个撕掉。

时间久了，我们在加沙的人几乎都成了老战士，不但能通过声音分辨出什么是F-16，什么是“阿帕奇”直升机，什么是侦察机，什么是普通民航飞机。对武器的辨别也堪称行家里手：真子弹、橡皮子弹、催泪瓦斯、眩晕弹、劳式火箭、地狱火导弹以及坦克炮弹，基本上都能说上来。此外，仅凭耳目也能分辨是战斗机发射的导弹还是直升机发射的导弹。战斗机发动袭击的特点是导弹首先落地，飞机随后赶到，而且没有发射导弹（或投掷炸弹）的巨响，导弹（炸弹）落地的动静可谓地动山摇。直升机则不同，每次发射时会看见飞机底部火光一闪，接着传来打雷般的脆响，然后是击中目标后的闪光和爆炸。直升机发射的导弹和F-16不同，它们常常拖着火舌，像彗星一样划过夜空，而落地后的动静不如F-16那么剧烈，炸起的火花也相对小得多。

3点15分，第二枚导弹落在警察总部大院，又激起一片红白相间的“礼花”。连中两弹的警察总部升起浓烈的烟雾，并逐步向西南方向的海面飘荡，绵延数百米。

F-16飞走了。以军的侦察机又“嗡嗡”地在加沙城上空盘旋，不知是在检查轰炸结果，还是寻找和确定新的空袭目标。几辆救护车已经赶到警察总部周围的街道，但是不敢贸然进入现场，只能焦急地闪烁着红灯。我当然也不敢跑现场了，只能通过关系核实具体的伤亡和损失情况。

早晨6点多，天色渐亮，以色列的侦察机也随着天空启明星的暗淡而消失。我认为危险已经过去，便驱车到现场采访。

警察总部内的三栋三层楼房遭到严重破坏，其中的女子警察楼和训练中心楼被彻底炸塌，一栋宿舍楼的受弹面门窗被全部震落在地，附近的医疗中心大楼也被损坏。此外，大院内的十多间平房被完全震垮，到处是变形的钢梁、瓦楞板以及家具和办公设备碎片。F-16的威力的确非同小可。据一位清理现场的警官透露，共有20多人在这次轰炸中受伤，其中绝大多数为警察。中午，加沙公安局局长穆贾伊德发表文告说，以军使用的炸弹爆炸威力巨大，相当于1000磅，所幸的是，巴警察总部及时把人员撤出空袭目标，避免了严重的伤亡。

这是五天来以军第三次对巴勒斯坦目标进行空袭，也是自7月底以来用F-16战斗机对巴警察总部实施的第二次打击。以军方事后表示，此次空袭是报复巴武装人员6日晚用迫击炮袭击加沙一定居点的行为，并称巴警察总部的部分建筑被用来制造迫击炮。显然，以军对连续自杀式爆炸袭击的报复已经结束。

炸过一轮了，再来炸一轮。加沙可供以色列宣泄愤怒的大型政府建筑已所剩无几。

连续轰炸已经快让我麻木了，不知该记点什么。

——自题

第九十五章　第四次轰炸

2001年12月8日，星期六，晴，加沙

今天凌晨，以色列再次出动两架战斗直升机向加沙南部的巴安全部队目标发射八枚导弹，炸毁了“17部队”、军事情报局、情报总局等机构所属的三个办公室。以色列的理由还是报复巴勒斯坦人员发射迫击炮弹。这是六天来以军第四次空袭加沙巴勒斯坦目标。

空袭是午夜3点左右发生的。阿布·拉马丹带着浓重的鼻音和哈欠告诉了我这一事件，并说他已经核查了事实。显然，他是在睡梦中被自己的消息源叫醒并获得了有关情况。我匆匆发完消息后接着睡觉。一周来的实践表明，有了这位当地记者，我方便多了，不但消息源明显增加，而且两人可以同时跟踪局势，确保不漏发和不晚发重要消息。

近三年来，我一直单枪匹马地担负着被占领土的繁重报道任务，尽管成绩受到社内社外的一致肯定，但自己累了个半死。看来，实现报道力量的本地化是新华社走向世界大通讯社的出路所在。所幸的是，新华社已经开始了这方面的尝试，相信有一天，我们的国际报道会与西方三大通讯社并驾齐驱。

人体炸弹引爆了自己，燃烧的身体还在挪动。

——自题

第九十六章　又是自杀式爆炸

2001年12月9日，*星期日，加沙*

今天早晨7点半左右，以色列北部城市海法再次发生爆炸，成为十天内以色列经历的第六次爆炸。这也是一周之内海法发生的第二次爆炸。本月2日，一名自杀式袭击者在海法的一辆公共汽车上引爆一个重磅炸弹，炸死15名以色列人，炸伤30多人。

据目击者称，一名巴勒斯坦人身背炸弹在海法市入口的一个汽车站附近同两名以色列警察相遇。当与高度警戒的警察目光一碰时，他的心理防线垮掉了，没有坚持走近车站就开始引爆炸弹。两名警察立即掏枪对他进行射击，但炸弹还是被他拉响了，八名现场附近的以色列人直接被弹片击中，其他20多人也因受到惊吓被送进医院。

爆炸发生后，警察发现这名自杀者命挺大，已经燃烧的身体居然还在地上挪动，为了防止他引发新的炸弹，警察继续开枪直至把他打死。随后赶到的消防员也不得不半蹲着身子躲在路障后浇灭爆炸者那继续燃烧的尸体。

警方事后分析说，这名自杀者显然是准备登上一辆公共汽车后再行引爆的，只是过早暴露才提前引爆，否则后果不堪设想。随后，警方和工兵先后在现场附近又发现了两枚炸弹并加以引爆。由于担心炸弹里被掺入生化药剂，两辆环境部的检测车也奉命赶到现场进行空气采样并送往实验室化验。

巴勒斯坦民族权力机构中午发表声明，强烈谴责上午海法发生的自杀式爆炸袭击。声明表示，巴安全部门已经受命对这一伤害无辜平民事件进行调查，并将把其策划者和参与者送上法庭。

巴勒斯坦方面已经抓获了180多名活跃分子，其中不乏对爆炸袭击负责的哈马斯和杰哈德成员，甚至还有巴解组织主流派的部分民兵。哈马斯等组织的高级领导人落网者也不少，其余的则被告知到预定地点自首，纷纷保持低姿态，不敢继续在电视上进行鼓动和宣传。

但是，以色列并不满意巴勒斯坦方面采取的逮捕措施，认为力度不够，敦促其花更大的力气把所有与爆炸袭击有染的巴勒斯坦人都抓起来。同时，以色列的特种部队也自己动手，不断突袭巴勒斯坦控制区的城市和乡村，搜捕他们认定的危险人物。仅今天上午，以色列就在约旦河西岸的一个小镇抓走30多人，同时打死了四名进行抵抗的巴勒斯坦警察。

显然，只要巴勒斯坦不满足以色列的条件，以色列的军事打击就会持续进行并不断升级，虽然它不急于摧毁巴勒斯坦自治政府，但至少会逐步毁掉巴勒斯坦的基础设施，特别是政府机关的楼堂馆所，消耗来之不易的自治成果，迫使巴勒斯坦方面就范。

晚上，巴勒斯坦几个主要组织的军事派别向以色列提出有条件停火的

以色列特拉维夫–雅法双子城的海滩非常美丽，但是，这个海滩的酒吧和咖啡馆往往成为自杀式袭击的目标。

建议，但被以色列拒绝。这一建议是哈马斯的“卡桑旅”、杰哈德、法塔赫的“阿克萨烈士旅”和“回归旅”在向此间新闻界散发的一份声明中提出的。根据这一建议，从10日午夜至16日穆斯林斋月结束的这段时间里，只要以色列停止在巴勒斯坦被占领土的暗杀、轰炸和杀戮行动，这些派别将停止在以色列境内发起攻击。上述派别指出，以色列境内是以1948年巴勒斯坦战争爆发前联合国划定的边界为准。它们同时宣称将继续在被占领土上进行抵抗以色列占领的斗争。

目前，包括巴解组织在内的大多数阿拉伯国家联盟成员只要求以色列撤回到1967年战争爆发前的停火线，而不是撤回到1948年战争爆发前的边界。但哈马斯和伊斯兰圣战组织一直拒绝正式接受以色列。

一位以色列高级官员当晚拒绝了上述派别的停火建议，宣称以色列已别无选择，只要巴民族权力机构“拒绝打击恐怖主义并采取逮捕措施”，以色列将“进行自卫”。据悉，以安全内阁当晚已决定采取一系列军事行动，继续对巴方目标实施打击，同时不允许阿拉法特离境。

阿拉法特的个人专断要求巴勒斯坦人把一切赌注都下在他的幸存上。如果在多次杀害他的阴谋中有一次曾经得逞，会发生什么情况呢？

——阿兰·哈特《阿拉法特传》

第九十七章　阿拉法特面临生死关

2001年12月11日，星期二，阴，加沙

毫不夸张地说，阿拉法特正面临着1982年黎巴嫩战争以来最为艰难的安全处境。1982年12月的一天，时为国防部部长的沙龙率数万以色列精兵击溃死守贝鲁特的巴解武装，迫使阿拉法特登上一艘希腊船只漂向新的流亡之所。19年后的又一个12月，已是以色列总理的沙龙又开始逼迫结束流亡仅七年的阿拉法特，使其再次品尝了类似受困贝鲁特的为难和苦涩。

行动自由已经被剥夺

阿拉法特是个前无古人的环球政治旅行家。我对他后半生的总结是，国外待的时间比国内多，天上飞的次数比地上跑的次数得多，外交会晤比家庭团聚多。一句话，他生命的一多半时间都开销在出访和旅行上，四处走动是他的事业，更是一大人生乐趣。但是，最近的阿拉法特已经明显告别了他的旅行生活。

昨天，阿拉法特原本要前往卡塔尔首都多哈参加专门讨论巴勒斯坦问题的伊斯兰外长会议，但最终又决定不去了。他手下的著名谈判代表埃雷卡特用标准的外交辞令打发我的电话采访说，阿拉法特需要留下来“处理复杂的安全形势并对付以色列侵略”。但阿拉法特的嫡系干将预警司令达赫兰则私下透露，阿拉法特担心自己一旦离开巴勒斯坦以色列就不会再让

他回来。而另一条消息称，阿拉法特最近亲口发誓“我死也要死在巴勒斯坦自治区。”九死一生而不悔的阿拉法特突然间对出门有了这些顾虑，足以说明被迫重新流亡的担心已不再是舆论炒作的噱头，而是一股让阿拉法特本人都有切肤之感的咄咄寒气。

阿拉法特不去多哈是对的，至少他避免了被沙龙拒绝而大失颜面的尴尬。据报道，9日中午，沙龙就已含蓄地暗示阿拉法特“不能走”。他越俎代庖地说，阿拉法特“没有时间外出”，“他有许多工作要做”。晚上，阿拉法特要求离境的书面申请一度被递交给沙龙政府，但巴方很快又主动撤回，明眼人一看便知，这是为了给阿拉法特留点面子。果然，午夜时分，沙龙在安全内阁上明确表示反对阿拉法特前往多哈，说他“必须留下来对付恐怖分子”。

阿拉法特被变相软禁了，只不过被软禁在一个以军重兵围困下的城市，而不是一所住宅。这是自1994年巴勒斯坦实现自治阿拉法特荣归故里后第一次失去行动自由。冲突14个月来，即使在所有巴勒斯坦人都不能乘坐飞机进出巴勒斯坦地区后，阿拉法特还获准直飞直落，来去自由；即使一度被剥夺了使用加沙机场的“特权”后，他依旧能获准从加沙地带驱车

以色列限制阿拉法特出行，从切断他的空中走廊开始，加沙机场便是主要目标。

到埃及的阿里什换乘飞机继续体会“天高任鸟飞”的洒脱。但是，这一切从昨天起成为过去，不知道是否将永远成为历史？

从本月3日起，以色列就明显地收紧了绳索，刻意压缩阿拉法特的行动自由与空间。以军先是炸毁了他在加沙的专用直升机，又把喷气机起降用的加沙机场跑道拦腰挑断，随后把坦克开到他栖身的拉姆安拉官邸百米之处……坦率的以色列领导人毫不掩饰地说，这些动作就是要限制阿拉法特的行动自由，迫使他在反恐怖问题上使出大力气！

阿拉法特那跑不断的腿脚被捆住了，他那幅深刻在世人记忆中的形象也将被抹杀。以色列电视台7日对阿拉法特进行采访并播出后，沙龙的一名顾问抨击以电视管理局不该同意播出这样的节目，因为它“给向以色列宣战并对以色列人死亡负责的阿拉法特提供了讲台”。据说，以色列未来的军事打击将覆盖巴勒斯坦的广播和电视机构，阿拉法特几乎天天发表谈话的嘴也将遭到封堵……

双重生命的挑战

阿拉法特在被占领土的行动自由是以色列“给予”的，现在已经被重新剥夺。阿拉法特能有别于其他巴勒斯坦领导人而存活至今也是以色列十多年来手下留情的结果。但是，现在，阿拉法特在失去行动自由的同时也再次面临着双重生死考验——事业追求和人身安全的终结。

对以色列和美国来说，阿拉法特的存在价值和意义由两个部分组成：他作为巴勒斯坦人民合法代表的凝聚力和号召力，以及他对和平战略选择的坚持，二者缺一不可。但是，随着局势的恶化特别是反以爆炸袭击的频繁发生，阿拉法特的实用价值和作用已经引起以美特别是以色列的狐疑：阿拉法特是打算放弃和谈准备重返武力对抗之路？还是他有心控制局面而无力驾驭诸侯？

几个月前，以色列情报机关曾在一份形势评估报告中称，阿拉法特仍能控制巴勒斯坦社会90%的局面，也愿意同以色列进行和谈，并指出推翻阿拉法特弊大于利。但是，以色列情报机关最近提交的报告已完全改变了基调，断言阿拉法特已不打算在其执政期内同以色列达成和平协议。以色列国外情报局（摩萨德）前局长舒贝特日前在《新消息报》发表长文说，阿拉法特是中东地区暴力与敌对的一个主要因素，必须利用目前的“最佳时机”解除他的自治政府主席职务，或让其退休，或迫其流亡，否则，“以色列将世代为此而追悔”。

情报机构给阿拉法特的政治生命判了极刑，以色列明显向右转的民意也不看好阿拉法特的行情。以《晚报》日前公布的一项民意测验显示，以色列公众对阿拉法特和民族权力机构的反感明显增加，其中67%的人支持政府宣布巴民族权力机构为“支持恐怖主义实体”；71%的人赞成对巴方进行高密度军事打击；56%的人支持推翻阿拉法特；51%的人赞成摧毁巴民族权力机构。这是一个非常危险的政治风向标，它为任何不利于阿拉法特和巴自治政权的选择提供了后盾。

当然，最终的决策权掌握在沙龙等政府领导人的手里。就沙龙本人而言，他对阿拉法特及其事业的痛恨是与生俱来而没齿难忘的。尽管沙龙以“贝鲁特屠夫”而见恨于巴勒斯坦人并著称于世，尽管他是这场流血冲突的始作俑者，但他总是把阿拉法特描述成“杀人犯”“恐怖头子”，最近又现学现卖地把他唤作“以色列的本·拉登”，是中东和平的“最大障碍”，必欲除之而后快！

土耳其总理埃杰维特7日透露，沙龙曾打电话亲口对他说准备搞掉阿拉法特。沙龙的发言人虽然对此立刻否认，但是，没有谁会怀疑沙龙此言发自肺腑而尽抒胸臆。昨天出版的美国《新闻周刊》又援引沙龙的话说，以色列无意反对阿拉法特个人，但是打算同民族权力机构内其他务实的人进行和谈。口气虽然缓和了不少，但丝毫没有改变沙龙打算抛弃阿拉法特这个和平伙伴的真心。沙龙从来就反对阿拉法特与拉宾达成的“奥斯陆协议”，而热衷于他的根本无法让巴勒斯坦人接受的所谓“痛苦让步”，如果条件成熟，把“奥斯陆协议”推倒另起炉灶并非没有可能。

从逻辑上说，沙龙政府可以暗杀人阵总书记穆斯塔法这样的巴勒斯坦事业元老，也自然可以对阿拉法特动手。宁可我负天下人而勿使天下人负我，这是长期忧患而动荡的以色列人典型心态，也是历届以色列领导人公开宣称的所谓“弱者无仁慈”的理论。沙龙及多数以色列领导人反感阿拉法特已是不争的事实。但是，作为一个国家领导者和决策者，沙龙等人必须权衡利弊，或者等待时机，或者寻找更稳妥的办法，因为以色列人从来不做赔本的生意。

位重九鼎无人替代

以色列外长佩雷斯是阿拉法特的老伙计，也是沙龙政府或者以色列阵营中唯一让阿拉法特怀有信任抱有希望的一根和平顶梁柱。尽管如此，佩雷斯也是从国家利益的角度思考阿拉法特的政治前途和个人安全。佩雷斯最近表示，他承认阿拉法特并不是一个“好的选择”，但没有阿拉法特的巴勒斯坦情况将更为糟糕。佩雷斯担心阿拉法特下台将导致哈马斯、杰哈德或其他极端宗教派别掌权，因此，推翻阿拉法特以色列将犯大错误。

埃及总统穆巴拉克也警告说，如果清除阿拉法特，中东将陷入极大的混乱，因为这将是对巴勒斯坦人民的犯罪，阿拉法特的继任者将顺从民意在以色列境内外发动更猛烈的暴力活动。土耳其总理埃杰维特说，阿拉法特是无可替代的，消灭阿拉法特中东局势会面临极大危险。美国尽管一味地指责阿拉法特，甚至公开支持以色列对巴勒斯坦的军事打击，但它对阿拉法特的地位和作用仍然持肯定态度。美国国务卿鲍威尔日前也特意出来表态说，美国仍然把阿拉法特当作巴勒斯坦的合法代表。

显然，阿拉法特就是巴自治政府，巴自治政府就是阿拉法特。赤裸裸地推翻两者中的任何一个，都将是对巴以和平进程的了结。以巴以目前的对立状态，以巴勒斯坦目前的民族情绪，沙龙政府不能奢望自己去找一个阿拉法特的替代者而迎合以色列的愿望。但是，如果一任目前的危险形势发展下去，阿拉法特的政治前途乃至生命安全仍然会像一只飘忽不定的风筝，而决定风筝去向的细绳既攥在他自己的手里，更攥在沙龙政府的手里。

当年在特里波利阿拉法特被沙龙用刺刀逼上流亡的客轮时，一名BBC的电视评论员曾这样替所有中东问题的记者和专家们做出如下评述：“巴解组织的一位被击败的主席正在进入默默无闻的旅程。没有要求举行最后的仪式。但是，阿拉法特完了。”

就在前不久，面对以色列日益强大的压力，一位BBC记者又道出了所有同行和学者的共识：不满足沙龙的愿望，阿拉法特就要面临以色列的战争危险；满足了沙龙的愿望，阿拉法特就要面临内战的危险。

生存还是毁灭？阿拉法特又处在哈姆雷特式的痛苦抉择的十字路口。这位屡有奇招的解难高手又该往哪里去呢？

昔我往矣，杨柳依依。今我来思，雨雪霏霏。

行道迟迟，载渴载饥。我心伤悲，莫知我哀。

——《诗经·采薇》

第九十八章　又是两次空袭

2001年12月12日，星期三，阴，加沙

以色列人是不会轻易放过任何进行报复的机会的。只要巴勒斯坦武装人员向以色列目标开火，等待他们的肯定不止子弹，还有威力大无数倍的导弹。

10日晚，巴武装人员在加沙向某个以色列定居点发射了迫击炮，炸伤了两名定居者。几个小时后，也就是11日凌晨，以色列军队开始对加沙地带北部的巴勒斯坦警察部队目标进行报复。据加沙巴公安局局长穆贾伊德称，以军首先向加沙北部比特·哈农镇的“17部队”和情报总局办公室发射两枚地对地导弹，随后又派直升机向这两个目标发射三枚空对地导弹，彻底摧毁了“17部队”驻地，并严重损坏情报总局的办公室。他谴责以军通过空袭进行挑衅和恶化冲突。据悉，此次空袭造成一人受伤，部分民居被轻微破坏。空袭导致该镇供电一度中断。

11日傍晚，巴武装人员再次用迫击炮袭击犹太人定居点。午夜时分，两架以军直升机向罕尤尼斯城“奥地利难民营”的一座民用建筑发射了三枚导弹，并用机枪进行扫射，导致这座民宅和停在其附近的一辆巴安全部队车辆被毁，两名巴安全部队人员和一名平民被当场炸死，多人受伤。

一位巴安全官员在电话中告诉我，当附近居民涌到现场抢救伤员时，已经离开近一刻钟的以军直升机突然返回现场上空并发射了四枚导弹，炸伤现场许多平民。他解释说，巴安全部队人员是乘车赶来制止开枪事件时遭到以军导弹袭击的。我从当地一些目击者处了解到，空袭是在巴武装人

员同附近以军进行枪战后不久发生的。以军方电台也称这次空袭是报复巴武装人员向以军开火。

罕尤尼斯医院人士说，以军两次袭击共造成30多人受伤，其中四人因伤势严重已被断定为临床死亡。这是12小时内以军对加沙地带巴勒斯坦目标发动的第二次空袭，也是九天来以军发动的第六次空袭。以色列11日晚曾宣布，它将对巴方的任何开火事件进行报复。我不知道这样的日子要持续多久。我真的厌战了。身心真的受不了了。

我打开地平线的大门，我飞到了天空，我穿越了大地，
我看到了此前到达冥界的死者。
——《亡灵书》（埃及）

第九十九章　70枚导弹落加沙

2001年12月13日，星期四，晴，加沙

昨天晚上9点钟开始，以色列对加沙发动了近十天来的第七次空袭，时间长达六个小时，共发射各种导弹近70枚，毫无疑问，这是冲突爆发以来以军发动的最为猛烈的一次空中打击。而这次轰炸是由巴以新一轮武装冲突升级而引起的。

昨天下午，大批以军在战斗直升机和坦克掩护下重新开进约旦河西岸巴城市杰宁，并打伤30多名巴勒斯坦人，占据了市中心的部分重要目标。这是以军撤离杰宁近两周后再次进入该城。

傍晚，巴武装人员在巴城市纳布卢斯附近袭击一辆以色列轿车，打死八名以色列人，打伤另外30余人。据悉，巴武装人员先后用冲锋枪和炸弹袭击了这辆汽车。随后，法塔赫民兵组织“阿克萨旅”宣布对这一袭击负责，并称这是对以军几天来杀死多名巴勒斯坦人所进行的报复。几乎在同一时间，两名巴勒斯坦人潜入加沙的古什·卡提夫定居点并引爆了随身携带的炸弹，除他们本人被炸死外，四名以色列人被炸伤。

巴勒斯坦方面显然意识到事态的严重性了。阿拉法特在召集一次紧急会议后做出决定，立即关闭哈马斯和杰哈德所有办事机构，其中包括负责政治、教育和卫生事务的活动中心。虽然官方发表的公告没有解释关闭这些机构的原因，也没有说将关闭多长时间，但这一行动同当天的两起大乱子有着直接的关系。以色列政府并不满足于巴方做出的最新决定，指责巴民族权力机构对两起袭击负全部责任，并声称将进行报复。果然，F-16很

快风驰电掣地飞临加沙上空。

9点40分左右轰炸开始后，加沙的电力供应立即中断，巴勒斯坦的移动电话也立刻失灵，没有任何信号。除去必须发的中、阿文快讯外，我能做的就是在黑暗中等待轰炸结束，通过巴勒斯坦安全部门“清点”伤亡人数和物质损失情况，然后再编发详讯。

轰炸首先是从阿拉法特官邸附近的“17部队”楼房、直升机库和停机坪等目标开始的，F-16发射的导弹炸起的亮光高达数十米，声音惊天动地，以至我所在的13层高楼都出现了明显的晃动感觉。我坐在窗口，拉开活动玻璃窗户，无奈地观看着几百米外导弹接踵而至的轰炸现场，爆炸形成的冲击波扑面而来，像一阵微风拂动我的头发。

耶路撒冷分社新任首席记者明大军打来电话说，如果需要代编稿件请别客气。我真诚地谢绝了他，因为这种场面已经见得太多了，尽管我只有一人，但还是应付裕如。当然，我也是出于无聊，把话筒伸到窗外，让90公里外的明大军聆听那清晰而强烈的爆炸声，话筒那头则传来他吃惊的“啧啧”声。

轰炸很快在全加沙各处铺开：市中心的警察总部、城北的“17部队”训练营地、城西北的海警司令部、城北的预防警察司令部、城东的军事情报局……

午夜11点多时，我打电话给阿布·拉马丹，问他有无最新的伤亡情况。阿布·拉马丹告诉我他已经带着老婆和三女一男四个孩子离家近三个小时了。他的家介于分社和阿拉法特官邸之间，离最近的轰炸现场不足百米，每次遇到轰炸弃家躲到空旷的街道是他明智的选择，因为留在家里更危险，导弹爆炸的冲击波容易击碎玻璃伤着孩子，甚至有可能打偏使全家人遭遇不幸。

作为父亲和丈夫，阿布·拉马丹远比我这“光棍汉”要艰难得多。他在电话里绝望而略带哭腔地说：“我实在没办法，孩子们吓得哭闹不止，手机信号时有时无，我和别人失去了联系，也不知道几点钟轰炸才能结束……”后来，一辆过路的汽车把他们一家送到相对安全的父母家里。

阿布·拉马丹多年为西方大通讯社和著名报刊工作，属于加沙知识阶层里精英人物。一年多来，巴以冲突给他三个上小学的女儿造成相当明显的心理影响，以致她们充满稚气的彩笔画多半不是花草树木和山川日月，

巴勒斯坦海警司令部我曾出入过多次，这一轮轰炸中它被夷为平地。

而是死亡的小伙伴、“张牙舞爪”的以军士兵和取代了蝴蝶和飞禽的以军战斗机和直升机。

阿布·拉马丹曾经抖着这些画忧伤地对我说：“我不希望我花朵一样

的女儿满脑子都是暴力、冲突和死亡，我不希望她们从小就生活在恐惧和仇恨里。”为此，他经常设法淡化外界投给孩子的浓重阴影，教育她们将来要和以色列小朋友好好相处，哪怕双方的大人正打得你死我活。

但是，阿布·拉马丹说，随着冲突的持续，特别是以军空袭的频繁和加剧，他都不知道该给孩子说些什么了。因为，他不能蒙住孩子们的眼睛不让她们看那导弹爆炸时的火光，不能捂住她们的耳朵不让他们听到巨大的爆炸声和周围小朋友的哭泣。

阿布·拉马丹活得不容易，加沙105万巴勒斯坦人活得更不容易，他们中的大多数没有像阿布·拉马丹那样有稳定的收入和完整的家庭，他们中的许多人在为温饱而发愁的时候，却还要承受以军空袭造成的恐惧甚至伤亡。

但是，多数巴勒斯坦人已经麻木了，对以军的空袭无所谓了，甚至没有悲伤、没有愤怒，有的只是轻蔑、无奈和抗争。有人赌曾气地对我说：“打吧，炸吧，统统都给毁了罢，反正我们活着跟死没什么两样。”

轰炸仍在继续。只是导弹更多地集中在几公里外的海警司令部等目标，白色的闪光不时从那边出现，似乎要把黑夜掀起一个小角。声音仍隆隆传来，但震动明显轻微了许多。我以为导弹越炸越远，但离我很近的警察总部又出现了两次剧烈“地震”，分社东边也炸起了一次“惊雷”，我不知道这又是炸的哪一处。

午夜12点，我听完了“以色列之声”电台的最后一次新闻，耳边跟着响起了以色列国歌《希望》。三年来，因为收听消息的缘故，我近千次收听这短暂而优美、低沉而悲壮的弦乐，心中充满了享受，充满了追思和想象，也寄托着各种美好的向往。这首弦乐短章每次都似乎能把我拉回到犹太民族那命运多舛的历史长河中，我仿佛看到了犹太人在埃及法老的残酷统治下承受着霸主的皮鞭，看到了面对罗马重兵围困而死战马萨达城堡的壮士，看到了德国纳粹毒气室前那看不到尽头的队伍。但是，今天，我看着在黑暗中默默承受着以色列轰炸的加沙，看着那些因轰炸而吓得无法入睡的巴勒斯坦孩子，我再听这首歌就觉得已经变了味道，它不再是犹太人悲惨而不屈的精神旋律，倒像是在为巴勒斯坦人而低吟的一支忧郁的蓝调。

阿布·拉马丹送完孩子又返回家里。我们俩分别守在自己家的安全地方数着导弹的数目并进行核对，我居高临下负责监视弹着点，他负责根据我提供的方位判断被轰炸的是什么目标。没有电，发不了稿，我们只能在电话里聊天。“马先生，我真的很害怕，我觉得沙龙可能要打进加沙，要把阿拉法特撵出去……形势真的让我悲观。”在我的印象中，阿布·拉马丹从来没有如此悲观过。

轰炸一直持续到13日凌晨3点左右。而我却因无法继续承受这没完没了的轰炸和黑暗，多次歇斯底里地对着窗外大喊：“沙龙！你这个疯子，别再炸了！”但是，我每次又很快收住了自己的愤怒和狂喊，因为我担心邻居们会以为我这个孤独的中国记者神经出了问题。

轰炸并没有造成特别严重的人员伤亡，加沙共有40多人受伤，其中一人不治身亡。来自巴勒斯坦安全部门的消息说，以军在空袭加沙城的同时也轰炸了加沙国际机场的雷达站，并再次破坏了机场的跑道，把两公里长的坚硬跑道挑出70道深沟。此外，以军还出动炮艇轰击了加沙中部的部分目标，并派坦克和装甲车切断了加沙南北两条交通要道，将其分割为三个相互隔绝的部分。在约旦河西岸，以军战斗机向纳布卢斯市发射了近20枚导弹，摧毁巴“17部队”和情报总局的驻地。同时，以军进占了拉姆安拉、图勒凯尔姆、杰宁等巴勒斯坦城市的部分地区，轰炸并占领了“巴勒斯坦之声”电台的信号发射台。

写完上述详细消息，已是早晨4点了。脑子已经不转了，甚至出现了空白，心脏也感觉不舒服。阿布·拉马丹已经睡了，我也不忍再打电话让他打听更多的消息，只好也倒头在沙发上睡了。但是，我心里不是很踏实，打电话给准备干个通宵的国际台耶路撒冷站首席记者刘素云，拜托她继续盯着点，我先给自己的身体“充充电”。冲突爆发后，我们这些新闻兄弟单位已经结下了战斗友谊，相互提醒，相互帮衬，形成了很好的合作机制，再加上当地的一些关系和报道员，基本能保证不会漏发和迟发重要新闻。

早上9点醒来，我赶紧四处打探消息，所幸的是在我休息期间别无新闻。我顾不上洗漱和吃饭，背上摄影包去跑现场。一去就是半天，拍了近90个底的照片。阿拉法特官邸、“17部队”营地、警察总部等目标没有特别新鲜的场面，无非是多炸倒了一些楼房。但是，海警部队司令部特别惨，今年4月以军轰炸时曾毁掉这里的半数楼房，而昨天一夜，另外的几十间房屋被全部炸毁，以军共向这里发射了25枚导弹。到处是龇牙咧嘴的钢筋混凝土残骸，被炸断的水管像花园的喷灌头一样“浇灌”着这片废墟。一枚导弹没有爆炸，静静地卧在一个房间的角落里，我被迫匍匐前进去接近它看个究竟。而警察总部又被放倒了三栋楼房。眼看着警察总部的楼房一个个被以军放倒，我不知道以后加沙还有什么可以让以军炸的了。

经过实地考察才搞明白，分社东边的弹着点是一个清真寺广场，四处是垃圾的土地上被炸出一个大坑，而当地人说，另一枚没有爆炸的导弹已经被安全部门弄走。据说，哈马斯领导人亚辛等昨晚就在这个清真寺礼拜，显然，以军对清真寺附近发射导弹是对他们进行恫吓。不过，这个游戏玩得太悬了，如果击中清真寺，那肯定是一场屠杀。而且清真寺旁边就是居民区。以色列忒胆大了！

阿拉法特的政治顾问阿布·拉迪纳当天表示，以色列这次海陆空袭击意味着“沙龙政府已经向巴勒斯坦人民正式宣战”，这场战争必将把整个地区拖入更加紧张和动荡的境地。他抨击以色列恶化局势，是对国际社会和阿拉伯世界的公然挑战，也将造成更多的对抗和暴力，它必须承担由此出现的一切后果。巴文化与新闻部部长阿卜杜·拉布也表示，在这种“全面战争的阴影下”，巴方不可能兑现自己所做的确保停火、抓捕巴激进分子的承诺。

但是，战事并没有就此结束。今天中午，三辆以军坦克和约50名士兵包围了法塔赫西岸地区书记马尔万·巴尔古提位于拉姆安拉西郊的住所，以军士兵随后闯进住所并进行了搜查。以军将巴尔古提的妻子和子女关进一间屋子里，但允许她们通过电话与外界联系。同时，以军还在巴尔古提住所的门口、窗口和屋顶垒起沙袋，并架起机枪。

据巴尔古提的妻子通过电话透露，以军士兵说他们将在那里滞留五天，等待巴尔古提向以军“自首”。以军到达时，巴尔古提已经离开了自己的住所。巴尔古提是巴勒斯坦著名的政治活动家，巴以冲突爆发后因非常活跃和态度强硬多次受到以方警告。据报道，巴尔古提还是被以方宣布为“恐怖组织”的法塔赫民兵派别“坦齐姆”的领导人。

今年7月底，巴尔古提的车队曾在拉姆安拉遭到以军导弹的袭击，他就此指责以军企图暗杀他本人，但以军说他并不是那次“定点清除”行动的对象。据悉，以方向巴方提交的通缉对象名单上并没有巴尔古提。几个

最终被以色列关进监狱的巴尔古提。

月来，巴尔古提已经明显减少了公开活动的次数，很少发表鼓动性的演说，并呼吁各派支持巴领导机构的停火命令，维护阿拉法特的权威。

今天下午，以军动用武装直升机、军用推土机和炸药，摧毁了位于拉姆安拉市的“巴勒斯坦之声”电台发射台。据巴安全人士称，进占拉姆安拉部分城区的以军首先用空对地导弹袭击了巴电台发射塔，导致已经中断信号传输的发射塔严重受损。随后，以军工程兵又对发射塔的基座进行了拆卸，最终推倒了发射台的机房，并炸毁发射天线。此外，以军还用推土机摧毁了发射台附近的其他几所建筑。巴广播电视公司在随后发表的一项声明中指责说，以军这一行动“最终结束了和平进程以及为挽救这一进程所做的努力”。

以军方发言人对此表示，一个时期来，“巴勒斯坦之声”电台及其他一些巴方媒体一直在“煽动暴力，从事反以宣传”，以军此举就是为了对巴方的“煽动宣传”进行报复。巴以冲突爆发后，以军曾几次轰炸过巴电台和电视台信号传输设施并使它们中断节目。

据了解，被炸毁的这一发射台是“巴勒斯坦之声”电台在约旦河西岸唯一一个发射台。它始建于1938年英国委任统治时期，1995年移交给巴民族权力机构。“巴勒斯坦之声”是巴唯一的官方电台，设有中波和调频立体声两套节目。该电台设在加沙的调频立体声广播仍在正常播出。

晚饭还没有来得及吃，第八轮空袭又开始了。一阵呼啸声响过后，以军F-16和阿帕奇直升机的导弹就相继落了下来。根据我的记录，在五分钟内，已经有14枚导弹飞向了阿拉法特官邸和警察总部等老目标。西岸来的消息说，以军直升机在稍早的时候已经轰炸了西岸杰宁的省政府驻地和拉姆安拉的警察局。

马作的卢飞快，弓如霹雳弦惊。

——辛弃疾《破阵子·为陈同甫赋壮词以寄之》

第一〇〇章　第九次轰炸

2001年12月14日，星期五，阴，加沙

今天傍晚，以军对加沙进行了一周来的第九次空袭。晚上6点半左右，一架F-16向加沙城内的“17部队”营地和巴警察总部发射了三枚导弹，然后很快地消失了，就像是完成例行公事一样。

两枚导弹击中了警察总部的一座楼房，其中的一枚威力非常大，爆炸的瞬间就像引爆了一棵几十米高的礼花树，惨白的光芒照亮了周围的建筑和街道，也映照到我办公室的墙上，随后便是非常铿锵的巨响。

奇怪的是，今天的轰炸不同往常，以色列没有切断对加沙城的电力供应，或许是斋月即将结束，以色列政府想做点善意的姿态，让普通巴勒斯坦人过一个明亮的节日。但是，再明亮的电灯也比不上导弹爆炸的一刹那出现的亮光，比不上轰炸这个字眼对巴勒斯坦人的刺激。

我和往常一样，坐在窗口等待以军第二波、第三波空袭的到来，并试图通过相机抓取导弹落地并爆炸的一刹那。但是，我白等了。以军的空袭只有这一次。七名巴勒斯坦警察在空袭中受伤。以军方随后宣称，此次空袭是为了报复当天下午巴武装人员向加沙一定居点发射迫击炮弹。这也是以军三天来第三次空袭加沙，但袭击的力度已经明显减弱。我感到好轻松，好幸福，因为终于可以喘口气了。

早晨，我带着大连公司的留守翻译马少青参观警察总部的轰炸现场，并给他拍摄了纪念照片。他可能很快就要撤离了，想把加沙的战争硝烟通过画面带回国去。自从冲突爆发后，原有30多人的大连公司被迫将主力部队撤回国内，将三个半截子项目留在加沙。由于原料供应困难，安全无法

保证，他们只能留下四个人看摊，等待转机。看摊的四个人最终只剩下来自内蒙古的马少青。尽管他一个劲儿地安慰家人，但是，媒体每天有关巴以冲突特别是加沙战况的报道使他的妻子和父母为他格外揪心。现在，他打算和办事处的人员撤回国内，兴奋而幸福的神态掖都掖不住。

参观轰炸现场是有危险的：里面是否还存在没有爆炸的哑弹？爆炸后的辐射还存留多少？被炸倒的楼房会不会随时彻底坍塌？这些，我们都不

这一夜，加沙城没有断电，更能清楚地映衬出轰炸卷起的烟尘。

天亮了，到轰炸现场采访。

我也很罕见地戴上了钢盔。

管了，好歹说服负责警戒的巴勒斯坦警察允许我们进去到处走一走。说实话，我已经是几次进出巴勒斯坦警察总部了，每进来一次，这里都要少几栋高耸的楼房而多几摊废墟。最近，我已经给那些没有倒塌的楼房照相留影，怕的就是下次再来找不到它们了。

巴以地面的冲突并没有减弱。当天共有八名巴勒斯坦人在约旦河西岸被以军打死，数十人受伤。此外，近百名巴各派活跃分子在以军的突袭行动中被捕。

半个月15次空袭，终于把加沙的大部分中国外交官
送上了回国的旅程。
——自题

第一〇一章　中国外交官再次撤离

2001年12月20日，星期六，特拉维夫（以色列）

今天，冒着瓢泼大雨，八名中国驻巴勒斯坦办事处工作人员和大连公司的马少青顺利撤离加沙，从特拉维夫机场搭乘以色列航班飞返北京。

巴勒斯坦地区的局势急剧恶化，半个月里，以色列对加沙地带的大小空袭已经达到15次。加沙地带已经面临着以军大规模侵入的危险。

15日，以军在数架战斗直升机和数十辆坦克掩护下进入埃雷兹检查站东侧的比特·哈农镇。以军在推进过程中同巴方武装人员和数百名示威者发生激烈冲突，并炮击部分目标，最终造成三名示威青少年和一名巴安全部队人员死亡，70多人受伤，其中15人重伤。以军坦克一度深入到加沙城北侧的贾巴利亚难民营附近，切断了加沙城通往埃雷兹检查站的道路，并同巴方武装人员和示威群众长时间对峙。

据目击者称，以军在从四个方向包围并攻入比特·杰拉镇后宣布戒严，并通过高音喇叭命令该镇市民不得出门。随后，以军对许多民宅进行了搜查，先后抓走15名包括以方“通缉犯”在内的巴各派别活跃分子，还收缴了巴武装人员藏匿的部分武器和弹药。此外，以军在占领比特·哈农镇期间摧毁了十多座建筑物，其中包括法塔赫和人阵的办公室、警察局及部分哈马斯主要成员的住所。

冲突爆发以来，以军曾多次进占加沙地带的巴控区，但像进袭比特·哈农镇这样大规模的行动还是第一次。沙龙的发言人吉辛曾表示，以军还将采取更多的类似行动打击“恐怖活动的基础”，直到巴方兑现制止

“恐怖活动”的诺言。

巴以地区局势的恶化，特别是加沙地带日益成为以军打击的重点，引起了国内有关部门的忧虑。为了确保中国外交官及其家属的安全，外交部指示办事处立即撤离八人，只留下四人坚守岗位。

不知什么原因，办事处的吴主任直到今天都没有通知我这一重大事态。通过间接渠道获悉办事处准备撤离后，我又不便向吴主任证实，只能及时向总社如实汇报，请总社通过外交部核实，并指示分社如何应对。

这已经是办事处两个月来第二次撤退了，唯一不同的是，这次撤离人员将直接返回北京，等局势彻底稳定后再考虑是否返回加沙，而不再像上次那样暂时撤往以色列境内。和10月份办事处临时撤离时一样的是，我在给总社的电报中主动请战，要求同办事处留守人员一起坚守岗位，除非局势进一步恶化并导致人身安全无法得到保障。

此外，我担心的是分社财产的处理。办事处是外交机构，他们的以色列外交牌照汽车可以随时离开加沙进入以色列，而分社的汽车是巴勒斯坦牌照，根本不可能开出加沙一步，要么就地变卖，要么托阿布·拉马丹保管，要么办理非常复杂的手续从加沙开往埃及，总之，这需要总社的指示。另外，分社还有相机和电脑等重要设备，它们又该如何处理？请示电报发出五天了，总社也没有答复，真让我着急。末了，我把电话打到了国际部领导的家里，请他们代我敦促，请示究竟怎么办？

办事处撤离人员的航班本来是今天的0点30分，但到了机场才获悉，飞机由于机械故障，只能再延飞十几个小时。迫不得已，大队人马被安排在特拉维夫的广角镜五星饭店。到了饭店已经是凌晨1点30分，为了送别这些同生死的战友，我只能陪他们入住饭店并支付165美元的住宿费。虽然大家折腾了一晚上，但都没有睡意，几个人聚在一屋分享回家的快乐和激动。

撤离的人员中有五位女士和四位男士，其中的商务一秘、师姐张凤玲非常不简单。冲突爆发以来，她没有半点退缩，积极活动，努力维持着中国在巴勒斯坦有限的贸易和投资活动，经常穿越以军封锁线和示威现场，车子几次遭到巴勒斯坦示威青年击打。

几天前，张凤玲因为阑尾炎在加沙的舍法医院做了手术，起先还瞒着家里，但因为人在战区，继续隐瞒将会让家里人误以为受伤，只好如实相

唯一留守的中国公司代表也随大部分外交官撤离加沙。

和加沙相比，特拉维夫简直就是天堂！

告。由于消毒不好，她的伤口一直没有愈合，而她只能强忍着疼痛捂着伤口登上了回国的飞机。临告别时，她半哈着腰，蜡黄着脸，一副惨透了的形象。

从长远来看，我们可以期待宗教将改变人性，并减少冲突。

但是，在这方面，历史并不是令人鼓舞的。

历史上的一些最血腥战争就是宗教战争。

——理查德·尼克松《真正的和平》

第一〇二章　圣诞夜，阿拉法特被困拉姆安拉

2001年12月25日，星期二，晴，伯利恒

一年一圣诞，这是全世界基督教徒最为神圣的节日。对于我们这些常驻巴勒斯坦和以色列的记者来说，今年圣诞节的焦点不再是巴勒斯坦人如何在他们独有的圣诞之地伯利恒庆祝这一佳节，而是他们的领导人阿拉法特能否像以往那样，准时出现在举行午夜弥撒的伯利恒圣卡特琳娜大教堂。

昨晚10点左右，阿拉法特在20公里外的拉姆安拉正式宣布，由于以色列的阻挠，他无法出席伯利恒的圣诞庆祝活动。阿拉法特在致全体同胞的圣诞贺词中说道："以色列阻止我和其他基督徒参加庆祝活动丝毫不能动摇我们追求公正、持久和平的选择……这种和平是真理与正义的和平，不是坦克、飞机、轰炸、破坏、杀戮和封锁所能缔造的和平。"

阿拉法特不能来伯利恒，使得已无节日气氛的这座基督教第二大圣地更加缺乏激情和热闹。但是，巴勒斯坦人没有忘记自己的领袖和民族象征，他们在圣诞广场上呼喊着阿拉法特的名字，在广场周围的墙壁甚至是圣诞教堂的入口处张贴了阿拉法特的彩色画像。尽管这些与圣诞节并不协调，但是，伯利恒的圣诞庆祝无论如何都被打上了阿拉法特的烙印，蒙上更加浓重的巴以冲突的阴影。

午夜11时许，与圣诞教堂襟连的圣卡特琳娜大教堂灯火辉煌，来自世

平安夜也弥漫着浓浓的冲突气氛。

界各地的基督教徒代表将不算宽敞的教堂塞得水泄不通，人们的目光不仅注视着主持庆典活动的耶路撒冷天主教大主教萨巴赫，也聚焦于教堂中央一个特殊的座位：那里摆着一块醒目的纸牌，上书“巴勒斯坦国总统阿拉法特阁下”，纸牌后的椅子背上搭着一块白底黑格的阿拉伯男用头巾——熟悉阿拉法特的人都知道，这正是他走到哪儿戴到哪儿的那块标志性头巾。见物如面，谁说阿拉法特没有来？巴勒斯坦人，无论是穆斯林还是基督徒，心中无时不铭记着他们的自由领路人阿拉法特。

在声音肃穆和厚重的管风琴伴奏下，圣卡特琳娜教堂回荡起牧师们抑扬顿挫的祷告和唱诗班缥缈如诉的圣诞颂歌。庄严的午夜弥撒结束后，头戴金冠、手执金杖的萨巴赫发表圣诞致辞。和以往不同的是，萨巴赫特意对以色列阻止阿拉法特出席圣诞庆典进行了谴责。他指出，每个巴勒斯坦人的自由和尊严必须得到保障，巴勒斯坦人民领袖阿拉法特的自由和尊严首先应该得到尊重，这是实现和平的自然之路。萨巴赫对着几米开外阿拉法特的头巾和名牌说：“今夜你不在这里，但你比任何时候都让人们感到你的存在……”

23日凌晨，以色列安全内阁做出决定，禁止阿拉法特离开拉姆安拉前往伯利恒参加圣诞夜庆祝活动。以总理沙龙的条件是，阿拉法特必须交出参与以旅游部部长泽维谋杀案的几名巴勒斯坦人。阿拉法特的老搭档佩雷斯不希望以色列在世界舆论面前太绝情，支持放阿拉法特一马。他曾对以色列军方电台说：“我不想让阻挠阿拉法特去伯利恒成为基督教世界的圣诞话题，让他去好了，该干什么就干什么。”但是，沙龙死活不给佩雷斯这个面子，继续让陷入困境的阿拉法特咀嚼苦涩的难堪。沙龙的思维是，只有把阿拉法特逼到死角才能让他屈服。

自本月初以色列政府宣布断绝同阿拉法特的一切联系后，阿拉法特被围困在拉姆安拉的官邸，并直接处在以军坦克的炮口之下。被变相软禁的阿拉法特一直试图打破以色列的封锁，走出围城拉姆安拉，而参加伯利恒圣诞活动则是一个非常好的机会。本月初，以军空袭加沙阿拉法特的官邸，并炸毁了阿拉法特的专用直升机，使其欲飞不能。据悉，巴勒斯坦方面曾向以方提出申请，要求允许两架约旦皇家空军的直升机到拉姆安拉接阿拉法特前往伯利恒。但是，以色列拒绝了巴勒斯坦方面的请求。巴勒斯坦尚属于有限自治，领海、领土和领空都处在以色列控制之下，虽然拉姆安拉和伯利恒都归巴方管理，但它们都处在以军的包围之中，没有以色列的许可，阿拉法特上天无路，入地无门。

阿拉法特曾经对以色列的无情非常愤怒，先后两次表示谁也阻止不了他前往伯利恒，他就是“走也要走到伯利恒”。巴勒斯坦多名官员谴责以色列此举是对全体巴勒斯坦人的“侮辱”，显示了占领者的狂妄，他们抨击沙龙政府在“玩火”，是希望“以血泪代替圣诞颂歌”。美国和欧盟也都纷纷向以色列政府施加压力，希望他允许阿拉法特参加这个宗教活动。但沙龙政府非常强硬，不但毫不松口，甚至指示围困拉姆安拉的以军严密封锁各个出口，绝对不放阿拉法特出城。甚至有报道说，如果阿拉法特强行闯关，以军将立即逮捕他。曾经有媒体预测，阿拉法特可能会在大批电视记者的尾随下从拉姆安拉突围，不惜以73岁的高龄向伯利恒徒步进发。但事实证明，阿拉法特放弃了这个无法预测其后果的冒险，也放弃了自己的誓言，不与沙龙争一日之高低。

阿拉法特虽然信仰伊斯兰教，但自1995年伯利恒回到巴勒斯坦的怀抱后，他作为巴勒斯坦国总统和自治政府主席每年都被邀请出席圣诞庆典。当然在教堂举行午夜弥撒的那一刻，阿拉法特会暂时回避。1999年的圣诞节是个世纪圣诞，伯利恒作为基督教创始人耶稣的出生地一度成为全世界圣诞节最抢眼的亮点。阿拉法特曾携夫人苏哈共同参加了圣卡特琳娜教堂的庆祝活动，当时，作为基督徒的苏哈头顶一袭黑纱，手捧诗篇神情庄重地站在座位前跟着唱诗班歌咏，那一幕给我留下很深的印象。

当年曾有五万外国游客和教徒特意到这里庆祝圣诞，仅前来采访的记者就达数千人，俄罗斯总统叶利钦、意大利总理达莱玛、西班牙首相阿斯纳尔、乌干达总统萨莫维尼、联合国教科文总干事绪芳贞子和伊斯兰会议组织秘书长凯尔基等世界政要和名流均光临伯利恒出席这一盛典。叶利钦甚至一度泪洒圣诞广场。如今，这些盛况早已成为遥远的记忆无法在伯利恒觅到踪迹。连绵不断的战火不但使外国要人望而却步，就是巴勒斯坦第一夫人苏哈也远避法国，曾经与她并肩而坐的阿拉法特更是无缘聆听那美妙的圣诞颂歌。为了抗议以色列的无理刁难，伯利恒市长纳斯尔等各界名流也没有参加圣诞夜的午夜庆典，因此，空间狭小的圣卡特琳娜教堂居然“闲置”着两排座位。这是无声的抗议，也是无声的抗争。

阿拉法特失去自由，只能派人把世人熟悉的头巾送来作为象征。

巴勒斯坦的基督徒祈祷和平早日到来。

这是巴以冲突爆发后的第二个圣诞节。去年的圣诞夜，阿拉法特乘坐约旦直升机从安曼返回伯利恒，像天空的流星一样突然降临这块圣土，给在凄风苦雨中迎接圣诞的人们一个惊喜。但是，感动我的却是此后发生的一段插曲：圣诞夜伯利恒一带风雨大作，阿拉法特的飞机无法起飞，以色列政府特地允许阿拉法特乘车穿过东耶路撒冷由陆路返回约旦，并且专门为他在沿途布置了警戒，出动了开道车。虽然当时是巴拉克主持以色列朝政，但耶路撒冷市长却是沙龙麾下的利库德干将奥尔默特，如此成全阿拉法特一度使我在巴以冲突的刀光剑影中看到了一丝温情，看到了一线希望。但是，仅仅一年后，巴以领导人已是“东风恶，欢情薄”。

午夜已过，圣卡特琳娜教堂的庆典活动仍在持续。挤出教堂，但见伯利恒夜空如墨，星辰稀疏迷离。传说当年耶稣带着传播和平与博爱使命在此降生时，伯利恒顿时星光灿烂，硕大如斗。几千年过去了，和平的福音却仍没有降临这多灾多难的土地。穿过空旷清冷的圣诞广场，我的耳畔依旧盘旋着身后教堂缈缈飘来的《平安夜》歌声：

Silent night, holy night!
All is calm, all is bright,
Floats around the holy pair,
Songs of Angels fill the air.
Strains of heavenly peace,
Strains of heavenly peace...
（平安夜，神圣夜！
万籁静，普天亮，
沐浴圣母圣子，
天使歌声飞扬。
天上和平人间降，
天上和平人间降……）

阿拉法特无人可以取代。

他成功地获得一种难以得到甚至更加难以忽视的地位。

阿拉法特实际上是一个民族象征，是他所在时代的传奇故事，

是巴勒斯坦人心目中的谜。谜在哪里出现，争论便停止了。

——西蒙·佩雷斯《新中东》

第一〇三章　谁堪继承阿拉法特？

2002年1月3日，星期四，阴雨，寒冷，加沙

阿拉法特曾说："我认为我周围的人都有资格取代我。我为他们所有的人自豪。"

人生七十古来稀。这句中国老话对今天的阿拉伯国家来讲依然管用，对阿拉伯领导人而言更是条铁律，他们中的许多人都跨不过70岁这道坎。阿拉法特无疑是跨过这道坎的领导人，但岁月的摧折在他身上留下越来越老的印记，持续的冲突让人担心这位73岁老人的命运，更担心与他融为一体的巴勒斯坦事业。谁将接替阿拉法特已经成为时下媒体热炒的话题。

阿拉法特：职务可替代，作用难弥补

阿拉法特的身份是多重的，他是巴勒斯坦国总统，是巴解组织执委会主席，是巴解组织主流派民族解放运动"法塔赫"主席，是巴民族权力机构（自治政府）主席。根据有关章程，阿拉法特之后，500多名成员的巴全国委员会可以选举新的巴勒斯坦总统和巴解组织执委会主席，法塔赫也可以推荐新的最高领导，巴立法委员会（自治区议会）88名委员可以在加沙地带和约旦河西岸遴选新的自治政府首脑……

但是，阿拉法特的作用却不是上述职务所能概括的，他是巴勒斯坦独立运动的创始人之一，是巴勒斯坦事业的唯一象征，是巴勒斯坦人民的精神领袖和政治、军事统帅，是任何情况下都被世界视为巴勒斯坦前无古人、后无来者的代言人，是一棵世界政坛久经风暴吹打而傲然不摧的常青树。没有阿拉法特，很可能就没有今天的巴勒斯坦事业，甚至没有“巴勒斯坦”这个民族。因此，从上述意义上讲，阿拉法特就是阿拉法特，是任何人都无可替代的历史人物，这恰恰是阿拉法特命运格外受人关注的根本所在。

阿拉法特的接班人原本不存在问题，但是，在同以色列殊死较量的几十年里，这位传奇人物闯过五十多道鬼门关得以幸存，而他的一些左膀右臂却纷纷中途落马，没有等来可以接替阿拉法特的那一天，如阿布·杰哈德、阿布·伊亚德和阿布·胡尔等。在阿拉法特开启和平进程同以色列坐到谈判桌前时，身边已经没有一位可以像他那样振臂一呼而应者云集的领袖人物，巴勒斯坦事业后继乏人。

人们一直纳闷，阿拉法特为什么不给自己准备后事，不指定一个明确的接班人，进而避免让巴勒斯坦事业同他个人的安危拴在一起面临前途

英国首相布莱尔访问加沙，调解巴以冲突。

加沙机场的导航塔楼也被炸毁，这意味着阿拉法特已插翅难飞。

莫测的风险？阿拉法特的公开答案是人民会为他们选择一个新的领袖。但是，或许这正是阿拉法特独特的生存秘诀之一：没有特定的接班人，美国和以色列人只能同他一个人打交道，美国和以色列只能期望阿拉法特掌握巴勒斯坦的舵把而打消中途换马的任何幻想；没有特定的接班人，巴勒斯坦的众多高官只能团结在阿拉法特的一面旗帜下进而避免出现任何山头和帮派，任何有志于掌握巴勒斯坦乾坤的精英都只能埋头苦干赢得民心等待那领袖的光环最终能垂临自己。不预设继任者，这也是中东独特的政治学传统所致，叙利亚前总统阿萨德如此，伊拉克总统萨达姆如此，利比亚领导人卡扎菲也是如此，就是领导着相对正常的民主政治社会的埃及总统穆巴拉克也不例外。

但是，没有一位领袖是长命百岁的，没有一个时代是经久不衰的，没有一个历史人物是永远停留在政治舞台上的。阿拉法特也是如此，阿拉法特时代迟早要画上一个句号，阿拉法特接班人的问题谁也无法回避。

八大金刚：八仙过海，各有所长

巴勒斯坦是块处在动荡和变化中的土地，也是缺乏正常政治生活体制的社会，这些特性决定和突显了个人魅力和英雄气质的作用，也必然使得阿拉法特之后的政权归属更加扑朔迷离，难以预测。但是，众多媒体已经遍数今日巴勒斯坦风流，为阿拉法特列出了八名特点各异的潜在接班人，他们是巴解政治部主任卡杜米、巴解执委会总书记阿巴斯、巴立法委员会主席库赖、加沙地带预警司令达赫兰、约旦河西岸预警司令拉朱布、法塔赫西岸地区书记巴尔古提、阿拉法特夫人苏哈和哈马斯精神领袖亚辛。

法鲁克·卡杜米，66岁，是巴解组织的元老之一，主管整个巴解组织的外交工作，也是巴勒斯坦国的外交部部长。1994年巴勒斯坦实现自治时，对“奥斯陆协议”持有异议的卡杜米以出访不便为由，拒绝随阿拉法特等巴解百官返回加沙地带。但有人认为，卡杜米滞留在外是狡兔三窟的阿拉法特的特意安排，希望在他和其他主要领导人遭遇不测时为巴勒斯坦事业在境外留下一位德高望重的领袖人物。卡杜米一直与叙利亚关系密切，态度较为强硬，也受到埃及等阿拉伯大国的认可，但可能不被美国和以色列所接受，同时他也没有被占领土的群众根基，因此，能否作为第一人选被境内外巴勒斯坦人推举填补阿拉法特之后的空白还是个问题。

马哈茂德·阿巴斯（别称阿布·马赞），66岁，历史学博士，也是巴解组织的元老之一，与阿拉法特和卡杜米同属第一代领导人。这位20世纪50年代就投身政治活动的学者从70年代起主管巴解组织的宣传和组织，精通以色列事务，是最早坚持同以色列实现和解的温和派代表。阿巴斯因“奥斯陆协议”而声名鹊起，他不但是奥斯陆谈判的总设计师和总指挥，而且代表巴解组织签署了这一历史性文件。应该说，儒雅、冷静的阿巴斯是位具有广泛国际影响的人物，被各方普遍接受。但是，他在巴勒斯坦社会缺乏很强的感召力，掌握兵权的少壮派和哈马斯、伊斯兰圣战组织等也不买他的账。

艾哈迈德·库赖（别称阿布·阿拉），63岁，是土生土长的经济学家，长期负责法塔赫和巴解组织的经济和财政工作。库赖是奥斯陆谈判的第一谈判代表，强硬而灵活的谈判风格令以色列对手折服，在巴勒斯坦过渡自治期间，他提出一系列倡议推动巴以谈判跨越了无数障碍。根据巴勒斯坦自治条款，库赖作为自治区的议长，可以自动接替阿拉法特出任民族权力机构主席，直到60天后新主席当选。但是，作为巴解组织的最高领导人，库赖的竞争力将受到考验。

穆罕默德·达赫兰中校，41岁。达赫兰是阿拉法特亲自培养起来的青年将领，曾在黎巴嫩抵抗过以军，并遥控指挥第一次“因提法达”，曾被以色列监禁七年，通晓希伯来语，属于影响力正在上升的强势人物。他不但在加沙有着广泛的群众基础，对约旦河西岸的青年和学生也很有影响。达赫兰的和谈立场比较灵活务实，甚至比阿拉法特更好说话，被美国、以色列和埃及等大国看好。但是，达赫兰的弱点也很明显，即缺乏统领巴勒斯坦社会的政治威望，同时也受到各资深军事领导人的钳制。

贾布利勒·拉朱布，43岁，被戏称为约旦河西岸的土皇帝，曾因积极参与反以斗争而被捕十多次，精通以色列事务，同以色列和美国情报、安全部门关系密切，比较受美以赏识。他虽然在巴以冲突中态度强硬，但率先坚决反对针对以色列目标的大规模军事袭击和自杀式爆炸。以总理沙龙曾在内部会议上明确表示希望拉朱布取代阿拉法特。阿拉法特也曾一语双关地说，以色列如果把拉朱布再关上几年，他的希伯来语会讲得更流利。但拉朱布在竞争最高权力时面临着和达赫兰相同的问题。

马尔万·巴尔古提，42岁，是最为活跃的“法塔赫”领导人，也是该组织民兵“坦齐姆”的首领。巴尔古提在巴以冲突中因善于演说、敢于鼓动而声名大噪，代表着阿拉法特强硬的面孔，一度成为以色列点名警告的眼中钉。但是，巴尔古提作为阿拉法特的接班人为时尚早，也无法让美以等方面接受。

苏哈·阿拉法特，39岁，很少有舆论将目光投向这位第一夫人，因为她首先是位基督徒，在穆斯林为主的巴勒斯坦社会缺乏亲和力，其次，苏哈始终没有作为“国母”受到巴勒斯坦人的拥戴；另外，近几年来她明显淡出政治圈。但是，苏哈也有自身的优势，她对以色列态度强硬，关注残疾人，反对腐败，父亲又是银行家，宗教背景使她在欧美国家会赢得天然好感。在阿拉法特突然撒手人寰而群雄纷争的艰难时刻，苏哈或许会借助人们对阿拉法特的无限怀念而突然大得民心，在这方面，菲律宾的阿基诺夫人、巴基斯坦的贝·布托、印度的甘地夫人等都是很好的先例。

艾哈迈德·亚辛，72岁，是哈马斯的创始人和精神领袖，他和哈马

世界都在猜测谁能接替阿拉法特，其中就有阿巴斯（左二）。

斯能够影响近三成的巴勒斯坦人，是美国和以色列最担心的阿拉法特替代者。由于亚辛身体非常虚弱，立场非常激进，又面临众多世俗派别的掣肘，实际上取代阿拉法特的可能性不大。但是，巴以间任何事又都是可能的，曾有报道说以色列通过卡塔尔与哈马斯就阿拉法特后的政权归属进行过秘密谈判。

最佳选择：集体领导过渡？政客军人结盟？

就阿拉法特的巨大影响而言，没有一个继任者能马上填补他突然离去而造成的心理空白，因为他们的分量、威望和能力都相差得太远，无法望阿拉法特之项背。笔者认为，阿拉法特后的时代很可能以两种方式开始权力交接，一种是集体领导，一种是政客与军人的联姻，然后才能指望出现一个相对稳定和突出的新领导人。

集体领导体制从巴勒斯坦运动诞生起就一直存在，阿拉法特本人也一度不得不服从这一明显带有东方阵营国家色彩的决策制度。当然，巴勒斯坦游击战的实践最终迫使巴勒斯坦革命者选择阿拉法特代表集体进行迅速有效的决策，但是，重大决定无不是阿拉法特同其他同事反复磋商的结果，这一传统延续下来成为阿拉法特常说的“民主政治”，阿拉法特通常总是通过充分辩论让部下接受自己的观点。

从巴勒斯坦政治现状看，集体领导也是必由之路。首先，代表巴勒斯坦社会主流的巴解组织就是由八个派别组成的联合阵线，其最大派别法塔赫能左右局势更多的在于倚重阿拉法特的个人魅力。阿拉法特之后，解放巴勒斯坦人民阵线（人阵）和解放巴勒斯坦民主阵线（民阵）很有可能要争夺巴解的领导权，妥协的结果自然会形成一个代表各方声音的领导方队。巴解组织外围的哈马斯和杰哈德代表着巴勒斯坦社会的激进力量，它们对阿拉法特这位全民族的领袖尚且有所不恭，何况其他轻量级的选手？

从巴勒斯坦的社会现状看，家族势力、原住民和难民势力之争也是左右权力归属的一个不可忽视的因素。阿拉法特之所以有号召力，也与此不无关系。他自称父亲来自最有影响力的侯赛尼家族，母亲来自另一个古老的古德瓦家族，可谓树大根深。其他潜在接班人都分属不同的家族，有的是土生土长的加沙或西岸人氏，有的则是没有根基的难民或难民后代……因此，出现一个领导集体，实现新老结合、内外（原住民和难民）结合、政军（政治领袖和军阶人物）结合、世俗和宗教结合的多元体制是非常现实的选择。

阿拉法特接班人的另一种可能是一位强势政治人物当选并同一位实权派人物结成权力联盟，前者靠后者的武装维护稳定和保证政令的执行，后者靠前者的庇护和提携而积累政治资本，交易的结果是前者在后者羽翼丰满时向其移交权力，最终形成一个新的较长时间的领导人。这一结构也符合中东非君主制国家现代政治的规律：埃及的纳赛尔政变成功后暂时让纳吉布担任总统兼总理；叙利亚的阿萨德在政变后先把贾第德推向前沿；伊拉克的萨达姆政变后隐身于贝克尔总统的身后……

一位当地的知识分子曾忧心忡忡地对笔者说，巴勒斯坦社会仍然不是一个真正意义上的民主社会，谁掌握了兵权，谁将掌握政权。就巴勒斯坦的实权派来说，除了达赫兰和拉朱布，还有多名掌握兵力、警察和情报部门的重量级人物，有的资历和威望甚至比上述两人还高。如果没有一个集体班子来接替阿拉法特，谁将是巴勒斯坦未来的纳赛尔、阿萨德或者萨达姆呢？

耶和华对挪亚说：“你和你的全家人都要进入方舟，因为在这世代中，我见你在我面前是义人。”

——《圣经·旧约》

第一〇四章 “挪亚方舟”行动

2002年1月6日，星期日，阴雨，耶路撒冷

巴以之间总是有无穷无尽的麻烦，双方的正面武装冲突已经打得不亦乐乎，现在又暴露出一条隐秘的第二战线：巴勒斯坦红海军火走私事件，而且有越闹越大的势头。

4日，以色列公布了一条特大新闻：以色列海军3日在红海的公海水域截获一艘军火船，以方指责巴方伙同伊朗试图将这船军火偷运到与红海相隔数百公里的巴勒斯坦。据以方称，这艘船上装有包括“喀秋莎”火箭、防空导弹、反坦克导弹和迫击炮等重武器，船长是一名巴勒斯坦海警上校。

昨天巴方在沉默一天后否认与该走私船有任何联系，并认为以方的指责意在破坏美国特使津尼在巴以间进行斡旋的努力。今天，巴方再次强调与此事无关。而美国媒体认为，这些军火可能是伊朗运送给黎巴嫩民兵组织真主党的。究竟是怎么回事，不妨先看看以色列媒体今天对这一事件进行的详细报道。

几个月前，以海军情报机构获悉，巴民族权力机构在黎巴嫩购买了一艘排水量4000吨、船龄为20年的货船“卡林娜-A”号。以军情报部门密切监控这艘船的行踪，结果发现参与买船行动的一些人去年5月曾试图将一船武器从黎巴嫩运进加沙地带。

几周前，“卡林娜-A”号挂着汤加国旗航行到波斯湾中的伊朗小岛基什，在那里装了一批货后又在也门短暂停留。以军情报部门经过判断认为，“卡林娜-A”号货船在伊朗装载的是一批军火，于是，向上级进行

了汇报。随后，以军总参谋长莫法兹、海军司令亚里及空军司令哈鲁兹漏夜造访沙龙，向其汇报了有关“卡林娜-A”号的情况以及准备对其实施拦截的行动计划。以媒体报道说，这次会晤的时间和地点都是精心策划和严格保密的，以图避开新闻界的注意。沙龙当场拍板，批准了这项代号为“挪亚方舟”的行动计划。接着，莫法兹又带着更详细的行动计划去见国防部部长本-埃利泽，并获得后者的首肯。至此，以军完成了拦截“卡林娜-A”号货船的一切准备，只等在适当的地点和时间动手了。而参与军火走私的巴勒斯坦人员还蒙在鼓里。

据报道，“挪亚方舟”行动计划的核心是在沙特与苏丹之间的红海公海上拦截“卡林娜-A”号，而且行动地点必须远离埃及海岸线，以免拦截行动受到埃及海军的干扰或者引起以埃外交纠纷。上周初，几艘以军舰艇从埃拉特出发，向南部的公海水域进发。舰艇载有参加“挪亚方舟”行动的海军特种部队“弗罗提拉13部队”官兵。

3日凌晨，在“挪亚方舟”行动正式开始前几小时，协同作战的以空军编队也出发了，包括战斗机、武装直升机、侦察机和空中加油机等。莫法兹、亚里及哈鲁兹等以军首脑也同乘一架飞机，亲临红海上空，组成临时空中指挥部，监控“挪亚方舟”行动计划的执行。莫法兹原定当天出访美国，但2日下午以军宣布莫法兹推迟访美，同时没有解释其中原委。其实，莫法兹推迟访美就是为了能亲自督战。

3日拂晓，“挪亚方舟”行动正式开始。“弗罗提拉13部队”的巡逻艇加速驶向行进中的“卡林娜-A”号货船，此时，该船距以色列海岸500公里，距埃及的沙姆沙伊赫大约200公里。以空军运输机和“黑鹰”武装直升机则不时向海面投下橡皮筏，以海军特种部队士兵登上橡皮筏，悄悄接近“卡林娜-A”号并相继爬上该船。“卡林娜-A”号对此毫无防备，13名船员中有十人在呼呼大睡，因此，以军特种兵不发一枪一弹地将他们全部抓获，其中部分船员在被戴上手铐时，梦犹未醒。

以军的确在“卡林娜-A”号船上发现了他们所怀疑的“货物”：重达50吨的武器装备。这些武器装备包括：122mm口径、射程为20公里的“喀秋莎火箭”，107mm口径、射程达八公里的“喀秋莎火箭”，口径分别为80mm和120mm的迫击炮炮弹，以及反坦克导弹、地雷、炸药、AK-47冲锋枪、橡皮筏和潜水装备等。这些武器被分装在83个防水罐桶里，以方称这些防水罐桶被投到水里，会自动潜到水面下避免被以军舰艇发现，也能使内藏的武器在数天内不受损害。这些防水罐桶本身又配有一些小装置，便于巴方人员识别它们在水中的位置并进行打捞。

以军方指出，如果这些武器被运到加沙，包括阿什克隆在内的以海滨城市将被置于“喀秋莎火箭”的射程内，而如果这些武器被在约旦河西岸的巴武装人员拿到，本·古里安国际机场也会成为“喀秋莎火箭”的射击目标。用一位以军高级将领的话说，届时，加沙和约旦河西岸有可能成为另一个“南黎巴嫩”，使以境内城镇居民的生活不得安宁。此外，在“卡林娜-A”号查获的炸药是先进的C-4型，以军方称这些炸药足可以武装300个“人体炸弹”，将对以方人员造成无可估量的伤害。

“卡林娜-A”号13名船员中有九人为约旦和埃及人，余者是巴勒斯坦人。这四名巴勒斯坦人中又有三人曾服役于巴海警部队，包括军衔为上校的船长、44岁的奥马尔·阿卡维。另外一人曾在真主党游击队营地接受过各种培训。

以色列媒体发布的“挪亚方舟”突击图示。

根据巴以1993年签署的“奥斯陆协议”，巴自治政府不能拥有包括“喀秋莎火箭”、迫击炮弹及坦克等重型武器。因此，以政府指责巴领导机构走私武器的企图是违背以巴协议之举，是想将整个中东地区带入战争。

巴领导机构坚决否认与红海武器走私船有关，并要求组成国际调查委员会对此事进行调查。巴方表示，阿卡维18个月前被巴方派往埃及接受培训，后就不知下落。

一位巴高级安全官员提出了几点疑问：第一，如果“卡林娜-A”号上的武器真是巴民族权力机构所买，为什么以色列不等到该船驶近加沙海岸时再动手呢？那时，不但行动计划的成功性有保证，而且就是巴方想抵赖都做不到。第二，鉴于以海军在加沙海岸的巡逻密度和强度，巴方想在那里卸下重达50吨武器，简直比登天还难。第三，进口50吨武器根本改变不了巴方与以方之间的军事对比实力。阿里指出，以军仅在加沙就拥有重达500吨的武器装备，巴方清楚地知道，如果巴方从加沙或约旦河西岸向以境内发射一枚火箭的后果，即以方会利用那起事件全面摧毁巴领导机构，巴方为什么要自取灭亡？

看来，一场好戏还在后头。

我被告知“去加沙喝水”是“去加沙喝海水”俗语的另一种表达，
而这句话最核心的意思是“下地狱去吧”。
——阿米尔·哈斯《饮水加沙》

第一〇五章　苦寒加沙

2002年1月8日，星期二，雨，间有冰雹，加沙

今天，我在加沙熬过了一个令我绝望的夜晚，一个几乎让我哭出来的夜晚。

巴勒斯坦的雨季已经进入最难过的几天，不但阴雨连绵，而且气温骤降，部分地势高的地方已经接近甚至低于摄氏零度。

白天，由于局势相对稳定，我无所事事。更主要的是，天气持续寒冷，以色列的用电量连续突破历史记录，出现电力供应紧张的状况。在这种情况下，靠以色列输送电力的巴勒斯坦就基本上无电可用了。没有电，屋里的空调和电暖气无法启动，而分社的小型汽油电动机又无法长时间带动这些大功率的电器，我只能穿上厚厚的衣服，再裹上毛毯，蜷缩在客厅的沙发上闭目养神，等待着电力供应的恢复。

几天前，我收留了一只野猫。这只猫在阴冷的楼道里凄惨地叫着，引发了我的恻隐之心，在我把门打开一道缝隙后，它略带怯懦地走了进来，目光里充满了流浪者的哀求。猫的出现一度给我的生活空间带来一点新鲜与活力。这个家伙特能吃，也好动，很快就和我混得很熟，每次我发稿时，它会跳到我的椅子上找个地方和我挨着，我们彼此可以取暖。可是它多少有点躁，我一给它捋背，它就高兴，高兴过了就反过来挠我，锋利的爪子很快给我的掌股划出几道深深的口子，一度让我对收留它失去耐心。

昨天，我终于把这只猫驱逐出门，因为它没有养成好的卫生习惯，把客房的两张床当成了自己的厕所。它在门外哀叫了好几个小时，那声音在

最冷的这一夜，我孤魂野鬼似地在加沙驱车游荡，悲从中来。

寒冷、漆黑和寂静的楼道里显得特别凄厉，凄厉得几乎使我回心转意，但我在门口徘徊再三终究还是没有给它开门。这两天，楼道里已经没有它的叫声，这么冷的天，我不知它是死是活。我多少觉得自己太绝情，有点后悔了。它毕竟是我可以挽救的一条生命。

下午，国际台的刘素云打来电话，说耶路撒冷已经下雪了，邀请我和耶路撒冷分社的弟兄们上她那儿喝酒赏雪。我觉得雪天进耶路撒冷的山路不安全，快回家的人了，还是老老实实在家猫着好。

天黑了，电没有来，屋里冷得像冰窖，黑得像地狱，而我一声不发像个垂死的病人，心中充满烦躁和寂寞。明大军又打来电话了，说他们已经坐在刘素云带有电热地板的客厅里，喝着以色列的葡萄酒，赏着落地窗外大阳台上白晶晶的雪花，希望我连夜去聚一聚。刘素云说，我们已经把所有的电灯都打开了，室内室外一片透亮……我开玩笑地说，如果你少开几盏灯，说不定我的屋里就亮了呢？

我能感受到朋友们在耶路撒冷其乐融融的欢快气氛，感激他们真诚惦记和关心困守加沙的我。我也后悔没有冒雪去耶路撒冷避避黑暗和寒气，更遗憾的是，在加沙快三年了，我最向往的就是能冒雪游览金色的耶路撒冷，那将是一番何等的情调。但是，后悔已经来不及了，以色列电台播报的最新消息说，由于大雪封山，道路湿滑，所有进出耶路撒冷的道路已经被封锁了。

冷得实在受不了了，肚子也饿了。我只好下楼开车进城。车里有暖气，可以让我因蜷缩而酸疼的双肩得到舒展。昏暗的加沙街道更像个鬼城，只有几盏路灯或者店铺的汽灯以及来往车辆的大灯散射着一些活力，泥泞的街道上偶尔会有几个人把脖子缩进领口在泥泞的街道上跳跃行进。我买了一个“熟了么”（阿拉伯三明治），就着一听冰凉的可乐打发了晚饭，继续在加沙城内转悠，一边收听着以色列立体声调频台91.3波段播放的古典音乐，试图通过那些典雅而从容的旋律来压制我内心的烦躁。

三年了，我从没有如此痛苦而无奈地看着加沙这个著名的城市，也从没有如此真切地体会到我的命运居然和苦难的巴勒斯坦人联系在一起。但当我想到要很快离开这个让人绝望的城市时，心中顿时又矛盾了起来，既为自己终于可以摆脱苦海而高兴，同时又为抛下这些和我分享过一千多个日夜的淳朴的人民而难过。

分社所在的楼房仍然是黑黑的，个别人家的窗口透出依稀的烛光，反衬着大楼更加黑暗而缺乏生气。电依旧没有来，我只好继续冒着雨沿着海滨大道流浪，流浪。

午夜时分，我回到漆黑的分社，和衣钻进了冰冷的被窝。我没有勇气脱衣上床。我担心我的老腰会受不了。缩在被窝里，我突然想起了北京，想起了自己明亮温暖的家。如果在北京，这么冷的天，我和家人应该围坐在火锅旁，而且是麻辣烫火锅。也许是又饿了的缘故，我的脑子想的一直是热腾腾、香喷喷的火锅，而不是热被窝。那一刻，我真的想哭，只是哭不出来。

火锅梦很快就被窗户上噼里啪啦的声音敲碎了。外面下冰雹了。我突然想到加沙南部被以军推倒房屋的巴勒斯坦人，他们如何熬过这样的鬼天气？前天，一个难民临时栖身的帐篷因蜡烛倾覆而着火，里面熟睡的三个巴勒斯坦儿童被活活烧死。他们是在房舍被以军摧毁后而被迫在帐篷中躲避风雨的，而失去家园的结果最终导致他们失去宝贵而幼小的生命。得到这个消息时，我久久不能平静。苦难的巴勒斯坦人真是天灾加人祸。想到这儿，再无睡意，我离开了已经焐热的被窝，用备用的图片发稿电脑（新华2000）敲下这篇日记。

我带了一根橄榄枝和一支来到这里，

请不要让橄榄枝从我手中落下。

——亚西尔·阿拉法特

第一〇六章　夜袭加沙港

2002年1月12日，星期六，加沙

今天凌晨，以色列海军炮艇用导弹袭击了位于加沙城西的渔港，击中并摧毁一艘停泊在那里的巴勒斯坦海警部队船只，但没有造成人员伤亡。这是冲突爆发以来以军从海上对加沙城发动的距离最近的一次袭击。

0点30分左右，我刚刚躺下，屋外就传来一声巨响。我跑上卧室的阳台一看，北去300米处的加沙渔港燃起一团巨大的火焰，并伴随着浓重的白烟。空中黑漆漆的，看不到飞机，也听不到动静，海面上也静悄悄的，没有一点声息。几辆救护车已经从不同的方向赶到了海港入口处。我判断这是以色列干的，因为以军几天来一直在指责巴海警部队参与了红海军火走私事件，并卷入9日一起导致四名以军官兵死亡的越境武装袭击。几天前，以军已经摧毁了巴海警部队在拉法的几个哨所，并驱逐了守卫在那里的巴海警人员。

正在我琢磨海港究竟发生了什么的当口，阿布·拉马丹也打来电话，说他听到了爆炸声，问是不是又发生了空袭。在我介绍了目击内容后，阿布·拉马丹主动请缨说："夜深了，你也不必去现场或找人打听了，核实的事交给我吧。"

大约20分钟后，渔港内的火焰逐渐熄灭，阿布·拉马丹的消息也到了。他从巴海警部队相关人士那里获悉，以色列炮艇从地中海海面向一艘巴海警部队船只发射了导弹，并彻底击毁了这个目标。据初步了解，这次袭击没有造成人员伤亡。

天亮后才获悉，以色列在加沙渔港击沉的船只叫作“金达莱”号（韩国造），这更加证实了以军的确是为了报复巴海警参与军火走私和越境袭击而发起的行动。“金达莱”号是巴勒斯坦最大的一艘渔船，阿拉法特曾经于2000年7月乘坐它下海为加沙油气田的开发项目揭幕。过去以军每次空袭加沙，“金达莱”号总是驶离港口，到地中海上躲避。时间长了，我常把这艘船的方位当作判断局势的一个参照物，而它的船长奥马尔·阿卡维上校则是红海“卡林娜-A”号走私事件的主要执行者。

7日，阿卡维在以色列阿什克隆监狱接受了以电视台的专访。当阿卡维在电视上露面时，我和国际台的两位女记者刘素云、关娟娟都先后认出了这个大胡子巴勒斯坦人。2000年9月13日巴勒斯坦全国委员会第三次讨论建国问题时，刘、关二人到加沙采访巴勒斯坦渔民，我们三人在加沙海港的“金达莱”号上结识了阿卡维并对他进行了采访。当时，我们只知道他是巴勒斯坦交通部海运局的官员，没有想到他还是海警的上校，当然也更想不到他今天会以这种形式成为新闻人物。

阿卡维在电视采访中对巴官方卷入军火走私事件并不讳言。他说，他受巴民族权力机构一位名叫阿卜杜勒·阿瓦达拉的官员之命，准备将“卡林娜-A”号船上的军火运到埃及的亚历山大港附近，然后从那里将军火分装到三艘巴勒斯坦船只上，再运往加沙海岸。阿卡维会在加沙海岸将军火抛进地中海，等待巴海警舰只或渔船打捞。

阿卡维说，他从一开始就知道此行凶多吉少：在经过波斯湾时担心碰上美军巡逻舰，在红海上也害怕以军舰只，即使能航行到苏伊士运河，也难免不碰到埃及海军。阿卡维指出，他直接与阿瓦达拉联系，也不清楚阿瓦达拉在巴民族权力机构的官衔（以媒体报道说，阿瓦达拉是巴民族权力机构驻希腊的代表，以情报机构称阿瓦达拉是巴民族权力机构中负责武器采购的高级官员），但阿卡维表示他相信巴领导机构高层不知道走私武器之事。阿卡维说在货船被截获的前一周，即阿拉法特呼吁巴各军事派别停止攻击以色列之后不久，他曾与阿瓦达拉通过话，但他并没有下令停止这一行动。

阿卡维拒绝透露此次武器走私的资金来自哪里，武器又将供给巴勒斯坦哪一派别等细节。他说：“我知道部分武器是捐助的，是为了巴勒斯坦人民的自卫行动。我谴责滥杀无辜，但是在以色列拥有大量尖端武器，而

加沙港晨曦。

我们却一无所有的情形下是没有公正可言的。”

阿卡维在采访中特意通过电视摄像镜头向自己在加沙的妻子和小女儿问好，说希望她们明白他这么做是为了巴勒斯坦的解放事业。他还做出“V”字胜利手势称巴勒斯坦人有权以起义的方式来保卫自己，反对以色列的占领。

显然，红海军火走私事件并没有完，以色列也不肯就此罢休。7日中午，我从耶路撒冷回加沙的路上便听到以色列电台说，被以军扣押的军火走私船已经到了以色列的红海港口埃拉特，以外交部正在组织各国使节和新闻机构代表到现场参观。傍晚，沙龙、本-埃利泽和莫法兹等以色列军政领导人亲自在埃拉特参加了现场新闻发布会，大造声势。沙龙指责阿拉法特应对武器走私行动负直接责任，并称，如果武器走私行动得逞，将对每个以色列人的安全构成威胁。

在连续两次否认组织军火走私行动后，阿拉法特7日晚在拉姆安拉宣布，巴方已经成立一个内部委员会，负责调查以色列所指控的军火走私事件。他说，如果有证据表明任何巴方官员涉嫌此案，他将被送上法庭。

6日，破获军火走私的“挪亚方舟”行动被详尽披露，以色列各大媒体形容其为一场不亚于1976年以特种部队奇袭乌干达恩德培机场、解救被劫持人质的“英雄战役”。以色列外交部一名高级官员说，以色列希望世界媒体接受以方对红海武器走私事件的陈述，即武器是在伊朗购买的，被伊朗人装上船，目的地是巴自治区，阿拉法特本人知道此事，并实际上操纵着整个武器走私过程。

但外国记者显然有自己的判断，对以色列官方大炒军火走私事件并不热心，以至过去几天里出现了“内热外凉”的奇怪现象。一名法国记者说，以色列选择4日在美国中东事务特使津尼与阿拉法特即将举行会谈之际对外公布武器走私一事并非偶然，它使巴美会谈按照以方希望的轨道进行。这名法国记者的观点可以说代表了大多数常驻巴以地区的外国记者的观点。据报道，津尼和阿拉法特特意抽出部分会谈时间，观看了以军总参谋长莫法兹披露武器走私事件的新闻发布会现场直播。

另一名外国记者提起2001年5月的一件事。当时以军炮轰加沙地带南部罕尤尼斯难民营，炸死了刚满四个月的巴勒斯坦女婴赫珠。此消息被世界各大媒体广泛报道后几小时，以军立即召开新闻发布会，称捕获了一艘走私武器的巴勒斯坦船只，并特意将记者们请到现场，参观被截获的武器。

一名美国记者也同意有关以色列阻挠巴美会谈的分析，他指出：“我们的感觉是，以色列想控制以巴停火谈判的日程。它想将大家的注意力从和平进程和津尼的调解努力上转到以总理沙龙和国防军总参谋长莫法兹的理论上，即阿拉法特与以色列已毫不相干，同他缔结协议是不可能的。”

红海武器走私事件发生后，以媒体集中火力攻击巴领导机构已选择了“恐怖之路”、准备与以色列对抗到底。但以色列知识界不乏冷静的头脑和公允的判断，著名作家戴维·格罗斯曼在《国土报》上撰文说，以色列人能从“卡林娜-A”号事件得出什么结论？结论是如果你压迫一个民族长达35年之久，如果你羞辱它的领导人，侵扰它的人民，不给它一点生活的希望，这个民族将毫不犹豫地站出来，不顾一切地进行反抗。格罗斯曼反问道：“如果我们犹太人身处同样的境地，我们会与巴勒斯坦人表现出两样吗？在英国托管时期，当犹太人生活在被占领和独裁统治下时，我们的表现和现在的巴勒斯坦人有什么区别？”

另一名以色列记者指出，当以色列购买许多更新式、更昂贵的武器时，为什么没有以色列记者或时事评论员强调，以色列“选择恐怖道路”的真实面具被揭开了？为什么许多人那么肯定巴方将用“喀秋莎火箭”袭击以境内目标？也许巴方是想用这些武器作为抵抗以军重新占领巴控区的最后一道防御力量。如果以方认为“卡林娜-A”号货船上截获的都是“恐怖武器”的话，那么过去一年里以方在约旦河西岸和加沙巴城镇里使用的坦克和F-16战斗机又该被称作什么呢？

（补记：美国总统布什因红海军火走私事件对阿拉法特本人“非常失望”，巴方经过调查后确认阿拉法特的一位高级助手对此负有责任，阿拉法特本人也写信给美国务卿鲍威尔承认自己负有“领导责任”。今年4月底，被以军围困在官邸内的阿拉法特把这名以色列通缉的助手交给美英军人监管，这场风波总算平静了下来。）

汽车被柔软的沙滩裹住了四轮，风雨交加的黑夜里，

无私的巴勒斯坦人把我们从绝望中救了出来。

——自题

第一〇七章 海滩陷车遇救记

2002年1月20日，星期日，阴，加沙

还有两天就要回国了。三年来难忘的日子不计其数，但今天有惊无险的一次经历也足以让我终生难忘。

依旧是阴雨天，依旧是没有电。下午5点左右，天色渐暗，我和临时继任者杜震实在憋不住屋里的阴冷和无聊，准备出门开车到加沙城里消遣消遣。什么叫消遣？没有酒吧可以小酌，没有影院可以打发光阴，每当断电家里实在黑得无所事事或冷得待不住时，我会开车出门在加沙城里四处漫游，至少可以享受个把小时的汽车暖气，可以排解积攒得太厚的寂寞和孤独。

出了楼门，刚来两天的杜震建议说到海滩上兜一圈。他的想法和我不谋而合。守着无边的地中海，三年来我也只下过四次水，平坦宽阔的加沙海滩倒是留下我数不清的脚印，每当工作劳累、心中烦闷时，我都会在门口的海滩上走几个来回，让海涛荡涤脑际的淤泥和乱麻，让海风分解胸中的块垒和抑郁。加沙的海滩成为我生活的一部分，被朋友们戏称为我的“地中海新娘”。近半年来，由于工作太忙，我几乎完全冷淡了这位新娘，即使它就在咫尺之遥。归国在即，再到加沙海滩走一遭，也算是最后的约会吧。

汽车爬下陡峭的路基，跨过被雨水开凿出的道道壕沟，我们来到了宽厚、平缓的海滩。傍晚的沙滩已经失去了白天的金黄色，暗淡无光；几个小时前因为光线作用而色彩斑斓的海水也蜕化得灰暗而混浊。汽车沿着海浪和沙滩的蜿蜒分界线向前蛇行，不时还翻过垄垄低矮的沙包，回首海面，但见排浪阵阵，仿佛我们是一叶飞舟穿行在辽阔的海面上。我们俩像孩子一样在车里大喊“刺激，爽，酷”，全然不知烦恼为何物。

汽车开出两里地，正前方的沙滩上突出一截类似钢筋网的东西，我担心它会蹭到汽车底盘，便在靠近它的一刹那踩住了刹车，并向旁边打方向盘准备绕过去。但是，汽车纹丝不动，显然，车轮已经陷入了沙滩。我立即挂上四轮驱动重新启动，试图摆脱困境。岂料，随着汽车四个轮子的同时转动，泥沙被雨点般地旋起并撒在汽车玻璃上，汽车依旧原地扎根，没有一点挪窝的迹象。我下车一看，完了！两个前轮已经下陷一半，两个后轮也完全被沙滩吞没，汽车底盘的后部几乎要贴在沙滩上了。

靠近海水的沙滩已被不时漫上的海水冲得非常松软，汽车快速通过当然没什么问题，一旦就地停下，汽车的自重足以使其无法自拔，最好的办法或许是我们立即下来推着车前行。而毫无此等经验的我采取了错误的办法使我们真的陷入苦境。我们俩全傻了眼，几分钟前的狂喜和浪漫顿时变成了沮丧和后悔，甚至是恐惧。天已经黑了，如果海水涨潮，我们的三菱汽车就可能变成三菱快艇了，或许会漂走，或许会被海浪吞没，后果不堪设想。

我们也没有等死，我由于椎间盘有疾无法长时间弯腰下伏，便负责找石头等垫衬轮胎的硬物，杜震则爬在沙滩上向外掏车轮四周的沙子。这是小杜到加沙的第四天，今天中午，他在切菜时割破了手指，但此时却不顾海水的浸泡和沙子的砥砺，忍着疼痛一声不吭地在那里折腾。尽管海水在退潮，但不时有海浪漫上来，把杜震扒掉的沙子又送回原位，一个小时后，我们虽然在车轮下填进了石头、废旧轮胎和破衣服等物品，但丝毫解决不了问题。

天完全黑了，我对自己解救自己也彻底失去了信心。杜震继续在沙滩上进行着愚公移山似的努力，我则爬上海滨公路求救。几分钟后，一辆出租车停了下来。我对车里的出租司机和两名乘客说明了身份和遭遇，请求他们帮我找一辆推土机或工程车来。过去，以色列军队截断加沙的道路时，无数汽车就是在推土机的牵引下从加沙海滩通行的。车上的人答应我帮忙，并说一刻钟便回来。

我带着一线希望跑回海滩与杜震汇合。一刻钟过去了，我等待的铲车并没有来，而我的忧虑像夜色越来越深，越来越沉，我后悔不该驱车来与我的地中海新娘诀别，杜震更是捶胸顿足地骂自己初来乍到便出了个馊主意，让我这久经沙场的师哥和胯下宝马意外地陷入加沙的“檀溪”，我历来很欣赏这辆陪我出生入死的好车，今天却希望它是三国演义里的名马“的卢”，因为有人预言的卢害主，但刘备胯下的的卢在危急关头一跃三丈，跳出绝境檀溪，使主人摆脱一死。显然，我的的卢今天要自己摆脱险境已绝无可能，只能靠我找人把它拖出这不是檀溪的檀溪。

再干等不行了，必须另谋出路。我先打电话给阿布·拉马丹，接着又和中国驻巴勒斯坦办事处联系，但他们的电话全占线，最后我好歹和办事处的巴勒斯坦雇员哈马德联系上了，他在了解我的方位后出门去帮我找铲车。

大约十分钟后，哈马德来电话说没有找到铲车，但会设法找些挖沙的工具来。挂完电话没几分钟，海滩上跑下四五个巴勒斯坦人，他们手里拿着铁锹和锄头，我以为哈马德的援兵到了。走近一看原来是那辆出租车搭载的几位陌生人。其中一位头缠阿拉伯方巾的长者说，他没有找到推土机，但找来了一辆大吉普，并带着家里的几个男壮丁来帮忙。我顺着他手指的方向一看，海滩上果然有一辆汽车隐隐约约开了过来。我心中顿时充满了力量和温暖，这下可有救了，我真是遇上好人了！

几位巴勒斯坦人并不多言，只是埋头用工具掏挖汽车轮胎周围的沙土，这时，第二场阵雨又哗啦啦地泼了下来，而帮忙的人并不在意，依旧俯身忙碌着。雨水转眼间已经浇透了他们的棉衣，海水也和着沙土浸透了他们的裤脚和鞋子，这一切使我的感激变成了愧疚和懊悔！

车轮周围的沙子被清理出不少，但沙子顺着雨水仍顽固地反扑，试图夺回车轮周围的失地。帮忙的吉普车已经开到了我们的正前方，牵引车辆的铁链子也被拴好。正在这时，两道强光从远处照射过来，我扭头一看，一辆高大的车辆正沿着海滩朝我们开过来，而哈马德的喊声也清晰地从远处传来。推土机来了！推土机来了！哈马德找到推土机了！我高兴地喊叫了起来。我知道，在松软的沙滩上，只有推土机的宽大轮胎可以自由行动，而帮忙拽我们的吉普车很有可能在自身重力的作用下也陷进去。

已经忙乎了半天的几位巴勒斯坦人知道更有效的救援工具来了，于是又解开两辆车之间的铁链，帮着在我们的车和推土机之间进行连接。推土

在加沙有困难不怕，质朴的巴勒斯坦人会千方百计提供帮助。

这匹“战马”劳苦功高，从不负我。

最后一个加沙之夜，与加沙初夜一样，是一个没有照明的黑夜。

机上下来一位小伙子钻进了我们的车，他和推土机手相互配合，一个倒，一个拉，仅几秒钟的工夫，我的车便重新屹立在沙滩上了。

我和杜震抢上前去，对哈马德和两位推土机手连连道谢。等我转身去感谢前一拨帮忙的老少爷们，却发现他们连人带车已经不知去向，似乎突然间消失在大海里。雨依旧在下，我的眼睛也湿润了：好心人啊，你们怎么连个招呼都不打就走了呢？你们至少要让我知道你们的尊姓大名，让我说上几句感谢的话！

回到分社，杜震冒雨用淡化过的海水把我们的汽车上上下下仔细冲洗了好几遍，生怕海水的盐分腐蚀了汽车底部的零件。回到依旧黑洞洞的屋里，我们点着蜡烛炖上一锅羊肉，还特意放了几大块姜，打算好好给自己驱驱寒气，生怕患上感冒什么的。

本来就怕冷的杜震显然冻得够呛，他穿了三件毛衣，又套上我的皮夹克，还缠上一条厚厚的毛线围巾。羊肉炖熟后，我们俩一人盛了一大碗，就着蜡烛灯光，稀里呼噜地吃起了羊肉泡馍。烛光下，我们俩你看着我，我看着你，仿佛几十年前的插队青年，既狼狈，又幸福，为了手里捧的这碗热羊肉，也为了刚刚危机的化险为夷。我嘱咐杜震说，千万别忘了那几个冒雨搭救我们的巴勒斯坦老乡，相信有朝一日他们会在加沙的某个角落认出我们的车，到那时，一定要替我好好谢谢他们。

折腾了半个晚上的杜震就着羊肉的热量先去睡了，但没过半个小时他就从卧室跑到办公室说，自己实在冷得无法入睡。小杜曾在阿联酋工作，后调到开罗当编辑，如今为了换我回国不顾危险和艰苦来到加沙，难为他了。

午夜前后，中断了一天的电力供应终于恢复了。杜震立刻蹿出卧室，山呼万岁，说他激动得要哭出来了。他这种激动我太理解了。

几天前，我应邀到中国驻以色列使馆做形势报告时曾回答某人提问说，我在加沙最大的愿望就是不要断电。有电，我的生活就会充满光明和温暖，有电，我就能非常从容地安排我的24小时。没有电，所有本来晚上甚至夜间可以完成的工作全部积压在白天有限的几个小时里，生活和工作安排全被打乱了。这是近一个月来我最大的苦恼和烦躁所在。

（补记：杜震嘱咐我半夜叫他起床补写白天的遭遇。三个小时后我的确把盖着两床棉被、紧挨着电暖气的杜震叫醒了，但他倒头又睡着了。我不忍心按他的嘱托“像拖死狗那样”把这个要替我垫背的小老弟拖起来，他的苦日子在后头呢。

早晨6点多，我得到消息说，以军开始袭击约旦河西岸的巴勒斯坦目标，于是，我通知阿布·拉马丹起床跟踪消息，并编发了一条外文消息。7点多时，我终于掀掉了杜震的热被窝，赶鸭子上架般地轰他起床编写中文消息，因为两天后他必须独自承担巴勒斯坦被占领土的报道了。我告诉他，不到早晨10点半不得叫醒我，因为我也需要补一会儿觉了。轰走了杜震，我没有回自己的卧室，而是钻进了杜震焐了一夜的热被窝。因为我没有时间再去自个儿焐被窝了。虽然只有三个小时，但这一觉睡得真香。）

我认识的记者，有一半以上在冲突中受伤挂彩。

感谢亲人的祝福，我毫发未损。

接替我的杜震称我是三只眼的“马王爷”再世，

从此，它成了我的网名，并被博友熟知。

——自题

第一〇八章　喋血巴勒斯坦的记者们

2002年3月15日，星期五，北京

《日内瓦条约》第一附加议定书第79款规定，新闻记者有权享受平民享受的保护，即使他们出现在暴力发生的区域内。

3月13日，无疑是个让所有记者唏嘘的日子，因为这一天我们又失去了一位勇敢的同行。继去年（2001年）十位记者蒙难阿富汗，近期美国记者帕尔在巴基斯坦被恐怖分子撕票后，我们又在持续升级的巴以冲突前线失去了一位意大利战友——拉法埃莱·齐列洛，一位闯荡过多个战场的摄影记者，一位身中六弹仍拒绝立即倒下的男子汉。

我不认识齐列洛，甚至从未听说过他。但我们曾经拥有过一个共同的战壕，面对过属于同一支军队的枪炮和炸弹。告别加沙50天了，但加沙激烈的冲突场面总回闪在我的眼前，仍在前线冒死见证历史的同行们依旧让我揪心。齐列洛的死，使我回忆起我所经历的16个月冲突中多位熟识而倒霉的同行朋友。他们当然是不幸的，因为和福星高照的我相比，他们付出了血的代价。他们又是幸运的，因为和齐列洛相比，他们毕竟保全了生命。

参与巴以冲突报道的记者数以千计，受伤挂彩的不在少数。据巴勒斯坦记者协会统计，在冲突最初的三个月里，受伤记者人数就超过了40人。一年后，受伤人数接近200人。其实，齐列洛不是在巴以生死线上蒙难的第一位记者，因为已有三名巴勒斯坦记者先于他殒命，只不过他们没有引起世界媒体应有的关注。

冲突中不能承受之轻

法国《巴黎竞赛画报》杂志特派记者雅克·波尔吉耶是我在冲突前线结识的第一位西方记者，而且是患难之交，尽管我们只见过一面，只聊了几句。

2000年10月2日，巴以冲突爆发的第四天。我在加沙城南的尼茨萨利姆定居点路口采访，当天下午，巴以武装人员围绕路口的一个以军岗楼多次交火。我因为就近拍摄巴武装人员射击场面而在短短的几十秒内三次被以军的子弹所追逐，仓皇逃窜，几近胆破。现场的示威者、警察和记者也纷纷趴在汽车底下、马路牙子后躲避飞来的子弹。我缩进一辆卡车的尾部，吁喘不止，无意中与一位日本模样的摄影记者迎头相撞。

背靠背，相互闲聊，我才知道他是法国人，受雇于《巴黎竞赛画报》，当天刚到加沙。我们俩可能是当天现场仅有的没配防弹背心和头盔的外国记者。我问波尔吉耶怎么没有带防护装备，他潇洒地说那玩意儿太沉，穿着累。轮到他用眼神问我时，我说“英雄所见略同”。其实，我当时根本没有这副行头，只能打肿脸充胖子，为社争光。

就在我和波尔吉耶讨论防弹背心轻重利弊之时，两架原本在远处天空垂立警戒的以军“阿帕奇”直升机飞临尼茨萨利姆路口上空，并相继向以军岗楼旁边的厂房和两座居民楼各发射了一枚火箭，其中一座居民楼的第四层立刻冒出鲜红的火舌，浓浓的黑烟把白色的外墙熏成黑色，那楼房俨然一头张着黑口、吐着红舌、利齿交错的大白鲨。我和雅克立即没有了畏惧，钻出“掩体”，用长镜头抢拍楼房中弹的照片。

阿帕奇很快又在我们的头顶盘旋，它们腹部挂载的火箭、圆桶状的重机枪都已显山露水。我当时感觉自己就是一只非常渺小而无助的鸡雏，随时可能被天上两只巨大的钢铁飞禽夺去性命。再跑已经晚了，也不知哪里更安全，我们只好就地收缩着身体回到车底下，一秒一秒地往过熬，心里直盼着以军手下留情。从那一刻起，我和雅克谁也顾不上谁了。

混乱中，我停在十几米外路旁的采访车由于巨大的震动而响起了防盗警报，示宽灯还在灰暗的曙色中闪亮。几个巴勒斯坦人也把它当作掩体而在车底盘下挤成一团。当个别巴警用子弹挑战高空的阿帕奇时，它们毫不客气地用机枪扫射以示警告，唬得在场的各色人等鸟兽四散，要么挤成一团躲在救护车一侧徐徐离开现场，要么就地趴下恨不得一头扎入土里。从那一天起，我和雅克再也没有见过面。

19天后，从约旦河西岸传来了我无法接受的消息，雅克在拍摄示威活动时被以军子弹打成重伤。他是被抬下战场的，最终由于以色列无法治疗而被转回巴黎治疗。我一度对雅克不屑于穿戴防弹衣、视枪弹为等闲的英雄气概而汗颜。但是，子弹不长眼，更不会拐弯。他的倒下让我知道了防护装备的必要和重要，从另一个角度理解了什么是“生命中不能承受之轻”。

倒霉的CNN首席

如果说，防护装备或许能使雅克免于伤残的话，对CNN开罗首席记者本·魏德曼来说就是聋子的耳朵——摆设。这位英俊的具有中东血统的美国中年人恰恰是身着防弹衣却腹部连中两弹。

我认识本·魏德曼也是在2000年10月初的加沙尼茨萨利姆定居点路口，他让我见识了世界媒体领头羊的CNN是如何进行现场报道的：从容不迫地以交火现场为背景，一遍又一遍地推敲串场词。

10月底的一天，我们曾一起在加沙城东的卡尔尼检查站实录流血冲突。卡尔尼检查站是连接加沙和以色列的货运检查站，所有进出加沙的物资基本上都要经过这里。由于检查站旁边的一条岔路向东连接以色列，所以这里也成为部分定居者和以军进出加沙的必经之路。自从以军把尼茨萨利姆定居点路口的楼房和果园铲平后，巴示威者失去了发动石头战的依托，紧挨着加沙工业园的卡尔尼检查站一跃上升为第一热点，一个月的时间里有30多名示威者在这里被打死，伤者更是不计其数。

在冲突现场，我们隔着4号公路，与对面的冲突双方呈比较分明的三角位置，眼看着上千名示威者守在路边的厂房和民居旁同以军进行对抗。对面的硝烟、石头和子弹似乎变成了一幅活的画面。尽管如此，还是有两颗子弹飞到我们三米外的地方，最后，越来越激烈的冲突迫使我们离开了现场。

11月初的一天，本·魏德曼在同一位置被两颗子弹击中。子弹从防弹衣的侧下方钻进他微胖的肚子。他先住进加沙舍法医院，并荣幸地得到了巴勒斯坦领导人阿拉法特的看望，后来又转入以色列一家条件更好的医院。

巴以双方谁都不承认对本·魏德曼开过枪，他本人也保持沉默。但他出院后还是打破了沉默，认定就是以色列人打的，而且是在他明显一身记者装束又同示威者保持着相当距离的情况下开枪的。

红颜“薄命”的尤拉

26岁的美联社女摄影记者尤拉·莫纳科夫是我在加沙国际机场认识的。2000年10月中旬的一天，以军在关闭加沙国际机场后重新允许其开放。我们几十名记者到机场去采访。为了拍摄机场的全貌并参加巴勒斯坦民航局局长的新闻发布会，我们全被引上了狭窄的指挥塔。

指挥塔的楼梯陡直而狭窄。我上楼后发现身后一位女记者背着不少摄影器材艰难地攀登。我“英雄救美”地提出帮她一把，她抬头表示感谢时我才发现她的确长得漂亮，而且文静得近乎羞涩。

等候新闻发布会期间我们聊了几句，她说自己是保加利亚人，受雇于美联社，也是刚到加沙没有几天。由于她秀丽、文静和纤小，却身穿防弹衣、肩负几十公斤的长“枪”短“炮”，形成了巨大反差，因此给我留下很深的印象。

2000年11月11日，尤拉在约旦河西岸城市伯利恒采访时被以军的达姆弹击中腿部和骨盆，造成多处骨折。以军事法庭事后就这一事件进行了认真调查，确认两名官兵对尤拉的受伤负有不可推卸的责任，并宣布了对他们的处罚。法庭认定，尤拉当时具有明显的记者和女性特征，而且中弹之时尤拉附近并没有巴方武装人员向以军开枪，因此，以军事法庭判定两名肇事官兵违反了开枪规定。

这是巴以冲突爆发后以军官兵首次因伤害记者而受到调查和处罚，也是仅有的以军官兵因胡乱开枪导致不必要的伤亡而受到处罚的案例。然而，不管多么重的处罚都弥补不了尤拉付出的惨重代价。

尤拉出事的当天，外事局的张忠英大姐特意打来电话，说总社有关部门立即研究并同意了我购买防弹衣的申请。

血溅希伯伦

路透社摄影记者马赞·达尼亚和我也是一面之交，受伤时间也在本·魏德曼之前，只不过地点换到了约旦河西岸的希伯伦。他是这样回忆当时的过程和情形的。

2000年10月2日中午12点左右，他和另外五名摄影记者站在希伯伦市泽维亚门附近。泽维亚门是希伯伦主要大街“烈士大街”的门户。当时，巴勒斯坦人同以军发生了冲突。达尼亚等记者处在一个很安全的位置，40米开外的以军士兵看不见他们，换言之，他们位于以军射击的死角。一个小时后，冲突结束了，达尼亚等人决定离开现场。他刚迈出一步，就感觉左腿被什么东西撞了一下，起初以为是石头。两秒钟后，达尼亚感到左腿又被撞了一下，而且开始流血。他一下子失去平衡倒在地上。他意识到自己受伤了。

达尼亚被抬到另一条街上的一个战地医院，接受了简单的治疗，然后又被送到当地的阿丽娅医院动手术。医生们从他的腿里取出一些弹片并进行了包扎，然后又把他送到条件更好的艾哈里医院接受进一步的治疗。

达尼亚只在医院住了四天就被院方打发回家，因为伤员太多了。医院的报告说他左腿中了两颗子弹。

其实，达尼亚只是我所认识的众多巴勒斯坦负伤记者中的一个。仅在加沙地带，我认识的摄影和电视记者几乎一半以上都或轻或重地受过伤，有的记者甚至两次、三次地挂彩。这些可怕的经历让我得出一个结论，战地记者殊为不易，而战地摄影记者更是了不起。

后记一

巴勒斯坦人是那样的慷慨和善良，让我汗颜，让我难忘。

——自题

再见，慷慨的巴勒斯坦人！

三年前，我带着简单的行李和男人的豪情来到加沙，在这世界注目的热土上为新华社开拓一片新闻处女地，心里也盘算着如何分享巴勒斯坦人民的和平果实。三年后，我终于要告别加沙，告别巴勒斯坦，心里却填充着无法排解的失望和辛酸。

三年间，一千多个日日夜夜，我耳闻目睹了太多的苦难和悲哀，报道了太多的不幸和无奈，也消化了太多的困顿和苦涩……加沙或许是我心中一块永远难忘的痛，但是，巴勒斯坦人留给我的印象却截然两样，使我在这是非之地获得了另一种美好的补偿。

1999年4月5日，我在进入加沙地带第六个晚上就赶上一起爆炸事件。当时临时“插队落户”，白纸一张，没有国际线路可供及时发稿。午夜时分，我硬着头皮去找一位刚认识的当地老人，但意外得知这位老人身体不爽已服药休息。在我盘桓踌躇于老人住宅附近考虑是否敲门求助时，一辆汽车停在楼前，车上下来二老一小，像是一家三口。其中头发花白的长者问我有何贵干？当我自报家门并说明夜游此处的缘故时，长者说“请你等一下”，便领着夫人和儿子上了楼。几分钟后，这父子俩下楼邀我上车，说要带我去办公室发稿。

我当时非常感激有贵人相助。长者自我介绍说他在工程建设部工作，刚刚从约旦河西岸城市拉姆安拉回来。从加沙到拉姆安拉往返200多公里，人家跑了一天很是辛苦，我却贸然添乱，很愧疚，也很不安，当时又后悔不该向他开这个口。在发完稿回家的路上，长者没有告诉我他的尊号大名，而是递给我一张名片，并欢迎我有空上他家做客，有麻烦找他帮忙。回到住所，我掏出长者给我的名片仔细一看，顿时感觉心里一亮而更加感动。朴素的名片上有这样几行字：阿拉法特主席经济顾问、工程建设部总司长—戴伊夫拉·阿赫拉斯。多么虔诚、谦虚而乐善好施的一位高级官员！他的名字翻译成中文，那便是“真主无言的客人”。

巴勒斯坦的各级官员，无论是政界的还是警界的，都对中国人民怀有真诚而深厚的感情，他们总是在念叨中国政府和人民对巴勒斯坦人民和事业长期给予的无私同情和道义支持，因此，我成了这种友谊的直接受益人，无论是在筹建分社过程中还是平时的外出采访中，总能获得其他肤色外国人所难以得到的便利。

当然，这是感性认识层面上的，其实，巴勒斯坦人对所有能到被占领土与他们同呼吸共命运的外国人都怀有一份好感，他们认为能到这里工作本身就是心里装着他们。

2000年4月，中国国家主席江泽民访问巴勒斯坦的伯利恒。为了自己和总社记者组方便地采访江主席来访活动，我到伯利恒打前站并租赁采访用车。在伯利恒郊外的一个小车行，我租到了一辆不算太好的汽车并按合同交付3000谢克尔的押金（当时约合8000元人民币）。几个小时后，当我回到车行提出换一辆更好使的汽车时，年轻的经理不但一口答应，而且主动把押金退给我，同时没有要求在租车合同上更改收取租金的条款。

这简直是天上掉馅饼，哪有这样慷慨的生意人？带着国内生意人留给我的成见，带着一肚子的狐疑，我接过了押金。然而，并不踏实的我一直担心这是不是一沓假币，如果被这位老板偷梁换柱并事后讹一把，麻烦就大了。那是一个穆斯林的星期五，多数钱庄都关张，我设法在伯利恒找到一家基督徒开的钱庄，请他们给鉴定一下这沓现钞的真伪。钱庄老板一张张通过肉眼和机器检验后郑重地对我说“放心吧，没有一张假币”。听了这话，我惭愧得几乎汗颜，尽管那位车行老板并不在场，但我总觉得自己以小人之心度君子之腹，愧对巴勒斯坦人的一片慷慨和好心！

其实，上面的两个故事是比较极端的例子，但是，我三年来在日常生活中时时都能体会到巴勒斯坦人的善良、温厚、宽容和慷慨。

当我开车上路并与对面的汽车错车时，对方总是会让我先走，不管我与对面或旁边的司机是否认识，目光相对后，对方总能善意地向我微笑示意，或者摆摆手打个招呼。一位朋友告诉我，这是巴勒斯坦人的习惯或曰风俗，并非我独自享受这份待遇。

当我在街上步行路过任何门市和人家，门口的主人总是热情地邀请我进去喝一杯咖啡或红茶；当我在电梯遇到一位认识或不认识的巴勒斯坦人时，他会非常客气地让我先进出，或者邀请我到家中或办公室坐坐，次次如此，处处如此。虽然这是一种客套，但是总能传达给我浓郁的亲情。

当我遇到熟识的巴勒斯坦同事和朋友，他总是试图要和你拥抱甚至行吻面礼，嘘寒问暖一大圈。有时候，碰上非常好的朋友，他会不顾我是否愿意，当众用胡子拉碴汗水津津的脸和你左两次右两次地贴面，嘴里还发出“吧吧”的声响。这是巴勒斯坦男人间表达友谊的最高规格，火辣辣，坦坦荡，有如多年未见。我也曾因为多次闷头进出楼房忘记打招呼而遭到门口几名警察的正式抗议，那一刻，我一方面觉得巴勒斯坦大老爷们好啰

巴勒斯坦人苦中作乐，小伙子们在海滩上叠起罗汉塔。

唆，同时又为自己来自礼仪之邦而如此不拘小节让人失望而感到难堪。

巴勒斯坦人计较礼节，却很少在乎生意上的得失。在加沙购物，如果钱没带够，顾客可以把东西先搬走，方便的时候再去补交。我曾买过一个空调，机器安装好并使了一周多，卖空调的却不急着打电话催我交钱，反倒是我觉得不合适而拿着钱到处找人家。每半年的上网费也总是拖了再拖，直到我主动上门把钱送去，才了却我的一桩心事。在加沙买菜更是能看出巴勒斯坦人的慷慨，他们虽然很穷，日子紧巴，但很大气，从来不跟人在斤两上讨价还价。某次，我路过一农庄，看到一位农民在路边摆卖的西红柿非常新鲜，个头也大，只是价格比市场贵了不少。这位农民一看我嫌贵，非要用塑料袋装一大兜子送我，而且外带几个茄子，被感动的我试图按照他的价格和分量付给他钱时，他怎么也不收，甚至说我能尝尝他的劳动成果是他的荣幸。等我回家选了两件礼物返回去准备表示感谢时，他已经不知去向，至今让我于心不忍。

2002年1月

后记二

和平有如等不来的戈多，我将继续等待。

——自题

告别巴以，告别中东

各位亲爱的读者，当您读到这篇文章的时候，我已经告别了巴勒斯坦和以色列，不再“守望中东”，至少不会在冲突的最前沿守望这片可能让我终生魂牵梦绕的热土。

1999年的3月底，我告别《环球》杂志社副总编辑岗位，领命来到巴勒斯坦为新华社筹建加沙分社并负责被占领土报道。当时，包括新华社在内的四家中国新闻机构已在以色列落地生根数年，并对巴以局势进行了高密度的关注和报道。但是，从另一个角度长期守望这个世界热点中的热点，我有幸成为中国新闻记者的第一和唯一，因此，心中充满了拓荒者常有的好奇、神秘乃至不安，当然更不乏男人闯天下的使命感。

三年来，我独自坚守着我的一亩三分地，像一头套上了磨的毛驴执着地在这块新闻沃土上辛勤开发、耕耘着，的确是“马不扬鞭自奋蹄”。在过去一千多个日夜里，我尝尽孤独寂寞乃至苦闷，历经无数艰难挫折，沐浴血雨腥风，穿行枪林弹雨，屡历死神挑战，个中甘苦，难以言状。我没有任何悔憾，因为我本可以拒绝，但我毫不犹豫地选择了这里。回顾这段短暂却又漫长的记者生涯，作为一段历史的目击者和记录者，我虽不敢言可以“妙手著文章”，但自以为“铁肩担道义”，不辱使命，问心无愧，无愧于新华社的重托，无愧于一个正直记者的良知，无愧于自己生命中最宝贵的一段青春岁月。

三年前，当我带着简单行李进入加沙地带时，也曾满怀着对巴以和平的巨大渴望。那一年，正是巴勒斯坦过渡自治即将结束之际，我幻想着用不了多久，我将见证巴以顺利结束最终地位谈判，见证巴勒斯坦这个写在纸面上的国家能屹立在被占领土上，见证巴勒斯坦人在东耶路撒冷建立自己的首都，见证巴以人民彻底铸剑为犁和睦相处。但是，残酷的现实使我经历了巴勒斯坦独立于故土的幻灭，目击了最终地位谈判蒙受重挫和流产，更亲历了被占领土历史上前所未有的流血冲突。

坦率地说，巴以近一年的政治谈判时而洞开希望的门户，时而跌入失望的深谷，已经把我折磨得索然寡味，毫无激情，近16个月的持续暴力冲突却让我遭遇了未曾预料的一场梦魇。数不清的爆炸、枪击、空袭、骚乱和葬礼充塞着我的耳目；巴以无辜百姓的眼泪、鲜血、悲伤和绝望蚕食着我的心灵；没完没了的彼此谴责、相互报复和无效国际调解日渐沉重地打击着我对巴以和平的信念。这一切使我这个中东守望者无比痛苦和悲哀，当我被迫连轴转地跟踪和报道这些重发了无数次的黑色消息后，我真的身心厌倦，反复默默乞求双方不要再打了，不要再制造流血、死亡和仇恨了。

别了，巴勒斯坦。

2002年1月8日，巴以地区迎来了这个雨季最寒冷的一天。耶路撒冷大雪纷飞，以金色著称的圣城银装素裹，别有情调。当无数以色列人享受着明亮的灯光和充足的暖气并凭窗欣赏难得一遇的雪景时，数百万巴勒斯坦人却在阴冷和黑暗中承受着煎熬。由于天气寒冷，以色列的用电量剧增，其对巴勒斯坦地区的供电只能暂时停止了。每当以色列人能够感到冷气和暖气带来的舒适时，巴勒斯坦人却在炎热和寒冷中无可奈何，这是我三年来的切身体会。

是夜，我无心遐想耶路撒冷的雪色，只能裹着毛毯龟缩在沙发上苦捱时光，最后被迫出门驱车一圈又一圈地在黑暗泥泞的加沙街道上盲目转悠。这样我至少能享受汽车里的暖气，排解无法工作的焦虑。夜来，我和衣钻进冰冷的被窝，满脑子是热气缭绕的火锅涮羊肉，是暖意融融的家庭生活。很快，我如梦非梦的思绪被窗外的冰雹打碎，重新返回现实。

无眠的我突然想起了加沙南部那些被以军推倒房屋而睡在简易帐篷中的巴勒斯坦人，和他们相比，我的生活条件又是多么的好，至少，如果我愿意，我可以接受耶路撒冷同事和朋友的邀请逃离这寒冷黑暗的世界，去寻找明亮温暖的去处，但是，巴勒斯坦人却上天无路、入地无门。几天

别了，苦难巴勒斯坦人民。

别了，繁华的以色列。

前，一个巴勒斯坦家庭的五个孩子因为蜡烛点燃了栖身的帐篷而不幸夭折，我不知道这笔账到底是天灾还是人祸？

三年来，我作为一个加沙临时居民体验了太多当地人的苦难，尽管这种体验只是他们实际苦难的多少分之一，因此，我特别能理解巴勒斯坦人对民族独立和自由的渴望，理解他们那沉淀了几代人的不满、失望和愤怒。不少健忘民族历史的人认为，巴勒斯坦人应该接受非法占领并致力于经济发展而不要为争取政治独立而付出如此艰难的代价，三年的被占领土生活真切地告诉我什么叫寄人篱下，什么叫“覆巢之下岂有完卵”。三年的守望经历使我确信，只有还巴勒斯坦人以公道，让他们平等地同以色列人生活在同一块土地上，巴以才能有真正的和平。

黎巴嫩著名作家纪伯伦曾经写道：“和你一同笑过的人，你可能把他忘掉；但是和你一同哭过的人，你却永远不忘。”的确，我无法忘却我与之同甘苦、共患难的巴勒斯坦人。这绝非我与巴勒斯坦人有任何政治和民族情感上的瓜葛，而是我客观上分享了他们作为被占领民族的种种痛苦。

同样，对于生活在以色列的中国记者也是如此，他们一样在炸弹的威胁下分担了以色列人的恐惧、忧虑甚至生命威胁。1月18日晚，耶路撒冷的同事和朋友为我设宴饯行。午夜，我们一起到繁华喧闹的西耶路撒冷本·耶胡达步行街喝咖啡。我们一路寻找着合适的咖啡馆，一路也本能地扫视着每一个擦肩而过的路人，生怕其中蹿出一个自杀式袭击者，或端枪向我们扫射，或拉响身上的炸弹。这个恐惧的幽灵一直缠绕着我们，以至落座咖啡馆，而目光依旧不放过每一个进进出出的人，并做好了随时就地趴下的准备。

不是我们杞人忧天而忐忑不安。本·耶胡达大街及附近的街区已发生过多起自杀式爆炸和汽车爆炸，送走过数十名无辜而年轻的生命，而其他以色列城市发生的类似袭击更是不胜枚举。我虽然人在加沙，却无数次叮嘱我的耶路撒冷同事不要逛街，不要去人群密集的市场和餐馆，因为我知道巴勒斯坦激进分子针对以色列平民发动的自杀式袭击无所不在，防不胜防。曾经有一位以色列出租司机居然因惧怕炸弹不肯拉我到西耶路撒冷，进了城又死活不去曾经发生过爆炸的雅法大街。如今，自己置身其间，更是非常真切地感受到那直迫神经根本无法排解的不安全感。在这种安全环境下生活的以色列人同样在被迫品尝着巴勒斯坦人又无法体会的另一种苦难，而无论是哪种苦难，其根源都在于以色列对巴勒斯坦长达35年的非法占领。过错不在于巴以人民，过错在于占领政策本身和极端组织的不择手段。

我曾写过一篇记者日记，题目叫作“守望中东，等待戈多”。我守望了近三年，巴以和平仍然像千呼万唤不出来的神秘戏剧人物戈多。在告别中东之际，我还是觉得和平遥远如戈多。不是巴以人民没有付出足够的代价，不是世界不希望看到巴以和平，也不是巴以和平的客观条件不具备，而是双方领导人背负了太多的历史、宗教乃至心理包袱，没有以未来和长远的眼光审视巴以和平，缺乏敢为天下先的果敢和魄力，进而去实现“勇敢的领导者的和平”。

尽管如此，我仍然相信，巴以人民一定能够实现和平，中东一定能够走出暴力循环的怪圈，让一代又一代守望这片历史土地的新闻记者不再把焦点集中于持续了太长久的冲突与苦难。

2002年2月

后记三

遥望巴以

今年除夕之夜，我凭窗西望，北京石景山和丰台地区爆竹声此起彼伏，礼花弹流光溢彩，恍惚间，我产生了一种幻觉，似乎自己又回到常驻了三年的巴勒斯坦加沙地带，仿佛面对的是以色列对加沙地带发射70枚导弹的那场持续六个小时的大轰炸。北京与加沙，烟花与爆炸，这两夺不同空间、不同意义的相似场景反复在我脑海中切换、重叠，搅得我心神不宁。我当时多少有点沮丧，担心自己得了什么后遗症，害怕自己成为参加越战的美国大兵，无法摆脱那生死一念间的可怕经历。

回国已经半年了，我庆幸自己的心理还算正常。最初听到任何响动总是要把它们和枪击、爆炸甚至是轰炸联系起来，神经无法松弛，但舒适的家庭生活、忙碌的工作和安宁的周边环境，最终使我摆脱了刚回国时的那些带着硝烟的身心重负。

我庆幸自己毛发未损地回到了北京。在巴以冲突前线搏命的新闻记者已经有六人献出了宝贵生命，近200人为采访付出了血的代价，其中不乏我的昔日战友。我离开加沙后，巴以局势持续恶化。尽管以色列大规模的地面进攻发生在远离分社的约旦河西岸地区，但是，我一直惦记着接替我的小兄弟杜震。以及接替杜震的另一个小兄弟王昊，更为前去替换王昊的见习记者周轶君担忧。杜震在加沙前线坚守了四个月，体重下降17斤，王昊又会掉多少斤肉？周轶君，一个没有出道但却积极请战的上海女孩又能在“死亡地带”的加沙坚持多久？好友江亚平一年半前去加沙采访时曾调侃地对我说：“如果你爱一个人，就把他送到加沙来；如果你恨一个人，也把他送到加沙来。”加沙地带的确是一个让新闻记者哭着喊着要去的新闻天堂，也的确是一个让新闻记者诅咒不已渴望逃离的生活地狱。但是，新华社的记者已经在那里扎下了根，一个接一个，无论时间长短，都在试图保住“新华社加沙某月某日电”这个在国内媒体中具有独家色彩的发稿标志。在我离开之际和之后，新华社在加沙又雇佣了两名当地记者，我的继任者不再孤独，不再一人独当几面，我为自己三年前开拓的事业发展壮大而由衷地高兴。

一年前，我从自己积攒两年的驻外日记中精选出26万字结集为《巴以生死日记》，详细记录了巴以双方如何从和平蜜月滑向残酷绞杀，描述了普通百姓的喜怒哀乐和生死离别，同时，也记述了自己在战地采访的种种危险经历和体验，以及天涯孤旅的各种困苦和无奈。

作为《巴以生死日记》的姊妹篇，本书同样是一部独一无二的战地亲历记录，它继续全景式地报导了巴以流血冲突第二年的残酷斗争，袒露了我在前线的生活和思考，许多章节惊心动魄，催人泪下，许多内容鲜为人知，饶有趣味，散发着浓重的硝烟和血色，也倾注了我对巴以人民苦难的深切关注和同情。

在我常驻加沙的三年间，我的父母和岳父岳母大人或兵卧在床苦苦支撑，或呕心沥血为我照看女儿，他们从未抱怨我只顾尽忠而不尽孝，克服一切困难支持我的工作。新华社副社长兼常务副总编辑马胜荣先生不但对我们这些战地记者关爱有加，而且在百忙之中慨然为拙作写序以示鞭策。新华社国际部、摄影部、参编部、人事局、外事局和计财局以及中东总分杜的两任领导始终关心着我和其他巴以前线记者的安危，并通过各种方式给予让我们感到温暖和振奋的关怀。新华出版杜社长王春荣领导同志对《巴以生死日记》和此书的编辑、出版给予重视和关心，使他们有机会同读者见面。我在此谨向上述各方面人士表示衷心的感激和敬意。

此外，新华出版社阎秋华女士带病为本书进行了初步编辑，贵编辑李向东和美编伍民力以高效率的工作方式保证了本书的出版。姬新龙、陈怡伉俪不但贡献了书名，而且通读书稿并挑出了不少纰漏，李杰利用业余时间为本书设计了精美封面，杜震和杨士龙也为此书的顺利出版提供过慷慨的帮助，我在此一并向他们表示谢意。

2002年9月

前景堪忧的巴勒斯坦内部和解

摘要：2009年4月，巴勒斯坦两大主流派别法塔赫与哈马斯在开罗举行的和解谈判未取得任何重大进展。哈马斯拒绝承认巴民族权力机构主席阿巴斯指定内阁的合法性。在当前局势下，巴和解缺乏内部和外部动力，本文试就巴内部和解现状及其制约因素进行探讨，并就巴未来组成民族联合政府的前景做出预测。

关键词：巴勒斯坦；内部和解；中东和平进程；法塔赫；哈马斯

作者简介：马晓霖，博联社总裁，中国国际问题研究基金会常务理事，中国中东学会理事（北京 100006）。

文章编号：1673-5161（2009）03-0009-07

中图分类号：D371　　　**文献标识码**：A

2009年4月28日，巴勒斯坦内部两大主要派别法塔赫与哈马斯在开罗举行的第四轮和解谈判未取得任何重大进展，双方同意2009年5月16日、17日复会举行第五轮谈判。[1] 巴勒斯坦人士称，巴民族权力机构主席阿巴斯已指定前看守内阁总理法耶兹重新组阁。尽管阿巴斯要求法耶兹组阁时要吸纳在加沙的独立人士，但哈马斯表示，绝不承认法耶兹组成内阁的合法性，因为他此前组织的那个内阁就没有获得过哈马斯占多数的自治议会的信任投票。[2] 与此同时，哈马斯为对抗阿巴斯的组阁努力，在加沙任命了自己的内政部长。[3] 至此，持续近三个月的巴勒斯坦内部和解进程再次受挫，它反映了巴社会分崩离析、无法统一的现状在持续，也预示着巴以和平进程将处于一个比较复杂、艰难的时段，且此时段可以概括为：内部缺乏动力、外部缺乏推力。可见，重启巴以最终地位谈判前景黯淡，近期取得实质性突破的希望渺茫。外部缺乏推力在于：美国总统奥巴马上任伊始，其中东政策处在研判、规划和调整初期；埃及和沙特等大国在加沙战事后因失去哈马斯的影响力和信任度而干预乏力；哈马斯倚重的伊朗和叙利亚不希望和平进程在巴以轨道上单独前行而横加掣肘。内部缺乏动力在于：巴以双方民众仇怨情绪上升，强硬政治势力得势。内部针对和平进程立场差异较大，无法形成团结、有效和渴望大有作为的强势政府和领导人。这些特征在以色列方面体现为：大选右翼阵营获胜，组阁困难，选后一个半月才勉强组成“最大最右”的联合政府。[4] 在巴勒斯坦方面的体现是，内部和解努力屡次受挫，核心分歧难以弥合，群龙无首和两地分治状况依旧，主要两派的明争暗斗并未中止等。

因此，本文主要讨论巴方内部和解进程现状及制约因素，探讨成立民族团结政府前景及其对和平进程的影响。

一、哈马斯和法塔赫迫于形势寻求和解及其结果

22天的加沙战事给巴勒斯坦社会特别是加沙的巴勒斯坦人造成空前灾难和损失。据巴方统计，此次战役共导致1300人死亡，近5000人伤残[5]；加沙全部建筑的14%受损，其中，4000所住宅完全被毁，17000所住宅部分受损，25处学校、医院，22座清真寺和1700个工厂（作坊）被毁或受损。战争造成的直接经济损失约达19亿美元。[6] 战争过程中，阿拉伯和伊斯兰世界围绕对哈马斯和以色列的态度分歧十分明显，但大多袖手旁观，严重孤立了独自抵抗的哈马斯，也使法塔赫陷于进退两难的尴尬境地。

哈马斯上台后，由于拒绝改变对以政策，备受孤立，继而驱逐法塔赫势力独霸加沙，反将自己关入囚笼，既无法有效行政，又无力拓展外交，更难以改善民生，无奈之下以“自残”方式高调诱使以色列重拳出击，图谋争取国际重视和同情。[7] 事实证明，哈马斯的原有政策显然过时，调整策略在所难免。

法塔赫先丢大选，后失加沙，一再丧失威信，单独与以媾和合法性

不足，同样内外交困。加沙一战，法塔赫坐视150万同胞蒙受巨大伤亡和哈马斯濒临灭顶之灾而无所作为，渔利之心路人皆知，也令巴勒斯坦和阿拉伯民众失望和不满。阿拉伯半岛电视台战后的一项民调显示，阿巴斯的支持率不但低于哈马斯温和领导人哈尼亚，更低于被以色列关押的同党少壮领导人巴尔古提：如果阿巴斯和哈尼亚二选一，支持率分别是45%和47%；如果在巴尔古提和哈尼亚之间选择，支持率分别是61%和34%。可见，无论如何，阿巴斯得分最低，声望日下。[8]因此，渴望东山再起、重返加沙并主导和平进程也是法塔赫和阿巴斯的当务之急。在此情势下，双方只得结束冷战和敌对，寻求和解，共谋发展。

埃及作为巴以和平的地区头号监护人和斡旋者，对哈马斯先压后拉，迫其就范，启动与法塔赫的开罗和解进程，以摆脱自身政治和舆论上的被动局面，为加沙战事结束铺垫台阶，也为重掌巴勒斯坦事务监护权、重塑地区大国地位创造条件。

4月27日至28日，以前自治政府总理库赖为首的法塔赫代表与政治局副主席马尔祖克为首的哈马斯代表在埃及情报局总部举行了第四次谈判，双方宣布将于5月中旬恢复谈判。此前，双方分别于2月26日、3月19日和4月2日三次磋商，均因立场差异较大无法弥合而破裂。

据报道，双方谈判是在一个共同最高委员会指导下，由五个下属委员会围绕四个主要议题磋商：第一，如何组建和解政府、重新分配权力，实现军令、政令、法令和自治土地的统一，结束分裂、敌对和互不承认、互不来往、互相攻击的现状，避免巴社会继续分裂；第二，巴解组织的作用和前途，试图通过改造巴解组织，使其成为过渡阶段巴社会的唯一合法领导机构；第三，内部选举问题，包括巴全国委员会选举，巴立法委员会选举和民族权力机构主席的选举；第四，改组和整合巴武装力量及安全机构。

综合各方披露的有限内部情况看，双方不仅在上述四大议题上未达成重要共识，相反又各自提出额外条件，扩大了差距和分歧。主要体现为：第一，双方仅仅将2009年已被耽误的立法选举推迟到2010年1月，其他相关问题没有触及；第二，在武装力量整合方面，法塔赫提出仅仅在加沙改组武装机构，哈马斯坚持改组必须在加沙和西岸同时进行、统筹安排[9]；第三，法塔赫在第三轮谈判中重申美以及和平进程四方委员会的立场，即哈马斯必须答应三个前提条件，即承认以色列作为主权国家在本地区的存在、放弃暴力手段和接受巴以共处的“两国方案”，这个额外条件被哈马斯断然拒绝；第四，哈马斯也节外生枝地提出启动加沙重建进程和谁来掌控加沙边境口岸两个问题，但法塔赫认为这两个问题事关第三方因素，没有商谈的余地。

此外，哈马斯内部也并非铁板一块，而且近百名高官、议员被以色列逮捕，境外骨干又分散在叙利亚、伊朗等地，他们均处在以色列的监控甚至追杀状态，磋商和协调立场都很难。立场相对温和的哈尼亚抨击开罗磋商是打着“现实幌子的政治妥协”，是对巴勒斯坦人民利益的“藐视”，重申哈马斯“拒绝以任何方式承认以色列”。[10]

综合半岛电视台报道，前三轮谈判失败后，有关各方都表示不满。埃及“非常失望”，主持会谈的情报局局长苏莱曼责令双方代表立刻离境。法塔赫和哈马斯相互抨击，推诿责任，其他派别也颇有微词。解放巴勒斯坦人民阵线（人阵）公开谴责谈判失败，认为它将导致巴社会的继续分裂，希望双方寻求民族最大公约数，不负人民及其所付出的巨大牺牲。另一“人阵”负责人抨击说，谈判失败的原因是法塔赫和哈马斯试图建立“两极”权力体系而忽略其他派别的存在，阿巴斯试图以其失败方案拉拢哈马斯及其盟友，而哈马斯只想按照自己的逻辑多分享有限自治的“毒蛋糕”。伊斯兰圣战组织则将失败归咎于同时向两派施压的四方委员会和国际社会。只有解放巴勒斯坦民主阵线（民阵）领导人冷静地鼓励埃及继续推动和解对话，敦促双方超越挫折，不要放大分歧，更不要相互指责和推卸责任。第四轮谈判前，埃及媒体人士称，埃及官方已向各派致以措辞严厉的信函威胁称，如果不在4月底的会谈中取得突破，埃及将放弃居中调解。此轮谈判中，埃及传话给双方，如果未来和解政府不满足美以及和平进程有关四方机制的条件，美国将不承认这个政府，也将拒绝提供任何财政援助。[11] 但这些外来压力还是没有奏效。5月1日，哈尼亚在加沙批评阿巴斯宣布单方面组阁的决定，认为这是屈从外来压力，将对和解进程构成障碍。[12] 哈马斯与法塔赫的和解谈判未果，在底层的争夺也在持续。据以色列《国土报》报道，3月底，哈马斯与法塔赫成员在加沙联合国近东及巴勒斯坦难民工程处的工会选举中争夺白热化，纷纷宣布自己取胜，以至于该处负责人威胁解雇这些把党派之争带入人道主义工作的职员。[13]

与此同时，哈马斯加紧了对加沙的控制，包括在教育和医疗部门开除法塔赫的人，安插忠于自己的人，还可能替换几十名武装部队的指挥官。[14]在双方争夺下，附近加沙居民成为牺牲品。美联社4月28日报道说，自从3月22日哈马斯接管了原本由法塔赫掌控的治疗安排委员会后，该机构与埃及和以色列的协调功能就中止了，每月平均1000名需要出境紧急救治的病人安危顿成问题，一个月内已有八名病人因为此机构的瘫痪不能及时得到救治而身亡。相反，有35名病人是靠以色列的卫生人权组织关照才得以离开加沙治病的。一位加沙人权组织人士愤怒抨击哈马斯与法塔赫这种为各自利益而不顾民众疾苦的现象，认为这是把病人的生命与痛苦当儿戏，毫无责任心。[15]

综上可见，以哈马斯和法塔赫为代表的两派对立情绪严重，整个巴勒斯坦社会内部认识依旧一片混乱，思想难以统一，这对巴民众的生活产生了消极后果，其影响十分恶劣。

二、和解受挫原因深刻且复杂

法塔赫与哈马斯和解谈判失败并不意外，这是其固有的结构性矛盾所致，是双方经过武装冲突、争夺加沙和加沙战事等一系列事件后，关系恶化、信任丧失、彼此猜忌、提防和算计的必然结果，也是围绕未来权力格局和利益分配的最新较量。但这也表明，双方既缺乏长久共识和战略认同，又迫于外在压力和干扰，无力完全自作主张，也无法很快弥合日渐拉大的对立，主要包括：

第一，在和平进程的目标、手段和未来政体三大问题上，哈马斯与法塔赫持续20多年的根本性分歧依然存在。

1.法塔赫已面对现实，接受“土地换和平”原则，愿意以联合国相关文件特别是338号和242号决议为基础，建立以加沙和约旦河西岸为基础的有限国家，实现与以色列的和平共处。以法塔赫力量为核心的巴解组织在1988年11月巴勒斯坦《独立宣言》发表前夕，明确宣布接受以色列作为一个主权国家的地区存在：新巴勒斯坦国强调，它不是一个侵略国家，巴勒斯坦人民不是要取消“以色列”，而是追求与它在睦邻关系范围内的和平共处。在《独立宣言》发表三周后，法塔赫及巴解组织主席阿拉法特发表联合声明，明确宣布承认以色列国。哈马斯则坚持认为，历史的巴勒斯坦是统一的和不可分割的，他们拒绝接受以色列作为国家在本地区的存在。《哈马斯宪章》第十一章称：“伊斯兰抵抗运动认为，巴勒斯坦的土地是世代相传直到审判日的伊斯兰教产，没有人可以割裂它的任何部分，也没有人可以抛弃它的任何部分。”哈马斯至今未修改其含有消灭以色列内容的宪章。即使在2006年转换角色，由抵抗组织上升为执政党后仍然拒绝承认以色列，其实质是坚持“一国”方案。

2.与战略目标相适应的是，法塔赫经过多年挫折认识到与以色列武装对立没有出路，因此，将和谈作为战略选择，即使在过去持续近八年的第二次“起义”中，武装和暴力手段也只是其向以色列施压的辅助方式，谈判才是其最终途径。哈马斯则坚持武装斗争、暴力袭击甚至自我牺牲是解决巴以冲突的主要甚至唯一方式，始终不肯放弃“圣战”“抵抗”这面旗帜。《哈马斯宪章》第一部分第八章“哈马斯的口号”宣称：“真主是它的目标，先知是它的榜样，《古兰经》是它的宪法，圣战是它的道路，为安拉的事业而死是它最庄严的信仰。”其宪章第十五条、第三十三条都公开呼吁通过“圣战”解决巴勒斯坦问题。

3.在未来国家模式设计上，法塔赫致力于建立世俗、民主和文化多元的现代国家。巴勒斯坦《独立宣言》规定：“巴勒斯坦国属于无论在何处的巴勒斯坦人。在那里，在一种建立在言论自由，组织政党自由，多数人照顾少数人的权利，少数人尊重多数人的决定，社会公正，平等，不分种族、宗教、肤色或男女普遍享有权利的基础上的民主的议会制度下，按照一部保证法律至上、司法独立的宪法，本着全盘继承巴勒斯坦许多世纪以来形成的各种宗教相互容忍和宽容相处的精神和文化遗产的原则，巴勒斯坦人发展自己的民族和文化特性，享受完全平等的权利；在那里，他们的宗教和政治信仰以及人的尊严得到保护。”[16] 法塔赫更强调未来国家的阿拉伯属性。哈马斯则致力于建立政教合一的伊斯兰政权，强调未来国家的伊斯兰属性，明确宣布自己是“穆兄会的巴勒斯坦分部”，其宪章中的第十一条、第十三条均强调巴勒斯坦土地的伊斯兰独有属性。

第二，外力的干扰始终是造成两派对立与不和的重要因素，两派所投靠山不同必然影响其制定政策的走向。法塔赫与哈马斯围绕上述三大战略问题所秉持的立党之本和施政之策，不但对内加剧不和、矛盾和摩擦，对外，客观上也把双方归入不同的地区和国际阵营，进而使各自拥有外来依托，既借外力壮大自己打压对方，同时双方也被外力驱使，充当外人筹码，进而使巴勒斯坦形势更加复杂化。显然，法塔赫一直倚重支持和平进程的国际和地区力量，包括美国、以色列、埃及、土耳其、约旦、沙特等。哈马斯则投靠叙利亚和伊朗，其境外政治领导人也多寄居这两个国家。加沙战事充分暴露这种地区对立力量暗中角力的复杂格局：和平进程既得利益诸方旗帜鲜明地冷眼观战甚至指责哈马斯，放手让以色列重拳教训哈马斯，而且阻挠召开阿拉伯首脑会议通过决议向以色列施加压力。[17]围绕法塔赫与哈马斯对巴勒斯坦社会控制权的争夺，由于伊拉克战争导致的伊朗势力西进和什叶派联盟形成，对伊朗戒心甚重的几个中东国家超越民族、语言和宗教差异，形成反什叶派阵营，包括以色列和土耳其。卡塔尔作为逊尼派国家因不满沙特而倒向什叶派阵营，伊朗深度介入巴以冲突并公开指责阿拉伯大国，均激化了地区势力的站队和洗牌，造成它们出于私利拉偏架，为哈马斯与法塔赫的争夺增加了前所未见的地区教派角逐色彩，也让双方的和解困难重重。约旦国王阿卜杜拉于2009年4月27日访美时提出要警惕伊朗在该地区的扩张，特别是对巴勒斯坦哈马斯和黎巴嫩真主党的操控。参议院共和党领袖议员马克・基尔克称，阿卜杜拉在会见中说“所有的哈马斯官员均听命于德黑兰的命令”。[18]这是阿拉伯温和国家领导人前所未有的判断和表态，印证了哈马斯与伊朗关系的特殊性以及带给地区国家政府的深刻关切和焦虑。伊朗出于其政权的政治和宗教理念，也出于体现其地区大国地位、在伊斯兰世界充当领袖的战略考虑，也公开、大张旗鼓甚至理直气壮地支持哈马斯，反对以色列作为国家出现在巴勒斯坦土地上，号召世界穆斯林支持巴勒斯坦人特别是哈马斯等派别对以色列发动“抵抗”和“圣战”，拒绝阿拉伯国家指责其干涉巴勒斯坦事务，并称这是伊斯兰世界和每个穆斯林的义务。2009年3月初，伊朗议长在德黑兰发起了第四届支持巴勒斯坦国际大会，伊朗最高宗教领袖、总统、议长和大法官等4位最高权力者集体出席，巴勒斯坦各派特别是哈马斯等强硬派领导人云集会场并向伊朗表示忠心，伊朗俨然成为巴勒斯坦事业的最大庇护者。以色列一直指责伊朗通过海上和加沙与埃及边境，向哈马斯等激进组织走私贩运武器。更有报道说，4月底，以色列联合美国千里奔袭苏丹海滨，摧毁了一艘为哈马斯运送武器的商船。[19] 伊朗对法塔赫的渗透也是存在的。以色列中东新闻在线2009年4月30日报道说，阿巴斯已下令将任何与伊朗有来往的官员或外交人员除名。阿巴斯接到报告，一些民族权力机构的官员已接受德黑兰当局的资助。“我们已开除了一些官员，包括在安全部队的官员。”[20] 不仅如此，巴勒斯坦其他一些集团骨干、人阵和民阵领导人也都与伊朗保持着良好的关系，这种态势无疑会加剧巴勒斯坦内部和解的复杂和变数。

三、和解前景不容乐观

哈马斯尽管遭受重创，但其群众基础非常强大，以色列很清楚不可能打垮哈马斯，更别说消灭哈马斯。就加沙战事而言，以色列《新消息报》指出，以色列任何军事行动的现实目标不是“把哈马斯赶下台”，而是“削弱它的军事能力和统治权”；“以色列在加沙的军事行动目标一定是削弱哈马斯继续战斗的欲望，并在此基础上达成停火协议”。[21] 这些观点其实代表了以色列各派和社会主流的长期看法。除无法根除哈马斯这个客观因素外，为法塔赫培植和树立对手、让巴社会保持分裂和内耗、分散和削弱巴民族力量便于以色列分而治之，是以色列多年的战略。此外，和平进程又是国际社会的共识和地区政治主流方向，特别是巴周边国家的战略选择。这种宏大的国际背景和态势决定了和平进程既不能因哈马斯的顽固而停止甚至倒退，也不能将哈马斯边缘化而一意孤行。反之，对哈马斯也是如此，现实是严峻和残酷的，因为消灭以色列几乎就是天方夜谭，单独对抗以色列也力不从心。囚笼地缘条件和环境使哈马斯缺乏持续其武装战略的基础和空间，甚至不能像黎巴嫩真主党那样获得相当的回旋余地，武装斗争和暴力手段无法让以色列屈服。

另外，以色列22天的打击更让为哈马斯买单的巴民众失望。2009年2月，巴勒斯坦舆论研究中心民调显示，由于封锁和战争带给巴民众巨大创痛，和2008年11月相比，哈马斯在加沙的支持率由51.5%下降到27.8%；法塔赫从31.4%上升到42.5%。56%的加沙居民和48.4%的西岸和东耶路撒冷巴民众认为哈马斯应该对这种困局负责。[22] 联合国开发署4月14日公布的一项报告显示，69%的巴勒斯坦青年人认为暴力行动徒劳无益，只有8%的人认为应该采取暴力手段。[23]

在加沙重建进程中，国际各方未来两年将筹集超过40亿美元的资金。这笔资金既是恢复民生、重建经济的重要保障，也是争取民意、获得拥护的物质基础。谁主导了加沙重建进程，谁就会影响巴勒斯坦社会的未来。因此，实现和解，组成团结政府，在重建进程中发挥作用是哈马斯与法塔赫，特别是前者渴望所在。但哈马斯作为立党22年的主要力量，也是为巴勒斯坦事业蒙受牺牲最重的派别之一，让其一夜间改弦更张不现实，需要采取更策略、更务实的方式加以解决。最近，围绕巴以和平进程历史遗产，即巴解组织有关和平进程的政治决定以及巴以签署的和平协议和承诺，有关方面在埃及的斡旋下，似乎找到了一个折中方案，即不再坚持哈马斯必须“遵守”相关协议和承诺，而只是表示“尊重”，作为软化立场的第一步。为此，埃及分别派外长阿布·盖特和情报局局长苏莱曼前往华盛顿和布鲁塞尔，以说服美欧体谅巴勒斯坦内部情势现状和阿拉伯社会的压力，接受这一折中表述，打破对哈马斯的孤立，将其逐步引入和平进程。据埃及《金字塔报》报道，欧盟对这一思考接受的态度越来越明显。

加沙战事中，由于埃及、沙特、约旦被指责放任以色列大打出手，三国政府承受了本国和阿拉伯世界民众的巨大压力，也意识到必须从外围解决哈马斯强硬的问题。奥巴马新政府对此也似乎有所认识。2009年初，美国外交关系委员会与布鲁金斯研究会联合提交一份有关中东地区的形势报告，建议奥巴马政府重视和正视哈马斯的地位和作用。这份由著名学者哈斯和前美国驻以色列大使英迪克撰写的论文指出，无论哈马斯持什么立场，将其排除在外的任何和平协议都会失败，因为它控制着加沙，且至少获得三分之一民众的支持。[24]

加沙战事后，美国和叙利亚恢复接触十分引人注目。自2005年美国召回驻叙利亚大使后，双边关系一直十分紧张，美国指责叙利亚干涉黎巴嫩内政、支持伊拉克境内反美武装，也是真主党和哈马斯等反美武装的背后推手。奥巴马上台后，开始调整对叙政策。国务卿希拉里2009年3月访问贝鲁特时宣布，两名美国特使将访问叙利亚商谈双边关系，他们分别是国务院负责近东事务的代理助理国务卿杰弗里·费特曼和国家安全委员会负责中东问题的丹尼尔·夏皮罗。

四、结语

综上所述，围绕和平进程、巴内部和解及阿拉伯内部和解的努力已开始，为法塔赫和哈马斯最终取得共识，并以两派为中心实现所有派别参与的民族和解创造了一定的内外部条件。法塔赫尤其积极：如阿巴斯任命的临时总理法耶兹宣布辞职，主动派代表去加沙接触哈马斯。但是，巴以未来半年的主要任务应是整合内部力量，形成和平进程新思路，尤其对巴方而言，难度非常大，在举行大选前，很难指望形成合力和统一谈判立场和目标。特别是哈马斯坚持不承认以色列，使得法塔赫与哈马斯的和解非常艰难。2009年4月17日，哈马斯主要领导人之一扎哈尔首次在加沙公开露面，他对公众强调，“我们现在不会，将来不会，永远都不会以任何形式承认我们的敌人（以色列）”。这表明，组成和解政府虽然可以预期，但几个月内恐怕也不能乐观以待。退一步说，即使组成了和解政府，如果在对以立场上仍不能实现统一与协调，和解政府也将无法形成统一的对以谈判策略和目标，自然也不可能有效地与以色列重开和平谈判。

参考文献

[1]法塔赫哈马斯对话结束5月复会[EB/OL]. [2009-04-28]. http：//www.aijazeera.net/NR/exeres/70727A80-26B5-4C94-B 175-738465732CC5.htm.

[2]传阿巴斯责成法耶兹组阁[EB/OL]. [2009-05-01]. http://www.aljazeera.net/NR/exeres/3C4CA5B4-9DEF-4AED-AAAE-66340FFE69DD.htm.

[3]哈马斯任命内政部长[EB/OL]. [2009-04-29]. http://www.rushmordrive.com/Latest/LatestNews/Hamas_Appoints_Interior_Minister.aspx?ArticleId=18112769647301809445.

[4]内塔尼亚胡率最庞大内阁就职[EB/OL]. [2000.04.02]. http：//press.idoican.corn.cn/detail/articles/20090402052A311.htm.

[5]金阳.巴勒斯坦人权中心公布了首个战争伤亡人数统计[EB/OL].[2009.01.22]. http：//www.china.corn.cn/news/txt/2009-01/22/content_17171478.htm.

[6]加沙被袭巴勒斯坦损失总额约达19亿美元[EB/OL]. [2009.01.21]. http：//news.163.com/09/0122/17/509E3LEV0001121M.html.

[7]马晓霖.加沙战事：一场不对称的战争[N].参考消息，2009-01-08.

[8]安国章.民调显示加沙战争后哈马斯民意支持率大增[EB/OL]. [2009.03.10]. http：//news.qq.com/a/20090310/001049.htm.

[9]哈马斯指责法塔赫挫败对话[EB/OL]. [2009-04-03]. http：//www.aljazeera.net/NR/exeres/39F7A823-7CF8-4A8C-8752-649C31993391.htm.

[10]法塔赫与哈马斯就未能组成和解政府相互指责[EB/OL]. [2009-03-14]. http：//www.aljazeera.net/NR/exeres/8FE239FD-404F-49C8-A3BC-49619A581A29.htm.

[11]埃及威胁不再居中协调[EB/OL]. [2009-04-23]. http：//www.aljazeera.net/NR/exeres/1132C93F.A36C-4E20-9E5E-EED37CD7A13F.htm.

[12]哈尼亚抨击阿巴斯组阁为会谈设障[EB/OL]. [2009-04-23]. http：//www.aljazeera.net/NR/exeres/B753391A-C7ED-4161-AD19-E3524C7BF681.htm.

[13]UNRWA威胁开除亮明身份的哈马斯、法塔赫职员[EB/OL]. [2009-04-02]. http：//www.haaretz.com/hasen/spages/1075344.html.

[14]哈马斯加紧控制加沙，开除异己军官[EB/OL]. [2009-04-17]. http：//www.israelnationalnews.com/News/News.aspx/130908.

[15]加沙患病居民成哈马斯法塔赫斗争牺牲品[EB/OL]. [2009-04-28]. http：//www.washingtonpost.com/wp-dyn/content/article/2009/04/28/AR2009042800189.html.

[16]尹崇敬. 中东问题百年[M]. 北京：新华出版社，1999.

[17]马晓霖. 空袭加沙：流血背后的缠斗[EB/OL]. [2009-01-03]. http：//maxiaolin.blshe.com/post/3/315181.

[18]约旦国王就伊朗在地区的扩张警醒美国[EB/OL]. [2009-04-28]. http：//www.araboo.com/news/arab-news-8083849.

[19]伊朗运往加沙军火船被击沉[EB/OL]. [2009-04-29]. http：//www.israelnationalnews.corn/News/Flash.aspx/164303.

[20]民族权力机构开始清洗伊朗同情分子[EB/OL]. [2009-04-30]. http：//www.menewsline.com/article-1173,3379-PA-Begins-Purge-Of-Iranian-Sympat.aspx.

[21]加沙战火之后访加沙[N]. 北京青年报，2008-12-30.

[22]约旦河西岸贝特撒豪巴勒斯坦舆论研究中心调查结果[N]. 耶路撒冷邮报，2009-02-09.

[23]70%巴勒斯坦青年反对暴力[EB/OL]. [2009-04-14]. http：//www.palestinemonitor.org/spip/spip.php?article891.

[24]理查德·哈斯，马丁·英迪克. 伊拉克之后，新的美国中东战略[EB/OL]. http：//ipsnews.net/news.asp?idnews=45170.

（本文原载于《阿拉伯世界研究》2009年第3期）

附录二

60 年来我国媒体关于中东问题的报道

摘要：中国与中东关系60年既是短暂而急剧变动的历史，又是一个宏大的主题。本文从中国媒体对中东问题特别是巴以冲突报道的微观角度出发，从国家政策影响和媒体表现案例分析两大层面做初步考察，并提出几点建议。笔者认为，中国媒体的中东问题报道随着国内外形势变化尤其是国内政策的调整，大致可以分为前后30年两个阶段。前30年比较稳定，后30年特别是近十年，中东报道多元倾向日益明显，所体现的世界观、价值观、外交观和利益观呈现碎片化。尽管在政府意志和主流新闻管制层面上还保持着较为清晰的方向引导和政策干预，但民意、学者甚至媒体从业者本身的立场分歧日益严重和公开化，甚至反作用于主流媒体。为应对新形势下传播领域的认识和情感巨变，政府、学者和媒体人士都必须认真思考，从战略上考虑和规划未来中国与中东国家在深度交往和交融中面临的挑战。

关键词：中国与中东关系；媒体视角；巴以冲突报道；中东问题；国际媒体

作者简介：马晓霖，博联社总裁，中国中东学会理事，中国国际问题研究基金会常务理事，高级记者（北京 100062）。

文章编号：1673-5161（2010）02-0049-12

中图分类号：G212　　　**文献标识码**：A

中国的媒体属性决定其涉外报道的高度国家化和政治化。中国的媒体均为官办媒体，其功能首先是党和政府的“耳目喉舌”。直接或间接地将所掌握的国内和国际信息采集、整理、汇总并呈报给决策高层的同时，又将高层决策及其意图传达给国内外受众，然后才扮演社会公器角色，进行日常新闻信息采集、发布、评论和传播并进行适度的舆论监督。中国媒体秉持马列主义和毛泽东思想指导下的无产阶级新闻观，强调新闻具有阶级和政治属性，不承认没有政治导向的所谓纯粹客观的新闻报道取向。所以，中国媒体的报道在任何情况下，首先体现中国的国家意志和内政外交政策，强调政治可靠、导向正确和为内政外交服务一直是中国媒体旗帜鲜明的口号。

国际问题报道是中国内政外交的晴雨表，长期高度与国家外交、外宣捆绑，近年有所松动，但基本性质与特点未变。中国媒体的中东问题报道，不但与60年来新中国不同阶段的内外政策基调密切相关，而且深受执政党有关民族、国家、阶级斗争、国际关系和革命理论影响，进而在报道中体现了比较强烈的政治倾向、革命色彩和情感因素。

在相当长的时间内，中国作为第三世界大国和与美国、苏联实力不对等三角关系中的一极，深刻卷入世界风云，并或多或少地影响着世界和地区形势的变化发展。中东地区民族独立浪潮蓬勃兴旺，是第三世界和不结盟运动的活跃地带，也是冷战对峙和两霸争夺的重要前沿，更是二战后局部战争与冲突频发之地，自然是中国外交十分重要的着眼点和着力点，也必然是中国媒体持续和密切关注的新闻热土，受到关注由来已久，报道力度和比重一直较大。

具体到中东问题报道本身，中国媒体报道60年中的前30年总体亲近阿拉伯疏远以色列，支持阿拉伯抨击以色列，但并非整体反对以色列国家或反对犹太人民。后30年趋于相对中立、平衡和超脱，并大力为和平进程欢呼。自万隆会议后中国中东政策明确向一边倒：媒体一直同情和支持阿拉伯国家收复失地和摆脱外来势力控制，谴责以色列的扩张政策和为美国战略利益驱使的角色。这个基调显然服务于发展和深化中国与阿拉伯、伊斯兰及第三世界外交关系的大局，也服务于中国反对美苏在中东地区争霸的国际战略大局。当然，中国媒体在“亲阿疏以”“赞阿批以”的同时，也理性体现着中国中东政策的另一面——同情犹太人民的历史遭遇和苦难，反对从根本上否定以色列作为主权国家存在、将以色列政府和以色列人民混为一谈或笼统的排犹主义。

随着冷战进入尾声，中国改革开放及中东和平进程逐步启动，中国又调整地区政策，相对超脱并客观地鼓励双方以联合国决议为基础，以“土地换和平”为原则实现历史和解。

20世纪90年代后，中阿全面建交、中以关系实现正常化，中国的地区政策更加理性务实，且对大国特别是美国介入和平进程持默认甚至公开支持态度。相应地，中国媒体的报道也由此前几乎无条件绝对支持阿方逐步转为就事论事的报道和评议，但总体上依然照顾中阿历史友好与现实利益，保持更为亲近阿方的姿态。这是长达半个世纪的朋友、兄弟加伙伴关系情意的自然延续，也是对中东问题大是大非原则的基本把握和持守，因为以色列与部分阿拉伯国家毕竟存在着领土占领与被占领关系。中国媒体人士所受的教育、传统和法理判断均在政策影响之外，对中东报道发挥着另一种支撑作用。不过，2000年以后中东报道的变化几乎颠覆了前50年的报道基调。

一、我国媒体新世纪中东报道的剧烈变化及其成因

21世纪以来，中国媒体的中东报道出现历史性变化，折射着中国和中东所处的时代特征，非常值得深入研究和探讨。此阶段的报道不仅体现为对中东争端固有是非立场与倾向方面的微妙变化，更体现了全球化、网络化对中国社会半个世纪世界观、价值观和人生观的巨大冲击甚至重构，这种革命性的剧变伴随着中国的崛起和利益调整，将中国媒体推到变革的前沿，也给中东问题的报道带来明显的混乱、撕裂和阵痛。“亲阿”还是“亲以”成为媒体人士或学者经常提到的立场或观点，这种分野甚至在中国媒体受众中引起对立，是前50年报道所未有和不可想象的。

深刻影响中国媒体中东报道的主要因素包括以下九个方面：

第一，造成三个世界历史划分概念和价值的弱化，中国政府和公众被迫以新的视角看待你中有我、我中有你的界线。“敌我友”概念已不是传统的阶级斗争或冷战思维定义，取而代之的是因利益的同异而变化，阵营也在不同层面和不同议题的变化中不断分化组合。受制于文化和国家政策的中国媒体，不但是全球化观念的直接接受和发散者，也在日积月累的传播中被潜移默化，日益具有全球视野和意识。人类面临的共同挑战——非传统威胁逐步成为中国媒体的焦点，体现在报道中的世界观、价值观和新闻观也因之而变。

第二，互联网在中国迅速普及和成长，打破原有的信息传播渠道和方式，官方发布、主流来源不再是中国媒体、受众获取信息的唯一渠道，多数

网民甚至不再通过主流媒体获取信息。世界第一次立体、全面和多层次地呈现在中国人面前，获得思想解放的受众不但以自己的目光判断包括中东问题在内的国际风云，甚至以逆反、质疑和批评的思维审视官方和主流媒体的报道及立场。去主流化、去精英化和反传统成为以青年人为核心的网络用户的趋势，他们厌倦了官方媒体说教式的报道，包括“一边倒”的中东报道。

第三，全球化和网络化在中国的迅速发展，导致发达的西方媒体传播快速在中国着陆，而网络带来的媒体竞争压力，加剧了中国传统媒体对西方传媒内容的快餐式摄入，使中国在近十年的国际报道深受西方新闻观、价值观的影响，这种深刻的渗透必然体现在中国中东问题报道的方方面面，而这个阶段正好是西方妖魔化阿拉伯—伊斯兰世界最为鼎盛的时期，与此相对应的以色列，则形象大为改观。网民在论坛、博客里的“无厘头”狂欢或者起哄，也形成巨大的网络压力甚至网络暴力，影响着中国媒体的中东报道。

第四，“9·11”事件改变了世界，也扭曲了中国公众对阿拉伯—伊斯兰世界的认识，并深刻地影响着中国媒体的中东报道。由于布什政府把反恐矛头指向阿拉伯一伊斯兰世界，美以将巴以争端妖魔化为恐怖与反恐怖，不但哈马斯等激进组织的中国媒体形象转为负面，即使阿拉法特及其领导的主流派形象和地位也受到冲击。在所谓的“反恐”时代，主要恐怖组织与阿拉伯—伊斯兰社会有着千丝万缕的联系，被影响力巨大的西方政府、智库和媒体渲染放大，形成巨大的负面辐射效应，直接或间接地冲击着中国媒体，进而对其原有报道风格和价值取向形成明显的烙印。

第五，中东恐怖事件的泛滥，特别是中国公民的无辜受害，使中国公众从情感上受到前所未有的震撼甚至伤害，他们朴素而本能地重新思考谁是朋友，谁是敌人。这种情绪化的抉择与官方立场形成剥离。哈马斯等组织的自杀式袭击方式，对无辜平民的伤害和公开煽动，客观上加剧了中国公众的反感，增加了他们对以色列人安全环境的忧虑和武力弹压的理解，这也必然影响中国媒体的立场取向。中国公民在巴勒斯坦、阿富汗、巴基斯坦和伊拉克死伤于自杀性爆炸，或被绑架、杀害，更激起中国公众甚至媒体的愤怒，这种不满也被非理性地转嫁到包括巴勒斯坦人、阿拉伯人在内的穆斯林公众，同样影响对中东问题的报道。

第六，阿拉伯—伊斯兰世界内部的长期不和与钩心斗角，在诸多地区热点问题上的分裂和无为，导致中国公众的极大失望和媒体的厌倦。中东和平进程久拖不决，加剧了中国公众的厌倦和麻木情绪。这些现实反映到媒体报道和受众方面，表现为对巴勒斯坦人“哀其不幸，怒其不争”，甚至转而同情和钦佩在危机中自强不息的以色列。中东问题日复一日地纠缠，不但让各阶层受众产生心理疲劳，也让天天重复报道的媒体充满厌倦。

第七，阿以双方对华公关和媒体宣传的强弱，也在某种程度上影响和左右着中国媒体报道立场的变化。22个阿拉伯国家在华拥有强大的外交使团和能量，但一如它们在中东地区的状况，缺乏统一、高效和与时俱进的媒体和公众公关机制和力量，很少主动向中国媒体和公众正面和有序地阐述对中东冲突、恐怖主义等问题的立场和态度。相比之下，以色列的对华公众和媒体公关非常成功，不但短时间内彻底改变了以往的妖魔式历史形象，而且日益掌握了主动权。

第八，学者和第三方独立声音的出现，也打破了中国媒体报道一言堂和异口同声的原有格局。近十年以来，随着媒体环境的逐步开放，中国学者针对中东问题的立场和声音也逐步多元化。他们在不同议题、不同层面的不同声音，甚至与官方立场相对立的看法，既构成中东研究的成果，也成为丰富和影响中东报道的不同纬度和角度，并借助媒体特别是网络、电视与中国公众形成相互支撑的持续互动。

第九，中国官方政策的倾向性色彩蜕化和角色后退给了媒体更多自主发挥的空间。由于中国与中东地缘政治关系相对较远，中国与阿以关系保持相对超脱与平衡，在韬光养晦和全面和平外交理念主导下，中东政策对媒体的干预力度明显减弱或后退，使媒体报道有了更大的自由空间和发挥尺度，也使21世纪前十年的中东报道呈现大原则下的多元化。

二、前三十年中国媒体中东报道案例分析（1949—1978年）

1949年之后至万隆会议前，中国媒体亲近以色列，疏远阿拉伯。然而，考虑到要争取更多国家支持和承认，1949年之前那种明显站在以色列一边的表态和措辞逐渐消失。

1949年新中国建立后，以色列于1950年1月9日宣布承认新中国政府，成为第一个承认中国的中东国家。由于以色列的犹豫不决和朝鲜战争的爆发，导致中以未能把相互承认转化为外交关系。因此，万隆会议前，由于阿拉伯—伊斯兰国家普遍对中国采取冷漠和敌视政策，中国又受困于朝鲜战争，中国媒体仍延续着新中国建立前同情和支持以色列独立建国的外交政策。

1956年战争至1978年埃以媾和，中国开始亲近阿拉伯，抛弃以色列，对中东争端的双方立场界限明显，一直延续到“文革”结束。此时的报道充满了革命和战斗色彩，具有浓烈的世界革命特征。

1955年亚非万隆会议决定支持“巴勒斯坦的阿拉伯人民”，在此次会议上高调亮相的中国为了打破西方国家的封锁和国际孤立，中东政策天平开始向阿拉伯一方倾斜，但仍对中以关系正常化抱有希望。然而，这一政策由于1956年以色列伙同英法发动苏伊士运河战争而终止，中国媒体将以色列斥责为“帝国主义在近东侵略政策的工具”[1]，由此确立对以媒体形象的地位并持续几十年。支持阿拉伯人民的正义事业，一直是中国媒体的不二选择，也必然由于阿以之间的严重敌对而不利于以色列。“亲阿疏以”“赞阿批以”成为中国媒体报道的政治基因和本能选择。

在这个时期，中国媒体的话语体系沿用了革命时代的语言和色彩，侵略、野蛮、残忍、卑鄙、罪行、粗暴、公然、掠夺、极端残暴、挑衅、疯狂、嚣张、杀害等贬义词基本上属于以色列的专用标签。英勇、无畏、牺牲、革命群众、人民、完全正义等褒义表述总是和阿拉伯国家和人民相联系。情绪化、革命化、脸谱化和程式化的语言长期主宰着中东报道，这从1973年4月13日《人民日报》针对以色列的一篇述评可以看到。[2] 同时，对巴勒斯坦人民针对以色列的武装斗争，包括在以色列本土进行的武装袭击进行赞扬，并以“敌人”形容以色列。[3]

三、近三十年中国媒体中东问题报道案例分析（1979—1999年）

20世纪70年代末80年代初，中国实行改革开放，埃及同以色列媾和，阿拉伯国家提出和平倡议，以色列继续接近中国。这些内外变化促动中国在新外交战略框架下开始调整中东政策，为中以关系正常化做准备。中国媒体的中东报道则能体现出这一变化。

1977年10月，埃及总统萨达特访问以色列，在阿拉伯世界陷入孤立，中国媒体则明确支持阿以和解，支持以政治手段解决中东问题。中国方面表示这一立场是1956年以来的第一次。[1] 新华社发自开罗的报道援引萨达特讲话强调埃及对和平进程的原则立场，还转发了埃及对阿盟决定迁走其总部之“非法决定”的不满。[4] 1980年阿盟非斯会议围绕沙特提出的“土地换和平”主张讨论时，新华社评论称其为“比较现实全面的解决阿以冲突的建议”，虽然文章依旧在抨击以色列特别是贝京政府的顽固立场，抨击美国与苏联的暧昧或插手，但中国媒体在措辞和立场上的调整是可以明显感觉到的。[5] 这种变化标志着中国中东报道即将翻过历史的一页。

当然，涉及具体的战争与冲突时，尽管谴责“犹太复国主义”的提法逐步在中国报刊中消失[1]，但对以色列“侵略扩张政策”的抨击并没有结束，这也是中国媒体的政策底线。1982年6月以色列发动黎巴嫩战争后，新华社发自贝鲁特的一篇通讯标题为“贝鲁特在燃烧”开篇称：“6月4日以来，以色列依仗美国提供的F-5和F-16飞机，多次野蛮轰炸黎巴嫩首都贝鲁特市和其他地区。8.5万名侵略军蹂躏了三分之一的黎巴嫩国土。黎巴嫩人民的鲜血在流淌，和平的土地上升起滚滚狼烟。”[6] 巴解组织被迫撤离黎巴嫩后，新华社继续跟踪报道，并称他们是“革命的火种”和“巴勒斯坦战士”。[7]

1987年巴勒斯坦被占领土上掀起“因提法达”运动，中国媒体给予持续而高调的肯定和赞扬，喻之为“反以抗暴斗争”[8]，并对以军镇压给予无情揭露和强烈谴责，但“巴勒斯坦人民”已经被“巴勒斯坦人”取代。[9] 1988年4月，以色列在突尼斯暗杀巴解组织二号领导人阿布·杰哈德后，中国媒体以报道革命领导人遇难的措辞和感情，对其葬礼和生平进行了饱含兄弟和战友情意的报道。如“怀着沉痛的心情”，“脸色显得十分悲痛”，“面对烈士的遗体”，“用坚定的语调说”等，新华社《瞭望》周刊在一篇通讯中大量使用上述词汇描述这场葬礼的场面。[10] 这种体现中巴人民友谊和敬重其杰出领袖的深厚情谊，一直延伸到阿拉法特去世，只不过表达更为平和。

20世纪90年代，是中国媒体中东报道比较活跃的时期，由于巴解组织接受和承认了以色列，其他阿拉伯国家对以色列的政策也趋于务实，中国的中东政策也发生变化，在阿以之间更加均衡。但在中以关系正常化的微妙阶段，中国媒体中东报道的尺度和立场也不尽相同。而1993年“奥斯陆协议”签署之后，中国媒体才较为整齐地放开手脚，对阿以和平进程、巴勒斯坦有限自治和巴以最终地位谈判和新邦交国家以色列进行了充分报道，报道总体上相对务实与平衡。

这个阶段是中国媒体中以色列形象大为改善和充分曝光的黄金时期。始于20世纪70年代末的犹太和以色列研究十年后在学术和出版两个层面达到发展和繁荣，突出体现了青年人对以色列和犹太人的经济、文化、历史、军事传奇的欣赏甚至盲目崇拜，非主流媒体各种宣传以色列自强奇迹与犹太人智慧和杰出贡献的报道非常多，相关出版物不断推出以至于多有重复。“以色列热”的产生，得益于低调开展的中以军事和农业合作。以色列在中国媒体和公众层面一度被神化的现象与中阿政府对中阿友谊的巨大热情投入效果形成鲜明落差。究其原因，是媒体和出版市场的受众选择的结果，也佐证了中国中东报道的受众基础和趣味正在深刻变化。

然而，官方大媒体依然没有改变总体上“亲阿抑以”的基调，因为媒体的官方色彩和政策舆论导向依然十分敏感。以色列首任驻华代表苏福特认为，1988年以后中国媒体仍滞后于外交政策的变化和调整：“中国官方，至少说指定外交政策的干部和决策人员，正朝着一种更加平衡的观点走去，而且已经走得相当远。但报刊总是落在一些微妙变化的后面。中国的媒体要捕捉住这些变化的苗头还需要时间。在得到明确的指示之前，媒体总是倾向于保持稳定，继续奉行那熟悉的路线，运用那熟悉的语言。”[11] 1991年的4月初《北京周报》指出，中东问题的症结是“以色列对巴勒斯坦和其他阿拉伯国家的侵略和扩张”。[11] 4月8日的《人民日报》也因以色列拒绝承认巴解组织而批评其“顽固立场”。[11] 当月的其他媒体评论也基本一样，显示它们仍在坚持中国原有的立场，没有捕捉到中以之间正在提升外交关系级别。[11]

当然，即便是官方媒体也对局势判断、是非评判和口径把握有所不同：一是因为中国媒体规模非常庞大且信息往往不对称；二是因为媒体主管甚至编辑记者个人的把握在发挥作用。

20世纪80年代末，中以之间除军事和贸易的秘密互动外，双方的媒体和学术渠道互动也已展开，为加深两国了解、改善两国关系发挥了重要作用。[12] 1988年至1990年，新华社多位记者即到约旦河西岸、以色列境内进行访问，他们关于以色列的报道虽然没有在新华社通稿和《人民日报》这样的主渠道曝光，但也陆续通过新华社《中国记者》《瞭望》周刊和外交部《世界知识》等媒体和公众见面。[12] 1990年至1991年，以色列先后邀请了六个批次中国记者去访问。1991年5月，中国期刊组织邀请三名以色列记者访华，它们是第一批来华访问的以色列记者，新华社为他们举行了招待宴会，二十多位外单位记者出席。这是中以媒体首次非常正规和高规格的交流。[11]

1991年7月16日，中国官方媒体首次明确发出了调整中东问题政策的信号，包括对美国地区角色的认识和定位，一反以前的反对外来干涉立场。当天的《人民日报》援引随同李鹏总理访问中东六国的钱其琛外长所言：强调中国保持一贯的中东问题立场，同时强调“在目前情况下……中国也采取了一种灵活的态度，对于凡是有利于促进中东和平进程的各种方案和意见，中国都持积极的态度”，“最重要的是，对以色列有重大影响的美国应该发挥更重要的作用”。[13] 中国的立场已由过去的单纯支持阿拉伯转变为支持双方和平解决问题。

1992年中以建交前，新华社在耶路撒冷建立分社，中国主流媒体从此结束了间接报道中东争端核心问题巴以冲突的历史。同年，阿文版《新华社电讯稿》在关于巴以冲突的报道中停止使用褒义词“突击队员”，代之以更为中性的“枪手”，为此引起阿拉伯国家使馆交涉，但新华社并没有因此而改变立场。一些过去常见的感情和倾向色彩比较浓的词汇和表达正陆续淡出新华社等主流媒体的报道，尽管在遭遇极端事件时还偶尔使用。以色列外交官的印象是，新华社在同以色列官方接触方面远比《人民日报》更开放。在新华社记者数次访问以色列之后，《人民日报》仍拒绝同意其记者应邀到以色列采访，在针对中东和会问题上，也明显偏于传统和保守。[11]

1993年巴以签署“奥斯陆协议”，中国媒体给予高度赞扬，体现了中国人对阿以人民一视同仁，希望他们化干戈为玉帛的美好愿望。1994年的加沙自治与阿拉法特回归，新华社等媒体给予详尽报道，颂扬了巴勒斯坦人民获得新生的喜悦。[14] 1995年，以色列总理拉宾遇刺，使中国民众和媒体对以色列友好的情感达到顶峰，对其生平特别是对其推动巴以和平盛赞空前，拉宾成为中国记者心目中的英雄和“硕星”。[15] 1999年新华社在加沙地带创建分社后，巴以报道更加平衡、全面，此时已有五家媒体十余位记者派驻以色列。

1999年和2000年，人大常委会委员长李鹏和国家主席江泽民相继访问巴以，以色列成为中国中东地区的外交中心，无论从活动时间的安排还有对东道国的态度，以色列都占了上风，巴勒斯坦和阿拉伯方面的不悦开始明显出现。此后，虽然中以关系因为预警飞机事件降温，但中国媒体对以色列的态度未受影响。对照表一和表二两组中国媒体中东报道的标题，可以大致清楚20世纪80年代和90年代的报道特征及发展脉络。

表一　20世纪80年代中国媒体中东报道标题抽查（仅限纸媒）

作者	篇名	来源期刊	刊登时间
周顺贤	秘密战争——巴勒斯坦抵抗组织和以色列情报局	阿拉伯世界	1981年第2、3期
符卫建、吴文芳	革命的火种——访在也门的巴勒斯坦战士营地	瞭望	1982年第11期
寒放	以色列侵黎战况	世界知识	1982年第14期
沁雨、勃纪	圣诞节之夜的窃艇行动——以色列特务组织丑行	世界博览	1984年第1-3期
柯斯	以色列空袭巴解总部内幕	世界博览	1986年第1期
秦殿杰	巴以人士首次会晤	瞭望	1986年第47期
白国瑞	巴勒斯坦团结的会议	瞭望	1987年第19期
杜幼康	中东的人间悲剧——巴勒斯坦难民营被围纪实	国际展望	1987年第5期
穰生	秘密逃亡之旅——“摩西行动”的故事	世界博览	1987年第5期
仿声	大水冲进龙王庙——波拉德间谍案	世界知识	1987年第8期
张小英	巴勒斯坦人反以抗暴斗争	瞭望	1988年第3期
肖宪	以色列纪行	西亚非洲	1989年第6期
符卫建	访以色列的纳哈雄“基布兹”	瞭望	1989年第2期
肖宪	访问以色列杂记	国际展望	1989年第20、21期
穆广仁	第一次到禁区的中国记者——以色列占领区访问散记	中国记者	1990年第8期

表二　1991年至2000年中国媒体中东报道标题抽查（仅限纸媒）

作者	篇名	来源	刊登时间
新华社	巴勒斯坦人民喜迎自己的警察	新华社加沙电	1994年5月11日
封哲如	在阿拉法特投票的时候——报道巴勒斯坦大选手记	中国记者	1996年第3期
马晓霖	非鹰非鸽巴拉克（国际随笔）	人民日报	1999年7月14日
马晓霖	拉巴特的葬礼外交（国际随笔）	人民日报	1999年7月29日
戚德良、马晓霖	巴以谈判进入关键阶段	新华社加沙电	1999年9月13日
戚德良、楼坚	以议会批准向巴移交三镇	新华社耶路撒冷电	2000年5月15日
马世琨、张勇	巴以和谈形势逆转	人民日报	2000年6月18日
人民日报代表团	以色列见闻	人民日报	2000年7月10日
俞俐	以色列发展风险投资五项高招	国际金融报	2000年8月18日
祖廷勋	以色列水资源的利用与管理对我们的启示	甘肃经济日报	2000年8月28日
钟东	吸引人才，培养人才（以色列）	经济参考报	2000年10月25日
郑兴	好雨时节	人民日报海外版	2000年10月25日
于毅	巴以冲突殃及双方经济	光明日报	2000年11月1日
关娟娟	中东局势充满变数	工人日报	2000年10月9日
艺菲	中东，为水而战	解放军报	2000年7月10日
韩炜	中东砸金花	中国新闻周刊	2000年第23期
罗全	沙龙：来到，战斗，征服?	中国新闻周刊	2000年第22期
陈克勤	探访加沙犹太定居点	光明日报	2000年12月1日
朱梦魁	以总理巴拉克辞职	人民日报	2000年12月10日
郑兴	西部县长赴以培训纪实	人民日报	2000年12月11日

四、21世纪前十年中国媒体中东问题报道案例分析（2000—2009年）

2000年至今，中国媒体中东报道逐步实现了转型，向常态化、多元化和专业化方向发展，进一步脱离了传统观念的束缚，更强调人道、和平、法理和就事论事，不再过多纠缠历史恩怨。此外，民间声音、反主流的声音日渐强烈，对固有的亲阿报道施加了强大压力。加沙战争中的媒体表现，几乎使维持近60年的一边倒报道传统瓦解。

2000年9月底，巴以第二次大规模流血冲突爆发（阿克萨起义），中国媒体的措辞与报道第一次巴勒斯坦起义时大不相同：反映巴以人民苦难，反对暴力和流血冲突，呼吁恢复和平成为主旋律；既抨击和谴责以色列对巴勒斯坦人的暴力镇压，也同情以色列平民的安全和正常生活遭到破坏；既支持和伸张巴人抗议以色列占领希望结束民族悲剧的正义要求，也批评甚至谴责巴激进分子破坏和平、袭击平民的行为。这种媒体立场不仅反映了中国和巴勒斯坦的官方立场，也说明中国媒体从业者世界观和价值观的逐步调整。

2001年解放巴勒斯坦人民阵线总书记穆斯塔法·阿里被以色列导弹炸死后，中国政府对其表示哀悼，对以色列进行了谴责[16]，但中国媒体表现了有所控制的激愤。阿拉法特病逝后，CCTV当天的节目多次宣读国家主席胡锦涛致巴方的唁电，前所未有。媒体和公众层面，虽然对阿拉法特争议、质疑的言论也不少，但颂扬和缅怀的声音依然是主流。

相比之下，哈马斯精神领袖亚辛和继任者兰提斯相继被炸死后，欧盟和联合国秘书长则表示“强烈谴责”，中国外交部则表示“反对和谴责”，并对局势表示忧虑。[17] 中国媒体虽然报道充分，但没有任何情感上的倾向，态度比官方更冷淡。使用了“遭袭身亡”“被炸身亡”等表述，更多地关注亚辛之死可能引发的报复。2006年哈马斯当选执政后，中国政府呼吁其放弃暴力主张，承认以色列，并接受巴以此前达成的和平协议。由于哈马斯拒绝改变这一立场，受到国际社会孤立，中国也一直没有同哈马斯有任何官方接触。

中国政府对巴勒斯坦内部派别的差异化立场自然会影响中国媒体和

公众的态度，客观上加剧他们对巴以双方的情感位移。但恐怖袭击泛滥、中国同胞受害和哈马斯负面形象的充分曝光，是促成中国媒体更加超脱、中立的外部深层原因。与此同时，在传媒圈、学术圈开始出现明显的“亲阿”“亲以”立场标签，公众以自己的是非和好恶以及他们对阿以双方的态度来判断媒体报道和学术观点。这种划分阵营的风气蔓延到传媒和学术队伍之中，直至在官方和外交层面形成一定成见。更为尴尬的是，不同的报道和学术观点，也因为受众经历和年龄的原因，会产生完全相反的矛盾结论。中国是互联网大国，围绕中东问题特别是巴以冲突，谁对谁错，中国的网民打成一锅粥。褒贬巴以双方的某些有影响力的文章会被人反复转发，持续传播。这些现象足以表明中国媒体的中东报道进入了一个混乱的十字路口，彻底结束了一言堂、一种基调的历史。

2009年的加沙之战更凸显了这个问题，特别是在战争初期，以色列的中国舆论形象已经占了上风。哈马斯不但在地区博弈中成为孤儿，在中国舆论中也无法获得道义支持。中国公众第一次以比较冷漠的心态对待加沙地带的惨重伤亡，甚至以欣赏的口味看以色列如何收拾哈马斯。这很大程度上和地区恐怖主义的负面冲击、巴勒斯坦内部不和及哈马斯本身的行为特征有关。在同年底各大媒体的十大国际新闻评选活动中，造成1400名巴勒斯坦人死亡的加沙战争居然榜上无名，还不如菲律宾的家族仇杀或伊朗骚乱。

通过2009年有关报道巴以争端的报纸和杂志可见，除部分涉及哈马斯的中性报道外，大量报道具有负面性，这从消息、分析和评论标题的措辞、对哈马斯和以色列不同的情感倾向对比就能得出这一结论。这些报道，有的是媒体记者采写或专家述评的，有的是根据西方或以色列媒体的内容编辑加工而成的。其中加沙之战最为突出。《时代周报》署名文章《哈马斯是一种病》更是抨击哈马斯“挑起战争”和“屠杀平民”，充满了对以色列占领下巴勒斯坦难民小富生活的怀念。[18]

网站社区论坛与个人博客中关于哈马斯乃至巴勒斯坦的负面评价更多，也更直接，对以色列的支持和赞扬则更明确。这些网民的博客或跟帖，有的只是三言两语的发泄，有的把主流媒体比较平衡的报道篡改标题后，以吸引眼球的方式加以发表，不仅出现在新浪、凤凰、天涯、ChinaRen社区这样流量巨大的商业网站和部分专业论坛社区中，甚至出现在人民网、中国网、新华网、北方网、大众网等官方主流媒体网站上。一部分激进网民指责官方媒体一味偏袒巴勒斯坦，客观上是在纵容恐怖主义。中国网发文《顽强的以色列》称："哈马斯的强硬政策，在给以色列造成巨大危害的同时，也给加沙的巴勒斯坦人民造成了更大的危害。哈马斯为逃避以色列军事打击，将许多的军事设施甚至发射火箭的设施隐藏在平民区，他们在不与以色列和平的同时，同样将无情战火强加给了巴勒斯坦人民。因此以色列开展这'铸铅行动'的军事打击，虽然有错，但不全都是以色列的错。"[19] 有人盗用知名学者周孝正之名发表网文《以色列是个好国家》，被两大门户网站放在首页显著位置上，直至其本人出来更正。[20] 新浪网、中国网在加沙战争期间甚至在首页热炒以色列人的中国媳妇这样的话题[21]，挂出"以色列女兵生活照"这样柔化以军士兵形象的热门博客图片[22]，都博得巨大人气，几十万甚至上百万人进行了阅读。此外，有关网络上阿以和巴以的是非之争，从周忠勇归纳的一篇博文《中国"挺以派"横行网络的十大谬论》及其跟帖可窥一斑。[23]

表三　2001年至2008年中国媒体中东报道标题抽查
（仅限通讯社、报纸和杂志）

作者	篇名	来源	刊登时间
明大军、杜震	专访被"软禁"的阿拉法特	中国记者	2002年第3期
流星雨	内参：巴勒斯坦人的生活状况揭秘	西祠胡同网《迦南论坛》	2002年6月7日
徐启生	以色列爆炸案再次殃及中国人——伤者回忆恐怖瞬间	光明日报	2002年7月18日
马晓霖	袭击平民，不得人心	新华社北京电	2002年11月22日
本报讯	以色列爆炸，未伤中国人	北京青年报	2002年10月23日
外交部网站	中国严厉谴责以色列爆炸，高度关注公民安全	央视国际	2003年1月6日
刘素云	2万多中国工人在以色列，恐怖爆炸事件威胁大	中国国际广播电台	2003年1月16日

（续上表）

作者	篇名	来源	刊登时间
许祥敏、张保平	悲情以色列：特拉维夫爆炸中国幸存者的故事	文摘报	2003年3月7日
裴闯	中国媒体聚焦阿拉法特逝世	新华每日电讯	2004年11月12日
徐斌	永远的阿拉法特	新闻实践	2004年第12期
高学余	48小时未曾合眼的报道——追访阿拉法特病情	中国记者	2004年12期
黄培昭	月挣近千美元爆炸威胁生命，中国劳工拼在以色列	环球时报	2006年4月16日
所罗门	巴勒斯坦：一个歪曲历史的民族没有未来！	超级大本营论坛	2004年6月25日
作者不详	阿拉伯人是如何对待在本国定居几百年的犹太人？	春秋中文网论坛	2006年8月19日
佰宁	以想与巴分享圣城	中国国防报	2006年5月9日
方平	耶路撒冷，分裂的世界	中国新闻周刊	2007年第18期
新华社	以色列将释放90名巴勒斯坦囚犯	新华社耶路撒冷电	2009年9月23日
马晓燕、黄晓南	耶路撒冷发生枪击惨案；多名以色列学生遇害	新华每日电讯	2008年3月8日
黄培昭	耶路撒冷犹太教学校遭袭	人民日报	2008年3月8日
朱剑慧、马晓燕	以巴首脑在耶路撒冷举行会谈	人民日报	2008年1月28日
黄培昭	以巴军事对峙进一步加剧	人民日报	2008年1月19日
黄培昭	拉法事件牵动多方神经	人民日报	2008年1月29日
刘波	和平与民主是巴勒斯坦的战略选择	经济观察报	2008年3月17日

表四　2009年的中国媒体中东报道标题抽查（仅限纸媒和网媒）

作者	篇名	来源	刊登时间
本报新华	以色列很硬，哈马斯软了	东南快报	2007年1月6日
本报综合	哈马斯威胁追杀以色列儿童	华商报	2009年1月7日
陈双庆	华商时评：以战哈马斯　大炮打跳蚤	华商报	2009年1月7日
综合新华	哈马斯威胁杀全球以色列儿童	鸭绿江晚报	2009年1月8日
刘鸣	冲突，在十四年后	东方早报	2009年1月9日
张乐	哈马斯的成长史：一边暴力反以一边兴办慈善	新京报	2009年1月11日
金雁	历经磨难的东欧犹太人	经济观察报	2009年1月12日
CCTV	以前高官称要如当年美打击日本那样打击哈马斯	CCTV	2009年1月13日
转环球时报	哈马斯出现“逃兵潮”，同意必要时停火	重庆晨报	2009年1月13日
转中国日报	哈马斯领导人“出洞”宣布胜利	楚天金报	2009年1月20日
黄培昭	以色列对哈马斯施狠招	世界知识	2009年第2期
黄培昭	哈马斯：是否会脱胎换骨转变身份	世界知识	2009年2月17日
陈克勤	哈马斯走过20年争议路	环球时报	2009年3月18日
岳麓士	“两国方案”不可回避	人民日报	2009年4月16日

（续上表）

作者	篇名	来源	刊登时间
徐刚、马晓燕	多数以色列犹太人支持“两国方案”	新华每日电讯	2009年5月15日
编译自纽约时报	哈马斯暂停发射火箭，转向“文化公关”寻求支持	中国新闻网	2009年7月24日
转中新网	哈马斯宣布暂停对以火箭袭击加强宣传以博同情	大洋网	2009年7月24日
杨洁 编译	以色列一名士兵可能被巴武装组织劫持	环球在线	2009年8月14日
王丰丰	哈马斯击溃更极端组织	新民晚报	2009年8月16日
刘华新、王如君等	以色列未承诺停建犹太人定居点	人民日报	2009年8月28日
杨柳 编译	联合国报告称以色列和哈马斯均犯有战争罪	国际在线	2009年9月16日
周飙	为何犹太人拿了这么多诺奖？	21世纪经济报道	2009年10月14日
朱永磊 编译	揭秘巴勒斯坦恐怖分子的“双面人生”	新华网	2009年10月9日
朱江明	无人机成为恐怖分子头目杀手	新世纪周刊	2009年10月13日
陈克勤	以在地中海截获大量走私军火	光明日报	2009年11月8日
李潇	以军加大对加沙打击力度	人民日报	2009年11月23日
李金良 编译	哈马斯下属组织悬赏绑架以军士兵	中国日报	2009年11月21日

表五　2009年1月中国自媒体（论坛和博客）加沙战争标题摘选

作者	篇名	来源	刊登时间
福禄寿喜九段	大快人心！以色列狠揍哈马斯，一批恐怖分子被炸死	约拿的家（基督徒网上交流论坛）	2008年12月28日
舍瓦	以色列空袭加沙　哈马斯苟延残喘	新浪网“热点评论”	2009年1月7日
鲁宁	清剿哈马斯　以色列干得好	中国选举与治理网	2009年1月7日
鲁宁	自作孽不可活的哈马斯	华声在线论坛	2009年1月6日
Yliu35	哈马斯=以色列=极端宗教势力	国际观察天涯社区	2009年1月12日
深度男人	以色列给台阶，哈马斯阿Q附体	凤凰网凤凰博报	2009年1月19日
Junshi365	以色列狂轰滥炸，哈马斯难道是善男信女?	人民网强国论坛	2009年1月1日
大浪淘沙	哈马斯和以色列，谁才是恐怖组织?	ChinaRen社区	2009年12月29日
中新社	哈马斯扬言圣战以色列强硬对抗，加沙百姓遭难	大众网	2008年12月29日
天涯牧马人	哈马斯需要以色列从地球上消失而不是和平!	TOM网—社会纵横论坛	2009年1月12日
华春雨齐湘辉	以色列空袭哈马斯，最终的审判来临?	北方网论坛	2009年12月27日
recir	以色列打击哈马斯恐怖主义是可以理解的	新浪博客	2009年1月6日
鲁宁	清剿哈马斯，以色列干得好!	南方报网	2009年1月8日

五、结语

通过对中国媒体中东报道60年的粗略回顾和分析，我们看到冰山一角——巨大的国际国内变化导致的复杂思潮。当我们跳出中东争端时会更清晰地发现：和历次中东战争、苏联入侵阿富汗、两伊战争、海湾战争等地区冲突媒体和受众表现不同的是，围绕“9·11”事件、伊拉克战争、阿富汗战争、伊朗大选及核危机、巴基斯坦反恐以及全球反恐行动，中国媒体、学者、公众过去铁板一块的立场都开始改变，他们对所有卷入这些冲突的领袖人物、他们所代表的行为体、冲突背后的文化、种族，以及外交、战争或暴力行动的法理、道义、对错、成败、褒贬都产生了深刻分歧和甚至公开化矛盾的具体表现为几个主要特征：一是公开质疑和指责国家外交政策和主流媒体导向；二是公开对媒体或学者指名道姓地贴标签，并因其一贯表现或某些被放大的观点将对方划入“敌我”阵营；三是公开在网络、论坛、媒体整体攻击某种宗教信仰、种族、人民或文化，煽动族群仇恨，甚至将同际冲突中的意识形态与中国国内的政治制度和民族宗教问题结合起来，抨击国家政体，攻击民族与宗教政策。

这种借助媒体通过中东和其他国际问题报道显露的新思潮，是国际形势与格局深刻变化和中国改革开放意识形态嬗变交叉作用的结果，它直接导致知识分子和公众世界观、价值观、外交观、利益观在最近十年的明显破碎化和多元化，也是对过去半个世纪思想僵化的一种逆反。这种现象是社会与世界发展和进步的必然，它不以个人或国家及政府意志为转移，只能正视现实，理性和系统地分析并智慧应对。可见，中国与中东关系在传播层面依靠国家意志和主流新闻管制进而实现方向引导的历史已经结束了，不能再沿用旧有的思路了。

中国的中东外交靠吃老本、过于倚重政府和主流社会交往的好日子结束了。中国和中东国家特别是阿拉伯国家必须面对全球化浪潮下的交往新纪元，这种交往不同于中世纪中阿两大文明比肩而立却相安无事近600年的美好历史，因为那些交往是通过有限和可控的使团、商队完成，显然不能适应当代和未来全方位的官民商高频率、高密度的相互渗透和互动。这种交往也不同于冷战时期以民族独立为精神纽带和以第三世界为身份认同的朋友加兄弟情义，因为今天已进入利益交叉、敌友模糊、力量极化和外交多边及强调伙伴关系的时代。此外，中国的崛起与强大必然伴随着友好国家对中国责任和义务担当的要求，伴随着中国国民心态和情绪的重塑。中国与美国重大利益的增多和接近必然导致阿拉伯—伊斯兰世界心态和情绪的变化与调整，产生新的中国观。这些因素必然使原有的中国中东关系更加微妙和复杂。

基于此，从媒体服务于国家外交和人民友好交往的核心责任看，结合中国的政策环境，建议从以下五个方面加强工作：

第一，加强政府间的文化与民间交往，使中国与中东各国人民宗教、习俗和传统等微观层面加深相互了解、理解，推动不同文明框架下中国与中东各国人民的求同存异和彼此适应。过去十年间，西方与阿拉伯—伊斯兰文明冲突明显升级，这和中东国家半个多世纪以来大量移民美欧后积累起来的文化消化不良有关，也与美国西方军事力量介入伊斯兰土地引发的文明排异有关，更与美国和西方长期偏袒以色列，不能公正和全面解决中东争端有关。这三大因素将日益明显地逼近中国与中东国家关系，特别是今后必须面对中国和中东公民彼此无障碍迁徙、定居和融入因社区生活变化而引发的文明及习俗适应性问题。

第二，加强政府与媒体机构和媒体人士的互动，建立定期沟通机制。中国的中东政策不同于其他国家，比较微妙，目前的新闻发布会机制并不能解决需要细致沟通的问题，使得官方态度和立场表面化和粗线条，而媒体和公众不知就里。如果与报道中东问题的编辑记者，在某种俱乐部机制下进行定期不定期的吹风会、茶叙会，将有助于媒体理解国家利益和中东报道的微妙关系。例如，以色列政府和媒体公关在这个方面有大量经验可资中国和中东其他国家借鉴。

第三，加强智库与媒体的互动。智库作为相对独立的第三方声音，在热点话题的报道方面作用日益凸显，它既可以民间身份解读官方立场，使官方不便明说的观点借助媒体进行传播并对相关方面和公众产生影响，又可消弭公众对外交辞令缺乏信任度而产生的排斥和误解，还可借助媒体表达与官方差异化的立场进而增加外交的筹码。当然，智库与媒体之间如何默契并服从于国家利益而不是个人好恶或媒体价值取向，这是需要认真面对的问题，更是政府需要认真思考的工作。

第四，加强中国与中东媒体间的交流与互动。长期以来，由于西方媒体掌握着国际新闻报道的话语权和议题设置权，且西方传媒业远远发达于中国与中东媒体；也由于西方新闻观借助教科书和大量海归人士加盟而日益影响着中国与中东媒体的传播思想和操作方式，造成中国与中东媒体日益西化的趋势，从而产生了这样的怪现象——国家和民间友好由来已久，双方媒体却未必友好并彼此日益挑剔。换言之，中国媒体日益明显地在用西方的棒子敲打中东国家，中东媒体也用西方的棒子敲打中国，特别是涉及双方的内部事务和国际形象等问题上。

第五，加强双方智库间的互动。学者是意见领袖，对政府、传媒和民间影响很大。目前，中国的中东研究基础较为坚实，队伍较为庞大，成果也比较丰富。然而，中东国家仍然没有把对华研究摆在与美、俄、欧、日等发达国家同等重要的位置，这必然造成智力支持的严重不足和政策建议的偏颇。其结果会对媒体公众产生负面影响并反馈到中国媒体和公众上，结果形成更多误解和非良性的互动。

参考文献

[1]陈来元. 中以建交揭秘[J]. 中华英才，2009（8）.

[2]本报评论员. 以色列侵略者的野蛮罪行[N]. 人民日报，1973-04-13.

[3]新华社. 巴勒斯坦突击队坚持武装斗争打击敌人[N]. 人民日报，1976-07-08.

[4]新华社. 萨达特重申拒绝以色列对东耶路撒冷享有主权[N]. 新华社，1977-04-05.

[5]梅振民. 非斯会议的休会和前景[N]. 新华社，1981-12-05.

[6]喻开元. 贝鲁特在燃烧[N]. 新华社，1982-06-14.

[7]符卫建，吴文芳. 革命的火种——访在也门的巴勒斯坦战士营地[J]. 瞭望，1982（11）.

[8]张小英. 巴勒斯坦人反以抗暴斗争[J]. 瞭望，1988（3）.

[9]新华社. 被占领土巴勒斯坦人总罢工[N]. 人民日报，1991-03-11.

[10]阎世缘. 阿布·杰哈德遇害记[J]. 瞭望，1988（18）

[11]泽夫·苏福特. 以色列中国建交亲历记[M]. 北京：新华出版社，2000

[12]符卫建. 访以色列的纳哈雄“基布兹”[J]. 瞭望，1989（2）

[13]孙毅，何崇元. 圆满结束对中东海湾六国富有成果的友好访问　李鹏总理回北京[N]. 人民日报，1991-07-16.

[14]谢栋风. 巴勒斯坦人自治梦想成真——巴警察进驻杰里科、加沙纪实[J]. 瞭望，1994（22）.

[15]王岩. 追赶硕星——采访以色列总理拉宾葬礼[J]. 环球，1996（3）.

[16]朱邦造就以色列暗杀“人阵”总书记穆斯塔法发表谈话[N]. 人民日报，2001-08-28

[17]中国反对并谴责以色列暗杀亚辛的行为[N]. 新华社，2004-03-23.

[18]李铁.哈马斯是一种病[N]. 时代周报，2009-01-19.

[19]顽强的以色列[EB/OL]. [2009-09-20]. http://blong.sina.com.cn/s/blog_5c4f69930100cgnx.html.

[20]周孝正. 我没有说过“以色列是个好国家”[N]. 南方都市报，2009-01-11.

[21]嫁给以色列人的中国女孩[EB/OL]. [2009-07-12]. http://newworld.blog.china.com/200901/4314877.html.

[22]孤独川陵. 以色列女兵的生活照[EB/OL]. [2009-07-12]. http://blog.sina.com.cn/s/blog_4910bb4030100c1mt.html?tj=1.

[23]周忠民. 中国“挺以派”横行网络的十大谬论[EB/OL]. [2009-12-02]. http://blog.sina.com.cn/s/blog_53e717050100bunu.html?tj=1.

（本文原载于《阿拉伯世界研究》2010年第2期）

附录三

掣肘巴勒斯坦独立建国的外部因素

内容提要：2017年是联合国第181（Ⅱ）号巴勒斯坦分治决议出台70周年，该决议规定的“以色列国”已成立69年，“阿拉伯国”即后来的巴勒斯坦国却迟迟没有实现独立。导致巴勒斯坦独立建国目标长期不能达成的内外因素非常多，且复杂。从外部因素看，后殖民时代巴勒斯坦独立建国政治认同的缺失、阿拉伯民族主义力量的内部竞争与钳制、大国的介入与干预、政治伊斯兰因素的影响、伊朗伊斯兰革命的冲击以及宗派与地缘政治的分野，构成巴勒斯坦人始终难以自决政治前途和民族命运的障碍。从历史经验看，实现建立完全主权的独立的巴勒斯坦国目标，与其说依赖外部力量的支持，不如说取决于巴勒斯坦内部能否实现团结，独立自主做出历史抉择，并勇敢地争取与以色列实现公正和持久和平。

关键词：巴勒斯坦；法塔赫；哈马斯；埃及；伊朗

作者简介：马晓霖，北京外国语大学阿拉伯学院教授、博联社总裁（北京 100089）。

巴勒斯坦问题是中东地区最敏感、影响深远且至今仍困扰地区发展的核心议题。1917年11月2日，为犹太复国主义者在巴勒斯坦建立犹太国提供依据的《贝尔福宣言》（Balfour Declaration）问世，埋下了犹太复国主义者和阿拉伯人之间纠纷和冲突的祸根。回首70年前，1947年11月29日联合国大会通过了在巴勒斯坦地区分别建立“犹太国”和“阿拉伯国”的

《巴勒斯坦将来治理分治计划问题的决议》，即第181（Ⅱ）号决议[①]，但巴勒斯坦迟迟未能正式建立拥有完全主权的独立的巴勒斯坦国。当历史的车轮行进到2017年这一重要历史节点，回顾历史，巴勒斯坦人走过了一条漫长而曲折的寻求建国之路。事实上，对于巴勒斯坦建国问题，它不仅仅是该国人民的自主选择与努力，而且也具有多重政治属性，因而受到多方面外部因素的制约，并且内、外因素产生深刻互动。这种超越巴勒斯坦问题自身的属性和互动，构成巴勒斯坦人始终难以自决政治前途和民族命运的致命障碍，也成为无法与以色列建立战略互信并尽快和平相处的客观条件。鉴此，沿着70年时间轴线（以1947年联合国巴以分治决议为起点），本文拟以阿拉伯政治认同、国家利益较力、大国干预、伊斯兰复兴运动、伊朗崛起和宗派纷争等六个维度为横切面，分析不同历史时段影响巴勒斯坦问题解决的外部主要不利因素[②]。综合来看，我们似可以由此找寻出哪些外部力量阻滞巴勒斯坦独立建国目标的实现，换个角度考察巴以冲突的解决之难，对未来双方排除外部干扰、尽快实现和平提供新的参考系。

后殖民时代巴勒斯坦独立建国政治认同的缺失

第一次世界大战爆发后，巴勒斯坦这块土地首先作为“大阿拉伯”的一部分，被英国用于诱惑梦想统一的阿拉伯人举行反对奥斯曼统治的起义，但是，在笼统许诺给麦加穆夫提、谢里夫（总督）侯赛因·本·阿里及其家族后，又通过《贝尔福宣言》转手对犹太复国主义运动送了人情。一战结束后，英国自食其言，既没有满足侯赛因家族建立以大马士革为首都的“大阿拉伯国”，也没有计划推动巴勒斯坦地区人民的独立建国。相

---

① 参见联合国官方网站：http：//www.un.org/zh/documents/view_doc.asp?symbol=A/RES/181（Ⅱ），2017-06-01。

② 以色列作为巴以问题最主要的利益攸关方之一，无疑是研究该问题不可或缺的外部力量。但由于学界对巴勒斯坦问题的研究，人多集中在巴勒斯坦内部因素、以色列因素两大视角，相关著述汗牛充栋，而其他外部影响因素研究不甚充分。因此，本文对于巴勒斯坦问题的剖析不包括以色列因素。这里还必须指出的是，巴勒斯坦问题是大国借助联合国这个多边机制和国际组织强力干预的结果，大国在联合国直接或间接左右巴勒斯坦独立进程始终与现场博弈两条线并存，且足以独立成文，本文容量有限，故略去不提。

反，侯赛因家族代表费萨尔王子和犹太复国主义代表哈依姆·威兹曼还围绕《贝尔福宣言》的落实公开和直接磋商，彼此承诺支持对方建国，实现阿拉伯人与犹太人的和谐相处。在此阶段，巴勒斯坦地区的阿拉伯人根本无缘、无力独立建国，因为现代巴勒斯坦是英、法殖民者人为制造出来的地理概念，生活在这片土地上的阿拉伯人被突然封闭在这个狭小而有别于周边阿拉伯地区的范围内，客观上给他们争取合法权益的斗争带来极大难度。但是，巴勒斯坦阿拉伯人自身的缺憾也是导致他们丧失建国机遇的主要原因。这种自身缺憾既表现为没有形成统一的政治力量，还表现为本地政治精英势力的分裂。①

1947年11月29日，第二届联大通过关于巴、以分治的第181（Ⅱ）号决议，实际上是确立了巴勒斯坦人和犹太人的建国权力。犹太人根据分治决议的规定，在1948年英国委任统治结束后，建立了以色列国。而建立民族独立和主权完整的巴勒斯坦国绝非巴方一厢情愿的行动，需要拥有自身能力与获得外部支持。在当时背景下，约旦河西岸的巴勒斯坦是英国和法国分割奥斯曼帝国亚洲西部遗产后的最后一块土地，阿拉伯人虽然占据人口半数以上，但是并没有自决前途的能力。一方面，巴勒斯坦问题作为列强通过一战和二战重新瓜分世界的孽种之一，巴勒斯坦地区的民族主义运动尚不成气候，侯赛尼和纳沙希比两大传统家族争夺控制权，巴勒斯坦缺乏统一力量和独立共识。另一方面，周边阿拉伯国家大都觊觎这块圣地而反对分治，且不满于联合国第181（Ⅱ）号决议在土地分配中明显偏袒犹太人的规定，不乐意巴勒斯坦独立建立所谓“阿拉伯国”。外约旦国王阿卜杜拉两次与犹太复国主义运动巴勒斯坦代表处主任果尔达·梅厄秘密会晤，试图说服犹太人放弃独立，在统一的大约旦王国中享受高度自治地位，双方一致将控制耶路撒冷的穆夫提侯赛尼·阿明当作敌人。②

1948年5月14日，在以色列宣布独立的次日凌晨，埃及、约旦、叙利亚、黎巴嫩和伊拉克对以色列发动进攻，它们基本出自本国利益特别是对土地的渴望而参战，并没有打算为当地阿拉伯人建立一个独立国家：埃及既想履行阿拉伯国家联盟反对分治的决议，也想避免阿卜杜拉一统巴勒斯

① 殷罡：《阿以冲突——问题与出路》，国际文化出版公司2002年版，第208页。

② [以色列]果尔达·梅厄：《梅厄夫人自传》，张仲远、李佩玉译，新华出版社1986年版，第201页。

坦；[①] 约旦想要巴勒斯坦全境特别是耶路撒冷；黎巴嫩和叙利亚想平分加利利地区；伊拉克想要获得出海口。[②]另外，巴勒斯坦人没有直接参与土地保卫战，也没有给参战阿拉伯军队提供足够的援助。[③]1949年3月，第一次中东战争停火，以色列不仅守住了联合国第181（Ⅱ）号决议划分给犹太人的土地，还将留给阿拉伯人的土地占去一大半，余者分别被埃及（加沙地带）和约旦控制（约旦河西岸和东耶路撒冷）。

战争爆发当年，尽管在埃及支持下出台17条规约，泛巴勒斯坦政府得以组建，并得到叙利亚、约旦和也门的支持，甚至出席了当年11月召开的阿盟会议，[④]但是，这个名义上的傀儡政府不仅持续时间短，而且还成为巴勒斯坦人自己第一时间埋葬独立梦想的牺牲品。12月，巴勒斯坦人在约旦军事总管欧马尔帕夏主持下，在杰里科通过决议：宣布约旦河两岸合并且接受哈希姆王室的统治。1949年夏天，阿卜杜拉国王相继出访英国和西班牙，回国即着手与以色列和解，谈判起草互不侵犯条约，打算延长和扩大为期5年的停火协议，并称其为永久和解谈判。10月1日，泛巴勒斯坦政府在加沙召开会议，西岸巴勒斯坦人也在历史学家苏莱曼·法鲁基主持下在安曼佩特拉电影院召开代表大会，大会否决泛巴勒斯坦政府并电告阿盟，推举阿卜杜拉国王为巴勒斯坦人的合法代表。当年12月，约旦河两岸民众实现了关税和护照统一，西岸和耶路撒冷巴勒斯坦人分别在约旦议会获得20个下院席位和六个上院席位，六人进入约旦最高管理委员会。1950年约旦议会通过决议，完成统一手续。加沙地带则在埃及与以色列签署停火协议后，被置于开罗的统治之下。[⑤] 联合国分治决议规定的巴勒斯坦独立就在这里率先夭折。

由此可见，巴以分治是建立在英、法殖民主义在中东解体的特殊阶段，这种外邦长期统治及权力的快速转移，使新生民族国家普遍处于一个混乱、动荡的摸索过程中，这种摸索带有强烈的自我认知模糊性和利益边界的不确定性，也沿袭着浓厚的部落主义和封建割据战争传统。独立建国

① 殷罡：前引书，第197页。

② [以色列]果尔达·梅厄：前引书，第218页。

③ [巴勒斯坦]艾哈迈德·利马维：《20世纪巴勒斯坦民族斗争的历史轨迹》（阿拉伯文），沙特法赫德国王国家图书馆，2005年版，第247页。

④ 同上书，第259—260页。

⑤ 同上书，第262—263页。

的一个内在前提是特定族群具有清晰而一致的政治认同，至少包括最基本的共同地域、共同种族、共同文化和共同语言等方面的归属方向和目标。面对突如其来的分治决议与独立机遇，巴勒斯坦人既缺乏自立于周边国家的一致愿望，更没有标定独特巴勒斯坦民族属性和政治身份的同构努力，遑论上升到构成独立国家所具备的更高级政治认同，如国家形态、政治制度、治理架构、内外政策等。从外部因素看，妨碍巴勒斯坦独立的不是接受了联合国第181（Ⅱ）号决议的犹太人，而是拒绝接受该决议的周边阿拉伯国家。其结果是，它们对以色列的进攻及彻底失败使巴勒斯坦人失去了联合国决议划分给它们的半数以上土地，也确立了以后以色列做出让步的边界底线。

阿拉伯民族主义力量的内部竞争与钳制

第一次中东战争使阿拉伯人蒙受奥斯曼帝国解体后的首次大失败，暴露出各封建王权政府的腐朽和无能，也推动阿拉伯民族独立运动的蓬勃发展。1952年，埃及爆发自由军官革命，颠覆法鲁克王朝，建立共和国；1954年，叙利亚发生军事政变，复兴社会党走上政治舞台；1958年，卡塞姆领导的自由军官团推翻伊拉克费萨尔王朝并建立共和国。从埃及纳赛尔宣扬阿拉伯民族团结和统一，到叙利亚阿弗利卡主张“自由、复兴和社会主义”，泛阿拉伯民族主义在阿拉伯国家形成巨大社会思潮和政治洪流，也培育了巴勒斯坦民族独立运动的萌芽。但是，这个阶段的巴勒期坦独立运动，很大程度上作为阿拉伯民族主义的巴勒斯坦弱小分支而存在，并置身于阿拉伯民族主义内部的竞争与倾轧之中。

在巴勒斯坦人失去故土并被以色列、约旦和埃及三国占领的20世纪50年代早期，被占领土出现多种反抗力量，大致可归结为四类：一是亲约旦的力量，接受约、巴合并；二是穆斯林兄弟会，受埃及穆兄会的影响；三是泛阿拉伯民族主义框架下的反哈希姆王朝力量；四是对纳赛尔主义和复兴社会主义均保持超脱姿态的独立运动，并逐步成为巴勒斯坦独立运动的中流砥柱，其中以阿拉法特领导和创建的民族解放运动（法塔赫）为代表。[①]

1957年8月，当时的开罗巴勒斯坦学联主席阿拉法特在科威特组织秘密小组，两年后出版独立运动刊物，宣告法塔赫诞生。该组织发展缓慢，在1959年下半年首次在科威特聚会时，仅有5名代表参加。[②]受阿尔及利亚革命影响，法塔赫从60代初开始转向主张武装革命和暴力斗争，并组建全国性代表机构，寻求外部支持。但是，由于阿拉伯各国政府打压巴勒斯坦独立运动，法塔赫及其他类似组织的早期活动都处于半秘密状态。随着巴勒斯坦人独立思潮的流行，特别是回避埃及与以色列的直接矛盾，纳赛尔逐步推动巴勒斯坦独立运动，并在阿盟框架内促成巴勒斯坦人统一联合体的组建。

1964年，422名世界各地巴勒斯坦代表在东耶路撒冷举行第一届国民大会，通过《巴勒斯坦国民宪章》，决定成立巴勒斯坦解放组织（以下简称“巴解”），组建巴勒斯坦解放军，正式确立巴勒斯坦人的独立政治身份和合法民意代表机构。但是，纳赛尔在巴勒斯坦的代理人艾哈迈德·舒凯里被指定为巴解执委会主席，使该组织听命于开罗。[③]尽管巴解拥有了民族身份标签，但它根本没有行动自由，而是成为泛阿拉伯民族主义运动的地区力量，被阿拉伯大国特别是埃及所操控。纳赛尔既担心巴勒斯坦人的武装行动刺激以色列，给埃及招来战端，又希望借助巴勒斯坦人对以色列保持压力，巴解就是在这种诡异的背景下诞生的。[④]

从1965年元旦起，法塔赫在阿拉法特领导下，通过其武装力量“暴风”突击队从加沙和约旦两个方向对以色列开展武装斗争，打响反对以色列占领的第一枪。然而，法塔赫的独立武装运动首先受到埃及的公开打压和封杀，包括其驻科威特办事处被迫关闭。法塔赫转移到叙利亚境内，又受到叙利亚新政权的抛弃和镇压，几乎所有干部遭到逮捕。来自阿拉伯国家的夹击使法塔赫早期武装斗争效果微乎其微，这种状况直到1967年阿拉伯国家在“六五战争”遭遇第二次大失败后才得以改观，巴勒斯坦被占

① 殷罡：前引书，第217—221页。

② [巴勒斯坦]艾哈迈德·利马维：前引书，第281页。

③ 殷罡：前引书，第221—222页。

④ [美国]珍娜·华莱挈、约翰·华莱挈：《阿拉法特传奇》，刘建宏译，广东教育出版社，1997年版，第89页。

领土内外涌现大批用武力拯救故土的民间组织，法塔赫得以脱颖而出。[①]1968年，法塔赫在约旦取得针对以色列军队的“卡拉迈大捷”，不仅振奋了陷入沮丧的阿拉伯人的斗志，也大大提升了巴勒斯坦独立运动的声誉，特别是树立了阿拉法特的政治和军事威望，壮大了法塔赫武装力量。因此，在1969年2月于开罗举行的第五次巴勒斯坦全国委员会代表大会上，法塔赫不仅被获准参加大会，而且在11位执委会中占据4个席位，阿拉法特取代舒凯里当选执委会主席。[②]随后，巴解每年获得沙特阿拉伯1200万美元的财政援助，各国也对其境内巴勒斯坦人征收“解放税”，为巴勒斯坦独立事业解决了基本财政来源。这是巴勒斯坦事业的分水岭，标志着阿拉法特领导的巴勒斯坦抵抗力量进入独立决策的时代，并公开登上中东乃至世界政治舞台。

尽管如此，在后续的独立运动中，无论是继续武装斗争，还是转向和平谈判，巴勒斯坦依然没有完全摆脱阿拉伯民族主义和地区阿拉伯大国的羁绊，包括强硬阵营领头羊国家叙利亚和伊拉克。这种态势不仅削弱了巴勒斯坦内部力量与团结，还伤害了巴勒斯坦与外部关系乃至国际形象，加剧了巴勒斯坦人的孤立处境。“巴解组织是阿拉伯各国当局的产儿，而不是这些国家民众愿望的产物。这就决定了它必然先天带有阿拉伯各国当局的一切基因和特征。”“由于巴解组织仍然受制于阿拉伯各国的立场，处在难以摆脱的控制之下。”[③]

叙利亚反对巴勒斯坦分治，其一，它把巴勒斯坦民族独立运动视为阿拉伯民族独立运动不可分割的组成部分；其二，叙利亚民族主义者历来把巴勒斯坦视为叙利亚“天然的南部疆域”，不容分割。[④]1982年黎巴嫩战争导致巴解组织武装几乎全军覆没，以阿拉法特为首的主流派主张呼应阿拉伯联盟菲斯峰会决议，接受“以土地换和平”原则，依靠政治外交手段继续争取独立事业。在叙利亚策动下，法塔赫发生分裂，叙利亚公开支

① [埃及]穆罕默德·海卡尔：《阿拉伯以色列秘密谈判第三部：幻想的和平》（阿拉伯文），埃及东方出版社1996年第二版，第16页。

② 张卫平：《巴解之父阿拉法特》，中国广播电视出版社1998年版，第76页。

③ [巴勒斯坦]马哈茂德·阿巴斯：《奥斯陆之路》，李成文等译，世界知识出版社1997年版，第12—13页。

④ 王新刚等：《现代叙利亚国家与政治》，人民出版社2016年版，第120—121页。

持阿拉法特的对手阿布·穆萨，数次试图谋害阿拉法特，安置自己的代理人，试图用巴勒斯坦问题拖住以色列，服务于统一叙利亚、黎巴嫩和巴勒斯坦的所谓“大叙利亚主义”。巴解撤离黎巴嫩后，原本打算在约旦首都安曼召开全国委员会会议，由于叙利亚政府的刻意阻挠，未能达到合法举行所需要的255个代表要求而流产。[①] 此后，多个不赞成放弃武装斗争的巴勒斯坦派别在大马士革成立对抗阿拉法特等主和派的“抵制阵线”，成为叙利亚的政策和利益代言人。2000年，叙利亚新总统巴沙尔执政，依然把叙利亚视为巴勒斯坦事业的监护者。

2002年，沙特王储阿卜杜拉提出“中东和平建议”，巴沙尔访问沙特要求将以色列归还全部戈兰高地并确保巴勒斯坦难民回归权两个基本点写入建议正式文本。3月底，阿盟峰会通过该决议。通过难民问题，叙利亚试图有效地影响着巴以和平进程。2003年伊拉克战争爆发后，叙利亚才迫于美国压力关闭巴勒斯坦激进派别办事处。[②]

约旦拥有“哈希姆五国情结”。“六五战争”后虽使侯赛因国王遭受挫折，但他对约旦河西岸的决心没有动摇，于1972年3月提出了“阿拉伯联合王国计划”，在阿盟把巴勒斯坦人的代表权交给巴解组织后，约旦还力图在约旦河西岸保留其影响力。[③] 1987年12月，被占领土爆发反抗以色列占领的第一次起义（“因提法达”），使约旦在当地的影响受到严重削弱。直到1988年，约旦才宣布与该地脱离行政和法律上的关系。被占领土形势的变化，使建立独立的巴勒斯坦国成为合乎逻辑的解决方案。1988年11月15日，巴勒斯坦全国委员会第19次特别会议在阿尔及尔公布了《独立宣言》，宣布成立巴勒斯坦国，首都为耶路撒冷，但并没有建立临时政府，没有对任何区域行使有效管理，宣布建立的巴勒斯坦国只是一个法理上的国家。巴勒斯坦阿拉伯人仍未能正式建立拥有完全主权的独立的巴勒斯坦国。

卡扎菲时代的利比亚支持巴勒斯坦，既反映出他对泛阿拉伯主义的热衷，同时也把巴勒斯坦独立运动当作其实现阿拉伯统一野心的政治道具，积极扶持强硬派，支持和资助多个巴勒斯坦极端和恐怖组织，包括阿

---

① [美国]珍娜·华莱挈、约翰·华莱挈：前引书，第175页。

② 王新刚等：前引书，第404页。

③ 陈天社：《阿拉伯世界与巴勒斯坦问题》，世界知识出版社2013年版，第305页。

布·尼达尔等，甚至制造洛克比空难，公开抨击主张采取温和路线的阿拉伯领导人。

萨达姆时代的伊拉克也曾是巴勒斯坦强硬阵营的主要后台之一，特别是1979年埃及被阿盟除名，伊拉克一度成为阿拉伯抵抗阵线大本营。伊拉克有称霸海湾和阿拉伯世界的雄心，其热心于巴勒斯坦事业在很大程度上是将其作为谋求阿拉伯领导权的一枚“棋子”。1990年，萨达姆遣军入侵和并吞科威特，随后又把科威特问题与巴勒斯坦争端挂钩，要求以色列从被占领土撤军换取伊拉克从科威特撤军。这个极具蛊惑性的口号蒙蔽了很多巴勒斯坦人，迫使阿拉法特采取亲伊拉克立场以免失去民心，最终导致长期在财力上援助巴勒斯坦的沙特、科威特等国家愤怒和失望，断绝或减少对巴援助，双方关系僵冷数年才恢复正常。

其实，从“斋月战争”结束后，阿拉法特就意识到通过武力收复全部失地已无任何希望，因此，在1974年至1979年的五年间，他耐心将全国委员会300名委员逐个召集到贝鲁特，总耗时550个小时，最终说服296位委员赞成以1967年战争爆发前的边界为基础，建立一个小型国家，实现与以色列的和平相处。[①] 这其实为后来的奥斯陆秘密谈判取得了合法授权，但是，在当时的大环境下，阿拉法特无法公布这一反映巴勒斯坦社会主流声音的抉择，因为巴勒斯坦人没有领土依托，还要仰仗打着泛阿拉伯主义旗帜的主战国家的支持。最能说明问题的是，埃、以戴维营和谈期间，埃及居中试图促成美国和巴解秘密谈判，并尝试从加沙开始建立民族权力机构，由于消息从纽约曝光并引发叙利亚强烈不满，阿拉法特被迫出面否认。[②] 一次巴解独自决定命运的努力被挫败，巴勒斯坦自治由此被推迟20多年。

综上，在巴勒斯坦因两次战争彻底沦丧为以色列被占领土的进程中，巴勒斯坦独立运动从无到有，从小到大，从秘密到公开，从被阿拉伯国家打压到获得正式承认和支持，既是曲折复杂的过程，也是巴勒斯坦独立运动开始与泛阿拉伯民族解放运动进行博弈的阶段，双方既合作又竞争。在支持巴勒斯坦人的背后，彰显阿拉伯国家借巴勒斯坦问题来谋取自身利益

---

① [英国]阿兰·哈特：《阿拉法特传》，吕乃君译，中国社会科学出版社1990年版，第381—384页。

② [埃及]穆罕默德·海卡尔：《阿拉伯以色列秘密谈判第二部：战争风波与和平风暴》（阿拉伯文），埃及东方出版社1996年第三版，第444—445页。

的考虑。因此，以法塔赫为代表的巴勒斯坦独立运动既遭受以色列的致命打击，也蒙受阿拉伯国家的钳制和打压，无法真正做到独立自主。从消极影响看，它制约着巴勒斯坦问题的彻底解决。

大国的介入与干预

巴勒斯坦独立运动诞生于二次世界大战之后，正好与世界冷战格局的形成同步。因此，在半个多世纪里，巴勒斯坦问题作为中东问题的子问题，也自然被纳入冷战大国外交框架，被大国当作在中东纵横捭阖的一个小筹码。冷战期间，一方面，巴勒斯坦人渴望独立运动得到大国承认和支持，也希望在大国间借力打力，依托国际支持获得斗争合法性，并抵消来自以色列和阿拉伯民族主义的双重遏制；另一方面，大国也需要以不同方式承认和支持巴勒斯坦的合法权益，以博得广大阿拉伯国家的支持。然而，除中国真诚支持巴勒斯坦争取独立之外，其他大国特别是美、苏两个超级大国，基本把巴勒斯坦问题视为难民问题加以处置，并在它们的中东政策中把巴勒斯坦当作边缘议题。

中国聚焦巴勒斯坦问题始于1955年的万隆会议，由于九个阿拉伯国家参会并排斥以色列参会，会议形成了支持阿拉伯国家反对以色列的基本决议，也由此奠定中国倒向阿拉伯世界、同情巴勒斯坦人处境的中东政策基础。中国是大国中第一个积极支持巴勒斯坦独立运动的国家。“法塔赫”运动首次派遣代表团出访的国家是中华人民共和国；巴解第一个出访代表团访问的也是这个友好国度；巴解在国外建立的第一个代表处又是在北京。[①] 1988年巴勒斯坦发表独立宣言，中国又是率先表态支持和承认巴勒斯坦国的大国。过去几十年间，中国力所能及地给予巴解组织直接的资金、物资支持，包括帮助培训干部。然而，要指出的是，中国与苏、美实力相差悬殊，中国的巴勒斯坦政策发挥的作用相当有限，也未能显著改变或提升巴解在整个地区和国际上的影响力和地位。

苏联的巴勒斯坦政策相对保守，早期把巴勒斯坦问题当作难民问题。

① [巴勒斯坦]马哈茂德·阿巴斯：前引书，第3页。

赫鲁晓夫时代，苏联主张巴勒斯坦难民有权回归故土并得到赔偿，但没有与巴勒斯坦游击队和巴解建立直接联系。1967年第三次中东战争不仅使阿拉伯国家再次蒙受大失败，也令苏联声望严重受损。这种情况下，苏联宣布与以色列断交并支持阿拉伯人的抗击行为，但是，它依然将巴解列为苏阿整体关系中可有可无的对象。1968年，巴解执委会主席阿拉法特首访莫斯科，也只能以纳赛尔随团成员身份出行。在这次接触中，苏联拒绝巴解给予承认并提供武器的要求，后来在阿拉伯国家特别是埃及压力下，才勉强向巴解提供非战斗装备，如车辆和服装等。直到1972年，苏联才与巴解建立官方关系。1974年10月，勃列日涅夫在公开演说中，首次提到巴勒斯坦人民有权建立自己的国家。苏联支持巴勒斯坦独立态度趋于积极，很大程度上在于与美国争夺阿拉伯世界的势力范围。① 总体而言，苏联对巴勒斯坦独立事业顾虑重重，主要担心在于：其一，影响与以色列的关系；其二，顾忌阿拉伯民族主义政权对巴解的打压；其三，不愿刺激美国，使已复杂的中东问题更加棘手。

基于此，巴勒斯坦资深政治家、解放巴勒斯坦民主阵线（民阵）创始人纳伊夫·哈瓦特迈赫曾抱怨说，冷战期间，包括巴勒斯坦在内的很多左翼政党对莫斯科言听计从，不辨正谬。但在关键时刻，苏联为了避免与美国发生冲突，对巴勒斯坦事业漠不关心，甚至对巴解组织在贝鲁特面临被歼灭的危难时刻见死不救。② 1976年，埃及废除苏埃《友好合作条约》，莫斯科基本丧失了利用阿以对立、操纵战和为己所用的机会。③ 苏联解体后，俄罗斯联邦与阿拉伯世界的传统联系急剧下降，务实地与中东地区主要力量发展关系，在巴勒斯坦问题上不再活跃，影响力甚至丧失殆尽。

美国作为当今世界国际政治和经济秩序的主导者，对中东地区问题具有决定性的影响。美国的巴勒斯坦政策摇摆不定，但亲以、偏以是总基调。美国是巴勒斯坦分治决议的重要推手，公开偏袒以色列。1967年约翰逊出台新中东政策，首次提到巴勒斯坦人，但依然视之为难民。这一立场

---

① 刘竞等：《苏联中东关系史》，中国社会科学出版社1987年版，第212—217页。

② [巴勒斯坦]纳伊夫·哈瓦特迈赫：《哈瓦特迈赫如是说》（阿拉伯文），安曼巴勒斯坦贾利勒出版与研究中心，1997年版，第159页。

③ 姜毅：《评析俄罗斯在中东的机会主义外交》，载《西亚非洲》2016年第3期，第5页。

虽被巴解拒绝，但成为以后美国处理中东问题的蓝本。1979年，埃、以签署“戴维营协议”后，卡特政府调整巴勒斯坦政策，首次把巴勒斯坦问题当作中东问题的一部分，强调巴勒斯坦享有自治权，并敦促以、巴参照安理会第242号决议参加中东和谈。然而，巴解迫于内外压力，也不得不对戴维营协议公开指责，并追随多数阿拉伯国家撤销在开罗的外交代表，丧失了一次美国推动巴、以直接谈判的机遇。里根上台后，首次强调巴勒斯坦问题是中东核心争端，敦促在解决巴勒斯坦问题的基础上实现阿以和解。该方案后来得到阿盟非斯峰会的部分响应和支持，但它依然没有解决巴解合法地位问题，反而加剧了巴勒斯坦各派的分化和对立。由于美国的中东政策始终以确保以色列安全为主要目标，对巴勒斯坦问题的态度总体上迁就以色列政府立场和政策，照顾国内犹太院外集团的态度和诉求，先后30多次否决安理会不利于以色列的决议草案。即使巴解宣布承认以色列并愿意与之和平相处后，美国也坚持把它视为“恐怖组织”，拒绝与之往来，完全配合以色列强硬派的立场。[①] 美国成为冷战时期外部制约巴勒斯坦独立建国的最重要大国因素。

冷战结束后，克林顿政府曾斡旋与推动巴以之间达成了“奥斯陆协议”，但他未能推动双方就永久地位问题达成协议。2001年“9·11”事件后，布什政府在中东聚焦反恐和推进民主化两大议题，他一方面提出“中东和平路线图计划”，要求分阶段建立一个独立的巴勒斯坦国；另一方面，他又公开支持沙龙的单边行动计划，提出巴、以未来的边界划分应当反映中东地区的“新现实”。上述言论加剧了巴以之间的紧张局势，对巴勒斯坦建国问题起到了消极与阻碍作用。奥巴马在其执政的两个任期，曾在巴以问题上给以色列政府一定压力，2009年他明确要求以色列停止定居点建设、推动两国方案，2011年呼吁巴以双方以经过修正的1967年前的领土线为基础开展和谈，但在以色列的强烈反对之下，奥巴马未能实质性推进巴勒斯坦建国进程。当下，在美国战略收缩情势下，特朗普亦无力以很大精力用于解决巴勒斯坦这一难题。正如他于2017年2月与内塔尼亚胡会晤时所言：只要以色列和巴勒斯坦双方愿意，他对以“一国方案”还是“两国方案”实现巴以和平都能够接受。这一表态背离了此前美国政府支

① 张士杰等：《美国中东关系史》，中国社会科学出版社1993年版，第440—444页。

持“两国方案”的一贯立场，给巴勒斯坦问题的解决增加了新的变数。

从这段巴勒斯坦与大国交往的历史可以看出，大国对巴勒斯坦重要性的认识存在差异，除中国一以贯之地视其为中东核心问题外，美、苏两个超级大国都优先重视它们与阿拉伯和以色列的双边关系，关注整个阿拉伯国家与以色列的战争与和平，巴勒斯坦问题在很长时间内被忽视为局部问题、边缘问题、难民问题，并牺牲了对巴勒斯坦合法权益的应有承认和尊重，客观上也延宕了巴勒斯坦问题的顺利解决。

政治伊斯兰因素的影响

1987年，巴勒斯坦被占领土爆发第一次起义。这是巴勒斯坦战争爆发近40年后首次出现的巴勒斯坦民众抵抗运动，也是巴勒斯坦大众确立民族认同的暴力表达。在这场各方都始料不及的街头示威活动中，当年12月加沙首次出现署名“伊斯兰抵抗运动”的政治标语，标志着哈马斯的诞生。两年前被以色列军事当局释放的艾哈迈德·亚辛，将其长期领导的“伊斯兰社团”由专注于教育与宣教转向民族独立政治运动，并逐步成为影响被占领土巴勒斯坦人的政治新秀。① 作为一支宗教政治力量，哈马斯的登场不仅意味着伊斯兰政治思潮已渗透和深入到传统世俗力量主导的独立事业，而且开启内部教俗力量、政教力量的民心争夺和分庭抗礼，使独立运动再次陷入分裂甚至前所未有的流血对峙。这种延续30年的状况，对巴勒斯坦过渡自治和最终地位谈判产生深远影响，也阻碍了阿拉伯与以色列和平进程。

巴勒斯坦是伊斯兰圣地之一，是穆斯林传统社会和逊尼派核心区域，文化教育方面受埃及影响较深。毕业于开罗大学的伊扎丁·卡塞姆在近代伊斯兰教改革派加迈尔·阿富汗尼等人思想的感召下，坚信通过“杰哈德”才能结束西方殖民主义并抵御腐朽的西方思潮。卡塞姆在分治之前就将伊斯兰政治运动引入巴勒斯坦，他本人于1935年与托管当局武装交火时身亡，并点燃巴勒斯坦内部后来发生的流血大冲突。1948战争爆发后，已

---

① [巴勒斯坦]艾哈迈德·利马维：《20世纪巴勒斯坦民族斗争的历史轨迹》（阿拉伯文），沙特法赫德国王国家图书馆2005年版，第287页。

在埃及呼风唤雨的穆斯林兄弟会将影响力投射到邻近的加沙地带，到1952年，加沙已出现11支穆兄会分支机构，成员达数千人。① 后来，由于当局弹压，埃及穆兄会走入低潮，巴勒斯坦穆兄会也逐步陷入萧条。此后很长时间，巴勒斯坦独立运动的主体都是世俗派甚至无神论组织担纲。

20世纪70年代末，在苏联入侵阿富汗、埃及与以色列媾和以及伊朗伊斯兰革命等重大事件波及下，西亚、北非普遍经历新一波伊斯兰复兴运动，这股浪潮激活了巴勒斯坦特别是加沙地带沉睡已久的宗教热情，为各种宗教驱动的独立运动派别或冠以独立运动之名的宗教组织登场创造了条件，哈马斯、杰哈德组织和伊斯兰解放党等相伴而生。这些带有宗教标签的巴勒斯坦派系是整个中东伊斯兰政治运动的局部图景，它们的诉求甚至超越阿拉伯民族主义而追求伊斯兰世界主义，这使得巴勒斯坦独立运动面临的内外形势更加复杂，由此引发的内部冲突也更加严峻和残酷。哈马斯的成长经历和表现非常具有标本意义。哈马斯是穆兄会的组成部分，而穆兄会的主张和沙特主流意识形态的瓦哈比主义，均脱胎于追求穆罕默德及其前三代弟子的萨拉菲思想，② 希望从《古兰经》和《圣训》里寻求治世之道。

哈马斯自诞生后，逐步成为在本土挑战巴解特别是法塔赫的竞争者。1988年颁布的36条《哈马斯宪章》拒绝接受以色列生存权，主张通过武装和暴力形式解放巴勒斯坦全境，建立神权国家。③ 这三点与法塔赫在建国愿景、斗争理念和实现路径等方面形成巨大差距。另外，哈马斯植根本土，因穆兄会特有的草根气质而与巴勒斯坦大众形同鱼水，并通过分布广泛的社会服务网络，利用宗教和慈善基金为民众提供公共服务，扶贫济困，温暖人心，比长期流亡海外的法塔赫等更为近民、亲民。由于宗教场所特别是清真寺成为日益吸引巴勒斯坦人的去处，政教两派、教俗两派的争夺从巴勒斯坦自治之初就开始上演，而且从清真寺开始。以同情巴勒斯坦人而著称的以色列《国土报》著名女记者阿米尔·哈斯，曾在其著作《在加沙喝海水》（阿拉伯人将喝海水比喻下地狱）中如此描述：“阿拉

---

① 殷罡：前引书，第218页。

② Dore Gold. *Hatred's Kingdom-How Saudi Arabia Supports the New Global Terrorism*. Regnery Publishing, Inc., 2004: 309.

③ 参见哈马斯网站：http：//www.hamascharter.com/assets/hamas-covenant-1988-source.pdf，2017-06-01。

法特从1994年7月在加沙设立办公室伊始，就把每个星期五去不同清真寺参加聚礼当作一项重要工作，而且常常伴随着大批警察高官及其助手。”

巴勒斯坦过渡自治的五年间，自治政府腐败严重，治理经济和外交谈判乏善可陈，巴勒斯坦民众日益失望，进而把希望逐步寄托于朴素清廉的哈马斯。正因为如此，第一次参加地方立法选举，哈马斯就于2006年击败法塔赫成为执政党，形成巴勒斯坦独立运动的颠覆性事件。

哈马斯因为反对同以色列媾和，而且不断给主流派的和平努力制造事端和麻烦，导致双方分歧日益加深，直至反目成仇，哈马斯不仅将法塔赫逐出加沙，而且建立起对抗性政府。在2008年底、2012年和2014年的3次加沙战事中，哈马斯武装遭到以色列空前残酷的打击，约旦河西岸的法塔赫等主流派一枪不发，坐山观虎斗，巴勒斯坦内部的分裂与对抗达到前所未有的程度。也正因为巴勒斯坦内部无法实现和解并组织统一政府，以色列一直以缺乏谈判对手为由，拖延和平谈判的恢复。

哈马斯不仅成为巴勒斯坦内部最强大的拒绝妥协派，也成为阿拉伯阵营中最顽固的拒绝妥协派。2002年和2005年，阿盟连续重申“以土地换和平”方案，阿拉伯阵营中只有哈马斯公开拒绝。2013年，阿盟再次强调“以土地换和平”实现阿以历史和解，依然被哈马斯断然拒绝。某种程度上说，阿拉伯国家已形成与以色列和平共处的集体共识，并维持该政策达30多年。小范围的巴以和平及大范围的中东和平迟迟不能实现，除问题本身相当复杂，以及以色列奉行实力政策外，巴勒斯坦内部无法形成统一立场和谈判方案，也是重要原因之一，而哈马斯扮演了最主要的绊脚石角色。

其实，从逻辑上说，哈马斯积极参与巴勒斯坦自治地方选举并成为执政党，就意味着已接受了“奥斯陆协议”的政治遗产和现实架构，变相参与了和平进程。只是考虑到不能与过去切割过快、过猛，也不能彻底倒向政治对手法塔赫，还不能得罪境外支持自己的各种力量，因此，哈马斯始终不肯直面与以色列的持久和全面和平。其创始人亚辛曾在21世纪之初笼统表示，只要以色列撤离1967年战争所占土地，哈马斯愿意与以色列达成百年停火。这一延续伊斯兰传统交战规则的表态并不彻底，也自然不被以色列所接受。从亚辛有条件的顶层表态到公布新政策默认以色列的存在，哈马斯政策转弯竟耗费了17年的时间，导致这种整体明显迟滞巴勒斯坦和阿拉伯国家主流立场的深层原因，就是哈马斯奉行的伊斯兰主义，反对与以色列分享巴勒斯坦这块宗教资产。

综上，巴勒斯坦是伊斯兰世界的组成部分，巴勒斯坦人主体是世界穆斯林的组成部分，这种归属关系导致巴勒斯坦土地与人口无法与整个伊斯兰世界隔离。在漫长的独立运动中，通过这个维度的联系，巴勒斯坦独立运动既得到伊斯兰世界的广泛声援和支持，也反过来受到伊斯兰政治运动的波及和制约。哈马斯在巴勒斯坦的勃兴和孤立过程客观呈现了巴勒斯坦问题的世界性，也折射了局部热点问题在中东广阔地域政教博弈、教俗博弈的复杂性。

伊朗伊斯兰革命的冲击

1967年第三次战争之前乃至期间，伊朗与巴解保持着秘密关系，向其提供资金和武器支持其在被占领土的斗争，但也和以色列有秘密来往。1967年战争后，伊朗不再打算遮掩与以色列关系，开始疏远巴解组织，并拒绝向巴勒斯担难民提供庇护。

美国前总统尼克松则认为，巴列维王朝整体上是亲美、亲以而与巴勒斯坦人为敌的："除了拒绝参加1967年和1973年的阿拉伯石油禁运外，伊朗国王继续承认以色列，为我们（美国）在地中海的舰队提供石油，并派军队到伊朗至伊拉克边境，秘密支持叛乱的库尔德力量，从而牵制伊拉克军队，使其不能够在'赎罪日战争'中发挥任何重大作用。"① 但是，巴勒斯坦武装特别是法塔赫与伊朗反对派的来往早在1970年就秘密存在，霍梅尼很早就派其追随者在黎巴嫩、利比亚和南出门接受军事训练。他的两个儿子穆斯塔法和艾哈迈德参加了巴解在贝鲁特郊区的训练营，艾哈迈德甚至成为法塔赫荣誉党员。阿拉法特在霍梅尼流亡伊拉克期间就与他建立了联盟，并且在纳杰夫有过会晤。巴解首任驻德黑兰大使哈尼·哈桑1979年在德黑兰电台披露，超过一万名反对国王的伊朗伊斯兰革命民兵在巴解营地受训。② 应该说，巴解对帮助伊朗伊斯兰革命者顺利武装夺权是有过贡献的。

---

① [美国]尼克松：《真正的战争》，常铮译，新华出版社1980年版，第101页。
② Dore Gold. *The Rise of Nuclear Iran*. Regnery Publishing, Inc., 2009: 67.

1979年的伊斯兰革命是改变中东格局的重大事件，对于中东和平进程的意义也非同寻常，它使原有的中东棋局添加了新玩家，也增加了各方博弈的复杂性，甚至可以说，增加了巴以、阿以和解的难度。这个后果也许为阿拉法特等人所未曾预料。改朝换代后，伊朗为了达到充任伊斯兰世界领袖的战略目的，将巴以冲突乃至阿以冲突设计为泛伊斯兰问题，进而将其纳入“杰哈德”话语体系，将解放被占领土当作穆斯林集体宗教义务来宣扬，巧妙回避它做中东特别是伊斯兰世界领袖的先天不足：无论是作为波斯民族，还是什叶派，伊朗都是伊斯兰世界的少数派，超越民族和教派局限的唯一途径是把中东问题泛伊斯兰化。正因为如此，伊朗高调介入中东和平进程，并以“霍梅尼主义”为核心意识形态和行动指南。伊朗于1982年在黎巴嫩什叶派穆斯林中组建了抗击以色列的真主党，在巴勒斯坦陆续向教俗两派力量渗透，前期以巴解主流派为主，后期逐步将重心转向持强硬对以立场的哈马斯。

巴勒斯坦各派也把伊朗当作实现政治诉求的杠杆，比如在1979年德黑兰爆发的人质危机期间，巴解曾希望伊朗把美国承认该组织作为释放人质条件，或压以色列释放被关押的巴勒斯坦战俘……巴解在两伊战争期间持中立立场，不时利用伊朗的支持作为杠杆，向阿拉伯国家施加压力。[①]

由于巴解支持伊朗伊斯兰革命，伊朗新政权曾经把以色列大使馆象征性地移交给巴解成为其外交代表处[②]，还在德黑兰命名一条“巴勒斯坦大街”，而且执政之初便公开接待阿拉法特率领的官方代表团。但是，“霍梅尼主义”与巴勒斯坦民族独立运动存在天然冲突，伊朗强烈反对阿拉伯国家提出的“土地换和平”方案，又陷入与伊拉克的八年战争，导致巴解在其影响力最盛的20世纪80年代与伊朗分道扬镳。巴解曾试图斡旋两伊免于开战而失败，显示面对两强和大是大非，弱小力量没有中间地带，只能选择一边。作为阿拉伯世界的政治组织，巴解最终被迫选择民族大家庭而远离伊朗，因为脚踩两只船的结果将使它两头落空。30多年后，哈马斯也面临巴解当年的历史抉择而不得不做历史性的政策澄清并与伊朗划清界线。

---

① 李秀珍：《巴解组织与霍梅尼伊朗关系探析》，载《西北大学学报（哲学社会科学版）》2009年第6期，第165页。

② 参见美国和平研究所网站：http://iranprimer.usip.org/resource/iran-and-palestinians，2017-06-01。

1993年巴以签署“奥斯陆协议”后，伊朗虽然表示原则上支持巴以和平，但反对协议本身，认为是“不公平的、傲慢的，因而也最终是荒谬的”，由此继续充当中东和平进程主要外部搅局者，与哈马斯等强硬派结成政治同盟，甚至直接介入巴以冲突。2000年“阿克萨起义”爆发后，巴勒斯坦自治政府释放了被拘押的哈马斯和杰哈德组织分子，为巴主流派和伊朗恢复关系奠定了基础。伊朗与巴勒斯坦官方特殊关系的曝光发生在2002年1月，以色列宣布在红海破获一艘运往加沙的军火船“卡林娜-A”，上面满载重达50吨的各种武器。[①] 以色列称有证据表明这船军火是从伊朗水域起运。随后，美国布什政府把巴以间占领与被占领的关系定性为恐怖与反恐怖，不仅明确支持以色列用武力对付巴勒斯坦人的起义，而且拒绝与阿拉法特对话。阿拉法特遂逐步被以色列限制行动自由，最后受困于约旦河西岸拉姆安拉，并病故于巴黎医院。

随着2004年阿拉法特去世，巴解和自治政府的凝聚力明显衰落，哈马斯影响力反而日益增强，特别是2005年以色列从加沙撤离而哈马斯控制该地带后。伊朗对哈马斯的援助也明显增加，不仅帮助2006年上台的哈马斯政府度过财政危机，后续还向其提供武器、无人机和弹道导弹技术，包括“黎明-5”“M-75”和“M-302”火箭。[②] 这些援助通过加沙海岸走私入境，或通过西奈半岛的地道，最终引发2008年底至2014年间哈马斯与以色列的三次大规模交火。2010年9月，伊朗总统内贾德称华盛顿巴以谈判不会取得任何结果，因为只有哈马斯才是巴勒斯坦人民的真实代表。巴勒斯坦当局指责内贾德试图分裂巴勒斯坦并在阿拉伯世界点燃教俗和派别内战，并称这种内战将无助于巴勒斯坦人民。巴勒斯坦临时政府发言人纳比尔·阿布·鲁代奈抨击内贾德没有权力对巴勒斯坦、其总统及代表说三道四。[③] 2012年，以色列空军出动八架战机奔袭1900公里外的苏丹兵工厂，炸毁200吨据称将转交给哈马斯的弹药。苏丹很多人相信，这家兵工厂实

---

① 新华社加沙2002年1月18日电。

② 耶路撒冷公共事务研究中心网站：http：//jcpa.org/article/iran-the-regional-power-behind-the-hamas-war-effort，2017-06-02。

③ 以色列国土报网站：http：//www.haaretz.com/news/international/pa-hits-back-at-ahmadinejad-you-have-no-right-to-speak-about-palestine-1.312272?localLinksEnabled=false,2017-06-02。

际为伊朗人拥有。①

哈马斯与伊朗越走越近，不仅自觉成为伊朗地缘政治的工具，而且加剧了巴勒斯坦内部的分裂和对立，恶化了与以色列实现和解的氛围，还卷入更为复杂的阿拉伯人和伊朗人、逊尼派和什叶派纠纷，得罪了沙特等伊朗宿敌，进一步孤立了自己，也为最终走投无路而改变政策埋下伏笔。

总之，伊朗伊斯兰革命不仅改变了中东地缘格局，而且直接和间接地对巴勒斯坦独立事业和中东和平进程产生冲击。从早期的巴解组织到逐步走向权力中心的哈马斯，都曾试图利用伊朗伊斯兰革命为己所用，但最终发现都反被利用并且得不偿失。实践证明，无论是世俗主义的独立运动，还是宗教驱动的自觉命运，巴勒斯坦独立事业都需要和伊朗保持距离，因为伊朗的巴勒斯坦政策不仅使巴以无法实现和解，也使阿拉伯国家和以色列无法实现和平，因此，追随伊朗必然与巴勒斯坦独立事业南辕北辙。

宗派与地缘政治的分野

长期以来，中东地区伊斯兰教两大宗派逊尼派与什叶派的矛盾，不仅影响国家间关系，而且还渗透到巴勒斯坦问题上。对于哈马斯而言，它是巴勒斯坦穆斯林兄弟会的延伸与发展，这一特殊属性使巴勒斯坦问题被迫卷入中东地区宗派之争的浪潮中，有时需要哈马斯选边站队。

哈马斯与中东地区逊尼派大国沙特的关系充满变数和曲折。沙特王室对穆兄会一直持警惕态度，因此，哈马斯自建立起陆续在叙利亚、伊朗、也门和苏丹等周边国家开立分支机构，唯独没有获准在沙特设有官方代表处。但是，哈马斯与沙特的官方联系至少从1990年海湾危机就已开始。由于巴解组织在那场危机中持亲伊拉克立场，沙特等海湾国家开始向哈马斯提供财政援助，既实施报复，也进行牵制。同年，哈马斯领导人被约旦驱逐出境，沙特等国家的支持显得尤为珍贵。在很长一段时间内，沙特是巴勒斯坦主要的财政援助来源，如前文已述，沙特不仅在巴勒斯坦独

① 以色列国土报网站：http：//www.haaretz.com/news/international/pa-hits-back-at-ahmadinejad-you-have-no-right-to-speak-about-palestine-1.312272?localLinksEnabled=false,2017-06-02.

立运动启动之初担纲主力财政后援，而且长期成为其最主要的阿拉伯和伊斯兰援助国。仅在1973年“斋月战争”后的20世纪80年代，沙特向巴解提供或为其筹集的资金就达到数十亿美元，总额超过对第三世界国家的援助总和。[①] 在21世纪之初，沙特提供的援助约占哈马斯财政预算的50%。但是，2004年后沙特压缩对其援助，部分原因是“9·11”事件之后世界舆论压力加大，迫使沙特减少对伊斯兰激进组织的供血，另外，哈马斯在“阿克萨起义”期间频繁发动自杀式袭击，落得声名狼藉。但是，沙特民间资金支持一直没有中断，并持续在沙特各银行以“98号”账户的名义公开为哈马斯募集“圣城起义”捐助。[②]

同一年，哈马斯蒙受重大损失，亚辛被以色列炸死，多名高官相继送命，加沙地带的哈马斯打算调整策略，顺应时势。但是，远在大马士革的政治局领导人马什阿勒地位上升，又受叙利亚和伊朗强硬立场掣肘，拒绝采取妥协。哈马斯2006年成为执政党后，沙特顶住美国压力公开支持哈马斯，双边关系再次密切。在2007年的两周内，哈马斯与法塔赫摩擦加剧并陷入流血冲突，造成至少80人死亡，数百人受伤，滑向内战边缘。在沙特斡旋下，双方于当年达成实现和解的《麦加协议》。协议强调新政府尊重巴解组织以前签署的一切协议，并同意巴解负责对以色列谈判。这表明，哈马斯已在间接承认以色列方面有所妥协，并愿意通过和谈解决巴以冲突。沙特也基本维持对哈马斯的支持和援助。

哈马斯得罪沙特和埃及，始于2007年6月哈马斯破坏《麦加协定》单独控制加沙。哈马斯高层再次出现分歧，大马士革派与加沙派立场相左，马什阿勒试图访问沙特和埃及但遭到明确拒绝，理由是哈马斯破坏联合政府，马什阿勒本人不接受“奥斯陆协议”，也不代表加沙哈马斯领导层。哈马斯的分裂、折腾以及与伊朗的密切关系，激怒了埃及和沙特，导致2008年底以色列大规模袭击加沙的“铸铅行动”，哈马斯变得十分孤立。埃及、沙特等国不仅袖手旁观，而且三缄其口，甚至谴责哈马斯挑起战端。[③]

另外两个同情穆兄会的逊尼派国家卡塔尔和土耳其从2009年开始，也

---

① Robert Lacey,*The Kingdom Arabia & House of Saud*.Harcount Jovanovich,Inc.,1981:446.

② 全球战略预测智库网站：https：//www.stratfol.com/analysis/saudi-arabia-and-hamas-pragmatic-partnership，2017-06-03。

③ 黄培州：《哈马斯是否会脱胎换骨转变身份？》，载《世界知识》2009年第3期，第23页。

直接介入巴勒斯坦事务，并对哈马斯施加影响。哈马斯也借助它们在沙特援助减少甚至伊朗输血不足时逃过财政难关。卡塔尔正在进行野心勃勃的“斡旋外交”，土耳其也尝试推进“南下东进”战略，巴勒斯坦问题自然成为它们的重要抓手，也再次把哈马斯等卷入复杂的宗派和政治矛盾中。

哈马斯拒绝支持叙利亚政府，选择站在沙特等多数阿拉伯国家一边，一度影响它与伊朗的战略关系，伊朗也曾停止对其武器供应。后来，双方改善关系，伊朗议长拉里贾尼称，伊朗向哈马斯提供了可以制造火箭袭击以色列的技术。[①] 实际上，围绕伊核危机和什叶派力量在中东的历史性崛起，沙特等阿拉伯国家加强了与以色列的私下联系，意在共同对付伊朗的战略威胁，而哈马斯对以强硬和对伊亲热，自然成为双方共同的打压对象。巴勒斯坦独立的重要性再次让位于地缘大国和大国集团之间的利益博弈。

2011年爆发的阿拉伯变局则给巴勒斯坦独立运动造成极大冲击，各国忙于处理内部权力争夺和地区博弈，巴勒斯坦问题被严重边缘化。同时，作为推动巴勒斯坦独立的各政治派别，在中东棋局上的分量急剧下降，变得可有可无。法塔赫和巴解由于审慎避免站队，更加低调，外界对巴勒斯坦的关注往往缘于哈马斯的表现。

对哈马斯而言，阿拉伯变局也是一场政治灾难。首先，以色列利用国际舆论移焦于突尼斯、埃及、利比亚、也门和叙利亚等国内乱，甚至移焦于伊朗核危机的有利环境，连续两次对加沙地带发动大规模军事袭击，摧毁哈马斯苦心经营的基础设施，消灭大批有生力量。2012年，以色列对加沙地带发动第二次大规模军事打击，名曰“防卫之柱”，在埃及穆兄会政府斡旋下，双方达成停火协议。2014年7月，以色列对加沙发动第三次大规模军事打击“护刃行动”，巴勒斯坦损失惨重，最后在埃及军政府艰难调解下，双方达成停火。

其次，哈马斯被迫选择“政治正确”，与支持它的叙利亚割断政治脐带，进而被赶出叙利亚，失去一个长期依托的大后台。随后，它又陷入沙特与伊朗两大派系之间的角逐，被迫逐步与伊朗做痛苦切割，进而在地区与国际陷入空前孤立的境地。

---

① 美国和平研究所网店：http：//iranprimer.usip.org/resource/iran-and-palecstinians，2017-06-01。

2013年7月埃及军方接管穆兄会政权后，哈马斯的另一场灾难逐步降临，加沙通往埃及的大量地道被切断，确保加沙经济和民生勉强维持的生命线不复存在。随着埃及军方宣布穆兄会为非法并逐步严厉打压，哈马斯也受到干涉埃及内政、参与穆兄会恐怖袭击的指控。2014年7月，以色列对加沙发动第三次大规模军事打击期间，哈马斯一度拒绝埃及斡旋，令埃及政府十分不快。交战期间，埃及指责伊朗向哈马斯供应武器，伊朗则抨击埃及阻挠其人道主义援助物资进入加沙。8月，埃及公开呼吁自治政府取代哈马斯在加沙的存在。针对这场空前惨烈的战事，沙特公开谴责说，是哈马斯与以色列在共同谋杀巴勒斯坦人民。沙特很大程度上是在表达对伊朗的不满以及哈马斯追随伊朗的愤怒。2015年3月1日，继埃及法院宣布哈马斯为“恐怖组织”后，埃及和沙特政府联手将哈马斯污名化。4月，沙特等海湾国家又将真主党列为“恐怖组织”，并推动阿盟通过类似决议。很显然，这是沙特针对伊朗势力大面积渗透到阿拉伯腹地并得到美国奥巴马政府纵容的一次反击。这和当年3月的武装干涉也门同出一辙，均属于沙特等阿拉伯逊尼派国家阵营战略反攻伊朗的组成部分。哈马斯再次被迫选边站队，而且必须一清二楚。当年7月，一名哈马斯高级官员称，它再也得不到伊朗的援助，因为哈马斯与叙利亚政府划清了界限。同时，哈马斯与沙特的关系在恢复。2016年12月14日哈马斯的旗帜网报道称，沙特情报局高级官员要求哈马斯停止与伊朗的一切联系，以换取沙特帮助解除以色列对加沙的封锁。

2017年5月1日，一直拒绝承认以色列并主张消灭这个“犹太实体”的哈马斯在多哈宣布，将以1967年战争形成的边界为基础，建立以耶路撒冷为首都的独立国家。这个表态引起世界舆论的广泛关注和解读，堪称巴以冲突的一次里程碑事件。尽管哈马斯依然拒绝承认以色列，但是，这个表态本身表明它已接受以色列存在的既定事实，不再坚持“消灭以色列”这个固守30年的立党之基。哈马斯战略立场的转变被认为是中东和平的利好，对外将软化以色列和美国的立场，对内有助于结束温和派与强硬派的战略分歧和长期对峙，为结束巴勒斯坦分裂和重启巴以和谈扫清一大障碍，也为推进整个中东和平进程创造了新机遇。事实上，哈马斯在多哈宣布政策调整，既是顺应巴以博弈的大潮，也是迫于地区格局洗牌的现实需要。哈马斯没有选择，不仅在对以立场上与温和派看齐，与沙特等主导阿盟的大国看齐，还要与伊朗撇清。马什阿勒强调，哈马斯从来不在被占领土之外从事武装斗争，也从来不是一支地区性力量。这无疑向沙特等国家表明哈马斯只关注被占领土的解放，无意参与地区大国或宗派力量的博弈。6月5日，沙特、埃及等八个阿拉伯和伊斯兰国家集体与卡塔尔断交，理由之一是其支持和资助穆兄会和哈马斯等“恐怖组织”。分析家们普遍认为真正的动机是清理门户，遏制伊朗势力在中东的扩张。这个事态表明，阿拉伯国家对哈马斯及伊朗的清算还没有完结，地缘矛盾和政教矛盾对巴勒斯坦独立事业的冲击依然在继续。

由此，阿拉伯变局导致中东地区格局大变，也导致波斯人与阿拉伯人、什叶派与逊尼派之间的矛盾重新凸显，地区陷入罕见规模的力量重组，巴勒斯坦问题不仅被严重边缘化，巴勒斯坦的强硬派哈马斯还相继做出三次重大选择：在叙利亚反对派与政府间二选一；在埃及穆兄会与军方及其主导的世俗政府间二选一；在沙特和埃及等逊尼派阵营和伊朗为首的什叶派间二选一。这种大浪淘沙式的历史抉择，也许迫使巴勒斯坦人在民族苦难延续70年后，认真反思独立历程，慎重考虑未来发展方向与策略。

结论：展望70年独立运动得失及未来出路

本文通过历史研究法和文献研究法，从六个视角集中耙梳和分析了70年来外部干扰巴勒斯坦独立建国的非以色列因素，以期全面、客观认识巴以冲突的敏感性和复杂性。这里需要说明的是，由于本文旨在探究外部因素缘何未能有效推进巴勒斯坦独立建国进程，因此重点是分析备外部因素中的非向前作用力，这并不意味着各因素没有产生积极作用。而且，上述外部因素在70年的巴勒斯坦独立建国进程的各个时段作用不甚相同，在某一历史时期一种或两种因素会起到突出作用。总体看，六方面因素相互交织，共同作用。

一、多维度认知巴勒斯坦独立建立问题的复杂性与艰巨性

第一，巴勒斯坦问题是巴勒斯坦阿拉伯人自我确立民族身份并争取民族独立和解放的一场政治和社会运动，巴勒斯坦人既要摆脱以色列占领并

建立主权国家，又要独立于阿拉伯和伊斯兰大家庭，确立“巴勒斯坦人”的内外认同，进而屹立于世界民族之林。这是巴以冲突的核心所在。

第二，巴勒斯坦问题也是曾经流行于中东地区的泛阿拉伯民族主义运动的组成部分，因此，它与这场运动形成休戚与共的关系，既得益于周边阿拉伯民族主义思潮的理论滋养，得益于阿拉伯国家的长期道义和物质支持，同时又受制于这种大家庭式的地缘政治环境，巴勒斯坦人无法独来独往，也不能独善其身。

第三，巴勒斯坦问题产生于传统中东权力结构解体，新老霸权交替和冷战格局形成的时代，因此，它又无可逃避地成为大国博弈的棋子，成为冷战阵营中东大战场的边缘问题之一，无法成为冷战主要玩家优先考虑的战略与核心问题，可有可无是一种历史常态。

第四，巴勒斯坦是一神教的共同圣地，更是伊斯兰教的核心区域。因此，主要人口为穆斯林的巴勒斯坦人及其独立事业，自然无法摆脱宗教因素的深刻影响，进而将民族独立运动置身政教争夺的夹缝中。这种政教层面的排斥与冲突，导致巴勒斯坦内部力量沿着意识形态边界形成巨大鸿沟，造成长期分裂和内耗，客观上也羁绊了独立建国进程的推进，无论是逊尼派的穆斯林兄弟会思想，还是什叶派的伊朗伊斯兰革命，都波及巴勒斯坦独立进程并造成负面后果。

第五，巴勒斯坦问题是中东阿拉伯人和波斯人、穆斯林逊尼派和什叶派地区博弈的一个议题公约数和道义交集点，进而加剧了问题的复杂化和敏感性。尤其是自1979年伊朗伊斯兰革命以后，巴勒斯坦问题已超越原有的民族主义运动，被罩上神秘的宗教圣战光环，成为剥离民族、地域和教派外衣的超级政治议题，不仅进一步被复杂化，还成为重构中东地区格局的话语工具。2017年的哈马斯政策变调，以及6月5号卡塔尔遭受的“断交风暴”，就是这种巴勒斯坦问题畸变和异化的连锁反应和总爆发。

我们通过梳理可以看到，自从巴勒斯坦问题产生，它一直伴随着地区力量变化和格局调整，并被不同时期的地区内外势力和思潮裹挟，巴勒斯坦人既无力单独实现建国目标，也没有条件完成内部整合，更无法形成统一的和平进程条件和谈判筹码。另外，巴勒斯坦人既不得不借重地区和外部力量来寻求民族目标的实现，又被迫卷入复杂纷繁的地缘博弈，并常常成为牺牲品。解决巴勒斯坦问题，说到底，取决于巴勒斯坦内部是否实现团结，独立自主做出历史抉择，并勇敢地争取与以色列实现公正和持久和平否则，置身于复杂的地区博弈，巴以冲突永远没有出路。

二、巴勒斯坦独立和建国取得的成绩

纵观70年来巴勒斯坦实现民族独立和建国的艰难历程，我们可以发现，巴勒斯坦人经过多少代人的艰苦卓绝努力，以及国际社会的不懈支持，在自决前途的道路上取得不少成绩，也存在不少问题。巴勒斯坦独立运动70年来取得的成绩主要包括：

第一，完成民族身份构建，提高民族政治地位。巴勒斯坦人已实现由“阿拉伯人”向“巴勒斯坦人”的民族身份转换，由巴勒斯坦“难民”向巴勒斯坦“人民”的角色跨越，初步达成置身于世界民族之林的目标，取得民族独立运动的重要胜利。

第二，独立建国初步获得各方认可。100多个国家和联合国等数十个国际组织已接受和承认法理上的“巴勒斯坦国”，国际社会广泛接受巴勒斯坦的民选政府和外交机构，给予巴勒斯坦国其他属于主权国家的识别和政治待遇。以色列也原则上准备接受和承认独立的巴勒斯坦国，只是需要和它首先解决最终地位问题。

第三，实现了初步自治。自1994年起，巴勒斯坦在加沙地带和约旦河西岸实施主权有限、地域有限和人口有限的过渡自治，虽不完整但有效地体现了构成一个国家独立运行的三大要素：人口、领土和政权，初步实现了对外经济、贸易和投资等方面的独立。

第四，赢得广泛国际同情和支持。巴勒斯坦作为民族国家时代唯一也是最后一块国际法地位没有争议的“被占领土”，获得世界舆论的广泛同情和支持，为巴勒斯坦实现彻底和永久独立储备了强大的道义力量和外部资源。

三、巴勒斯坦独立运动尚未解决的主要问题

第一，巴勒斯坦内部从来没有实现过有效整合与团结，缺乏超越派系的一元化领导机制，导致有限的力量和资源被摊薄、稀释，不仅长期陷入

严重内耗，严重削弱了自身与以色列博弈的实力，也给外来力量插手巴勒斯坦事务留下空隙，也事实上削弱了民族与国家认同。

第二，巴勒斯坦各派从来没有形成统一的独立目标、领土范围、奋斗理念和实现路径，内部山头林立，不仅长期各执一端，矛盾重重，纷争不断，而且始终无法形成高度一致和明确清晰的谈判诉求、共同政策和协同团队，无法整体体现全体巴勒斯坦人的集体意志和核心共识，无法与以色列进行富有成效和可持续推进的和平谈判。

第三，巴勒斯坦问题虽然号称中东争端核心问题，但是，从来都是地区各种力量和潮流博弈的遮羞布和发酵剂。巴勒斯坦各派既想借助外部力量弥补自身实力的不足，但也难以摆脱强大外力的左右和利用；既成为中东冲突的长久冤屈者，又成为各种势力博取私利的地缘抓手，最终无法摆脱龙套角色和被边缘化的命运。

第四，巴勒斯坦问题不完全是巴以双边问题，难民前途，边界划分，水资源分配、边界安全控制，以及耶路撒冷归属等，都带有不同程度的多边色彩和性质，这导致巴勒斯坦人既无力单独达成民族独立和收复部分失地的目标，更无力左右整个中东和平的塑造进而为上述多边问题解决创造条件。

在笔者看来，可以想象的出路在于，巴勒斯坦人必须从历史迷思中彻底醒悟，摆脱现实政治中阿拉伯民族主义、伊斯兰教共同体意识两大磁体的左右和干扰，尽快实现内部力量整合与统一，形成可以充分代表被占领土内外所有巴勒斯坦人权益的合法谈判机制，在不受任何外力影响的前提下，与以色列通过协商谈判，达成全面、公平、持久并切实可行的“两国”解决方案。否则，巴勒斯坦问题将永远难以得到解决。

（本文原载于《西亚非洲》2017年第4期）